JAMES CLAVELL

Caïd

ROMAN

TRADUIT DE L'AMÉRICAIN
PAR MICHEL DEUTSCH

STOCK

Titre original :

KING RAT

(Little, Brown and C°, Boston, Toronto)

CAÏD

Né en Australie en 1927, d'un père anglais officier dans la Royal Navy; James Clavell a grandi en Angleterre où il a également fait ses études.
S'étant engagé très jeune dans l'artillerie, il se bat en Extrême-Orient à la fin de la Seconde Guerre mondiale.
Vers le milieu des années 50, il s'installe en Californie où son talent de réalisateur est rapidement établi. Citons, parmi bien d'autres films, quelques-uns de ses grands succès : The Fly, Five Gates To Hell, Walk Like A Dragon, The Last Valley, *sans oublier* La Grande Evasion. *Et grâce au cinéma, qui lui donne les moyens financiers d'écrire en 1962, il publie son premier livre,* King Rat *(en France en 1964 sous le titre* Un Caïd, *aux Editions Stock). Ont été publiés depuis* Taï-Pan *(1966),* Shōgun *(1977),* Noble Maison *(1982). Il partage aujourd'hui son temps entre l'Angleterre et les Etats-Unis.*

Des milliers de prisonniers qui pourrissent au milieu de la jungle : c'est le camp de Changi — les brutalités des Japonais, la faim, le désespoir, la dégradation, la mort lente, la déshumanisation progressive... Mais, Changi, c'est aussi une impitoyable école de survivance. Et qui sera le plus capable de survivre, sinon le plus rusé, le plus fort, le plus adaptable, le plus dénué de préjugé ? Autrement dit celui que l'on appelle le Roi, le « Caïd » du camp, malin comme un singe, cruel comme un rat — et pourtant honnête à sa manière, loyal à sa façon. Ce n'est pas « le combat du jour et de la nuit » qui se livre à Changi car rien de ce qui est humain n'est totalement blanc ni totalement noir. Simplement, chacun, avec des fortunes diverses, se concentre inexorablement sur la seule question qui compte : survivre. Et comme la survivance ne peut être que collective, une extraordinaire alliance doit se conclure entre l'égoïsme individuel et l'égoïsme supérieur du groupe. Les vieilles valeurs de la loi morale s'écroulent, remplacées par d'autres qui sont les armes nécessaires de ceux qui ne veulent pas mourir.
Caïd est un roman âpre et sans concession, tantôt hallucinant d'horreur, tantôt débordant d'humour, où le suspense jaillit en cascade, tout à la fois émouvant et picaresque. C'est aussi un témoignage lucide sur la condition de l'homme, de l'homme dépouillé, réduit à sa plus simple expression, et qui, plongé dans l'abjection d'un univers terrifiant d'absurdité, retrouve au fond de l'avilissement, le signe même de sa grandeur — l'amitié, la camaraderie, la virilité, l'espérance. Parce qu'il se bat. Parce que, peut-être, ces vertus sont le gage du triomphe de la vie sur la mort.

ŒUVRES DE JAMES CLAVELL

Dans Le Livre de Poche :

SHŌGUN, tome I.
SHŌGUN, tome II.

A CEUX QUI ETAIENT LA-BAS ET QUI N'Y SONT PLUS. A CEUX QUI ETAIENT LA-BAS ET QUI Y SONT ENCORE. A LUI. MAIS, SURTOUT, A ELLE.

IL Y AVAIT UNE GUERRE. LES CAMPS DE CHANGI ET D'UTRAM ROAD, A SINGAPOUR, EXISTENT – OU ONT EXISTE. LE RESTE DE CE RECIT EST EVIDEMMENT IMAGINAIRE. TOUTE RESSEMBLANCE AVEC UNE PERSONNE QUELCONQUE, VIVANTE OU MORTE, NE POURRAIT ETRE QU'UNE COINCIDENCE.

CHANGI chatoyait sous la voûte des cieux tropicaux, à l'extrémité orientale de l'île de Singapour, telle une perle enchâssée sur une couronne de verdure. Graduellement, les verts de la jungle se fondaient dans le bleu-vert des mers, et la mer dans l'infini de l'horizon.

Sur place, Changi perdait sa radieuse beauté et devenait ce qu'elle était – une immonde et sinistre prison. Des bâtiments pénitentiaires entourant des cours calcinées de soleil et que ceinturaient de hauts murs.

A l'intérieur de ces murs, dans les bâtiments, s'étageaient des cellules prévues pour deux mille prisonniers. Maintenant, huit mille hommes s'entassaient dans ces cachots, dans les couloirs, dans chaque recoin, Anglais et Australiens, en majorité, plus une poignée de Canadiens et de Néo-Zélandais – tout ce qui restait des forces d'Extrême-Orient.

Tous ces hommes étaient des criminels. Grand était leur crime. Ils avaient perdu une guerre. Et ils avaient survécu.

Les portes des cellules étaient ouvertes, et ouvert le monstrueux portail, ses vantaux rabattus contre le mur. Les hommes pouvaient entrer et sortir – presque librement. Pourtant, l'air de Changi était lourd de tous les miasmes de la claustration.

Une route goudronnée passait devant le portail. Cent mètres plus loin, dans la direction de l'ouest, elle était barrée par des chicanes de barbelés, et il y avait là un poste de garde garni des rebuts des hordes conquérantes. La route, cet obstacle franchi, continuait avec allégresse pour finir par se perdre dans le grouillement de la ville de Singapour. Mais, pour ceux de Changi, elle s'arrêtait à une centaine de mètres du portail.

Vers l'est, la route longeait la muraille, puis virait au sud, longeant toujours les murs. Sur l'autre côté, elle était bordée de « boîtes à lettres », ainsi que l'on appelait ces abris rudimentaires. Tous identiques : soixante pas de long, des cloisons constituées par un grossier lattis de feuillages de cocotiers, de même que la toiture. Chaque année on les recouvrait d'une nouvelle couche de palmes – ou on aurait dû le faire – car le soleil, la pluie et la vermine détérioraient vite ce chaume. De simples ouvertures tenaient lieu de fenêtres et de portes, qu'un auvent protégeait des intempéries. Toutes étaient perchées sur des pilotis de béton en prévision des inondations, des serpents, des grenouilles, des limaces, des escargots, des scorpions, des mille-pattes, des cafards, des punaises – de tout ce qui grouille et qui rampe.

Ces « baraques » (des paillotes, en fait) abritaient les officiers.

Au sud-est, la route se flanquait de quatre rangées de bungalows en béton, dos à dos, vingt par rangée. Ils étaient réservés aux officiers supérieurs – commandants, lieutenant-colonels et colonels.

La route, longeant toujours la muraille, revenait vers l'ouest et rencontrait une autre série de paillotes. Elles étaient occupées par des soldats et des sous-officiers, ceux qui n'avaient pu trouver place dans la prison.

L'une d'entre elles, la plus petite, était assignée au contingent américain, qui comptait vingt-cinq hommes.

Contournant la muraille, la route filait vers le nord et traversait une partie des potagers. Le principal de la zone de culture – qui fournissait la quasi-totalité du ravitaillement du camp – s'étendait plus au nord encore, en face du portail. La route, après avoir parcouru quelque deux cents mètres à travers les jardins, aboutissait au poste de garde.

Une clôture de barbelés ceinturait ce quadrilatère – cette étuve – de huit cents mètres de côté environ. Facile à percer. Facile à franchir. Pas de projecteurs, pas de nids de mitrailleuses. Mais une fois en dehors de l'enceinte, que faire ? Le pays natal était loin derrière les mers, au-delà de l'horizon. Au-delà de l'étendue sans limite des océans, au-delà de la jungle hostile.

En 1945, les Japonais avaient appris à confier la responsabilité du camp aux prisonniers eux-mêmes. Ils donnaient des ordres dont il incombait aux officiers captifs d'assurer l'exécution. Si le camp ne créait pas d'ennuis, les détenus n'avaient pas d'ennuis. Demander à manger, c'était créer des ennuis.

Demander des médicaments c'était créer des ennuis.

Pour ces hommes, Changi était plus qu'une prison. Changi était une matrice. Le lieu du recommencement.

Livre premier

1

« JE l'aurai, l'ordure ! Même si je dois en crever ! »

Le lieutenant Grey était soulagé d'avoir enfin exprimé ce qui lui nouait depuis si longtemps la gorge. Le ton avec lequel il avait proféré ces mots était si venimeux que le sergent Masters s'arracha à sa songerie. Le sergent Masters rêvait à une bouteille de bière d'Australie frappée à point, un steak couronné de deux œufs frits, à sa maison de Sydney, à sa femme. Aux seins de sa femme. A l'odeur de sa femme. Il ne se donna pas la peine de suivre le regard de Grey, braqué, au-delà de la fenêtre, sur le chemin de terre battue longeant la clôture de barbelés et qu'arpentaient des hommes à moitié nus. Masters savait auquel d'entre eux pensait le lieutenant. Pourtant, de la part de Grey, cet éclat était surprenant : d'habitude, le chef de la prévôté de Changi était aussi taciturne et distant que tout Anglais qui se respecte.

« A quoi bon gaspiller votre énergie, mon lieutenant ? fit-il d'une voix lasse. Les Japs ne tarderont pas à le coincer.

– Les Japs, je les emmerde ! Je veux l'avoir moi-même. je veux le tenir derrière des barreaux. Et quand j'en aurai fini avec lui, je veux qu'il se retrouve à Utram Road. »

Masters, effaré, leva la tête :
« Utram Road ?
– Certainement !
– Ma foi, je comprends que vous vouliez vous le farcir. Tout de même... Utram Road... Je ne souhaiterai ça à personne.
– C'est la place qui lui convient. Et c'est là que je l'expédierai, ce voleur, ce menteur, cet escroc, ce charognard. C'est un vampire qui se gorge de notre sang à tous. »

La chaleur était étouffante dans la baraque de la Military Police. Grey alla jusqu'à la fenêtre, en gesticulant au milieu d'un tourbillon de mouches qui s'élevait du plancher. La réverbération du soleil de midi sur le sol l'éblouit et il plissa les paupières. « Bon Dieu, je nous vengerai tous », murmura-t-il.

Bonne chance, mon gars, lui souhaita silencieusement Masters. Si quelqu'un est capable de contrer le Roi, c'est bien toi. Tu as exactement ce qu'il faut de haine.

Masters n'aimait ni les officiers ni la Military Police. Et il avait pour Grey, qui était sorti du rang et prétendait le cacher, un mépris particulier.

Mais Grey n'était pas le seul à exécrer le Roi. Tout le monde, à Changi, le haïssait. On détestait le Roi à cause de son corps musclé, de la flamme claire qui dansait dans ses yeux bleus. Des êtres robustes, charnus, solides, au teint frais, il n'en existait pas dans cet univers crépusculaire peuplé de morts-vivants. Ceux que l'on croisait n'avaient que la peau sur les os, et des yeux qui leur dévoraient le visage. Sans doute ces fantômes avaient-ils encore une taille, un âge, une figure qui les distinguaient. Mais seul dans cet univers, le Roi agissait comme un homme, fumait comme un homme, dormait et rêvait comme un homme, ressemblait à un homme.

« Hep, là-bas, aboya Grey. Vous... caporal ! Approchez ! »

Le Roi n'ignorait pas que, dès l'instant où il avait tourné le coin de la prison, Grey ne l'avait pas quitté du regard. Non qu'il avait vu le prévôt embusqué dans l'obscurité de la baraque, mais il connaissait ses habitudes. Il est sage d'être au courant des façons de faire de l'ennemi et, de Grey, le Roi savait tout ce qu'un homme peut savoir au sujet d'un autre.

Quittant le chemin, il s'avança vers la baraque qui, telle une tumeur sur les bords d'une plaie, se dressait à l'écart des autres.

« Vous voulez me voir, mon lieutenant ? », demanda-t-il en saluant. Son sourire narguait l'officier. Ses lunettes de soleil cachaient le mépris dont était chargé son regard.

« Où allez-vous ?

– Je rentre, mon lieutenant. » Sa voix était calme. Pourtant, depuis que le prévôt l'avait interpellé, le Roi ne cessait de se creuser fébrilement la cervelle. Y avait-il eu un pépin ? Quelqu'un l'avait-il donné ? Qu'est-ce que Grey était en train de mijoter ?

« D'où vient cette chemise ? »

Le Roi venait de l'acheter à un commandant qui l'avait conservée soigneusement pendant deux ans en prévision du jour où il aurait besoin d'argent pour se procurer de la nourriture. Le Roi aimait à être tiré à quatre épingles alors que tout le monde était en loques ; il était satisfait de sa chemise neuve immaculée, de son pantalon au pli irréprochable, de ses chaussettes nettes, de ses chaussures étincelantes, de son calot sans tache et il trouvait plaisant que Grey fût vêtu en tout et pour tout d'un minable short émaillé de reprises, chaussé de socques et coiffé d'un béret de tankiste devenu vert et raide sous l'effet de la moisissure.

« Je l'ai achetée. Il y a longtemps. Aucune loi n'interdit d'acheter, pas plus ici qu'ailleurs. Mon lieutenant. »

L'impertinence du « mon lieutenant » n'échappa pas à Grey.

« Entrez, caporal.

– Pour quoi faire ?

– Un brin de causette », répondit Grey, sarcastique.

Dominant sa colère, le Roi escalada les marches et pénétra dans la baraque. Il s'immobilisa devant la table.

« Et maintenant ? Mon lieutenant ?

– Videz vos poches.

– Pourquoi ?

– Obéissez. Vous savez bien que j'ai le droit de vous fouiller quand bon me semble. » Et Grey ajouta, avec une affectation de dédain : « Votre chef de détachement lui-même est d'accord.

– C'est bien parce que vous avez insisté !

– Non sans raison. Allez... Videz-moi vos poches. »

Le Roi s'exécuta de mauvaise grâce. Mais après tout, il n'avait rien à cacher. Il posa sur la table un mouchoir, un peigne, son portefeuille, un paquet de cigarettes manufacturées, une boîte pleine de tabac javanais non traité, des feuilles à cigarettes en papier de riz, des allumettes. Grey s'assura que les poches étaient entièrement vidées, puis il ouvrit le portefeuille. Il compta : quinze dollars américains, près de quatre cents dollars japonais.

« D'où tirez-vous cet argent ? », demanda le lieutenant d'un ton rogue. Il transpirait à grosses gouttes.

« Du jeu. »

Grey éclata d'un rire dépourvu de gaieté. « Vous êtes en période de chance. Une chance qui dure depuis bientôt trois ans si je ne m'abuse, hein ?

– Est-ce que je peux me retirer ? Mon lieutenant.

– Non. Faites voir votre montre.

– Elle est mentionnée sur la liste...

– Je vous ai dit de me la faire voir. »

L'air mauvais, le Roi dégagea le bracelet extensible et le tendit au prévôt.

Celui-ci, en dépit de sa haine, éprouva la brûlure de la jalousie. C'était une montre étanche, antichocs, à remontoir automatique. Une Oyster Royal. L'or excepté, il n'existait rien d'aussi précieux à Changi.

Grey examina les chiffres gravés au dos du boîtier, puis alla décrocher du mur la liste où étaient répertoriés les biens du Roi. D'un geste machinal, il chassa les fourmis qui recouvraient la feuille et compara soigneusement les numéros.

« Ça colle. Ne vous faites pas de bile. Mon lieutenant.

– C'est à vous de vous en faire – pas à moi. »

Grey rendit à son propriétaire la montre – cette montre qui représentait près de six mois de ravitaillement. Le Roi la remit à son poignet et commença à récupérer ses affaires.

« Ah oui... Votre bague ! Montrez voir un peu. »

Mais la bague était, elle aussi, conforme à la description : *Une chevalière en or aux armes du clan Gordon,* confirmée par un spécimen du cachet.

« Comment se fait-il qu'un Américain soit en possession d'une bague portant le sceau des Gordon ? » C'était loin d'être la première fois que Grey posait la question.

« Je l'ai gagnée. Au poker.

– Quelle remarquable mémoire, caporal ! »

Pas une seconde, le prévôt ne s'était imaginé que la montre ou l'anneau pussent ne pas concorder avec la liste. Cette vérification n'avait été qu'un prétexte : Grey éprouvait simplement le besoin – un besoin tyrannique et quelque peu masochiste – de se trouver un moment face à face avec son gibier. Le Roi ne se laissait pas facilement impressionner, il le savait. C'était un type malin, prudent et habile à l'extrême.

Brusquement, Grey ressentit une envie frénétique de posséder la montre du Roi, sa bague, ses cigarettes, ses allumettes, son argent. « Comment vous arrangez-vous pour être tellement riche alors que nous sommes si pauvres, nous autres ? », se prit-il à glapir.

« Aucune idée. Mon lieutenant. Sans doute que j'ai de la veine.

– Cet argent, d'où vient-il ?

– Du jeu. Mon lieutenant. »

Le Roi avait pour règle d'être toujours poli. Jamais il ne manquait de donner leur grade à ses supérieurs – les Anglais et les Australiens – et de les saluer. Mais les officiers, et il ne l'ignorait pas, se rendaient parfaitement compte du solide mépris qui se dissimulait derrière ces marques ostensibles de respect. En Amérique, ça ne se passe pas comme cela. Là-bas, un homme est un homme, quels que soient son milieu, sa famille ou son rang. Si on l'estime, on le traite avec déférence. Autrement, rien à faire. Et seuls les cons s'en offusquent. Ceux-là, ils n'ont qu'à aller chez Plumeau !

Le Roi glissa la chevalière à son doigt, boutonna ses poches, chassa d'une chiquenaude un grain de poussière qui s'était collé à sa chemise. « Ce sera tout ? Mon lieutenant. » Il vit l'éclair de rage dans les prunelles de Grey.

Le prévôt se tourna vers Masters qui avait observé toute la scène avec inquiétude. « Sergent, voudriez-vous me chercher de l'eau, s'il vous plaît. »

L'Australien se dirigea d'un pas traînant vers le bidon accroché au mur.

« Voilà, mon lieutenant.

– Ça, c'est de l'eau d'hier, affirma Grey avec une évidente mauvaise foi. J'en veux de la fraîche.

– J'aurais pourtant juré que la première chose que j'ai faite ce matin a été de la renouveler », murmura le sous-officier avec un hochement de tête en sortant de la baraque.

Grey, après son départ, fit durer le silence. Le Roi attendait, désinvolte. Un coup de vent agita les cocotiers qui, juste au-delà de l'enceinte des barbelés, émergaient de la jungle. La pluie allait venir. Déjà, vers l'est, des nuées noires s'amoncelaient à l'horizon. Bientôt, elles auraient envahi tout le ciel.

« Une cigarette ? Mon lieutenant. »

Depuis deux ans, Grey n'avait plus fumé de cigarette toute faite. La dernière, il l'avait grillée à l'occasion de son anniversaire. Le vingt-deuxième. Il couvait des yeux le paquet que le Roi lui tendait. Oui, il en désirait une. Il les désirait toutes.

« Je ne veux pas de vos cigarettes.

– Ça ne vous gêne pas que j'en prenne une ?

– Si ! »

Le regard fixé sur celui du lieutenant, le Roi sortit posément une cigarette de l'étui, l'alluma et aspira profondément.

« Otez-moi ça de votre bouche !

– Certainement. Mon lieutenant. »

L'Américain téta encore une longue bouffée avant d'obéir. Puis ses traits se durcirent.

« Je ne suis pas sous vos ordres et il n'existe

pas de règlement qui m'interdise de fumer quand ça me chante. Je suis citoyen américain et je ne dépends pas de votre maudite Union Jack. Cela aussi, on vous l'a dit. Alors, foutez-moi la paix. Mon lieutenant. »

Grey, à ces mots, explosa.

« Je vous ai à l'œil, caporal. Bientôt, vous ferez un faux pas. Et je serai là. Alors, voilà où vous vous retrouverez... » D'une main tremblante, il désignait la grossière cage de bambous qui servait de cellule. « C'est la place qui vous revient.

– Je n'enfreins aucune loi...

– Alors, comment vous procurez-vous votre argent ?

– En jouant. »

Le Roi s'avança vers Grey. Il maîtrisait sa fureur mais n'en était que plus menaçant. « Je ne reçois de cadeaux de personne. Ce que j'ai est à moi. Je l'ai gagné. Par quels moyens ? Ça, c'est mon affaire.

– Tant que je serai responsable de l'ordre à Changi, n'en croyez rien ! » Les poings de Grey se crispèrent. « Depuis des mois, les médicaments disparaissent en masse. Où passent-ils ? Vous n'auriez pas une idée là-dessus ?

– Espèce de... Ecoutez-moi ! Je n'ai jamais rien volé de mon existence et je n'ai jamais trafiqué sur les médicaments. Tenez-vous-le pour dit. Crénom, si vous n'aviez pas de galons, je...

– Seulement voilà : J'en ai. Et je regrette que vous vous reteniez. Fichtre oui ! Vous vous prenez pour un mariole, hein ? Mais moi, vous ne me trompez pas.

– Je vais vous dire une bonne chose. Quand nous serons sortis de ce merdier de Changi, venez donc me trouver. Je vous filerai votre propre tête sur un plateau d'argent.

– Soyez tranquille : Je m'en souviendrai. »

Grey s'efforça de calmer les battements précipités de son cœur. « Mais vous, rappelez-vous ceci : Tant que nous serons à Changi, je vous surveillerai en attendant mon heure. Jamais, que je sache, la chance ne dure éternellement. Et la vôtre finira bien par tourner.

– N'y comptez pas trop ! Mon lieutenant. »

Pourtant, le Roi savait qu'il y avait du vrai dans cet avertissement. Il avait eu de la chance. Beaucoup. Mais, avoir de la chance, cela exige bien des efforts, bien des heures de réflexion. Et quelque chose d'autre par-dessus le marché. Quelque chose qui n'a rien à voir avec le jeu. En tout cas, si jeu il y a, c'est un jeu calculé. Comme aujourd'hui. Comme pour le diamant. Quatre carats, ni plus ni moins. Et le Roi savait déjà comment se l'approprier. Lorsqu'il serait prêt. S'il menait cette opération à bien, ce serait la dernière. Après, il n'aurait plus besoin de jouer. Plus ici. Plus à Changi.

« La chance finira par tourner, répéta Grey d'une voix fielleuse. Et savez-vous pourquoi ? Parce que vous êtes comme tous les malfaiteurs : Vous êtes d'une rapacité sans limites...

– Ça suffit, ces salades, s'écria le Roi avec hargne. Malfaiteur, je ne le suis pas plus que...

– Oh, mais si ! Vous passez votre temps à violer la loi.

– Et comment ! La loi des Japs peut toujours dire ce qu'elle...

– Je ne parle pas de la loi japonaise, bon Dieu, mais de la loi du camp. Et la loi du camp interdit les trafics. Or, vous n'arrêtez pas de vous livrer à vos combines.

– Prouvez-le.

– Je le prouverai en temps utile. Il suffira que vous commettiez une erreur. Alors, nous verrons comment vous vous en sortirez ! Et quand vous quitterez cette cage, je veillerai personnellement à ce que l'on vous expédie à Utram Road. »

Le Roi sentit ses entrailles se nouer.

« Seigneur, murmura-t-il entre ses dents, c'est que vous seriez assez salaud pour m'y envoyer.

– Et ce sera avec joie, croyez-moi, jeta Grey. Il avait un peu d'écume au coin des lèvres. D'abord, vous êtes comme cul et chemise avec les Japs.

– Fumier, va ! » Le Roi marcha sur Grey, balançant son poing comme une masse.

« Eh bien, que se passe-t-il ici ? »

Le colonel Brant grimpait en boitillant les marches de la baraque. Le colonel, qui mesurait à peine un mètre soixante, portait la barbe roulée sous le menton à la manière des Sikhs et ne se séparait jamais de son stick. Sa casquette, rapiécée avec des morceaux de toile à sac, n'avait plus de visière ; au milieu du bandeau, l'emblème régimentaire, usé par des années de fourbissage, jetait un éclat d'or.

« Rien, mon colonel... rien, répondit Grey en s'efforçant de retrouver sa respiration. Je fouillais simplement le caporal... »

Brant le coupa sans ménagements :

« Je vous en prie, Grey ! J'ai entendu ce que vous disiez au sujet d'Utram Road et des Japs. Nul ne vous conteste le droit de fouiller et d'interroger cet homme. Mais ce n'est pas une raison pour user de menaces et d'injures. » Il se tourna vers le Roi. La sueur perlait à son front. « Quant à vous, caporal, estimez-vous heureux que je ne signale pas votre indiscipline au capitaine Brough. C'est de la folie que de se promener accoutré de la sorte. Il y a de quoi rendre enragé n'importe qui. On dirait vraiment que vous cherchez à vous attirer des ennuis.

– A vos ordres, mon colonel. » Le Roi semblait calme, bien qu'il se reprochât intérieurement de s'être emporté. C'était là précisément faire le jeu de Grey !

« Regardez-moi, poursuivait Brant. Nom d'une pipe, croyez-vous que je me sente frais ? »

Le Roi ne répondit pas. Ça, mon vieux, pensait-il à part soi, ça, mon vieux, c'est ton affaire. Occupe-toi de toi – moi, je m'occupe de moi. Le colonel portait un simple pagne fait d'une moitié de sarong noué autour des reins. Sous cette manière de kilt, il n'avait rien. Le Roi était le seul dans tout Changi à arborer des pantalons. Il en possédait six paires.

« Vous vous figurez peut-être que vos souliers ne me font pas envie ? continua le colonel avec irritation. Alors que je n'ai que ces maudits machins à me mettre aux pieds ! » Il était chaussé de socques indigènes : Un morceau de bois que maintenait une bande de toile passant derrière le cou-de-pied.

« Je ne sais pas, mon colonel », fit le Roi avec cette petite note d'humilité si agréable à une oreille d'officier.

« C'est bon, grommela le colonel. C'est bon. » Il dévisagea Grey : « Je considère que vous devez des excuses au caporal, lieutenant. En le menaçant, vous vous êtes mis dans votre tort. Entièrement dans votre tort. Il faut être fair play, Grey, vous ne croyez pas ? » Il épongea ses joues ruisselantes.

Ravaler le juron qui lui montait aux lèvres exigea un effort héroïque de la part de Grey. « Je vous fais mes excuses », balbutia-t-il enfin d'une voix sourde. Le Roi eut du mal à réprimer un sourire.

Brant hocha la tête. « Parfait. Vous pouvez disposer, caporal. Mais un pareil harnachement constitue une véritable provocation. Si vous avez des histoires, vous l'aurez bien cherché.

– Je vous remercie, mon colonel. » Le Roi salua d'un air dégagé et sortit, une fois dehors, il respira profondément et se traita encore une fois de tous les noms. Bon Dieu, ç'avait été tangent ! Un peu plus et il frappait Grey... De la folie furieuse ! Il s'arrêta et alluma une autre cigarette. Les hommes qui rôdaient le long du chemin la virent et en respirèrent l'arôme.

Dans la baraque de la prévôté, le colonel n'avait pas quitté le Roi des yeux. « Rossard ! grommela-t-il en se tamponnant le front. Vraiment, Grey, le provoquer de cette manière... il faut que vous ayez perdu la raison !

– Je regrette, mon colonel. Je suppose que... que c'est parce qu'il est...

– Quoi qu'il puisse être, s'emporter est indigne d'un officier et d'un gentleman. Pas joli. Pas joli du tout, Grey. Ce n'est pas votre avis ?

– Si, mon colonel. »

Que pouvait-il dire d'autre ? Brant émit un grognement inarticulé et ses lèvres se pincèrent. « Parfait. Encore une chance que je sois passé par là. Impensable de laisser un officier se colleter avec un homme de troupe ! » Derechef, il lorgna vers la porte. Le Roi lui faisait horreur et, en même temps, il avait envie de sa cigarette. « Rossard, indiscipliné », continua-t-il à soliloquer, tournant toujours le dos à Grey. « Comme tous ses compatriotes. Pas intéressants, ces gaillards-là. Rendez-vous compte : Ils tutoient leurs officiers. Il haussa les sourcils. Et les gradés jouent aux cartes avec les simples soldats ! Miséricorde ! Encore pires que les Australiens. Ils sont pourtant gratinés, les Australiens ! Quelle pitié ! Ah, c'était autre chose, l'armée des Indes, hein ?

– Oui, mon colonel », murmura sourdement Grey.

Brant pivota sur ses talons. « Je ne voulais pas

dire... Enfin, Grey, c'est simplement que... Il s'interrompit brusquement, les yeux pleins de larmes. Pourquoi ont-ils agi comme cela ? Pourquoi, Grey ? Pourquoi ? Je... Nous les aimions. Tous autant que nous étions. »

Grey eut un geste fataliste. Si le colonel ne l'avait pas obligé à présenter des excuses au Roi, peut-être aurait-il eu pitié.

Brant hésita, puis se décida à s'en aller, la tête basse, les joues mouillées de pleurs.

Quand Singapour était tombé, en 1942, ses Sikhs avaient rallié l'ennemi en masse et lui avaient livré leurs officiers. Au début, les Japonais les avaient affectés à la garde des camps de prisonniers et certains de ces déserteurs s'étaient conduits en vrais sauvages. Les gradés qui les avaient eus sous leurs ordres étaient désespérés car les Sikhs avaient été à peu près les seuls à trahir. Les Gurkhas, eux, étaient demeurés fidèles jusqu'aux derniers. Malgré la torture et les outrages.

Le colonel Brant pleurait sur ses hommes. Ses hommes pour lesquels il serait mort. Pour lesquels il mourait encore tous les jours.

Grey le suivit des yeux tandis qu'il s'éloignait. Puis son regard se posa sur le Roi qui, planté devant le chemin, continuait de fumer. « Maintenant, tout le monde sait que ce sera lui ou moi. C'est une bonne chose. » Quand il se rassit, un trait de feu lui laboura le ventre : Depuis une semaine, la dysenterie le harcelait sans répit. « Merde, je m'en fous ! », murmura-t-il. Et il envoya le colonel Brant à tous les diables. Des excuses ! Je vous demande un peu...

Grey remercia Masters qui revenait avec le bidon d'eau fraîche. Il but une gorgée et se mit incontinent à réfléchir aux moyens de régler son compte au Roi. Mais la faim l'empêchait de se concentrer.

Un gémissement le fit sursauter. Inconscient de ses propres soupirs, Masters suivait des yeux le grouillement familier des lézards qui, infatigables, passaient leur temps à gober les mouches et à forniquer entre les lattes du toit.

« C'est la dysenterie qui vous travaille, Masters ? »

D'un geste apathique, le sergent chassa les mouches qui lui constellaient le visage. « Non, mon lieutenant. Elle n'est pas revenue depuis cinq semaines.

– De l'entérite, alors ?

– Non, grâce au ciel. Juste un peu d'amibiase. Bientôt trois mois que la malaria me laisse tranquille. Somme toute, je suis parfaitement en forme.

– Oui », murmura Grey. Et il ajouta après coup : « Vous avez l'air de l'être. » Mais il savait qu'il lui faudrait sous peu remplacer Masters. Son regard se détourna pour se poser à nouveau sur le Roi, toujours en train de fumer, et la tentation fut si forte que le prévôt en eut une nausée. Masters exhala une autre plainte.

« Mais qu'est-ce qui vous prend, à la fin ?

– Rien, mon lieutenant, rien. J'ai sans doute... »

Mais parler était trop fatigant. Les mots moururent sur les lèvres du sergent, se confondirent avec le vrombissement des mouches. Le jour appartenait aux mouches, la nuit aux moustiques. Jamais de silence. A quoi cela ressemble-t-il de vivre sans mouches, sans moustiques, sans personne autour de soi ? Masters fouillait ses souvenirs mais cela aussi demandait trop d'efforts et il se contenta de rester assis là où il se trouvait, immobile et muet, la respiration haletante. Vidé.

Insensible. Sauf ce quelque chose qui se tournait et se retournait désagréablement, au fond de son âme.

« Vous pouvez disposer, Masters. J'attendrai l'arrivée de l'homme de relève. Qui est-ce ? »

Masters contraignit son cerveau à fonctionner. Au bout d'un instant, il annonça : « C'est Bluey... Bluey White.

– Surveillez-vous un peu, que diable ! Il y a trois semaines que le caporal White est mort.

– Pardon, mon lieutenant, dit le sergent dans un souffle. Pardon. Je dois avoir... C'est... Euh, je pense que c'est Peterson. Le *Pommy* [1]. Je veux dire l'Anglais. Un fantassin, je crois.

– Bon. Allez déjeuner. Et revenez sans traînailler.

– Oui, mon lieutenant. »

Masters coiffa son chapeau de coolie, salua Grey et sortit d'un pas mal assuré en se grattant la hanche à travers ses guenilles.

On le sent à cinquante pas, se dit Grey. Qu'est-ce qu'ils attendent pour augmenter la ration de savon ?

Mais il savait que Masters n'était pas une exception : Tout le monde puait. Si vous ne vous baigniez pas six fois par jour, la sueur se plaquait sur vous comme un linceul. L'idée de linceul ramena les pensées de Grey sur Masters. Le sergent était marqué ; peut-être en était-il conscient. Alors, dans ce cas, à quoi bon se laver ?

Le lieutenant Grey avait vu mourir bien des hommes. L'évocation de son régiment, de la guerre le remplit d'amertume. Saloperie ! Vingt-quatre ans et toujours simple lieutenant. Il avait presque crié. Pendant ce temps, la guerre conti-

1. Terme légèrement méprisant par lequel les Australiens désignent les Anglais.

nuait... D'un bout du monde à l'autre. Des promotions du 1er janvier à la Saint-Sylvestre... D'innombrables possibilités d'avancement... Et moi, je pourris ici avec mes deux malheureuses ficelles ! Ah ! Si seulement on ne nous avait pas expédié à Singapour en 42 ! Si seulement nous étions allés là où nous le devions – au Caucase ! Si seulement...

« Ça suffit ! s'exclama-t-il à haute voix. Tu ne vaux pas mieux que Masters, espèce de con ! »

Parler de temps en temps tout seul n'avait rien d'anormal. Les médecins l'avaient toujours dit : Il faut se débarrasser de ce qui vous étouffe. Le garder au fond de soi, c'est le chemin le plus direct de la folie. La journée, c'était en général supportable. Il était possible de s'empêcher de penser à la vie d'autrefois et à tout ce dont elle était remplie – la nourriture, les femmes, la maison, la nourriture, la nourriture, les femmes, la nourriture. C'étaient les nuits qui étaient dangereuses. La nuit, vous rêviez. De nourriture, de femmes. De votre femme. Et, très vite, on en arrivait à préférer le rêve à l'état de veille ; si l'on n'y prenait garde, on se mettait à rêver debout. Alors, les jours et les nuits se télescopaient. Et la mort était au bout de la route. Douce. Souriante. Il était facile de mourir tandis que vivre était un supplice. Sauf pour le Roi. Pour lui, vivre n'était pas un tourment.

L'Américain était en grande conversation avec quelqu'un mais les deux hommes étaient trop loin pour que Grey, toujours aux aguets, pût surprendre leurs propos. Il n'arrivait pas non plus à identifier l'interlocuteur du Roi. Un commandant, à en juger par le brassard. D'ordre des Japonais, les officiers étaient en effet tenus de porter un brassard indiquant leur grade. Ils ne devaient jamais s'en séparer. Même quand ils étaient nus.

Les nuages sombres, signes avant-coureurs de la pluie, s'amassaient rapidement ; le ciel, vers l'est, s'embrasait d'éclairs diffus mais l'ardeur du soleil était toujours aussi impitoyable. Des souffles fétides soulevaient la poussière qui retombait sur le sol après un bref tourbillon.

Grey actionna la branche de bambou qui lui servait de tue-mouches. Le geste était devenu quasi inconscient. Une preste torsion du poignet, et une mouche s'abattit – une de plus. L'achever aurait été inconsidéré. Il fallait lui arracher les pattes, à cette salope. Pour que sa souffrance compensât tant soit peu votre propre souffrance. Lui arracher les pattes pour que ses cris inaudibles attirent les fourmis.

Mais Grey prit moins de plaisir que d'habitude à contempler la torture du bourreau. Son esprit était trop obsédé par le Roi.

2

« ET l'époque où j'étais à New York, s'exclama le commandant avec une jovialité forcée. En 33. Merveilleux séjour. Merveilleux pays, les Etats-Unis. Je ne vous ai jamais raconté mon voyage à Albany ? J'étais alors jeune officier...

– Si, mon commandant, dit le Roi d'une voix lasse. Si. Vous me l'avez déjà raconté. » Il estimait avoir été suffisamment poli comme cela. Il sentait peser sur lui le regard de Grey. Certes, il ne risquait rien et il n'avait aucunement peur. Mais il en avait assez d'être ainsi, debout en plein soleil, exposé à la vue de tout le monde. Il avait beaucoup de choses à faire. Si le commandant s'obstinait à tourner autour du pot, il pouvait bien aller au diable !

« Si vous permettez, mon commandant, je vais vous laisser maintenant. J'ai été content de bavarder avec vous.

– Oh... une minute encore ! », jeta précipitamment le commandant Barry. L'officier examina les alentours avec suspicion, conscient de la curiosité des hommes qui allaient et venaient, de leur étonnement informulé : Qu'est-ce qu'il peut bien raconter au Roi ? « Je... euh, pourrais-je avoir avec vous une conversation confidentielle ? »

Le Roi le dévisagea pensivement. « Nous pouvons causer ici. Vous n'avez qu'à parler à voix basse. »

Barry transpirait de confusion. Cela faisait des jours et des jours qu'il essayait d'accrocher le Roi. L'occasion était trop belle pour la laisser échapper. « Mais la baraque de la prévôté...

– Qu'est-ce que les flics ont à voir avec une conversation privée ? Je ne comprends pas, mon commandant, rétorqua le Roi, narquois.

– Il n'y a pas besoin de... euh... eh bien, le colonel Sellars m'a dit que vous pourriez peut-être me rendre un service. » Barry n'arrêtait pas de gratter son moignon, de le toucher, de le palper. « Accepteriez-vous de négocier quelque chose pour nous... je veux dire pour moi ? » Il attendit pour poursuivre qu'il n'y eût plus d'oreilles indiscrétes à proximité. « Il s'agit d'un briquet, souffla-t-il. Un Ronson en parfait état. » A présent qu'il en était venu au fait, le commandant se sentait un peu plus à l'aise. Mais, en même temps, il avait l'impression d'être nu. Dire cela à l'Américain, au grand jour, sur ce chemin public...

« A qui appartient-il ? », demanda le Roi après quelques instants de réflexion.

Barry, étonné, leva la tête.

« A moi. Seigneur, vous ne pensez tout de même pas que je l'ai volé ! Moi ! Faire une chose pareille ! Dieu tout-puissant ! Je l'ai conservé tout ce temps mais maintenant... maintenant, il faut que nous le vendions. Mon groupe est entièrement d'accord. » Il passa sa langue sur ses lèvres desséchées et flatta son moignon. « Voulez-vous vous charger de la transaction ? Je vous en prie... Vous obtiendrez les meilleures conditions.

– Le règlement interdit tout trafic.

— Oui, mais... Acceptez, je vous en supplie ! Vous pouvez avoir confiance en moi. »

Le Roi se déplaça de façon à présenter son dos à Grey — au cas où le prévôt serait capable de lire sur les lèvres... « Quelqu'un vous contactera après la croûte, fit-il d'un ton flegmatique. Le mot de passe sera : Le lieutenant Albany m'a dit de venir vous voir. Vous avez compris ?

— Oui, murmura Barry dont le cœur battait la chamade.

— Vous lui donnerez simplement l'objet. Quand je l'aurai vu, je vous ferai prévenir. Le mot de reconnaissance sera le même. » D'une pichenette, le Roi décapita sa cigarette et la jeta. Il allait l'écraser d'un coup de talon quand il remarqua l'expression du commandant. « Oh ! Vous voulez mon clope ? »

Barry se baissa et, radieux, ramassa le mégot. « Merci. Merci beaucoup. » Il le dépiauta avec soin et mélangea la pincée de tabac aux feuilles de thé séchées qu'il conservait dans une petite boîte métallique. Il souriait. « Il n'y a rien de tel pour adoucir. Merci de tout cœur. Ça fera au moins trois bonnes cigarettes. »

Le Roi porta la main à son calot.

« A bientôt, mon commandant.

— Euh... dites-moi ». Les mots venaient mal. La mine inquiète, le commandant parlait à voix couverte. « Ne croyez-vous pas que... comment dirais-je ?... confier l'objet à un inconnu, comme ça... enfin... comment saurai-je que... »

Le Roi l'interrompit séchement :

« Primo, il y a le mot de passe. Secundo, j'ai une réputation à soutenir. Tertio, je vous crois quand vous m'affirmez que vous ne l'avez pas volé. Maintenant, si vous préférez, n'en parlons plus.

— Mais non ! Ne vous méprenez surtout pas !

C'était une simple question. C'est... c'est tout ce qui me reste, vous comprenez ? Il parvint à sourire. Merci. Après le déjeuner. Oh ! Combien de temps pensez-vous qu'il vous faudra pour... euh... pour le réaliser ?

– Ce sera réglé aussi vite que je le pourrai. » Et le Roi conclut d'un ton tranchant : « Aux conditions habituelles. Je prends dix pour cent du prix de vente.

– Parfaitement. Merci. Et merci aussi pour le tabac. »

Maintenant que tout avait été dit, le commandant Barry était soulagé d'un gros poids. Avec un peu de chance, songeait-il en se hâtant, nous en retirerons dans les six ou sept cents dollars. De quoi manger pendant des mois en faisant attention. Pas une seule fois, il ne songea à l'homme à qui le briquet avait appartenu jadis et qui le lui avait confié, à lui, Barry, avant de partir pour l'hôpital quelques mois plus tôt. Il n'était jamais revenu. Cela, c'était le passé. Aujourd'hui, Barry était le propriétaire du briquet. Le briquet était son bien. Il pouvait en disposer.

Le Roi savait que la surveillance de Grey ne s'était pas relâchée un instant et l'excitation qu'il ressentait à l'idée d'avoir mené l'affaire à quelques pas de la baraque de la prévôté ajoutait encore à son contentement. Satisfait de lui-même, il s'engagea sur le chemin qui montait en pente douce, répondant automatiquement aux bonjours de tous ceux qu'il connaissait – officiers et simples soldats, Anglais et Australiens. Les uns avaient droit à un coup de menton amical, les autres – plus marquants – bénéficiaient d'un traitement moins cavalier. Il se souciait comme d'une guigne de la jalousie sournoise dont il était l'objet. Il en avait l'habitude ; cela l'amusait et ajoutait à sa stature. Il lui plaisait d'être appelé le

Roi et il était fier de ce qu'il avait fait. Comme homme – et comme Américain. Son habileté avait créé un univers. Un univers qu'il contemplait d'un œil complaisant.

Il s'arrêta devant la baraque vingt-quatre, une des baraques australiennes, et passa sa tête par une fenêtre.

« Hé ! Tinker, appela-t-il. Je voudrais que tu me rases et que tu me fasses les mains. »

Tinker Bell était un petit bonhomme filiforme et noiraud. Il avait des yeux étroits, très sombres et un nez qui pelait. Cet ancien tondeur de moutons était le meilleur barbier de Changi.

« Qu'est-ce qui t'arrive ? Tu vas à la noce ou quoi ? Je t'ai manucuré avant-hier.

– Eh bien, tu recommenceras aujourd'hui. »

Tinker haussa les épaules et, d'un bond, sortit par la fenêtre. Le Roi prit place dans le fauteuil installé sous l'auvent et se carra confortablement tandis que l'Australien lui nouait une serviette autour du cou, veillant à ce qu'elle ne fît pas de plis.

« Regarde voir, mon pote », dit le barbier. Et il passa un petit morceau de savon sous le nez de son client. « Sens-moi un peu ça. »

Le Roi sourit.

« Diable ! C'est du bon !

– Je sais pas si c'est du bon, mon gars. Ce qu'il y a de vrai, c'est qu'il est à la violette. C'est un pote à moi qui l'a chouravé pendant une corvée. A la barbe de ces putains de Japs. Il me coûte trente dollars », ajouta-t-il multipliant par deux le prix qu'il avait payé. Il cligna de l'œil. « Je te le réserve, spécial, si ça te botte.

– Ecoute voir : tant qu'il durera, je te donnerai cinq dollars au lieu de trois pour me raser. »

Tinker se livra à un rapide calcul. Le pain de savon ferait huit barbes, peut-être dix. « T'y penses pas, mon gars ! A ce taux-là, c'est à peine si je récupérerai mon pognon !

– C'est à prendre ou à laisser, Tink. Je peux en avoir autant que j'en veux à quinze dollars pièce.

– Merde de merde, s'exclama Tinker avec une colère feinte. Se faire couillonner par un copain ! On aura tout vu ! » L'air furieux, il commença à faire mousser le savon odorant dans l'eau chaude et, soudain, éclata de rire.

« C'est bien parce que t'es le Roi, mon pote.

– Eh oui », acquiesça le Roi, euphorique. Tinker et lui étaient de vieux amis.

« T'es prêt ? » demanda l'Australien en brandissant le blaireau couvert de mousse.

« Vas-y. » Mais au même instant, le Roi aperçut Tex sur le chemin. « Attends une minute. Hé, Tex ! »

Tex tourna la tête et, ayant reconnu le Roi, il s'approcha de son pas tranquille.

« Qu'est-ce qu'il y a ? »

C'était un adolescent décharné, les oreilles décollées, le nez en bec d'aigle, le regard satisfait. Et il était grand. Très grand.

Sans qu'on eût eu besoin de lui dire quoi que ce fût, Tinker s'éloigna discrètement tandis que le Roi faisait signe à Tex de venir plus près de lui.

« Tu veux me rendre un service ?

– Bien sûr. »

Le Roi sortit un billet de dix dollars de son portefeuille.

« Tu vas chercher le colonel Brant, le petit qui a un rouleau de barbe sous le menton, et tu lui remettras ça.

– Tu sais où il peut être ?

– A côté du gnouf. C'est aujourd'hui son tour de surveiller Grey. »

Tex sourit.

« Il paraît que tu as eu une prise de bec avec le flic ?

– Ce sale con m'a encore fouillé.

– C'est un emmerdeur.

– Tu parles ! Le Roi s'esclaffa. Tu diras aussi à Brant que, la prochaine fois, il n'attende pas aussi longtemps, la vache ! Mais c'est dommage que tu n'aies pas été là. Vingt Dieux, quel acteur, ce gars ! Il a été jusqu'à obliger Grey à me faire des excuses ! Tiens, ajouta-t-il en tendant une coupure de cinq dollars à Tex, tu lui expliqueras que ça, c'est pour les excuses.

– D'accord. C'est tout ?

– Pas encore. » Le Roi indiqua à son interlocuteur où il trouverait le commandant Barry et lui donna le mot de passe. Puis, il s'enfonça à nouveau dans le fauteuil tandis que Tex s'éloignait. Somme toute, la journée s'avérait fructueuse.

Grey traversa le sentier de terre battue et escalada précipitamment les marches de la baraque seize. C'était presque l'heure du déjeuner et la faim lui tordait douloureusement le ventre. Il alla à son lit, se munit hâtivement de ses deux gamelles, de son quart et de ses couverts, puis vint prendre place au bout de la file d'attente qui s'était déjà formée.

« Pourquoi la soupe n'est-elle pas encore arrivée ? demanda-t-il à Dave Daven qui se trouvait devant lui.

– Que diable voulez-vous que j'en sache ? », répondit sèchement l'interpellé. Daven était mince et raide comme un bambou et son accent dénotait qu'il était sorti d'un grand collège – Eton, Harrow ou Chaterhouse.

« On peut bien poser une question, non ? », maugréa le prévôt. Il n'éprouvait que dédain pour Daven, pour son accent, pour sa naissance.

Après une heure d'attente, un homme apparut avec deux bidons de vingt litres qu'il posa par terre au début de la file. Primitivement, les récipients avaient servi à transporter de l'essence à fort indice d'octane. L'un d'eux était plein de riz – un riz sec et translucide –, l'autre de soupe.

Aujourd'hui, c'était de la soupe de requin – il faut entendre par là que l'on avait dépecé un requin, bribe par bribe, afin de faire un bouillon pour dix mille hommes. C'était chaud, cela avait un vague goût de poisson et des fragments d'aubergines et de choux nageaient dans le liquide. Cinquante kilos de légumes pour dix mille hommes. Plus le jus de feuilles rouges et vertes, amères mais nourrissantes, cultivées avec amour dans les jardinets du camp. Le tout assaisonné de sel, de curry en poudre et de piment.

L'un après l'autre, les prisonniers avançaient en silence, chacun vérifiant d'un coup d'œil la part de celui qui le précédait et de celui qui le suivait. D'ailleurs, maintenant, après trois années, les portions étaient exactement les mêmes.

Une tasse par homme.

Le riz fumant était aujourd'hui du riz de Java aux grains bien détachés. Le meilleur du monde. Une tasse par homme.

Et un quart de thé.

Une fois servi, on s'installait à l'écart et, sans dire mot, on se dépêchait d'avaler sa pitance. Supplice raffiné ! Les charançons qui se mêlaient au riz constituaient un supplément et c'était sans colère qu'on enlevait un ver ou un insecte tombé dans la soupe. D'ailleurs, on n'accordait la plupart du temps qu'un bref regard au brouet, uniquement pour voir s'il n'y avait pas un petit morceau de poisson dans l'assiette.

Quand la distribution fut terminée, on fit le pointage et les trois hommes dont les noms figuraient en tête de la liste d'appel eurent le droit de finir ce qui restait dans les bidons. C'était un jour faste pour eux. Le repas était achevé. Il fallait patienter maintenant jusqu'au crépuscule pour le dîner.

Bien que l'ordinaire fût exclusivement composé de soupe et de riz, il y avait toujours quelqu'un, ici ou là, qui parvenait à l'agrémenter d'une tranche de noix de coco, d'une moitié de banane, d'un bout de sardine, d'une bouchée de « singe » ou même d'un œuf. Mais il était rare de bénéficier d'un œuf entier. Si les poules avaient pondu conformément aux prévisions, chacun en recevait un par semaine et c'était alors jour de gala. Une poignée de prisonniers touchaient, il est vrai, leur œuf quotidien, mais nul ne souhaitait faire partie de ces privilégiés.

« Ecoutez-moi un peu, les enfants ! »

C'était le capitaine Spence, petit, brun, aux traits tourmentés, qui avait parlé. Bien qu'il se tînt au centre de la baraque, sa voix portait à l'extérieur. Il était l'officier de semaine et était responsable de la baraque.

« Il faut dix types de plus demain pour la corvée de bois », annonça-t-il quand tout le monde fut attentif, et il appela les hommes désignés. Soudain, il leva la tête : « Marlowe ? Personne ne répondit. Est-ce que quelqu'un sait où il est ?

— Avec son groupe, je crois, dit Ewart.

— Voulez-vous lui dire que demain il fera partie de l'équipe qui travaille au terrain d'atterrissage ?

— Entendu. »

Spence fut pris d'une quinte de toux. Son asthme était aujourd'hui particulièrement pénible. Quand l'accès se fut calmé, il continua : « Le commandant du camp a eu ce matin une nouvelle entrevue avec le général japonais pour exiger une augmentation des rations et des attributions de médicaments. » Il s'éclaircit la gorge. « Comme d'habitude, il a essuyé un refus. La ration de riz reste fixée à cent vingt-cinq grammes par jour et par homme. » Spence ménagea une pause pour s'assurer que, dehors, les deux guetteurs étaient en place. Alors, il poursuivit d'un ton assourdi tandis que les hommes redoublaient d'attention :

« Les Alliés ont avancé d'une centaine de kilomètres depuis Mandalay. Les renforts ne cessent d'arriver. Les Japs s'enfuient en débandade. Nous progressons toujours en Belgique malgré le mauvais temps. Il y a des tempêtes de neige. Même chose sur le front de l'est mais les Russes foncent comme des dératés. Ils espèrent reprendre Kharkov dans les jours prochains. A Manille, les Américains font du bon travail. Ils approchent de... » Il hésita, cherchant à retrouver le nom qui lui échappait. « Je crois que c'est de l'Agno, sur l'île de Luçon. C'est tout. Mais c'est bon. »

Spence était content d'en avoir terminé. Chaque matin, il apprenait les informations par cœur à la réunion des responsables de baraque ; mais quand il se levait pour les réciter, il sentait la sueur se glacer sur son dos et son ventre se nouait. Un jour, un mouchard le vendrait, signalerait à l'ennemi qu'il était l'un des colporteurs de nouvelles. Et Spence n'était pas assez fort pour se taire. Ou bien ce serait un Japonais qui le prendrait sur le fait. Et alors, alors...

« Terminé, les enfants. »

Il s'en fut vers sa couchette, refrénant son envie de vomir, retira son short et, une serviette sous le bras, sortit de la baraque.

Au soleil, la chaleur était accablante ; la pluie ne tomberait pas avant deux heures. Spence traversa le ruban d'asphalte et alla prendre place au bout de la file qui s'étirait devant la douche. Après les nouvelles, il s'offrait toujours une douche pour se débarrasser de l'odeur aigre de la sueur qui se collait sur son corps.

« Ça ira comme ça, mon pote ? », demanda Tinker.

Le Roi considéra ses ongles : Ils étaient irréprochables. Ses joues tonifiées par l'application de serviettes alternativement chaudes et froides, revigorées par la lotion, le picotaient agréablement. « C'est formidable, dit-il en réglant son dû à l'Australien. Merci, Tink. » Il se leva, se recoiffa et salua d'un signe de tête le barbier et le colonel qui attendait stoïquement son tour. D'un pas vif, il s'éloigna des baraques serrées les unes contre les autres, impatient de rejoindre la sienne : il avait faim et c'était une sensation plaisante.

La baraque américaine se dressait à l'écart. Elle se trouvait suffisamment près du mur d'enceinte pour bénéficier de son ombre pendant l'après-midi, suffisamment prés du sentier circulaire qui était l'artère vitale du camp, suffisamment près, aussi, de la clôture de barbelés. C'était un emplacement parfait. Le capitaine aviateur Brough, l'officier le plus ancien dans le grade le plus élevé, avait exigé que les G.I. aient leur baraque à eux. La plupart des officiers américains auraient préféré y établir eux aussi leurs quartiers – il leur était difficile de cohabiter avec des étrangers – mais cela leur avait été refusé, les Japonais ayant ordonné que les gradés fussent séparés des simples soldats.

Le Roi pensait au diamant. L'opération serait délicate à mener ; pourtant, il fallait qu'il parvînt à la réaliser. Comme il approchait de sa baraque, il remarqua soudain un jeune garçon assis en tailleur à quelque distance du chemin et qui parlait en malais avec un indigène. Une peau très sombre tendue sur des muscles saillants. Les épaules larges. Les hanches étroites. L'inconnu ne portait qu'un simple sarong mais avec tant d'aisance que l'on avait l'impression qu'il n'avait jamais été autrement vêtu. Ses traits étaient accusés, et, bien qu'il eût la maigreur des détenus de Changi, on ne pouvait s'empêcher d'être frappé par la grâce et la vivacité de ses mouvements.

Le Malais, fluet, l'épiderme bistre, écoutait avec attention le discours chantonnant. Soudain, il éclata de rire, découvrant des dents abîmées par l'abus du bétel, et répondit quelque chose en soulignant d'un geste de la main ses paroles mélodieuses. Le prisonnier s'esclaffa à son tour et, insoucieux du regard intense que l'Américain fixait sur lui, interrompit le Malais par un flot de paroles.

Le Roi n'attrapait qu'un mot par-ci par-là ; connaissant mal l'idiome local, il ne parvenait à se faire entendre qu'en baragouinant un mélange de malais, de japonais et de *pidgin English*. L'homme riait d'un rire sonore, et c'était là un phénomène exceptionnel. Il suffisait de l'écouter pour comprendre que ce rire jaillissait du plus profond de l'être. Une chose très rare. Inestimable.

Songeur, le Roi atteignit la baraque. Ceux qui s'y trouvaient levèrent vivement les yeux à son entrée et l'accueillirent avec amabilité. Il leur rendit leurs saluts de bonne grâce. Mais ni lui ni les autres n'étaient dupes de ces bons procédés.

Allongé sur son lit, Dino dormait à moitié. C'était un type de petite taille, basané, dont les cheveux noirs commençaient déjà à grisonner. Il avait des yeux voilés, troubles. Des yeux éteints. Le Roi surprit son regard et eut un hochement de tête approbatif. Dino sourit. Mais ses yeux ne souriaient pas.

A l'autre extrémité de la baraque, Kurt abandonna un instant son travail – il essayait de raccommoder un short – et cracha par terre. C'était un être rabougri à l'air louche ; avec ses dents jaunes, il ressemblait à un rat ; il avait la manie de cracher tout le temps et n'était guère populaire auprès de ses camarades car il ne se baignait jamais. Au milieu de la pièce, Byron Jones III et Miller disputaient une de leurs interminables parties d'échecs. Tous deux étaient nus. Deux ans plutôt, quand son bateau (un bateau de commerce) avait été torpillé, Miller pesait cent quarante-quatre kilos et mesurait un mètre quatre-vingt-dix-huit. A présent, il ne dépassait pas soixante-six kilos et les plis de son ventre retombaient comme un tablier sur son sexe. Une lueur brilla dans ses prunelles quand il prit un cheval à Byron Jones III. Mais il s'aperçut alors que sa tour était menacée.

« Tu l'as cherché, dit son adversaire en grattant ses jambes couvertes de plaies.

– Je t'emmerde ! »

Jones ricana. « La Navy possédera la marine marchande à tous les coups. Et à n'importe quoi.

– Ça ne vous a pas empêchés de vous faire couler, bande de cons. Et un cuirassé, encore, que c'était.

– C'est vrai », murmura pensivement Jones en jouant avec son bandeau tandis qu'il revivait par la pensée l'agonie du *Houston*, la mort de ses copains, la perte de son œil.

Max était assis à côté du lit du Roi au pied duquel un grand coffre noir était fixé par une chaîne.

« Ça va, Max. Tu peux t'en aller. »

Max avait un visage usé. Né dans les faubourgs de New York, c'est dans les rues que, très jeune, il avait fait son apprentissage de la vie. Ses yeux étaient perpétuellement en mouvement. D'un geste automatique, le Roi sortit sa tabatière et lui donna un peu de tabac brut.

« Merci. Oh ! Lee m'a chargé de te dire qu'il a fait ton nettoyage. Il est en train de croûter – on est du second service aujourd'hui – mais il m'a demandé de te prévenir.

– Je te remercie. » Quand le Roi prit son paquet de Kooas, chacun, dans la baraque, retint son souffle. Avant qu'il n'eût eu le temps d'extraire ses allumettes, Max frottait son briquet à silex de fabrication locale.

Le Roi aspira une bonne bouffée.

« Merci, Max. Tu veux une Kooa ?

– Et comment ! s'écria Max, insoucieux du ton ironique de l'autre. T'as besoin d'autre chose ?

– Pas pour le moment. Si ça se trouve, je te ferai signe. »

Max s'en fut s'asseoir sur son châlit près de la porte. Tous les regards étaient braqués sur sa cigarette mais personne ne faisait de commentaire. Elle était à lui. Il l'avait gagnée. Quand ce serait aux autres de monter la garde devant les affaires du Roi, peut-être auraient-ils à leur tour droit à la même faveur.

Dino adressa un sourire à Max qui lui répondit par une œillade. Les deux hommes se partageraient la Kooa après le repas. Tout ce qu'ils pouvaient trouver ou qu'ils arrivaient à chaparder, ils le partageaient toujours entre eux. Ils constituaient un groupe.

C'était la règle à Changi. On faisait corps avec son groupe. La nourriture était mise en commun et l'on avait confiance en ses amis. Ces associations comprenaient deux ou trois hommes, rarement quatre. Livré à lui-même, l'individu avait un champ d'action trop limité ; il était impossible de se procurer seul du ravitaillement, de construire un feu, de cuire sa pitance et de lui faire un sort.

Trois était le nombre idéal : un pour aller aux provisions, un pour surveiller ce que le premier rapportait, le troisième en réserve. Ce dernier, à moins qu'il ne se trouvât malade, pouvait aider indifféremmment les deux autres. Et tout était divisé en trois : que vous vous procuriez un œuf, que vous voliez une noix de coco ou que vous rameniez une banane au retour d'une corvée, le trophée revenait au groupe. Comme toutes les lois naturelles, c'était une loi simple. La conjugaison des efforts était le seul moyen de survivre. Se retirer du groupe était fatal. Si quelqu'un était chassé du sien, la nouvelle s'en répandait aussitôt. Et, isolé, l'homme était incapable de survivre.

Pourtant, le Roi n'appartenait à aucun groupe. Il se suffisait à lui-même.

Son lit se trouvait dans un angle de la baraque ; à la meilleure place, sous une fenêtre, de sorte qu'il bénéficiait du plus léger souffle de vent. Deux mètres cinquante le séparaient du lit voisin. Et le sien était un bon châlit en acier muni de ressorts solides, d'un matelas garni de kapok. Deux couvertures le couvraient, d'où émergeaient des draps neigeux et la blancheur de l'oreiller. Une moustiquaire immaculée était tendue au-dessus de la couche.

Le Roi disposait encore d'une table, de deux fauteuils et de deux carpettes posées de part et d'autre de son lit. Sur des étagères s'alignaient les affaires de toilette – rasoir, blaireau, savon, lames – la vaisselle, les couverts et un petit réchaud électrique. Dans le coin était installée sa garde-robe : quatre chemises, quatre pantalons, quatre shorts. Six paires de chaussettes et des sous-vêtements étaient rangés sur un rayonnage. Sous le lit il y avait deux paires de chaussures, des sandales de bain et d'étincelants chappals indiens.

Le Roi s'assit dans un de ses fauteuils et s'assura que tout était en ordre. Le cheveu qu'il avait posé sur son rasoir n'était plus à sa place. Les salauds, songea-t-il. Ils vont me refiler leurs morpions, ces cochons-là ! Mais il ne dit rien. Il faudra simplement qu'il pense à mettre l'instrument sous clé à l'avenir.

« Salut, dit Tex. Tu es occupé ? »

C'était un mot de passe. Cela signifiait : Es-tu prêt à recevoir la marchandise ?

Le Roi fit oui de la tête en souriant et Tex lui glissa discrètement le briquet dans la main. « Merci. Tu veux manger ma part aujourd'hui ?

– Tu parles ! » Et Tex s'esquiva.

Le Roi examina complaisamment le Ronson. Le commandant n'avait pas menti : le briquet était presque neuf. Pas une éraflure. Il fonctionnait à tous coups, il n'était pas encrassé. Le Roi dévissa la mollette et fit tomber un minuscule éclat de silex qu'il échangea contre une pierre d'origine. Un coup de pouce, et l'étincelle jaillit. Quand il eut soigneusement réglé la mèche, il s'estima satisfait : c'était un authentique Ronson, pas une contrefaçon, dont il tirerait certainement huit ou neuf cents dollars.

De sa place, il apercevait le jeune homme en sarong et le Malais qui bavardaient toujours.

« Hé, Max ! » appela-t-il sans hausser le ton.

Max traversa la baraque à grands pas.

« Oui ? »

Le Roi donna un coup de menton en direction du chemin.

« Tu vois ce type ?

– Lequel ? Le mal blanchi ?

– Non, l'autre. Va le chercher, veux-tu ? »

Max sortit par la fenêtre, traversa le sentier.

« Eh, toi, là-bas, lança-t-il, le Roi te réclame. » Du pouce, il désignait la baraque. « Grouille. »

L'air stupéfait, le garçon regarda Max, puis la baraque.

« Moi ? fit-il d'une voix où perçait l'incrédulité.

– Dame !

– Pourquoi ?

– Qu'est-ce que tu veux que j'en sache ? »

Le jeune homme se raidit et il fronça les sourcils. Il réfléchit un moment, puis se tourna vers l'indigène :

« Nanti-lah, Suliman.

– Bik, tuan », répondit son interlocuteur en se préparant à attendre. Et il ajouta, toujours en malais : « Garde-toi, tuan. Et va avec Dieu. »

Le jeune homme sourit.

« Ne crains rien, ami – mais je te suis reconnaissant de cette pensée. » Il se leva et suivit Max dans la baraque.

« Vous voulez me voir ? demanda-t-il, se dirigeant droit vers le Roi.

– Salut », fit le Roi, la bouche fendue d'un large sourire. Le regard de l'homme était impénétrable, ce qui lui plaisait : c'était rare. « Prenez un siège. » Sur un signe de tête du Roi, Max s'éclipsa. D'un commun accord, tous ceux qui se trouvaient à portée de voix s'écartèrent pour que le Roi pût parler librement.

Ce dernier renouvela cordialement son invite.

« Allez, asseyez-vous.

– Merci.

– Une cigarette ? »

L'homme ouvrit des yeux ronds. Il hésita avant de se servir. A la vue du Ronson son étonnement s'accrut encore mais il s'efforça de le dissimuler en aspirant la première bouffée. « Ce que c'est bon ! dit-il voluptueusement. Merci.

– Comment vous appelez-vous ?

– Marlowe. Peter Marlowe. Et vous ? », ajouta-t-il non sans ironie.

Le Roi éclata de rire. Ce type-là avait le sens de l'humour et ce n'était pas un lèche-cul. Bonne chose ! Il se nomma et poursuivit : « Vous êtes Anglais ?

– Oui. »

Le Roi n'avait jamais remarqué Marlowe jusqu'ici mais ce n'était pas tellement étonnant, tant les visages des dix mille prisonniers de Changi se ressemblaient. Il étudia en silence son vis-à-vis qui, de son côté, dardait sur lui un regard froid.

« Les Kooas sont à peu près les meilleures cigarettes dans ce coin, dit-il enfin. Bien sûr, on ne peut pas les comparer aux Camels. Il n'existe rien de tel que les Camels nulle part. Vous les connaissez sans doute ?

– Oui, mais je les trouve un peu âcres. En fait, mes favorites sont les Gold Flake. J'imagine que c'est une question de goût », conclut-il avec courtoisie. Puis, il se tut, attendant que son interlocuteur en vînt au fait. Le Roi lui était sympathique malgré sa réputation. A cause de la gaieté qui brillait dans ses prunelles.

« Vous parlez très bien le malais.

– Oh... pas trop mal. »

Le Roi retint un juron. Ah ! ces Anglais et leur sacrée manie de s'exprimer en pointillé ! Mais, patiemment, il poursuivit son interrogatoire :

« Vous l'avez appris ici ?

– Non. A Java. » Marlowe marqua un temps et regarda autour de lui :

« Vous êtes rudement bien installé.

– J'aime avoir mes aises. Comment vous le trouvez, ce fauteuil ?

– Très confortable. Marlowe parut légèrement démonté.

– Il m'a coûté quatre-vingts tickets, déclara le Roi avec orgueil. L'année dernière. »

Marlowe jeta un rapide coup d'œil à l'Américain. Le Roi plaisantait, c'était sûr ! Mais non : selon toute apparence il était au comble de la béatitude et ne manifestait qu'une évidente fierté. Avouer une chose pareille, comme cela, froidement, à un étranger... c'était extraordinaire. « Il est très confortable, répéta le jeune homme pour dissimuler son embarras.

– Je vais préparer la jaffe. Je vous invite ?

– Je... je viens juste de déjeuner, répondit Peter Marlowe avec circonspection.

– Bah ! Ça ne vous fera pas de mal de recommencer. Un œuf, ça vous dit ? »

Cette fois, l'Anglais, incapable de cacher son désarroi, écarquilla de grands yeux, et le Roi sourit : avoir obtenu cette réaction valait bien la dépense ! Il s'agenouilla devant le coffre qu'il se mit en devoir d'ouvrir.

Marlowe, abasourdi, en inventoria le contenu : une demi-douzaine d'œufs, plusieurs sacs de café en grains, des bocaux de gula malacca – ce succulent caramel dont se régalent les Orientaux –, au moins une livre de tabac javanais, une dizaine d'étuis de Kooas, deux pots de verre, l'un rempli de riz et l'autre de germes de katchang idju, de l'huile, quantité d'autres friandises enveloppées dans des feuilles de bananier... Cela faisait des années que Peter n'avait vu autant de trésors.

Le Roi prit deux œufs et de l'huile, puis referma son coffre. Quand il se tourna vers Marlowe, il remarqua que celui-ci avait retrouvé son masque impénétrable.

« Comment préférez-vous votre œuf ? Frit ?

– Je ne crois pas qu'il serait très honnête d'accepter. » Les mots passaient difficilement. « Je veux dire que l'on n'offre pas des œufs aux gens... comme ça. »

Le Roi sourit. Un brave sourire qui réchauffa le cœur de Marlowe. « Ne vous cassez pas la tête pour ça. Disons que c'est la solidarité atlantique qui joue... la loi prêt-bail. »

La contrariété se peignit le temps d'un éclair sur les traits du Britannique dont les mâchoires se crispèrent.

« Qu'est-ce qu'il y a ? demanda le Roi d'un ton brusque.

– Rien », répondit Marlowe au bout de quelques secondes. Il contempla l'œuf. La distribution n'aurait lieu que dans six jours. « Si vraiment cela ne vous ennuie pas, je l'aimerais frit.

– C'est commne si ça y était ! »

Le Roi savait qu'il avait commis un faux-pas : quelque chose tracassait Marlowe. Ils sont bizarres, ces étrangers. On ne peut jamais prédire comment ils vont réagir.

Il posa le réchaud sur la table et le brancha.

« Il est chouette, hein ?

– Oui.

– C'est Max qui me l'a fabriqué. »

Peter Marlowe suivit son regard.

« Tu veux quelque chose ? demanda Max, sentant qu'on l'observait.

– Non. Je lui explique simplement que c'est toi qui as bricolé le chauffe-plats.

– Oh ! Il marche ?

– Bien sûr. »

Marlowe s'approcha de la fenêtre et lança en malais à Suliman :

« Je te prie de ne pas m'attendre. Je te reverrai demain.

– Très bien, tuan. La paix soit sur toi.

– Et qu'elle soit sur toi aussi. » Il sourit à l'indigène qui s'éloignait et revint s'asseoir.

Le Roi cassa les œufs dans l'huile bouillante. Les jaunes jetaient un ardent éclat d'or ; le blanc, tout autour, grésillait et sifflait, commençait à se prendre. Brusquement, toute la baraque fut pleine du chuintement de la friture dont le pétillement s'infiltrait dans le cerveau et dans le cœur des hommes, leur faisait venir l'eau à la bouche. Cependant, nul ne parla. Nul ne bougea. Sauf Tex, qui sortit.

L'odeur de l'huile chaude s'engouffra dans les narines de ceux qui déambulaient sur le chemin, attisant la haine que le Roi leur inspirait, se répandit jusqu'en bas de la côte, envahit la baraque de la prévôté. Dès qu'ils l'eurent respirée, Grey et Masters comprirent d'où elle venait.

Pris d'une brusque nausée, le prévôt se dirigea vers la sortie, décidé à faire le tour du camp pour fuir cet arôme. Mais, changeant brusquement d'idée, il se retourna.

« Venez, sergent. Nous allons rendre une petite visite aux Américains. C'est le moment de vérifier l'histoire de Sellars.

– Bien, mon lieutenant. » De respirer cette odeur, Masters avait le corps comme déchiré. Le salaud ! Il pourrait quand même faire sa cuisine avant le déjeuner, et pas juste après, quand on a encore cinq heures à attendre pour dîner !

– Les Américains sont du second service aujourd'hui. Ils n'ont pas mangé à l'heure qu'il est. »

Dans la baraque américaine, on trouvait le temps long. Dino essayait de se rendormir, Kurt continuait son travail de couture, les joueurs avaient repris leurs cartes à la table de poker, Miller et Byron Jones III poursuivaient leur éternelle partie d'échecs. Mais le grésillement de la friture réduisait à néant les efforts des uns et des autres pour jouer la comédie de l'indifférence ; Kurt s'enfonça son aiguille dans le doigt et poussa un juron obscène, Dino voyait le sommeil le fuir, Byron Jones III regardait avec consternation la lourde patte de Miller, sale et puante, s'emparer de sa reine.

« Crénom ! Si seulement il pouvait pleuvoir ! », fit-il d'une voix étranglée sans s'adresser à personne en particulier.

Il n'y eut pas de réponse. Nul n'entendait quoi que ce fût, hormis le crachotement de l'huile chaude.

Le Roi, lui aussi, se concentrait. Sur la poêle. Il se vantait de n'avoir pas d'égal pour préparer les œufs. Faire frire un œuf, affirmait-il, exige un œil d'artiste. Il faut aller vite – mais pas trop.

Il leva la tête et sourit à Peter Marlowe mais celui-ci n'avait d'yeux que pour les œufs.

« Bon Dieu, murmura-t-il – et ce n'était pas un juron : c'était une bénédiction, – ce que ça peut sentir bon ! »

La remarque fit plaisir au Roi. « Attendez que j'aie fini. Bon sang, des œufs comme ça, vous n'en avez jamais vus. » Délicatement, il les saupoudra de poivre, ajouta le sel. « Vous aimez cuisiner ?

– Oui, répondit Marlowe. » Sa propre voix lui semblait irréelle. « C'est presque toujours moi qui fais la cuisine pour mon groupe.

– Comment préférez-vous qu'on vous appelle ? Pete ? Peter ? »

Le jeune homme ne montra pas sa surprise. Seuls des amis éprouvés, des amis intimes vous appellent par votre petit nom. Autrement, comment distinguer les amis des simples relations ? Mais, dans le regard du Roi, il ne lut que sympathie et il murmura en dépit de lui-même : « Peter.

– D'où êtes-vous originaire ? »

Des questions, toujours des questions ! Après, il va vouloir savoir si je suis marié ou combien j'ai en banque. C'était par curiosité qu'il s'était rendu à l'invite du Roi et, à présent, il s'en voulait presque d'avoir cédé à ce mouvement. Mais le spectacle des œufs en train de frire était si radieux qu'il en oublia son irritation.

« De Porchester. Une petite bourgade sur la côte sud de l'Angleterre, dans le Hampshire.

– Vous êtes marié, Peter ?

– Et vous ?

– Non. »

Le Roi aurait volontiers continué sur ce ton mais les œufs étaient à point. Il souleva la poêle et adressa un signe du menton à Peter.

« Les assiettes sont derrière vous. » Et il ajouta avec une fierté évidente : « Regardez un peu ça ! »

C'étaient les œufs les plus merveilleux que Marlowe eût jamais vus ; le Roi méritait de recevoir le compliment suprême dont un Anglais peut gratifier quelqu'un :

« Pas mal, lâcha-t-il posément. Pas trop mal, en vérité. » Il leva vers l'Américain un visage tout aussi imperturbable que sa voix était impassible pour porter l'éloge à son apogée.

« Qu'est-ce qu'il raconte, ce tordu ? fulmina le Roi. Vous n'avez jamais vu des œufs pareils de toute votre existence ! »

Peter Marlowe était scandalisé et un silence de mort régnait dans la baraque. Mais un sifflement rompit le charme. Instantanément, Dino et Miller bondirent sur leurs pieds et se précipitèrent vers le Roi tandis que Max suveillait la porte. En un clin d'œil, les deux carpettes disparurent, les lits furent rapprochés de sorte que, aux yeux de n'importe quel intrus, le Roi ne disposait, comme tout le monde, que d'un espace d'un mètre vingt sur un mètre quatre-vingts.

Le lieutenant Grey apparut sur le seuil. Derrière lui le sergent Masters avançait d'un pas décidé.

Les Américains dévisagèrent Grey et, après avoir attendu quelques secondes, histoire de marquer le coup, tout le monde se leva. Grey ménagea une pause tout aussi insolente avant de saluer brièvement le détachement. « Repos ! », grommela-t-il. Peter Marlowe n'avait pas bougé de son siège.

« Lève-toi, souffla le Roi. Sinon tu vas écoper du maxi. » Sa longue expérience permettait au Roi de deviner que Grey était remonté à bloc. Pour une fois, ce n'était pas lui, mais Marlowe que le prévôt fusillait du regard.

Et le Roi frissonna !

Prenant son temps, Grey traversa la baraque et s'immobilisa devant l'Anglais. Longtemps, il contempla les œufs. Puis il jeta un coup d'œil au Roi et, à nouveau, braqua ses prunelles sur Marlowe.

« Vous êtes bien loin de vos quartiers, Marlowe. »

Marlowe sortit sa tabatière, déposa une pincée de tabac au creux d'une feuille de rotang qu'il roula entre ses doigts, puis porta à ses lèvres, lentement. Et cette lenteur, ce silence, étaient comme un soufflet à la face de Grey.

« Vous croyez, mon vieux ? finit-il par dire d'une voix douce. Un Anglais est chez lui partout, non ?

– Où est votre brassard ?

– Dans ma ceinture.

– Vous devez le porter au bras, Ce sont les ordres.

– Les ordres des Japs. Je n'aime pas les ordres des Japs.

– Ce sont aussi ceux du commandant du camp. »

C'est à peine si une oreille américaine eût décelé une ombre d'irritation dans cet échange de répliques proférées d'un ton tranquille. Mais Grey et Marlowe savaient parfaitement à quoi s'en tenir : brusquement, c'était, entre eux, une déclaration de guerre. Peter Marlowe haïssait les Japonais et, pour lui, Grey représentait les Japonais dès lors qu'il était chargé de faire respecter un règlement qu'ils imposaient. Mais une autre haine, plus profonde, une haine impitoyable, séparait les deux hommes. Atavique. Une haine de classe. Marlowe savait que Grey le méprisait à cause de son milieu, à cause de son accent. Deux choses que Grey convoitait plus que tout et dont il serait toujours privé.

« Mettez-le. »

Grey était dans son droit. Avec un haussement d'épaules, Marlowe obéit.

Le Roi écarquilla les yeux en voyant les galons de capitaine d'aviation. Bon Dieu, un officier ! Et moi qui allais lui demander de...

« Je suis vraiment désolé d'interrompre votre repas, reprenait Grey. Mais il paraît que quelqu'un a perdu quelque chose.

– Perdu quelque chose ? » Le Roi eut du mal à contenir le juron qui lui montait aux lèvres. Le Ronson ! Seigneur ! hurla-t-il silencieusement, Seigneur, débarrassez-moi de ce foutu briquet ! Une vague de peur le parcourut.

« Qu'est-ce qui vous prend, caporal ? », demanda Grey en le regardant attentivement. Il avait remarqué la sueur qui perlait sur le visage du Roi.

« Il fait drôlement chaud, vous ne trouvez pas ? », répondit le Roi d'une voix blanche. Sa chemise amidonnée s'avachissait sous l'effet de la transpiration. On l'avait donné ! Et Grey jouait au chat et à la souris... S'enfuir... Mais Marlowe était devant la fenêtre. Et puis, le prévôt n'aurait pas de mal à le rattraper. De plus, ce serait se reconnaître coupable.

Il vit remuer les lèvres de Grey et eut l'impression d'osciller, en équilibre entre la vie et la mort.

« Qu'avez-vous dit, mon lieutenant ? »

Cette fois, le « mon lieutenant » n'était pas insultant. Le Roi fixait sur Grey un regard incrédule.

« Que le colonel Sellars a signalé le vol d'une bague en or », répéta Grey.

Le Roi sentit son cœur bondir dans sa poitrine. Ce n'était pas le Ronson ! Il s'était inquiété pour rien. Il ne s'agissait que de la bague de Sellars ! Cette bague, il l'avait vendue pour le compte de son propriétaire trois semaines plus tôt – en réalisant un joli petit bénéfice. Alors, comme ça, Sellars avait prétendu qu'on la lui avait volée ? L'impudent salopard ! « Mince, le coup est vache, s'exclama-t-il, et un soupçon de rire perçait dans ses paroles. Volée ! Vous vous rendez compte ?

– Parfaitement, fit Grey d'un ton rauque. Et vous ? »

Le Roi ne répondit pas. Il avait envie de sourire. Ce n'était pas le briquet. Il ne risquait rien.

« Vous connaissez le colonel Sellars ?

– Vaguement, mon lieutenant. J'ai joué une ou deux fois au bridge avec lui. » Le Roi, à présent, avait recouvré son calme. Mais, implacable, Grey continuait de le harceler :

« Vous a-t-il jamais montré sa bague ? »

Le Roi rassembla ses souvenirs. Sellars la lui avait fait voir à deux reprises : Quand il lui avait demandé de la négocier et au moment de l'expertise.

« Jamais, mon lieutenant », dit-il innocemment. Impossible de le convaincre de mensonge : Il n'y avait pas eu de témoin.

Brusquement, Grey eut assez de cette comédie. Les œufs l'ensorcelaient tellement que cela lui portait au cœur. Il aurait donné n'importe quoi pour en goûter un. N'importe quoi...

La voix de Marlowe s'éleva tout à coup :

« Oh, Grey, mon vieux, auriez-vous du feu ? » Il n'avait pas pris son briquet à silex et avait envie de fumer. Terriblement. L'aversion qu'il ressentait pour le prévôt était si forte qu'il en avait la bouche sèche.

« Non. » Tu n'as qu'a te trouver du feu toi-même, songea Grey avec humeur en se détournant, prêt à partir. C'est alors qu'il entendit Marlowe demander au Roi : « Prêtez-moi donc votre Ronson, voulez-vous ? » Lentement, le lieutenant pivota sur lui-même. Peter, le sourire aux lèvres, regardait le Roi.

Les mots parurent déchirer l'air, se ruer aux quatre coins de la baraque.

Le Roi, épouvanté, se mit à chercher des allumettes pour gagner du temps.

« Dans votre poche gauche », précisa Marlowe.

Et le Roi, en cette minute, mourut et naquit une seconde fois. Chacun retenait son souffle. Car le Roi demeurait sans voix. Le Roi était pris. Emballé, pesé, ce qui était inimaginable. Tableau : le prévôt, le Roi et l'homme qui avait livré le Roi, l'avait offert à Grey comme un agneau au couteau du sacrificateur. Les uns étaient écrasés d'horreur, d'autres savouraient le spectacle. Certains s'inquiétaient. Merde, se lamentait Dino ! Dire que c'était demain mon tour de surveiller sa boîte !

« Qu'est-ce que vous attendez pour lui donner du feu ? », demanda Grey. Il n'avait plus faim ; une grande chaleur, à présent, l'habitait : il savait qu'aucun Ronson ne figurait sur la liste des objets personnels du Roi.

Celui-ci sortit le briquet. La flamme jaillit. La flamme qui allait le consumer.

« Merci », murmura Marlowe, toujours souriant. Alors seulement il se rendit compte de la chose monstrueuse dont il était responsable.

« Tiens ! », laissa tomber Grey en s'emparant du briquet. Et cette simple exclamation sonna majestueusement, fatidique, chargée de violence.

Le Roi garda le silence. Qu'aurait-il pu dire ? Il attendait. Maintenant qu'il était au pied du mur, il n'avait plus peur. Il maudissait seulement sa propre stupidité. Celui qui tombe à cause de sa bêtise ne mérite pas le nom d'homme. Ni celui de Roi. Si le Roi est le plus fort, ce n'est pas exclusivement en raison de sa force mais grâce, aussi, à la ruse et à la chance.

« D'où ce briquet vient-il, caporal ? »

La question était comme une caresse...

Marlowe, l'estomac retourné, se creusait frénétiquement la cervelle. « Il est à moi », dit-il. Et, se rendant compte que le mensonge ne pouvait tromper personne, il se hâta d'ajouter : « On a joué au poker. Et j'ai perdu. C'était juste avant le déjeuner. »

Interloqués, Grey, le Roi, tous les occupants de la baraque le regardèrent bouche bée.

« Quoi ?

– Je l'ai perdu, répéta Marlowe. En jouant au poker. J'avais une quinte. » Il se tourna vers le Roi. « Expliquez-lui », jeta-t-il. Il lui passait la balle pour l'éprouver.

Le Roi était encore bouleversé mais ses réflexes étaient bons. Il embraya aussitôt. « Oui. On faisait un stud. J'avais un full et...

– Qu'est-ce que vous aviez comme cartes ?

– As et deux », lança froidement Marlowe. Qu'est-ce que cela peut bien être, le stud, se demandait-il ?

Le Roi cilla en dépit de son sang-froid hors de pair. Il avait été sur le point de répondre « aux rois par les femmes ». Il savait que Grey avait enregistré son sursaut.

« Vous mentez, Marlowe !

Marlowe chercha à gagner du temps.

– Ce n'est pas une chose à dire, mon vieux ! » Que diable pouvait être le stud ? « Ça a été pathétique, poursuivit-il, jouissant délicieusement du danger. J'étais sûr de ma main : j'avais une quinte. C'est pourquoi j'ai renchéri avec mon briquet. Racontez-lui », dit-il brusquement, s'adressant au Roi.

« Quelles sont les règles du stud, Marlowe ? »

Venu de l'horizon, le grondement du tonnerre fracassa le silence. Le Roi ouvrit la bouche mais Grey l'arrêta, menaçant :

« C'est à Marlowe que je m'adresse. »

Peter était totalement dans l'impasse. Le Roi comprit son regard muet. « Allez, lança précipitamment l'Anglais. Expliquons-lui. »

Le Roi se tourna aussitôt pour prendre un paquet de cartes et dit sans hésiter :

« C'était ma carte dans le trou... »

Grey lui lança un regard enflammé.

« Je vous répète que c'est Marlowe que j'interroge. Encore un mot et je vous arrête pour entrave à la justice. »

Le Roi ne répliqua pas. Il se contenta d'espérer que la clé suffirait à mettre Peter sur la piste.

« Carte dans le trou. » De lointains souvenirs s'éveillaient dans la mémoire de Marlowe. Et puis, il se rappela. Et à présent qu'il se souvenait du jeu, il commença à s'amuser aux dépens de Grey.

« Oh ! fit-il d'un air contrarié, c'est comme tous les autres jeux.

– Je tiens quand même à ce que vous m'en expliquiez les règles. » Cette fois, songeait Grey, je le tiens. Le mensonge était flagrant.

Marlowe posa sur lui un regard dur. Les œufs refroidissaient. « Qu'est-ce que vous cherchez à prouver, Grey ? Le dernier des crétins sait qu'il y a quatre cartes ouvertes et une retournée – la carte dans le trou. »

Un soupir passa dans la pièce. Grey se rendit à l'évidence : Il avait fait chou blanc. Ce serait sa parole contre celle de Marlowe et, même à Changi, il en fallait davantage. « Exact », murmura-t-il sombrement en considérant tour à tour le Roi et Peter. « Exact. Le dernier des crétins le sait. » Il tendit le briquet à l'Américain. « Pensez à le faire porter sur votre liste.

– Entendu, mon lieutenant. » Maintenant que c'était fini, le Roi pouvait se permettre de manifester son soulagement.

Le prévôt jeta un dernier coup d'œil à Marlowe et, dans son regard, il y avait tout à la fois une promesse et une menace. « Ce bon vieux collège peut être fier de vous », cracha-t-il avec dédain et, suivi de Masters qui traînait les pieds, il marcha vers la porte. Dès qu'il eut franchi le seuil, Marlowe demanda au Roi, un tout petit peu plus fort qu'il n'était nécessaire : « Je peux utiliser votre briquet ? Ma cigarette est éteinte. » Grey ne broncha pas ; il ne tourna même pas la tête. Un type à la hauteur, songea Peter Marlowe, sardonique ; des nerfs solides – le genre de gaillard qu'il est bon d'avoir de son côté dans un combat mortel. Et un ennemi à cultiver avec un soin jaloux !

Le silence était chargé d'électricité. Le Roi, vidé de ses forces, s'était rassis. Peter saisit le briquet que l'Américain étreignait d'une main molle et alluma sa cigarette. Automatiquement, le Roi sortit une Kooa et la porta à ses lèvres où elle resta collée : il ne la sentait même pas. Le jeune officier se pencha vers lui et manœuvra le Ronson. Lorsque, au bout d'un long moment, la vision du Roi fut redevenue normale et que la flamme lui apparut distinctement, il remarqua que les doigts de Peter tremblaient autant que les siens. Son regard se porta vers le fond de la baraque où les hommes qui, eux aussi, le couvaient des yeux, étaient semblables à des statues. La sueur inondait ses épaules. Sa chemise était à tordre.

Dehors retentit un bruit de bidons entrechoqués. Dino se leva, une expression d'attente peinte sur ses traits, et s'en fut voir ce qui se passait.

« A la soupe ! », lança-t-il d'une voix joyeuse. Son appel fit sortir de leur transe ses camarades qui s'égaillèrent, leurs assiettes à la main.

Dans la baraque, il n'y avait plus que Peter Marlowe et le Roi en tête-à-tête.

3

LES deux hommes restèrent un moment sans bouger, à rassembler leurs esprits. Peter Marlowe sortit enfin de son mutisme. « Bon Dieu, c'était moins une ! » Sa voix était chevrotante.

« Fichtre oui », murmura le Roi après un silence qu'il laissa se prolonger. Il en frissonnait encore. Puis il tira de son portefeuille deux billets de dix dollars qu'il posa sur la table. « Tiens. Ça fera le compte en attendant. Mais à partir de maintenant, tu émarges au budget. Vingt dollars par semaine.

– Pardon ?

– Je te donnerai vingt dollars par semaine. » Après un instant de réflexion. il sourit et ajouta : « Oui... au fond je crois que tu as raison. Ça mérite plus. Disons trente. » Son regard se posa sur le brassard de Marlowe : « Mon capitaine.

– Vous pouvez continuer à m'appeler Peter, fit sèchement Marlowe. Cela dit, sachez pour votre gouverne que je ne veux pas de votre argent. » Il se leva et se prépara à partir. « Merci pour la cigarette. »

Le Roi n'en revenait pas.

« Eh ! Attends une minute ! Qu'est-ce qui t'arrive ? »

Marlowe le considéra de haut en bas : une lueur de colère brillait au fond de ses yeux.

« Mais pour qui me prenez-vous ? Vous pouvez le garder, votre argent.

– Il ne te plaît pas ?

– Ce sont vos manières qui ne me plaisent pas.

– Qu'est-ce que les manières ont à voir avec l'argent ? »

Peter lui tourna le dos avec brusquerie mais le Roi bondit et lui barra le chemin de la porte.

« Une minute, répéta-t-il d'une voix tendre. Il y a une chose que j'aimerais comprendre. Pourquoi m'as-tu sauvé la mise ?

– C'est tout simple, voyons ! Je vous avais flanqué dans le pétrin : Je n'allais pas vous laisser tomber. Que croyez-vous donc que je suis ?

– Je n'en sais rien et c'est justement ce que je cherche à découvrir.

– C'était de ma faute. Je suis désolé.

– Il n'y a pas de raison, dit le Roi d'un ton coupant. C'était de ma faute à moi. J'ai agi comme un idiot. Vous n'êtes pas à blâmer.

– Cela ne change rien à rien. » La physionomie de Peter était aussi impénétrable qu'un bloc de granit et son regard était fixe. « Mais pour penser que je vous aurais laissé choir dans ces circonstances, il faut que vous me considériez comme un beau fumier ! Et comme un plus grand fumier encore si vous vous figurez que j'attends de l'argent de vous alors que je me suis comporté de façon imprudente. Et cela, je ne l'admettrai de la part de personne !

– Asseyez-vous un instant. S'il vous plaît.

– Pourquoi ?

– Mais parce que je veux vous parler, nom de Dieu ! »

Max apparut dans l'encadrement de la porte et hésita sur le seuil, les assiettes du Roi à la main.

« Excuse-moi, fit-il avec circonspection. Je t'apporte ta croûte. Tu veux du thé ?

– Non. Aujourd'hui, c'est Tex qui mangera ma soupe. » Il prit la gamelle de riz et la posa sur la table.

« Entendu », murmura Max, toujours aussi perplexe. Le Roi avait-il besoin d'un coup de main pour casser la gueule de ce putain d'Anglais ?

« Décarre, maintenant, Max. Et tu diras aux autres de nous laisser tranquilles une minute.

– Compte sur moi. » Max était rasséréné. Le Roi faisait preuve de sagesse : quand on vole dans les plumes d'un officier, il est préférable de faire ça sans témoins.

Le Roi regarda Marlowe.

« Je vous renouvelle ma prière : Voulez-vous, s'il vous plaît, vous asseoir quelques instants ?

– Soit, répondit Peter, l'air guindé.

– Ecoutez, commença patiemment le Roi. Vous m'avez sorti du merdier. Vous m'avez aidé : il est normal que je vous fasse une fleur en échange. Je vous ai proposé du fric pour vous exprimer ma reconnaissance. Si vous n'en voulez pas, libre à vous. Mais je n'avais aucunement l'intention de vous vexer. Si je vous ai offensé, je m'en excuse. »

Peter se radoucit.

« Pardon. J'ai mauvais caractère. Je me suis mépris sur votre geste. »

Le Roi lui offrit la main et Marlowe la lui serra.

« Vous n'aimez pas Grey, hein ? demanda prudemment l'Américain.

– Non.

– Pourquoi ? »

Peter haussa les épaules et l'Américain n'insista pas. Il partagea négligemment le riz et tendit la plus grosse des deux portions à son convive. « Allez ! Mangeons.

– Et vous ? s'étonna Marlowe en considérant sa part.

– Je n'ai pas faim. Ça m'a coupé l'appétit. Crénom, il s'en est fallu d'un poil ! J'ai bien cru qu'on était bon comme la romaine. »

Un sourire s'ébaucha sur les lèvres de Peter.

« Ce que ça a pu être drôle, vous ne trouvez pas ?

– Hein ?

– Oui... l'émotion. Je crois qu'il y a des années que je ne me suis autant amusé. L'excitation du danger...

– Il y a beaucoup de choses chez vous que je n'arrive pas à comprendre, dit faiblement le Roi. Vous prétendez que vous vous êtes amusé ?

– Et comment ! Pas vous ? C'était presque aussi formidable que de se trouver aux commandes d'un Spitfire. Vous voyez ce que je veux dire ? On a peur et, en même temps, on n'a pas peur. Et la tête vous tourne, pendant et après.

– Eh bien, moi, je crois que vous êtes tombé sur la tête !

– Comment ? Si vous n'y avez pas pris plaisir, pourquoi diable m'avoir alors flanqué ce « stud » dans les pattes ? Ma parole, j'ai pensé que je n'en sortirais pas !

– Je ne vous ai rien flanqué dans les pattes. Pourquoi l'aurais-je donc fait ?

– Pour que ce soit plus excitant. Et pour m'éprouver. »

L'air consterné, le Roi s'essuya les yeux et les joues.

« Si je vous comprends bien, vous vous figurez que j'ai volontairement essayé de vous placer en fourchette ?

– Evidemment. Je n'ai pas agi autrement quand je vous ai laissé le soin de répondre aux questions de Grey. »

Le Roi avala péniblement sa salive.

« Mettons les points sur les i : vous avez agi ainsi uniquement pour vérifier mon sang-froid ?

– Bien sûr, mon cher. Je ne comprends pas votre étonnement. »

Sous l'effet de la panique, le corps du Roi se couvrit à nouveau de sueur. « Seigneur mon Dieu ! On avait presque la corde au cou et c'est le moment que vous avez choisi pour jouer les loustics ! » Il s'interrompit le temps de retrouver sa respiration. « Mais vous êtes fou ! Fou à lier ! Quand j'ai tenté de vous mettre sur la voie avec l'histoire de la carte retournée et que je vous ai vu hésiter, j'ai cru que c'était la fin.

– Grey aussi. Mais je le menais simplement en bateau. Si j'ai abandonné aussi vite, c'est parce que les œufs refroidissaient et ce n'est pas tous les jours qu'on a l'occasion de tomber sur un œuf au plat, parole d'honneur !

– Il me semble que vous avez pourtant déclaré qu'ils n'étaient pas bons.

– J'ai dit qu'ils n'étaient pas mal, expliqua Peter avec embarras. Vous comprenez, dire « ce n'est pas mal », cela signifie que c'est exceptionnel. De cette façon, on fait un compliment sans gêner le type à qui il s'adresse.

– Vous êtes un vrai cinglé ! Vous risquez votre tête – et la mienne – histoire d'ajouter du piment au danger, vous montez sur vos grands chevaux quand je vous offre de l'argent sans rien exiger en contrepartie ! Et vous dites « c'est pas mal » pour quelque chose que vous trouvez extraordinaire ! Ou alors, c'est que je suis bouché... »

Devant la mine perplexe de l'Anglais, il ne put s'empêcher de rire et Peter Marlowe en fit autant.

Quand Max jeta un coup d'œil à l'intérieur de la baraque, les deux hommes étaient en proie à un accès de gaieté convulsive. Il écarquilla les yeux.

« Ça alors ! Qu'est-ce qui lui arrive ? Moi qui le croyais en train de dérouiller l'autre corniaud ! »

Tous les Américains se pressaient derrière Max.

« Madonna ! souffla Dino, éberlué. Il a manqué de justesse de se faire poisser et maintenant le voilà qui se marre comme un bossu avec le gars par la faute de qui il a failli tomber !

— Ça n'a pas de sens », murmura Max dont le cœur ne s'était pas remis en place depuis l'instant où les guetteurs avaient signalé d'un coup de sifflet l'apparition de Grey.

Le Roi se leva et contempla les hommes qui le dévisagaient fixement. « Hé, Max, dit-il à ce dernier en lui tendant ce qui restait de son paquet de Kooas. Que tout le monde se serve. Faut fêter ça.

— Au poil ! Merci. Ça a été foutrement tangent, hein ? On est bien content, tu sais. »

Le Roi scruta les visages souriants qui l'entouraient. Certains sourires étaient sincères. D'autres étaient hypocrites mais il ne s'y trompait pas.

Chacun renchérit sur les congratulations de Max.

Le Roi, derechef, fit évacuer la baraque et se mit en devoir de répartir en deux la précieuse nourriture. « C'est le choc, expliqua-t-il avec le plus grand calme. Comme après un bombardement. » Une nouvelle crise de fou rire le força à s'interrompre.

« Mangeons, au nom du ciel ! s'écria Marlowe. Si on attend encore, je n'arriverai pas à avaler une bouchée. »

Et, toujours secoués du même rire spasmodique, les deux hommes s'attablèrent. Au grand regret de Peter, les œufs étaient froids mais la joie les réchauffait et les rendait succulents.

« Vous ne trouvez pas que ça manque un peu de sel ? demanda l'Anglais en s'efforçant de conserver une voix neutre.

– Peut-être bien. Pourtant, je croyais en avoir mis suffisamment. » Les sourcils froncés, le Roi se retourna pour prendre la salière. C'est alors qu'il remarqua le regard pétillant de malice de son commensal.

« Allons bon ! Quelle mouche vous pique encore ? » En dépit de lui-même, il recommençait à pouffer.

« C'était une blague, voyons ! Dites donc, vous n'avez pas beaucoup le sens de l'humour, vous autres Américains !

– Allez au diable ! Et pour l'amour de Dieu, arrêtez de rigoler ! »

Les œufs terminés, le Roi fit chauffer le café et se fouilla. Se souvenant qu'il avait fait don de ses cigarettes, il se pencha pour ouvrir le coffre noir.

« Tenez, dit Marlowe en lui présentant sa tabatière, essayez donc une des miennes.

– Je vous remercie, mais je ne supporte pas ce perlot. Ça m'irrite affreusement la gorge.

– Goûtez quand même. Il est traité selon une méthode que je tiens des Javanais. »

Le Roi prit la boîte d'un air méfiant. C'était la même camelote grossière que fumaient tous les prisonniers. Mais l'herbe, au lieu d'être jaune paille, avait une couleur sombre et dorée ; loin d'être sèche, elle était fraîche et mœlleuse au toucher ; quant à l'odeur – car elle avait une odeur – c'était bien celle, puissante et veloutée, du tabac. Le Roi sortit son papier de riz, se servit généreusement et confectionna tant bien que mal une cigarette dont il arracha négligemment les extrémités sans se soucier de ce qui tombait sur le plancher.

Je lui ai dit d'essayer, fulminait Peter dans son for intérieur, pas de tout prendre ! Il aurait voulu ramasser les bribes dédaignées par le Roi, les remettre dans sa boîte. Mais il s'en abstint. Il y a des choses qui ne se font pas.

Quand le Roi alluma la cigarette, la vue du briquet arracha un sourire aux deux hommes. L'Américain aspira précautionneusement. Recommença. Puis tira une longue bouffée. « Mais c'est sensationnel, s'exclama-t-il avec stupéfaction. Ça ne vaut pas les Kooas mais c'est... Il s'interrompit et corrigea : Je veux dire que ce n'est pas mauvais. »

Peter se mit à rire.

« Pas mauvais du tout.

– Comment vous y prenez-vous ?

– Secret commercial. »

Le Roi sentait qu'il avait mis le doigt sur une mine d'or.

« Je suis sûr que c'est long et compliqué, murmura-t-il pour tâter discrètement le terrain.

– Oh non ! En fait, c'est tout ce qu'il y a de simple. On fait macérer le brut dans du thé, on l'exprime, on le saupoudre d'un peu de sucre blanc et on malaxe. Quand le sucre est absorbé, on fait cuire la mixture à feu doux dans une poêle en remuant sans arrêt, sinon c'est raté. Il faut que le mélange soit juste à point : ni trop sec ni trop humide. »

Le Roi était étonné que Marlowe lui révélât si facilement sa méthode sans même poser de conditions. Bien sûr, se dit-il, c'est seulement pour me faire venir l'eau à la bouche. Si c'était aussi facile, n'importe qui en ferait autant. Et il sait probablement que je suis le seul à pouvoir en tirer parti.

« Et c'est tout ? fit-il en souriant.

– Oui. Cela n'a rien d'extraordinaire. »

Le Roi flairait une opération profitable. Et légale, par-dessus le marché. « J'imagine que, dans votre cantonnement, tout le monde traite son tabac de cette façon ? »

Peter eut un geste de dénégation. « Je le fais uniquement pour mon groupe. Je leur ai raconté des tas d'histoires depuis des mois mais personne n'a encore trouvé le mode d'emploi exact. »

Le Roi avait la bouche fendue d'une oreille à l'autre.

« Alors, vous êtes le seul à connaître le procédé ?

– Oh non ! » Le cœur du Roi se serra. « Non. C'est une coutume indigène que tout le monde pratique à Java.

– Mais ici, personne ne la connaît, insista le Roi, tout épanoui.

– Je n'en sais rien. A dire vrai, je ne me suis jamais posé la question. »

Le Roi souffla la fumée par les narines. Son esprit travaillait fébrilement. Parole, je suis verni aujourd'hui !

« Peter, je vais vous faire une proposition. Vous me montrez exactement comment on s'y prend et je vous abandonne... » Il marqua une hésitation : « ...dix pour cent.

– Comment ?

– D'accord ! Vingt-cinq.

– Vingt-cinq ?

– Bon ! jeta le Roi en regardant son interlocuteur avec un respect nouveau. Vous êtes dur en affaires et c'est très bien. J'organise toute l'opération. On achètera le brut en gros. On montera une raffinerie. Vous surveillerez la production et moi je me chargerai d'écouler la marchandise. Il se frotta les mains. On se met en association. Sur un pied d'égalité : cinquante-cinquante. Topons-là. »

Peter Marlowe, qui considérait les mains du Roi, leva les yeux. « Absolument pas, déclara-t-il d'un ton sans réplique.

— Crénom ! Vous n'aurez jamais une offre aussi honnête ! Qu'est-ce que vous voulez de plus ? Je fournis l'oseille. Il faudra que je... » Une pensée soudaine lui traversa l'esprit et il s'interrompit. « Peter, reprit-il en s'efforçant de ne pas faire voir à Marlowe qu'il était blessé. Peter, personne n'aura besoin de savoir que nous sommes associés. Il suffira que vous m'indiquiez votre procédé et vous recevrez votre part. Vous pouvez avoir confiance en moi.

— Je le sais.

— Dans ce cas, on marche comme ça, dit le Roi rayonnant. Fifty-fifty.

— Non.

— Seigneur mon Dieu ! » gémit l'Américain, qu'irritait cette résistance. Mais il se contint et songea à l'affaire. Or, plus il y réfléchissait... Après s'être assuré que personne ne pouvait l'entendre, il murmura à mi-voix d'un ton rauque :

« Quarante-soixante, et c'est la première fois de ma vie que je lâche autant. Quarante-soixante et n'en parlons plus.

— Rien à faire.

— Comment, rien à faire, hurla le Roi, indigné. Il faut quand même que j'aie mon bénéfice ! Qu'est-ce que vous exigez ? Le paiement à la livraison ?

— Je ne demande rien.

— Comment ça, rien ? » Le Roi était suffoqué.

« Je ne comprends pas pourquoi certaines choses vous excitent à ce point, voyez-vous, dit Marlowe avec embarras. Comment voulez-vous que je vende un procédé qui ne m'appartient pas ? Ce n'est qu'une simple coutume indigène. Il n'est pas possible de vous demander quelque chose en échange. Ce ne serait pas honnête. Pas honnête du tout. D'ailleurs je... » Il se tut et, très vite, enchaîna : « Désirez-vous que je vous fasse une démonstration tout de suite ?

– Une minute ! Vous me dites que vous ne réclamez rien pour m'expliquer la technique ? Alors que je vous ai offert du quarante-soixante ? Alors que je vous ai expliqué que ça va rapporter gros ? Marlowe acquiesça. C'est absurde, conclut le Roi d'un air découragé. Anormal. Je ne pige pas. »

Peter sourit légèrement.

« Il n'y a rien à comprendre. Mettez cela sur le compte d'un coup de bambou. »

Le Roi l'étudia longuement. « Est-ce que vous me répondrez franchement si je vous pose une question brutale ?

– Bien sûr.

– C'est à cause de moi, n'est-ce pas ? »

Les mots frémissaient dans l'air brûlant.

« Non », dit Peter, après un long silence.

Et la sincérité était présente entre les deux hommes.

Une heure plus tard.

Peter Marlowe surveillait Tex qui était en train de torréfier le deuxième lot de tabac. Cette fois, l'Américain opérait sans aide et le Roi se trémoussait comme une vieille poule.

« Tu es sûr qu'il a mis ce qu'il fallait comme sucre ? » demanda-t-il anxieusement à Peter.

« Tout à fait.

– Ce sera prêt dans combien de temps ?

– Qu'en penses-tu, Tex ? »

Tex sourit à Marlowe et déplia son mètre quatre-vingt-dix-huit. « Faut compter dans les cinq, six minutes. Dans ces eaux-là. »

Marlowe se mit sur ses pieds.

« Où est-ce ?

– Quoi ? Les goguenots ? Par-derrière, répondit le Roi en tendant le bras. Mais tu ne peux pas attendre que Tex ait fini ? Je veux être sûr que ce soit réussi.

– Tex s'en tire à merveille », fit Marlowe en s'éloignant.

Quand il réapparut, Tex souleva la poêle. « Ça y est », murmura-t-il avec inquiétude en louchant vers l'Anglais afin de s'assurer qu'il ne s'était pas trompé dans le temps de cuisson.

« C'est parfait », approuva Peter en examinant le tabac.

Le Roi, tout excité, se roula une cigarette, imité par les deux autres. Chacun alluma la sienne : Avec le Ronson, ce qui déchaîna à nouveau une franche gaieté ; puis, redevenant silencieux, les trois hommes se métamorphosèrent en dégustateurs.

« Fameux ! déclara Marlowe d'un ton catégorique. Je te l'avais dit, Tex, que ce n'est pas compliqué. »

Un soupir de soulagement s'échappa des lèvres de Tex.

« Pas mauvais, jeta rêveusement le Roi.

– Qu'est-ce que tu chantes ? s'indigna Tex. C'est du tonnerre ! »

Le Roi et Marlowe étaient pliés en deux de rire. Quand leur hilarité se fut apaisée, ils en expliquèrent la raison à Tex qui s'esclaffa à son tour.

« On commence la fabrication demain. »

Tex secoua la tête. « Je suis de corvée.

– Je m'en fous. Je te ferai remplacer par Dino.

– Non. Je le lui demanderai moi-même. » Il se leva et sourit à Marlowe. « Heureux d'avoir fait votre connaissance, mon capitaine.

– Laissez tomber votre « mon capitaine », je vous en prie.

– Entendu. Merci.

– C'est drôle, dit doucement Peter en suivant

Tex du regard. Je n'avais encore jamais vu tant de visages souriants dans une baraque.

– Il n'y a pas de raison pour ne pas sourire. Les choses pourraient être beaucoup plus pénibles qu'elles ne le sont. Où est-ce que vous vous êtes fait descendre ? Sur le dos d'âne ?

– Vous voulez parler de l'Himalaya ?

– Oui. Tiens, remplissez donc votre boîte à tabac.

– Avec joie si vous n'y voyez pas d'inconvénient.

– Chaque fois que vous serez à sec, vous n'aurez qu'à venir vous ravitailler.

– Je n'y manquerai pas. Merci. »

Peter Marlowe avait envie d'une autre cigarette mais il fumait trop, il le savait. S'il cédait à la tentation, le besoin se ferait plus tyrannique encore. Jetant un coup d'œil à l'ombre qui se projetait sur le sol, il se promit d'attendre qu'elle eût avancé de cinq centimètres. « Je ne me suis pas fait descendre. Mon appareil a été détruit au sol au cours d'un raid sur Java. Pas moyen de prendre l'air. Plutôt vexant, ajouta-t-il en essayant de dissimuler sa rancœur.

– Ne vous plaignez pas. Vous auriez pu être dans votre avion. Vous êtes vivant et c'est ça qui compte. Qu'est-ce que c'était comme engin ?

– Un Hurricane. Chasseur monoplace. Mais c'était normalement un Spitfire que je pilotais.

– J'ai entendu parler des Spits mais je n'en ai jamais vu. Vous en avez fait voir des vertes et des pas mûres aux Allemands avec ça !

– Oui, fit Marlowe d'une voix douce. Oui, on ne s'est pas trop mal débrouillé.

– Vous avez donc été engagé dans la bataille d'Angleterre ? poursuivit le Roi avec étonnement.

– Exactement. J'ai été breveté en 1940. Juste à temps.

– Quel âge aviez-vous ?
– Dix-neuf ans.
– Tiens ! Vous avez vingt-quatre ans ? Je vous en aurais donné trente-huit.
Marlowe éclata de rire.
– Hé là ! Vous ne vous êtes pas regardé, mon vieux ! Quel âge avez-vous, vous ?
– Vingt-cinq ans, putain de merde ! Les plus belles années de la vie et je suis bouclé dans cette prison dégueulasse.
– Pas si bouclé que ça. Et j'ai l'impression que vous vous défendez rudement bien.
– Tournez ça comme vous voulez : N'empêche qu'on est quand même en cabane. Combien de temps cela va-t-il durer à votre avis ?
– Nous taillons des croupières aux Allemands. La plaisanterie pourrait finir bientôt.
– Vous y croyez ? »
Peter haussa les épaules. Sois prudent... on ne l'est jamais trop. « Oui, je le crois. On ne peut jamais savoir avec les rumeurs qui courent.
– Et notre guerre à nous ? »
Comme il s'adressait à un ami, Marlowe parlait librement.
« Je crois qu'elle n'aura pas de fin. Oh, bien sûr, nous battrons les Japonais, je n'en doute pas. Mais nous, ici... Non, je ne pense pas que nous nous en sortirons.
– Pourquoi ?
– Je ne vois pas les Japs abandonner la partie. Par conséquent, il faudra débarquer chez eux. Alors, ils nous liquideront. Ils nous liquideront tous si la maladie et les fièvres ne nous ont pas déjà éliminés.
– Mais pourquoi le feraient-ils, nom de Dieu ?
– Bah ! Pour gagner du temps, je suppose. Quand le filet se resserrera sur le Japon, ils commenceront à rétracter leurs tentacules. Se casser

la tête pour quelques milliers de prisonniers ? A quoi bon ? Ils ont une conception de la vie humaine tout à fait différente de la nôtre. Et l'idée que des troupes étrangères fouleront le sol de leur patrie les rendra fous. » Peter parlait d'une voix calme et posée. « Pour moi, c'est comme cela que les choses se passeront. Certes, j'espère que je me trompe. Mais c'est le fond de ma pensée.

– Eh bien ! s'exclama le Roi d'un ton amer, pour l'optimisme, vous vous posez un peu là ! » Et comme Marlowe se mettait à rire, il enchaîna : « Qu'est-ce qui vous fait rigoler encore ? C'est marrant ça ! Il faut toujours que vous vous fendiez la pipe au mauvais moment !

– Désolé. C'est une méchante habitude.

– Ne restons pas là. Les mouches commencent à être hargneuses. Hé ! Max... Tu veux nettoyer ? »

Max survint et entreprit de mettre de l'ordre tandis que le Roi et Marlowe se glissaient avec souplesse de l'autre côté de la fenêtre. Dehors, près de l'embrasure, il y avait une deuxième table ainsi qu'un banc surmonté d'un morceau de toile servant de parasol. Le Roi s'assit et son compagnon s'accroupit sur le sol à la manière des Orientaux.

« Moi, je n'y arriverai jamais, dit l'Américain.

– C'est une position très confortable. Je l'ai apprise à Java.

– Comment se fait-il que vous parliez si bien le malais ?

– J'ai vécu un certain temps dans un village indigène.

– Quand ça ?

– En 1942. Après le cessez-le-feu. »

Patiemment, le Roi attendit la suite mais Marlowe restait muet. Finalement, l'Américain brisa le silence :

« Comment avez-vous pu vivre dans un village indigène après le cessez-le-feu, en 1942, alors que tout le monde se trouvait dans les camps de prisonniers à cette époque ? »

Marlowe laissa échapper un rire sonore.

« Je regrette mais il n'y a pas grand-chose à raconter. L'idée d'être jeté dans un camp ne me plaisait pas du tout. En fait, après la fin des combats, je me suis réfugié dans la jungle et, au bout du compte, je suis tombé sur ce village. Les habitants ont eu pitié de moi. J'y suis resté six mois à peu près.

– Et c'était comment ?

– Merveilleux. Des gens aimables. Ils me traitaient comme si j'étais l'un d'eux. Je portais le costume javanais, je m'étais teint – ce qui était d'ailleurs ridicule car ma taille, la couleur de mes yeux, me dénonçaient – je travaillais dans les rizières.

– Vous avez vécu tout seul ?

– J'étais le seul Européen si c'est cela que vous voulez dire », répondit Marlowe après un silence. Il balaya le camp du regard. La poussière scintillait au soleil. Un coup de vent la souleva en volutes qui lui rappelèrent la petite Javanaise.

Il tourna la tête vers le ciel tumultueux, à l'est. Mais elle était le ciel.

Le vent qui commençait à gagner en force inclinait le faîte des cocotiers. Elle était dans le vent, elle était dans les feuilles, elle était dans les nuages distants.

Peter s'efforça de chasser le souvenir de son esprit, de concentrer son attention sur la sentinelle coréenne qui faisait les cent pas de l'autre côté des barbelés. L'homme avait un uniforme usé et malpropre ; sa casquette était chiffonnée comme son visage. Il tenait son fusil de travers. Il était aussi balourd qu'elle était gracieuse, elle.

Derechef, Marlowe leva la tête vers le ciel. Il avait soif d'espace. De cette façon, au moins, il n'avait plus l'impression d'être au fond d'une boîte. Une boîte pleine de bruits d'hommes, d'immondices d'hommes, de remugles d'hommes. Sans femmes, les hommes ne sont qu'une sinistre farce, se disait-il avec désespoir.

« Eh Peter ! » La bouche ouverte, le Roi regardait intensément du côté de l'éminence. Marlowe l'imita et sentit son estomac se nouer en apercevant Sean. « Seigneur ! » Il aurait voulu rentrer dans la baraque pour s'y cacher mais il ne bougea pas, cela n'eût servi qu'à le faire remarquer davantage. Son expression s'était durcie ; il avait du mal à respirer. Il aurait peut-être la chance d'échapper à l'attention de Sean, car celui-ci était engagé dans une conversation animée avec le commandant d'escadrille Rodrick et le lieutenant Parrish. Les trois hommes, têtes rapprochées, parlaient avec pétulance.

Soudain, comme il jetait un coup d'œil par-dessus l'épaule de Frank Parrish, Sean remarqua la présence de Marlowe et il se tut. Surpris, ses compagnons tournèrent la tête. Seigneur ! pensèrent-ils l'un et l'autre à la vue de Peter. Mais ils cachèrent leur inquiétude.

« Bonjour, Peter », lança Rodrick. C'était un grand gaillard au visage buriné, aussi soigné que Parrish, son égal par la taille, était négligé.

« Bonjour, Rod.

– Je reviens tout de suite », dit calmement Sean en se dirigeant vers Marlowe et le Roi. Le premier choc passé, il souriait.

« Bonjour, Peter. »

Les cheveux se hérissaient sur la nuque de Peter quand il se leva. Le regard du Roi le transperçait.

« Bonjour, Sean.

– Que tu es maigre !

– Oh ! Je ne sais pas... Pas plus que n'importe qui. Je suis en forme.

– Cela fait bien longtemps que je ne t'ai vu. Pourquoi ne viens-tu jamais au théâtre ? Il y a toujours un peu de supplément de nourriture et tu sais que j'ai un petit appétit. » Le sourire de Sean était chargé d'espoir.

« Merci. » Marlowe était cramoisi.

« Je sais que tu ne veux pas, reprit tristement Sean, mais tu seras toujours le bienvenu. » Un silence. « Je ne te vois plus jamais.

– Oh, tu sais ce que c'est ! Tu es pris par tous ces spectacles et moi... eh bien, il y a les corvées et tout le reste. »

Comme Peter Marlowe, Sean était revêtu d'un sarong, mais le sien était neuf et d'une blancheur que rehaussait un galon brodé, bleu et argent. En outre un baju indigène aux manches courtes, serré à la taille, lui moulait la poitrine.

Avisant le Roi, Sean ébaucha un sourire ; il remit en place une mèche folle que le vent agitait, jouant avec elle jusqu'à ce que le Roi eût relevé les yeux. Son sourire vous pénétrait et vous réchauffait. Le Roi rougit.

« Euh... il fait chaud, hein ? balbutia-t-il.

– Je suis bien de votre avis. » La voix de Sean était caressante. Quelle que fût la température, sa peau était toujours fraîche, toujours sèche.

Marlowe brisa le silence qui avait suivi cet échange de propos. « Oh ! Pardon !, dit-il, notant que Sean attendait patiemment, les yeux posés sur le Roi. Est-ce que tu connais... »

Sean se mit à rire. « Tu es diablement protocolaire, ami Peter ! Bien sûr, je connais ton ami, bien que nous ne nous soyons jamais rencontrés. Il tendit la main à l'Américain. Comment allez-vous ? C'est un grand honneur que d'être présenté à un Roi !

– M... Merci », fit le Roi, et c'est tout juste s'il toucha la main de Sean, si petite à côté de la sienne. « Vous... euh... je peux vous offrir une cigarette ?

– Merci, je ne fume pas. Mais si cela ne vous fait rien, j'en prendrai quand même une. J'en prendrai même deux si vous le permettez. » D'un coup de menton, il désigna le chemin : « Rod et Frank sont fumeurs et je suis sûr qu'ils vous en seront reconnaissants.

– Allez-y. Ne vous gênez pas.

– Merci. Vous êtes très aimable. »

En dépit de lui-même, le Roi était sensible à la chaleur qui émanait du sourire de Sean. En dépit de lui-même, il murmura : « Vous étiez formidable dans Othello. » Et il le pensait.

« Merci, répondit l'autre, ravi. Est-ce que Hamlet vous a plu ?

– Oui. Pourtant, Shakespeare ne m'a jamais emballé.

– Quel compliment, fit Sean en riant. Nous allons monter une nouvelle pièce spécialement écrite par Frank. Ce devrait être très amusant.

– Si c'est comme d'habitude, répliqua le Roi qui commençait à être plus à l'aise, ce sera sensationnel. Et vous serez sensationnel.

– Vous êtes trop gentil. » Sean loucha du côté de Marlowe et l'éclat de ses prunelles s'aviva encore. « Je crains, hélas, que Peter ne partage pas votre avis.

– Tais-toi, Sean », jeta ce dernier.

Le dédaignant, Sean n'avait d'yeux que pour le Roi. Il souriait toujours mais la colère se dissimulait sous son sourire.

« Peter ne m'approuve pas.

– Tais-toi, Sean, répéta Marlowe d'une voix hachée.

– Pourquoi me tairai-je ? Tu méprises les pervertis – c'est bien comme cela que tu appelles les homosexuels, n'est-ce pas ? Tu me l'as dit sans ambages. Et je n'ai pas oublié !

– Moi non plus !

– Très bien. Mais je n'aime pas être méprisé. Et par toi encore moins que par quiconque.

– Je t'ai dit de te taire. Ce n'est ni l'heure ni l'endroit de tenir ce genre de discours. Nous avons réglé cette question et il n'y a pas à y revenir. Je me suis excusé. Je ne voulais pas te faire de mal.

– Non. Mais tu me détestes toujours. Pourquoi ? Pourquoi ?

– Je ne te déteste pas.

– Alors pourquoi m'évites-tu perpétuellement ?

– C'est préférable. Pour l'amour de Dieu, Sean, laisse-moi tranquille. »

Sean dévisagea Marlowe et sa colère fondit aussi vite qu'elle avait éclaté. « Pardon, Peter. Tu as probablement raison. C'est moi qui suis ridicule. Que veux-tu ? De temps à autre, je me sens seul. Et j'ai besoin de parler. Il toucha le bras de Marlowe. Pardon. Je voudrais simplement que nous soyons amis à nouveau. »

Peter était incapable de parler.

« Je crois que je ferai mieux de prendre congé », fit Sean avec hésitation.

Rodrick le héla : « Sean, nous sommes déjà en retard !

– J'arrive tout de suite. »

Il regarda Marlowe, soupira et tendit la main au Roi.

« Je suis content d'avoir fait votre connaissance. Et je vous prie d'excuser mes mauvaises manières. »

Le Roi ne pouvait pas refuser la poignée de mains.

« Eh bien, à moi aussi, ça m'a fait plaisir.

– Êtes-vous l'ami de Peter ? » demanda Sean d'une voix qui manquait d'assurance. Son regard était grave et pénétrant.

« Ben... oui... bien sûr... Je crois... », fit le Roi avec difficulté. Il avait l'impression que le monde entier l'entendait.

« C'est curieux comme un simple mot peut vouloir dire tant de choses différentes, n'est-ce pas ? Mais si vous êtes son ami, veillez à ce qu'il ne fasse pas la culbute. Vous avez la réputation d'être une fréquentation dangereuse et je ne voudrais pas qu'il arrive quelque chose à Peter. J'ai une grande amitié pour lui.

– Euh... oui... d'accord. » Les genoux du Roi étaient mous et il avait la sensation que sa colonne vertébrale était en train de se liquéfier. Mais le magnétisme du sourire de Sean le submergeait. Il n'avait jamais rien éprouvé de semblable.

« Les pièces, c'est ce qu'il y a de plus beau à Changi, dit-il. Ça rend la vie digne d'être vécue. Et vous, vous êtes ce qu'elles ont de mieux.

– Merci. Et, s'adressant à Peter : Cela rend la vie digne d'être vécue. Je suis heureux. Très heureux. Et j'aime ce que je fais. Cela donne du prix aux choses, Peter.

– Oui, dit ce dernier qui était au supplice. Je suis content que tout aille bien. »

Sean eut un ultime sourire indécis puis, se détournant avec soudaineté, il s'éclipsa.

« Nom de Dieu de nom de Dieu ! », murmura le Roi en s'asseyant.

Peter prit place à côté de lui. Sortant sa boîte à tabac, il entreprit de rouler une cigarette.

« Si on ne savait pas la vérité, on mettrait sa

main au feu que c'est une femme, lâcha l'Américain. Une jolie femme. »

Marlowe acquiesça d'un air morne.

« En tout cas, continua le Roi, il ne ressemble pas aux autres pédales. Foutre pas. Il a un je ne sais quoi... » Il s'interrompit pour chercher vainement ses mots. « Je n'arrive pas à trouver comment dire. Il... parole, c'est une femme ! Vous vous rappelez quand il tenait le rôle de Desdémone ? Vingt dieux, l'allure qu'il avait dans son déshabillé ! Je parie qu'il n'y avait pas un type dans tout le camp qui n'avait pas la trique. On ne peut reprocher à personne d'être tenté. Je le suis, tout le monde l'est. Celui qui prétend le contraire est un menteur. » Soudain, le Roi se tourna vers Marlowe et l'étudia avec attention.

« Seigneur ! Est-ce que vous pensez que je suis pédéraste, moi aussi ? s'exclama Peter avec colère.

– Non, répondit paisiblement le Roi. Ça m'est égal si vous en êtes. Du moment que je le sais.

– Eh bien, je n'en suis pas ! »

Le Roi eut un rictus. « Pourtant, on l'aurait bien cru ! C'était pas une querelle d'amoureux ?

– Fichez-moi la paix ! »

Au bout de quelques instants, l'Américain essaya de renouer la conversation. « Vous connaissez Sean depuis longtemps ?

– Il faisait partie de mon escadrille. C'était... c'était le bébé, si vous voulez, et j'étais en quelque sorte chargé de veiller sur lui. » D'une chiquenaude, il envoya rouler au loin la braise de sa cigarette et replaça soigneusement le reste du tabac dans la boîte. « En fait, c'était mon meilleur ami. Et un excellent pilote. Il a abattu trois Zeros au-dessus de Java. » Son regard croisa celui du Roi. « Je l'aimais beaucoup.

– Etait-il... était-il comme ça avant ?

– Non.

– Oui, je me doute bien qu'il ne s'habillait pas tout le temps en femme, mais, putain, il y avait sûrement des signes qui indiquaient qu'il avait ces mœurs-là.

– Sean n'a jamais eu ces mœurs. C'était seulement un très chic type, un garçon charmant. Il n'avait rien d'efféminé. Juste une sorte de... de compassion.

– L'avez-vous jamais vu déshabillé ?

– Non.

– C'est bien ça ! Personne ne l'a jamais vu sans vêtements. Même pas à moitié nu. »

Sean disposait au théâtre d'une petite loge. Une chambre à soi, aucun des détenus de Changi, même le Roi, n'avait pareil privilège. Mais Sean n'y dormait pas.

Dormir seul dans une pièce, la clé sur la porte, eût été trop dangereux. Car nombreux étaient encore ceux que rongeait la lubricité. Aussi Sean couchait-il dans une baraque mais il se changeait et se douchait chez lui.

« Qu'y a-t-il entre vous ? questionna le Roi.

– Un jour, j'ai failli le tuer. »

Les deux hommes s'interrompirent subitement et tendirent l'oreille. Ils n'entendirent rien de plus qu'un soupir. Une lointaine rumeur, à peine perceptible. Le Roi jeta un regard rapide aux alentours. N'ayant rien remarqué d'anormal, il se leva et escalada la fenêtre, Peter sur ses talons. Les occupants de la baraque, eux aussi, étaient aux aguets.

Le Roi observa ce qui se passait du côté de la prison. Tout semblait comme d'habitude. Des hommes continuaient à aller et venir.

« Qu'est-ce que vous pensez ? demanda-t-il à mi-voix.

– Je ne sais pas », répondit Marlowe dont tous

les sens étaient en éveil. L'allure des prisonniers en train de déambuler s'était à présent accélérée, insensiblement.

« Eh ! Regardez ! », souffla Tex.

Le capitaine Brough venait de tourner l'angle de la prison et, grimpant la pente, il s'avançait vers eux. Puis d'autres officiers apparurent derrière lui, qui se dirigeaient vers les divers baraquements des hommes de troupe.

« Ça, c'est des ennuis en perspective, fit sombrement Tex.

– Peut-être une perquisition », suggéra Max.

Le temps de faire ouf, et le Roi était déjà à genoux devant la boîte noire, l'avait ouverte. « A tout à l'heure, lui jeta précipitamment Marlowe.

– Tenez... prenez ça. Le Roi lui lançait un paquet de Kooas. Si vous voulez, on se retrouvera ce soir. »

Tandis que Peter se ruait hors de la baraque, le Roi sortit les trois montres enfouies dans le sac de café. Il se redressa et, après un instant de réflexion, monta sur le fauteuil et les glissa dans le chaume du toit. Tout le monde avait vu la nouvelle cache mais tant pis : Maintenant, il n'y avait plus rien d'autre à faire. A peine le coffre était-il refermé que la silhouette de Brough s'encadrait dans l'ouverture de la porte.

« Rassemblement dehors, pour tout le monde », ordonna-t-il.

4

PETER MARLOWE, tandis qu'il se faufilait au milieu du troupeau humain qui encombrait la route asphaltée, n'avait qu'une pensée en tête : Sa bouteille. Il essayait désespérément de se rappeler s'il l'avait remplie ou non mais il était incapable de se souvenir de ce détail avec certitude.

Quatre à quatre, il escalada les marches de sa baraque mais celle-ci était déja évacuée et un garde coréen, dépenaillé, se tenait en faction devant l'entrée. Sachant que la sentinelle lui interdirait le passage, Peter plongea sous le coupe-vent. Il était près de sa couchette, son bidon à la main, quand le garde le vit.

L'injure à la bouche, le Coréen s'approcha et, la mine hargneuse, lui fit signe de lâcher le récipient. Mais avec les marques du plus grand respect, Marlowe s'adressa à lui en malais, langue que comprenaient la plupart de ses compatriotes : « Salut à toi, honorable. L'attente sera peut-être longue. Aussi, je te prie de me laisser prendre ma bouteille d'eau car j'ai la dysenterie. »

La sentinelle lui arracha le bidon des mains, le flaira d'un air soupçonneux et répandit quelques gouttes par terre avant de le lui rendre. Puis, à grand renfort de jurons, il lui intima du geste l'ordre de rejoindre ses camarades.

Rasséréné, Peter fit une profonde courbette et s'éloigna au pas de course en direction de son détachement.

« Où diable étais-tu passé ? », maugréa Spence. L'inquiétude ajoutait encore à l'inconfort que lui causait sa dysenterie.

« Qu'est-ce que cela peut faire puisque je suis là ? » Maintenant qu'il avait récupéré sa bouteille, Peter se sentait pris de vertige. Il houspilla Spence : « Allez... il faut rassembler les bonshommes.

– Fous-moi la paix. Vite, les enfants ! en rang ! » Il compta les prisonniers. « Où est Bones ?

– A l'hôpital, répondit Ewart. Je l'y ai conduit moi-même après le petit déjeuner.

– Vous n'auriez pas pu me prévenir plus tôt, non ?

– Merde, j'ai passé la journée à travailler aux jardins ! Prenez-vous en à quelqu'un d'autre.

– Remettez votre chemise. »

Marlowe n'entendait rien – ni les jurons, ni les bavardages, ni les cancans. Pourvu que le colonel et Mac aient aussi leur bouteille, songeait-il.

Quand le capitaine Spence eut dénombré ses hommes, il se rendit auprès du lieutenant-colonel Sellars qui avait la responsabilité de quatre baraques. « Soixante-quatre, mon colonel, annonça-t-il après avoir salué son supérieur. Détachement au complet. Dix-neuf présents, vingt-trois hospitalisés et vingt-deux hommes en corvées.

– Je vous remercie, Spence. »

Lorsque ses quatre chefs de baraque eurent fait leur rapport, Sellars transmit ses chiffres au colonel Smedly-Taylor qui avait, lui, dix baraques sous son autorité, et Smedly-Taylor les transmit à son tour à un autre officier. La même cérémonie se répéta au niveau de chaque unité jusqu'à ce que le commandant du camp fût en possession de la totalité des renseignements. Ayant additionné les présents, les hospitalisés et les hommes de corvée, il communiqua son total au capitaine Yoshima, l'interprète japonais, qui se répandit en imprécations car il manquait un homme par rapport à l'effectif théorique.

Il y eut une heure pénible à passer. La panique régnait. Enfin, on retrouva l'absent. Au cimetière. Le médecin-colonel Roffer lava la tête de son adjoint, le médecin-colonel Kennedy, qui essaya de lui expliquer combien il était difficile d'établir un pointage instantané, ce qui n'apaisa pas la fureur du médecin-colonel Roffer : « C'est votre boulot », rétorqua-t-il. Puis Roffer alla présenter ses excuses au commandant du camp, lequel lui reprocha en termes crus son incompétence et entreprit d'exposer avec toute la politesse requise au capitaine Yoshima qu'on avait retrouvé le cadavre du manquant mais qu'il était malaisé de tenir un compte d'effectif exact à l'unité près. Et le capitaine Yoshima l'accusa vertement d'être un incapable et de ne pas être à la hauteur de ses responsabilités : Si le commandant du camp ne parvenait pas à fournir une chose aussi simple qu'un état d'effectif, peut-être fallait-il dès à présent confier cette tâche à un autre officier.

Tandis que la bourrasque secouait ainsi les rangs, les Coréens perquisitionnaient les baraques, s'intéressant particulièrement à celles des officiers où ils pensaient que se trouvait la radio clandestine — l'espoir de tous ces hommes, leur seul lien avec l'extérieur. Les gardes tenaient à mettre la main sur cette radio comme ils l'avaient fait, cinq mois auparavant, pour l'autre. Mais la chaleur était aussi accablante pour eux que pour les prisonniers alignés au bord de la route et la fouille était de pure forme.

Les captifs, trempés de sueur, sacraient. Plusieurs se trouvèrent mal. Les dysentériques se ruaient en flot pressé vers les feuillées. Les plus atteints s'accroupissaient ou se couchaient là où ils étaient, attendant que s'apaisât la douleur qui les faisait se tordre sur place. Les hommes valides ne remarquaient même pas la puanteur. C'était chose normale. Comme était normale la course aux feuillées. Comme était normale l'attente.

La fouille prit fin au bout de trois heures. Les hommes rompirent les rangs et se précipitèrent vers les baraques, vers l'ombre. Les uns se jetèrent sur leur lit où ils restèrent à suffoquer, les autres affluèrent vers les douches dans l'espoir que l'eau fraîche calmerait leur migraine.

Peter Marlowe sortit de la douche en nouant son sarong autour de ses reins et se dirigea vers le bâtiment de béton où logeaient les membres de son groupe.

A sa vue, Mac grimaça un sourire. « Puki 'mahlu », dit-il. Le commandant McCoy était un Ecossais trapu et dur à cuire qui se tenait toujours très droit. Vingt-cinq ans passés à courir les jungles de Malaisie – sans compter l'alcool, le jeu et les fièvres – lui avaient profondément buriné le visage.

« Mahlu senderis », répondit Peter avec entrain en s'asseyant sur ses talons. L'obscénité du malais l'enchantait toujours. Elle était totalement intraduisible bien que « puki » fût l'équivalent d'un mot de trois lettres désignant une partie de l'anatomie féminine et que « mahlu » signifiât « honteux ».

« Vous ne pourriez pas parler l'anglais du roi pour une fois, vous deux ? », maugréa le colonel

Larkin, allongé sur un matelas posé à même le sol. Il avait du mal à respirer en raison de la chaleur et la migraine, séquelle de sa crise de malaria, lancinait.

Mac lança une œillade à Marlowe. « On a beau lui expliquer, ça ne rentre pas : Il a le crâne trop dur. Pas d'espoir pour le colonel !

– Très juste, collègue », fit Peter en singeant l'accent australien de Larkin.

« Je me demande pourquoi je me suis mis en cheville avec vous, laissa tomber ce dernier d'une voix désabusée. Je ne le comprendrai jamais.

– C'est parce que c'est un paresseux, n'est-ce pas, Peter, dit Mac en souriant. Qui fait le boulot ? Toi et moi. Lui, il prétend qu'il doit garder le lit – tout cela à cause d'un infime soupçon de malaria.

– Puki 'mahlu ! Donne-moi donc un peu d'eau, Marlowe !

– A vos ordres, mon colonel ! »

En dépit de sa souffrance, Larkin sourit à la vue de la bouteille que Peter lui tendait.

« Tout est en ordre, mon petit Peter ? s'enquit-il avec calme.

– Oui mais j'ai eu chaud pendant un moment.

– Mac et moi, nous avons eu chaud, nous aussi ! »

Le colonel but et rendit la bouteille à son propriétaire dans un geste plein de précaution.

« Ça va, colonel ? demanda Peter que la pâleur de Larkin inquiétait.

– Vingt dieux, une bouteille de bière et il n'y paraîtrait plus ! Je serais sur pied demain.

– En tout cas, la fièvre est tombée », dit Peter en hochant la tête. Puis, avec une nonchalance étudiée, il sortit le paquet de Kooas.

« Seigneur ! », s'exclamèrent en chœur les deux autres.

Marlowe déchira l'étui et leur tendit une cigarette à chacun.

« C'est de la part du père Noël.

– D'où les ramènes-tu, nom d'un petit bonhomme !

– Fumons d'abord un peu, murmura sombrement Mac. On a tout le temps d'apprendre les mauvaises nouvelles. Il a probablement vendu les lits ou quelque chose du même genre. »

Peter raconta ce qui s'était passé avec le Roi et Grey. Ses amis l'écoutaient avec une stupéfaction de plus en plus vive. Il leur révéla le projet de raffinage de tabac et quand il rapporta les offres que lui avait faites l'Américain, Mac ne put se contenir :

« Quarante-soixante ! s'écria-t-il avec ravissement. Seigneur mon Dieu ! Quarante-soixante !

– Oui, confirma Peter, se méprenant sur le sens de cette explosion d'enthousiasme. Tu t'imagines un peu ! Je lui ai quand même indiqué le procédé. Il a paru surpris que je ne veuille rien recevoir en échange. »

Mac considéra Marlowe d'un air effaré.

« Tu le lui as donné ?

– Bien sûr. Tu as l'air fâché, Mac.

– Mais pourquoi ?

– Je n'allais pas participer à un trafic, voyons ! Les Marlowe ne sont pas des commerçants. » Peter parlait sur le ton qu'on emploie pour s'adresser à un enfant. « Ça ne se fait pas mon vieux, c'est tout.

– Ça alors ! Tu avais une occasion sensationnelle de gagner un peu d'argent et tu la repousses dédaigneusement du pied. Je suppose que tu n'ignores pas qu'avec le Roi derrière toi, tu aurais ramassé suffisamment de bénéfice pour pouvoir acheter des doubles rations jusqu'au jugement dernier. Pourquoi diable n'as-tu pas fermé la bouche et n'es-tu pas venu tout me raconter ? Si tu m'avais laissé... »

Larkin le coupa sèchement :

« Qu'est-ce que c'est que ces histoires ? Le petit a eu parfaitement raison. Il n'aurait eu que des déboires à s'aboucher avec le Roi.

— Mais...

— Il n'y a pas de mais. »

Mac, à ces mots, se calma. Furieux de s'être ainsi emporté, il éclata d'un rire forcé.

« C'était seulement pour te taquiner, Peter !

— C'est vrai ?, demanda Marlowe avec inquiétude. J'ai fait une bêtise ? Je ne voudrais pas avoir laissé échapper...

— Mais non, mon garçon ! C'est simplement mon sens personnel de l'humour qui me fait parler. Continue. Qu'est-ce qui s'est passé après ? »

Peter relata la suite des événements sans cesser de se demander avec angoisse s'il n'avait pas commis d'impair, Mac était son meilleur ami ; et c'était un gaillard astucieux qui n'avait pas pour habitude de perdre son sang-froid. Lorsque le jeune homme eut achevé son récit — sans omettre l'épisode Sean —, il se sentit mieux. N'ayant plus rien à dire, il quitta ses camarades : C'était son tour de nourrir les poules.

« Je suis désolé, dit McCoy après son départ. Je n'aurais pas dû monter comme une soupe au lait.

— Ce n'est pas de ta faute, mon vieux. Ce garçon n'a pas les pieds sur terre. Il a parfois des idées tellement saugrenues... Mais on ne peut jamais savoir. Le Roi aura peut-être un jour son utilité. »

Mac prit un air songeur.

Une gamelle pleine de feuilles déchiquetées à la main, Peter Marlowe dépassa les latrines et gagna l'endroit réservé à la basse-cour. Il y avait des cages de toutes les tailles ; depuis celles qui n'abritaient qu'une malheureuse poule étique jusqu'à un enclos gigantesque qui donnait asile à cent trente volatiles. Ceux-là étaient la propriété collective du camp : Les œufs récoltés étaient mis en commun. D'autres élevages appartenaient à des groupes individuels ou à des associations de groupes. Seul le Roi en possédait un en propre.

C'était Mac qui avait construit la volière recélant trois poules, le trésor de son groupe. Larkin les avait achetées sept mois plus tôt ; pour ce faire, il avait dû négocier son alliance, le dernier objet de valeur qui restât encore aux trois hommes. Larkin n'avait pas l'intention de s'en défaire mais, à l'époque, Mac était malade, Peter avait une crise de dysenterie et, depuis deux mois, les rations étaient réduites de moitié. Aussi le colonel s'était-il résigné à vendre l'anneau. Il n'était pas passé par le Roi mais avait fait appel aux services d'un de ses hommes, Tiny Timsen, un Australien connu pour être un trafiquant. Avec l'argent qu'avait rapporté l'opération, il avait acheté au Chinois qui, par la grâce des Japonais, avait la concession du camp, quatre poules, deux boîtes de sardines et deux de lait condensé, ainsi qu'un demi-litre d'huile de palme.

C'étaient de bonnes poules qui pondaient régulièrement. Mais l'une d'elles creva. On la mangea. Avec les os, les intestins, les pattes et la tête, les trois hommes avaient confectionné un ragoût agrémenté d'un peu de papayas verts que Mac avait volés à l'occasion d'une corvée. Pendant une semaine, tout le monde s'était senti déborder de vitalité.

Larkin avait ouvert une des boîtes de lait condensé le jour même où il l'avait acquise. Tant qu'elle dura, chacun des membres du groupe eut droit à une cuillerée par jour. Le lait condensé ne s'abîme pas à la chaleur. Quand la boîte fut vide, on la fit bouillir et l'on but la coction. Ce fut excellent.

Les sardines et la seconde boîte de lait constituaient les réserves du groupe. En prévision d'une passe particulièrement difficile, ces victuailles étaient dissimulées dans une cachette surveillée en permanence par un des trois partenaires.

Peter Marlowe ouvrit la cage après s'être assuré qu'il n'y avait personne aux alentours car il ne fallait pas que quelqu'un pût voir comment fonctionnait le loquet. Il trouva deux œufs.

« C'est bien, Nonya, dit-il d'une voix pleine de douceur à la plus belle des poules. N'aie pas peur. Je ne te toucherai pas. »

Le nid sur lequel Nonya trônait contenait sept œufs. La laisser couver avait demandé un gros effort de volonté mais si le groupe avait la chance de voir éclore sept poussins et si ces sept poussins parvenaient à l'âge adulte, quelle belle basse-cour ce serait ! Alors, on pourrait se permettre de réserver une poule pour la ponte et personne n'aurait plus à redouter de se retrouver à la salle 6, là où étaient hospitalisés ceux que le béribéri avait rendu aveugles.

Tout apport de vitamines faisait miraculeusement s'éloigner cette menace constante et les œufs représentaient une abondante source de vitamines. Pratiquement la seule. C'est pourquoi le commandant du camp, employant tantôt le ton de la supplication, tantôt celui de la colère, tour à tour quémandant et exigeant, demandait au Geôlier qu'on en distribuât toujours plus. Mais la plupart du temps, il fallait se contenter d'un œuf par homme et par semaine. Quelques-uns des prisonniers s'en voyaient attribuer exceptionnellement un par jour mais, en général, il était déjà trop tard.

On comprend pourquoi les poules étaient gardées nuit et jour par un officier ; pourquoi toucher à une volaille appartenant au camp ou à un groupe quelconque était puni à l'égal d'un crime monstrueux. Un jour, un homme surpris avec une poule à laquelle il avait tordu le cou avait été battu à mort par les prisonniers qui l'avaient capturé et les autorités du camp avaient jugé ce meurtre licite.

Peter Marlowe admira l'élevage du Roi. Sept poulardes dodues, de vraies géantes comparées aux autres. Et un coq, l'orgueil de Changi. Sunset était son nom et sa progéniture était nombreuse. N'importe qui était admis à lui faire couvrir ses propres poules, le Roi se réservant alors un poulet à son choix.

Le poulailler du Roi était surveillé, lui aussi, et il avait le même caractère sacro-saint que les autres.

Sunset se précipitait sur une poule qu'il monta et qui, une fois relevée, secoua la poussière dont elle était couverte avant de s'élancer en gloussant sur une de ses congénères qu'elle larda à grands coups de bec, manière de se venger. Peter se sentit honteux de l'intérêt qu'il prenait à ce spectacle. Il connaissait son point faible. Il savait qu'il allait penser à N'aï et qu'il en serait malade de désir.

Il referma la cage, vérifia la solidité du loquet et, portant les deux œufs avec précautions, il reprit le chemin du bungalow.

Mac l'accueillit avec un sourire. « On dirait que c'est ton jour de chance ! »

Peter sortit le paquet de Kooas et fit trois parts des cigarettes qui restaient. « Les deux dernières, dit-il, on va les jouer.

– Non, protesta Larkin. Garde-les pour toi.

– Pas question : On les joue. La plus basse carte perd. »

Ce fut Mac qui perdit. « Allez au diable ! », maugréa-t-il, feignant l'insouciance.

Chacun éventra les cigarettes qui lui revenaient pour en mélanger le tabac avec le javanais traité qu'il avait dans sa boîte. Les trois quarts de ce mélange furent placés dans un récipient à part que l'on confia à Larkin. Avoir autant de tabac à la fois était trop tentant.

Brusquement, les cieux ouvrirent leurs vannes et ce fut le déluge. Peter retira son sarong qu'il posa, soigneusement plié, sur le lit de Mac.

« Peter, fit Larkin d'une voix songeuse. Sois prudent. Le Roi peut être dangereux.

– Bien sûr. Ne t'inquiète pas », répondit Marlowe. Et il sortit sous les trombes d'eau. En un rien de temps, ses deux amis se dévêtirent et s'élancèrent derrière lui pour aller se joindre à tout un groupe d'hommes nus qui poussaient des vivats en l'honneur de la pluie. Elle fouettait voluptueusement leur corps, leurs poumons s'emplissaient de fraîcheur, leur tête s'éclaircissait.

Et Changi fut lavé de sa puanteur.

5

QUAND l'averse cessa, les hommes s'installèrent pour attendre l'heure du dîner, se gorgeant de la fraîcheur éphémère. L'eau qui dégoulinait des toitures venait grossir les rigoles que l'orage avait creusées ; la poussière s'était transformée en boue. Mais le soleil brillait de tout son éclat dans le ciel d'un bleu laiteux.

« Nom de nom, ça fait du bien ! », murmura Larkin avec gratitude en prenant place sur la véranda avec ses compagnons.

« Un peu », approuva Mac. Mais ses pensées étaient ailleurs. Il songeait à ses hévéas de Kedah. Là-bas, très loin dans le nord. « La chaleur est un don inestimable, poursuivit-il. Elle vous fait apprécier la fraîcheur. Comme la fièvre.

– La Malaisie pue, la pluie pue, la chaleur pue, la malaria pue, les punaises puent et les mouches puent !

– Pas en temps de paix. Pas quand on est dans un village. Pas vrai, mon vieux Peter ? »

Peter répondit par un sourire au clin d'œil de Mac. Il avait raconté à ses partenaires à peu près tout ce qui concernait son village et il était sûr que, ce qu'il avait tu, Mac n'en ignorait rien car ce dernier avait vécu toute son existence d'homme en Orient et il aimait l'Orient autant que Larkin le haïssait.

« C'est bien ainsi que je l'entends », fit Marlowe, la mine narquoise. Et les trois amis éclatèrent de rire.

Ils ne parlaient pas beaucoup. Tout ce qu'ils avaient envie de dire, ils l'avaient déjà dit et redit bien des fois. Patiemment, ils attendaient.

Quand ce fut l'heure, ils se rendirent à la distribution – chacun dans sa file – puis retournèrent au bungalow. Ils avalèrent rapidement leur soupe et Peter brancha le chauffe-plats avant de casser un œuf qu'il déposa au centre du bol où avaient été versées les trois rations de riz. Il ajouta du poivre, du sel et tourna. Quand le blanc et le jaune eurent été uniformément répartis, le plat de riz fut partagé en trois et le groupe le savoura.

Le repas terminé, Larkin s'en fut laver les assiettes et les couverts – c'était son tour de vaisselle – et les trois hommes s'assirent à nouveau sur la véranda pour y attendre l'appel du soir.

Peter observait nonchalamment les prisonniers en train de déambuler le long de l'artère principale du camp, goûtant la satisfaction d'avoir le ventre plein, quand il aperçut Grey.

« Bonsoir, mon colonel », dit le chef de la prévôté en saluant Larkin d'un geste vif.

Larkin soupira.

« Bonsoir, Grey. De qui s'agit-il, cette fois ? »

Quand Grey venait le voir, il y avait toujours des ennuis.

Le prévôt regarda Peter de haut en bas. Aussitôt, Larkin et Mac perçurent l'hostilité entre les deux hommes.

« Le colonel Smedly-Taylor m'a chargé de vous signaler que deux de vos hommes se sont battus, mon colonel. Un certain caporal Towsend et le soldat Gurble. Je les ai fait incarcérer.

– Parfait, lieutenant, répondit Larkin d'une voix revêche. Vous pouvez les relâcher. Dites-leur de se présenter à moi après l'appel. Ils vont voir de quel bois je me chauffe ! Connaissez-vous les motifs de cette rixe ? ajouta-t-il après un silence.

– Non, mon colonel, mais je crois que c'est une histoire de *two-up.* »

Ridicule, ce jeu, songea Grey. On place deux pièces en équilibre sur une baguette, on les lance en l'air et on parie sur la manière dont elles retomberont : toutes deux du côté pile, toutes deux du côté face, ou pile pour l'une et face pour l'autre.

« Vous avez probablement raison, grommela Larkin.

– Peut-être pourriez-vous interdire qu'on y joue, mon colonel. Il y a toujours du désordre lorsque... »

Larkin ne le laissa pas achever : « Interdire le *two-up* ? Les hommes croiraient que je suis devenu fou. Ils ne tiendraient aucun compte d'un ordre aussi absurde, et ils auraient bien raison. Le jeu, vous devriez le savoir depuis le temps, fait partie du tempérament australien. Le *two-up* est pour nos gars l'occasion de penser à autre chose. Et une bagarre par ci par là, ce n'est pas mauvais non plus. » Larkin se mit debout et s'étira. Il était courbatu par la fièvre.

« Pour un Australien, jouer est aussi important que de respirer. Moi-même, conclut-il d'une voix coupante, moi-même j'ai plaisir à faire une partie de *two-up* une fois de temps en temps.

– Je sais, mon colonel. » Grey avait déjà vu Larkin et divers officiers australiens se vautrer dans la poussière avec leurs hommes, aussi déchaînés qu'eux et usant d'un langage aussi ordurier que de vulgaires soldats. Pas étonnant que la discipline laissât à désirer !

« Vous direz au colonel Smedly-Taylor qu'ils vont avoir affaire à moi. Ça ne va pas faire un pli !

– C'est bien dommage que le capitaine Marlowe ait perdu son briquet », lança Grey à brûle-pourpoint en observant avec attention la physionomie de son interlocuteur.

Larkin ne cilla pas mais son regard se durçit. « Oui. Il aurait dû faire plus attention, n'est-ce pas ?

– Très juste, mon colonel », répondit le prévôt après avoir ménagé une pause lourde de sous-entendus. Enfin, se dit-il, cela valait la peine d'essayer. Zut pour Larkin, zut pour Marlowe ! Il avait tout son temps. Comme il se préparait à prendre congé, une idée fantastique lui traversa l'esprit. « Oh ! A propos, laissa-t-il tomber d'une voix neutre en dissimulant sa fébrilité, des bruits courent selon lesquels un des hommes du détachement australien posséderait un diamant. » Il faisait un sort à chaque mot. « Est-ce que vous seriez par hasard au courant de quelque chose ? »

Larkin, songeur, tourna vers Mac ses yeux profondément enfouis sous des sourcils broussailleux.

« Moi aussi, j'ai entendu les mêmes rumeurs mais, pour autant que je le sache, il ne s'agit pas d'un type de chez moi. Pourquoi cette question, Grey ? »

Un sourire froid joua sur les lèvres du prévôt.

« Simple vérification, mon colonel. Vous n'ignorez pas que ce serait de la dynamite. Et pas seulement pour le propriétaire de ce diamant. Il serait préférable que l'objet soit sous clé.

– Je ne pense pas, mon vieux », déclara alors Marlowe, et le « mon vieux » était, dans sa bouche, sourdement caustique. « Je ne pense pas. Ce serait la dernière des choses à faire – pour autant que ce diamant existe, ce dont je doute. S'il se trouvait dans un endroit connu de tous, une masse de gens voudraient y jeter un coup d'œil. D'ailleurs, les Japs le confisqueraient dès qu'ils en entendraient parler.

– Je suis d'accord avec Marlowe, fit pensivement Mac.

– Il est mieux là où il est actuellement, renchérit Larkin. Dans les limbes. C'est encore un ragot.

– Je le souhaite, répliqua Grey, certain à présent que ses soupçons étaient fondés. Mais voilà un canard qui a la vie dure !

– En tout cas, il ne s'agit pas d'un de mes bonshommes. » Les pensées de Larkin allaient bon train. Grey avait l'air de savoir quelque chose. Quoi donc ? Et à qui songeait-il ?

« Si des informations vous parviennent, je vous serais reconnaissant de m'avertir, mon colonel. » Il posa sur Peter Marlowe un regard chargé de mépris. « Je tiens à juguler les désordres avant qu'ils ne commencent. » Sur ces mots, il salua Larkin, adressa un signe de tête à Mac et s'éloigna.

Un long silence suivit son départ. Sortant de sa méditation, Larkin loucha du côté de Mac : « Je me demande pourquoi il a parlé de cela.

– Je me posais la même question. Vous avez remarqué comme il s'est illuminé ? On aurait dit un phare.

– Absolument ! » Les rides qui labouraient le visage de Larkin étaient encore plus profondes que d'habitude. « Il y a un point sur lequel il a raison. Un diamant pourrait faire couler le sang. Beaucoup de sang.

– Ce n'est qu'une rumeur, colonel, rétorqua Peter. Personne n'aurait pu conserver une chose pareille aussi longtemps. C'est impossible.

– J'espère que tu as raison, répondit Larkin d'un air préoccupé. Et j'espère de toutes mes forces que ce n'est pas à un de mes gars qu'il appartient. »

Mac s'étira. Il avait la tête lourde et sentait qu'un accès de fièvre se préparait. Enfin, se disait-il avec le plus grand calme, j'ai encore trois jours de bon ! Ces accès faisaient à présent partie de sa vie. La crise survenait tous les deux mois. En 1942, il devait être mis à la retraite par ordre des médecins. Quand la malaria vous empoisonne la bile – eh bien, il n'y a plus qu'une solution, mon bon ami : rentrer. Chez soi. En Ecosse. Sous un climat froid. S'acheter la petite ferme près de Killin, au-dessus du radieux Loch Tray. Alors, tu pourras vivre.

Mac poussa un soupir. Ses cinquante ans pesaient lourd sur ses épaules. « N'empêche que si on avait ce sacré caillou, dit-il, formulant à haute voix ce que chacun pensait tout bas, on tiendrait le coup à perpette et on n'aurait plus à s'inquiéter de l'avenir. Plus jamais. »

Larkin roula une cigarette, l'alluma et, après avoir tiré une longue bouffée, la passa à Mac qui la tendit à Marlowe. Lorsqu'il ne resta plus qu'un mégot, le colonel l'éteignit et récupéra le reste du tabac. « Je crois que je vais faire un tour », annonça-t-il à ses compagnons silencieux.

Peter sourit. « Salamat », murmura-t-il, ce qui voulait dire : La paix soit sur toi.

« Salamat », répondit Larkin en sortant.

Les pensées se bousculaient dans la tête de Grey tandis qu'il regagnait la prévôté. Il vibrait d'énervement. Dès qu'il aurait rejoint le baraquement et relâché les deux Australiens, il se confectionnerait une cigarette d'honneur, se promettait-il. La seconde de la journée, et tant pis si sa provision de javanais ne lui permettait pas d'en fumer plus de trois autres avant qu'il reçoive son pécule. La semaine prochaine.

Il gravit les marches du poste et fit un signe de tête au sergent Masters. « Vous pouvez les laisser partir. »

Masters fit glisser la lourde traverse qui bloquait la porte de la cellule de bambous. L'air renfrogné, les deux Australiens s'alignèrent au garde-à-vous devant Grey.

« Vous vous présenterez devant le colonel Larkin ce soir après l'appel. » Ils saluèrent et firent demi-tour.

« Trublions », grommela le prévôt. Il s'assit, sortit sa boîte à tabac et son papier. Ce mois-ci, il avait fait des folies : Il avait acheté une page entière de la bible. Cela donnait les meilleures cigarettes. Bien qu'il ne fût point dévôt, fumer la bible lui donnait le sentiment d'accomplir un acte quelque peu blasphématoire. Ses yeux tombèrent sur le fragment qu'il se préparait à rouler : *Et Satan se retira de devant la face de l'Eternel. Puis il frappa Job d'un ulcère malin depuis la plante du pied jusqu'au sommet de la tête. Et Job prit un tesson pour se gratter et s'assit sur la cendre. Et sa femme lui dit...* »

Femme ! Fallait-il justement se heurter à ce mot ! Grey jura et retourna le feuillet. La nouvelle page commençait par la phrase : *Pourquoi ne suis-je pas mort dans le ventre de ma mère ? Pourquoi n'ai-je pas expiré au sortir de ses entrailles ?*

Grey bondit brusquement sur ses pieds. Une pierre, lancée par la fenêtre, venait de heurter le mur en sifflant ; elle roulait à présent sur le sol. Elle était enveloppée dans un morceau de journal. Le lieutenant la ramassa et bondit jusqu'à la fenêtre. Mais il ne vit personne dans les environs.

Il se rassit et lissa le papier. Il y avait quelque chose d'écrit dans la marge : *Je vous propose un marché. Je vous livre le Roi sur un plateau à condition que vous fermiez les yeux si je fais un peu de commerce à sa place quand vous l'aurez pris. Si vous êtes d'accord, montrez-vous une minute devant la baraque en tenant la pierre dans la main gauche. Et puis débarrassez-vous de l'autre poulet. Les types disent que vous êtes un flic honnête. C'est pourquoi je vous fais confiance.*

« Qu'est-ce qu'il raconte ? », s'enquit Masters en lorgnant la feuille de ses yeux chassieux.

Grey froissa le papier en boule. « Quelqu'un trouve qu'on fait trop de zèle pour les Japs, répondit-il sèchement.

– Bande de cons, fit Masters en s'approchant de la fenêtre. Qu'est-ce qu'ils s'imaginent qui se passerait si on ne faisait pas respecter la discipline ? Ils s'écharperaient du matin au soir, ces tordus !

– Evidemment. » Grey avait l'impression de sentir palpiter la boule de papier qu'il étreignait. Si la proposition était sérieuse, il allait pouvoir se le farcir, le Roi !

Mais ce n'était pas une décision facile à prendre. S'il acceptait le marché, il lui faudrait tenir ses engagements, il serait lié par sa parole. Il n'était pas peu fier de sa réputation de « flic honnête ». Pour avoir le Roi à sa merci, pour le tenir, dépouillé de sa superbe, entre les quatre murs de la cage de bambous, Grey était prêt à tout – même à fermer les yeux sur certaines entorses au règlement. Il se demanda quel était l'Américain qui lui faisait cette offre. Tous ses compatriotes détestaient et jalousaient le Roi. Mais lequel d'entre eux était-il prêt à jouer les Judas, à prendre le risque d'endosser les conséquences d'une trahison si celle-ci était découverte ? En tout cas, quel qu'il fût, il ne pouvait pas être aussi dangereux que le Roi.

Grey s'en fut sur le pas de la porte, la pierre dans la main gauche, examinant d'un œil scrutateur tous ceux qui passaient dans les environs. Mais aucun ne lui fit signe.

Il lança la pierre au loin et congédia Masters. Puis il s'assit dans le poste pour attendre. Il n'espérait plus quand une autre pierre tomba à ses pieds, avec un second message : *Regardez deux fois par jour, le matin et après l'appel, dans la boîte de conserves qui se trouve dans le fossé près de la baraque seize. Ce sera notre boîte aux lettres. Il voit Turasan cette nuit pour affaires.*

6

SOUS la moustiquaire qui recouvrait le matelas sur lequel il était allongé, Larkin, cette nuit-là, se faisait un sang d'encre à propos du caporal Towsend et du soldat Gurble. Il avait vu les deux hommes après l'appel.

« Pourquoi diable vous êtes-vous battus ? » Cette question, il l'avait répétée inlassablement et, chaque fois, les deux hommes répondaient avec entêtement : « A cause d'une partie de *two-up.* » Mais son instinct avertissait le colonel qu'ils mentaient.

« Je veux la vérité, avait-il dit avec fureur. Voyons, vous êtes copains, tous les deux. Expliquez-moi la raison de cette bataille. »

Mais Towsend et Gurble considéraient le sol d'un air buté. Larkin les avait alors interrogés séparément, mais l'un comme l'autre, la mine renfrognée, répétaient toujours la même antienne : le *two-up.*

« Ecoutez-moi, s'était finalement écrié Larkin, la voix mauvaise. Je vous accorde une dernière chance. Si vous ne parlez pas, je vous chasse de mon régiment et, à partir de ce moment, vous n'existerez plus pour moi.

– Vous ne feriez pas ça, mon colonel ! avait haleté Gurble.

– Je vous donne trente secondes », s'était contenté de rétorquer l'officier. Et ce n'étaient pas des propos en l'air, ses interlocuteurs ne l'ignoraient pas. Larkin était leur père à tous et sa parole était la loi et les prophètes pour tout le régiment. S'ils étaient chassés, leurs camarades les considéreraient comme morts ; et, sans les camarades, ils ne pourraient pas survivre.

Au bout d'une minute, Larkin avait rompu le silence :

« Très bien. Demain... »

Mais Gurble, n'y tenant plus, ne l'avait pas laissé achever : « Je vais tout vous dire, mon colonel. Cette espèce de tante m'a accusé d'avoir volé la nourriture des copains. Le dégueulasse ! Il a dit que j'avais volé...

– Et c'est la vérité, salaud !

– Restez au garde-à-vous », avait aboyé Larkin. Sans cet ordre, Towsend et Gurble se seraient pris à la gorge.

Le caporal donna le premier sa version des faits :

« C'est mon tour d'être de corvée de cuisine ce mois-ci. Aujourd'hui, il y avait cent quatre-vingt-huit rationnaires...

– Qui est absent ?

– Billy Donahy, mon colonel. Il est entré à l'hôpital cet après-midi.

– Bon. Continuez.

– Oui, mon colonel. Cent quatre-vingt-huit hommes et vingt-cinq grammes de riz par homme pour la journée, ça fait vingt-trois kilos et demi. Je vais toujours au magasin moi-même avec un copain pour assister à la pesée et je ramène le riz personnellement aux cuisines pour être sûr qu'on se fait pas estamper. Seulement, aujourd'hui, j'avais la colique. Alors, j'ai demandé à Gurble de prendre le riz. C'est mon meilleur copain. Je croyais que je pouvais lui faire confiance...

– Je jure devant Dieu que j'ai pas touché à un seul grain, fumier...

– Quand je suis revenu, le compte n'y était pas, hurla Towsend. Il manquait la valeur de deux rations.

– Je ne dis pas le contraire. Seulement, je n'ai pas...

– Les poids n'étaient pas falsifiés. Je les ai vérifiés sous ton nez, ordure... »

Accompagné des deux hommes, Larkin alla les contrôler à son tour. Ils étaient justes. Aucun doute ne pouvait subsister : la quantité de riz réglementaire avait quitté le magasin. Les rations, en effet, étaient pesées en public tous les matins par le lieutenant-colonel Jones. Il n'y avait pas deux solutions.

« En ce qui me concerne, Gurble, avait déclaré Larkin, vous ne faites plus partie de mon régiment. Vous êtes un homme mort. »

Chancelant sur ses jambes, Gurble était alors parti dans la nuit en gémissant.

« Quant à vous, caporal, pas un mot sur cette affaire.

– Vous avez ma parole, mon colonel. Les gars en feraient de la charpie s'ils l'apprenaient. Et ils auraient raison. Si je ne le leur ai pas dit, c'est uniquement parce que Gurble était mon meilleur copain. » Ses yeux s'étaient brusquement embués. Les deux doigts de la main qu'on était, mon colonel. On était ensemble à Dunkerque et au Moyen-Orient, cette saloperie de bled, et on a fait toute la Malaisie ensemble. Ça fait des années que je le connais. J'aurais mis ma tête à couper que... »

Revivant la scène, Larkin, que le sommeil gagnait, haussa les épaules. Comment un homme peut-il être capable d'une chose pareille, s'interrogea-t-il avec désespoir ? Et Gurble par-dessus le marché ! Gurble qu'il avait sous ses ordres depuis si longtemps, qui avait même été son secrétaire à Sydney ?

Fermant les yeux, il s'efforça de penser à autre chose. Il avait fait son devoir, et son devoir consistait à défendre les droits du plus grand nombre. Paresseusement, il se prit à songer à Betty, sa femme. Il la voyait en train de faire cuire un steak couronné d'un œuf frit. Il songea à sa maison qui dominait la baie, à sa petite fille, au bon temps qu'il s'offrirait après. Mais quand ? Quand ?

Silencieusement, comme un voleur dans la nuit, Grey escalada les marches de la baraque seize et se dirigea vers son lit. Il ôta son short, se glissa sous la moustiquaire et s'allongea, tout nu, sur le matelas. Il était très content de lui. Il venait de voir Turasan, le garde coréen, surgir subrepticement au coin de la baraque américaine et disparaître derrière le coupe-vent de toile ; puis, furtif, le Roi avait quitté la baraque par la fenêtre pour le rejoindre. Grey n'était resté que quelques instants aux aguets dans l'ombre. Il voulait simplement vérifier les renseignements que son informateur lui avait fournis : L'heure n'était pas encore venue de prendre le Roi la main dans le sac. Non. Pour le moment, le tout était de savoir si les tuyaux du mouchard étaient sérieux.

Grey se retourna sur sa couche et se gratta la jambe. Ses doigts exercés découvrirent la punaise. Il l'écrasa. Cela fit un petit bruit sec et l'odeur douceâtre, écœurante, du sang, monta à ses narines. L'odeur de son propre sang.

Les moustiques vrombissaient à l'entour, cherchant un trou dans la moustiquaire. L'inévitable trou par où ils pourraient passer. Grey, contrairement à la plupart des officiers, avait refusé de modifier son lit et d'adopter la solution de la couchette superposée, car l'idée de dormir avec quelqu'un au-dessus ou au-dessous de lui lui était intolérable. Même si cette disposition accroissait l'espace disponible.

Les moustiquaires étaient suspendues à un fil de métal faisant toute la longueur de la baraque. Même dans leur sommeil, les captifs étaient attachés l'un à l'autre. Quand un homme se retournait, quand il tirait sur le pan de tissu afin de le coincer plus étroitement sous sa paillasse trempée, toutes les moustiquaires tressautaient et chacun éprouvait physiquement la présence de ceux qui l'entouraient.

Grey écrasa une deuxième punaise mais son esprit était ailleurs. Ce soir, il nageait dans la joie. Le mouchard, l'engagement qu'il avait pris de faire tomber le Roi, le diamant, Marlowe... tout cela le comblait d'aise. Et il était heureux, en outre, d'avoir résolu l'énigme.

C'est tout simple, se répétait-il. Larkin sait qui a le bijou. Et il n'y a que le Roi qui soit à même d'effectuer la transaction. Il est le seul à avoir les contacts nécessaires. Ne voulant pas prendre directement langue avec l'Américain, Larkin lui avait envoyé Marlowe, se disait Grey. Marlowe est l'intermédiaire.

Il sentit une secousse. A moitié endormi, Johnny Hawkins, qui était malade comme un chien, avait heurté son lit en se rendant aux feuillées. « Vous ne pouvez pas faire attention, bon Dieu, grogna le prévôt ?

– Excusez-moi », murmura Johnny en se précipitant vers la porte.

Quelques minutes plus tard, des jurons ensommeillés fusèrent tandis que, trébuchant, il regagnait sa place. Mais, à peine recouché, il lui fallut se relever. Cette fois, Grey, qui s'efforçait de prévoir les mouvements de l'ennemi, était tellement absorbé qu'il ne remarqua même pas la secousse.

Assis inconfortablement sur les marches menant à la baraque seize, Peter Marlowe, tous ses sens en éveil, scrutait les ténèbres. Le ciel était sans lune. De son poste d'observation, il apercevait les deux routes : Celle qui traversait le camp et celle qui longeait l'enceinte extérieure. Les Japonais et les Coréens utilisaient indifféremment l'une ou l'autre. Peter assurait la couverture du flanc nord. Il savait que, derrière lui, posté en haut d'un autre escalier, le lieutenant aviateur Cox veillait dans l'ombre avec une égale attention. Cox couvrait le sud. Il n'y avait pas d'autre guetteur, car on ne pouvait approcher de la baraque seize ni par l'est ni par l'ouest.

A l'intérieur du bâtiment, et tout autour, palpitaient les bruits du sommeil : plaintes, étranges éclats de rire, ronflements, gémissements, cris inarticulés et à demi étouffés – auxquels se mêlaient les soupirs de ceux qui ne dormaient pas. La nuit était fraîche. Tout était normal.

Marlowe, tout à coup, tressaillit. On eût dit un chien à l'arrêt. Il avait senti la présence du garde avant de l'avoir distingué et, quand il le vit, il avait déjà lancé le signal d'alerte.

Au fond de la baraque, Dave Daven était tellement absorbé par sa tâche qu'il n'entendit pas le premier coup de sifflet. Il ne réagit qu'au second, plus pressant. Lâchant les aiguilles, il s'allongea sur sa couchette en retenant son souffle.

Le garde coréen qui, le fusil sur l'épaule, rôdait à travers le camp en traînant les pieds, ne vit ni Peter ni personne. Mais il sentit les regards qui se posaient sur lui. Il accéléra l'allure, tellement il avait hate de fuir cette atmosphère de haine.

Quand, après une éternité, il perçut le signal de fin d'alerte, Peter se détendit. Mais il n'en continua pas moins de sonder intensement l'obscurité.

Dans la baraque, Daven put enfin respirer. Se soulevant, il se hissa avec précaution pour se glisser sous l'épaisse moustiquaire recouvrant la couchette supérieure. Avec une patience infinie, il connecta à nouveau les deux aiguilles aux extrémités du fil d'alimentation, préalablement dénudé. Après un moment de tâtonnement exténuant, il les sentit s'enfoncer dans les trous de vers. La sueur qui lui perlait au menton arrosait le bois tandis qu'il cherchait les autres aiguilles, celles reliées à l'écouteur. En aveugle, il palpa longuement le montant pour retrouver les minuscules orifices de branchement. Enfin, les petites tiges d'acier pénétrèrent dans leur logement et la statique fit bourdonner les écouteurs. « ...et nos forces progressent rapidement à travers la jungle malaise. Ici Radio Calcutta. Ainsi s'achèvent nos informations. Résumé des nouvelles : Les forces anglo-américaines refoulent l'ennemi en Belgique et avancent en direction de Saint-Hubert dans le secteur central en dépit des tempêtes de neige. En Pologne, où souffle un violent blizzard, les armées russes sont à trente kilomètres de Cracovie. Aux Philippines, les troupes américaines, dont l'offensive sur Manille se développe, ont établi une tête de pont de l'autre côté du fleuve Agno. Les forteresses volantes ont bombardé Formose en plein jour sans essuyer de pertes. En Birmanie, les troupes britanniques et indiennes victorieuses sont à moins de cinquante kilomètres de Mandalay. Notre prochain bulletin sera diffusé à six heures. Ici Radio Calcutta. »

Daven toussota doucement. Le fil électrique fut

animé d'une faible secousse et mollit lorsque Spence, dans la couchette voisine, détacha les aiguilles de dérivation. Prestement, Daven débrancha les siennes et les rangea dans sa trousse de couture. Il prit le temps d'éponger son visage ruisselant et de gratter les morsures que lui avaient infligées les punaises avant de démonter l'écouteur. Il redressa avec soin les bornes qu'il glissa dans une pochette spéciale de son suspensoir, derrière les testicules. Puis il reboutonna son pantalon, glissa le fil plié dans les passants et ragrafa sa ceinture. S'étant essuyé les mains au chiffon prévu à cet effet, il obtura minutieusement les imperceptibles perforations du montant avec de la poussière. Le camouflage était irréprochable.

Daven s'allongea un instant pour récupérer. Quand il eut recouvré ses forces, il se leva. A cette heure-ci, il ne prenait pas la peine de remettre sa jambe artificielle ; aussi, simplement muni de ses béquilles, se dirigea-t-il en boitillant vers la porte sans faire le moindre signe quand il passa devant la couchette de Spence. C'était la règle. On ne saurait être trop prudent.

Les béquilles grinçaient et, pour la dix-millième fois, Daven pensa à sa jambe. Il se faisait moins de tourment pour elle, à présent, bien que son moignon le martyrisât. Les médecins l'avaient prévenu qu'il faudrait bientôt le réopérer. Il avait déjà subi deux interventions chirurgicales. La première en 42, quand il avait sauté sur cette mine. Ç'avait été une vraie opération. Sans anesthésie. On lui avait alors coupé la jambe au-dessous du genou. Le seconde fois, on avait coupé au-dessus. Et sans anesthésique. Ce souvenir lui agaçait les dents et il s'était juré que, jamais plus, il ne passerait par un tel supplice. Mais la prochaine fois – la dernière – ce serait moins terrible : il y avait des anesthésiques à Changi. Ce serait la dernière fois parce qu'il ne restait plus grand-chose du moignon.

« Oh ! bonsoir, Peter. Je ne t'avais pas vu. »

Il avait failli tomber sur Marlowe assis en haut des marches.

« Bonsoir, Dave.

– Jolie nuit. Mais ma vessie me joue encore des tours. »

Peter sourit. Cela signifiait que les nouvelles étaient bonnes. Si Daven avait déclaré : « Je vais changer le poisson d'eau », cela aurait voulu dire qu'il n'y avait rien à signaler ; « J'ai atrocement mal au ventre », qu'il y avait eu une défaite quelque part ; « Tiens-moi ma béquille un instant », une grande victoire.

Marlowe ne connaîtrait les détails que le lendemain quand il les apprendrait par cœur avec Spence pour les communiquer aux autres détachements, mais il était content de savoir tout de suite comment se présentaient les choses. Et il se sentait plein d'affection et de respect pour Daven qui s'éloignait en claudiquant vers l'urinoir.

Celui-ci était un bout de tôle galvanisée que l'on avait coudée. Daven contemplait son urine qui ruisselait en filets sinueux jusqu'à l'extrémité rouillée de la gouttière, d'où elle tombait en cascadant dans un grand baquet, grossissant la couche d'écume flottant à la surface du liquide. Il se rappela que c'était le lendemain qu'aurait lieu le ramassage. On rassemblerait tous les réservoirs et on les porterait aux jardins. Leur contenu, allongé d'eau, serait amoureusement répandu, tasse par tasse, sur les légumes que l'on cultivait et protégeait avec un soin jaloux. Les pois seraient plus verts grâce à cet engrais.

Daven détestait les pois. Mais c'était de la nourriture et il fallait manger.

Un coup de vent glaça la sueur sur son dos. La brise avait une saveur de sel. Elle venait de la mer. La mer qui se trouvait à cinq kilomètres du camp. A cinq années-lumière.

Daven pensait à la radio. Elle marchait admirablement. Avec un plaisir intense, il se rappela comment il avait délicatement détaché un mince fragment de bois au sommet du montant de sa couchette et creusé une cavité profonde de quinze centimètres. Il avait œuvré en secret et l'installation de la radio lui avait pris cinq mois ; il travaillait la nuit et dormait le jour. L'opercule était ajusté de façon si parfaite que, lorsque la poussière les bouchait, les rainures échappaient à l'examen le plus attentif. Et les trous d'aiguilles, une fois obstrués, étaient tout aussi invisibles.

Il ne se sentait pas peu fier à la pensée qu'il était le premier, lui, Dave Daven, à avoir connaissance des nouvelles. Lui seul. Malgré sa jambe. Un jour, il apprendrait que la guerre était finie. Pas seulement la guerre en Europe : leur guerre à eux, la guerre du Pacifique. Grâce à lui, un lien était maintenu entre le camp et le monde extérieur. La peur, la sueur, l'angoisse qui vous mordait au cœur... cela valait le coup ! En dehors de lui, il n'y avait que Spence, Coc, Marlowe et deux colonels anglais à connaître l'emplacement exact du poste. Une mesure sage : Moins il y avait de gens au courant, plus le danger était limité.

Car, bien sûr, il y avait le danger. Des regards fureteurs auxquels on ne pouvait pas nécessairement se fier. Le risque d'une dénonciation toujours possible. Ou d'une imprudence involontaire.

Quand Daven rentra dans la baraque, Peter était déjà au lit. Cox était toujours à son poste mais c'était normal : il était de règle que les sentinelles ne partent pas en même temps. Son moignon commençait à le faire atrocement souffrir.

Mais ce n'était pas réellement la cicatrice qui lui faisait mal : C'était son pied. Le pied qu'il n'avait plus. Il s'inséra dans sa couchette, ferma les yeux et se mit à prier. Il priait toujours avant de s'endormir. De la sorte, le rêve ne le visitait pas. L'image criante de vérité de Tom Cotton, l'Australien qui s'était fait prendre la dernière fois avec l'autre radio. Son chapeau de coolie crânement incliné sur l'œil, il était parti pour Utram Road sous bonne escorte en chantant *Waltzing Matilda* d'une voix de fausset. « Merde aux Japs » remplaçait le refrain. Mais, dans le rêve, ce n'était pas Tommy Cotton que les gardes entraînaient : C'était lui, Dave Daven en personne. Et une terreur abjecte l'habitait tandis qu'il marchait entre ses geôliers.

« Seigneur, disait-il avec une silencieuse ferveur, Seigneur, que Ton courage m'apporte la Paix. Car j'ai si peur et je suis si lâche ! »

Le Roi était en train de faire ce qu'il aimait le plus au monde : Il comptait une liasse de billets flambant neufs, bénéfice d'une affaire arrivée à sa conclusion.

Courtoisement, Turasan braquait sur la table le faisceau de sa lampe électrique qu'il avait pris soin de mettre en veilleuse. Les deux hommes se tenaient dans la « boutique », ainsi que l'appelait le Roi. Elle jouxtait la baraque américaine. Un rideau de toile, fixé après l'auvent, et qui descendait presque jusqu'au sol, dérobait la table et les bancs aux regards toujours présents. Les Japonais – et, par voie de conséquence, les autorités du camp – interdisaient toute espèce de trafic.

Arborant l'expression du monsieur qui s'est fait filouter, le Roi comptait les coupures avec une mine renfrognée. Il poussa un soupir quand l'opération fut terminée (il y avait cinq cents billets). « O.K., murmura-t-il. Ichi-bon ! »

Turasan opina du bonnet. C'était un petit bonhomme courtaud au visage de pleine lune. Sa bouche était remplie de dents en or. Il avait négligemment déposé son fusil en équilibre contre le mur auquel il tournait le dos. Saisissant le Parker, il entreprit une nouvelle fois de l'examiner. Le rond blanc était bien là et la plume était en or. Il l'approcha de la lumière et, plissant les yeux, vérifia encore que les mots « 14 carats » étaient gravées en bonne place.

« Ichi-bon », grommela-t-il enfin en aspirant l'air entre ses dents avec un léger sifflement. Lui aussi avait adopté la tête de quelqu'un qui s'est fait plumer et il s'efforçait de dissimuler sa satisfaction. A cinq cents dollars japonais, le stylo était une excellente affaire ; son Chinois de Singapour lui en offrirait facilement le double.

« Toi, foutu bon commerçant, fit le Roi, morose. La semaine prochaine, peut-être montre ichi-bon. Mais pas wong, pas affaires. Moi besoin beaucoup wong.

– Wong beaucoup plein, répondit Turasan en désignant la liasse du menton. Montre bientôt ?

– Peut-être. »

Le Roi accepta la cigarette que le Coréen lui offrait et qu'il alluma. Puis Turasan poussa un dernier soupir et sourit de toute sa mâchoire en or. Il mit son fusil sur son épaule et, après une courbette déférente, disparut dans la nuit.

Le Roi termina sa cigarette. Il était tout réjoui. Il avait bien travaillé. Cinquante dollars pour le stylo, cent cinquante à l'homme qui avait reproduit le rond blanc et falsifié la plume – bénéfice net : Trois cents dollars. La plume serait décolorée au bout d'une semaine mais le Roi s'en moquait éperdument. D'ici là, Turasan aurait revendu l'instrument à quelque Chinois.

Il rentra dans la baraque en passant par la fenêtre.

« Merci, Max », fit-il en couvrant sa voix car la plupart des hommes dormaient déjà. « Tu peux partir. » Il lui tendit deux billets de dix dollars. « Il y en a un pour toi et un pour Dino. » En général, il donnait moins que cela pour une vacation d'aussi courte durée mais, ce soir, il se sentait l'âme généreuse.

« Formidable ! Merci. » Et Max se dépêcha d'avertir Dino qu'il pouvait abandonner sa surveillance et lui remit son dû.

Le Roi posa la cafetière sur le chauffe-plats, se déshabilla, accrocha son pantalon et fourra chemise, caleçon et chaussettes dans le sac au linge sale. Après avoir noué un pagne propre autour de sa taille, il se glissa sous sa moustiquaire et, en attendant que l'eau du café se mît à bouillir, il récapitula la journée.

D'abord, le Ronson. Il avait fait baisser les exigences du commandant Barry qui avait fini par se contenter de cent cinquante dollars, moins cinquante-cinq de commission, et il avait fait enregistrer le briquet par le capitaine Brough sous la rubrique : « Gagné au poker ». L'article valait ses neuf cents dollars comme un rien : Une excellente affaire. L'inflation progresse, songeait le Roi ; il est sage de placer le maximum de fric en marchandises.

En ce qui concernait le tabac, il avait commencé par tenir une conférence pour en organiser la vente. Le résultat s'était révélé conforme à ses prévisions. Tous les Américains avaient accepté d'enthousiasme de se charger d'écouler le stock au détail, ce qui n'avait pas manqué de faire râler les Australiens et les Anglais avec lesquels il était en cheville. Mais c'était on ne peut plus normal. Il s'était déjà entendu avec Ah Lee, le Chinois qui avait la concession des entrepôts de Changi, pour se faire livrer dix kilos de brut avec une honnête remise. Un cuistot australien était d'accord pour mettre un de ses fours à sa disposition une heure tous les jours, ce qui permettrait de traiter chaque fois un lot entier. Tex suveillerait les opérations. Comme tout le monde travaillait uniquement au pourcentage, le Roi n'avait aucun frais, hormis l'achat de la matière première. Dès demain, le tabac raffiné serait lancé sur le marché. De la façon dont elle était montée, l'opération devait rapporter du cent pour cent. Net. Un bénéfice parfaitement régulier.

Cette histoire étant réglée, le Roi était prêt à s'occuper du diamant...

Le sifflement de la bouilloire interrompit ses méditations. Il se glissa hors de la moustiquaire et se mit en devoir d'ouvrir la boîte noire. Il garnit la cafetière de trois grosses cuillerées de café auxquelles il ajouta une pincée de sel. Quand l'eau bouillonna, il retira le récipient du réchaud pour que le mélange refroidît.

L'arôme du café se répandit dans toute la baraque, chatouillant l'odorat de ceux qui ne dormaient pas.

« Jésus ! ne put s'empêcher de soupirer Max.

– Qu'est-ce qui t'arrive ? s'enquit le Roi. Tu as des insomnies ?

– Non. C'est que j'ai trop de choses à penser qui se bousculent dans ma tête. Ça va rapporter des mille et des cents, le truc du tabac. »

Tex s'agita nerveusement, humant les effluves du café.

« Cette odeur me rappelle le temps où je faisais de la prospection de pétrole.

– Comment ça ? » Le Roi versa de l'eau froide

pour clarifier la mouture, se servit en sucre et remplit son quart.

« Le matin, c'est le meilleur moment quand on a passé la nuit à suer sang et eau dans une vieille tire. Un peu avant le jour, on s'installe avec les potes autour de la cafetière fumante. C'est chaud, c'est doux et, en même temps, un rien amer. Et puis, à travers l'enchevêtrement des derricks, on voit le soleil qui se lève sur le Texas. » Il poussa un long soupir. « Bon Dieu, ça c'est la vie !

– Je ne connais pas le Texas, dit le Roi. J'ai été partout sauf au Texas.

– C'est un pays béni.

– Tu veux une tasse de jus ?

– Tu parles ! » Tex avait déjà son quart à la main. Le Roi commença par se resservir, puis il gratifia Tex de la moitié d'une ration.

« Max ? »

Max eut droit au même traitement. Il but le liquide d'un trait. « Je te laverai le pot demain, dit-il en prenant le récipient. Très bien. Bonne nuit, les gars. »

Le Roi se retrancha derrière sa moustiquaire, s'assurant qu'elle était bien tendue et étroitement coincée sous son matelas avant de se glisser, le cœur à l'aise, entre les draps. En face de lui, il voyait Max verser un peu d'eau dans la cafetière pour faire mariner le marc pendant la nuit. Le lendemain, il le ferait bouillir pour le petit déjeuner. Le Roi n'avait jamais aimé, personnellement, le café repassé. C'était trop amer mais Max trouvait cela excellent. S'il veut utiliser le vieux marc, parfait ! Qu'il ne se gêne pas. Le Roi était opposé au gaspillage.

Fermant ses yeux, il tourna ses pensées vers le diamant. Finalement, il savait qui l'avait, comment l'obtenir et, maintenant que sa bonne étoile avait placé Peter Marlowe sur son chemin, l'opération, bien qu'elle fût d'une complication inouïe, devenait réalisable.

Une fois que l'on connaît un homme, songeait-il avec satisfaction, que l'on connaît son talon d'Achille, il est enfantin de s'en servir, comme d'un instrument. Le Roi bénissait l'illumination qu'il avait eue lorsqu'il avait vu pour la première fois Peter accroupi comme un niaque dans la poussière en train de s'expliquer en malais. Il faut savoir se fier à son intuition, en ce bas monde.

Se remémorant les propos qu'il avait échangés avec le jeune Anglais après l'appel, le Roi se sentit envahi par une agréable et brûlante impatience.

La nuit était sans lune. Tous deux s'étaient assis sous l'auvent. « Il ne se passe jamais rien dans ce trou puant », avait lancé l'Américain d'un ton innocent.

« C'est bien vrai, avait répondu Marlowe. C'est décourageant. Chaque journée est semblable à la précédente. Il y a vraiment de quoi vous rendre cinglé. »

Le Roi avait acquiescé. Il avait écrasé un moustique. Puis :

« Je connais un type qui s'offre toutes les sensations fortes qu'il est capable d'éponger et qui en a encore de reste .

– Oh ? Et qu'est-ce qu'il fait ?

– Il franchit les barbelés. La nuit.

– Seigneur ! C'est aller chercher les ennuis ! Il doit être fou ! »

Mais la lueur qui s'était allumée dans le regard de Peter n'avait pas échappé au Roi qui laissa le silence retomber.

« Pour quoi fait-il cela ?

– Pour le frisson la plupart du temps.

– Vous voulez dire l'émotion du risque ? »

Le Roi avait fait oui de la tête et Marlowe avait poussé un léger sifflement.

« Je ne crois pas que j'aurais autant de cran.
– De temps en temps, il se rend jusqu'au village malais. »

Peter Marlowe avait regardé par-delà l'enceinte. Il imaginait le village niché sur la côte à cinq kilomètres de Changi et dont tout le monde avait entendu parler. Une fois, il avait gagné la cellule la plus élevée du bloc pénitentiaire et s'était hissé jusqu'à la minuscule fenêtre en se cramponnant aux barreaux pour contempler le moutonnement de la jungle et le village blotti dans l'échancrure du rivage. Ce jour-là, il y avait des bateaux en mer. Des bateaux de pêche et des vaisseaux de guerre ennemis, des grands et des petits, pareils à des îlots sertis dans le miroir des flots. Il était resté à boire des yeux le spectacle, hypnotisé par la proximité de la côte jusqu'au moment où la fatigue l'avait obligé à lâcher prise. Mais après s'être reposé un instant, il s'était à nouveau suspendu aux barreaux. Il n'avait plus jamais recommencé. Cela faisait trop mal. Toute son existence s'était passée près de la mer et, éloigné de celle-ci, il se sentait perdu. A présent, elle était toute proche. Mais hors d'atteinte.

« C'est extrêmement dangereux de se fier à toute une population, avait-il dit au Roi.
– Pas si on connaît les gens.
– Le fait est... C'est vrai que ce type va jusqu'au village ?
– En tout cas, il me l'a affirmé.
– Je ne pense pas que Suliman lui-même ait cette audace.
– Qui ça ?
– Suliman. Le Malais avec qui je bavardais cet après-midi.
– J'ai l'impression qu'il y a un mois de cela !
– Oui... moi également.
– Mais que diable un garçon comme Suliman

fabrique-t-il dans ce trou infect ? Pourquoi ne s'est-il pas évaporé quand les combats ont cessé ?

— Il a été capturé à Java. Il travaillait au latex dans la plantation de Mac. Mac, c'est un des hommes de mon groupe. Son unité, le régiment de Malaisie, qui était cantonnée à Singapour a été envoyée à Java. Quand la guerre s'est achevée, Suliman a dû rester avec son bataillon.

— Merde, il aurait pu disparaître dans la nature ! A Java, il y en a des millions qui...

— Les Javanais l'auraient repéré tout de suite et l'auraient probablement livré.

— Mais alors, tout le bla-bla sur la sphère de coprospérité ? L'Asie aux Asiatiques et la suite ?

— Je ne pense pas que cela veuille dire grand-chose. Et les Javanais n'en ont guère retiré d'avantages. Quand ils n'obéissaient pas.

— C'est-à-dire ?

— En 42, en automne 42, je me trouvais dans un camp juste à côté de Bandoeng. C'est au centre de l'île, sur les hauteurs. A l'époque, il y avait beaucoup d'Ambonésiens, de Ménadonésiens et de Javanais avec nous. Des gens qui avaient été dans l'armée hollandaise. La captivité était dure pour les Javanais car un grand nombre d'entre eux étaient de Bandoeng même : Leurs femmes et leurs enfants habitaient juste de l'autre côté de l'enceinte du camp. Ils avaient pris l'habitude de franchir les barbelés pendant la nuit et de ne rentrer qu'avant l'aube. C'était facile : La surveillance n'était pas très sévère. Sauf pour les Européens parce que les indigènes vous livraient aux Japs et là, votre compte était bon.

« Un jour, les Japonais ont annoncé que tout prisonnier surpris à l'extérieur serait fusillé. Bien sûr, les Javanais ont pensé que cela ne les concernait pas : On leur avait annoncé qu'ils seraient libérés quinze jours plus tard. Et puis, un beau matin, on en a arrêté sept. Le lendemain, rassemblement général. Les Javanais ont été mis au mur et fusillés. Sous nos yeux, comme ça. Après, on a enterré les cadavres et on leur a rendu les honneurs militaires. Les Japonais ont fait un petit jardin autour des tombes ; ils y ont planté des fleurs, installé une petite barrière blanche et accroché une pancarte rédigée en malais, en japonais et en anglais. Une pancarte qui disait : *Ces hommes sont morts pour leur patrie !*

– C'est une blague ?

– Pas le moins du monde ! Le plus cocasse, c'est que les Japs ont voulu qu'il y eût une garde d'honneur devant les tombes. Tous ceux qui passaient à proximité du « sanctuaire », officiers ou simples sentinelles, saluaient. Tout le monde. En ce temps-là, il fallait que les prisonniers de guerre se lèvent et s'inclinent dès qu'un vulgaire soldat japonais apparaissait à portée de vue. Faute de quoi, on recevait un coup de crosse sur le crâne.

– C'est absurde ! Je veux dire le jardin et le salut.

– Pas pour eux. Pas pour un esprit oriental. Ils trouvent au contraire que c'est d'une parfaite logique.

– Mince, alors ! Ça ne l'est foutre pas ! »

Peter Marlowe était resté songeur un instant.

« C'est la raison pour laquelle je ne les aime pas. Ils me font peur. Ils échappent à tous nos critères. Ils ne réagissent pas comme ils le devraient. Jamais.

– Là, je ne suis pas d'accord. Ils savent ce que c'est qu'un dollar et on peut en général leur faire confiance. »

Peter s'était mis à rire.

« En affaires ? Ça, je ne sais pas. Mais pour ce qui est des individus eux-mêmes... Tenez, encore une chose dont j'ai été témoin... C'était également à Java, dans un autre camp – on nous faisait tout le temps changer de résidence : Ce n'est pas comme à Singapour ! Il y avait un garde japonais particulièrement chic ; il ne nous harcelait pas sans arrêt comme la plupart de ses camarades. On l'appelait Petit Bonheur parce qu'il avait toujours le sourire aux lèvres. Petit Bonheur aimait les chiens et quand il se baladait dans le camp, il y en avait au moins une demi-douzaine qui couraient sur ses talons. Sa favorite était une chienne de berger. Un jour, elle a mis bas une portée de petits chiots tous plus adorables les uns que les autres. Petit Bonheur les dressait, jouait avec eux et il n'y avait pas un Jap aussi heureux que lui dans le monde entier. Quand ils ont commencé à marcher, il a fabriqué des laisses avec de la ficelle pour les trimbaler. Une fois, comme il remorquait sa meute, un des petits s'est soudain assis sur son derrière. C'est comme ça, les jeunes chiens : Quand ils en ont assez, ils s'arrêtent pile. Petit Bonheur a un peu tiré sur la longe, puis il lui a imprimé une violente secousse. Le chien a crié mais il s'est cramponné. »

Peter s'était interrompu pour rouler une cigarette.

« Petit Bonheur, avait-il poursuivi, a fermement empoigné la ficelle et s'est mis à faire des moulinets avec la bête attachée au bout, qui hurlait tout ce qu'elle savait. Il l'a fait tourner au-dessus de sa tête... je ne sais pas, moi, peut-être dix fois... Et il riait comme si c'était la meilleure plaisanterie de la terre. Quand il a eu pris assez d'élan, il a tout lâché. Le chien s'est élevé de quinze bons mètres dans les airs. Par terre, c'était dur comme de la pierre. Il a éclaté comme une tomate.

– Le salaud !

– Alors, Petit Bonheur s'est approché du corps et il a éclaté en sanglots. Un de nos copains est allé chercher une bêche pour enterrer la pauvre bête. Pendant qu'il creusait, l'autre, éperdu de chagrin, s'efforçait de l'empêcher de travailler. Quand la tombe a été égalisée, il s'est essuyé les yeux, il a donné un paquet de cigarettes au fossoyeur d'occasion, il l'a agoni d'injures pendant cinq minutes et lui a flanqué un coup de crosse en pleine figure. Ensuite, il s'est incliné devant le tumulus, il a fait une courbette au blessé et, hilare, il est reparti jouer avec les autres petits chiens. »

Le Roi avait hoché doucement la tête.

« C'était peut-être un fou. Un syphilitique...

– Pas du tout. Les Japs ont un comportement d'enfant, mais le corps et la force d'un homme. Simplement, ils voient les choses comme un enfant pourrait les voir. Leur perspective est faussée – à nos yeux –, gauchie.

– J'ai entendu dire que ça n'a pas été drôle, à Java, après la capitulation », avait lancé le Roi pour que Marlowe continuât à parler. Il lui avait fallu une heure pour que l'Anglais commençât à lui ouvrir son cœur et il voulait que Peter se sentît à l'aise.

« Par certains côtés, c'est vrai. A Singapour, où il y avait plus de cent mille hommes, les Japonais devaient évidemment agir avec un peu de prudence. La structure hiérarchique était encore vivante chez nous et beaucoup d'unités étaient intactes. Obsédés par leur désir de s'emparer de l'Australie, cela leur était égal tant que les prisonniers de guerre ne créaient pas de troubles et s'organisaient eux-mêmes dans leurs camps. Leur objectif était de prendre l'Australie au plus vite et de nous y expédier tous comme esclaves.

– Hein ? Vous êtes tombé sur la tête !

– Oh ! que non ! Un officier japonais me l'a dit après ma capture. Mais quand leur offensive s'est trouvée bloquée en Nouvelle-Guinée, ils ont entrepris de mettre de l'ordre. A Java, nous étions trop nombreux : Aussi pouvaient-ils se permettre d'être durs. Leurs officiers affirmaient que nous nous étions déshonorés en nous laissant capturer. Ils nous ont rasés et interdit de porter nos galons. Plus tard, nous avons été autorisés à « redevenir » des officiers mais il ne nous ont jamais permis de nous faire repousser les cheveux. » Peter avait souri et demandé : « Et vous ? Comment avez-vous atterri ici ?

– La pagaille habituelle ! Je me trouvais aux Philippines où on installait un aérodrome quand on a reçu l'ordre de partir en catastrophe. Le premier bateau où on a pu embarquer se rendait à Singapour. On s'imaginait que là, on serait aussi en sécurité qu'à Fort Knox[1]. Seulement, quand on est arrivé, les Japs avaient déjà presque traversé Johore. Ça a été la panique et tout le monde a sauté dans le premier convoi en partance. Moi, je n'ai pas bougé : Je trouvais que c'était miser sur le mauvais cheval. Le convoi a été coulé au large. Si je suis en vie, c'est parce que je me suis servi de ma tête. La plupart du temps, ce sont les gogos qui se font tuer.

– Je crois que, dans les mêmes circonstances, je n'aurais pas eu la sagesse de rester.

– Il faut penser à sa pomme, Peter, et à personne d'autre. C'est ça qui est important. »

Marlowe avait longuement ruminé ces paroles. Des bribes de conversation s'envolaient dans la nuit. De temps en temps, leur parvenait l'écho d'une dispute et le perpétuel grésillement des moustiques emplissait leurs oreilles. Au loin, s'élevait le lugubre gémissement des sirènes qui se répondaient. Les palmiers qui se silhouettaient

1. Réserve de la banque fédérale des Etats-Unis.

sur le ciel nocturne frémissaient. Une branche morte, détachée du sommet de l'un d'eux, tomba avec un bruit soyeux, s'écrasa parmi la végétation de la jungle.

Peter Marlowe avait enfin rompu le silence :

« Votre ami... il va réellement au village ? »

Le Roi l'avait regardé dans les yeux. « Vous aimeriez y aller ? avait-il demandé à voix basse. La prochaine fois que je ferai le voyage ? »

Un léger sourire avait retroussé les lèvres de Peter.

« Oui. »

Un moustique bourdonna soudain. Son vrombissement allait crescendo. Le Roi bondit, s'empara de sa lampe électrique et examina l'intérieur de la moustiquaire. Quand, finalement, l'insecte se posa, le Roi l'écrasa d'un geste vif et procéda à un nouvel examen pour être certain qu'il n'y avait pas de trou. Puis il se recoucha. Très vite, il cessa de penser et sombra dans la paix du sommeil.

Dans sa couchette, Peter Marlowe grattait ses morsures de punaises. Il ne pouvait pas s'endormir. Sa conversation avec le Roi avait réveillé trop de souvenirs...

Il se rappelait comment, un an plus tôt, il avait quitté Java, avec Mac et Larkin...

Les Japonais avaient demandé au commandant du camp de Bandoeng de leur fournir un millier d'hommes. Ceux-ci devaient aller travailler dans un autre centre pendant près de deux semaines. Là, la nourriture était bonne (doubles rations) et ils recevraient des cigarettes. Ensuite, ils seraient transférés ailleurs. Les conditions de travail étaient agréables.

Les volontaires, alléchés, avaient été nombreux. D'autres avaient été désignés d'office.

Mac avait convaincu Larkin et Marlowe d'accepter l'offre. Quand ses deux amis avaient protesté, il leur avait dit : « Mes enfants, on ne peut jamais savoir à l'avance. Supposons qu'on trouve une petite île, hein ? Peter et moi, on connaît la langue. Et n'importe comment, ça ne pourra pas être pire qu'ici. »

Et c'est ainsi que le trio avait échangé l'enfer qu'il connaissait contre celui qu'il ignorait encore.

Le transport devait s'effectuer à bord d'un rafiot minuscule. Au pied de la passerelle, de nombreux gardes étaient assemblés ainsi que deux Japonais en combinaison blanche, le visage caché derrière un masque, un pulvérisateur fixé au dos, qui passèrent les prisonniers et tout ce que ceux-ci possédaient au liquide aseptique de crainte que des microbes javanais n'envahissent le bateau.

Au centre de la cale arrière, grouillante de rats et de poux, saturée d'immondices, était ménagé un espace libre de six mètres sur six. Du plancher au plafond, les parois étaient occupées par cinq étages de niches hautes d'un mètre, profondes de trois. Un sergent japonais montra aux passagers comment s'y installer, assis en tailleur : Un groupe de cinq hommes prenait place, puis un second à côté, puis un troisième, et ainsi de suite jusqu'à ce que toutes les niches fussent pleines. Un vent de panique souffla sur les prisonniers et, à leurs protestations, le sergent répondit que c'était ainsi que l'on transportait les soldats nippons, que ce qui convenait à la glorieuse armée japonaise était assez bon pour la racaille blanche. Sous la menace d'un revolver, le premier groupe s'entassa dans l'obscurité suffocante et le reste de la masse humaine, écrasée par les nouveaux venus qui se pressaient en nombre toujours plus grand dans la cale, se trouva refoulée de vive force au fond des alvéoles. Genoux contre genoux, dos contre dos, flanc contre flanc. Les captifs qui se trouvaient en excédent – une centaine environ – restèrent debout dans l'espace central, hébétés, bénissant le ciel de leur chance. Les écoutilles étaient demeurées ouvertes et le soleil inondait la cale.

Le sergent conduisit une seconde colonne, qui comprenait Mac, Larkin et Marlowe, jusqu'à la cale avant qu'il se mit en devoir de remplir de la même façon. En arrivant au fond de ce puits où stagnait une chaleur humide, Mac, asphyxié, perdit connaissance. Peter et Larkin le soutinrent et, à grand renfort d'injures et de coups de poing, se frayèrent un chemin jusqu'à l'échelon menant au pont supérieur. Une sentinelle voulut les repousser. Larkin vociféra, implora, montra au soldat Mac dont le visage était tordu de spasmes. Le factionnaire finit par hausser les épaules et les laissa passer en leur désignant la direction de la poupe. Jouant des coudes et sans ménager les jurons, Larkin et Peter parvinrent à faire un peu de place pour allonger leur ami.

« Qu'est-ce qu'on va faire ? demanda Marlowe.

– Je vais essayer de trouver un docteur. »

La main de Mac étreignit le bras de Larkin. « Colonel... » L'Ecossais ouvrit les yeux pendant une fraction de seconde et murmura hâtivement : « Tout va bien. Fallait se sortir de là d'une façon ou d'une autre. Pour l'amour de Dieu, ayez l'air de vous affairer et ne vous affolez pas si je fais semblant d'avoir une crise. »

Et les deux hommes avaient dû maintenir un Mac gémissant, en proie au délire, qui se débattait et vomissait l'eau qu'ils lui faisaient boire. Cela dura jusqu'à ce que le bateau eût levé l'ancre. A ce moment, les hommes s'agglloméraient même sur les ponts.

Il n'y avait pas assez de place pour que tout le monde pût s'asseoir en même temps mais comme il fallait perpétuellement faire la queue – pour l'eau, pour le riz, pour aller aux latrines –, chacun s'asseyait à tour de rôle.

Cette nuit-là, pendant six heures, la tempête assaillit le transport. Ceux qui étaient à fond de cale essayèrent de lutter contre la nausée et ceux qui étaient sur le pont essayèrent de résister aux paquets de mer qui les giflaient. Le lendemain, les flots retrouvèrent leur sérénité sous un ciel en fusion. Un homme passa par-dessus bord. Ceux du pont – les prisonniers et leurs gardiens – les yeux tournés vers le sillage, contemplèrent sa longue agonie. Après cela, personne ne tomba plus a l'eau.

Le deuxième jour de la traversée, trois cadavres furent livrés à l'océan. Des sentinelles tirèrent quelques coups de fusil pour que les funérailles eussent une allure plus martiale. La cerémonie fut brève. Il y avait des files d'attente à rejoindre.

Le voyage dura quatre jours et cinq nuits. Pour Mac, Larkin et Peter Marlowe, il se déroula sans incident.

Allongé sur le matelas humide, Marlowe, fourbu, cherchait le sommeil. Mais une sarabande de pensées qu'il ne contrôlait plus tourbillonnait dans sa tête, mêlant les terreurs anciennes aux craintes de l'avenir. Ramenait à la surface de son esprit des souvenirs, aussi, qu'il était préférable de ne pas se rappeler. Pas maintenant. Pas dans la solitude. Des souvenirs d'elle.

L'aube s'annonçait déjà dans le ciel quand, enfin, il perdit conscience. Mais le sommeil lui-même lui était encore un supplice.

7

LES jours succédaient aux jours en une litanie monotone.

Un soir, le Roi s'en fut rendre visite à Masters à l'infirmerie du camp. Il le trouva installé sur la véranda. Etendu sur un lit d'où émanait une odeur putride, le sergent, à moitié inconscient, regardait fixement la toiture de feuillage.

« Salut, Masters, dit le Roi après avoir vérifié qu'il n'y avait pas d'oreilles indiscrètes dans les parages. Comment te sens-tu ? »

Masters le considéra sans le reconnaître.

« Comment... je me sens ?

– Eh bien oui. »

Au bout d'une minute, Masters balbutia : « Je ne sais pas. » Un filet de salive coulait le long de son menton.

Le Roi sortit sa tabatière et remplit la boîte vide posée sur la table à côté du lit.

« Merci de m'avoir refilé le tuyau, Masters.

– Le tuyau ?

– Oui. Tu m'as dit ce qu'il y avait d'écrit sur le bout de journal. Je voulais te remercier. Je t'ai apporté un peu de tabac. »

Masters fit un effort pour rassembler ses souvenirs. « Oh ! On n'a pas le droit d'espionner un copain. Dégueulasses, les mouchards. » Et, ayant prononcé ces mots, Masters mourut.

Le médecin-colonel Kennedy surgit et ramena d'un geste précis la mauvaise couverture sur la tête de Masters. « Un ami à vous ? » demanda-t-il au Roi. Sous l'épais buisson des sourcils, le regard était las. Glacé.

« Oui, en un sens, mon colonel.

– Il a de la chance. Il a fini de souffrir maintenant.

– C'est une façon de voir les choses, mon colonel », répondit poliment le Roi en rangeant dans sa propre boîte le tabac qu'il avait donné à Masters : Celui-ci n'en avait plus besoin. « De quoi est-il mort ?

– Manque de volonté. »

Kennedy étouffa un bâillement. Ses dents jaunes étaient sales, ses cheveux secs l'étaient aussi mais ses mains étaient roses et immaculées.

« Vous parlez de la volonté de vivre ?

– C'est une façon de voir les choses. Le médecin contempla le Roi avec hargne. Ce n'est pas de ça que vous mourrez, vous, en tout cas !

– Fichtre pas ! Mon colonel.

– Qu'est-ce qui vous rend aussi invulnérable ? » La vue de ce corps massif, débordant de santé et de force, indignait soudain Kennedy.

« Je ne vous suis pas, Mon colonel.

– Pourquoi êtes-vous le seul ici à avoir bon pied bon œil ?

– J'ai de la veine, c'est tout », répondit le Roi en s'apprêtant à se retirer. Mais l'autre l'agrippa par la chemise.

« Il est impossible que ce soit simplement de la veine. Impossible. Peut-être êtes-vous le démon qui nous a été envoyé pour nous tourmenter encore plus ? Vous êtes un charognard, un tricheur, un voleur...

– Dites-donc, vous ! Sachez que je n'ai jamais ni triché ni volé de toute ma vie et que je ne permettrai à personne de me parler sur ce ton.

– Alors dites-moi comment vous faites. Hein ? C'est tout ce que je veux savoir. Ne comprenez-vous pas combien c'est important pour nous ? Vous êtes... la réponse. Vous êtes le bien ou le mal : Je veux savoir ce que vous êtes. »

Le Roi se dégagea brutalement. « Vous êtes fou !

– Vous pouvez nous aider...

– Aidez-vous donc tout seul. Je m'occupe de moi. Occupez-vous de vous. »

Le Roi remarqua à quel point la blouse blanche flottait autour de la poitrine squelettique du colonel. « Tenez, fit-il en lui tendant le reste de son paquet de Kooas. Prenez une cigarette. C'est bon pour les nerfs. Mon colonel. » Et, faisant demi-tour, il s'éloigna à grands pas en haussant les épaules. Il détestait les hôpitaux. Il détestait la puanteur, la maladie. Il détestait les docteurs pour leur impuissance.

Le Roi méprisait les faibles. Ce conard de toubib, il est mûr pour le grand saut, songeait-il. Les types qui perdent les pédales comme ça ne font pas long feu. Comme ce pauvre Masters. Quoique lui n'était peut-être pas un pauvre type – il était Masters et il était faible. Donc pas intéressant. Le monde est une jungle ; les forts survivent et les faibles doivent périr. Ou c'est vous ou c'est l'autre. C'est normal. Il n'y a pas d'autre solution.

Kennedy examina les cigarettes. Quelle chance ! Il en alluma une et tout son corps s'imbiba de la saveur veloutée de la nicotine. Puis il rentra dans la salle et se dirigea vers le capitaine Johnny Carstairs, médaillé du *Distinguished Service Order*, officier du 1er Régiment blindé, et qui était presque un cadavre.

« Tenez, dit-il en lui donnant la cigarette.
– Et vous, docteur ?
– Je ne fume pas. Jamais.
– Je vous envie. » La première bouffée fit tousser Johnny. Il y avait un peu de sang dans les glaires qu'il expectora. L'effort lui contractait les entrailles et un liquide sanguinolent s'échappa de son corps : Il y avait longemps que les muscles de l'anus du capitaine Carstairs étaient distendus.

« Dites, toubib, vous voulez me mettre mes chaussures ? Il faut que je me lève. »

Le vieux médecin regarda autour de lui. On distinguait mal car la veilleuse était soigneusement camouflée. Son regard myope se posa à nouveau sur le malade qui s'asseyait sur le bord de son lit.

« Il n'y a pas de chaussures.
– Oh ! Alors, c'est que ça y est...
– Comment étaient-elles ? »

Un mince filet de larmes ruisselait le long de la joue de Johnny. « Je les avais conservées en bon état. Elles m'ont duré toute une vie. La dernière chose qui me restait.
– Voulez-vous une autre cigarette ?
– Non merci. Je finis celle-là. »

Carstairs se recoucha dans ses déjections.

« C'est dommage pour mes chaussures. »

Kennedy soupira, défit les siennes – elles n'avaient plus de lacets – et les glissa aux pieds de Johnny. « J'en ai une autre paire », mentit-il. Et il resta là, pieds nus, debout malgré son dos endolori.

Johnny agita ses orteils, heureux de sentir le contact du cuir rugueux. Il essaya de regarder ses pieds mais c'était un trop gros effort.

« Je vais mourir.
– Oui », dit le docteur. En un autre temps – mais ce temps avait-il jamais été ? –, il aurait eu à cœur de suivre les règles de la profession en

assistant comme il se doit le moribond. Mais à présent, cela n'avait plus de sens.

« A quoi cela rime-t-il, toubib ? Vingt-deux ans et... rien. Sorti du néant, reparti au néant. »

Annonciateur de l'aurore, un souffle d'air frémit dans la salle.

« Merci de m'avoir prêté vos chaussures. C'était quelque chose que je m'étais toujours promis. Un homme doit être chaussé. »

Il rendit l'âme.

Le docteur Kennedy se rechaussa.

« Infirmier ! », appela-t-il en apercevant un planton sur la véranda.

Steven s'approcha, un seau rempli d'excréments à la main.

« A vos ordres, mon colonel, lança-t-il avec entrain.

– Vous direz aux croque-morts d'enlever le corps. Ah oui... Pendant que vous y êtes, occupez-vous du lit du sergent Masters.

– Mais je ne peux pas tout faire, mon colonel, s'exclama Steven en reposant son seau. Il faut que j'aille chercher des bassins pour le dix, le vingt-trois et le quarante-sept. Et je dois encore changer la literie de ce pauvre colonel Hutton qui est si mal en point. » L'infirmier baissa les yeux sur le lit et secoua la tête. « Rien que des morts...

– C'est notre boulot, Steven. Le moins qu'on puisse faire est de les enterrer. Et le plus tôt sera le mieux.

– Vous avez sans doute raison. Pauvres garçons. » Steven soupira et tamponna délicatement son front couvert de sueur à l'aide d'un mouchoir immaculé qu'il replaça ensuite dans la poche de sa tenue blanche. Puis, il sortit en vacillant un peu sous le poids du seau.

Steven avec ses cheveux pommadés, ses aisselles rasées, ses jambes épilées répugnait au docteur mais, en même temps, celui-ci ne parvenait pas à condamner l'infirmier. L'homosexualité était un moyen de survie. Des hommes se disputaient Steven, partageaient leurs rations avec lui, lui donnaient des cigarettes – tout cela pour l'usage momentané de son corps. Et au fond, en quoi est-ce tellement révoltant, se demandait Kennedy ? Si l'on y réfléchit, la « sexualité normale » est quelque chose de tout aussi dégoûtant quand on se place à un point de vue clinique.

Distraitement, il se gratta les testicules. Il avait particulièrement mal, aujourd'hui. Involontairement, sa main parcheminée toucha son sexe. Il était insensible. Cartilagineux. Le docteur se rappela qu'il n'avait pas eu d'érection depuis des mois. Bah ! La faute en incombait seulement à la sous-alimentation. Aucune raison de s'inquiéter. Dès qu'on en sera sorti et qu'on mangera normalement, tout rentrera dans l'ordre. A quarante-trois ans, un homme est encore un homme.

Steven revint avec les fossoyeurs. Le cadavre fut placé sur un brancard et les hommes de corvée l'emportèrent. L'infirmier changea la couverture et quelques instants plus tard, un nouveau malade, amené sur une civière, était couché.

D'un geste automatique, Kennedy lui tâta le pouls.

« La fièvre sera tombée demain. C'est un simple accès de malaria.

– Bien, docteur. Je lui donne un peu de quinine ?

– Evidemment !

– Vous m'excuserez, mon colonel, répliqua Steven d'un ton acide en secouant la tête, c'était une simple question. Seuls les médecins sont habilités à prescrire.

– Oui... oui... donnez-lui de la quinine et pour

l'amour du Ciel, cessez de faire semblant d'être une bonne femme ! »

Les maillons de sa gourmette s'entrechoquèrent tandis que, l'air pincé, Steven se tournait vers le patient. « Chercher noise à quelqu'un qui essaie de faire de son mieux, c'est un procédé qui manque vraiment d'élégance, docteur Kennedy. »

Le colonel se serait jeté à bras raccourcis sur Steven si le docteur Prudhomme n'était entré au même instant.

« Salut, colonel !

– Oh ! Prudhomme... Salut. »

Faisant face au nouveau venu, Kennedy se félicitait de l'arrivée de son confrère. Il aurait été stupide de se battre avec l'infirmier. « Tout va bien ?

– Oui. Pourrais-je vous voir un moment ?

– Mais bien sûr. »

Prudhomme était un petit homme paisible à la poitrine saillante ; ses mains étaient jaunies par les réactifs qu'il manipulait depuis des années. Il avait une voix de basse, très douce. « Nous avons deux appendicites pour demain. L'un des malades vient d'être admis aux Urgences.

– Parfait. J'irai les voir avant de partir.

– Voulez-vous opérer ? demanda Prudhomme, les yeux fixés sur Steven qui, à l'autre bout de la salle, aidait un patient à rendre dans une cuvette.

– Oui. Donnez-moi quelque chose à faire. »

Kennedy tourna la tête. La pénombre qui régnait au fond de la pièce chichement éclairée accentuait la sveltesse des longues jambes de Steven et le galbe de son postérieur moulé dans un short étroit.

Se sentant observé, le jeune homme leva la tête et sourit. « Bonjour, docteur Prudhomme.

– Bonjour, Steven », répondit la voix suave.

Kennedy remarqua avec effarement que le

regard de Prudhomme était toujours braqué sur Steven.

Enfin, Prudhomme revint au colonel dont il observa l'air à la fois scandalisé et écœuré. « Oh ! A propos, j'ai terminé l'autopsie de l'homme qu'on a retrouvé dans les feuillées. Mort par asphyxie, annonça-t-il aimablement.

– Quand on récupère un type introduit jusqu'à mi-corps dans un trou de ce genre, il est plus que vraisemblable que la cause de la mort soit l'asphyxie !

– Très juste, mon cher confrère, fit distraitement Prudhomme. J'ai rédigé le certificat de décès en ces termes : Suicide imputable à un déséquilibre mental passager.

– Le corps a-t-il été identifié ?

– Oui. Cet après-midi. C'était un Australien. Un certain Gurble. »

Kennedy se massa le visage. « Je ne choisirais pas ce mode de suicide. C'est épouvantable. »

Prudhomme hocha la tête. Ses yeux se tournèrent à nouveau vers l'infirmier.

« Je suis bien d'accord avec vous. Evidemment, il se peut qu'on l'ait flanqué dans ce trou. »

Kennedy s'efforçait de ne pas prêter attention à la façon dont Prudhomme contemplait Steven.

« Meurtre ou suicide, c'est une mort atroce. Atroce ! Je suppose que nous ne saurons jamais ce qui s'est passé.

– Une enquête discrète a été ouverte lorsqu'on a su de qui il s'agissait. Il semblerait que la victime ait été convaincue d'avoir volé des rations destinées à ses camarades de baraque quelques jours auparavant.

– Oh ! je vois.

– Que ce soit un assassinat ou un suicide, je trouve qu'il n'a eu que ce qu'il méritait. Pas vous ?

– Sans doute. » Kennedy aurait souhaité poursuivre la conversation car il avait besoin de ne pas être seul, mais Prudhomme s'intéressait uniquement à Steven. « Bien. Je dois faire ma ronde. Vous m'accompagnez ?

– Ce serait avec plaisir mais il faut que je prépare les patients pour l'opération. »

Comme il sortait, Kennedy vit du coin de l'œil Prudhomme frôler Steven, vit la caresse furtive. Il entendit le rire de Steven qui rendit ouvertement la caresse dans un attouchement intime.

L'obscénité de la scène le confondait. Il aurait dû revenir sur ses pas, ordonner aux deux hommes de s'écarter l'un de l'autre, les faire traduire devant une cour martiale. Mais il était trop las. Il continua son chemin et ne s'arrêta qu'à l'autre bout de la véranda.

Pas une feuille ne frémissait dans l'air immobile. Dans la nuit d'encre, la lune semblait une lampe à arc géant accrochée aux cieux comme à un plafond. Sur le sentier, des hommes rôdaient encore mais à présent ils étaient silencieux. Tout était tendu dans l'attente de l'aube.

Kennedy leva la tête, essayant de déchiffrer une réponse à l'obsédante question : Quand ce cauchemar s'achèvera-t-il, Seigneur ? Quand ?

Mais il n'y avait pas de réponse.

Peter Marlowe, dans les feuillées des officiers, se délectait au spectacle radieux de la fausse aurore et à la volupté d'une évacuation intestinale aisée. Si la première de ces jouissances était banale, exceptionnelle était la seconde.

Il choisissait toujours la dernière rangée car il répugnait à se soulager au su et au vu de tout le monde et détestait que quelqu'un fût derrière lui. Et aussi parce qu'il se divertissait à observer les autres.

Les trous, profonds de soixante-quinze centimètres, avaient soixante centimètres de diamètre et étaient creusés à un mètre quatre-vingts les uns des autres. Ils étaient au nombre de trente par rangée et il y avait vingt rangées. Chacun était muni d'un couvercle.

Au beau milieu des latrines se dressait un siège de bois classique à une seule place, prérogative des colonels. Au-dessous de ce grade, la position accroupie était de rigueur. Aucun écran ne permettait de s'isoler ; le périmètre réservé s'étalait à la face du ciel et du camp tout entier.

Le colonel Samson trônait, solitaire, majestueux, sur le siège. A l'exception de son chapeau de coolie, le colonel Samson était nu. Il ne se séparait jamais de son couvre-chef – c'était son originalité – sauf pour se raser le crâne, se le masser, l'oindre de lait de coco ou de singuliers onguents indigènes destinés à faire repousser ses cheveux. En effet, à la suite d'une maladie inconnue, il les avait tous perdus en l'espace d'une journée. Ses cils et ses sourcils s'étaient évanouis de la même façon. En dehors de cela, le colonel Samson était velu comme un ours.

Des hommes étaient disséminés ici et là, aussi loin que possible les uns des autres. Chacun avait une bouteille d'eau près de lui. Chacun agitait constamment la main pour chasser les nuées de mouches.

Un homme nu en train de faire ses besoins est ce qu'il y a de plus laid au monde, se dit une fois de plus Peter Marlowe. De plus laid – et peut-être aussi de plus pathétique.

Le jour n'était encore qu'une promesse, une brume diaphane, des traînées d'or s'éployant sur le velours des cieux. Fraîche était la terre car la pluie était tombée pendant la nuit, et fraîche aussi la brise à la délicate odeur de mer et de frangipane. Oui, songeait allégrement Peter, la journée s'annonce belle.

Quand il eut terminé, il secoua sa bouteille et, toujours accroupi, fit habilement disparaître toute trace de saleté en utilisant pour cela les doigts de la main gauche. Toujours la main gauche : La droite est celle avec laquelle on mange. Les indigènes n'ont pas de mots particuliers pour distinguer l'une de l'autre ; ils disent seulement la main de la crotte et la main du manger. Les prisonniers employaient tous de l'eau pour s'essuyer : Le papier sous toutes ses formes était une denrée trop précieuse. Tous hormis le Roi. Lui se servait d'authentique papier hygiénique. Il en avait donné un morceau à Peter mais celui-ci l'avait partagé avec les membres de son groupe car le papier de soie permettait de confectionner des cigarettes formidables.

Marlowe se redressa, renoua son sarong et repartit vers sa baraque en pensant avec impatience au breakfast. Comme d'habitude, il y aurait de la bouillie de riz et du thé pâle mais aujourd'hui, il avait une noix de coco – encore un présent du Roi – pour améliorer le menu.

Une rare amitié était née depuis que Peter avait fait la connaissance du Roi. Amitié ayant pour base la nourriture, le tabac et aussi les services rendus – l'Américain avait guéri en quarante-huit heures à l'aide de salvarsan les ulcères tropicaux qui s'étaient attaqués aux chevilles de Mac et qui n'avaient pas arrêté de suppurer depuis deux ans. Mais Marlowe savait que si ses deux amis et lui-même appréciaient les bienfaits et l'appui du Roi, c'était surtout à l'homme lui-même qu'allait leur sympathie. Il rayonnait d'énergie et d'assurance ; quand on était avec lui, on se sentait ragaillardi, fortifié, à croire que l'on absorbait le magnétisme magique qu'il exhalait.

« C'est un sorcier », dit involontairement Peter à haute voix.

La plupart des officiers de la baraque seize dormaient encore ou se prélassaient sur leurs couchettes en rêvant au petit déjeuner. Marlowe prit la noix de coco cachée sous son oreiller, s'empara du grattoir et du parang, puis s'en fut s'installer dehors sur un banc. Avec dextérité, il fendit le fruit d'un coup de parang, recueillit le jus dans une gamelle et entreprit de nettoyer une des deux moitiés. Des parcelles de chair blanche tombèrent dans le lait.

La seconde moitié, il la vida à part et après avoir ensaché la pulpe ainsi recueillie dans un morceau de moustiquaire, il exprima soigneusement le lait au-dessus d'une tasse. C'était aujourd'hui au tour de Mac de bénéficier de cette liqueur qu'il mélangerait à la bouillie de riz.

Les résidus de noix de coco constituaient un merveilleux aliment, riche en protéines et absolument sans goût. Pourtant, ajoutez-y une lamelle d'ail, et cela devenait de l'ail ; un quart de sardine, et cela devenait de la sardine. Il y avait de quoi aromatiser d'innombrables bols de riz.

Brusquement, Peter ressentit une intense fringale de noix de coco. Il était tellement accaparé par son désir qu'il n'entendit pas venir les gardes. Quand il se rendit compte de leur présence, ils bloquaient déjà l'entrée, immobiles et menaçants, et tous les occupants de la baraque étaient debout.

Yoshima, l'officier japonais, brisa le silence : « Il y a un poste de radio ici. »

8

PENDANT cinq minutes, Yoshima ne dit rien, attendant que quelqu'un parlât. Il prit une cigarette. Le frottement de l'allumette sur le grattoir craqua comme un coup de tonnerre.

Mon Dieu, quel est le salaud qui nous a donnés ou qui a fait la gaffe ? – telle fut la première réaction de Dave Daven. Peter Marlowe ? Cox ? Spence ? Les colonels ? Sa seconde réaction fut la terreur – une terreur à laquelle se mêlait, insolite, un sentiment de soulagement : Le moment tant redouté était arrivé.

La mêmc consternation accablait Peter. D'où venait la fuite ? De Cox ? Des colonels ? Mac et Larkin eux-mêmes ignorent que je suis au courant ! Dieu du ciel ! Nous sommes bons pour Utram Road !

Cox était pétrifié. Adossé à la couchette, il épiait les regards qui se dérobaient ; il serait tombé sans cet appui.

Le lieutenant-colonel Sellars, qui avait officiellement la responsabilité de la baraque, fit son entrée en compagnie de son adjoint, le capitaine Forest. Son visage flasque, inondé de sueur, était cramoisi.

« Bonjour, capitaine Yoshima, fit-il en saluant le Japonais.

– Ce n'est pas un bon jour. Il y a une radio ici. C'est une infraction aux ordres de l'Armée impériale. »

Yoshima était un individu de petite taille, mince, extrêmement soigné de sa personne. Un sabre de samouraï pendait après son large ceinturon. Ses bottes à genouillères étincelaient comme des miroirs.

« Je ne sais rien de cette affaire, glapit Sellars. Rien. Rien du tout ! » Il tendit le doigt vers Daven. « Vous ! Est-ce que vous êtes au courant de quelque chose ?

– Non, mon colonel. »

Sellars pivota sur lui-même. « Où est cette radio ? »

Le silence seul lui répondit.

« Où est cette radio ? répéta-t-il dans un hurlement presque hystérique. Où est-elle ? Je vous ordonne de me la remettre sur-le-champ. Vous n'ignorez pas que nous sommes solidairement responsables de l'application des ordonnances de l'Armée impériale. »

Silence.

« Je vous ferai tous passer en conseil de guerre, vociféra Sellars, dont les mâchoires tremblaient. Vous ne méritez rien d'autres ! Vous ! Quel est votre nom ?

– Lieutenant Peter Marlowe, mon colonel. De la R.A.F.

– Où est ce poste ?

– Je ne sais pas, mon colonel. »

Soudain, Sellars aperçut Grey. « Grey ! Vous êtes le chef de la prévôté. S'il y a une radio ici, c'est de votre faute, à vous et à vous seul. Vous auriez dû le signaler aux autorités. Vous serez traduit en cour martiale et ce sera porté à votre dossier...

– Je n'ai jamais entendu dire qu'il y avait une radio, mon colonel.

– Eh bien, c'est un tort, nom de Dieu. » Sellars écumait. Il était violet et ses traits étaient grimaçants. Déchaîné, il se rua vers le coin des cinq officiers américains.

« Brough ! Que savez-vous de cette radio ?

– Rien. Et je suis le capitaine Brough, mon colonel. Capitaine.

– Je ne vous crois pas. Voilà bien les méfaits dont vous êtes capables, crapules d'Américains ! Vous n'êtes qu'une racaille indisciplinée...

– Je ne tolérerai pas ce langage outrageant.

– Et moi je ne vous permets pas de me parler sur ce ton. Dites « mon colonel » et mettez-vous au garde-à-vous.

– Je suis l'officier américain le plus élevé en grade et je ne supporterai pas d'être injurié ni par vous ni par qui que ce soit. Il n'y a pas à ma connaissance de radio dans le détachement américain. Et s'il y en avait une, vous pouvez être sûr que je ne vous le dirais pas. Mon colonel. »

Sellars, haletant, se détourna et avança jusqu'au centre de la pièce. « Eh bien, nous allons fouiller la baraque. Que chacun reste devant son lit. Fixe ! Et que Dieu ait pitié de celui qui la cache ! Je veillerai personnellement à ce que le châtiment le plus lourd prévu par la loi lui soit appliqué, mes salopards !

– Taisez-vous, Sellars ! »

C'était le colonel Smedly-Taylor qui venait d'entrer. A sa vue, chacun se raidit.

« Il y a une radio dans cette baraque, mon colonel, et j'essayais de...

– Taisez-vous ! »

Smedly-Taylor s'approcha de Yoshima. Son

visage usé était tendu. « Qu'est-ce qu'il se passe, capitaine Yoshima ? », demanda-t-il au Japonais qui avait observé Sellars avec un étonnement teinté de mépris.

« Il y a une radio dans ce baraquement. » Et Yoshima ajouta d'un ton sarcastique : « En vertu de la convention de Genève relative aux prisonniers de guerre... »

Smedly-Taylor détourna son regard du montant de la couchette. « Je connais parfaitement les prescriptions du droit international. Si vous croyez qu'il y a une radio ici, veuillez perquisitionner. Si vous savez où elle se trouve, confisquez-la et finissons-en. J'ai une journée chargée.

– Vous avez pour tâche de faire respecter la loi.

– La loi civilisée, oui. Si vous en appelez à la loi, commencez donc par l'observer vous-mêmes. Donnez-nous la nourriture et les médicaments auxquels nous avons droit.

– Un jour, vous irez trop loin, mon colonel !

– Un jour, je mourrai ! Peut-être d'apoplexie à force de faire appliquer les règlements ridicules inventés par vos administrateurs incompétents.

– Je signalerai votre insolence au général Shima.

– Mais faites-donç ! Je vous en prie ! Et profitez de l'occasion pour lui demander qui a ordonné que chaque prisonnier tue chaque jour vingt mouches que je dois personnellement centraliser, comptabiliser et apporter quotidiennement à votre bureau.

– Vous n'arrêtez pas de vous plaindre, vous, les officiers supérieurs, du taux élevé de la mortalité due à la dysenterie. Les mouches propagent la dysenterie...

– Ne parlons ni des mouches ni du taux de mortalité, voulez-vous, fit Smedly-Taylor d'une voix dure. Donnez-nous plutôt des insecticides et autorisez-nous à imposer les règles de l'hygiène dans la région. Alors, l'île de Singapour tout entière ne tardera pas à être assainie.

– Les prisonniers ne sont pas admis à...

– Votre (je dis bien : votre) taux de mortalité malariaque est élevé. Avant votre arrivée, la malaria n'existait pas à Singapour.

– Peut-être. Mais nous avons conquis et fait prisonniers des milliers d'entre vous. Des hommes d'honneur ne se seraient jamais laissé capturer. Vous n'êtes que des bêtes, tous autant que vous êtes, et vous devez être traités comme des bêtes.

– J'ai cru comprendre que quelques Japonais avaient également été faits prisonniers dans le Pacifique.

– D'où tenez-vous cette information ?

– Ce sont des rumeurs, capitaine Yoshima. Vous savez ce que c'est. Des bruits manifestement faux. Aussi faux que ceux qui prétendent que la mer est vide de vaisseaux nippons. Ou que le Japon est bombardé. Ou que les Américains ont pris Guadalcanal, Guam, Rabaul, Okinawa et s'apprêtent à porter d'un instant à l'autre la guerre sur le sol japonais...

– Ce sont des mensonges, s'écria Yoshima en étreignant la poignée de son sabre dont la lame sortit de quelques centimètres hors du fourreau. Des mensonges ! l'Armée impériale est en train de remporter la victoire. Elle aura bientôt occupé l'Australie et l'Amérique. La Nouvelle-Guinée est tombée entre nos mains et une flotte japonaise cingle vers Sydney à l'heure où je vous parle.

– Je n'en doute pas. » Smedly-Taylor tourna le dos à son interlocuteur. Les officiers, livides, lui rendirent son regard.

« Que tout le monde sorte, s'il vous plaît », dit-il d'une voix calme.

L'ordre fut exécuté en silence. Quand il n'y eut plus personne dans la baraque, le colonel fit face à Yoshima. « Perquisitionnez maintenant, je vous en prie.

– Et si je trouve la radio ?

– C'est entre les mains de Dieu. »

Smedly-Taylor sentait soudain le poids de ses cinquante-quatre ans. Il ploya les épaules sous le fardeau de sa responsabilité car, s'il était heureux de servir, heureux d'être là en un moment critique, heureux d'accomplir son devoir, il lui fallait à présent découvrir le traître. Puis le punir. Cet individu méritait de mourir, comme Daven mourrait si les Japonais trouvaient le poste. Mon Dieu, faites qu'ils ne le découvrent pas, priait-il avec désespoir. C'est le dernier recours qui nous reste contre la folie. S'il y a un Dieu au ciel, qu'ils ne le trouvent pas. Par pitié...

Mais le colonel savait que Yoshima avait raison sur un point : Il aurait dû avoir le courage, lui, Smedly-Taylor, de périr comme un soldat – sur le champ de bataille ou en tentant de s'évader. Tant qu'il demeurerait vivant, le souvenir obsédant des convoitises, de la soif de puissance et de toutes les bévues qui avaient consommé le viol de l'Orient, le souvenir des morts sans nombre le rongerait comme un cancer.

Pourtant, si j'étais mort, se disait-il, qu'adviendrait-il de Maisie, ma bien-aimée ? De mes fils John, le lancier, et Percy, l'aviateur ? Et de Trudy, ma fille, mariée si jeune, enceinte si jeune, veuve si jeune ? Ne plus jamais les voir, les toucher ; ne plus jamais connaître la chaleur du foyer...

« C'est entre les mains de Dieu », répétait-il. Mais ces mots étaient aussi vieux, aussi désabusés qu'il l'était lui-même.

Yoshima lança un ordre rauque et les quatre gardes se mirent en devoir de déplacer les lits afin de dégager un coin de la baraque. Cela fait, il tirèrent la couchette de Daven au milieu de l'espace libéré. Yoshima s'approcha alors pour scruter les poutres, le plafond de feuilles et les madriers sommaires qui le soutenaient. L'examen était conduit avec minutie, mais Smedly-Taylor comprit subitement que ce n'était là qu'une comédie montée à son intention : Le Japonais connaissait l'emplacement de la cachette.

La nuit où les hommes l'avaient mis au courant, il y avait des mois de cela, revint à l'esprit du colonel. « C'est là une responsabilité que vous prenez sous votre bonnet, leur avait-il répondu. Si vous êtes pris, vous serez pris – voilà tout. Je ne pourrai rien pour vous aider. Rien. » Puis, il avait attiré Daven et Cox à l'écart : « Si l'on découvre cette radio, tâchez de n'impliquer personne. Il faut que vous teniez le coup un certain temps. Après, vous direz que je vous ai donné mon autorisation. Que vous avez agi sur mes ordres. » Et il avait prié les deux officiers de se retirer, les bénissant à sa manière et leur souhaitant bonne chance.

Maintenant, la malchance était sur eux.

Il en avait assez, de ce jeu du chat et de la souris, et avait hâte que Yoshima en vînt au montant de la couchette. Du groupe assemblé au dehors montait un frémissement inaudible et désespéré. Il n'y avait rien d'autre à faire qu'à attendre.

A la fin, le Japonais en eut assez, lui aussi. La puanteur de la baraque l'incommodait. Il s'approcha de la couchette qu'il fouilla symboliquement et entreprit d'en étudier le montant. Mais il ne discernait pas la moindre fissure. Fronçant les sourcils, il explora le bois avec une attention redoublée, le palpant de ses longs doigts frémissants. Toujours rien.

Sa première réaction fut de se dire que le renseignement était faux. Mais c'était impossible : Le dénonciateur n'avait pas encore été payé. Il grommela quelque chose. Un des gardes dégaina sa baïonnette et la lui tendit en la présentant par la lame.

Yoshima donna de petits coups sur le montant à l'aide de la poignée de l'arme. Voilà ! Ça y était ! Il vérifia une seconde fois : Cela sonnait bien le creux. Néanmoins, il n'arrivait pas à discerner les rainures. Alors, il enfonça violemment la pointe de l'arme dans le bois.

Le couvercle béa.

« Tiens ! »

Yoshima se sentit fier d'avoir trouvé la radio. Le général serait content. Tellement content que, peut-être, il muterait le lieutenant dans une unité combattante. En effet, graisser la patte des mouchards et avoir à s'occuper de ces brutes révoltait la Bushido du Japonais.

Smedly-Taylor, stupéfait par l'ingéniosité de la cachette et par la patience qu'il avait fallu pour l'installer, s'approcha. Ce Daven, songea-t-il, je le recommanderai. Un tel travail se situe au-dessus et au-delà de la notion même de devoir. Mais le recommander pour quoi ?

« A qui appartient cette couchette ? »

Smedly-Taylor haussa les épaules et continua de feindre la surprise.

Yoshima fut chagriné, réellement chagriné, que Daven n'eût qu'une jambe.

« Une cigarette ? lui proposa-t-il en lui tendant le paquet.

— Merci. » Daven prit la cigarette, laissa le Japonais la lui allumer mais il n'aspira pas la fumée.

« Quel est votre nom ? demanda courtoisement Yoshima.

– Capitaine Daven. Infanterie.

– Comment avez-vous perdu votre jambe, capitaine Daven ?

– Je... J'ai sauté sur une mine dans la province de Johore.

– C'est vous qui avez fabriqué ce poste ?

– Oui. »

Smedly-Taylor domina sa terreur. « J'ai donné au capitaine Daven l'ordre de monter cette radio. C'est moi qui en porte la responsabilité. Il n'a fait que m'obéir. »

Yoshima jeta un bref coup d'œil sur Daven : « Est-ce vrai ?

– Non.

– Qui d'autre est au courant ?

– Personne. C'était une idée à moi que j'ai réalisée moi-même. Tout seul.

– Asseyez-vous, je vous prie, capitaine Daven. »

Yoshima désigna d'un coup de menton dédaigneux Cox qui, écroulé, sanglotait d'effroi. « Quel est cet homme ?

– Le capitaine Cox, répondit Daven.

– Regardez-moi ça ! C'est répugnant. »

Daven tira sur sa cigarette. « J'ai tout aussi peur que lui.

– Mais vous maîtrisez votre peur. Vous avez du courage.

– J'ai encore plus peur que lui. » Daven se dirigea avec des sautillements maladroits vers Cox et, péniblement, s'assit près de lui. « Ne t'en fais pas, mon vieux, murmura-t-il avec compassion en lui posant la main sur l'épaule. Ne t'en fais pas. » Puis il leva les yeux sur Yoshima : « Le capitaine Cox a été décoré de la Military Cross à Dunkerque avant d'avoir vingt ans. Aujourd'hui, c'est un autre homme. Le résultat de votre travail de trois ans, bande de salauds. »

Yoshima se contint pour ne pas frapper Daven. Le code d'honneur interdit de frapper un homme. Même si c'est un ennemi. Se tournant vers Smedly-Taylor, il lui enjoignit de faire sortir des rangs les six officiers occupant les couchettes voisines de celle de Daven. Quant à leurs camarades, ils resteraient rassemblés sous la garde des sentinelles jusqu'à nouvel ordre.

Les six s'alignèrent devant le Japonais. Le seul d'entre eux à avoir connu l'existence du poste était Spence qui, d'ailleurs, fit comme tout le monde et nia avoir été au courant.

« Suivez-moi. Avec la couchette. »

Quand Daven saisit sa béquille, Yoshima l'aida à se lever.

« Merci.

– Voulez-vous une autre cigarette ?

– Non, merci.

– Je serais honoré si vous en acceptiez une », insista le Nippon après une hésitation.

Haussant les épaules, Daven prit la cigarette et s'en fut à cloche-pied chercher son pilon. Yoshima aboya un ordre : Un des gardes ramassa la prothèse et aida l'Anglais à s'asseoir.

Les doigts de Daven ne tremblaient pas tandis qu'il fixait l'appareil. Il se leva, considéra quelques instants ses béquilles puis les jeta dans un coin. S'appuyant à la couchette, il contempla la radio. « J'en suis très fier », dit-il, et, après avoir salué Smedly-Taylor, il sortit de la baraque.

La petite procession traversa le camp silencieux. Yoshima ouvrait la marche, réglant son allure sur celle de Daven. Smedly-Taylor était à son côté. Ensuite venait Cox, inconscient des larmes qui coulaient de ses yeux. Deux gardes restèrent surveiller les hommes de la seize.

Ceux-ci attendirent pendant onze heures.

Enfin, le colonel et les six officiers revinrent. Sans Daven et sans Cox. Le lendemain, l'un et l'autre partiraient pour Utram Road.

On fit rompre les rangs.

Peter Marlowe avait tellement mal à la tête d'être resté si longtemps au soleil qu'il ne voyait plus clair. Il gagna le bungalow en titubant, prit une douche ; après quoi, Larkin et Max lui massèrent le crâne et lui donnèrent à manger. Puis, Larkin sortit et s'en fut s'asseoir au bord de la route d'asphalte tandis que Peter s'installait en tailleur sur le seuil.

L'horizon s'assombrissait. Une solitude immense s'était abattue sur Changi et jamais les hommes qui déambulaient à travers le camp n'avaient paru aussi perdus.

Mac bâilla. « Je crois que je vais rentrer, les enfants. J'ai envie de me coucher tôt.

– Dors bien, Mac. »

L'Ecossais disposa soigneusement la moustiquaire autour de son lit, la coinçant sous le matelas pour qu'elle fût bien tendue ; il se noua un chiffon autour du front par précaution contre la sueur, défit la gaine de feutre qui enveloppait le bidon de Marlowe et détacha le fond postiche du récipient. Il enleva la housse et le capuchon de son propre bidon et de celui de Larkin. Le corps de chacune des bouteilles, qu'il assujettit avec amour, était occupé par tout un enchevêtrement de fils, de condensateurs et de valves.

Délicatement, Mac sortit du bidon supérieur une fiche à six broches, toute branchée, qu'il enfonça avec dextérité dans la prise femelle correspondante de la gourde intermédiaire. Un autre plot à quatre broches partait de cette dernière. Mac le connecta à celle du bas.

Ses mains et ses genoux tremblaient ; il lui fallait travailler dans la pénombre, appuyé sur le coude pour cacher le dispositif derrière l'écran de son corps, et cette position rendait ses gestes malhabiles.

La nuit qui assombrissait le ciel alourdissait encore plus l'atmosphère. Les moustiques commençaient à passer à l'attaque.

Quand il eut réuni toutes les bouteilles, Mac s'étira pour assouplir son dos endolori et essuya ses mains moites. Alors, il dégagea l'écouteur camouflé dans le bidon du haut, vérifia les contacts. Le fil d'alimentation était lové dans la même cachette ; il le déroula, s'assura que les aiguilles soudées à ses extrémités étaient toujours en place. Une dernière fois, il épongea la sueur qui lui dégoulinait sur le visage, testa rapidement tous les branchements. Rien ne laissait à désirer : La radio était telle que lorsqu'il y avait mis la dernière main deux ans auparavant, à Java.

Il avait fallu six mois pour en dresser le plan et en réaliser le montage. Comme la base des bouteilles était seule utilisable – il fallait que leur partie supérieure fût remplie d'eau – il avait été nécessaire, non seulement de prévoir trois minuscules éléments rigides, mais encore de les placer dans des fourreaux étanches soudés au fond des récipients.

Les trois avaient conservé leurs bidons pendant dix-huit mois, en prévision d'un jour comme celui-ci.

Mac s'agenouilla et planta les aiguilles dans l'enchevêtrement de fils reliant la lampe pendue au plafond à l'arrivée du courant. Puis il s'éclaircit la gorge.

A ce signal, Peter se leva. S'étant assuré qu'il n'y avait personne dans le voisinage, il ôta prestement l'ampoule et abaissa le commutateur, puis reprit sa faction. Larkin, qui surveillait toujours son secteur, donna le feu vert. Alors, Mac mit le contact et saisit l'écouteur.

Les secondes s'écoulèrent, devinrent des minutes. Effrayé par le gémissement qui s'exhala des lèvres de Mac, Peter bondit. « Qu'est-ce qu'il y a ? »

Mac passa la tête à travers l'ouverture de la moustiquaire. Son visage était couleur de cendre. « Ça ne marche pas, vieux. Cette saloperie ne marche pas. »

Livre deuxième

9

SIX jours plus tard, Max intercepta un rat dans la baraque américaine.

« Oh ! La vache ! s'exclama le Roi, saisi. Regardez-moi ce citoyen ! Je n'en ai jamais vu d'aussi gros !

– Attention qu'il ne t'arrache pas le bras », dit Peter Marlowe.

Tout le monde s'approcha. Un balai de bambou au poing, Max couvait l'animal des yeux. Tex brandissait une batte de base-ball, Marlowe un second balai. Les autres étreignaient qui un gourdin, qui un couteau.

Seul le Roi avait les mains nues mais, le regard fixé sur le rat, il se tenait prêt à bondir hors de son chemin. Le cri de Max l'avait interrompu alors qu'il était dans son coin en train de bavarder avec Peter et il s'était aussitôt précipité. C'était juste après le breakfast.

« Vingt-deux », lança-t-il, devinant que le rongeur allait tenter une sortie pour recouvrer la liberté.

Max abattit sauvagement son balai mais manqua son but. Un second balai partit comme l'éclair, retournant le rat sur le dos. Mais celui-ci se remit prestement sur ses pattes, se réfugia à nouveau dans l'angle du mur et, faisant face à ses adversaires, se mit à cracher et à siffler, les babines retroussées sur des dents aiguës comme des aiguilles.

« Bon Dieu, fit le Roi. J'ai bien cru qu'il allait se débiner, le salaud ! »

Le rat était couvert d'une fourrure touffue. Il mesurait près de trente centimètres et sa queue dépourvue de poils, grosse comme le pouce à sa racine, était aussi longue que son corps. Ses petits yeux en vrille, attentifs, allaient et venaient de gauche à droite dans l'espoir de découvrir une trouée. Sa tête effilée s'achevait par un museau pointu, fendue d'une gueule étroite hérissée de longs – de très longs – crocs. Il devait peser dans les deux livres. Une bête méchante et fort dangereuse.

« Je déteste les rats, jeta Max qui soufflait bruyamment, toute son attention concentrée sur son prisonnier. Je ne peux pas les voir en peinture. On va le tuer. Vous y êtes ?

– Une minute, dit le Roi. Rien ne presse. Il ne peut pas se sauver. Je voudrais voir ce qu'il va faire.

– Il va encore essayer de mettre les voiles, c'est tout.

– Eh bien, on le bloquera. On a le temps. » Il regarda à nouveau la bête en souriant. « Tu l'as dans l'os, mon cochon. T'es cuit. »

Comme s'il avait compris, le rat se rua sur le Roi, toutes dents dehors, mais, repoussé par une avalanche de coups furieux, il battit en retraite sous les hurlements des hommes.

« Il vous mettrait en lambeaux s'il réussissait à vous accrocher, l'enfant de garce ! s'écria le Roi. Je ne pensais pas qu'ils étaient si rapides.

– Dites... Si on le gardait ? suggéra Tex.

– Qu'est-ce que tu racontes ?

– Oui. On pourrait en faire notre mascotte. Ou bien le lâcher et lui courir après quand on s'ennuiera.

– Il y a peut-être une idée à creuser, murmura Dino. Tu veux dire... comme dans le temps ? Avec les renards ?

– C'est une idée dégueulasse, trancha le Roi. Qu'on le tue, d'accord. Mais ça a beau être un rat, ce n'est pas une raison pour le torturer. Il ne t'a jamais rien fait.

– Peut-être. N'empêche que les rats, c'est de la vermine. Ça ne mérite pas de vivre.

– Bien sûr que si ! Et heureusement qu'ils existent même. Ce sont des boueux. Comme les microbes. S'ils n'étaient pas là, le monde serait un joli tas d'ordure. »

Mais Tex ne se laissait pas convaincre. « Cause toujours ! Les rats, ça détruit les récoltes. C'est peut-être cet enfoiré-là qui a boulotté le fond du sac de riz. Avec le ventre qu'il a, j'en serais pas étonné.

– Oui, soupira Max avec rancune. Presque trente livres qui se sont envolées en l'espace d'une nuit. »

Le rat tenta une nouvelle sortie ; brisant le cercle des assiégeants, il fila à travers la baraque et ce fut un hasard si les hommes parvinrent à l'acculer dans un autre coin.

« Il vaut mieux en finir : La prochaine fois, on aura peut-être moins de chance », haleta le Roi. Mais il eut une illumination subite : « Minute !

– Qu'est-ce qu'il y a ?

– J'ai une idée. » Le Roi pivota vivement. « Tex, va chercher une couvrante. Vite ! »

Tex s'élança vers son lit dont il arracha la couverture.

« Bien. Maintenant, toi et Max, vous allez l'attraper avec.

– Quoi ?

– Je le veux vivant. Hop... Grouillez.

– Avec ma couvrante à moi ? Tu es fou ? Je n'ai que celle-là.

– Je t'en donnerai une autre. Mais dépêche-toi. »

Tout le monde regardait le Roi en écarquillant les yeux. Enfin, Tex haussa les épaules. Max et lui prirent chacun un coin de la couverture et, s'en servant comme d'un écran, ils avancèrent vers l'animal. Ceux qui avaient des balais se préparèrent à intervenir dans le cas où le rat réussirait à s'échapper. Les deux hommes effectuèrent un brusque plongeon, emprisonnant dans les plis de l'étoffe le rongeur qui jouait des dents et des griffes. Avec un hurlement de triomphe, Max enveloppa sa victime dans la couverture qui ne fut plus qu'une grosse boule agitée de soubresauts.

« Du calme ! lança le Roi pour apaiser l'excitation causée par la capture. Tu le tiens, Max. Et tu fais attention à ce qu'il ne se tire pas. Tex, va préparer le café. J'offre une tournée générale.

– Où veux-tu en venir ? s'enquit Peter.

– Un truc terrible. Une occase trop belle pour ne pas en profiter. Mais commençons par prendre le jus. »

Le café bu, le Roi se leva. « Ecoutez-moi, les gars. On a un rat, n'est-ce pas ?

– Et alors ? demanda Max qui n'était pas moins perplexe que les autres.

– On n'a pas de nourriture, n'est-ce pas ?

– C'est vrai, mais... »

Peter regarda le Roi avec effarement. « Seigneur, tu ne vas pas nous proposer de le manger ?

– Bien sûr que non ! » Un sourire angélique s'épanouit sur les traits du Roi. « Nous n'allons pas le manger, nous. Mais il y a des tas de gens qui seraient contents d'acheter un peu de viande.

– De la viande de rat ? demanda Byron Jones III dont les yeux sortaient des orbites.

– Tu as perdu la raison, fit Max avec impatience. Tu te figures qu'ils achèteraient du rat ? Jamais !

– Effectivement, personne n'en achètera en connaissance de cause. Mais supposons qu'ils ne sachent pas que c'est du rat ? » Le Roi ménagea une pause afin d'enfoncer ses paroles dans les esprits, puis il poursuivit de son ton suave : « Admettons que nous gardions cela pour nous. La chair ressemblera à celle de n'importe quelle bête. On dira que c'est du lapin... »

Peter l'interrompit : « Il n'y a pas de lapins en Malaisie, mon vieux.

– Eh bien on trouvera un animal à peu près de la même taille.

– On pourrait peut-être le baptiser écureuil, dit l'Anglais après quelques secondes de réflexion. Ou... J'ai trouvé. Sa physionomie s'épanouit. Du cerf. C'est ça : Du cerf...

– Mais les cerfs sont beaucoup plus gros, protesta Max qui tenait toujours solidement la couverture. J'en ai abattu un dans les monts Alleghany...

– Ce n'est pas de cette espèce de cerfs que je parle. Je pense au *Rusa tikus*. C'est minuscule – une vingtaine de centimètres – et ça pèse dans les deux livres. La taille d'un rat à peu près. Les indigènes le considèrent comme une véritable friandise. Et, si on traduit, ajouta Marlowe en riant, *Rusa tikus* signifie « cerf-souris ».

Le Roi se frotta les mains avec ravissement. « Epatant, ma vieille ! Voilà : On va vendre des cuissots de *Rusa tikus*. Et ce ne sera même pas un mensonge. »

Tout le monde s'esclaffa.

« Maintenant qu'on a bien ri, dit Max, tuons ce

bon Dieu de rat et vendons ses jambons. Il risque de s'échapper à tout instant. Et je n'ai pas envie qu'il me morde. »

Mais le Roi n'eut pas l'air de l'avoir entendu.

« Nous avons donc un rat. Ce qu'il faut, c'est savoir si c'est un mâle ou une femelle. Alors, il ne restera plus qu'à en trouver un autre du sexe opposé et on les accouplera. En moins de deux, l'affaire est sur pied.

– L'affaire ? s'inquiéta Max.

– Dame, fit le Roi épanoui, en jetant un regard circulaire sur ceux qui l'écoutaient. On va se lancer dans l'élevage, les amis. Nous allons créer une ferme de rats. Avec le pognon que nous en tirerons, on pourra acheter des poules – et les corniauds boufferont du *tikus*. Tant que personne n'ouvrira sa grande gueule, c'est dans la poche, ça ne fait pas un pli. »

Un silence stupéfait fit suite à ces paroles, que Tex finit par briser en demandant d'une voix faible : « Mais où qu'on va les mettre, tes rats ?

– Dans la tranchée-abri. Il n'y a pas d'autre endroit.

– Et s'il y a une alerte ? On pourra avoir besoin de l'utiliser.

– On les parquera dans le fond. » Les yeux du Roi brillaient. « Vous vous rendez compte ? On en vendra cinquante par semaine, de ces bestiaux. Vous parlez d'un filon ! Une vraie mine d'or. D'après ce qu'on dit, ça se reproduit à une cadence...

– Ils font des petits tous les combien ? s'enquit Max en se grattant le crâne.

– Je n'en sais rien. Quelqu'un a-t-il une idée ? » Le Roi attendit mais chacun secouait négativement la tête. « Où diable pourrait-on se renseigner sur leurs coutumes ?

– Je sais, dit Marlowe. L'école de Vexley.

– Quoi ?

– L'école de Vexley. Il enseigne la botanique, la zoologie et des tas de choses du même ordre. Il n'y a qu'à lui poser la question. »

Les hommes s'entre-regardèrent d'un air songeur et, soudain, ils commencèrent à donner libre cours à leur enthousiasme. Max faillit en lâcher la couverture, ce qui déclencha une tempête de cris : « Attention à la mine d'or, sacré empoté !... Ne le laisse pas se débiner, nom de Dieu !... Fais gaffe, Max !...

– Ça va, ça va ! Je le tiens, le copain », fit Max. Quand les clameurs se furent apaisées, il adressa à Peter Marlowe un signe de tête approbateur. « Pour un officier, vous ne manquez pas de toc. O.K. On va aller à l'école.

– Pas du tout ! s'écria le Roi. Tu as autre chose à faire.

– Quoi donc ?

– Dégoter un second rat de l'autre sexe, par exemple. Peter et moi nous irons aux renseignements. Allez ! Au boulot. »

Tex et Byron Jones III s'en furent s'occuper de l'abri. C'était une tranchée creusée directement sous la baraque ; elle mesurait neuf mètres de long sur un mètre vingt de large ; sa profondeur était de un mètre quatre-vingts. « Du tonnerre ! s'exclama Tex avec enthousiasme. Il pourra en tenir un millier ! »

En quelques minutes, ils eurent mis au point un projet de clôture. Tex partit voler du grillage à basse-cour tandis que Byron Jones III se mettait en quête de bois. Le sourire aux lèvres, il songeait à un joli stock appartenant à une bande d'Anglais, et qui n'était guère surveillé. Quand Tex réapparut, le bâti était déjà monté. Le toit de la baraque fournit les clous ; le marteau avait été également « emprunté », des mois auparavant, au garage en même temps que des pinces, des tourne-vis et une foule de choses utiles. Lorsque la clôture fut prête, Tex alla chercher le Roi qui se montra satisfait.

« Bien, approuva-t-il. Très bien.

– Du diable si je sais comment vous vous êtes débrouillés, dit Peter. Vous n'avez pas perdu de temps.

– Quand il y a quelque chose à faire, on le fait. C'est la méthode américaine. » D'un signe, le Roi ordonna à Tex d'appeler Max. Celui-ci les rejoignit à l'intérieur du boyau et balança le rat dans l'enclos. Le rongeur tournoya sur lui-même et se lança frénétiquement en quête d'une issue. N'en trouvant point, il se tapit dans un coin, face à ses geôliers, en crachant rageusement.

Le Roi sourit. « Il a l'air en pleine forme.

– Eh ! Faut lui donner un nom, s'écria Tex.

– Facile : il n'y a qu'à l'appeler Adam.

– Et si c'est une fille ?

– Alors, ce sera Eve. » Et le Roi, se jetant à plat ventre, quitta l'abri en rampant. « En avant, Peter. A nous de jouer. »

Quand, après de longues recherches, ils mirent la main sur lui, le chef d'escadrille Vexley avait déjà commencé son cours. Il fut stupéfait de voir le Roi et un jeune officier, debout en plein soleil, qui le buvaient des yeux. « Qu'y a-t-il pour votre service ?

– Nous avons envie de... euh... de suivre vos cours, répondit Marlowe avec embarras. Si ça ne vous dérange pas », s'empressa-t-il d'ajouter.

« Suivre mes cours ? » Vexley n'en revenait pas. Il avait une physionomie lugubre, un visage sec et parcheminé, couturé de cicatrices et grêlé de marques indélébiles, souvenirs de sa dernière mission au cours de laquelle son appareil était tombé en flammes. Il avait en outre laissé un œil dans l'aventure. Il avait quatre élèves – des abrutis qui se moquaient éperdument de ce qu'il leur racontait. Il savait fort bien que, s'il persévérait, c'était par facilité : Il était plus aisé de feindre que l'entreprise fût un succès que d'y mettre un terme. Au début, il avait été enthousiaste ; maintenant, il n'ignorait pas que sa mission n'était qu'un faux-semblant. Mais s'il interrompait ses conférences, son existence serait sans but.

Jadis, on avait créé une université. L'Université de Changi. On avait organisé des cours. L'ordre en était venu de haut. « C'est excellent pour la troupe, avaient déclaré les huiles du camp. Il faut offrir aux hommes une occupation. Leur donner le moyen de se perfectionner. Les occuper. Alors, ils se tiendront tranquilles. »

Il y avait des cours de langues étrangères, des cours de dessin, des cours de mécanique – car, parmi les cent mille prisonniers de l'époque, il se trouvait au moins un spécialiste dans chaque branche.

Toute la science du monde. Une occasion extraordinaire. Elargir les horizons. Apprendre un métier. Préparer l'utopie qui se dissiperait une fois que cette maudite guerre aurait pris fin et que les choses reprendraient leur cours normal. Et c'était une université athénienne : Pas d'amphithéâtres. Rien qu'un maître installé dans un coin d'ombre, entouré de ses disciples.

Mais les hôtes de Changi n'étaient que des hommes semblables à tous les hommes. Ils restaient assis sur leurs fesses, disant : « Demain, je m'inscrirai. » Ou bien, s'ils s'inscrivaient, ils s'apercevaient que la connaissance est ardue à acquérir ; alors ils séchaient une leçon, puis une autre. « J'y retournerai demain, proclamaient-ils. Demain, je commencerai à devenir ce que je veux être par la suite. Il n'y a pas de temps à perdre. Demain, je m'y mettrai vraiment. »

Mais, à Changi comme ailleurs, seul comptait l'instant présent.

« Vous voulez réellement suivre ma classe ? répéta Vexley avec incrédulité.

– Vous êtes sûr qu'on ne va pas vous causer d'embêtements, mon commandant ? » demanda le Roi, débordant de cordialité.

Tout excité, Vexley se leva et fit place aux deux candidats. Il était ravi. Enfin, un sang nouveau ! Et le Roi ! Seigneur, quelle aubaine ! Le Roi assistant à son cours... Il avait peut-être des cigarettes ? « Enchanté, messieurs. Je suis ravi. » Il secoua avec effusion la main de l'Américain. « Commandant Vexley.

– Très heureux de faire votre connaissance, mon commandant. »

Peter se présenta à son tour : « Lieutenant Marlowe. De la R.A.F. » Et il s'assit à l'ombre.

Nerveusement, Vexley attendit que ses nouveaux élèves eussent pris place en appuyant son pouce sur le dos de sa main d'un air absent. Il égrena mentalement les secondes qui s'écoulaient avant que les cavités qu'il avait sous la peau se fussent lentement remplies d'eau. La pellagre a ses compensations, songeait-il. Penser à la peau et aux os lui rappela les baleines et son œil saillant s'éclaira.

« Eh bien, aujourd'hui je m'apprêtais justement à parler des baleines. Connaissez-vous les baleines ?... Ah ! », fit-il avec extase en voyant le Roi sortir un paquet de Kooas et lui en offrir une. Le paquet circula de main en main. Les quatre disciples, après s'être servis, se poussèrent pour que les nouveaux aient plus d'espace. Ils se demandaient ce que le Roi venait faire ici mais cela ne les tracassait pas véritablement. L'essentiel était qu'il leur eût donné des toutes roulées.

Vexley reprit le fil de son discours sur les baleines. Il aimait les baleines. A la folie.

« La baleine constitue sans aucun doute la forme de vie la plus élevée vers laquelle tend la nature », dit-il en savourant la résonance de ses propos. Il remarqua que le Roi fronçait les sourcils et s'enquit avec vivacité : « Vous voulez poser une question ?

– Ben... oui. Les baleines, c'est intéressant. Mais les rats ?

– Je vous demande pardon ?

– Ce que vous dites des baleines, c'est passionnant, mon commandant. Mais moi, je pensais aux rats, c'est tout. »

Peter se hâta d'intervenir. « Il veut savoir si les rats sont comme les baleines. Si leurs réflexes ont un caractère quasi humain comme ceux des baleines. »

Vexley eut un hochement de tête dégoûté. « Les rongeurs sont totalement différents. Pour en revenir aux baleines...

– En quoi les rats sont-ils différents ? interrogea le Roi.

– J'ai parlé des rats au printemps, fit Vexley avec humeur. Ce sont des animaux répugnants. Ils n'ont rien d'attirant. Rien du tout. Mais considérez la baleine soufrée, s'empressa-t-il d'enchaîner. Ah ! Une géante parmi les baleines. Plus de trente mètres de long et elle peut dépasser les cent cinquante tonnes. La plus grande créature qui existe – et qui ait jamais existé – sur terre. La créature la plus puissante. Et ses rites d'accouplement », se dépêcha-t-il d'ajouter, sachant que toute évocation à caractère sexuel stimulait l'attention de son auditoire. « C'est merveilleux ! Quand le mâle commence à se sentir émoustillé, il se met à rejeter de grandioses geysers d'eau vaporisée. Il fouette la mer à grands coups de queue tout autour de la femelle qui attend, amoureuse et patiente, en faisant surface. Et puis, il plonge ; il bondit hors de l'eau, énorme, colossal et ses nageoires frappent les flots avec un bruit assourdissant. L'océan écume sous ce martèlement. » La voix de Vexley baissa d'un ton tandis qu'il poursuivait, paillard : « Et puis il rejoint la femelle et commence à lui chatouiller les ailerons... »

Malgré son désir d'obtenir des renseignements sur les rats, le Roi commença à ouvrir les oreilles.

« Soudain, il interrompt ses manœuvres de séduction et s'enfonce dans les profondeurs, laissant la femelle pantelante. L'abandonnant peut-être pour de vrai ! » L'orateur ménagea une pause théâtrale. « Mais non. Il ne l'abandonne pas. Il disparaît une heure dans les abîmes, mobilise toutes ses forces, et le voilà qui surgit à nouveau hors des flots dans un jaillissement liquide, qu'il retombe en soulevant un monstrueux bouillonnement. On dirait un coup de tonnerre. Il virevolte. Il monte sur sa compagne, la presse entre ses nageoires et il la prend jusqu'à ce que l'épuisement ait raison de lui. »

Vexley était épuisé, lui aussi, par la vision sublime de cet accouplement de titans. Ah ! avoir la chance, insignifiant humain qu'il était, d'être présent, d'assister à ce spectacle...

« L'accouplement, poursuivit-il précipitamment, l'accouplement a lieu vers le mois de juillet, dans les eaux chaudes. Le bébé pèse cinq tonnes à la naissance et mesure quelque neuf mètres. » Le rire accompagnant ces mots était le fruit de l'habitude. « Rendez-vous compte. » Il y eut des sourires polis, puis Vexley abattit sa carte maîtresse, immanquablement accompagnée de gloussements de joie. « Compte tenu de la taille du nouveau-né, essayez de vous imaginer les dimensions du chat de dame baleine ! » De nouveaux sourires courtois : Les habitués avaient entendu bien des fois cette plaisanterie.

Ensuite, Vexley expliqua que la mère nourrit sept mois son baleineau grâce à deux monstrueuses tétines situées sous son ventre, près de la queue. « Comme vous devez le penser, fit-il avec extase, une longue période d'allaitement subaquatique pose des problèmes particuliers. »

Le Roi sauta sur l'occasion : « Est-ce que les rats tètent, eux aussi ?

– Oui, répondit piteusement Vexley. Maintenant, il faut que je vous dise que l'ambre gris... »

Vaincu, le Roi soupira et se résigna à écouter le commandant discourir sur l'ambre gris et le blanc de baleine, sur les baleines à dents et les baleines à fanons, les baleines blanches, les baleines à museau pointu, les baleines naines, les baleines à éperon, les narvals, les épaulards, les baleines à bosse, les baleines noueuses, les baleines lunulées, les cachalots, les baleines franches, les dauphins et, pour terminer, les marsouins. Quand il en arriva là, tous ses élèves avaient disparu, sauf Peter Marlowe et le Roi. « Je voudrais que vous nous parliez des rats, dit simplement ce dernier lorsque Vexley se fût tu.

– Des rats ? grommela le commandant.

– Prenez donc une cigarette », proposa le Roi, la bouche en cœur.

10

« Un peu de calme, s'il vous plaît ! »

Le Roi attendit que l'agitation qui régnait dans la baraque se fût apaisée et que le guetteur fût en position. « Nous avons un certain nombre de problèmes à discuter.

– Grey ? demanda Max.

– Non. Des problèmes concernant la ferme. » Il se tourna vers Marlowe assis au bord d'un lit. « Explique-leur, Peter.

– Eh bien, il paraît que les rats...

– Commence depuis le début.

– Tu veux que je répète tout ?

– Bien sûr. Il faut éclairer leur lanterne. Comme ça, tout le monde pourra chercher des solutions.

– Soit. Nous avons donc été trouver Vexley qui nous a dit – je cite : « *Rattus norvegicus* ou rat de Norvège, que l'on dénomme parfois *Mus decumanus*...

– Qu'est-ce que c'est que ce charabia ? s'écria Max.

– C'est du latin, répondit Tex. N'importe quel crétin le sait. »

Max ouvrit de grands yeux. « Tu connais le latin, toi ?

– Foutre non, mais ces noms loufoques sont toujours latins.

– Vous allez la fermer, vous deux ?, s'exclama le Roi. Vous voulez savoir de quoi il retourne, oui ou non ? Il fit signe à Peter de continuer.

– Bref, Vexley nous les a décrits en détail. Ils ont le corps couvert de poils et la queue nue, ils peuvent atteindre quatre livres. Dans cette région du monde, leur poids est en général de l'ordre de deux livres. La promiscuité sexuelle est de rigueur et il n'y a pas de saison privilégiée pour la copulation...

– Mais qu'est-ce qu'il raconte ?

– Ça veut dire que les mâles baisent toutes les femelles qu'ils rencontrent sans faire de distinction et n'importe quand, traduisit le Roi avec impatience.

– Tout à fait comme nous, alors ? demanda doucement Jones.

– Oui... si l'on veut, dit Peter. Toujours est-il que l'union a lieu en toute saison et que la femelle peut mettre bas jusqu'à douze portées par an. En principe, une portée compte douze petits mais en comprend souvent treize ou même quatorze. Les jeunes sont aveugles et incapables de se suffire à eux-mêmes. Ils naissent vingt-deux jours après le... contact. » Peter avait pris un ton pudique pour lâcher le mot. « Leurs yeux s'ouvrent quatorze à dix-sept jours après leur venue au monde. A deux mois, ils sont pubères. Les rats cessent d'engendrer vers l'âge de deux ans et, trois ans, c'est pour eux la vieillesse. »

Max brisa le silence religieux qui avait accueilli l'exposé en s'écriant avec ravissement : « Vingt dieux, comme tu dis, ça va poser des problèmes ! S'il faut deux mois pour les élever et qu'on en ait douze – ou même dix, pour simplifier – faites le calcul vous-mêmes. Le jour zéro, il en naît dix.

Dix encore trente jours plus tard. Le soixantième jour, les cinquante premiers couples seront arrivés à maturité : Ça nous fait cinquante petits. Le quatre-vingt-dixième jour, cinq nouveaux couples sont prêts à se reproduire : cinquante de mieux. Le cent vingtième jour, on en a deux cent cinquante, plus deux fois cinquante, plus une nouvelle série de cent... Trois cents au bout de cinq mois. Presque six mille cinq cents le sixième...

– Seigneur, c'est vraiment une mine d'or, fit Miller en se grattant furieusement.

– A condition de trouver le moyen de résoudre certaines difficultés, dit le Roi. Premièrement, on ne peut pas les laisser ensemble : Les rats sont cannibales. Autrement dit, il faut séparer les mâles des femelles, sauf pour l'accouplement. D'autre part, comme ils n'arrêteront pas de se battre, il faudra aussi séparer les mâles des mâles et les femelles des femelles.

– Bon. On les séparera. Qu'est-ce que ça a de si compliqué ?

– Rien, Max. Mais nous aurons besoin de cages et on devra mettre sur pied toute une organisation. Ce ne sera pas facile.

– Quoi ? Des cages, on peut en fabriquer en pagaille. Il n'y a pas de raisons pour s'esquinter le bourrichon.

– Tu crois que l'entreprise pourra passer inaperçue, Tex ?

– Pourquoi pas ?

– Oh ! encore une chose. » Le Roi était satisfait des réactions des hommes et plus que satisfait de son plan. C'était là une affaire selon son cœur : Il n'y avait qu'à attendre. « Les rats mangent n'importe quoi, mort ou vif. Absolument n'importe quoi. Par conséquent, aucun problème logistique.

– Mais ce sont des bêtes dégoûtantes et ils vont empester, protesta Byron Jones III. Ça pue déjà assez comme ça sans qu'il faille en rajouter. Et sous notre propre baraque, encore ! De plus, les rats propagent la peste.

– Peut-être que c'est une espèce particulière de rats qui la transmet de même que c'est un moustique particulier qui est porteur de malaria », suggéra Dino avec espoir.

Le Roi haussa les épaules : « Eh oui ! Les rats transmettent la peste. C'est vrai. Et des tas d'autres maladies auxquelles l'homme est vulnérable. Mais cela ne signifie rien. La fortune est à portée de la main et vous cherchez des raisons pour faire la fine bouche. C'est anti-américain !

– Mais il y a le danger d'épidémie, fit Miller avec une grimace. Comment saura-t-on s'ils sont sains ou pas ? »

Le Roi se mit à rire. « Nous avons posé la question à Vexley. Il nous a dit textuellement : « Vous vous en rendrez vite compte. Vous mourrez. » Fin de citation. Merde, c'est exactement comme les poulets. Si on les soigne et si on les nourrit correctement, on obtient de belles bêtes. Il n'y a pas à se casser la tête. »

Ils continuèrent à parler de leur élevage, des risques et des perspectives qu'il ouvrait – perspectives qui recueillaient l'approbation générale dans la mesure où il était entendu que ce ne serait pas le détachement qui consommerait les produits de la ferme. Alors que l'on passait en revue les divers problèmes posés par une entreprise de cette envergure, Kurt rentra dans la baraque, serrant dans ses bras une couverture roulée en boule et à l'intérieur de laquelle quelque chose se trémoussait.

« J'en ai un autre, annonça-t-il, la mine revêche.

– C'est vrai ?

– Dame ! Pendant que vous étiez en train de

laïusser, moi je suis passé à l'action. C'est une femelle. » Et Kurt cracha par terre.

« Comment le sais-tu ?

– J'ai regardé, tiens ! Des rats, j'en ai assez vu quand je naviguais, pour savoir. L'autre, c'est un mâle. J'ai regardé aussi. »

Tout le détachement américain se glissa sous la baraque pour assister à la rencontre d'Adam et d'Eve. Dès que Kurt eût lancé celle-ci dans le boyau, les deux rongeurs s'étreignirent farouchement et les hommes eurent du mal à ne pas hurler d'enthousiasme. La première portée était en route. Il fut décidé unanimement que la responsabilité des rats incomberait à Kurt, ce qui combla ce dernier de joie. De cette façon, il était sûr d'avoir sa part de l'aubaine. Il s'en occuperait, des rats ! La nourriture, c'est la nourriture. Kurt était tranquille : Il survivrait.

11

EVE enfanta vingt-deux jours plus tard. Mis en appétit par la vue de la chair fraîche, Adam s'escrimait contre le grillage de la cage voisine et Tex repéra la brèche juste à temps. Eve allaita sa progéniture : Caïn et Abel, Grey et Alliluha, Beulah, Mabel, Junt, Princesse. Et Petite Princesse et la Grande Mabel et la Grande Junt et la Grande Beulah. Trouver des noms pour les mâles était chose aisée mais personne ne voulait que les femelles portassent celui d'une petite amie, d'une sœur ou d'une mère. Ou même d'une belle-mère car ce pouvait être aussi celui d'un ancien amour ou d'une ancienne amitié. Il avait fallu trois jours pour que l'accord se réalisât sur ceux de Beulah et de Mabel.

Lorsque les ratons eurent deux semaines, on les plaça dans des cages individuelles. Le Roi, Marlowe, Tex et Max laissèrent Eve se reposer jusqu'à midi puis la remirent en présence d'Adam. Et la seconde portée prit le départ.

« Peter, murmura le Roi d'une voix douce comme il se hissait par la trappe, Peter, notre fortune est faite. »

Il s'était prononcé pour une trappe s'ouvrant dans le plancher même de la baraque car toutes ces allées et venues sous l'édifice n'auraient pas manqué d'éveiller la curiosité et le secret était la condition fondamentale du succès de l'opération. Mac et Larkin eux-mêmes ignoraient totalement l'existence de la ferme.

« Où sont-ils tous passés ? », demanda Peter en refermant la trappe. Il n'y avait que Max, couché sur son lit.

« Les plus corniauds se sont fait piquer pour une corvée, Tex est à l'hôpital et les autres sont sortis pour se changer les idées.

– Je crois que je vais les imiter. Donne-moi quelque chose pour meubler mes réflexions.

– Eh bien, écoute, fit le Roi en baissant le ton. La nuit prochaine, on va aller au village. » Puis il apostropha Max : « Eh, Max... Tu connais Prouty ? Le commandant australien ? Celui de la baraque huit ?

– Le vieux ? Bien sûr !

– Vieux ? Il n'a pas plus de quarante ans.

– Quarante ans, pour moi, c'est vieux comme Mathusalem. Il me faudra encore dix-huit ans pour arriver à cet âge-là.

– Avec un peu de veine... Bon. Tu vas trouver Prouty. Tu lui diras que tu viens de ma part.

– Et puis ?

– Et puis rien. Va le voir : C'est tout. Et fais attention que ni Grey ni un de ses mouchards ne soient dans les environs.

– J'y vais », fit Max en partant de mauvaise grâce. Le Roi et Peter demeurèrent seuls dans la baraque.

Marlowe gardait les yeux fixés au-delà de l'enceinte de barbelés en direction de la côte. « Je commençais à me demander si tu n'avais pas changé d'avis.

– En ce qui concerne mon offre de t'emmener là-bas ?

– Oui.

– Tu n'as pas besoin de t'inquiéter, Peter. » Le Roi tendit un quart rempli de café à son compagnon. « Je t'invite à déjeuner ?

– Je ne sais fichtrement pas comment tu t'y prends, grommela Peter. Tout le monde crève de faim et toi, tu m'invites à déjeuner !

– J'ai un peu de katchang iju. »

Le Roi ouvrit le coffre noir et en sortit un sac de petites fèves vertes. « Tu veux le faire toi-même ? »

Peter prit les graines et s'en fut les laver au robinet ; pendant ce temps, l'Américain ouvrait une boîte de singe qu'il vida avec soin dans une assiette. Parfait, se dit le Roi quand Marlowe revint. Les fèves étaient bien rincées, l'eau propre, sans un débris. Inutile de lui répéter deux fois la même chose. En outre, le récipient d'aluminium contenait exactement la quantité de liquide nécessaire : Six fois le volume du katchang. Il le posa sur le réchaud, ajouta une grosse cuillerée de sucre, deux pincées de sel et la moitié du singe.

« C'est ton anniversaire ? demanda Peter.

– Quoi ?

– Du katchang iju et du singe au même repas !

– Tu ne sais pas vivre comme il faut, voilà tout. »

Le fumet du ragoût qui mijotait fascinait Marlowe. Les dernières semaines avaient été dures ; le camp dans son ensemble avait pâti de la découverte de la radio. Le commandant japonais s'était « à son grand regret » vu dans l'obligation de réduire les rations « en raison des mauvaises récoltes » et les stocks individuels de détresse, déjà si misérables, s'étaient évaporés. Par miracle, l'affaire n'avait pas eu d'autres répercussions.

Dans le groupe de Marlowe, ç'avait été Mac que

ces restrictions avaient le plus durement touché. Cela et le fait que le poste clandestin était inutilisable. « Rien à faire, les gars, avait-il déclaré en désespoir de cause après avoir essayé pendant des semaines de déterminer la cause de la panne. Il faudrait entièrement démonter cette putain de saloperie. Tout a l'air en ordre. Sans outils et sans une batterie, pas moyen de trouver ce qui déconne. »

Larkin s'était débrouillé pour se procurer une batterie miniature et, rassemblant ce qui lui restait de force, Mac avait tout vérifié et revérifié une seconde fois. La veille, alors qu'il effectuait un contrôle supplémentaire, il était tombé en syncope. Le coma paludéen. A l'hôpital où Peter et Larkin l'avaient transporté, le docteur avait dit qu'il s'agissait seulement d'un accès de malaria mais que, compte tenu de l'état général du patient, cela pouvait facilement devenir très grave.

« Qu'y a-t-il ? demanda le Roi, remarquant la soudaine gravité de Peter.

– Rien... Je pense à Mac, c'est tout.

– Pourquoi ?

– Nous l'avons conduit à l'hôpital hier. Il ne va pas très fort.

– La malaria ?

– Pour une grande part, oui.

– Qu'est-ce que ça veut dire ?

– Eh bien... oui, évidemment, il a de la fièvre. Mais ce n'est pas le plus important. Il a régulièrement de terribles crises de dépression. Il se fait de la bile – à cause de sa femme et de son fils.

– Tous les types mariés sont dans le même cas.

– Pour Mac, c'est un peu particulier, dit tristement Peter. Sa famille était à bord du dernier convoi à quitter Singapour avant l'arrivée des

Japs. Lui, il est parti pour Java avec son unité dans un petit bachot. Là-bas, des bruits couraient selon lesquels le convoi avait été coulé corps et biens – ou capturé. Rien de positif : Des rumeurs, uniquement. Aussi Mac est-il dans l'incertitude. Sont-ils morts ? Sont-ils vivants ? Il l'ignore. Et, s'ils sont vivants, où sont-ils ? Son fils était un bébé de quatre mois, à l'époque.

– Eh bien, c'est un mouflet de trois ans et quatre mois, déclara le Roi avec confiance. Règle numéro deux : Ne jamais se tracasser pour quelque chose à quoi l'on ne peut rien. » De la caisse noire, il sortit un flacon de quinine et compta vingt comprimés qu'il tendit à Marlowe. « Tiens. Ça stoppera net sa malaria.

– Mais toi ?

– J'en ai plein, ne t'en fais pas.

– Je ne comprends pas pourquoi tu es tellement généreux. Tu nous donnes des vivres, des médicaments... Et nous, nous ne te donnons rien en échange. Franchement, je n'arrive pas à comprendre.

– Tu es un ami.

– Mais c'est que ça me gêne d'accepter tant de choses.

– Tu me casses les pieds. Tu ferais mieux de manger. » Le Roi se mit en devoir de servir le ragoût. Sept cuillerées pour lui, sept pour Peter. Il restait encore le quart du plat dans la gamelle.

Après avoir avalé en hâte les trois premières cuillerées pour apaiser leur faim, les deux hommes dégustèrent les suivantes avec plus de componction.

« Encore un peu ? » Le Roi attendit la réponse. « Comme je te connais bien, Peter ! Tu pourrais encore en manger une tonne. Mais tu t'en tiendras là ! Même si ta vie en dépendait.

– Non, merci. Je suis rempli à ras bord. »

C'est une bonne chose que de connaître ses amis, songea le Roi. Il faut être prudent. Et il se servit une nouvelle cuillerée. Non qu'il en eût envie mais il sentait qu'il le fallait, sinon Marlowe aurait été embarrassé.

« Prépare-moi une cigarette, veux-tu ? » demanda-t-il quand il eut terminé. Il mélangea le singe aux reliefs du ragoût et fit deux parts de la mixture qu'il déposa chacune dans une gamelle. Peter lui tendit la cigarette.

« Roule-t'en une.

– Merci.

– Bon Dieu, Peter, n'attends pas qu'on te le dise. Vas-y. Remplis ta boîte. »

Il lui arracha la tabatière des mains et se mit en devoir de la bourrer de javanais traité.

« Comment vas-tu faire pour la fabrication maintenant que Tex est à l'hôpital ? »

Le Roi souffla la fumée. « Rien. Le secret a transpiré. Les Australiens ont découvert le procédé et ils vendent la marchandise à meilleur compte.

– Quelle malchance ! Comment ont-ils pu le trouver ? »

Le Roi sourit : « Bah ! N'importe comment, ce n'était jamais qu'un déjeuner de soleil.

– Je ne vois pas ce que tu veux dire.

– Un déjeuner de soleil ? Une affaire à lancer vite et à lâcher tout aussi vite. Un petit investissement pour un bénéfice rapide. Au bout de quinze jours, j'avais fait mes frais.

– Mais tu disais qu'il te faudrait des mois pour rentrer dans tes fonds !

– Argument de vente à usage externe ! C'est une astuce commerciale, un truc pour conditionner les gens. Ils veulent toujours obtenir quelque chose pour rien. Alors, tu dois leur faire croire qu'ils te volent, que c'est toi le pigeon, qu'ils sont beaucoup plus marles que toi. Exemple : Notre affaire. Ma masse de manœuvres, les premiers acheteurs, ils croyaient que je leur faisais une fleur ; que s'ils travaillaient dur le premier mois, ils deviendraient mes associés et me parasiteraient jusqu'à perpète. Seulement, moi, je savais que le secret s'ébruiterait et que l'affaire claquerait.

– Comment ça ?

– C'était l'évidence même. Et j'ai tout combiné. C'est moi-même qui ai divulgué le procédé.

– Quoi ?

– Bien sûr. J'ai vendu le secret de fabrication contre quelques petites informations.

– Ça, je l'admets. Il t'appartenait et tu étais libre d'en faire ce que bon t'en semblait. Mais les autres ? Ceux qui travaillaient pour toi ? Qui vendaient le tabac ?

– Et alors ?

– J'ai l'impression que c'est un abus de confiance. Tu les as employés pendant un mois pour à peu près rien et tu as coupé la branche sur laquelle ils étaient assis.

– Et comment ! Ils ont ramassé quelques dollars. Ils me prenaient pour une poire et je leur ai damé le pion, voilà tout. C'est ça, les affaires. » Le Roi s'allongea sur son lit, amusé par la naïveté de Peter qui, le front plissé, s'efforçait de comprendre. « Quand on se met à parler affaires, j'ai la sensation d'être dépassé par les événements. Je me trouve tellement idiot !

– Ecoutez-le ! Avant peu, tu mettras les meilleurs maquignons dans ta poche ! » Et l'Américain éclata de rire.

« J'en doute.

– Tu fais quelque chose ce soir... disons une heure après la tombée de la nuit ?

– Non. Pourquoi ?

– Veux-tu me servir d'interprète ?
– Avec joie. Un Malais ?
– Un Coréen.
– Oh ! » Mais Peter se ressaisit aussitôt. « D'accord. »

Le Roi avait remarqué le mouvement de répulsion de Peter mais cela lui était égal. Un homme a le droit d'avoir ses opinions : Il l'avait toujours dit. Et tant que lesdites opinions ne contrariaient pas ses propres intérêts, tout allait bien.

Max rentra dans la baraque et s'effondra sur son lit.

« Une heure, il m'a fallu, pour le dégotter, ton putain de commandant. J'ai fini par le trouver au potager. Les vaches ! Avec toute cette pisse qu'ils filent comme engrais, ça cogne autant qu'un bordel de Harlem au mois d'août ! »

Le Roi poussa un grognement hargneux, si grinçant que Peter, surpris, leva la tête. Le sourire de Max et son expression de lassitude s'évanouirent comme par enchantement. « Bon Dieu, je ne voulais rien dire de mal. C'est juste une façon de parler.

– Alors pourquoi parler de Harlem ? Si tu veux dire que ça pue autant qu'un bordel, très bien. Ils puent tous pareils. Blancs ou noirs, il n'y a pas de différence. » Le ton du Roi était violent ; ses traits s'étaient tendus et son expression était celle d'un masque.

« T'énerve pas. Je regrette. Je voulais rien dire de mal. »

Max avait oublié à quel point le Roi était ombrageux lorsqu'il était question des Noirs. Merde, quand on vit à New York, il n'y a pas de problème : Harlem, on l'a dans la peau. Et il y a des bordels, à Harlem. Et ça fait pas de mal de s'envoyer une foutue négresse de temps en temps. Je voudrais bien savoir pourquoi il est tellement pointilleux quand il s'agit de ces satanés moricauds, pensait Max avec rancœur.

« Je voulais rien dire de mal », répéta-t-il en faisant tout son possible pour détourner les yeux du ragoût dont l'odeur n'avait cessé de le harceler sur le chemin du retour. « J'ai mis la main sur ton Australien et je lui ai fait la commission.

– Alors ?

– Il... euh... il m'a filé quelque chose pour toi. Max loucha du côté de Peter.

– Eh bien, qu'est-ce que tu attends pour me le donner ? »

Max laissa patiemment le Roi examiner la montre sous tous les angles, la remonter, en écouter le tic-tac.

« Qu'est-ce que tu veux ?

– Rien. Je pourrais peut-être te faire ta vaisselle.

– C'est ça. Vas-y et tire-toi.

– D'accord. »

Humblement, Max rassembla les assiettes sales et s'éclipsa. Crénom, un de ces jours je l'aurai, celui-là, songeait-il dans son for intérieur.

Peter n'avait pas ouvert la bouche. Bizarre, se disait-il. Bizarre et absurde ! Ainsi, le Roi s'était mis en colère... Avoir mauvais caractère est une chose qui a son prix mais c'est le plus souvent dangereux. Lorsque l'on part en mission, il est important de savoir ce que vaut votre coéquipier. Quand la mission est délicate, ce qui serait sans doute le cas de l'expédition au village, la sagesse commande que l'on sache à quoi s'en tenir sur votre flanc-garde.

Le Roi dévissa soigneusement le boîtier. C'était une montre étanche en acier inoxydable.

« Hé ! Hé ! C'est bien ce que je pensais, murmura-t-il.

– Qu'est-ce qu'il y a ?

– C'est du toc. Regarde. »

Marlowe étudia longuement l'objet. « Moi, elle me paraît correcte.

– Je ne dis pas le contraire. Mais ce n'est pas ce qu'elle devrait théoriquement être : Une Oméga. Je ne discute pas en ce qui concerne le boîtier mais le mécanisme est usagé. Il y a un salaud qui l'a changé. »

Il remit le fond en place et, l'air songeur, fit sauter la montre dans sa main. « Tu vois, Peter, c'est justement ce que je te disais tout à l'heure. Suppose que je la vende comme une Oméga sans savoir qu'elle est maquillée : Je risquerais de sérieux embêtements. Mais si je le sais au départ, je suis en mesure de prendre mes précautions. On n'est jamais trop prudent. » Il sourit. « Buvons encore une tasse de jus : On a du pain sur la planche. »

Le sourire s'effaça sur ses lèvres lorsque le Roi vit Max revenir avec les gamelles qu'il rangea en silence. Quand il eut fini, l'homme repartit comme il était venu avec un petit signe de tête obséquieux.

« Enfant de garce ! », murmura le Roi.

La découverte de la radio par Yoshima avait été pour Grey un coup dont le prévôt ne s'était pas encore remis. Remontant le chemin piétiné pour se rendre à la baraque-magasin, il songcait, l'œil sombre, aux nouvelles tâches que lui avait attribuées le commandant du camp en présence du capitaine japonais, tâches que le colonel Smedly-Taylor avait ensuite précisées dans le détail. Bien qu'il lui incombât officiellement d'exécuter ces consignes, Grey devait, en fait, garder les yeux fermés et ne rien entreprendre de sa propre initiative. Bonne mère, quoi que je fasse, j'ai tort !

Un spasme lui tordit le ventre. Il s'arrêta jusqu'à ce que la douleur eût disparu. Ce n'était pas la dysenterie : juste un peu de diarrhée. Et s'il avait une légère fièvre, ce n'était pas la malaria, mais la dengue, moins grave quoique plus insidieuse avec ses accès capricieux. Grey avait très faim, mais ne possédait plus de provision. Plus une boîte de conserve en réserve, pas d'argent pour en acheter. Il lui fallait tenir avec les rations réglementaires, sans supplément d'aucune sorte. Et c'était insuffisant. Tout à fait insuffisant.

Je jure devant Dieu que, lorsque j'en serai sorti, je n'aurai plus jamais faim. j'aurai des centaines d'œufs, une tonne de viande. Et du sucre, du café, du thé, du poisson... Toute la journée, on cuisinera, Trina et moi, et quand on sera pas en train de cuisiner ou de manger, on fera l'amour. L'amour ? Non... La douleur ! On fera la douleur. Salope de Trina avec ses « Je suis trop fatiguée », « J'ai la migraine ». Ses « Seigneur ! Encore ? », ses « Bon ! Puisqu'il faut en passer par là », ses « On peut faire ça maintenant si tu en as envie, toi », ou ses « Tu ne peux donc pas me laisser en paix pour une fois ? ». Ça ne leur arrivait pourtant pas si souvent ! La plupart du temps, il se dominait. Péniblement. Parfois, elle disait « Bon » d'une voix rageuse, rallumait, se précipitait vers la salle de bains pour se « préparer » et Grey ne faisait qu'entrevoir son corps radieux à travers la chemise de nuit ; la porte se refermait et il attendait, attendait, attendait jusqu'à ce qu'elle éteignît et rentrât dans la chambre. Il lui fallait un siècle pour atteindre le lit. La soie dissimulait sa beauté et Grey sentait seulement la glace du regard qui l'étudiait et qu'il ne parvenait pas à croiser. Il se faisait horreur. Enfin, elle se glissait à son côté et, bientôt, elle était sous lui. Ils n'échangeaient pas un mot. Après elle se relevait, regagnait la salle de bains pour se laver comme si son amour à lui était de la boue. L'eau clapotait. Elle se recouchait, parfumée de frais, et Grey, insatisfait, s'en voulait de l'avoir prise alors qu'elle ne le désirait pas. Cela s'était toujours passé de cette façon : Pendant les six mois qu'avait duré leur vie conjugale – vingt-et-un jours de permission au cours desquels ils avaient cohabité –, ils avaient fait neuf fois la douleur. Et il ne l'avait jamais émue.

Elle lui avait demandé de l'épouser une semaine après leur première rencontre. Il y avait eu des pleurs et des grincements de dents. La mère de Trina ne décolérait pas : Comment ? Il prétendait lui prendre sa fille unique dont la carrière commençait à peine et qui était si jeune – juste dix-huit ans ? Les parents de Grey, quant à eux, prêchaient l'attente : « La guerre sera peut-être bientôt finie. Tu n'as pas un sou vaillant. Et puis, on ne peut pas dire que.... enfin... qu'elle soit de bonne famille. » Grey avait alors jeté un coup d'œil sur la maison – un batiment fatigué accolé à d'autres, tout aussi fatigués, qui se dressaient parmi les méandres des rails de tramway de Streatham. Les pièces étaient petites et petit l'esprit de ses parents. Leur amour était aussi tortueux que les lignes de tramway.

Le mariage eut lieu un mois plus tard. Grey était resplendissant dans son uniforme et avec son sabre (loué à l'heure). La cérémonie fut pitoyable ; elle eut lieu à la sauvette entre deux alertes et la mère de Trina n'y parut pas. Monsieur et madame Grey, l'air désapprobateur embrassèrent les jeunes époux pour la forme, Trina éclata en sanglots, mouillant la licence de mariage de ses pleurs.

Cette nuit-là, Grey s'aperçut que sa femme n'était pas vierge. Oh, elle se comporta comme si elle l'était – pendant des jours et des jours, elle ressassa le même refrain : « Je t'en prie, mon chéri... Ça me fait si mal ! Sois patient. » Mais elle n'était pas vierge et Grey en souffrait car, à de multiples reprises, elle laissa entendre qu'il l'avait déflorée. Mais il feignit d'être dupe.

La dernière fois qu'il avait vu Trina, c'était six jours avant son embarquement. Allongé sur le lit, il la regardait s'habiller.

Elle demanda : « Sais-tu où tu vas ?

– Non. »

Ç'avait été une triste journée. La nuit précédente, ils s'étaient âprement disputés ; son désir insatisfait et le fait que sa permission s'achevait le lendemain mettaient Grey sens dessus dessous.

Il se leva, s'approcha d'elle par derrière, et, débordant d'amour, plaqua ses mains sur les fesses merveilleusement fermes de sa femme.

« Arrête !

– Trina, on pourrait...

– Ne fais pas l'idiot. Tu sais bien que le spectacle commence à huit heures et demie.

– On a largement le temps...

– Robin, pour l'amour de Dieu, ça suffit ! Tu vas abîmer mon maquillage.

– Merde pour ton maquillage ! Je ne serai plus là demain.

– C'est peut-être aussi bien. Tu n'es ni très gentil ni très délicat.

– Mais qu'est-ce que tu attends de moi ? Un mari n'a pas le droit d'avoir envie de sa femme ?

– Ne hurle pas comme ça ! Les voisins vont t'entendre.

– Eh bien, qu'ils m'entendent ! » Il avança vers elle mais elle lui claqua la porte de la salle de bain au nez.

Quand elle revint dans la chambre, fraîche et parfumée, elle était en soutien-gorge et en jupon. Sous le jupon, elle avait un slip ; une étroite ceinture maintenait ses bas. Elle prit sa robe de cocktail et commença à l'enfiler.

« Trina...

– Non. »

Il était debout devant elle ; ses genoux tremblaient. « Je regrette de... d'avoir crié.

– Ça ne fait rien. »

Il se pencha sur elle pour lui baiser l'épaule mais elle s'écarta.

« Tu as bu », fit-elle en fronçant son nez.

A ces mots, il donna libre cours à sa fureur : « Je n'ai pris qu'un seul verre, espèce de connasse ! », vociféra-t-il et, se plantant devant elle, il lui arracha sa robe, son soutien-gorge, la jeta sur le lit, s'acharnant à déchirer ses effets. Bientôt, Trina n'eut plus rien sur le corps hormis ses bas en lambeaux. Immobile, elle se laissait s'acharner sans le quitter des yeux.

« Bon Dieu, Trina, je t'aime », gronda-t-il avec désespoir et il s'éloigna, honteux de ce qu'il avait fait et de ce qu'il avait failli faire.

Trina rassembla ce qui restait de ses vêtements. Comme dans un rêve, il la vit s'asseoir devant le miroir pour réparer son maquillage en fredonnant une phrase musicale sans cesse recommencée.

Et puis il était parti en claquant la porte et avait rejoint la caserne. Le lendemain, il avait vainement essayé de téléphoner à Trina.

En dépit de ses supplications, il lui fut impossible de repartir pour Londres : Il était trop tard. Son unité reçut l'ordre de gagner Greenock où devait s'effectuer l'embarquement. Chaque jour, chaque minute de chaque jour, il tenta de joindre sa femme. Mais le téléphone sonnait dans le vide et ses télégrammes frénétiques restaient sans réponse. La côte d'Ecosse fut engloutie par la nuit. Il n'y eut plus dans les ténèbres que le navire, la mer et les pleurs de Grey.

Le prévôt haussa les épaules. Dix mille miles le séparaient de Trina. Ce n'était pas de sa faute, songeait-il, sous le soleil de Malaisie. Ce n'était pas de sa faute : C'était de la mienne. Il se dégoûtait tellement qu'il se sentait vidé de son énergie. Il avait été trop impatient. Je suis peut-être fou... Je devrais peut-être consulter un docteur... Je suis peut-être un obsédé sexuel. Ça ne peut être que moi le responsable, pas elle. Oh, Trina, mon amour...

« Ça va, Grey ? »

C'était le colonel Jones.

« Oh... oui, mon colonel. Merci. » Le chef de la Military Police, revenant sur terre, prit conscience qu'il était affalé contre le mur du magasin. « Je... ce n'est rien qu'un peu de fièvre.

– Vous n'avez pas l'air en forme. Asseyez-vous un moment.

– Ça va, mon colonel, je vous remercie. Je vais... je vais seulement boire un peu d'eau. »

Il s'approcha du robinet, ôta sa chemise et mit sa tête sous le filet d'eau. Se laisser aller comme ça ! Espèce d'abruti ! Mais, il avait beau faire : Malgré ses résolutions, sa pensée revenait inexorablement à Trina. Cette nuit, se promit-il, cette nuit, je penserai à elle. Cette nuit et toutes les autres nuits. Il y en a marre de vivre sans manger. De vivre sans espoir. Je veux mourir. Oh ! Que je veux mourir !

C'est alors qu'il aperçut Peter Marlowe. Pourquoi celui-ci portait-il une gamelle de l'armée américaine avec un tel luxe de précautions ?

« Marlowe !

– Qu'est-ce que vous voulez encore ? maugréa l'interpellé en voyant le prévôt se porter au devant lui.

– Qu'est-ce qu'il y a là-dedans ?
– De la nourriture.
– Ce n'est pas de la contrebande ?
– Vous me cherchez, Grey ?
– Je ne vous cherche pas. Simplement, c'est à ses fréquentations qu'on juge un homme.
– Laissez-moi passer.
– Hélas, mon vieux, je ne peux pas. Je fais mon boulot. J'aimerais voir ce que vous transportez. S'il vous plaît. »

Peter hésita. Grey était dans son droit. Et il serait dans son droit s'il faisait un rapport au colonel Smedly-Taylor dans le cas où Marlowe enfreindrait les règles. Or, Peter avait vingt cachets de quinine dans la poche. Bien entendu, personne n'était censé détenir des drogues à titre personnel. Si l'on découvrait le médicament sur lui, il lui faudrait dire comment il se l'était procuré et le Roi aurait à s'expliquer sur son origine, ce qui ne serait pas facile. En outre, Mac avait besoin de cette quinine. Et tout de suite. Aussi, Peter se résigna-t-il à soulever le couvercle de la gamelle.

L'arôme du ragoût assaillit l'odorat de Grey qui eut l'impression de humer un parfum surnaturel. Un spasme lui tenailla l'estomac. S'efforçant de ne pas montrer sa faim, il secoua avec soin le récipient afin d'en examiner le fond. La gamelle ne contenait rien d'autre que du singe et du katchang idu. Cela avait l'air succulent.

« Où avez-vous trouvé ça ?
– On me l'a donné.
– Lui ?
– Oui.
– Et où allez-vous ?
– A l'hôpital.
– C'est pour qui ?
– Pour un Américain.

– Depuis quand un lieutenant de la R.A.F., décoré de la Distinguished Flying Cross, fait-il les commissions d'un caporal ?

– Allez au diable.

– J'irai peut-être. Mais pas avant d'avoir réglé mes comptes avec vous et avec votre... ami. »

Ne t'énerve pas, se dit Peter, ne t'énerve pas. Si tu lui casses la figure, tu seras dans de beaux draps !

« C'est fini l'interrogatoire, Grey ?

– Pour le moment, oui. Mais rappelez-vous ceci. » Le prévôt fit un pas en avant. L'odeur du ragoût lui était une torture. « Vous êtes sur ma liste, vous et votre trafiquant de copain. Je n'ai pas oublié le coup du briquet.

– Je ne comprends pas ce que vous voulez dire. Je n'ai rien fait de contraire au règlement.

– Ça viendra, Marlowe. Quand on vend son âme, il faut payer. Un jour ou l'autre.

– Vous divaguez !

– C'est un forban, un menteur, un voleur...

– C'est mon ami, Grey. Mon ami ! Ni un forban ni un voleur...

– En tout cas, c'est un menteur.

– Tout le monde ment. Même vous. Vous avez nié être au courant de l'existence de la radio, n'est-ce pas ? Pour vivre, on est obligé de mentir. De faire une foule de choses...

– Lécher les fesses d'un caporal pour manger, par exemple ? »

Sur le front de Marlowe, une veine se gonfla, semblable à un petit serpent sombre. Toutefois, quand il répondit, ce fut d'une voix suave : « Vous mériteriez que je vous casse la gueule, Grey. Mais il ne sied pas de se colleter avec des gens au-dessous de son rang. C'est vraiment déloyal.

– Nom de Dieu, Marlowe... » Mais Grey ne put continuer : il s'étranglait de colère.

Peter le regarda dans le blanc des yeux et comprit qu'il avait gagné la partie. L'espace d'un instant, il s'applaudit d'avoir écrasé son adversaire ; puis, sa rage s'évanouit et, contournant le prévôt, il reprit sa route. Inutile de prolonger une bataille une fois que la victoire est acquise. Cela aussi, c'est une preuve de bonne éducation.

Je jure devant Dieu que tu me paieras ça, songea Grey, haletant. Tu viendras me demander pardon à genoux. Et je ne te pardonnerai pas. Jamais.

Mac prit six cachets. Il fit un clin d'œil à Peter qui l'aidait à avaler un peu d'eau et s'allongea à nouveau.

« Dieu te bénisse, Peter, murmura-t-il. Cela va me remettre d'aplomb. Dieu te bénisse, petit. » Puis, il s'endormit. Le visage brûlant, le foie douloureux. Et les cauchemars fondirent sur lui. Son fils, sa femme, ballottés par les flots, hurlaient, poursuivis par les poissons voraces. Lui aussi, il voguait sur les eaux en se battant contre les requins. Mais ses muscles n'étaient pas assez forts, sa voix n'était pas assez puissante ; les requins, toujours plus nombreux, lacéraient la chair de sa chair. Et ils riaient comme autant de démons. Cependant, il y avait aussi des anges, des anges qui disaient : « Dépêche-toi, Mac, dépêche-toi sinon il sera trop tard. » Soudain, les requins disparurent. A leur place, des hommes jaunes avec des baïonnettes et des dents en or, pointues comme des aiguilles, l'encerclaient, sa famille et lui, au fond de l'océan. Des baïonnettes immenses et acérées. Pas eux, hurlait Mac. Pas eux ! Moi ! Tuez-moi ! Moi ! Mais, impuissant, il les voyait qui tuaient sa femme et qui tuaient son fils avant de se retourner contre lui tandis que le chœur bruissant des anges lui soufflait : « Dépêche-toi, Mac.

Dépêche-toi ! Cours. Cours. Fuis vers la sécurité. » Alors, il se mettait à courir contre sa volonté, il fuyait loin de sa femme, loin de son fils, loin de la mer teintée du sang de sa femme et de son fils. Il pataugeait dans le sang. Il fuyait, il étouffait, mais les autres se lançaient sur ses traces, les requins aux yeux obliques, avec leurs dents en or, aiguës comme des aiguilles, leurs fusils, leurs baïonnettes, il était aux abois, ils le déchiraient. Il résistait, il suppliait mais les autres ne s'arrêtaient pas. A présent, il était encerclé. Yoshima lui plongea sa baïonnette dans les entrailles. La douleur était atroce. Au-delà de l'agonie. Quand Yoshima ressortit son arme, Mac sentit jaillir son sang qui giclait par la plaie déchiquetée, par tous les orifices de son corps, par les pores de sa peau eux-mêmes. Bientôt, Mac ne fut plus qu'une âme tapie au fond d'une coquille vide. Et son âme, enfin, prit son essor, se mêlant à la mer de sang. Une exquise sensation de libération... Un soulagement infini. Mac était heureux d'être mort.

Il ouvrit les yeux. Ses couvertures étaient trempées. La fièvre avait disparu. Il comprit qu'il était encore en vie.

« Salut, petit. » Sa voix était si faible que Peter Marlowe dut se pencher pour distinguer les mots.

« Ça va mieux, Mac ?

– Ça va, petit. On se sent si bien que ça vaut presque le coup. Maintenant, je vais dormir. Demain, apporte-moi un peu à manger. »

Mac ferma les yeux et sombra dans le sommeil. Peter arrangea les couvertures et épongea l'écorce humaine qu'elles entouraient.

Apercevant Steven qui traversait la salle, il le héla :

« Où peut-on trouver des couvertures sèches ?

– Je ne sais pas, mon lieutenant. » L'infirmier avait déjà vu maintes fois ce jeune officier. Et celui-ci lui plaisait bien. Peut-être que... Mais non : Lloyd serait affreusement jaloux. Un autre jour... Ce n'était pas le temps qui manquait. « Ça va s'arranger, mon capitaine. »

Steven s'approcha du quatrième lit, défit la couverture qui recouvrait le malade et dégagea avec dextérité celle de dessous : « Tenez. Prenez celle-là.

– Mais... et lui ? »

L'infirmier eut un léger sourire. « Oh ! Il n'en a plus besoin. Les croque-morts vont venir l'emporter. Pauvre garçon.

– Ah ? » Peter regarda le mort. Il ne le connaissait pas. « Merci. Il commença à refaire le lit de Mac.

– Poussez-vous, dit Steven. Je m'en tirerai beaucoup mieux que vous. » Il était fier de son habileté à faire un lit sans que le patient ne sente rien.

« Ne vous faites pas de souci pour votre ami. Je veillerai à ce qu'il ne manque de rien. » Il borda Mac comme un enfant. « Voilà. » Soulevant la tête de l'Ecossais, il essuya avec son mouchoir le front encore baigné de sueur. « Dans deux jours, il n'y paraîtra plus. Si vous avez un peu de nourriture en supplément... » Il s'interrompit et dévisagea Marlowe, les yeux soudain embués de larmes. « Que je suis bête ! Mais ne vous tracassez pas : L'ami Steven lui trouvera bien quelque chose. Allez ! Inutile de vous en faire. Ce soir, vous ne pouvez rien de plus pour lui. Il faut rentrer et dormir. Soyez gentil. »

Sans un mot, Peter se laissa pousser vers la porte. Steven lui souhaita bonne nuit en souriant et rentra dans la salle.

Dans l'ombre, Peter le vit passer une main aérienne sur un front brûlant, étreindre une main fiévreuse, chasser d'une caresse les démons nocturnes, apaiser les plaintes, aider un homme à boire, un autre à vomir. Gracieux. Consolateur. Steven fit halte devant le lit numéro quatre et considéra le cadavre. Il redressa les membres du mort, lui croisa les mains, puis le déshabilla et recouvrit le corps d'un drap. Ses gestes étaient ceux de la bénédiction. Son torse élancé, ses jambes graciles luisaient dans la pénombre. Son regard se posa sur la tombe. « Mon pauvre garçon, murmura-t-il. Pauvres, pauvres garçons. » Et Steven pleura sur les morts.

Le cœur plein de compassion, Peter Marlowe s'enfonça dans la nuit. Il avait honte à l'idée d'avoir ressenti du dégoût pour l'infirmier.

12

PETER MARLOWE se dirigeait vers la baraque américaine, en proie à un trouble profond. Il regrettait d'avoir si facilement accepté de mettre ses talents d'interprète au service du Roi et, en même temps, il se reprochait vertement cette arrière-pensée. Après tout ce qu'il a fait pour toi, se morigénait-il, c'est une jolie preuve d'amitié, vraiment !

Il avait l'estomac de plus en plus contracté. Comme avant de prendre l'air pour une mission, songea-t-il. Non, pas exactement. Plutôt ce que l'on éprouve lorsque l'on est appelé au cabinet du proviseur. Dans les deux cas, c'est aussi désagréable mais, dans le premier, au malaise se mêle un certain plaisir. Comme pour le village. Cela vous dilate le cœur. Accepter un risque pareil uniquement par amour des sensations fortes... Non. Soyons honnête : Pour un ravitaillement ou une fille tout aussi hypothétiques l'un que l'autre.

Pourquoi, au juste, le Roi allait-il au village et qu'y faisait-il ? se demanda Peter Marlowe pour la millième fois. Mais poser la question serait grossier et, au demeurant, il suffisait d'un peu de patience pour découvrir la vérité. Voilà encore une des raisons pour lesquelles il aimait le Roi :

L'Américain ne se livrait pas aisément et gardait pour lui la plupart de ses pensées. Une manière d'être très britannique, se dit Peter avec satisfaction. Ce que l'on est, qui l'on est – c'est votre affaire. A moins qu'on ne veuille partager ses secrets avec un ami. Et un ami ne pose jamais de questions. Une confidence doit être un don spontané. Il n'y a pas d'alternative.

Comme pour le village. Cela montre bien l'estime qu'il a pour toi, soliloquait Peter. Demander comme ça, à brûle-pourpoint : Tu m'accompagnes la prochaine fois que j'irai ? Que j'irai... moi !

C'était une expédition insensée. Peut-être pas tellement, au fond. A présent, Peter avait une raison valable pour aller au village. Une raison importante. Essayer de se procurer une pièce pour réparer la radio. Ou trouver un autre poste en état de marche. Oui. Cela justifiait les risques.

Pourtant, Peter savait qu'il serait parti uniquement parce que le Roi le lui avait proposé. Et parce qu'il y aurait peut-être, là-bas, de la nourriture ou une fille.

Marlowe devina deux ombres à proximité d'une baraque. Celle du Roi et celle d'un inconnu. Têtes rapprochées. Les voix étaient inaudibles. Les deux hommes paraissaient si absorbés que Peter préféra continuer son chemin. Mais, comme, escaladant les marches de la baraque américaine, il entrait dans une zone de lumière, le Roi l'interpella.

« Hé, Peter ! »

Marlowe s'immobilisa.

« Je suis à toi tout de suite. » Le Roi se retourna vers son interlocuteur. « Je vous demanderai d'attendre ici, mon commandant. Dès qu'il sera arrivé, je vous le ferai savoir.

– Merci, répondit le petit homme, d'une voix embarrassée.

– Prenez donc un peu de tabac. » Le commandant prit le java avec avidité et se rencogna dans l'ombre épaisse. Mais ses yeux demeuraient fixés sur le Roi qui se dirigeait vers son baraquement.

« Tu m'as manqué, mon petit pote », dit le Roi à Peter en lui administrant une bourrade cordiale. « Comment va Mac ?

– Très bien, merci. » Marlowe avait hâte de sortir de la zone éclairée. Seigneur, cela me gêne d'être vu en compagnie d'un homme qui est mon ami ! C'est moche, cela. Très moche.

Grey alla jusqu'à la cachette dans le cas où il y aurait un message dans la boîte de conserves. Et il y en avait un : *La montre du commandant Prouty. Cette nuit. Marlowe et lui.*

Le prévôt jeta la boîte dans le fossé aussi négligemment qu'il l'avait ramassée, s'étira, se leva et repartit en direction de la baraque seize. Cependant, son esprit fonctionnait à la vitesse d'un ordinateur.

Marlowe et le Roi. Ils seront dans la « boutique », derrière le cantonnement américain. Prouty. Lequel est-ce ? L'artilleur ? Ou l'Australien ? Alors, Grey, se dit-il avec irritation, où est cette mémoire aussi bien rangée qu'un fichier alphahétique dont tu es si fier ? Je sais ! Baraque onze ! Le petit.

Génie. Australien...

Est-il en cheville avec Larkin ? Non. Pas que je sache. Un Australien... Mais alors, pourquoi ne passe-t-il pas par l'intermédiaire du trafiquant australien, Tiny Timsen ? Pourquoi s'adresse-t-il au Roi ? L'affaire est peut-être trop grosse pour Timsen. A moins qu'il ne s'agisse d'un objet volé. C'est le plus vraisemblable car, dans ce cas, Prouty ne voudrait pas utiliser les filières australiennes habituelles. Oui... C'est le plus plausible.

Grey consulta sa montre. C'était un réflexe : Il y

avait trois ans qu'il n'avait plus de montre. De plus, comme tous les autres prisonniers, il n'avait nul besoin d'une montre pour connaître l'heure ou pour mesurer l'écoulement du temps.

Encore trop tôt, songea-t-il. La relève de la garde n'aura pas lieu avant quelque temps. Et, à ce moment, il pourrait voir la sentinelle descendante passer devant sa propre baraque pour regagner le poste. L'homme à suveiller serait le nouveau factionnaire. Ce sera qui ? Aucune importance : Je le saurai assez tôt. Le plus sage est d'attendre et d'observer ; et puis, à l'instant propice, de passer à l'attaque. Prudemment. Les interrompre avec politesse lorsqu'ils seront réunis tous les trois, le garde, Marlowe et le Roi. Le mieux serait de les surprendre lorsque l'argent changera de mains ou lorsque le Roi réglera Prouty. Second temps : Faire un rapport au colonel Smedly-Taylor : « La nuit dernière, j'ai été témoin d'un échange de fonds. » Ou, et ce serait aussi bien : « J'ai surpris le caporal américain et le capitaine aviateur Peter Marlowe (baraque seize) en compagnie d'un garde coréen. J'ai tout lieu de croire que le commandant Prouty, du Génie, était impliqué dans la transaction et que c'est lui qui a procuré la montre au vendeur. »

Cela ferait l'affaire. Le règlement, se dit joyeusement Grey, le règlement est clair et précis : « Interdiction de vendre quoi que ce soit aux gardes. » La main dans le sac ! Alors, la cour martiale...

Pour commencer ! Ensuite, ma prison ! Ma jolie petite prison. Sans supplément au menu, sans ragoût de singe et de katchang iju. Sans rien. Rien qu'une cage pour vous enfermer comme des rats que vous êtes ! Au bout d'un certain temps, on vous relâchera. Farouches. La haine au cœur. Et les hommes en colère commettent des erreurs.

La prochaine fois, Yoshima sera peut-être à l'affût. Il est préférable de laisser les Japs faire leur travail ; il ne convient pas de les aider. Quoique dans ce cas... Non. Juste un coup de pouce, peut-être ?

Tu me le payeras, Peter Marlowe, mon salaud. Et peut-être même plus tôt que je ne l'espérais. Je me vengerai de toi et de ce truand, et la vengeance sera délectable.

Le Roi regarda sa montre. Neuf heures quatre. D'une seconde à l'autre, l'homme allait arriver. Ce qu'il y avait de bien avec les Japs, c'est que l'on savait toujours exactement à quel instant ils passaient à l'action : Une fois que l'on était convenu d'un horaire, ils s'y tenaient rigoureusement.

Il entendit des pas. Torusumi tourna au coin de la baraque et se glissa promptement sous le rideau du coupe-vent. Le Roi se leva pour l'accueillir... Peter l'imita à contrecœur.

Torusumi était un personnage notoirement connu. Un individu dangereux au comportement imprévisible. Il avait un visage alors que les autres gardes n'avaient que des masques anonymes. Cela faisait un an, et même plus, qu'il était à Changi. Il aimait rendre la vie dure aux prisonniers, les obliger à rester debout au soleil, les injurier ou les brutaliser quand l'envie l'en prenait.

« Tabé, dit le Roi en souriant. Toi vouloir fumer ? » Il lui offrit une pincée de brut.

Torusumi laissa apparaître les dents en or qui faisaient son orgueil, tendit son fusil à Marlowe et s'assit. Puis il sortit un paquet de Kooas et le présenta au Roi qui prit une cigarette. Le Coréen regarda Peter Marlowe.

« Ami ichi-bon », dit le Roi.

Torusumi émit un grognement, montra à nouveau sa denture et, laissant échapper un petit suçotement, il offrit une cigarette à Marlowe qui hésita. « Prends-la, Peter », murmura le Roi. L'Anglais obéit.

« Dis-lui qu'il est le bienvenu, Peter.

– Mon ami te souhaite la bienvenue. Il dit qu'il est heureux que tu sois là.

– Ah, sois remercié. Est-ce que mon honorable ami a quelque chose pour moi ?

– Il demande si tu as quelque chose pour lui.

– Répète-lui fidèlement mes paroles. Avec la plus grande exactitude.

– Je dois transposer en langue vulgaire et le mot à mot n'est pas possible.

– Ça ira très bien mais fais attention. La traduction doit être juste. Prends tout ton temps. »

Le Roi passa la montre au Coréen et Peter, surpris, constata qu'elle avait l'air neuf ; fourbie de frais, munie d'un nouveau verre en matière plastique, elle reposait à présent dans un petit écrin de cuir jaune.

« Dis-lui ceci : Un type de ma connaissance veut la vendre. Mais elle vaut cher et peut-être que Torusumi ne désire pas l'acheter. »

Peter lui-même vit l'éclair de cupidité qui brilla dans les yeux de l'homme tandis qu'il sortait la montre de l'écrin et l'approchait de son oreille. Puis Torusumi grogna quelque chose et reposa l'objet sur la table d'un geste désinvolte. Peter traduisit sa réponse ; « As-tu autre chose ? A mon grand regret, les Omégas ne sont plus très cotées à Singapour actuellement. »

Le Coréen aspira l'air entre ses dents et ajouta courtoisement à l'intention de Marlowe : « Tu parles remarquablement bien le malais, honorable.

– Merci, répondit Peter de mauvaise grâce.

– Qu'est-ce qu'il raconte ?

– Que je parle bien malais, c'est tout.

– Oh ! Bon. Dis-lui que je suis désolé mais que c'est là tout ce que j'ai. »

Quand Peter eut traduit, le Roi sourit et, haussant les épaules, rangea la montre dans son écrin, fourra celui-ci dans sa poche et se leva. « Salamat. »

Les dents de Torusumi jetèrent à nouveau leur éclat d'or et le garde fit signe au Roi de se rasseoir. « Ce n'est pas que je veuille cette montre, expliqua-t-il. Mais puisque tu es mon ami et que tu t'es donné beaucoup de peine, je te demanderai combien l'homme à qui elle appartient exige de cette méchante montre.

– Trois mille dollars. Je suis navré mais il en surestime la valeur.

– Certes ! Le propriétaire est malade de la tête. Je suis pauvre et ne suis qu'un simple garde mais comme nous avons déjà été en affaires, toi et moi, je te ferai une faveur : j'en offre trois cents dollars.

– Hélas, je n'ose accepter. Il m'est venu aux oreilles que d'autres acquéreurs en proposeraient un prix plus intéressant par le canal d'intermédiaires différents. Je sais bien que tu es un homme pauvre et que tu n'as pas les moyens d'acheter une montre aussi médiocre. Il est vrai que les Omégas ne valent pas beaucoup mais comprends que ce serait faire injure à mon fournisseur que de lui offrir un prix inférieur à celui d'une montre de second ordre. Par déférence envers lui, je ne le peux pas.

– Tu dis vrai. Peut-être accepterai-je de réévaluer mon estimation car même un homme pauvre a son honneur et il est honorable d'adoucir les souffrances d'autrui en ces temps difficiles. Quatre cents.

– Je te remercie de ta compassion. Mais étant donné que cette montre est une Oméga et que les Omégas n'ont plus la cote élevée qui était naguère la leur, il y a de toute évidence une raison tout à fait valable pour que tu ne veuilles pas traiter avec moi. Un homme d'honneur est toujours honorable...

– Je suis, moi aussi, un homme d'honneur. Je ne désire nullement porter atteinte à ta réputation, non plus qu'à celle de ta connaissance, le propriétaire de cette montre. Peut-être risquerais-je ma propre réputation en essayant de persuader les misérables commerçants chinois par lesquels je suis obligé de passer de verser un prix honnête une fois dans leur existence indigne. Je suis sûr que tu reconnaîtras que cinq cents dollars représentent le maximum de ce qu'un homme loyal et honorable peut donner pour une Oméga, même si le cours des Omégas n'avait pas baissé.

– C'est la vérité, ami. Mais je m'inquiète pour toi. Peut-être la cote des Omégas est-elle toujours ichi-bon. Peut-être ces chiens de Chinois abusent-ils, aveugles qu'ils sont, d'un homme d'honneur. Pas plus tard que la semaine dernière, en effet, un autre de mes amis coréens m'a acheté une montre semblable pour trois mille dollars. Si je t'ai offert celle-ci, c'est seulement à cause de notre vieille amitié et de la confiance qui règne entre associés de longue date.

– Dis-tu la vérité ? » Torusumi cracha rageusement par terre et Peter se prépara à recevoir le coup dont cette manifestation était habituellement le signe avant-coureur.

Le Roi demeura impavide. Il a des nerfs d'acier, se dit Marlowe ! Voyant l'Américain prendre quelques bribes de tabac et commencer de se confectionner une cigarette, le garde se calma et lui tendit le paquet de Kooas.

« Je suis stupéfait que les misérables marchands chinois pour lesquels je risque ma vie soient si corrompus. Ce que tu m'apprends, ami, m'horrifie. Pire : Je suis atterré. Penser qu'ils ont abusé de la confiance que j'avais en eux ! Il y a une année que je travaille avec le même homme. Dire qu'il m'a trompé si longtemps ! Je crois que je le tuerai.

– Mieux vaut le battre sur son propre terrain.

– Comment cela ? Je serais très désireux que mon ami me le dise.

– Que ta langue le maudisse. Déclare-lui que tu as la preuve de sa fourberie. Annonce-lui que s'il ne te paye pas à l'avenir au juste prix – le juste prix majoré de vingt pour cent à titre de dédommagement pour sa malhonnêteté passée – tu pourrais faire en sorte que les autorités aient vent de la chose. Alors, le sort qui l'attendra, lui, sa femme et ses enfants sera ta vengeance.

– Quel admirable conseil ! Je suis touché par l'attention de mon ami. En raison de cette marque d'amitié et de la sympathie que j'éprouve pour lui, je monte jusqu'à quinze cents dollars. C'est là tout l'argent que je possède au monde, plus une certaine somme que m'a confiée un ami qui, affligé du mal des femmes, se trouve dans ce lieu de pestilence appelé hôpital et est de ce fait incapable de travailler lui-même. »

Le Roi se baissa et chassa les moustiques dont l'essaim bourdonnait autour de ses chevilles. C'est mieux comme ça, mon garçon, se dit-il. Réfléchissons. Deux mille ? Ce serait une excellente affaire. Dix-huit cents ce serait gentil. Quinze cents, ce n'est pas trop mal.

« Le Roi te prie d'attendre, traduisit Peter. Il

doit consulter le misérable qui désire te vendre cet objet à un prix prohibitif. »

Le Roi s'éclipsa par la fenêtre. Dehors, il longea la baraque, l'œil aux aguets. Max était à sa place, Dino et Byron Jones III à la leur, chacun d'un côté du sentier.

Tapi dans l'ombre de la baraque voisine, le commandant Prouty, rongé d'inquiétude, suait sang et eau.

« Eh bien, mon commandant, fit le Roi, lugubre, je suis navré mais le type n'a pas du tout l'air emballé. »

A ces mots, l'angoisse de Prouty se fit plus aiguë. Il importait qu'il réalisât la montre. C'est bien ma chance ! Il faut absolument que je réussisse à trouver de l'argent par n'importe quel moyen.

« Il n'a lancé aucune offre ?

– Impossible de le faire aller au-delà de quatre cents.

– Quatre cents ! Mais tout le monde sait qu'une Oméga en vaut deux mille au bas mot.

– J'ai bien peur que ce ne soit une légende, mon commandant. Il... il semble méfiant. Il a l'air de craindre que ce ne soit pas une Oméga.

– Il est fou ! Bien sûr que si, c'est une Oméga. »

Le Roi se raidit légèrement. « Pardonnez-moi, mon commandant. Je me borne à vous rapporter...

– C'est de ma faute, caporal. Je n'avais nullement l'intention de m'en prendre à vous. Ces jaunes sont tous les mêmes ! Quelles crapules ! » Que faire ? Impossible de se passer du Roi ; sans lui, je ne la vendrai pas. Et le groupe a besoin de fonds. Tant de travail pour rien... Que faire ?

Après avoir réfléchi une minute, Prouty reprit la parole : « Voyez ce que vous pouvez obtenir, caporal. En tout cas, je ne la céderai pas au-dessous de douze cents. C'est la limite extrême.

– Je ne crois pas que j'arriverai à le faire monter très haut, mon commandant. Enfin, je vais quand même tenter le coup.

– Vous êtes chic, mon vieux. Je compte sur vous. Cela m'ennuie de la lâcher pour si peu mais la nourriture est tellement insuffisante... Vous savez ce que c'est.

– Oui, mon commandant, répondit le Roi d'un ton poli. Je vais essayer mais j'ai bien peur que mes efforts n'aient pas beaucoup de succès. Il prétend qu'il y a un avilissement des cours. Néanmoins, je ferai l'impossible. »

Lorsque Grey aperçut Torusumi, il comprit que son heure n'allait pas tarder à sonner. Il avait attendu assez longtemps ; maintenant, la situation était mûre. Il se leva et sortit de la baraque, non sans avoir ajusté son brassard et redressé son béret. Inutile qu'il y eût un autre témoin : sa parole suffirait. Aussi partit-il seul.

Son cœur battait à grands coups, ainsi qu'il en allait chaque fois qu'il se préparait à effectuer une arrestation. Une sensation agréable. Il franchit l'alignement des baraques, descendit les marches donnant sur l'allée principale. C'était l'itinéraire le plus long mais il l'avait choisi délibérément car il n'ignorait pas que des guetteurs assuraient toujours la protection du Roi quand celui-ci avait un rendez-vous d'affaires. Seulement, Grey connaissait l'emplacement de ses gardes du corps. Et il savait qu'il existait un chemin pour passer au travers de ce véritable champ de mines humaines.

« Grey ! »

Le prévôt leva la tête. Le colonel Samson avançait à sa rencontre.

« Mon colonel ?
– Content de vous voir, Grey. Comment va ?
– Très bien, mon colonel, merci. » Grey était surpris de la cordialité que lui manifestait Samson et, malgré son désir de poursuivre sa route, il n'en était pas peu fier.

Il avait assigné au colonel un rôle particulier dans ses plans d'avenir personnels. Samson était une huile. Une vraie. Le War Office... Issu d'une excellente famille. Un homme comme celui-là serait plus qu'utile – après. Il appartenait à l'état-major général pour l'Extrême-Orient où il occupait un poste dont on n'avait qu'une idée assez vague mais qui était important. Le Renseignement ou quelque chose d'approchant. Il était à tu et à toi avec tous les généraux ; parfois, on l'entendait évoquer les réceptions auxquelles il les conviait dans sa propriété du Dorset, les chasses qu'il donnait et auxquelles assistait la fleur de l'aristocratie, les garden-parties, les bals qu'il organisait. Un Samson saurait peut-être compenser le néant de la carrière de Grey. Et ses origines plébéiennes.

« Je voulais justement vous voir, Grey. Il m'est venu une idée que vous jugerez peut-être digne d'intérêt. Vous savez que je rassemble des matériaux pour écrire l'histoire officielle de la campagne ? Bien sûr, ajouta Samson d'un air malicieux, ce n'est pas encore l'Histoire Officielle avec des majuscules. Mais qui sait ? Il se peut qu'elle le devienne un jour. L'historiographe en titre du War Office est le général Sonny Wilkinson, vous ne l'ignorez pas, et je suis convaincu qu'une relation des faits émanant des gens qui étaient sur place ne manquera pas de retenir son attention. Je voulais donc vous demander si vous aimeriez m'aider à vérifier quelques éléments d'information, en ce qui concerne votre régiment. »

Si j'aimerais ! Si j'aimerais ! Je donnerais n'importe quoi pour ça ! Mais pas maintenant.

« J'en serais enchanté, mon colonel, et je suis flatté que mon opinion présente quelque valeur à vos yeux. Je vous suggère de nous retrouver demain, si cela vous convient. Après le breakfast ?

— Oh ! J'avais espéré que nous pourrions bavarder un peu dès à présent. Bien. Un autre jour, peut-être... Je vous ferai signe... »

Son instinct avertissait Grey que si la conversation ne s'engageait pas sur-le-champ, elle n'aurait pas lieu. Jamais Samson ne lui avait encore adressé si longuement la parole. Le prévôt réfléchissait désespérément. Peut-être pourrai-je lui en dire suffisamment comme entrée en matière et avoir quand même le temps de prendre mes gaillards sur le fait ? Conclure une affaire demande parfois des heures. Cela vaut la peine de courir un risque.

« Si vous souhaitez que nous commencions tout de suite, j'en serai ravi, mon colonel. Mais, si vous n'y voyez pas d'inconvénient, je préférerais que notre entretien ne se prolonge pas au-delà de quelques minutes. J'ai un peu mal à la tête.

— Parfait ! » Samson jubilait. Prenant Grey par le bras, il lui fit faire demi-tour et l'entraîna vers sa baraque. « Savez-vous que votre régiment est un de mes favoris, mon cher Grey ? Il a fait un excellent travail. Vous avez eu une citation, n'est-ce pas ? A Kota Bharu ?

— Non, mon colonel. » Et pourtant, j'y avais droit, nom de Dieu ! « Le temps manquait pour envoyer les propositions. Je ne méritais d'ailleurs pas plus une distinction que n'importe qui d'autre. » Grey était sincère en disant cela. Combien d'hommes qui auraient dû recevoir la Victoria Cross n'obtiendraient jamais ne serait-ce qu'une citation ? C'était fini, maintenant.

« On ne peut pas savoir. Il n'est pas impossible que pas mal de choses reviennent sur le tapis quand la guerre sera terminée. »

Il fit asseoir Grey. « Bien. Où en étaient exactement les combats lorsque vous êtes arrivé à Singapour ? »

« Je regrette qu'il me faille dire à mon ami que le misérable propriétaire de cette montre m'a ri au nez, traduisit Peter. Il m'a déclaré qu'il n'accepterait pas moins de deux mille six cents dollars. Je suis même honteux de te rapporter ses propos mais mon amitié envers toi m'y contraint. »

Le dépit de Torusumi était visible. La conversation dévia sur le temps et sur le rationnement, puis le Coréen montra aux deux hommes une photo graisseuse de sa femme et de ses trois enfants et se mit à évoquer sa vie. Il habitait un village à la sortie de Séoul où il travaillait comme fermier bien qu'il eût un petit diplôme universitaire. Il haïssait la guerre, disait-il. Il haïssait les Japonais. Tous les Coréens haïssaient les tyrans japonais. Ses compatriotes n'ont même pas le droit de servir dans l'armée nippone, précisa-t-il. Ce sont des citoyens de seconde classe ; ils n'ont la parole en aucun domaine et, s'il lui en prend la fantaisie, le dernier des Japonais peut les rosser.

Enfin, Torusumi se tut, se leva et reprit son fusil. Tout le temps qu'il l'avait gardé, Peter avait été obsédé par l'idée que l'arme était chargée, que rien n'aurait été plus simple que de s'en servir. Mais pour quelle raison ? Et ensuite ?

« Je dirai une ultime chose à mon ami car il me déplaît de le voir les mains vides et frustré de son gain par cette nuit puante. Je désirerais que tu ailles consulter l'avide possesseur de cette misérable montre. Deux mille cent.

— Je dois respectueusement rappeler à mon ami que l'indigne propriétaire, qui est colonel et manque par conséquent d'humour, refuse de descendre en dessous de deux mille six cents. Tu ne souhaites pas qu'il me crache au visage.

— Certes. Mais je suggérerai avec révérence que tu lui donnes au moins l'occasion de rejeter une dernière offre faite en toute amitié et qui ne me laisse aucun bénéfice. Peut-être profitera-t-il de cette occasion pour revenir sur son impudence.

— J'essaierai parce que tu es mon ami. »

Et, derechef, le Roi s'éclipsa, laissant le Coréen et Peter seul à seul. Pour meubler l'attente, le garde raconta à Marlowe comment il avait été recruté de force et lui fit part de son peu de goût pour la guerre.

Enfin, le Roi enjamba la fenêtre.

« Cet homme est un pourceau, une catin sans honneur. Il m'a craché au visage et m'a dit qu'il répandrait le bruit que je suis un mauvais négociant, qu'il me ferait jeter en prison, qu'il n'acceptera jamais de descendre au-dessous de deux mille quatre cents. »

A ces mots, Torusumi déversa un flot de jurons et de menaces. Bon Dieu, songea le Roi, toujours impassible, j'ai perdu mon doigté. Cette fois, j'ai trop poussé. Et, de son côté, Peter se demandait ce qu'il était venu faire dans cette galère.

« Deux mille deux », éructa Torusumi.

Le Roi haussa les épaules dans un geste d'impuissance. L'air vaincu. « Dis-lui que c'est d'accord, grommela-t-il à l'adresse de Marlowe. Il est trop coriace pour moi. Dis-lui aussi que je vais être forcé d'abandonner ma commission pour faire la différence. L'autre fils de garce n'acceptera pas un sou de moins. Mais où est mon bénéfice dans cette histoire, bordel ?

– Tu es un homme de fer, traduisit Peter. Je dirai à ce misérable colonel qu'il aura la somme qu'il a fixée mais je devrai renoncer à ma commission afin de combler l'écart entre le prix que tu proposes et celui que ce coquin exige. Seulement, où est mon profit ? Le commerce est chose honorable mais, entre amis, il devrait y avoir profit des deux côtés.

– J'ajouterai cent dollars parce que tu es mon ami. Ainsi, tu conserveras la face et, à l'avenir, tu éviteras de t'entremettre pour des clients aussi cupides et aussi ladres.

– Je te remercie. Tu es plus intelligent que moi. »

Le Roi donna l'écrin jaune à Torusumi et compta l'épaisse liasse de dollars d'occupation frais sortis des presses. A la jolie pile que faisaient les deux mille deux cents dollars, le Coréen ajouta un billet de cent. Il souriait. Il s'était montré plus fort que le Roi dont la réputation d'homme d'affaires était largement répandue parmi ses compatriotes. En outre, l'Oméga lui rapporterait facilement cinq mille dollars. Disons trois mille cinq au minimum. Un tour de garde bien rémunéré !

Torusumi laissa au Roi son paquet de Kooas entamé et un autre, intact, à titre de dédommagement. Après tout, se disait-il, la guerre durera encore longtemps et il y aura de beaux jours pour le commerce. D'un autre côté, si les hostilités doivent prendre fin à bref délai, le Roi sera un allié utile.

« Tu t'en es tiré à merveille, Peter.

– J'ai cru qu'il allait exploser.

– Moi aussi. Je reviens dans deux minutes. Fais comme chez toi. »

Prouty était toujours tapi dans l'ombre de la baraque voisine. Le Roi lui donna les neuf cents dollars que le malheureux commandant avait fini par accepter à contrecœur, et dont il déduisit sa commission, soit quatre-vingt-dix dollars.

« Cela devient plus dur de jour en jour », soupira l'Américain.

Tu parles, espèce de canaille, fit Prouty dans son for intérieur. Enfin, huit cents dollars pour une fausse Oméga, ce n'est quand même pas trop mal ! Au fond de lui-même, il jubilait à l'idée d'avoir escroqué le Roi.

« Je suis déçu, caporal. Terriblement déçu. La dernière chose qui me restait... » Voyons, supputait-il, tout réjoui, il nous faudra quinze jours pour en préparer une autre. Timsen pourra écouler celle-là.

C'est alors que Prouty aperçut Grey. Aussitôt, il se perdit parmi le labyrinthe des paillottes et l'ombre l'engloutit. Il était en sécurité. Le Roi, sautant par la fenêtre, fit irruption dans sa baraque et s'assit à la table de poker. « Pour l'amour de Dieu, prends des cartes », souffla-t-il à l'adresse de Marlowe.

Les deux hommes qui leur avaient cédé leurs places suivaient la partie d'un œil serein ; le Roi répartit sa liasse en petits tas qu'il posa devant chacun des joueurs. Et Grey surgit dans l'encadrement de la porte.

Personne ne lui prêta attention avant que le Roi n'eût levé la tête et lancé d'une voix affable. « Bonsoir. Mon lieutenant.

– B'soir. » Le prévôt transpirait à grosses gouttes. Que d'argent ! Sainte mère de Dieu, je n'en ai jamais vu autant de toute mon existence ! Jamais autant à la fois ! Que ne pourrais-je faire rien qu'avec une part de ce fric !

« C'est qu'on aime jouer, mon lieutenant. »

Grey pivota sur ses talons et s'enfonça dans la

nuit. Satané Samson ! S'il pouvait aller au diable, celui-là !

La partie continua jusqu'à ce que retentît le signal de fin d'alerte. Alors, le Roi récupéra son argent et chaque joueur reçut dix dollars. Il chargea Dino de remettre la même somme aux guetteurs et regagna son coin, non sans faire signe à Peter de le suivre.

« On a bien mérité une tasse de jus. » Le Roi était un peu fatigué. Ce genre de plaisanterie ne va pas sans créer un état de tension éprouvant. Il s'allongea sur son lit pendant que Marlowe s'occupait du café.

« J'ai l'impression que je ne t'ai pas porté chance, laissa tomber l'Anglais d'une voix calme.

– Hein ?

– Cela n'a pas été une très bonne affaire, non ? »

Le Roi s'esclaffa bruyamment. « Ça s'est passé comme prévu. Tiens... » Et il compta cent dix dollars qu'il fourra dans la main de Peter. « Tu me devras deux dollars. »

Marlowe contempla les billets. « Deux dollars ? Mais qu'est-ce que c'est que cela ?

– Ta commission.

– Une commission ? En quel honneur ?

– Quoi, tu ne crois quand même pas que je te fais travailler pour rien ? Pour qui me prends-tu ?

– Je t'ai dit que c'était avec plaisir que je te rendais service. Ce n'est pas parce que j'ai fait l'interprète que tu me dois quelque chose.

– Il est fou ! Cent huit tickets – dix pour cent du bénef... Ce n'est pas une aumône. Tu l'as gagné.

– C'est toi qui es fou. Comment diable pourrais-je gagner cent huit dollars alors qu'il s'est agi d'une opération blanche qui ne t'a pas rapporté un sou ? Si j'acceptais, ce serait du vol.

– Tu n'as pas l'usage de cette somme ? Ni toi ni Larkin ni Mac ?

– Bien sûr que si. Mais ce serait malhonnête. D'ailleurs, pourquoi ce chiffre de cent huit dollars ?

– Mon vieux Peter, je me demande comment tu as réussi à survivre jusqu'à aujourd'hui ! Tu vas voir comme c'est simple. J'ai retiré mille quatre-vingts dollars de la transaction. Dix pour cent de mille quatre-vingts dollars égalent cent huit. Cent dix moins deux égalent cent huit. Je t'ai donné cent dix dollars. Tu m'en dois deux.

– Comment, au nom du ciel, as-tu gagné autant alors que...

– Je vais t'expliquer. Leçon numéro un : Acheter bon marché et vendre cher si on le peut. Prenons l'exemple de ce qui s'est passé tout à l'heure. » Et le Roi raconta joyeusement comment il avait roulé Prouty. Quand il se tut, Marlowe resta longtemps silencieux. Puis, il murmura. « Cela me semble... me semble malhonnête.

– Mais pas du tout ! En affaires, l'axiome de base est qu'il faut vendre plus cher qu'on a acheté – sinon on y perd.

– Oui. Mais ne trouves-tu pas que ta marge de bénéfice est un peu forte ?

– Foutre pas ! Tout le monde savait que la montre était maquillée, sauf Torusumi. Tu vois un inconvénient à ce qu'il soit refait ? D'autant qu'il peut la refiler à un Chinois, facile. Et en y trouvant son compte, encore.

– D'accord. Je ne discute pas.

– Bien. Passons à Prouty. Il a vendu une montre maquillée. Peut-être même que sa toquante elle était volée, qu'est-ce que j'en sais ? Mais il n'en a pas récupéré gros parce que ce n'est pas un bon commerçant. S'il avait eu le cran de la reprendre et de s'en aller, je l'aurais rappelé et j'aurais augmenté le tarif. Il aurait pu me tenir la dragée haute. Il se fout éperdument de ce qui m'arrivera s'il y a un retour de flammes. Je protège toujours mes clients – ça fait partie du contrat. De sorte que Prouty n'a rien à craindre, et il le sait, tandis que moi je risque les pires emmerdements.

– Mais que feras-tu quand Torusumi se sera rendu compte qu'il a été grugé ? »

Un sourire qui vous réchauffait l'âme éclaira soudain le visage du Roi. « Il reviendra mais pas pour râler. S'il gueulait, il perdrait la face, voyons ! Jamais il ne consentira à reconnaître que je l'ai possédé. Si je le révélais, ses copains se foutraient de lui à l'en faire crever. Oui, il reviendra, ça ne fait pas un pli, mais pour essayer de m'avoir à son tour. »

Il alluma une cigarette et en offrit une à Peter Marlowe, puis continua jovialement. « Prouty a donc touché neuf cents dollars, moins les dix pour cent de ma commission. C'est peu, mais n'oublie pas que c'était toi et moi qui courions tous les risques. Tous. Voyons maintenant nos frais. Le polissage, le nettoyage et la pose d'un nouveau verre m'ont coûté cent dollars. Vingt dollars à Max qui m'a branché sur l'affaire, quarante aux guetteurs (dix par tête de pipe), plus soixante aux gars qui nous ont sauvé la mise à la table de poker. Total : deux cent vingt. Deux mille deux cents moins deux cent vingt, moins neuf cents égalent mille quatre-vingts. Dix pour cent de mille quatre-vingts, ça fait cent huit. C'est enfantin. »

Peter Marlowe secoua la tête. Tant de chiffres, tant d'argent, tant d'enthousiasme... Quelque temps plus tôt, ils discutaient avec un Coréen, tout simplement ; l'instant d'après, lui, Peter, se trouvait à la tête de cent dix dollars – cent huit.

Aussi simplement que cela ! Vingt dieux, songea-t-il avec allégresse ! Cela représente vingt noix de coco. Des œufs en pagaille. Mac ! On va pouvoir lui donner à manger. Des œufs, des œufs... voilà ce qu'il lui faut !

Tout d'un coup, il entendit la voix de son père, aussi nettement que si celui-ci se trouvait devant lui. Il le voyait, très droit, sanglé dans son uniforme d'officier de marine : « Écoute-moi, mon fils. Il y a une chose qui s'appelle l'honneur. Quand tu as affaire avec quelqu'un, parle-lui franchement et il sera obligé de te parler net à son tour. Sinon, c'est un homme sans honneur. Protège les autres de la même façon que tu espères que les autres te protégeront. Ne fréquente pas les individus dépourvus d'honneur car ils déteindraient sur toi. Rappelle-toi qu'il y a des gens respectables et des gens méprisables. De l'argent respectable et de l'argent méprisable.

– Mais il n'y a pas d'argent méprisable, crut-il s'entendre répliquer. Pas d'après ce que le Roi vient de m'expliquer. Ils ont cherché à le duper. Il a été plus malin qu'eux.

– Il est vrai. Mais vendre un bien appartenant à autrui et prétendre en avoir retiré une somme à ce point inférieure au prix réel est une malhonnêteté.

– Oui, mais...

– Il n'y a pas de mais, mon fils. Certes, l'honneur a ses degrés mais chacun à son propre code, et il est unique. Fais comme tu l'entends. Le choix t'appartient. Il est des choses dont on est seul à pouvoir décider. Mais, pour l'amour de Dieu, veille sur toi et sur ta conscience : Nul ne le fera à ta place et une mauvaise décision prise à un moment critique te détruira plus sûrement qu'une balle. »

Peter Marlowe réfléchit à tout ce que signifiait

cet argent pour lui, pour Mac et pour Larkin. Il pesa le pour et le contre mais l'un des plateaux de la balance était plus chargé que l'autre. L'argent appartenait légitimement à Prouty, au groupe de Prouty. Peut-être était-ce la dernière chose qu'il possédait au monde. Peut-être, parce que cet argent leur avait été volé, un des membres de ce groupe, inconnus de Peter, allait mourir. A cause de sa cupidité. A lui, Peter.

Sur l'autre plateau, il y avait Mac. Son dénuement présent. Et la misère de Larkin. Et la mienne : moi non plus, je ne dois pas m'oublier. Inutile d'accepter une aumône, avait dit le Roi. Et il en avait accepté. Beaucoup.

Que faire, mon Dieu, que faire ? Mais Dieu ne répondait pas.

« Merci, murmura Peter. Merci pour l'argent. » Il le mit dans sa poche ; les billets lui brûlaient les mains.

« Tu n'as pas à me remercier. Tu l'as gagné, il est à toi. Ce n'est pas un cadeau. »

La joie du Roi finit par réduire en cendres le dégoût que Peter éprouvait pour lui-même. « Allez, proposa l'Américain, nous allons fêter notre première affaire. Avec mes méninges et ton malais, on a de beaux jours en perspective ! » Et le Roi fit frire des œufs.

Tout en mangeant, il expliqua à Marlowe qu'il avait chargé ses hommes de constituer des stocks de vivres dès qu'il avait appris que Yoshima avait découvert la radio.

« Il faut savoir être joueur dans la vie, mon petit vieux. Et comment ! Je me suis dit que les Japs allaient probablement nous en faire baver pendant un bout de temps. Mais il n'y a que ceux qui ont été imprévoyants qui dérouillent. Regarde Tex. Le pauvre con n'a pas de quoi se payer un malheureux œuf. Et toi. Et Larkin. Si je n'étais pas là, Mac serait encore mal en point. Bien sûr, ça me fait plaisir de rendre service. J'aime aider mes amis. Il faut aider ses amis ; autrement, rien n'a de sens.

– Sans doute. » Horrible de dire une chose pareille ! Les propos du Roi blessaient Peter. Il n'arrivait pas à comprendre que dans certains domaines, l'esprit américain fonctionne avec la même simplicité que, dans d'autres, l'esprit anglais. Un Américain est fier de sa capacité à faire de l'argent, et à juste raison. Un Anglais, comme Peter Marlowe, est fier de mourir pour son drapeau. Et à juste titre.

Il suivit le regard, soudain plus vif, du Roi qui avait tendu le cou du côté de la fenêtre. Un homme suivait le chemin. Quand il arriva dans la zone éclairée, Peter le reconnut. C'était le colonel Samson.

A la vue du Roi, l'officier agita amicalement la main. « Bonsoir, caporal », lança-t-il au passage. Et il continua sa route.

Le Roi compta quatre-vingt dix dollars. « Peter, rends-moi un service. Complète à cent et va porter le tout à ce type.

– A Samson ? Au colonel Samson ?

– Dame ! Tu le trouveras à l'angle de la prison.

– Lui donner de l'argent ? Comme cela ? Qu'est-ce que je lui dirai ?

– Que c'est de ma part. »

Mon Dicu, songcait Pctcr Marlowc avcc affolement ! Mon Dieu, le colonel Samson en croque, lui aussi ? Ce n'est pas possible. Et je ne pourrai jamais... C'est mon ami mais je ne pourrai jamais aborder un colonel et lui dire : Voilà cent dollars de la part du Roi. Jamais...

Le Roi lisait comme dans un livre dans l'esprit de son compagnon. Oh ! Peter ! Quel enfant tu fais ! Puis il ajouta : Va te faire foutre ! Mais il chassa cette dernière pensée et se reprocha vertement de l'avoir eue. Peter était le seul type de Changi dont il eût jamais désiré l'amitié, le seul dont il avait besoin. Et il prit la décision de lui apprendre le réalisme. Ça sera dur, mon petit Peter, et ça te fera peut-être bougrement mal, mais je t'enseignerai ce qu'est la vie, même si je dois te briser. Tu survivras, Peter, tu suvivras et tu seras mon associé.

« Peter, il y a des moments où il faut que tu me fasses confiance. Je ne te mettrai jamais dans la merde. Tant que tu seras mon ami, fais-moi confiance. Si tu ne veux pas l'être, très bien. Mais je voudrais que tu le sois. »

Peter comprit que c'était encore une minute de vérité. Accepter de l'argent de confiance – ou le laisser et s'en aller.

Dans la vie, on finit toujours par arriver à la croisée des chemins. Et, si l'on est vraiment un homme, ce n'est pas seulement votre vie à vous qui est en question. Il y a toujours d'autres hommes qui entrent, eux aussi, en ligne de compte.

Et Peter Marlowe savait que s'il s'engageait dans l'un des chemins, ce n'était pas seulement sa vie à lui qu'il jouait mais celle, également, de Mac et de Larkin qui, sans le Roi, étaient aussi impuissants que n'importe lequel des hôtes du camp ; sans le Roi, le village s'évanouissait car il n'oserait jamais s'y rendre par ses propres moyens. Même pas pour la radio.

Prendre la deuxième voie, c'était compromettre tout un héritage, détruire tout un passé. Samson avait du crédit dans l'armée ; c'était quelqu'un d'un rang élevé, qui avait une position, qui était riche. Or, Peter Marlowe avait été promis dès sa naissance à une carrière d'officier – comme, avant lui, son père ; comme son fils après lui – et jamais une accusation pareille ne pourrait s'oublier. D'un autre côté, si Samson était effectivement un mercenaire, tout ce en quoi Peter croyait s'effondrait.

Il se vit ramasser l'argent, il se vit s'enfoncer dans la nuit et remonter le chemin. « Oh, bonsoir, entendit-il le colonel Samson murmurer dans un souffle. Vous êtes Marlowe, n'est-ce pas ? » Il se vit tendre les billets. « Le Roi m'a demandé de vous remettre ceci. »

Il vit scintiller les yeux humides de Samson tandis que celui-ci comptait avidement l'argent avant de le serrer dans son short élimé. « Merci. Dites au Roi que j'ai retenu Grey une heure. C'est tout ce que j'ai pu faire. Cela a suffi, n'est-ce pas ?

– Cela a été suffisant. Juste suffisant. » Et Marlowe s'entendit ajouter : « La prochaine fois, arrêtez-le plus longtemps ou prévenez, abruti !

– Je l'ai retenu tant que j'ai pu. Dites au Roi qu'il m'excuse. Je suis sincèrement désolé. Cela ne se reproduira plus. Vous savez ce que c'est parfois, Marlowe. Ça devient un peu difficile.

– Je transmettrai vos excuses au Roi.

– Oui. Merci. Merci, Marlowe. Je vous envie. Vous avez de la chance d'être en si bons termes avec lui. »

Peter regagna la baraque américaine. Le Roi le remercia. Il remercia le Roi une fois de plus et sortit.

Il alla s'installer au sommet d'une petite éminence d'où la vuc plongcait sur les barbelés. Il aurait voulu être aux commandes de son Spitfire, s'élancer tout seul dans le ciel, là-haut, tout là-haut, là où tout est propre, où tout est pur, où il n'y a pas d'êtres abjects – comme lui-même –, où la vie est simple et où l'on peut, sans honte, parler à Dieu, se fondre en Dieu.

13

A MOITIÉ endormi, Peter rêvassait sur sa couchette. La baraque commençait à s'animer, on se levait, on allait aux feuillées, on se préparait pour les corvées ; les uns s'engouffraient dans la pièce, d'autres en sortaient. Mike bichonnait ses moustaches : Trente-sept centimètres et demi d'une pointe à l'autre ; il avait juré de ne les couper que le jour de sa libération. Debout sur la tête, Barstairs pratiquait déjà ses exercices quotidiens de yoga, Phil Mint se curait déjà les narines, les joueurs de bridge étaient déjà en place, Raylins faisait ses vocalises, Myner montait et descendait ses gammes sur son xylophone de bois, Grover, l'aumônier, essayait de réconforter tout un chacun tandis que Thomas ronchonnait parce que le breakfast n'était pas encore arrivé.

Ewart, qui dormait au-dessus de Marlowe, ouvrit les yeux, poussa un grognement inarticulé. Ses jambes se balancèrent entre les deux couchettes gigognes. « Mahlu sur la nuit ! »

« Tu t'es trémoussé comme un diable sur le gril. » Peter avait proféré cette remarque à d'innombrables reprises : Son voisin avait le sommeil agité.

« Désolé. »

Désolé... Il faisait invariablement la même réponse. Il sauta lourdement à terre. Ewart n'était pas à Changi. Il se trouvait à huit kilomètres de là, dans le camp civil où étaient détenus sa femme et les siens. Peut-être... Aucun contact entre les deux camps n'était autorisé.

Ewart bailla. « Après la douche, on flambera le lit. »

C'était un garçon trapu, noir de poil, qui trouvait toujours à redire à tout.

« Bonne idée.

– On ne croirait pas qu'on l'a fait il y a trois jours seulement. Comment as-tu dormi ?

– Comme d'habitude. »

Rien, cependant, n'était plus comme avant pour Marlowe depuis qu'il avait accepté l'argent du Roi. Depuis l'affaire Samson.

Les deux hommes transportèrent le double lit métallique devant la baraque, tandis que les prisonniers, impatients, rejoignaient la queue qui se formait pour le breakfast. Ils soulevèrent la couchette supérieure et détachèrent les montants de fer emboîtés à celle du bas. Cela fait, ils allèrent chercher des écorces de noix de coco et des brindilles qu'ils entassèrent sous les quatre pieds du châlit, et auxquelles ils mirent le feu. Pendant que les pieds chauffaient, ils promenèrent des branchages enflammés sur les barreaux et les ressorts du sommier. Bientôt, le sol, sous le lit, se couvrit d'un tapis de punaises carbonisées.

« Vous ne pouvez pas attendre qu'on ait déjeuné pour faire ça, vous deux ? », s'écria Phil, un type revêche au bréchet en pointe et à la tignasse agressivement rousse.

Ni Marlowe ni Ewart ne prêtèrent attention à ses protestations. Elles étaient traditionnelles et ils procédaient traditionnellement au flambage du lit avant le breakfast.

« Bon Dieu, murmura Peter, c'est à croire que cette vermine pourrait emporter le pucier tellement il y en a !

– Elles ont bien failli me flanquer en bas, cette nuit. Saloperie ! » Pris d'un accès de fureur, Ewart se mit à écraser les légions de punaises sans nombre.

« Allons, Ewart... Du calme !

– C'est plus fort que moi. Cela me donne la chair de poule .

Le flambage terminé, ils entreprirent de nettoyer les matelas, tandis que le lit refroidissait. L'opération leur demanda une demi-heure. Puis ils passèrent aux moustiquaires. Encore une demi-heure de travail. A ce moment, le métal était devenu assez froid pour qu'on pût le toucher. Alors, ils remontèrent les couchettes et remirent le meuble en place, les pieds plongés dans des boîtes de conserve que les deux hommes avaient pris soin de laver et de remplir d'eau propre.

Peter et Ewart rejoignirent la file d'attente.

« Quel jour sommes-nous? demanda distraitement le premier.

– Dimanche. »

Marlowe haussa les épaules. Un autre dimanche lui revenait en mémoire.

C'était après que la patrouille japonaise l'eut capturé. Ce dimanche-là, à l'hôpital de Bandoeng, où il se trouvait, les Japonais avaient ordonné à tous les malades de rassembler leurs affaires et de former les rangs pour être dirigés sur un autre hôpital.

Des centaines et des centaines d'hommes étaient alignés dans la cour. Seuls les officiers supérieurs n'étaient pas du voyage. On les expédiait à Formose : Telle était du moins la rumeur qui courait. Le général, officier supérieur par excellence, ne partait pas, lui non plus. Le général... une silhouette nette, des épaules carrées, l'uniforme constellé par les crachats du conquérant...

Peter Marlowe se rappelait... Il avait porté son matelas tout au long des rues de Bandoeng sous un ciel de plomb. Une foule multicolore faisait la haie sur leur passage. Ce silence qui hurlait... Puis il avait abandonné le matelas. Trop lourd. Il était tombé. Il s'était relevé. Les portes de la prison s'étaient ouvertes. Et refermées. Il y avait suffisamment de place dans la cour pour se coucher par terre mais on l'avait enfermé, lui et quelques autres, dans des cellules exiguës. Des chaînes étaient scellées dans les murs. Un trou était percé à même le sol. Pour faire ses besoins. Tout autour, des déjections datant de plusieurs années. Le sol était jonché de paille.

Le cachot voisin était occupé par un fou. Un Javanais qui était tombé amok ; il avait tué trois femmes et deux enfants avant que les Hollandais n'eussent eu raison de lui. A présent, ses anciens geôliers néerlandais étaient incarcérés à leur tour. Jour et nuit, le fou faisait sonner ses fers en hurlant.

Il y avait une minuscule ouverture dans la porte de la cellule où Peter passait son temps à regarder ses pieds, à attendre la nourriture, à écouter les détenus jurer et agoniser. Car la peste régnait dans la prison.

Son attente dura une éternité.

Puis, ce fut la paix. La fraîcheur de l'eau. Le monde cessa de se réduire à un orifice microscopique ; au-dessus de Peter ce fut le ciel et une eau pure lava les immondices qui le recouvraient. Quand il ouvrit les yeux, il vit un visage souriant. A l'envers. Puis un autre, tous deux empreints de sérénité et il crut sincèrement qu'il était mort.

C'était Larkin et c'était Mac.

Ils avaient découvert Marlowe juste comme ils allaient quitter la prison pour regagner un autre camp. Ils l'avaient pris pour un Javanais, comme le démon d'à côté qui continuait à vociférer en faisant racler ses chaînes, car Peter, lui aussi, hurlait en malais et il avait l'air d'un Javanais...

« Viens, Peter, dit Ewart. Voilà la graille.

– Oh ! Merci. » Marlowe ramassa ses couverts. « Tu te sens bien ?

– Oui. » Et, au bout d'un moment, Peter ajouta : « C'est bon d'être vivant, hein ? »

La nouvelle se répandit comme une traînée de poudre dans le camp au milieu de la matinée : La ration normale de riz allait être rétablie en l'honneur d'une grande victoire japonaise. Le commandant nippon avait dit qu'une escadre américaine avait été entièrement anéantie ; que l'offensive sur les Philippines était par conséquent enrayée ; que, dès à présent, les forces impériales se regroupaient dans le dessein d'envahir les îles Hawaii.

Rumeurs et contre-rumeurs. Opinions et contre-opinions.

« Des conneries, oui ! C'est rien que pour camoufler une défaite !

– Je ne crois pas. Ils n'ont jamais augmenté les rations pour célébrer une défaite.

– Ecoutez-le, celui-là ! Augmenter ! On ne fera que retrouver ce qu'on a perdu. Non, mon pote. Crois-moi. Ces salauds de Japs sont en train de récolter ce qu'ils ont semé. Fais-moi confiance.

– Monsieur est peut-être mieux informé que nous ? T'as une radio, sans doute ?

– Si j'en avais une, je ne te le dirais pas. Aussi vrai que le bon Dieu a fait les petites pommes !

– A propos, qu'est devenu Daven ?

– Qui ça ?

— Celui qui avait le poste.

— Ah oui, je me rappelle. Mais je ne le connaissais pas. Quel genre de gars c'était ?

— Un type tout ce qu'il y a de régul d'après ce qu'on raconte. Dommage qu'il se soit fait prendre.

— J'aimerais retrouver l'ordure qui l'a donné. je parie que c'est un aviateur. Ou un Australien. Ces fumiers-là, ils vendraient leur âme pour quelques sous.

— Figure-toi que je suis Australien, espèce d'enfoiré de Pommy !

— Ah ? T'énerve pas. C'est juste pour rigoler que je disais ça.

— Eh bien, tu as un drôle de sens de la rigolade, mon cochon !

— Ça va comme ça, vous deux. Il fait trop chaud. Qui est-ce qui a une pipe à me prêter ?

— Tiens, tu veux une touche ?

— Merde ! C'est drôlement âcre...

— C'est des feuilles de papayas. Je les ai traitées moi-même. Une fois qu'on y est habitué, c'est fumable.

— Eh ! Regardez !

— Où ça ?

— Là-bas, sur la route, Marlowe...

— C'est lui ? Mince ! Paraît qu'il est dans les petits papiers au Roi.

— C'est bien pour ça que je te l'ai fait remarquer, bougre d'imbécile. Tout le camp est au courant. Tu roupilles ou quoi ?

— Moi, je ne le blâme pas. A sa place, j'aurais fait comme lui. A ce qu'on dit, le Roi, il a de l'argent, des bagues en or et assez de bouffe pour nourrir toute une armée.

— On raconte que c'est une tante. Ce Marlowe est son dernier petit ami.

— C'est vrai.

– Moi, je ne crois pas qu'il en soit. En tout cas, c'est un sacré démerdard, pas d'erreur. La crapule !

– Pédé ou pas, je voudrais bien m'appeler Marlowe, moi. Vous savez qu'il a gros comme ça de fric ? Lui et Larkin, ils ont acheté des œufs et une poule. Une poule entière d'après ce que j'ai entendu dire.

– Tu dérailles ! Personne n'a assez d'argent pour ça – sauf le Roi. Ils ont des volailles à eux. Probable qu'il y en a une qui a crevé, voilà tout. Encore une de tes histoires à la noix !

– Qu'est-ce qu'il peut bien trimbaler dans cette galtouse, Marlowe ?

– De la bouffe. Qu'est-ce que tu veux que ce soit d'autre ? Pas besoin d'être sorcier pour deviner. »

Peter Marlowe se rendait à l'hôpital.

La gamelle contenait un blanc de poule, une aile et un pilon. Le colonel Foster lui avait cédé le tout, à lui et à Larkin, moyennant soixante dollars, un peu de tabac et la promesse que les deux hommes lui donneraient un œuf fertilisé lorsque Rajah, le fils de Sunset, aurait couvert Nonyah. Larkin et Peter avaient décidé avec l'approbation de Mac, d'offrir une nouvelles chance à Nonyah et de ne pas la tuer comme elle le méritait : aucun des œufs qu'elle avait couvés n'était arrivé à terme. Peut-être n'était-ce pas sa faute, avait plaidé Mac ; peut-être que le coq, qui avait appartenu au colonel Foster, ne valait pas tripette – que toutes ses gesticulations, ses coups de bec, ses battements d'ailes affolés n'étaient que de la poudre aux yeux.

Peter s'assit tandis que Mac attaquait son repas.

« Eh bien, mon petit, c'est à peine si je me rappelle m'être jamais senti aussi bien ou avoir eu le ventre aussi plein, s'exclama l'Ecossais quand il eut terminé.

– C'est merveilleux. Tu as l'air magnifiquement en forme. »

Et Peter expliqua à son camarade comment il s'était procuré l'argent avec lequel il avait acheté la poule. « Tu as bien fait. Qu'il l'ait volée ou trafiquée, cette montre, ton Prouty a eu tort de vendre une marchandise de mauvais aloi. Rappelle-toi, Peter : *Caveat emptor !*

– Mais alors pourquoi est-ce que je me sens tellement coupable ? Larkin et toi, vous m'approuvez... Quoique je ne pense pas que Larkin soit aussi catégorique...

– Ce sont les affaires, mon garçon. Larkin est un comptable, pas un véritable homme d'affaires. Moi, je la connais dans les coins !

– Allons donc ! Qu'est-ce qu'un misérable planteur comme toi peut connaître des affaires ? Tu as passé des années enterré au fond de ta plantation. »

Mac, à ces mots, se hérissa. « Apprends qu'un planteur doit sérieusement s'y connaître comme homme d'affaires. Il n'y a pas de jours où l'on ne se trouve en contact avec les Tamils ou les Chinois – et c'est une race d'hommes d'affaires. Tous. Il n'existe pas une ficelle du métier qu'ils n'ont pas inventée. »

La conversation se poursuivit sur ce ton et Peter était heureux de voir que Mac réagissait à nouveau à ses taquineries. Presque sans y penser, les deux hommes se mirent à employer le malais.

Brusquement, Peter lança négligemment : « Connais-tu la chose qui est faite de trois choses ? » Par précaution, ils se servaient de paraboles pour parler de la radio.

« Certes », répondit Mac après s'être assuré d'un coup d'œil circulaire qu'il n'y avait pas d'oreilles indiscrètes dans les environs. « Où veux-tu en venir ?

– Sais-tu avec exactitude maintenant quelle est sa maladie ?

– Je n'en suis pas absolument certain – mais presque. Pour quelle raison poses-tu cette question ?

– Parce que le vent a porté un murmure qui parlait d'une médecine capable de guérir diverses maladies. »

Le visage de Mac s'illumina. « Wha-lah ! Tu as rendu un vieil homme heureux. Dans deux jours, j'aurai quitté ce lieu. Alors, tu me conduiras auprès de celui qui chuchote.

– Ce n'est pas possible. Je dois m'occuper de cela personnellement. Et vite. »

Mac prit un air songeur. « Je ne voudrais pas que tu coures de danger.

– Le vent portait l'espérance. Comme il est dit dans le Coran : Sans l'espérance, l'homme n'est qu'une bête.

– Mieux vaut attendre plutôt que d'aller au devant de la mort.

– J'attendrais bien mais c'est aujourd'hui qu'il me faut acquérir le savoir dont je suis en quête.

– Pourquoi ? » Mac était brusquement revenu à l'anglais. « Pourquoi aujourd'hui, Peter ? »

Marlowe se serait volontiers mordu les doigts. Il était tombé dans le piège qu'il voulait à tout prix éviter. S'il parlait du village, Mac serait fou d'inquiétude. Certes, son ami ne pourrait l'empêcher d'y aller mais Peter savait qu'il n'irait pas si Mac et Larkin lui demandaient de s'abstenir. Comment diable s'en tirer, à présent ?

C'est alors que l'avertissement du Roi lui revint en mémoire : « Aujourd'hui... demain... Cela n'a pas d'importance », dit-il. Et il abattit son atout.

Il se leva. Le vieux truc classique. « Bon ! A demain, Mac.

– Assieds-toi. A moins que tu n'aies quelque chose à faire.

– Je n'ai rien à faire.

– Parles-tu vrai ? », fit Mac en malais avec une pointe d'irritation. « Parles-tu vrai en affirmant que « aujourd'hui » ne veut rien dire ? L'esprit de mon père m'a soufflé que celui-là qui est jeune court des risques que le diable lui-même refuserait.

– Il est écrit : La rareté des ans ne va pas obligatoirement de pair avec l'absence de sagesse. »

Mac étudia Peter d'un air méditatif. Prépare-t-il quelque chose ? Avec le Roi ? Enfin, songea-t-il, plein de lassitude, il est déjà dans le bain jusqu'au cou. Depuis Java, il trimbale un tiers de la radio.

« Je pressens des périls pour toi.

– L'ours peut s'emparer sans danger du miel des abeilles. L'araignée peut sans danger se réfugier sous les rochers car elle sait où et comment chercher abri. » La physionomie de Peter Marlowe restait sans expression. « N'aie aucune crainte pour moi, ô Aîné. Je cherche seulement sous les rochers. »

Mac, satisfait, hocha la tête. « Connais-tu mon récipient ?

– Assurément.

– Je crois qu'il est malade depuis qu'une goutte de pluie pénétrant par un trou de son ciel a touché une chose qui s'est alors putréfiée comme un arbre tombé dans la jungle. La chose est petite, pareille à un serpent minuscule, fine comme un ver de terre, courte comme un cancrelat. » Mac s'étira en grognant. « J'ai affreusement mal au dos, dit-il en anglais. Voudrais-tu m'arranger mon oreiller, Peter ? »

Quand Marlowe se pencha sur lui, il se souleva et lui glissa dans un souffle : « Condensateur de syntonisation. Trois cents microfarads.

– Ça va mieux ? » demanda Peter lorsque Mac fut de nouveau étendu.

« Beaucoup mieux, petit. C'est parfait. Maintenant, disparais. Ce bavardage idiot m'a fatigué.

– Il te distrait, vieux.

– Pas si vieux que ça, puki' mahlu !

– Senderis. »

Peter Marlowe sortit. Un condensateur de syntonisation de trois cents microfarads... Qu'est-ce que ça peut bien être, un microfarad ? Il se trouvait face au vent et respirait à pleine narines les effluves venus du garage. Odeur d'essence, odeur de graisse. Il s'accroupit à même le chemin à côté d'une plaque d'herbe pour savourer à loisir cet arôme qui lui rappelait tant de souvenirs. Bon Dieu... les avions, Gosport, Farnborough, huit autres aérodromes, les Spitfire, les Hurricane...

Je ne veux pas penser à ça maintenant. Je veux penser à la radio.

Il prit la position du lotus : Le pied droit sous la cuisse gauche, le pied gauche sous la cuisse droite, les phalanges et les pouces joints, les doigts pointés sur le nombril. Il lui arrivait souvent d'adopter cette posture. Cela aidait à réfléchir car, une fois passée la douleur initiale, le corps se délassait et l'esprit, libéré, prenait son essor.

Les passants remarquaient à peine l'homme assis sur le chemin. Il n'y avait rien d'étrange à voir un homme ainsi accroupi sous le soleil torride, vêtu d'un sarong. Absolument rien d'étrange.

Maintenant, je sais ce qu'il faut trouver. Trouver d'une manière ou d'une autre. Il y a certainement une radio dans ce village. Les indigènes sont de véritables pies voleuses ; ils récupèrent des tas de choses. Et Peter se mit à rire en se souvenant de son village à lui, à Java.

Il l'avait rencontré après avoir erré à travers la jungle loin de toutes les routes qui quadrillaient l'île. Il titubait sur ses jambes, plus mort que vif, épuisé, perdu. Il avait parcouru des milles et des milles. C'était le 11 mars. Le 11 mars 1942. La garnison s'était rendue le 8. Trois jours durant, il avait marché. Dévoré par les insectes, déchiré par les épines, mordu au sang par les sangsues, trempé par la pluie. Depuis qu'il avait quitté la base aérienne de Bandoeng, il n'avait aperçu âme qui vive. Il avait abandonné son escadrille – ou, tout du moins, ce qui en restait – et son Hurricane. Néanmoins, avant de prendre la fuite, il avait transformé son appareil détruit – tordu, mutilé par les bombes et les balles traçantes – en bûcher funéraire. Le moins que l'on puisse faire pour un ami mort est de l'incinérer.

Le soleil se couchait quand il atteignit le village. Les Javanais qui l'entouraient étaient hostiles. Ils ne le touchèrent pas mais la colère enflammait leur visage. Ils le contemplaient en silence et pas un ne fit un mouvement pour lui porter secours.

« Puis-je avoir à manger et à boire ? » demanda-t-il.

Il n'y eut pas de réponse.

Mais il vit le puits et s'en approcha, suivi par les regards courroucés de la population. Il but longuement. Puis il s'assit et attendit.

Le village, petit et bien caché, semblait très prospère. Les maisons, qui formaient le carré, étaient montées sur pilotis – murs de bambou, toitures de feuillage. En dessous, grouillaient cochons et poulets. A côté d'une demeure plus grande que les autres, il y avait un enclos où cinq buffles d'eau étaient parqués. C'était la preuve de la richesse du village.

Finalement, on conduisit Peter chez le chef. Les indigènes, toujours aussi muets, s'amassèrent sur les marches mais ne rentrèrent pas. Ils s'assirent sur la véranda pour écouter.

Le chef était un vieillard ridé à la peau couleur de brou de noix. Comme tous les autres, son logis se composait d'une seule et vaste pièce compartimentée par des écrans faits de branches tressées. Au milieu de la cellule consacrée aux repas, à la conversation et à la méditation trônait une cuvette de cabinets en porcelaine à laquelle rien ne manquait, pas même le couvercle. La tuyauterie, toutefois, était absente. La cuvette était posée sur une natte à la place d'honneur. En face d'elle, le chef, assis à croupetons sur une autre natte, dardait un regard aigu sur Peter.

« Que veux-tu, Tuan ? » Et le « Tuan » était une accusation.

« Rien qu'un peu de nourriture et d'eau, honorable. Et, peut-être, la permission de rester un petit moment ici, le temps de recouvrer mes forces.

– Tu m'appelles « honorable ». Mais, il y a trois jours, toi et les autres blancs vous nous traitiez de niaques et vous nous crachiez dessus.

– Je ne vous ai jamais traités de niaques. On m'a envoyé ici pour essayer de défendre votre pays contre les Japonais.

– Les Japonais nous ont délivrés des vipères hollandaises ! De même qu'ils libéreront tout l'Extrême-Orient des impérialistes blancs.

– Peut-être. Mais je crois que vous maudirez le jour où ils sont arrivés.

– Disparais de mon village. Va rejoindre les

autres impérialistes. Pars avant que je n'appelle les Japonais eux-mêmes.

– Il est écrit : Si un étranger vient à toi pour solliciter ton hospitalité, tu la lui accorderas afin d'être agréable à la vue d'Allah. »

Le chef avait écarquillé les yeux. La peau couleur de brou de noix, le court baju, le sarong multicolore, le turban richement orné s'estompaient, effacés par l'obscurité grandissante.

« D'où vient que tu connais le Coran et les paroles du Prophète ?

– Loué soit son nom. Des hommes nombreux ont depuis bien des années traduit le Coran en anglais. »

C'était pour sa vie que Peter se battait. S'il pouvait demeurer dans ce village, il aurait une chance de trouver un bateau qui lui permettrait de gagner l'Australie. Certes, il ignorait tout de la navigation à la voile mais le jeu en valait la chandelle. La captivité, c'était la mort sans phrase.

« Es-tu un Croyant ? », s'enquit le chef, stupéfait.

Marlowe hésita. Il lui était facile de se faire passer pour mahométan. Une partie de sa formation avait consisté à étudier le livre sacré de l'Islam. Les soldats de carrière au service de Sa Majesté étaient appelés à servir en bien des pays et l'instruction dispensée à l'officier de tradition englobait des domaines nombreux, très éloignés de l'entraînement militaire normal.

Si Peter répondait par l'affirmative, il était sauvé car l'islamisme était prédominant à Java.

« Non, dit-il. Je ne fais pas partie des Croyants. » Il était fatigué. Au bout du rouleau. « En tout cas, je ne sais pas... Mon père m'a enseigné à croire en Dieu. Il nous disait souvent, à mes sœurs et à moi, que Dieu a beaucoup de noms.

Les chrétiens eux-mêmes professent qu'il y a une sainte Trinité – que Dieu est trois personnes.

– Je crois que le nom que l'on donne à Dieu n'a pas d'importance. Cela lui est égal qu'on le nomme Jésus, Allah, Bouddha ou Jéhovah – ou Lui. Parce qu'il est Dieu et sait que nous sommes des êtres finis qui ne connaissons pas grand-chose.

– Je crois que Mahomet était un serviteur de Dieu, un prophète de Dieu. Et que Jésus était un homme de Dieu : Mahomet ne l'appelle-t-il pas dans le Coran « le plus innocent des prophètes » ? Mahomet est-il, comme il l'a affirmé, le dernier des prophètes ? Je l'ignore. Je ne pense pas que nous autres, humains, puissions avoir de certitude en ce qui concerne Dieu. Mais je ne crois pas que Dieu soit un vieil homme avec une longue barbe blanche, assis sur un trône d'or tout en haut des cieux. Je ne crois pas, contrairement à ce que promet Mahomet, que le Croyant rejoindra un paradis où il dormira sur des couches de soie, boira du vin et aura une multitude des belles jeunes filles pour le servir. Ni que le paradis soit un jardin ombreux, planté d'arbres fruitiers et parcouru de ruisseaux d'eau pure. Je ne crois pas non plus que les anges aient des ailes dans le dos. »

La nuit s'appesantissait sur le village. Un bébé cria, puis se rendormit.

« Je saurai un jour, de science certaine, quel nom donner à Dieu. Ce jour-là, je serai mort. » Le silence se tissa entre les deux hommes. Et Peter reprit : « Je pense qu'il serait fort démoralisant de découvrir que Dieu n'existe pas. »

Le chef du village lui fit signe de s'asseoir.

« Tu peux rester mais à certaines conditions. Tu jureras de suivre nos lois et d'être l'un d'entre nous. Tu travailleras aux rizières et tu travailleras au village ; tu accompliras la besogne d'un homme. Tu apprendras notre langue et tu ne parleras que notre langue ; tu t'habilleras comme nous ; tu teindras ton corps. Ta taille et la couleur de tes yeux crieront bien haut que tu es un blanc mais peut-être que ces précautions te protégeront quelque temps. Tu ne toucheras à aucune femme sans autorisation. Et tu obéiras sans poser de questions.

– C'est entendu.

– Encore une chose. Cacher un ennemi des Japonais est dangereux. Je veux que tu saches que, lorsque l'heure viendra pour moi de choisir entre toi et mon peuple afin de sauvegarder le village, c'est le village que je choisirai.

– Je le comprends. Merci, honorable.

– Jure devant ton Dieu – l'ombre d'un sourire joua sur les traits du vieillard – jure devant ton Dieu que tu obéiras et que tu acceptes ces conditions.

– Je jure devant Dieu que je les accepte et que j'obéirai. Et, tant que je serai ici, je ne ferai rien qui puisse vous nuire.

– Tu nous nuis déjà du seul fait de ta présence, mon fils. »

Lorsque Peter Marlowe se fut rassasié et eut étanché sa soif, le chef reprit la parole : « Dorénavant, tu ne parleras plus anglais. Tu parleras uniquement le malais. Dès à présent. C'est la seule façon d'apprendre rapidement.

– Parfait. Mais puis-je encore te poser une question ?

– Je t'écoute.

– A quoi sert cette cuvette hygiénique ? Je veux dire... elle n'a pas de tuyaux.

– A rien, sinon qu'il me plaît d'observer la figure de mes hôtes et de les entendre penser : Quel ornement ridicule dans une maison ! »

Un tumultueux accès de rire secoua le vieil homme. Les larmes lui coulaient le long des joues. Tous les assistants hurlaient de joie. Les femmes du chef se précipitèrent vers leur époux pour lui taper dans le dos et lui masser le ventre. Elles riaient aux éclats, elles aussi. Et Peter Marlowe riait également de tout son cœur.

Peter sourit à ce souvenir. Tuan Abu... voilà un homme ! Mais je ne veux plus penser à mon village ni aux amis que j'y avais ni à N'aï, la fille du village que le village m'a donnée. Aujourd'hui, c'est à la radio que je dois penser. Aux moyens de trouver ce condensateur. Il faut que j'aiguise toute mon intelligence pour l'expédition de cette nuit.

Il déplia ses membres engourdis par la position du lotus et attendit patiemment que le sang circulât à nouveau dans ses veines. Le vent qui charriait le parfum douceâtre de l'essence lui apportait aussi les échos d'un cantique chanté en chœur. La musique venait du théâtre en plein air où se célébrait l'office de l'Eglise anglicane. Le dimanche précédent, ç'avait été le tour de l'Eglise romaine, et, celui d'avant, des Adventistes du Septième Jour. Précédemment encore, une autre secte y avait loué le Seigneur selon ses propres rites. On était tolérant, à Changi, en matière de culte.

Les assistants se serraient sur les bancs grossiers. Les uns étaient venus poussés par la foi, les autres parce qu'ils ne croyaient à rien. Certains étaient là pour faire quelque chose. Et certains parce qu'il n'y avait rien d'autre à faire.

Le père Drinkwater avait une voix sonore et profonde. Il exhalait la sincérité et, dans sa bouche, les mots de la Bible naissaient à la vie, vous faisaient oublier Changi, vous faisaient oublier que vous aviez le ventre creux.

Sale hypocrite, songea Peter avec mépris. Et, une fois de plus, un souvenir lui revint en mémoire...

« Eh, Peter », avait murmuré Dave Daven, ce jour-là, « regarde un peu. »

Marlowe avait vu Drinkwater en grande conversation avec Blodger, un caporal de la R.A.F. au visage sillonné de rides. L'aumônier bénéficiait d'une place de choix à côté de l'entrée de la baraque seize.

« C'est sans doute sa nouvelle ordonnance », avait murmuré Daven. Même à Changi, on respectait les vieilles traditions militaires.

« Qu'est-il arrivé à son ancien tampon ?

— Lyles ?

Il paraît qu'il est à l'hôpital. Salle six. »

Peter Marlowe s'était levé. « Que Drinkwater fasse ce qui lui chante avec les types de l'Armée mais il ne touchera pas à mes bonshommes. »

Il s'était avancé. « Blodger !

— Qu'est-ce que vous voulez, Marlowe ? » s'était écrié Drinkwater, mais Peter avait fait mine de l'ignorer.

« Que fabriquez-vous ici, Blodger ?

— J'étais simplement venu voir l'aumônier. » L'homme s'était rapproché. « Je m'excuse mais je ne vous distingue pas très bien.

— Capitaine pilote Marlowe.

— Oh ! Mes respects, mon capitaine. Je suis la nouvelle ordonnance de Monsieur l'aumônier.

— Disparaissez, Blodger. Avant de vous placer comme ordonnance, vous viendrez me demander mon autorisation.

— Mais, mon capitaine...

— Pour qui vous prenez-vous, Marlowe ? s'était

écrié Drinkwater avec hargne. Vous n'avez aucun droit sur cet homme.

– Il ne sera pas votre ordonnance.

– Pourquoi ?

– Parce que je le dis. Vous pouvez disposer, Blodger.

– Mais, mon capitaine, je m'occuperai bien de l'aumônier, je vous en donne ma parole. Je travaillerai dur...

– D'où vient cette cigarette ?

– Dites-donc, Marlowe... »

Mais Peter avait pivoté sur ses talons et interrompu net Drinkwater d'un « Fermez-la ! » lancé d'une voix coupante. Les occupants de la baraque, abandonnant ce qu'ils étaient en train de faire, commençaient à se rassembler autour des trois hommes.

– Comment vous êtes-vous procuré cette cigarette, Blodger ? »

Blodger, effrayé par le ton tranchant de Marlowe, avait reculé en balbutiant : « C'est l'aumônier qui me l'a passée. Moi, je lui ai donné mon œuf. Il m'a promis du tabac en échange de mon œuf journalier. J'ai envie de tabac. Mes œufs, il peut les manger s'il veut. »

Drinkwater avait crâné. « Où est le mal à donner un peu de tabac à ce garçon ? Il me l'a demandé. Un peu de tabac contre un œuf.

– Avez-vous été récemment à la salle six ? N'avez-vous rien fait pour que Lyles, votre ancienne ordonnance, y échoue ? Il est aveugle à l'heure qu'il est.

– Qu'y puis-je ? Je n'y suis pour rien.

– Combien d'œufs vous a-t-il donnés ?

– Aucun. Absolument aucun. »

D'un geste prompt, Peter avait empoigné une Bible et l'avait mise entre les mains de Drinkwater. « Jurez-le et je vous croirai. Allez ! Jurez ou, par Dieu, je vous règle votre compte.

– Je le jure, avait proféré l'aumônier d'une voix plaintive.

– Immonde menteur ! Je vous ai vu prendre les œufs de Lyles. Tout le monde vous a vu. »

Peter s'était emparé de la gamelle de l'aumônier. Elle contenait un œuf. Il l'avait écrasé sur la figure de Drinkwater, le lui avait enfoncé de force dans la bouche. Drinkwater s'était évanoui. Il était revenu à lui après que Marlowe lui eut lancé un bol d'eau en plein visage.

« Soyez béni, Marlowe, avait-il murmuré. Soyez béni pour m'avoir montré mes erreurs. » Il s'était agenouillé près de son lit. « O Seigneur, pardonne à ton indigne serviteur. Pardonne mes péchés... »

Marlowe écoutait Drinkwater qui arrivait au bout de son sermon. Blodger était depuis longtemps entré à l'hôpital – salle six – mais Peter n'avait jamais pu prouver la responsabilité de l'aumônier en cette affaire. Celui-ci disposait toujours d'œufs en quantité, dont la source demeurait mystérieuse.

Aux crampes qui lui tordaient l'estomac, Marlowe comprit que c'était l'heure du déjeuner. Il regagna la baraque. Déjà, une file d'attente impatiente était en train de se former. A en croire les rumeurs, ce n'était pas aujourd'hui – ni demain – que les rations allaient être améliorées. Ewart s'était renseigné aux cuisines : les quantités prévues demeuraient inchangées. C'était normal. Mais, bon Dieu, ils pourraient quand même se dépêcher un peu !

Grey était assis au pied de son lit.

« Tiens ! Marlowe... Vous mangez en notre compagnie, maintenant ? Quelle bonne surprise !

– Eh oui, je mange toujours ici... Qu'est-ce que

vous faites là au lieu de vous précipiter pour jouer à gendarmes et voleurs ? Tomber sur le dos de quelqu'un qui ne peut pas répondre...

– Pas question, mon cher. C'est un plus gros gibier que je guette.

– Bonne chance ! »

Peter Marlowe préparait ses assiettes. Brough, qui observait une partie de bridge, lui adressa un clin d'œil quand il passa devant lui. « Les flics sont tous les mêmes !

– Absolument... »

Brough rattrapa Marlowe. « Il paraît que vous vous êtes fait un nouveau copain ?

– C'est vrai. » Peter restait sur ses gardes.

« Ici, chacun est libre. Mais il arrive parfois qu'un type se flanque dans de sales draps.

– Tiens ?

– Oui. Les mauvaises fréquentations peuvent vous entraîner dans des situations désagréables.

– C'est vrai n'importe où. »

Brough sourit. « Peut-être pourrions-nous un de ces jours discuter un peu devant une tasse de jus ?

– Avec plaisir. Demain, cela vous irait ? Après le déjeuner...

– Hé ! s'exclama Ewart. Voilà la graille qui s'amène !

– Loué soit Dieu, grommela Phil. On fait un échange, Peter ? Ton riz contre ma bidoche ?

– Tu ne manques pas de toc !

– On ne risque rien à essayer, non ? »

Marlowe prit place à l'extrémité de la file. Bien, se dit-il en constatant que c'était Raylins qui distribuait le riz ; aujourd'hui, pas besoin de s'en faire.

Raylins était un homme entre deux âges. Chauve. Cet ancien sous-directeur de la Banque de Singapour appartenait, comme Ewart, au Régiment de Malaisie, ce qui, en temps de paix, n'était pas une petite affaire ; cela signifiait une multitude de réceptions, de matches de cricket, de parties de polo à organiser. Pour être quelqu'un, il fallait faire partie du Régiment. En outre, Raylins gérait la caisse du mess et les galas étaient sa spécialité. Quand on lui donna un fusil, qu'on lui dit qu'il fallait se battre, qu'on lui ordonna de prendre la tête d'une section, de faire mouvement vers la digue et de découdre du Japonais, il avait eclaté de rire au nez du colonel. Son travail, c'était la comptabilité. Mais il n'y avait rien eu à faire : il avait été obligé de prendre le commandement de vingt hommes aussi mal entraînés que lui et de partir. Il avait suivi la route et, brusquement, il n'y avait plus eu que trois soldats derrière lui. Treize avaient été tués sans avoir eu le temps de dire ouf au moment de l'attaque. Quatre types, qui étaient seulement blessés, hurlaient, allongés de tout leur long au milieu de la chaussée. L'un d'eux, la main arrachée, contemplait stupidement son moignon ; recueillant dans sa main valide le sang qui jaillissait, il essayait de le transvaser directement dans son bras mutilé. Un autre riait aux éclats en essayant de renfoncer ses entrailles dans le trou béant de son ventre.

Hébété, Raylins vit les tanks japonais foncer en direction de la route en crachant le feu de tous leurs canons. Quand ils s'éloignèrent, il n'y avait plus que quatre taches sanguinolentes sur l'asphalte. Raylins avait alors regardé les trois survivants – Ewart était parmi eux – et ceux-là l'avaient regardé à leur tour avant de se jeter à corps perdu dans la jungle. Ils avaient couru, fous de terreur. Ils s'étaient égarés et le chef de section s'était retrouvé seul, tout seul dans une nuit de cauchemar, grouillante de sangsues, hantée de bruits affreux. Il aurait sombré dans la démence si un enfant malais qui avait croisé son chemin ne l'avait conduit, balbutiant des mots incompréhensibles, jusqu'à un village. Raylins s'était glissé à l'intérieur d'un bâtiment où s'entassaient les vestiges de ce qui avait été une armée. Le lendemain. les Japonais avaient fusillé un homme sur cinq. Plus tard, lui et quelques garçons qui étaient demeurés dans l'édifice étaient partis en camion pour un camp de prisonniers. Il avait retrouvé ses camarades mais pas Charles, l'homme qui perdait ses entrailles sur la route.

La plupart du temps, Raylins vivait dans une sorte de brouillard. Il était totalement incapable de comprendre pourquoi il n'était pas à la banque en train d'additionner ses chiffres familiers, nets et précis ; pourquoi il était dans un camp où il excellait à une seule chose : il avait le talent de diviser une quantité de riz inconnue en un nombre exact de parts égales. Au grain près ou peu s'en fallait.

« Ah, Peter ! dit-il en servant Marlowe. Vous connaissiez Charles, n'est-ce pas ?

– Bien sûr. Charmant garçon. »

Peter ne connaissait pas Charles. Personne ne connaissait Charles.

« Pensez-vous qu'il ait quand même réussi à les rentrer ?

– Mais bien sûr. » Peter s'éloigna avec sa ration tandis que Raylins se tournait vers le suivant.

« Ah ! Le père Grover... Il fait chaud aujourd'hui, monsieur l'aumônier, n'est-ce pas ? Vous connaissiez Charles, je crois ?

– Oui, répondit Grover, l'œil fixé sur la mesure. Oui, Raylins, je l'ai connu.

– Bien. Je suis heureux de vous l'entendre dire. Les intérieurs à l'extérieur... comme ça ! C'est une drôle de place, quand même. »

La pensée de Raylins s'enfuit vers la banque qui était fraîche, si fraîche... vers sa femme qu'il irait retrouver ce soir, après le bureau, dans leur élégant petit bungalow près de l'hippodrome. Voyons, il y aura de l'agneau pour dîner. De l'agneau ! Et une bonne bière bien frappée. Après, je jouerai avec Pénélope. Ces dames seront ravies de faire de la couture sur la véranda.

« Ah ! s'exclama-t-il d'un ton guilleret en reconnaissant Ewart. Voulez-vous dîner à la maison ce soir, mon vieux ? Venez donc avec Madame. »

Ewart grommela entre ses dents serrées, prit son dû et tourna le dos à Raylins.

« Ne t'énerve pas, lui conseilla Marlowe.

– Tu en as de bonnes ! Tu ne sais pas ce qu'on éprouve. Je te jure qu'un jour ou l'autre, je le tuerai !

– Calme-toi...

– Me calmer ! Elles sont mortes. Sa femme et sa fille. Mortes. J'ai vu leurs corps. Mais ma femme à moi et mes deux gosses, où sont-ils ? Hein ? Où sont-ils ? Morts, eux aussi, je ne sais où. Après tout ce temps, il ne peut pas en être autrement. Morts !

– Ils sont dans le camp civil...

– Qu'est-ce que tu en sais ? Tu n'en sais rien, je n'en sais rien et le camp n'est qu'à sept kilomètres. Ils sont morts ! Mon Dieu, ils sont morts ! » Ewart s'assit et se mit à pleurer sans se soucier de son riz renversé à terre. Peter le ramassa à la cuiller et le replaça dans la gamelle.

« La semaine prochaine, on leur permettra de t'écrire. Ou peut-être de venir te voir. Le commandant du camp n'arrête pas de demander communication de la liste des femmes et des enfants. Ne t'en fais pas. Ils ne sont pas en danger. » Laissant Ewart, les joues souillées de larmes qui coulaient dans son riz, Marlowe prit son assiette et regagna le bungalow.

« Salut, camarade, lança Larkin à sa vue. Tu as rendu visite à Mac ?

– Oui. Il est en forme. Il a même recommencé à grogner à cause de son âge.

– Ce sera merveilleux de le retrouver, notre vieux Mac ! » Larkin sortit une gamelle de dessous son matelas. « J'ai une surprise. » Il souleva le couvercle, découvrant un bloc d'une substance brunâtre à consistance de mastic.

« Par tous les saints du paradis, mais c'est du blachang ! Où diable l'as-tu trouvé ?

– Je l'ai fauché, pardi !

– Tu es un génie, colonel ! C'est drôle que je ne l'aie pas senti. » Peter se pencha sur le blachang dont il détacha une infime parcelle. « Il durera bien deux semaines. »

Le blachang était une gourmandise indigène. Facile à préparer. Quand vient la saison, on se rend sur la plage avec un filet pour capturer les minuscules bestioles qui grouillent dans le surf. On les enterre ensuite dans une fosse tapissée d'algues que l'on recouvre avec d'autres algues et on attend deux mois. Ce laps de temps écoulé, on ouvre la fosse. Les poissons putréfiés ne sont plus qu'une bouillie pestilentielle dont la puanteur suffirait à vous faire défaillir et détruirait votre sens de l'odorat pendant une semaine. Retenant votre respiration, vous recueillez cette pâte et la mettez à cuire en ayant soin de vous tenir dos au vent afin de ne pas être asphyxié. Quand elle est refroidie, vous la débitez en cubes de quelques centimètres de côté que vous vendez une fortune. Avant la guerre, la même quantité de blachang valait dix cents. A présent peut-être dix dollars. Une gourmandise ? Allons donc ! Des protéines à l'état pur ! Un imperceptible fragment parfume un plein bol de riz. Evidemment, vous risquez d'attraper la dysenterie mais si le produit a correctement vieilli, s'il a été cuit comme il faut et s'il est resté à l'abri des mouches, il n'y a rien à craindre.

D'ailleurs, on ne posait jamais de question. On se contentait de dire : « Tu es un génie, colonel », on en mettait dans son riz et on le savourait.

« Si on en apportait un peu à Mac, non ?

– Bonne idée. Mais il se plaindra sûrement sous prétexte que ce n'est pas assez cuit.

– Même s'il était cuit à la perfection, il râlerait encore. » Larkin s'interrompit, apercevant un homme de haute taille qui passait devant le bungalow en traînant un chien rabougri au bout d'une laisse. « Eh, Johnny ! Tu veux un peu de blachang, mon camarade ?

– Tu parles ! »

Marlowe et Larkin enveloppèrent une lamelle de blachang dans une feuille de bananier, parlèrent du temps qu'il faisait et demandèrent à Johnny des nouvelles de son chien, ce chien que John Hawkins aimait plus que n'importe quoi d'autre. Il partageait sa nourriture avec lui – étonnant, les choses qu'un chien peut manger ! – dormait en sa compagnie. C'était un bon copain, Rover. Avec lui, on se sentait un être civilisé.

« Que diriez-vous d'un bridge, ce soir ? proposa l'homme au chien. J'amènerai un quatrième.

– Ce soir, je ne pourrai pas, dit Marlowe en écrasant une mouche.

– J'inviterai Gordon. Il habite à côté, suggéra Larkin.

– Epatant ! Alors, après le dîner ?

– Ça me va. A tout à l'heure.

– Merci pour le blachang », jeta Hawkins en partant tandis que Rover jappait allégrement.

« Je voudrais bien savoir comment il s'arrange pour se nourrir et nourrir son cabot, murmura

Larkin. Je ne comprends d'ailleurs pas comment ce clebs ne s'est pas encore retrouvé au fond d'une gamelle ! »

Peter mêla soigneusement le blachang à son riz. Il mourait d'envie de mettre son compagnon au courant de l'expédition projetée. Mais ébruiter le secret était trop dangereux.

14

Sortir du camp n'était que trop simple : une brève course jusqu'à la partie de la clôture aux six rangs de barbelés, qui se trouvait dans l'ombre et qu'il était aisé de franchir – ensuite il n'y avait plus qu'à se lancer dans la jungle. Quand le Roi et Peter s'arrêtèrent pour reprendre leur souffle, ce dernier regrettait amèrement de ne pas être en train de deviser tranquillement avec Mac ou Larkin. Ou même avec Grey.

Dire qu'il y a si longtemps que j'ai envie de m'en aller, songeait-il, et que, maintenant que j'ai sauté le pas, je suis mort de peur !

Etrange impression de voir le camp de l'extérieur ! Le baraquement américain était à une centaine de mètres du poste d'observation des deux hommes. On distinguait les prisonniers qui allaient et venaient ; Hawkins promenait son chien ; un garde coréen flânait. Les baraques étaient obscures. Le contre-appel avait eu lieu depuis longtemps. Changi, pourtant, ne dormait pas. Changi ne dormait jamais. Les insomniaques maintenaient le camp éveillé.

« En avant », souffla le Roi, et il s'enfonça plus profondément parmi la végétation.

Tout s'était passé conformément au plan prévu,

jusqu'à présent. Lorsque Peter était entré dans la baraque américaine, le Roi était prêt. « Pour faire un bon boulot, il faut le matériel idoine », avait-il dit en montrant à l'Anglais une paire de bottes japonaises parfaitement graissées – semelles de crêpe, cuir mince et silencieux – et le « trousseau », c'est-à-dire des pantalons chinois et une courte tunique noire.

Seul Dino était dans la confidence. Il avait fait deux ballots des vêtements et les avait discrètement déposés à la base du départ. Après son retour, et une fois tout réglé, Peter et le Roi étaient sortis nonchalamment, annonçant qu'ils allaient jouer au bridge avec Larkin et un autre Australien. Pendant une demi-heure qui mit leurs nerfs à rude épreuve, ils avaient dû attendre que la voie soit libre avant de se plaquer au fond du fossé d'écoulement longeant l'enceinte de barbelés ; là, ils s'étaient changés et barbouillés de boue. Ils avaient encore attendu un quart d'heure avant de pouvoir bondir jusqu'à l'enceinte sans être vus. Une fois en sécurité de l'autre côté, Dino était venu récupérer leurs effets.

La jungle, la nuit... mystérieuse et effrayante... Mais Peter Marlowe s'y sentait chez lui. Cela lui rappelait Java, cela lui rappelait les environs de son village à lui ; aussi, sa nervosité s'apaisa quelque peu. Le Roi marchait en tête d'un pas assuré. C'était son sixième voyage. Il avançait, tous les sens en alerte. Plus loin, il y avait un garde. Celui-ci ne se tenait pas à un point fixe mais faisait des rondes. Seulement, le Roi savait que, la plupart du temps, la sentinelle piquait un somme dans quelque clairière propice.

Après une période angoissante où ils avaient l'impression que la moindre branche pourrie, la moindre feuille trahissait à grand bruit leur passage, que le moindre rameau cherchait à les retenir, les deux hommes atteignirent le sentier. Ils avaient dépassé le secteur gardé.

Le sentier conduisait à la mer. Et au village.

Ils le traversèrent et commencèrent à décrire un cercle. Au-dessus de l'écrasant plafond végétal, la lune en son quartier était immobile dans le ciel sans nuages. Juste ce qu'il fallait de clarté pour assurer la sécurité des fugitifs.

La liberté ! Plus de barbelés. Plus de promiscuité. La solitude, enfin ! Et c'était soudain un effrayant cauchemar pour Marlowe.

« Qu'est-ce qui t'arrive, Peter ? demanda à voix basse le Roi qui sentait que quelque chose n'allait pas.

– Rien... C'est simplement que... que ça fait un tel choc de se trouver à l'extérieur !

– Tu t'y habitueras. Le Roi consulta sa montre. On a un kilomètre et demi environ à parcourir. Nous sommes en avance. Le mieux est d'attendre. »

Il trouva un épais fourré de lianes enchevêtrées et d'arbres tombés. « On va pouvoir se reposer ici. »

Ils attendirent, enfouis dans la verdure, à l'écoute des bruits de la jungle – que coupaient de soudains silences : grincements des sauterelles, coassement des grenouilles, un brusque gazouillis, un froissement de branches produit par la fuite de quelque animal.

« J'en fumerais bien une.

– Moi aussi.

– Mais ce n'est pas le moment. » L'esprit du Roi ne chômait pas. Une partie de son cerveau enregistrait les sons ; l'autre tournait et retournait son projet. Oui, se disait l'Américain, c'est une bonne combine.

Un nouveau coup d'œil à sa montre. La grande aiguille avançait avec lenteur. Mais cela donnait au Roi le temps de mieux mettre ses batteries en place. Plus on dispose de temps avant d'engager une opération, meilleur c'est. Cela épargne les bévues et arrondit d'autant le bénéfice. Que Dieu soit loué d'avoir inventé le profit ! Le gars qui a eu l'idée des affaires était un authentique génie. Vendre plus cher qu'on a acheté. Se servir de ses méninges. Prendre des risques. Alors, l'argent afflue. Tout est possible grâce à lui. Le pouvoir, surtout.

Quand je sortirai d'ici, songeait le Roi, je deviendrai milliardaire. Je ferai tant d'argent qu'à côté de mon trésor, Fort Knox fera l'effet d'une vulgaire tirelire. Je monterai une organisation avec des types loyaux mais... innocents. Des cerveaux, on peut toujours en acheter et quand on sait son prix, on peut user et abuser d'un type autant qu'on veut. Voilà ce qui fait marcher le monde. Il y a l'élite, et puis le reste. Moi, je suis l'élite. Et je compte bien que ça continuera.

Fini de traîner par monts et par vaux, de cavaler d'une ville à l'autre ! Ça, c'est du passé. J'étais un môme, alors. Accroché à mon vieux. Accroché à un homme qui faisait des extras comme garçon de café, qui livrait des annuaires, qui enlevait les ordures ou qui demandait l'aumône, tout ça pour gagner sa bouteille. Après, il fallait tout remettre en ordre. Non... C'est fini. Maintenant, ce seront les autres qui feront de l'ordre pour moi.

Tout ce qu'il me faut, c'est du pognon.

« Tous les hommes ont été créés égaux... certains droits inaliénables... »

Merci, mon Dieu, d'avoir fait l'Amérique, songeait le Roi pour la millionième fois. Merci de m'avoir fait naître Américain.

« C'est le pays de Dieu, murmura-t-il pour lui-même.

– Quoi ?

– Les Etats-Unis.
– Pourquoi ?
– C'est le seul endroit au monde où on peut acheter n'importe quoi, où on a sa chance de gagner le gros lot. C'est important si on ne l'a pas trouvé dans son berceau. Peter, et ceux qui naissent comme ça, il n'y en a pas lerche. Mais même dans ce cas, pour peu qu'on veuille mettre la main à la pâte, il y a tant de possibilités chez nous que ça te fout la chair de poule. Le type qui ne travaille pas et qui ne se débrouille pas, c'est que c'est un bon à rien, c'est que ce n'est pas un vrai Américain et...
– Ecoute », lança Peter, subitement attentif.
Le Roi perçut un lointain bruit de pas.
« C'est un homme, murmura Peter en s'enfonçant plus profondément dans l'abri du feuillage. Un indigène.
– Comment diable peux-tu le savoir ?
– Il porte des socques indigènes. Et il doit être vieux. Il traîne les pieds. Ecoute... on entend sa respiration maintenant. »
Quelques instants plus tard, l'homme émergea de la pénombre. Il suivait le sentier, impassible. Il était âgé. La dépouille d'un marcassin était en équilibre sur ses épaules.
« Il nous a vus, fit Peter, soucieux, quand l'indigène eut disparu.
– Jamais de la vie !
– Si, j'en suis sûr. Il a peut-être cru qu'il s'agissait d'un soldat japonais mais je regardais ses pieds. De cette façon, on se rend immanquablement compte si on est repéré. Or, il a brisé sa cadence.
– Sans doute y avait-il un trou ou une branche sur laquelle il a marché. »
Peter Marlowe fit non de la tête.
Le Roi se mit à réfléchir fébrilement. Ami ou

ennemi ? Si le vieillard venait du village, tout allait bien. Les habitants savaient quand le Roi devait arriver : Cheng San, son contact, leur donnait leur commission. Il n'avait pas reconnu l'indigène mais cela n'avait rien de surprenant : lors de ses précédents passages, de nombreux villageois étaient en mer. Que faire ? « Attendons encore un peu et puis on fera une rapide reconnaissance. S'il est hostile, il va rejoindre le village et avertira le chef qui, à ce moment, nous fera signe de nous tirer en vitesse. »

Ils s'approchèrent facilement du village. Presque trop facilement, se disait Peter avec inquiétude. De la hauteur sur laquelle ils se trouvaient, on avait une bonne vue d'ensemble. Quelques Malais, en train de fumer, étaient accroupis à l'ombre d'une véranda. Ici et là, on entendait grogner un porc. Au-delà de la ceinture de cocotiers qui cernait l'agglomération, la mer, près du rivage, semblait phosphorescente. On apercevait quelques barques ; leurs voiles étaient pliées et les filets pendaient, immobiles. Aucun indice de danger.

« Tout me semble normal », murmura Peter.

Le Roi lui lança vivement un coup de coude. L'homme qu'ils avaient rencontré était en train de parler avec le chef de village sur la véranda de ce dernier. La conversation paraissait animée. Soudain, affaibli par la distance, un éclat de rire brisa le silence et le vieillard redescendit l'échelle. Puis il poussa un cri d'appel. Presque aussitôt, une femme arriva en courant et le débarrassa du marcassin qu'elle entreprit de traîner vers son foyer où elle l'embrocha. Bientôt, elle fut au centre de tout un groupe de Malais qui plaisantaient d'un air réjoui.

« Le voilà ! », fit tout à coup le Roi.

Un Chinois de haute taille marchait sur la

plage. Derrière lui, un pêcheur indigène était en train de ferler les voiles d'un petit bateau. Le nouveau venu rejoignit le chef du village et, après les congratulations d'usage, les deux hommes s'assirent sur leurs talons pour attendre.

Le Roi sourit. « O.K. Allons-y ! »

Ils s'avancèrent en prenant soin de demeurer sous le couvert de l'ombre. Derrière la demeure du chef, il y avait une échelle qui menait à la véranda. Le Roi grimpa en souplesse, Marlowe sur ses talons. Sitôt qu'ils furent en haut quelqu'un enleva l'échelle.

« Tabé, fit l'Américain en souriant à Cheng San et à Sutra, le chef.

– Te voir est bon, tuan, répondit ce dernier dans un anglais maladroit. Toi makan-manger oui ? ajouta-t-il en découvrant des dents noircies par l'usage du bétel.

– Trima, merci-khassih. » Le Roi serra la main du Chinois. « Comment ça va depuis tout ce temps, Cheng San ?

– Moi bien tout le temps. »

Le Roi désigna Marlowe de la main. « Ami ichibon. Peter, dis-leur quelque chose. Des salutations et tout le toutim. A toi de jouer, mon vieux. » Toujours souriant, il sortit son paquet de Kooas qu'il tendit à la ronde.

Peter commença en ces termes : « Mon ami et moi te sommes reconnaissants de ton accueil. Nous apprécions la bonté de ta proposition de nous donner de quoi manger car nous savons que c'est une époque de disette. Seul le serpent de la jungle repousserait cette offre aimable. »

Le chef du village et Cheng San, à ces mots, s'épanouirent.

« Wah-lah, fit le Chinois. Il sera bon de pouvoir formuler par ton intermédiaire à l'intention de mon ami Rajah tous les mots qui sont dans ma misérable bouche. Maintes et maintes fois, mon bon ami Sutra et moi-même avons été impuissants à trouver ceux que nous voulions prononcer. Dis à Rajah qu'en s'attachant un interprète aussi habile que toi, il fait montre de sagesse et d'intelligence.

– Il dit que je laïusse au poil », traduisit Peter jovial. A présent, il était calme et n'avait plus la moindre appréhension. « Il est content d'être en mesure de jacter avec toi en direct.

– Peter, pour l'amour de Dieu, restes-en à ton vocabulaire d'Anglais bien élevé. L'argot ne te va pas.

– Il t'appelle Rajah. C'est ton surnom à partir de maintenant.

– Trêve de plaisanteries, Peter. Nous n'avons pas beaucoup de temps. Dis à Cheng San ceci : En ce qui concerne notre affaire, je vais...

– Il est prématuré d'aborder ce sujet, mon vieux ! fit Peter scandalisé. Ce serait tout gâcher. On va tout d'abord prendre un peu de café et manger un morceau. C'est seulement ensuite que l'on pourra commencer.

– Répète-lui ce que je vais te dire.

– Si je le fais, ils seront offensés. Gravement. Tu peux me croire, tu sais. »

Le Roi médita quelques instants. Si l'on achète des cerveaux et si l'on ne les utilise pas, c'est une mauvaise combine. A moins d'avoir une intuition. Voilà où l'homme d'affaires avisé gagne ou se casse la figure : Quand il joue son intuition contre les prétendus cerveaux. Mais, dans le cas présent, le Roi n'avait pas d'intuition ; aussi se contenta-t-il de secouer la tête en murmurant : « D'accord. Agis comme bon te semble. »

Tirant sur sa cigarette tandis que Marlowe parlait, il étudiait Cheng San à la dérobée. Le Chinois était mieux vêtu que la dernière fois et il avait une nouvelle bague, un saphir apparemment, qui devait bien faire cinq carats. Ses joues couleur de miel étaient lisses, ses cheveux irréprochablement peignés. Eh bien, il semblait que Cheng San ne se défendait pas trop mal ! On ne pouvait pas en dire autant du vieux Sutra. Le Malais portait un sarong usagé dont le bord s'effilochait et il n'avait pas de bijoux. Lors de la précédente entrevue, il avait un anneau d'or. La marque en était presque effacée : Le chef ne l'avait donc pas enlevé en prévision de la discussion de ce soir.

Quelque part dans la cabane, des femmes bavardaient doucement ; dehors, c'etait le silence de la nuit. L'odeur du marcassin en train de cuire s'engouffrait par la fenêtre dépourvue de vitres. Cela signifiait que le village avait réellement besoin de Cheng San par le canal duquel il pouvait vendre, au marché noir, le poisson qui, en principe, devait être directement acheté par les Japs, et qu'en conséquence les pêcheurs avaient décidé de lui faire présent du jeune sanglier. A moins que le vieux qui avait capturé l'animal n'eût invité ses amis à dîner... Pourtant, les indigènes qui attendaient en groupe autour du feu paraissaient anxieux. Aussi anxieux que nous autres, se disait le Roi. Sûr qu'ils ont faim. C'est la preuve que ça doit aller mal à Singapour. Le village aurait dû regorger de vivres, de provisions, de tout. Cheng San a sans doute des difficultés à écouler le poisson en contrebande. Peut-être que les Japs l'ont à l'œil. Peut-être qu'il n'en a plus pour très longtemps à être de ce monde !

Mais il y a une autre hypothèse : Que le Chinois a plus besoin du village que le village n'a besoin de lui. Et qu'il essaie de leur en mettre plein la vue avec ses beaux vêtements et ses bijoux. Peut-être que Sutra en a sa claque du marasme et qu'il est prêt à le laisser tomber.

« Dis-donc, Peter... Demande à Cheng San comment marche le commerce du poisson à Singapour. »

Marlowe traduisit la question.

« Il dit que les affaires sont bonnes. La pénurie est telle qu'il obtient les prix les plus élevés de l'île. Mais les Japs exercent une surveillance draconienne. Le commerce devient de jour en jour plus difficile. Et enfreindre les règlements économiques coûte de plus en plus cher. »

Ah ! ah ! Tu t'es coupé, Cheng ! Le Roi exultait. Ce n'est pas seulement pour notre affaire qu'il est venu : il est également venu pour le poisson et pour le village. Bien ! Comment pourrai-je tirer parti de la situation ? Je parie qu'il a eu des ennuis avec ses livraisons. Probable que les Japs ont intercepté quelques cargaisons et qu'ils ont montré les dents. Et le vieux Sutra n'est pas fou : Pas d'argent, pas de camelote. Cheng San le sait. Il n'est pas le seul intermédiaire. Le Roi pouvait se montrer âpre au gain : D'ores et déjà, il augmenta ses prétentions.

Arriva la collation : Patates douces cuites au four, aubergines frites, lait de coco, épaisses tranches de porc rôti dégoulinantes de graisse. Des bananes. Des papayas. Le Roi nota qu'il n'y avait ni agneau ni bœuf sauté, ni aucune de ces sucreries dont les Malais sont si friands. Oui, ça n'allait vraiment pas fort...

C'était la première épouse du chef, une vieille femme couverte de rides, qui faisait le service, aidée de l'une de ses filles, Sulina, une beauté à la peau satinée et délicatement dorée, aux formes épanouies. Elle sentait bon. Elle avait revêtu un sarong frais en l'honneur des hôtes de son père.

« Tabé, Sam », dit le Roi en lui lançant une œillade.

Sulina émit timidement un rire perlé en s'efforçant de dissimuler son embarras.

Peter avait tressailli. « Sam ?

– Oui, fit le Roi d'une voix sèche. Elle me rappelle mon frère. »

Marlowe le regarda avec stupéfaction. « Ton frère ?

– C'est une blague. Je n'en ai pas.

– Oh ! » Peter médita un instant et demanda : « Pourquoi ce nom de Sam ?

– Le vieux ne voulait pas faire les présentations ; alors je l'ai appelée comme ça. Je trouve que ça lui va. »

Sutra avait deviné que le dialogue avait trait à Sulina. Il savait qu'il avait commis une faute en laissant paraître la jeune fille en public. Peut-être, en d'autres temps, eût-il souhaité que l'un des tuan la remarquât et l'emmenât dans son bungalow pour en faire sa maîtresse. Au bout d'un an ou deux, elle aurait réintégré le village avec l'expérience des hommes et une dot rondelette ; il lui aurait alors aisément trouvé un mari. C'est ainsi que les choses se seraient passées autrefois mais, aujourd'hui, l'amour se réduisait à des rencontres fortuites au creux de quelque buisson et, cet amour-là, Sutra n'en voulait pas pour sa fille, même s'il était temps que celle-ci devînt femme.

Le chef se pencha sur le rôti et offrit un morceau de choix à Marlowe. « Cela tentera-t-il ton appétit ?

– Je te remercie.

– Tu peux partir, Sulina. »

Le ton catégorique du vieillard n'échappa pas à l'Anglais, non plus que l'ombre qui passa sur le visage de la jeune fille déçue. Mais Sulina s'inclina profondément et s'éclipsa. La femme de Sutra demeura seule pour servir les hommes.

Sulina, songea Peter que fouillait un désir

depuis longtemps oublié. Elle n'est pas aussi belle que N'aï, qui était sans défaut, mais elle a le même âge et elle est jolie. A peu près quatorze ans. Et mûre. Oh, Seigneur, quelle maturité...

« Cette nourriture n'est-elle pas à ton goût ? », s'enquit Cheng San, qu'amusait l'attirance visible du garçon pour Sulina. Peut-être pourrait-il en tirer parti.

« Au contraire ! Elle est trop délicate pour mon palais qui, avec ce que nous mangeons au camp, n'est pas habitué à des mets aussi savoureux. » Se rappelant que les Javanais, par souci de bon ton, ne parlent qu'en paraboles lorsqu'il s'agit des femmes, Peter se tourna vers Sutra : « Jadis, un sage guru a dit qu'il existe de nombreuses sortes de nourriture. Les unes sont pour l'estomac, certaines pour l'œil et d'autres pour l'esprit. Ce soir, j'ai eu de la nourriture pour mon estomac. Tes paroles et celles de Tuan Cheng San ont été une nourriture pour mon esprit. En outre, il m'a été – il nous a été – offert une nourriture pour nos yeux. Comment te remercier de ton hospitalité ? »

La figure de Sutra se plissa. Le compliment était bien tourné ! S'inclinant, il rétorqua simplement : « C'était là une sage maxime. Il se peut que, plus tard, l'œil ait à nouveau faim. Il nous faudra parler ultérieurement de la sagesse des anciens.

– Qu'est-ce qui te donne l'air si faraud, Peter ?

– Je n'ai pas l'air faraud. Je suis content de moi, c'est tout. Je lui disais que nous trouvions sa fille jolie.

– C'est vrai ! Quelle chouette nana ! Eh... Si on l'invitait pour le café ?

– Pour l'amour de Dieu, tu ne vas pas t'amener avec tes gros sabots et lui fixer un rendez-vous sans crier gare ! » fit Peter en s'efforçant de conserver un ton calme. « Il faut du temps pour cela. Toute une préparation.

– Ce n'est pas le style américain. Tu rencontres une pépée. Elle te plaît, tu lui plais et hop ! Tu te l'envoies.

– Tu n'as aucune délicatesse.

– Possible mais j'ai eu des tas de mômes ! »

Les deux hommes se mirent à rire et Cheng San voulut savoir ce qui les amusait tant. Peter lui expliqua alors que le Roi avait eu une idée : « On devrait monter une boutique au village, avait-il suggéré, et ne plus remettre les pieds à Changi. »

Le café terminé, Cheng San fit les premières ouvertures : « J'aurais cru qu'il était risqué de sortir du camp la nuit. Plus risqué que, pour moi, de venir au village. »

Première manche à nous, se dit Marlowe. A présent, Cheng San était en état d'infériorité du point de vue oriental, puisqu'il avait perdu la face en prenant l'initiative. « Tu peux y aller, Rajah, annonça-t-il au Roi. Pour le moment, la marque est en notre faveur.

– Vraiment ?

– Oui. Que veux-tu que je lui raconte ?

– Que je lui amène une grosse affaire. Un diamant. Quatre carats. Monture platine. Blanc-bleu. Pas un crapaud. J'en demande trente-cinq mille dollars. Cinq mille en dollars malais des Etablissements britanniques, le reste en argent japonais à cours forcé. »

Les yeux de Peter s'écarquillèrent mais, comme il faisait face au Roi, le Chinois ne s'aperçut pas de son étonnement. Sutra, cependant, en prit note. Comme lui n'était pas partie et qu'il recevrait simplement une commission en tant qu'intermédiaire, il se prépara à savourer le duel qui allait se dérouler. Il n'avait pas à se faire du souci pour Cheng : Il était payé pour savoir que le Chinois avait autant de défense que n'importe qui !

Peter traduisit. L'énormité de l'opération contrebalançait l'atteinte portée aux bonnes manières et il voulait que l'interlocuteur du Roi accusât le choc.

Pris au dépourvu, Cheng laissa percer sa joie. Il demanda à voir la pierre.

« Dis-lui que je ne l'ai pas sur moi. Dis-lui que je ferai la livraison sous dix jours. Dis-lui que je veux disposer de la somme trois jours avant la livraison car le détenteur refusera de se dessaisir de la marchandise s'il n'a pas l'argent. »

Cheng San n'ignorait pas que le Roi était honnête en affaires. S'il promettait qu'il aurait la bague et qu'il la lui donnerait, il serait fidèle à sa parole. Il l'avait toujours été. Mais se procurer des fonds d'une telle importance, les faire pénétrer à l'intérieur du camp où il ne pourrait jamais retrouver la trace du Roi... c'était quand même prendre un gros risque.

« Quand pourrai-je examiner cet anneau ? demanda-t-il.

– Dis-lui qu'il peut venir à Changi dans sept jours s'il le veut. »

Il faut donc que je donne l'argent avant d'avoir effectivement vu le diamant, pensa Cheng San. C'est impossible et Tuan Rajah le sait parfaitement. L'opération se présente très mal. Si c'est véritablement un quatre carats, j'en retirerais cinquante... cent mille dollars. Après tout, je connais le Chinois à qui appartient la presse à billets. Mais les cinq mille dollars en monnaie britannique, c'est autre chose. Il faudra que je les achète au marché noir. Et à quel taux ? Six pour un, ce serait cher, vingt pour un bon marché.

« Dis à mon ami Rajah que ce sont là des dispositions étranges. En conséquence, il me faut réfléchir plus longuement qu'il n'est généralement nécessaire pour un commerçant. »

Et Cheng San s'en fut se planter devant la fenêtre.

Il était las de la guerre, las des obscures machinations auxquelles on devait se résigner pour réaliser quelque profit. Il songea à la nuit, aux étoiles, à la stupidité de l'homme qui se battait et mourait pour des choses d'une valeur éphémère. Mais, en même temps, il savait que les forts survivent et que les faibles périssent. Il songea à sa femme et à ses enfants – trois fils et une fille –, à tout ce qu'il désirait leur offrir pour rendre leur existence confortable. Et il songea également à la concubine qu'il souhaitait s'acheter. D'une façon ou d'une autre, il fallait que cette affaire se fît. Accorder confiance au Roi était un risque qui méritait d'être couru.

C'est un prix honnête, se dit-il. Mais comment être sûr que l'argent serait en sécurité ? Pour cela, il importait de trouver un intermédiaire auquel il pourrait se fier. Ce ne pourrait être qu'un garde. L'homme verrait l'objet et le payerait si le diamant existait vraiment et était de bon aloi. Ensuite, Tuan Rajah effectuerait la livraison. Ici, au village. Nul besoin de charger le garde d'apporter la bague. Comment avoir confiance dans un garde ?

Peut-être pourrait-on forger une histoire ? Prétendre que cet argent était un prêt consenti au camp par les Chinois de Singapour ? Non... cela ne marcherait pas car il faudrait bien que le garde voie la bague. Il serait forcément dans le secret et escompterait une rémunération substantielle.

Cheng San se retourna vers le Roi et remarqua que celui-ci transpirait abondamment. Ah, ah ! Tu as une envie terrible de conclure le marché ! Mais peut-être sais-tu que j'ai, moi aussi, une envie terrible d'acheter ? Toi et moi, nous sommes les seuls capables de réaliser une pareille transaction. Personne n'a une réputation de loyauté égale à la tienne et, parmi tous les Chinois qui sont en affaires avec le camp, personne d'autre que moi n'est capable de réunir autant d'argent.

« Ecoute-moi, Tuan Marlowe. J'ai pensé à un plan qui garantira les intérêts de mon ami Rajah et les miens propres. D'abord, nous nous entendons sur un prix. Celui qui a été mentionné est trop élevé mais c'est là pour l'instant un problème secondaire. Ensuite, nous nous entendons sur un intermédiaire, un garde en qui nous pourrons tous deux avoir confiance. Dans dix jours, je confierai la moitié de la somme à ce garde. Il examinera la bague. Si elle correspond vraiment aux dires de son propriétaire, le garde remettra l'argent à mon ami le Rajah. Le Rajah me donnera l'objet en mains propres. Ici. J'aurai avec moi quelqu'un qui expertisera la pierre. Alors, je garderai celle-ci et réglerai le solde au Rajah. »

Le Roi écouta avec attention la traduction de la proposition de Cheng San.

« Dis-lui que je suis d'accord mais qu'il me faut la somme totale. Le type ne marchera pas s'il n'a pas son fric rubis sur l'ongle.

– Bien. Dis à mon ami le Rajah que je remettrai au garde les trois quarts de la somme en question pour faciliter les négociations. »

Cheng San se doutait bien que ces soixante-quinze pour cent représentaient largement la part qui devait revenir à celui qui détenait le diamant. C'était simplement sur le bénéfice personnel du Roi que jouait le risque car l'Américain était sûrement assez bon commerçant pour obtenir vingt-cinq pour cent de profit.

Le Roi avait prévu la contre-proposition. Les trois quarts... cela lui laissait une jolie marge de manœuvre. Peut-être parviendrait-il à faire rabattre encore quelques dollars au vendeur... dans les dix mille. Bon ! Jusqu'ici, ça va comme sur des roulettes. Maintenant, passons aux choses sérieuses.

« Dis-lui que ça marche comme ça. Qui propose-t-il comme intermédiaire ?

– Torusumi. »

Le Roi secoua la tête. « Qu'est-ce que vous pensez d'Immuri ? demanda-t-il directement à Cheng San après un instant de réflexion.

– Dis à mon ami que j'en préférerais un autre. Kimina, peut-être ? »

Le Roi laissa échapper un léger sifflement. Un caporal, à présent ! Il n'avait jamais travaillé avec Kimina. Trop dangereux. Il faut que ce soit un type que je connaisse. « Shagata San ? »

Cheng San acquiesça. C'était précisément l'homme qu'il voulait mais il s'était bien gardé de prononcer son nom car il tenait à savoir sur qui le Roi avait fait porter son choix – un dernier test destiné à s'assurer de l'honnêteté de son partenaire. Oui. Shagata était l'homme de la situation. Pas trop intelligent mais suffisamment. Le Chinois avait déjà eu l'occasion de l'éprouver. C'était parfait.

« A présent, parlons chiffres, enchaîna le Chinois. Je suggère que nous discutions sur les bases suivantes : Quatre mille dollars d'occupation par carat, soit seize mille. Plus mille dollars malais au taux de quinze pour un. »

Le Roi, impassible, fit non de la tête. « Dis-lui que je ne veux pas mégoter sur le prix. C'est trente-cinq mille, dont cinq mille en dollars malais à huit pour un, le tout en petites coupures. A prendre ou à laisser.

– Il va falloir marchander un peu, dit Peter. Je te propose d'accepter... disons trente-trois, et puis...

– Non. Et, en traduisant, emploie un mot qui veuille dire quelque chose comme « mégoter ».

Peter se tourna à contre-cœur vers Cheng San : « Voici ce que dit mon ami : Il ne veut pas gaspiller son temps en marchandages subtils. Son dernier prix est trente mille dollars, plus cinq mille dollars des Etablissements britanniques au taux de huit pour un. Le tout en petits billets.

– D'accord », répondit aussitôt Cheng San à la stupéfaction de Marlowe. Le Chinois n'avait aucune envie, lui non plus, de s'embarquer dans les marchandages. Le prix était honnête et il avait compris que le Roi serait intransigeant. Dans toute opération commerciale, il arrive un moment où il faut se décider, où c'est à prendre ou à laisser. Le Roi connaissait bien la technique.

Les deux hommes échangèrent une poignée de mains ; Sutra sortit en souriant une bouteille de saké. Tout le monde but jusqu'à ce qu'il ne restât plus rien dans le flacon. Alors, on mit les derniers détails au point.

Dans dix jours, Shagata se rendrait au baraquement américain à l'heure de la relève de la garde de nuit. Il aurait l'argent mais ne le remettrait qu'après avoir vu la bague. Trois jours plus tard, le Roi et Peter Marlowe retourneraient au village où Cheng San les attendrait. Si, pour une raison ou pour une autre, Shagata ne pouvait être exact au rendez-vous, celui-ci serait reporté au lendemain, voire au surlendemain. De même, dans le cas où le Roi serait dans l'impossibilité de gagner le village au jour dit, l'entrevue serait repoussée de vingt-quatre heures.

On échangea les compliments d'usage, puis le Chinois déclara qu'il lui fallait partir afin de profiter de la marée. Il s'inclina courtoisement et se dirigea vers le rivage, escorté par Sutra. Devant le bateau, les deux hommes commencèrent à se quereller, avec toute la politesse requise, à propos du poisson.

Le Roi était triomphant : « Formidable, Peter ! C'est dans la poche !

– Tu as été sensationnel ! Quand tu m'as dit de lui asséner ça, tout à l'heure, j'ai vraiment cru que tout allait claquer. Ce n'est absolument pas de cette façon qu'ils mènent leur barque, ces gens-là.

– J'ai eu une intuition », se contenta de répondre le Roi. Et il ajouta en mâchonnant un bout de viande : « Tu auras dix pour cent – du bénéfice net, bien entendu. Mais il faudra travailler pour ça, mon salaud !

– Je travaillerai comme un bœuf ! Bon Dieu ! Penser à tout cet argent... Trente mille dollars, ça doit faire une pile de trente centimètres !

– Plus que ça », fit le Roi à qui Peter communiquait son enthousiasme.

« Nom d'un chien, quel culot ! Comment as-tu réussi à lui faire accepter tes exigences ? Il n'a pas fait ouf. Quelques phrases et... boum ! Te voilà riche !

– Il faut beaucoup se creuser les méninges avant qu'une affaire soit réglée. Des tas de choses peuvent aller de travers. Ce n'est vraiment conclu que lorsque l'on a reçu l'argent et qu'il est en banque.

– Tiens... Moi, je n'aurais pas pensé à cela.

– C'est le postulat du commerce. Les discours, ça ne se place pas en banque. Ce qui compte, ce sont les talbins.

– J'ai l'impression de rêver. Nous sommes sortis du camp, il y a des semaines que nous n'avons eu le ventre aussi rempli et les perspectives d'avenir sont radieuses. Il n'y a pas à dire : Tu es un génie !

– Il faut attendre, Peter. Attendre et voir la suite. »

Le Roi se leva. « Reste ici. Je te retrouverai dans une heure environ. Il n'y a rien à craindre si nous rentrons avant l'aube. C'est le meilleur moment. La surveillance se relâche. A tout à l'heure. »

Et, sur ces mots, l'Américain dégringola les marches de la véranda.

Quoi qu'il en eût, Peter Marlowe se sentit écrasé par un sentiment de solitude. Une vague de crainte l'envahit.

Seigneur, qu'est-ce qu'il manigance encore ? Où va-t-il ? Et s'il revient trop tard ? Et s'il ne revient pas ? Et si un Japonais surgit ? Et si je dois rester seul ? Devrai-je me lancer à sa recherche ? Si nous ne rentrons pas au matin, nous serons portés absents et il faudra s'enfuir. Où ? Cheng San nous aidera peut-être... Non, ce serait trop dangereux. Où habite-t-il ? Est-ce qu'on réussirait à rallier le port et à fréter un bateau ? Ou à entrer en contact avec les partisans qui sont censés opérer dans le secteur ?

Ressaisis-toi, Marlowe, espèce de lâche ! Tu te comportes comme un gosse de trois ans !

S'efforçant de dominer ses inquiétudes, Peter s'installa pour attendre. C'est alors qu'il se remémora le condensateur – trois cents microfarads.

« Tabé, Tuan, dit Kasseh en souriant quand le Roi pénétra dans la cabane.

– Tabé, Kasseh.

– Toi envie manger, oui ? »

Le Roi fit un signe de dénégation et, serrant étroitement Kasseh contre lui, il lui caressa le corps. Dressée sur la pointe des pieds, elle se pendait à son cou. Aigrette d'or sombre, ses cheveux flottaient jusqu'à sa taille.

« Ça a été long, murmura-t-elle, troublée par le contact des mains de l'homme.

– Très long. Je t'ai manqué ? »

Elle se mit à rire :

« Euh euh, dit-elle en singeant son accent.

– Est-ce qu'il est déjà arrivé ? »

Elle secoua négativement la tête. « Pas aimer cette chose, tuan. Avoir danger.

– Le danger est partout. »

Il y eut un bruit de pas : La porte s'ouvrit. Un Chinois entra. Petit. La peau noire. Vêtu d'un sarong, chaussé de chappals indiens. Son sourire découvrait une rangée de dents cassées et abîmées. Un parang de guerre dans son fourreau était fixé à son dos. Le Roi remarqua que le fourreau était bien graissé. L'arme était facile à dégaîner ; elle pouvait trancher la tête d'un homme comme un fétu. Un pistolet glissé dans la ceinture complétait l'armement.

Le Roi avait demandé à Kasseh de prendre contact avec les partisans installés à Johore : le Chinois au parang était leur émissaire. Les partisans, comme c'était très fréquemment le cas, étaient d'anciens bandits qui, à présent, luttaient contre les Japonais sous la bannière des communistes, lesquels les ravitaillaient en armes.

« Tabé. Parles-tu anglais ? » Le Roi se forçait à sourire. Ce Chinois ne lui disait rien qui vaille.

« Pourquoi toi vouloir parler avec nous ?

– Parce que nous pourrons peut-être conclure un marché. »

Le maquisard jeta un regard égrillard à Kasseh qui recula.

« Va-t-en, Kasseh », ordonna le Roi.

En silence, la fille disparut derrière le rideau de perles qui séparait la pièce en deux.

« Toi chanceux, fit le Chinois qui n'avait cessé de la suivre du regard. Trop chanceux. Deux hommes, trois hommes pouvoir avoir bon temps avec cette femme dans la nuit, je parie. Non ?

– Veux-tu parler affaires, oui ou non ?

– Attention, homme blanc. Peut-être moi dire Japonais toi ici. Peut-être moi leur dire prisonniers blancs en sécurité dans ce village. Alors, Japonais tuer tout le monde.

– Dans ce cas, tu mourras vite. »

Le Chinois émit un grognement et s'accroupit sur le sol. D'un geste menaçant, il fit jouer son parang dans son fourreau. « Peut-être moi prendre la femme maintenant. »

J'ai peut-être commis une erreur, se dit le Roi avant d'enchaîner : « J'ai une proposition à faire à tes amis. Si la guerre finit brusquement ou si les Japs décident de liquider les prisonniers de guerre, je voudrais que vous assuriez notre protection. Je vous paierai lorsque je serai en sécurité. Deux mille dollars américains.

– Comment nous savoir Japonais tuer prisonniers ?

– Vous le saurez. Vous êtes au courant d'à peu près tout ce qui se passe.

– Comment nous être sûrs vous payer ?

– Le gouvernement américain paiera. Personne n'ignore qu'il y a une récompense.

– Deux mille ! 'Mahlu ! Nous pouvoir avoir deux mille n'importe quand. Tuer banque. Facile. »

Le Roi décida de jouer son va-tout : « Je suis autorisé par notre commandant en chef à vous garantir deux mille dollars pour chaque Américain sauvé. Si le massacre a lieu.

– Je non comprendre.

– Si les Japs commencent à nous liquider – à nous tuer. Lorsque les Alliés débarqueront, les

Japs deviendront méchants. Si les Alliés envahissent le Japon, les Japs d'ici prendront des mesures de représailles. Au cas où cela se produirait, vous serez prévenus et je vous demande de nous aider à nous enfuir.

– Combien d'hommes ?

– Trente.

– Trop.

– Combien de prisonniers êtes-vous en mesure de garantir ?

– Dix. Mais cinq mille dollars par tête.

– Trop cher. »

Le Chinois haussa les épaules.

« Bien. Conclu. Vous connaissez le camp ? »

Le partisan grimaça un sourire. « Nous connaître.

– Notre baraquement est à l'est. Une petite paillote. Si nous devons nous enfuir, nous passerons à travers les barbelés. Si vous êtes dans la jungle, vous nous couvrirez. Comment saurons-nous que vous êtes là ? »

L'interlocuteur du Roi eut un nouveau haussement d'épaules.

« Si nous pas en position, vous n'importe comment mourir.

– Ne pouvez-vous pas nous donner un signal ?

– Pas de signal. »

C'est de la folie, songea le Roi. Nous ignorons à quel moment il faudra risquer le coup et, si la décision doit être prise rapidement, il n'y aura pas moyen de leur faire passer un message. Peut-être seront-ils là, peut-être pas. Pourtant, s'ils pensent que chaque type sauvé leur rapportera cinq grands formats, il est possible qu'ils surveillent les choses de près.

– Exercerez-vous une suveillance sur le camp ?

– Peut-être le chef dire oui, peut-être dire non.

– Qui est votre chef ? »

Pour la troisième fois, le Chinois haussa les épaules.

« Alors, nous sommes d'accord ?

– Peut-être. » Les yeux de l'homme étaient hostiles. « Toi fini ?

– Oui. » Le Roi tendit la main au partisan. « Merci. »

L'autre considéra la main ouverte, renifla avec mépris et s'avança vers la porte. « Toi te rappeler. Seulement dix. Les autres, tués. »

Et il disparut.

Ça vaut la peine d'essayer, se dit le Roi pour s'encourager lui-même. Pour sûr que ces salopards sauront quoi faire du pognon ! Et l'oncle Sam crachera. À quoi ça servirait de payer des impôts, nom de Dieu ?

Kasseh surgit sur le pas de la porte. « Je n'aime pas cette chose, tuan, dit-elle gravement.

– C'est un coup à tenter. S'il y a un massacre, peut-être que quelques-uns d'entre nous pourront en réchapper. » Il lui fit un clin d'œil. « C'est un risque à prendre. N'importe comment, on y passera. Alors... Ça sera éventuellement une ligne de retraite.

– Pourquoi toi n'avoir pas fait marché pour toi seul ? Pourquoi toi pas partir tout de suite avec lui ?

– La réponse est simple. D'abord, on est plus en sécurité au camp que dans le maquis. Mieux vaut ne pas faire confiance à ces gens-là tant qu'il n'y a pas urgence. Ensuite, ils ne se mettraient pas en peine pour un seul homme. C'est pourquoi j'en ai proposé trente. Le hic, c'est qu'ils n'en veulent que dix.

– Comment toi choisir les dix ?

– Ce sera chacun pour soi. Du moment que moi je serai sauvé...

– Ton commandant n'aimer peut-être pas le dix.

– S'il fait partie des dix, il sera d'accord.

– Toi croire Japonais tuer prisonniers ?

– C'est possible. Mais si on pensait à autre chose, hein ? »

Kasseh sourit. « Pensons autre chose. Toi chaud. Vouloir douche, oui ?

– Oui. »

Tous deux gagnèrent la partie de la cabane réservée aux ablutions. L'eau dont le Roi s'aspergea était froide. Il suffoquait et sa peau le picotait.

« Kasseh ! »

Elle se glissa à travers le rideau, une serviette à la main et, debout devant lui, le regarda. Oui, son tuan était un bel homme. Fort, bien découplé et sa peau était d'une couleur agréable. Wah-lah ! J'ai de la chance d'avoir un homme pareil. Mais il est si grand et moi qui suis si petite... Il a deux têtes de plus que moi.

Mais elle savait qu'elle lui plaisait quand même. Il est aisé de plaire à un homme. Si l'on est femme. Et si l'on n'en a pas honte.

« Qu'est-ce qui te fait sourire ? demanda le Roi.

– Ah, tuan, je pense toi très grand et moi très petite. Cependant, quand toi et moi couchés, il n'y a pas beaucoup de différence. Non ? »

L'Américain se mit à rire. Il caressa tendrement les fesses de la fille et s'empara de la serviette. « Je boirais bien un verre.

– Verre prêt, tuan.

– Et qu'est-ce qu'il y a d'autre encore, qui est prêt ? »

Elle rit. Ses dents éclataient de blancheur ; sa peau douce dégageait un parfum délicat. « Qui peut savoir, tuan ? » Et elle le laissa seul.

Le Roi la suivit du regard. Elle est du feu de

Dieu, cette mousmée, songeait-il tout en s'essuyant vigoureusement. J'ai un drôle de pot.

L'affaire Kasseh avait été arrangée par Sutra lors de la première visite de l'Américain. Les conditions avaient été clairement précisées : Lorsque la guerre serait finie, le Roi verserait à la fille vingt dollars américains pour chacune de ses entrevues. Il avait obtenu une remise de quelques dollars – les affaires sont les affaires – mais, même au tarif de vingt tickets, il était gagnant !

« Comment peux-tu être sûre que je te paierai ? avait-il demandé à Kasseh.

– Je ne sais pas si tu me paieras. Si tu ne me payes pas, tant pis : J'aurai eu le plaisir. Et si tu me payes, j'aurai l'argent en plus du plaisir. » Elle avait souri en faisant cette réponse.

Le Roi chaussa les pantoufles indigènes qu'elle lui avait apportées et écarta le rideau. Kasseh l'attendait.

Peter Marlowe observait Sutra et Cheng San sur la grève. Après un dernier salut, le Chinois embarqua. Le vieux Malais aida à pousser la barque dans la mer phosphorescente, puis il regagna sa paillotte.

« Tabé-lah, dit Peter.

– Veux-tu manger encore ?

– Non merci, Tuan Sutra. »

Refuser de la nourriture ! Ma parole, pensa le Malais, voilà qui n'est pas ordinaire !

Mais Peter était rassasié. Et puis il eut été inconvenant d'accepter : Le village, cela se voyait au premier coup d'œil, était pauvre.

Peter commença par tâter le terrain : « J'ai entendu dire que les nouvelles – les nouvelles de la guerre – sont bonnes.

– Moi aussi mais ce ne sont que des rumeurs vagues et nul ne saurait les répéter.

– Il est regrettable que les choses ne soient plus ce qu'elles étaient dans les années passées. Quand on avait la radio et des journaux qui nous donnaient des informations.

– Cela est certes regrettable. »

Sutra n'avait pas l'air de comprendre. S'asseyant en tailleur sur sa natte, il se roula une cigarette qu'il se mit à fumer en aspirant profondément, le cylindre de tabac au creux de sa main.

« Nous avons appris qu'il se passe des choses bien tristes à Changi, dit-il enfin.

– Ce n'est pas tellement terrible, Tuan Sutra. On arrive à se débrouiller. Ce qui est tragique, c'est de ne pas savoir ce qui se passe dans le monde.

– On prétend qu'il y avait un poste de radio dans le camp et que ceux qui le détenaient se sont fait prendre, qu'ils sont maintenant à Utram Road.

– As-tu des nouvelles d'eux ? Un de ces hommes était mon ami.

– Non. Nous savons seulement qu'ils sont partis là-bas.

– Je souhaiterais ardemment savoir quel est leur sort.

– Tu connais l'endroit et tu sais ce qu'il advient de ceux qu'on expédie à Utram Road.

– Il est vrai. Mais l'on a toujours l'espoir que la chance sourira à certains.

– Nous sommes entre les mains d'Allah, a dit le Prophète.

– Loué soit son nom. »

Les yeux de Sutra se posèrent un bref instant sur le visage de Peter. « Où as-tu appris le malais ? », demanda-t-il calmement en tirant sur sa cigarette.

Alors, Marlowe lui parla de l'existence qui avait été la sienne au village. Il lui narra comment il avait travaillé le riz, mené la vie des Javanais qui ne diffère guère de celle des Malais. Les coutumes des deux peuples sont identiques et leur langue est pratiquement la même. En ce qui concerne, tout au moins, les choses importantes – l'amour, la haine, la maladie, tous les mots qu'un homme a à dire à un autre homme ou à une femme.

« Comment s'appelait ta femme, mon fils ? »

Il aurait été mal élevé de poser cette question plus tôt. Mais, maintenant que Sutra et son hôte avaient parlé des choses de l'esprit, du monde, de la philosophie, d'Allah et des paroles du Prophète – loué soit son nom –, le chef pouvait la poser sans se montrer grossier.

« Elle s'appelait N'aï Jahan. »

Le vieillard, se rappelant sa propre jeunesse, soupira de satisfaction.

« Elle t'a aimé beaucoup et longtemps.

– Oui. »

Marlowe revoyait N'aï avec précision. Elle l'avait rejoint une nuit dans sa paillote alors qu'il s'apprêtait à se coucher. Sous son sarong rouge et or pointaient de minuscules sandales. Le mince collier de fleurs qui ornait son cou embaumait la pièce, parfumait tout l'univers de l'homme blanc.

Elle avait déroulé sa natte aux pieds de Peter et s'était inclinée très bas. « Mon nom est N'aï Jahan, avait-elle dit. Tuan Abu, mon père, m'a choisie pour partager ta vie car il n'est pas bon que l'homme demeure seul. Et il y a trois mois que tu es seul. »

N'aï devait avoir quatorze ans mais, au pays de la pluie et du soleil, une fille de quatorze ans est déjà une femme avec des désirs de femme et il faut qu'elle se marie ou, tout au moins, qu'elle soit la compagne de l'homme que lui désigne son père.

La peau sombre de N'aï avait des reflets

ambrés, ses yeux étaient des topazes, ses mains de flamboyants pétales d'orchidées. Elle avait les pieds menus, un corps soyeux de femme-enfant recélant la joie de vivre du colibri.

N'aï... du satin... un satin ondoyant. Ferme là où il fallait que ce soit ferme. Douce là où il fallait que ce soit doux. Forte là où il le fallait, faible là où il le fallait.

Une chevelure d'un noir de jais l'enveloppait toute.

Peter Marlowe lui avait souri pour masquer son embarras, s'efforçant d'être comme elle – libre, joyeux, sans fausse honte. Elle avait délié son sarong et s'était fièrement plantée devant lui ; « Puissé-je être digne de te rendre heureux et de te donner le doux sommeil. Je te prie de m'enseigner tout ce que ta femme doit savoir pour te rendre proche de Dieu. »

Proche de Dieu... la merveilleuse façon de définir l'amour !

Peter leva les yeux. « Oui. Nous nous sommes aimés longtemps et beaucoup. Et je rendrai éternellement grâce à Allah de m'avoir fait vivre et aimer. Admirables sont les voies d'Allah. »

Un nuage, soudain, écorna la lune, tentant de lui disputer la possession du ciel.

« Il est bon d'être un homme, murmura Peter.

– L'abstinence te trouble-t-elle ce soir ?

– Non. Pas ce soir. Pas ce soir, en vérité. »

L'Anglais scrutait les traits du vieux Malais, reconnaissant de son offre, attendri par sa gentillesse. « Ecoute-moi, Sutra. Je vais t'ouvrir mon esprit car je crois que nous pourrions être des amis d'ici quelque temps. Oui... dans quelque temps, tu aurais la possibilité de sonder mon amitié et mon « moi ». Hélas, la guerre dévore le temps. Aussi te parlerai-je comme si j'étais déjà l'ami que je ne suis pas encore. »

Sutra tira silencieusement sur sa cigarette, attendant la suite.

« J'ai besoin d'une pièce de radio. Une petite pièce. Y a-t-il un poste dans ton village ? Un poste usagé ?

– Tu sais bien que les Japonais interdisent que l'on en détienne.

– Certes, mais il existe parfois des lieux secrets où cacher ce qui est prohibé. »

Sutra sombra dans un abîme de réflexions. Il y avait une radio chez lui. Peut-être Allah lui avait-il envoyé Tuan Marlowe pour que celui-ci la prît. Il sentait qu'il pouvait avoir confiance dans le jeune homme ; Tuan Abu avait eu confiance en lui naguère. Mais si Tuan Marlowe se faisait prendre avec le poste en dehors de l'enceinte du camp, le village serait inévitablement compromis.

D'un autre côté, il était dangereux de conserver cette radio. On aurait dû l'enterrer profondément dans la jungle mais cela n'avait pas été fait. Cela n'avait pas été fait parce que la tentation de prendre l'écoute était trop forte. Tentation pour les femmes d'écouter la « musique qui roule ». Tentation de savoir, alors que les autres étaient dans l'ignorance. Véridique est la parole : Vanité, tout n'est que vanité.

Sutra prit une décision : Mieux valait que les choses appartenant aux hommes à la peau rose restent entre leurs mains.

Se levant, il fit signe à Peter de le suivre et se dirigea vers le renfoncement le plus obscur de la pièce, derrière le rideau de perles. Il s'arrêta en passant devant la porte qui s'ouvrait sur la chambre de Sulina. La jeune fille, son sarong desserré l'enveloppant comme une corolle, reposait sur sa couche. Ses yeux étaient limpides.

« Sulina, va surveiller la véranda.

– Oui, père. » Elle se mit debout, renoua son

sarong, ajusta son petit boléro, son baju. Sutra trouva qu'elle l'ajustait un peu trop car on distinguait parfaitement la naissance de ses seins. Oui, l'heure était indiscutablement venue de la marier. Mais à qui ? Il n'y avait pas un homme acceptable.

Il s'écarta quand elle sortit, les yeux modestement baissés. Mais il n'y avait rien de réservé dans le balancement de ses hanches et Peter, lui aussi, le remarqua. Je devrais la fouetter, songea Sutra. Mais il savait bien qu'il n'avait aucune raison de se mettre en colère. Séduire n'est que le métier de la femme – être desirée n'est que le besoin de la femme.

Je ferais peut-être bien de la donner à l'Anglais. Cela pourrait calmer son appétit. Il a l'air largement assez viril ! Sutra soupira. Ah ! Retrouver la jeunesse...

Il sortit la petite radio dissimulée sous le lit.

« J'ai confiance en toi. C'est une bonne radio. Elle marche bien. Elle est à toi. »

Dans son excitation, Peter Marlowe faillit lâcher l'appareil. « Mais toi ? Cela doit certainement valoir un prix vertigineux.

– Cela n'a pas de prix. Emmène-la avec toi. »

Peter retourna le poste. Il fonctionnait sur le secteur. Et il était en parfait état. Le fond en était enlevé et la lumière de la lampe à pétrole faisait étinceler les valves. Il y avait des condensateurs. Une multitude. S'approchant de la lampe, Peter examina attentivement les entrailles dc l'appareil. Centimètre par centimètre. La sueur ruisselait sur ses joues. Enfin, il trouva ce qu'il cherchait – le condensateur de trois cents microfarads.

Que faire ? Me contenter de prendre la pièce de rechange ? Mac a dit qu'il était presque sûr. Presque... Autant emporter la radio elle-même ; de la sorte, si le condensateur ne s'adapte pas à la nôtre, nous aurons un poste de secours que l'on pourra cacher quelque part. Oui. Ce serait une bonne chose.

« Je te suis reconnaissant, Tuan Sutra. Je ne pourrai jamais te remercier pour un tel présent. Ni moi ni les milliers de prisonniers de Changi.

– Je t'implore de veiller à notre sauvegarde. Si une sentinelle te voit, enterre la radio dans la jungle. Mon village est entre tes mains.

– N'aie aucune crainte. Je la protégerai comme la prunelle de mes yeux.

– Je te crois. Mais peut-être est-ce une folie.

– Parfois, je pense sincèrement que les hommes ne sont que des fous, Tuan Sutra.

– Tu es sage bien que tes années soient peu nombreuses. »

Le vieillard chercha un morceau d'étoffe et en enveloppa la radio ; puis ils regagnèrent la pièce principale. A leur vue, Sulina sortit de l'ombre de la véranda.

« Veux-tu que je t'apporte à manger ou à boire, père ? »

Wah-la, grommela Sutra en son for intérieur. Elle me le demande à moi mais c'est à lui qu'elle s'adresse en vérité. « Non. Va te coucher. »

Sulina secoua la tête dans un adorable geste de dénégation mais obéit.

« Ma fille mérite une correction.

– Il serait dommage d'abîmer une chair aussi délicate. Tuan Abu disait : Bats la femme au moins une fois par semaine et tu auras la paix dans ta maison. Mais ne la frappe pas trop fort de peur de te mettre en colère contre elle car, alors, elle frappera à son tour et te fera grandement mal.

– Je connais cette maxime qui est certainement vraie. Les femmes sont incompréhensibles. »

Accroupis devant la véranda, les deux hommes parlèrent de bien des choses, leur regard fixé sur la mer. Peter finit par demander si l'on pouvait s'y baigner.

« Il n'y a pas de courants, répondit le Malais, mais parfois il y a des requins.

– Je ferai attention.

– Reste dans l'ombre près des bateaux. De temps en temps, on voit des Japonais qui se promènent le long du rivage. Ils ont installé un nid de mitrailleuse à trois miles d'ici, sur la plage. Garde les yeux ouverts.

– Je ferai attention. »

Peter se dirigea vers les barques, prenant soin de se dissimuler dans l'obscurité. La lune commençait à baisser sur la mer. Il ne reste plus guère de temps, se dit-il.

Près des embarcations, des hommes et des femmes vérifiaient ou réparaient les filets, riant et plaisantant. Ils ne remarquèrent pas Marlowe tandis qu'il ôtait ses vêtements.

L'eau était chaude ; mais, comme dans toutes les mers d'Orient, elle recélait des zones froides. Peter en trouva une et s'efforça d'y demeurer. Le sentiment de liberté qu'il éprouvait le grisait. Il avait presque l'impression d'être redevenu le petit garçon qui prenait le bain de minuit dans le Pacifique tandis que, tout près, son père lui criait : « Ne va pas trop loin, Peter ! Attention aux courants ! »

Il se mit à nager sous l'eau et sa peau s'imbibait de sel. Il reparut à la surface, crachant comme un phoque pour revenir d'une brasse paresseuse vers les hauts-fonds. Et là, bercé par la houle, il fit la planche, jouissant de l'ivresse de la liberté. Soudain, il prit conscience qu'il était nu, qu'il y avait des hommes et des femmes à trente mètres de lui. Mais il n'éprouvait pas la moindre gêne. La nudité était devenue chose banale au camp. En outre, au cours des mois qu'il avait passés dans son village javanais, il avait appris qu'il n'y a rien de honteux à être un homme. Avec des désirs d'homme. Des besoins d'homme.

La caresse sensuelle de l'eau, sa chaleur dont il se gorgeait comme d'une nourriture lui brûlèrent soudain le ventre et, se retournant brusquement, il se tapit, enfoncé jusqu'au cou dans les flots qui le cachaient. Il regarda la plage, le village. Les Malais s'affairaient toujours autour de leurs filets. Dans l'obscurité de la véranda, il pouvait deviner les gestes de Sutra qui fumait une cigarette. Et puis il aperçut Sulina, éclairée par la lampe à pétrole. Accoudée à la fenêtre, son sarong à demi détaché, elle contemplait la mer.

Peter sentit que c'était sur lui que la jeune fille fixait son regard et, honteux, il se demanda si elle avait vu. Il l'observa. Elle l'observait. Soudain, elle enleva son sarong et, prenant une serviette blanche, elle commença d'essuyer la sueur qui faisait miroiter son corps.

Une fille du soleil et une fille de la pluie. Ses longs cheveux noirs l'enveloppaient presque entièrement ; elle secoua la tête pour les rassembler dans son dos ; puis elle entreprit de les natter. Et, tout le temps, elle regardait vers Peter, en souriant.

Subitement, chaque ondulation du ressac, chaque frôlement de la brise, chaque glissement d'algue se muèrent en caresses – des doigts de courtisanes à l'expérience séculaire...

Sulina, je vais te prendre.

Je vais te prendre, quoi qu'il puisse m'en coûter.

Il s'efforça d'imposer sa volonté à la jeune fille, de lui ordonner de quitter la véranda. Elle le regardait, comme fascinée. Elle l'attendait, et son impatience égalait la sienne... Je vais la prendre, Sutra. Ecarte-toi de mon chemin. Ecarte-toi. Sinon...

Il ne vit pas le Roi qui approchait à l'abri de l'ombre. L'Américain s'arrêta brusquement, surpris de découvrir Peter à plat ventre dans l'eau.

« Hé, Peter ! Peter ! »

La voix parvint à Marlowe comme à travers le brouillard. Lentement, il tourna la tête. Le Roi lui faisait signe.

« Peter, magne-toi ! C'est l'heure de se carapater. »

Du coup, Marlowe se souvint de tout – du camp et des barbelés et de la radio et du camp et de la guerre et du camp et de la radio et du garde devant lequel il faudrait passer et de la nécessité de rentrer à temps et de la joie de Mac quand il lui donnerait le trois cents microfarads et lui apprendrait l'existence du second poste de radio. La flamme qui lui avait brûlé la chair s'éteignit. Mais la souffrance demeurait.

Il se mit sur pieds et récupéra son vêtement.

« Tu es gonflé, dit le Roi.

– Pourquoi ?

– De te balader à poil. Tu ne vois pas que la fille de Sutra n'en perd pas une bouchée ? Il y a des fois où je ne te comprends pas ! Qu'as-tu fait de ta pudeur ?

– Cela fait un bon moment que je l'ai perdue. » Une douleur aiguë lui lancinait les reins. « Tu es arrivé pile. Merci.

– Merci pour quoi ?

– Oh... pour rien.

– Tu as eu peur que je ne t'oublie ? »

Marlowe secoua la tête. « Non. Ne cherche pas à comprendre. Mais merci tout de même. »

Le Roi le dévisagea un instant, puis haussa les

épaules. « Allez... viens. On peut se tirer tranquillement maintenant. » Comme ils passaient devant la paillote de Sutra, le Roi agita la main : « Salamat.

— Une seconde, Rajah, fit Peter en gravissant lestement l'échelle. Je reviens tout de suite. »

La radio était toujours enveloppée dans le linge. Le jeune homme la prit et s'inclina devant le chef du village.

« Je te remercie. J'en aurai grand soin.

— Dieu t'accompagne. » Sutra hésita, puis enchaîna en souriant : « Garde tes yeux, mon fils. Tu ne mangeras point qu'ils n'aient leur nourriture. »

Peter se sentit devenir soudain très rouge. Etait-il donc vrai, comme on le racontait, que les vieillards lisent parfois dans les pensées ? « Sois remercié. La paix sur toi.

— La paix sur toi jusqu'à notre prochaine rencontre. »

Peter fit demi-tour et s'en fut.

Sulina était à sa fenêtre. Elle avait remis son sarong. Le regard que les deux jeunes gens échangèrent était un pacte. Tandis que l'Anglais et l'Américain s'enfonçaient dans les ténèbres, la petite Malaise leur adressa en silence ses vœux de bonne route.

Sutra poussa un soupir et, sans bruit, entra dans la chambre de Sulina, toujours accoudée à la fenêtre, rêveuse, le sarong jeté sur l'épaule. Du mince bambou dont il s'était muni, il frappa à coups précis le derrière nu de l'enfant. Fort — mais pas trop tout de même.

« Voilà pour avoir tenté l'Anglais alors que je ne t'avais pas dit de le tenter, fit-il en s'efforçant d'avoir l'air très en colère.

— Oui, père », pleurnicha Sulina ; chaque sanglot était un coup de couteau dans le cœur du vieux. Mais, une fois seule, l'adolescente se roula voluptueusement sur sa natte, donnant libre cours à ses larmes, les savourant. Et une vive chaleur l'enveloppa, que stimulait la brûlure du bambou.

A environ un kilomètre et demi du camp, le Roi et Peter Marlowe s'arrêtèrent pour souffler. C'est seulement alors que l'Américain remarqua le paquet que portait son compagnon. Il avait marché en tête et son esprit était tellement occupé – à la fois parce qu'il songeait à l'opération fructueuse qu'il venait d'amorcer et parce que son attention était tendue vers les dangers possibles – qu'il ne s'était pas encore aperçu que Peter transportait quelque chose.

« Qu'est-ce que tu trimbales ? Du ravito en rab ? »

Peter eut un sourire de fierté. Il écarta un peu le morceau de tissu.

« C'est une surprise. »

Le Roi eut l'impression que son cœur s'arrêtait de battre.

« Mais tu es complètement dingue, espèce de foutu connard ! »

Peter le regarda, complètement abasourdi. « Qu'est-ce qui te prend ?

– Tu es fou ou quoi ? C'est un truc a nous attirer des emmerdements inimaginables ! Tu n'as pas le droit de nous faire risquer notre tête pour une saleté de radio. Tu n'as pas le droit de te servir de mes contacts personnels pour tes petites affaires à toi. »

Peter dévisagea le Roi avec incrédulité et la nuit lui parut soudain plus oppressante. Enfin, il retrouva l'usage de la parole. « Je ne voulais pas...

– Mais, bon Dieu de fils de garce, une radio, c'est de la dynamite !

– Il n'y en a pas à Changi...

– C'est bien dommage ! Maintenant, tu vas me faire le plaisir de te débarrasser de ce truc illico. Et j'ai encore une chose à te dire : Toi et moi, c'est fini. Tu n'as pas le droit de me mêler à tes salades sans me prévenir. Tu mériterais que je te cogne la gueule.

– Essaye donc ! » Peter était furieux. Aussi furieux que le Roi et, lui aussi, il voyait rouge. « Tu as l'air d'oublier que nous sommes en guerre et que nous n'avons pas de radio. Si je t'ai accompagné, c'est en partie parce que j'espérais bien trouver un condensateur. Or, j'ai déniché un poste complet – et en état de marche.

– Fous-le en l'air.

– Non. »

Les deux hommes, dressés l'un en face de l'autre, se défiaient, tendus, inflexibles. Le temps d'un éclair, le Roi faillit se jeter sur Marlowe pour le mettre en pièces.

Mais il savait que la colère n'est pas de mise lorsque l'on a une décision importante à prendre et, maintenant, passé le premier choc, il pouvait analyser la situation de sang-froid.

En premier lieu, il lui fallait reconnaître que si ç'avait été une lourde bévue que d'encourir un risque aussi gros, le coup d'audace se soldait par un succès. S'il n'avait pas eu envie de la donner, Sutra aurait pu prétendre qu'il n'y avait pas de radio dans le secteur. Donc, aucun préjudice de ce côté-là.

Deuxième point : Il pourrait devenir plus qu'utile au Roi d'être au courant de l'existence d'un poste... D'un poste qui ne serait pas dans sa propre baraque. De la sorte, il aurait une idée de l'évolution des événements et saurait exactement à quel moment il conviendrait de tenter la belle... Cette histoire ne comportait, somme toute, qu'un inconvénient : Peter avait outrepassé ses droits. Examinons ce problème. Si l'on fait confiance à un type et qu'on se l'attache, ce sont ses méninges qu'on achète. A quoi ça sert un mec qui se contente d'obéir et qui, le reste du temps, demeure assis sur son cul ? Peter avait mené les négociations de main de maître. Lorsqu'il faudra jouer la fille de l'air, pour autant que cela s'avère nécessaire un jour, Peter sera dans le coup. Indispensable d'avoir avec soi quelqu'un qui parle le patois du cru. Ouais... Et il n'avait pas froid aux yeux, ce garçon. Il aurait été stupide de lui rentrer dedans avant d'avoir jaugé les nouveaux éléments de la situation en homme d'affaires. Oui... Lui, le Roi, il s'était laissé aller à piquer une crise comme un gosse de deux ans !

« Peter ! » Marlowe serra les mâchoires d'un air de défi. Je me demande si je pourrais le posséder, l'animal. Sûrement. Je fais vingt-cinq — peut-être même quarante — kilos de plus que lui.

« Quoi ?

— Je regrette de m'être foutu en boule. Au fond, cette radio, c'est une bonne idée.

— Hein ?

— Je te dis que je regrette, quoi ! C'est une idée formidable.

— Je ne comprends pas, murmura Marlowe, désemparé. Il y a un instant, tu étais fou furieux — et voilà que tu dis maintenant que c'est une bonne idée ! »

Il me plaît, cet enfant de garce ! Il en a là où il faut. « Que veux-tu ! La radio, ça me met les nerfs en pelote. C'est un truc qui n'a pas d'avenir... » Il rit doucement et ajouta : « Si tu veux revendre un poste, tu n'en tires que des clopinettes !

— C'est vrai que tu ne m'en veux plus ?

— Bien sûr que non. On est copains. » Il envoya à Peter une bourrade amicale. « Simplement, ce qui m'a mis hors de moi, c'est que tu ne m'aies rien dit. Ce n'est pas chic.

– Je te demande pardon. Tu as raison. Je te fais mes excuses. C'était ridicule de ma part. Et déloyal. Je ne voulais pourtant en aucun cas te mettre dans l'embarras. Je suis sincèrement désolé.

– Et moi je suis désolé d'avoir gueulé comme un âne. La prochaine fois, préviens-moi avant de faire quoi que ce soit. »

Les deux hommes se serrèrent la main. « Tu as ma parole, dit Marlowe.

– Ça me suffit. » Ouf ! Quelle corvée ! « Dis-donc, qu'est-ce que c'est que ce machin dont tu parlais ? Un condensateur ? »

Peter Marlowe raconta au Roi tout ce qui se rapportait aux fameuses bouteilles.

« Si je comprends bien, Mac a seulement besoin d'un condensateur, hein ?

– Il suppose que c'est le condensateur qui cloche.

– Tu veux que je te dise à quoi je pense ? Le mieux serait de prendre ce condensateur et de planquer le poste. Il n'y a qu'à l'enterrer ici : Il sera en sécurité. Si le vôtre ne marche pas, on pourra toujours venir rechercher celui-là. Il sera facile à Mac de remplacer la pièce défaillante. Planquer ta radio dans le camp serait rudement compliqué. Et puis... quelle tentation ! Si elle était à portée de la main, on aurait envie de la brancher sans faire plus de façons, tu ne crois pas ?

– Si. » Peter étudia le Roi avec attention. « Tu reviendras avec moi pour la chercher ?

– Bien sûr.

– Et si je ne pouvais pas y aller pour une raison quelconque, irais-tu la chercher seul au cas où Mac te le demanderait ? Mac ou Larkin ? »

Le Roi réfléchit un instant. « Bien sûr, finit-il par répondre.

– Tu m'en donnes ta parole ?

– Oui. » L'Américain eut un vague sourire et ajouta : « C'est le diable et son train, une « parole d'honneur », pour toi, hein ?

– Comment veux-tu juger un homme autrement ? »

En deux temps trois mouvements, Peter eut arraché les fils soudés au condensateur et, une minute plus tard, le poste, enveloppé dans l'étoffe protectrice, était déposé sur une pierre plate au fond d'un trou. Les deux hommes dissimulèrent la cavité à l'aide de feuilles et roulèrent un tronc d'arbre sur la cachette. En l'espace de quinze jours, l'humidité de la jungle aurait mis définitivement le récepteur hors d'usage mais, si les « bouteilles » s'obstinaient à ne pas marcher, on aurait amplement le temps de venir le récupérer.

Peter s'épongea le front – il faisait brusquement plus chaud et l'odeur de sueur affolait les insectes dont l'essaim allait s'épaississant. « Saloperie de vermine ! » Il leva la tête vers le ciel pour se rendre compte de l'heure qu'il était. « Tu ne crois pas qu'on devrait repartir ? demanda-t-il avec inquiétude.

– Pas encore. Il n'est que quatre heures et quart. Le moment le plus favorable, c'est juste avant l'aube. Attendons encore dix minutes. Nous avons tout le temps. » Il sourit. « La première fois que j'ai fait le mur, moi aussi j'avais la trouille. Il a fallu que je poireaute devant les barbelés : Le chemin n'était pas libre. Ça a duré plus d'une demi-heure. Seigneur, quelle suée j'ai attrapée ! » Il chassa les insectes du revers de la main. « Saleté de bestioles ! »

Autour d'eux, c'était l'incessant frémissement de la jungle. Les lucioles sillonnaient de traînées lumineuses les rigoles que la pluie avait creusées de part et d'autre du sentier.

« On dirait tout à fait à Broadway la nuit, murmura le Roi.

– Je me souviens d'un film qui s'appelait *Times Square*. Une histoire de journalistes. Voyons... Laisse-moi me rappeler. Je crois que c'était avec James Cagney.

– Ça ne me dit rien. Mais Broadway, il faut le voir pour de vrai. Au milieu de la nuit, on y voit comme en plein jour. Partout, des affiches lumineuses, du néon...

– C'est à New York que tu habites ?

– Non mais j'y ai été deux fois. Je me suis baladé un peu partout.

– Où se trouve ton domicile ? »

Le Roi haussa les épaules : « Mon vieux se baguenaude tout le temps.

– Qu'est-ce qu'il fait ?

– J'attendais la question ! Il bricole par-ci par là. Et c'est bien rare quand il dessoûle.

– Oh ! Pas drôle...

– Surtout pour un môme.

– Tu n'as pas d'autre famille ?

– Ma mère est morte quand j'avais trois ans. Ni frère ni sœur. C'est le patouze qui m'a élevé. Une vraie cloche mais il m'a appris pas mal de choses sur la vie. Un : La pauvreté, c'est une maladie. Deux : L'argent, c'est tout. Trois : La façon dont on le gagne n'a aucune importance. Ce qui compte, c'est d'en avoir.

– Moi, le problème de l'argent ne m'a jamais énormément tracassé. Sans doute parce que dans l'armée... comment dire ? On touche régulièrement son chèque à la fin du mois, on a un certain niveau d'existence. Alors, la question d'argent reste secondaire.

– Ton père, il gagnait combien ?

– Je ne sais pas exactement. Dans les six cents livres par an, j'imagine.

– Seigneur ! Tu te rends compte que moi, je me fais treize cents dollars comme caporal ! Je te jure que je ne travaillerais pas pour si peu...

– Cela se pose peut-être d'une manière différente aux Etats-Unis. En Angleterre, on s'en sort très bien comme ça, tu sais. Bien sûr, notre voiture est loin d'être de la première jeunesse mais quelle importance ? Et puis, quand on prend sa retraite on a une pension.

– De combien ?

– La moitié de la solde, approximativement.

– Ça ou rien... Moi, je n'arrive pas à comprendre comment il y a des gens qui font carrière dans l'armée. Faut que ce soit des ratés, à mon avis. Bien sûr, s'empressa d'ajouter le Roi en voyant que Peter se raidissait, bien sûr, ce que je dis ne s'applique pas à l'Angleterre. Je parlais des Etats-Unis.

– Le métier des armes est un beau métier – quand on est un homme. On a suffisamment d'argent, on mène une existence passionnante qui vous entraîne un peu partout dans le monde et la vie en collectivité est une bonne chose. D'ailleurs, les officiers ont toujours joui d'un grand prestige. La tradition et tout le bataclan, si tu vois ce que je veux dire, conclut Marlowe presque comme s'il s'excusait.

– Tu comptes rester dans l'armée après la guerre ?

– Evidemment.

– C'est une solution trop facile à mon point de vue, poursuivit le Roi en se curant les dents à l'aide d'un petit morceau d'écorce. Quel plaisir – et quel avenir – y a-t-il à obéir aux ordres de gens qui sont des cloches pour la plupart ? Et puis, quoi ! Vous êtes payé des clopinettes ! Ah !

Peter, tu devrais aller faire un tour aux Etats-Unis. Il n'existe pas un pays au monde qui les vaille. Là, c'est chacun pour soi. Et chacun vaut autant que le voisin. Tout ce qu'il faut, c'est avoir de l'idée et se montrer supérieur au copain. Ça, c'est excitant.

– Je ne crois pas que cela me conviendrait. Je sais que je ne suis pas doué pour gagner de l'argent. Je suis plus heureux en faisant ce pour quoi je suis fait.

– Tu dis des idioties. Ce n'est pas une raison parce que ton dabe était militaire...

– Cela remonte à 1720. Depuis cette époque, nous sommes soldats de père en fils, dans la famille. Ce serait se dresser contre une solide tradition.

– Un drôle de bail, grommela le Roi. Moi, sorti de mon père et du sien, c'est fini. Avant – zéro. Tout ce que je sais, c'est que les vieux sont arrivés en Amérique vers 1880 à ce qu'on dit.

– D'où venaient-ils ? D'Angleterre ?

– Foutre pas ! D'Allemagne, je crois bien. Ou peut-être d'Europe centrale. Mais qui veux-tu que ça intéresse ? Je suis Américain : C'est tout ce qui compte.

– Les Marlowe sont des militaires – et voilà tout.

– Tu crois ça ? C'est un choix personnel. Prends ton cas, par exemple. Tu te sucres parce que tu te sers de tes méninges. Si tu voulais, tu ferais un homme d'affaires extra. Tu parles le malais comme si tu étais un vrai Niaque, pas ? Moi, j'ai besoin de types qui en aient dans le crâne. Je paie la matière grise. Et ne monte pas sur tes grands chevaux, s'il te plaît. C'est ça, le style américain : Acheter de la matière grise. Qu'on soit potes n'a rien à voir là-dedans. Rien de rien. Si je ne payais pas, je serais dans la panade.

– C'est faux. Tu n'as pas à payer en échange d'un petit service.

– Eh bien, tu as besoin qu'on te fasse ton éducation, toi alors ! J'aimerais t'amener aux Etats-Unis et te mettre sur la bonne route. Avec ton pseudo-accent anglais, il n'y a pas une souris qui te résisterait et tu ferais de l'or en barres. On te brancherait sur la lingerie pour dames.

– Seigneur ! » soupira Peter. Il souriait mais il était un peu horrifié. « Je suis aussi incapable de vendre quelque chose que de voler.

– Tu es capable de voler.

– Je voulais dire : Sans avion.

– Bien sûr. Je plaisantais. »

Le Roi consulta sa montre. « Le temps passe lentement quand on attend.

– Parfois, j'ai l'impression que nous ne sortirons jamais de ce trou infect.

– T'en fais pas, l'oncle Sam aura les Japs, à la longue. Et dans pas longtemps. Et même si c'est dans longtemps, qu'est-ce que ça peut fiche ? N'importe comment, c'est dans la poche. Alors, le reste... Derechef, il regarda l'heure. Il va falloir les mettre.

– Quoi ?

– Partir...

– Oh ! » Peter Marlowe se leva et jeta allégrement : « *Lead on, Macduff !*

– Hein ?

– C'est une façon de parler qui signifiait du temps de Shakespeare : Il faut les mettre. »

Et les deux hommes, heureux de leur amitié retrouvée, se remirent en marche. La traversée du chemin de jungle fut chose aisée. A présent, ils avaient dépassé la zone où patrouillait la sentinelle avancée. Une piste les mena à moins de cinq cents mètres des barbelés. Le Roi, calme et confiant, ouvrait la voie. S'il n'y avait pas eu ces nuages de lucioles et de moustiques, c'eût été une agréable promenade.

« Seigneur ! Ces insectes sont enragés.

– Oui », murmura Peter.

Ce fut alors qu'ils virent la baïonnette pointée. Ils stoppèrent net.

Le Japonais était assis, adossé contre un arbre, les yeux fixés sur eux, un sourire effrayant peint sur son visage. L'arme était appuyée sur ses genoux.

Mon Dieu ! pensèrent à l'unisson Peter et le Roi. Utram Road... Je suis un homme mort... Il faut le tuer.

L'Américain réagit le premier : Il bondit sur le garde, lui arracha son fusil et, roulant sur lui-même, il se redressa, prêt à écraser le visage du soldat à coups de crosse. A l'instant où Peter plongeait, un sixième sens l'avertit : Au lieu d'agripper la gorge de l'ennemi, sa main prit appui sur l'arbre et il s'en fut bouler dans l'herbe.

« Eloigne-toi ! »

Le Japonais n'avait pas bronché. Le même rictus démoniaque lui retroussait les lèvres.

« Qu'est-ce qu'il se passe ? » balbutia le Roi, pris de panique. Il brandissait toujours le fusil.

« Eloigne-toi ! Vite... pour l'amour du ciel ! »

Arrachant l'arme des mains de l'Américain, Peter la lança à côté du garde. C'est alors que le Roi aperçut le serpent lové sur les genoux du Jap.

« Nom de Dieu ! », jeta-t-il d'une voix rauque en s'approchant pour mieux voir.

Peter l'empoigna par le bras. « Eloigne-toi ! » répéta-t-il sur un ton frénétique. « Cours ! Au nom du ciel ! » Et, pivotant sur ses talons, il se rua loin des arbres sans se soucier des plantes qu'il écrasait dans sa fuite. Le Roi emboîta le pas et les deux hommes ne s'arrêtèrent que lorsqu'ils furent arrivés dans une clairière.

« Tu es fou ? haleta l'Américain, les poumons en feu. Ce n'était rien qu'un malheureux serpent. »

– Un serpent-volant, précisa Peter quand il eut repris souffle. De ceux qui nichent dans les arbres. Leur morsure tue en un clin d'œil, mon vieux. Ils se confondent avec les branches et se laissent choir sur leur proie. Le garde en avait un sur ses genoux et il y en avait un autre en-dessous de lui. Et ce n'étaient certainement pas les seuls... toute une nichée.

– Jésus !

– N'empêche que nous devons des remerciements à ces immondes reptiles, ajouta Peter quand il eut repris sa respiration normale. Le Jap était encore chaud. Sa mort ne remontait sûrement pas à plus de deux minutes. Sans les serpents, nous étions faits aux pattes. Et il faut rendre grâce à Dieu de nous être querellés. Pendant ce temps, ils nous ouvraient le chemin. Nous n'avons jamais été aussi près de casser du bois. Jamais.

– J'espère que c'est la dernière fois que je vois un putain de Jap braquer une putain de baïonnette sur moi au milieu d'une putain de nuit ! Allez ! Vaut mieux ne pas s'attarder dans le coin. »

Arrivés à proximité de l'enceinte du camp, Peter Marlowe et le Roi s'installèrent pour attendre l'instant propice. Impossible, pour le moment, de franchir les barbelés : il y avait trop de monde en train de traîner. Ceux qui ne dormaient pas et ceux qui dormaient presque.

C'était bon de se reposer. Les genoux tremblants, les deux hommes savouraient la joie d'être vivants.

Quelle nuit ! songeait le Roi. Si Peter n'avait pas été là, j'étais bon comme la romaine. J'allais poser le pied sur le genou du Jap pour lui écrabouiller le crâne. Il s'en est fallu de dix centimètres. Des serpents ! Je ne peux pas les voir en peinture, ces saloperies !

A mesure qu'il s'apaisait, le Roi sentait croître son estime envers Marlowe. « C'est la deuxième fois que tu me sauves la mise, murmura-t-il.

– Tu as pris le fusil le premier. Si le Jap avait été en vie, tu l'aurais tué. Moi, j'ai été trop lent.

– Dame ! Je marchais devant. » L'Américain sourit et reprit : « On fait une bonne équipe, toi et moi. Avec ton coup d'œil et ma tête, on ne se défend pas trop mal. »

Un accès d'hilarité secoua Peter. En dépit de ses efforts pour se contenir, bientôt, il se roulait dans l'herbe, hoquetant ; les larmes lui coulaient des yeux. La contagion gagna le Roi qui éclata de rire à son tour. « Tais-toi, pour l'amour du ciel, parvint à articuler Marlowe qui suffoquait.

– C'est toi qui a commencé.

– Non.

– Mais si ! Tu as dit... tu as dit... » Mais le Roi était incapable de continuer. Du revers de la main, il s'essuya les yeux. « Le Jap... tu te rappelles ? Ce corniaud assis comme un grand singe...

– Regarde ! »

Leur rire se tarit soudainement.

Grey était en train de rôder à l'intérieur du camp. Ils le virent s'arrêter devant la baraque américaine, se tapir dans l'ombre. De temps à autre il scrutait la jungle au-delà des barbelés. juste dans leur direction.

« Tu crois qu'il est au courant ? souffla Peter.

– Je n'en sais rien. Mais une chose est sûre : Pas question de bouger pour le moment. Il va falloir attendre. »

Ils attendirent. Le ciel commençait à pâlir. Grey, embusqué dans l'obscurité, surveillait toujours la baraque américaine et de temps à autre, balayait le camp d'un coup d'œil circulaire. Le Roi n'ignorait pas que, de la place où il se trouvait, le prévôt voyait son lit. Son lit vide. Néanmoins, les couvertures étaient défaites et l'Américain pouvait fort bien être en train de se promener avec les autres insomniaques. Aucun règlement n'interdisait de se lever la nuit. Mais débine-toi, nom de Dieu, débine-toi en vitesse !

« Il va falloir y aller bientôt, Peter. Le jour ne tardera plus, maintenant.

– Si on passait par un autre point ?

– De l'endroit où il est, il contrôle toute l'enceinte jusqu'au coin.

– Tu crois qu'il y a eu une fuite ? Que quelqu'un a mouchardé ?

– Ce n'est pas exclu mais il ne s'agit peut-être que d'une coïncidence. » Le Roi se mordit les lèvres avec colère.

« Et par les feuillées ?

– Ce serait trop risqué. »

Ils attendirent. Enfin, après avoir regardé une dernière fois dans leur direction, Grey s'éloigna. Ils le virent disparaître derrière le mur de la prison.

« C'est peut-être une feinte, dit le Roi. Accordons-lui encore deux minutes. »

Les secondes étaient des heures. Le ciel s'éclairait de plus en plus tandis que se dissipaient les ombres. A présent, il n'y avait plus personne en vue.

« C'est maintenant ou jamais. »

Ils foncèrent vers la clôture. Vivement, ils se coulèrent sous les barbelés, se jetèrent à plat ventre dans le fossé.

« Rentre dans ta baraque, Rajah. Moi, j'attends un peu.

– D'accord. »

En dépit de sa taille, le Roi avait une bonne foulée et il ne lui fallut guère de temps pour couvrir la distance qui le séparait du baraquement. Alors, Peter sortit à son tour du fossé. Mais quelque chose lui dit de s'asseoir sur le remblai en tournant le dos au camp. Du coin de l'œil, il aperçut Grey. Surgi à l'angle de la clôture, le prévôt fit halte.

« Marlowe !

– Oh, Grey ! Salut, fit Peter en s'étirant. Vous ne dormez pas, vous non plus ?

– Depuis combien de temps êtes-vous ici ?

– Depuis quelques minutes. J'étais fatigué de marcher. Alors je me suis assis.

– Où est votre copain ?

– Lequel ?

– L'Américain. » Grey renifla avec dégoût.

« Je n'en sais rien. Je suppose qu'il dort. »

Grey contempla l'accoutrement de Peter : La tunique chinoise, mouillée de sueur et déchirée à la hauteur de l'épaule, de la boue et des débris de feuilles sur le ventre et aux genoux – et jusque sur les joues...

« Comment avez-vous fait pour vous salir comme ça ? Et pourquoi transpirez-vous tellement ? Qu'est-ce que vous fricotez ?

– Je suis sale parce... bah ! Il n'y a pas de mal à avoir un peu de boue sur soi. » Peter se leva, s'épousseta les genoux et le séant. « En vérité, il n'y a rien de tel pour se sentir propre une fois qu'on s'est débarbouillé. Et si je transpire, c'est pour la même raison que vous : A cause du climat tropical, n'est-ce pas.

– Qu'est-ce que vous avez dans vos poches ?

– Ce n'est pas parce que vous êtes aussi méfiant qu'un cancrelat qu'il faut vous imaginer que tout le monde fait de la contrebande. Aucun règlement n'interdit de se promener quand on n'arrive pas à dormir.

– C'est vrai mais il existe un règlement qui interdit de se promener en dehors des limites du camp. »

Peter posa sur Grey un regard nonchalant. Bien qu'il ne se sentît nullement nonchalant. Qu'est-ce à dire ? s'interrogeait-il en essayant de deviner les pensées du prévôt. Grey était-il au courant ? « Il faudrait être fou pour s'amuser à ce petit jeu-là.

– Très juste », répliqua l'autre en le dévisageant intensément. Puis il fit demi-tour et prit du champ.

Peter l'observa un instant, puis s'éloigna à son tour dans la direction opposée, sans un regard pour la baraque américaine. Mac sortirait de l'hôpital aujourd'hui même. Le jeune homme sourit en songeant à la surprise qui attendait l'Ecossais.

Le Roi, de son lit, cessa de voir Peter. Il reporta alors son attention sur Grey, l'ennemi dont la silhouette se dessinait, rigide et maléfique, dans la lumière naissante. Une silhouette squelettique. Un short en lambeaux, de grossières socques indigènes, pas de chemise, le brassard au-dessus du coude, le béret de tankiste élimé... Un rayon de soleil embrasa l'insigne jusque-là invisible, piqué sur le devant de la coiffure, et qui, soudain, se mit à luire comme de l'or en fusion.

Qu'est-ce que tu sais exactement, mon salaud ?

Livre troisième

15

L'AUBE venait de se lever.

Allongé sur sa couchette, Peter Marlowe émergea brusquement de son demi-sommeil.

Était-ce un rêve ? se demanda-t-il. Mais quand il eut délicatement palpé du bout des doigts le petit morceau de tissu qui enveloppait le condensateur, il comprit qu'il n'avait pas rêvé.

Il entendit Ewart se retourner en grognant au-dessus de sa tête et vit apparaître les jambes de son voisin de lit qui bougonnait : « Mahlu sur la nuit. »

Se rappelant que son groupe était aujourd'hui de corvée de blattes, Marlowe sortit pour aller secouer Larkin.

« Hein ? gémit le colonel en reprenant péniblement conscience. Oh, c'est toi, Peter ! Qu'est-ce qu'il se passe ? »

Il était dur de ne pas raconter tout à trac à Larkin qu'il avait trouvé un condensateur mais Peter tenait à annoncer la nouvelle en présence de Mac. Aussi se contenta-t-il de dire : « Corvée de blattes, mon vieux.

– Encore ! Ma parole... » Larkin, le dos douloureux, s'étira, rattacha son sarong et enfila ses socques.

Munis d'un filet et d'un bidon de vingt litres, les deux hommes traversèrent le camp qui commençait à s'animer. Ils ne prêtèrent pas plus d'attention aux occupants des feuillées que ceux-ci ne leur en accordèrent. Larkin ôta le couvercle du premier trou ; Peter fit prestement glisser le filet le long des parois de la fosse et le ramena plein de blattes qu'il déversa dans le bidon. Après un second coup de filet tout aussi fructueux, Larkin remit le couvercle en place et la même opération se renouvela avec le trou suivant.

« Tiens ce machin droit, grogna Peter. Regarde ce que tu as fait ! J'en ai perdu au moins cent !

– Il y en a autant qu'on en veut », répliqua Larkin d'un ton dégoûté en assurant mieux sa prise.

L'odeur était infecte mais la moisson était bonne. Bientôt, le récipient fut rempli à ras bord. Les plus petits des insectes mesuraient près de quatre centimètres. Larkin reboucha le bidon et, suivi de Marlowe, prit le chemin de l'hôpital.

« Ce n'est pas là l'idée que je me fais d'un régime ordinaire.

– Est-ce vrai que tu en as mangé à Java, Peter ?

– Certainement. Et, soit dit en passant, tu en as mangé toi aussi. A Changi. »

Larkin faillit laisser choir sa charge. « Quoi ?

– Tu ne t'imagines quand même pas, que du moment que les indigènes y voient une friandise et les médecins une source de protéines j'allais en faire fi ! »

Larkin hurla : « Mais nous avions un pacte ! Nous étions convenus de ne jamais utiliser d'ingrédients bizarres dans la cuisine sans en parler à un membre du groupe.

– J'en ai parlé à Mac et il a été d'accord.

– Pas moi, nom d'un bougre !

– Allons, allons, colonel ! N'en faisons pas un drame. On a dû les attraper et les préparer en secret et tu t'es extasié. Nous ne sommes pas moins délicats que toi.

– En tout cas, la prochaine fois, j'exige d'être prévenu, C'est un ordre. »

Peter Marlowe pouffa. « Entendu, mon colonel. »

Après avoir livré les blattes à la minuscule cuisine de l'hôpital qui se chargeait de nourrir les patients les plus gravement atteints, les deux hommes regagnèrent le bungalow. Mac les attendait. Il avait la peau d'un jaune grisâtre, les yeux injectés de sang et ses mains tremblaient. Mais il n'avait plus de fièvre et avait retrouvé son sourire.

« C'est bon de se revoir, les amis, dit-il en s'asseyant.

– Salut. »

Nonchalamment, Peter Marlowe sortit le bout de chiffon de sa poche. « Tiens... peut-être que ça pourra te rendre service. »

Mac déplia le tissu avec indifférence.

« Nom de Dieu ! hoqueta Larkin.

– Tu cherches à me donner une crise cardiaque ! s'écria Mac.

– Inutile de s'énerver pour rien », fit Peter d'une voix impassible, ivre de joie derrière son flegme apparent. Mais il ne put y tenir plus longtemps et ses traits s'épanouirent.

« Ces sacrés Pommies avec leurs cachotteries, grommela Mac. Où as-tu trouvé ça, petit ? »

Peter se contenta de hausser les épaules.

« Ma question était idiote. Excuse-moi, Peter. »

Marlowe savait que Mac ne la poserait pas une seconde fois. Il était hautement préférable que ses amis n'entendissent pas parler du village.

C'était le crépuscule.

Larkin montait la garde. Marlowe montait la garde. A l'abri de sa moustiquaire, Mac était en train de fixer le condensateur. Enfin, succombant à l'impatience, il brancha le fil au câble d'alimentation en murmurant une prière et, le front couvert de sueur, il plaqua l'écouteur contre son oreille.

L'attente était une torture. On étouffait sous la moustiquaire ; le béton des murs et du plancher conservait encore la chaleur du soleil en train de sombrer derrière l'horizon. Un moustique vrombissait avec rage. Mac jura mais n'essaya pas de le tuer : Soudain, les parasites craquaient dans l'écouteur.

Ses doigts engourdis, rendus moites par la sueur qui dégoulinait le long de son bras, glissaient sur le tournevis. Il les essuya et finit par trouver la vis commandant le chercheur. Il la tourna délicatement. Doucement, très doucement. La statique. Rien que la statique. Et tout à coup, une musique lui parvint. C'était un enregistrement de Glenn Miller.

La musique se tut et un annonceur la remplaça : « Ici Radio Calcutta. Le récital Glenn Miller que vous entendez se poursuit avec *Moonlight Serenade.* »

Mac apercevait par l'embrasure de la porte Larkin assis sur ses talons, dans l'ombre et, plus loin, les hommes qui allaient et venaient entre les bungalows. Il mourait d'envie de se précipiter vers eux, de leur hurler ; « Dites-donc, les gars, vous voulez entendre les nouvelles ? Ça ne va pas tarder, j'ai Calcutta. »

Après avoir écouté encore une minute, Mac débrancha la radio et replaça soigneusement dans leur gaine de feutre verdâtre les bidons qu'il posa négligemment sur les lits. Il y aurait un bulletin à vingt-deux heures ; aussi, pour ne pas perdre de temps, il se contenta de glisser le fil et l'écouteur sous son matelas au lieu de les réintroduire dans la troisième bouteille.

Il poussa un grognement en se redressant ; il était resté si longtemps accroupi sous la moustiquaire qu'il en avait des crampes dans le dos.

De son poste d'observation, Larkin lui jeta un coup d'œil.

« Qu'est-ce qui se passe, mon camarade ? Pas moyen de dormir ?

– Non, répondit Mac en venant s'asseoir près de lui.

– Il faut te ménager. C'est aujourd'hui seulement que tu es sorti de l'hôpital. »

Larkin n'avait nul besoin que Mac lui dit que le poste fonctionnait : Les yeux de l'Ecossais brillaient d'excitation. Il lui envoya une joyeuse bourrade. « Tu es en pleine forme, espèce de rosse.

– Où est Peter ? » Mac savait parfaitement que Marlowe était de faction près des douches.

« Par là. Assis dans son coin comme un abruti. Regarde-le.

– Hé ! Mahlu sana », appela Mac.

Peter se leva et s'approcha en répondant « Mahlu sendiris » ce qui signifie : « Mahlu toi-même. » Lui non plus n'avait pas besoin que Mac lui annonçât le résultat de l'essai.

« Que diriez-vous d'un bridge ? proposa-t-il.

– Qui fera le quatrième ?

– Holà, Gavin, s'écria Larkin. Vous venez faire le quatrième ? »

Le commandant Gavin Ross, assis les pieds sur une chaise, se leva et, cramponné à sa béquille, s'approcha du bungalow. Il était content de l'offre de Larkin. Les nuits étaient toujours pénibles. Un paralytique est un être tellement inutile ! Autrefois, Ross était un homme ; à présent, il n'était plus rien. Des jambes mortes... Condamné à la petite voiture jusqu'à la fin de ses jours.

Un éclat d'obus s'était logé dans son crâne – c'était juste avant la reddition de Singapour. « Ne vous faites pas de mauvais sang, avaient dit les docteurs. On vous débarrassera de ça dès qu'on vous aura transporté dans un hôpital convenable disposant du matériel convenable. » Mais il n'y avait jamais eu d'hôpital convenable disposant du matériel convenable et le temps avait passé.

Ross s'installa avec difficulté sur le sol cimenté. Mac lui lança un coussin. « Merci, mon vieux. » Peter alla chercher les cartes tandis que le commandant Ross prenait place. Gavin souleva sa jambe gauche, la replia et détacha le ressort dont une extrémité était fixée au bout de sa chaussure et dont l'autre était assujettie derrière le genou au moyen d'une lanière. Cela fait, il repoussa sa jambe droite, également paralysée, et s'adossa au coussin posé contre le mur. « Ça va mieux comme ça », murmura-t-il en caressant ses moustaches à la kaiser à petits gestes nerveux.

« Et ces migraines ? demanda automatiquement Larkin.

– Il ne faut pas trop se plaindre, répondit Gavin de façon non moins machinale. Vous êtes mon partenaire ?

– Non. Vous jouez avec Peter.

– Seigneur ! Ce garçon n'arrête pas de couper mes as !

– Ça ne m'est arrivé qu'une fois. »

Mac éclata de rire. « Une fois par soirée.

– Mahlu !

– Deux piques », annonça Larkin d'une voix tonitruante.

Et les enchères se mirent à monter furieusement.

Plus tard dans le courant de la nuit, Larkin

alla heurter à la porte de l'un des bungalows. Smedly-Taylor scruta les ténèbres. « Qu'est-ce que c'est ?

– Je vous prie de m'excuser si je vous dérange, mon colonel.

– Oh, c'est vous, Larkin ? Des ennuis ? »

Des ennuis... Invariablement ! Qu'est-ce que les Australiens étaient encore allés inventer, se demandait Smedly-Taylor en se recouchant. Tout son corps était douloureux.

« Non, mon colonel. » S'étant assuré qu'il n'y avait pas d'oreilles indiscrètes aux alentours, Larkin enchaîna d'une voix calme et précise : « Les Russes sont à soixante kilomètres de Berlin. Manille est libérée. Les Américains ont débarqué à Corregidor et à Iwo Jima.

– En êtes-vous sûr ?

– Oui, mon colonel.

– Qui... » Mais Smedly-Taylor s'interrompit. « Non. Je ne veux rien savoir. Asseyez-vous, mon cher camarade, poursuivit-il d'un ton feutré. Etes-vous absolument certain de l'authenticité de ces nouvelles ?

– Oui, mon colonel.

– Je ne puis vous dire qu'une seule chose », reprit Smedly-Taylor. Son timbre voilé était solennel. « Il m'est impossible de faire quoi que ce soit si quelqu'un est pris avec... si quelqu'un est pris. » Il se refusait même à prononcer le mot de « radio ». « Je ne veux être au courant de rien. » Un soupçon de sourire adoucit fugitivement son visage qu'on eût dit taillé dans le granit. « Je vous prie seulement de veiller sur elle comme sur votre propre vie et de m'avertir aussitôt que vous apprendrez quelque chose.

– Parfaitement, mon colonel. Nous nous proposons de...

– Je ne veux rien savoir. Rien d'autre que les

informations. Excusez-moi, ajouta-t-il tristement en posant sa main sur l'épaule de Larkin.

– C'est plus prudent comme cela, mon colonel. » Larkin était satisfait que Smedly-Taylor tînt à rester dans l'ignorance de leur plan. Il avait été décidé que chacun des membres du groupe communiquerait les informations à deux personnes seulement : Larkin les transmettrait à Smedly-Taylor et à Gavin Ross ; Mac au commandant Tooley et au lieutenant Bosley, qui étaient des amis personnels : Peter au Roi et au père Donovan, l'aumônier catholique. Chacune de ces personnes ferait part à son tour de ce qu'elle aurait appris à deux autres dignes de confiance, et ainsi de suite. C'était un bon système, se disait Larkin. Peter avait avec juste raison gardé le silence sur la manière dont il s'était procuré le condensateur. Un brave garçon, ce Peter.

Au cours de cette même nuit, lorsque Marlowe rentra après avoir vu le Roi, Ewart était réveillé. Sa tête émergea de la moustiquaire et il murmura d'une voix excitée : « Tu as entendu les nouvelles, Peter ?

– Quelles nouvelles ?

– Les Russes sont à soixante kilomètres de Berlin. Les Américains ont débarqué à Corregidor et à Iwo Jima. »

Seigneur ! Déjà ! Une terreur sourde envahit Peter.

« Ce ne sont que des rumeurs, Ewart. Des canards sans queue ni tête.

– Non. Il y a à nouveau une radio dans le camp. Ce sont des informations sérieuses, pas des rumeurs. Tu ne trouves pas cela sensationnel ? Oh ! J'oubliais le plus beau. Les Ricains ont libéré Manille. Maintenant, ça ne va plus durer longtemps, hein ?

– Je le croirai quand je le verrai. »

Peut-être aurions-nous dû n'en parler qu'à Smedly-Taylor, et à personne d'autre, se dit Marlowe tandis qu'il se couchait. Si Ewart est au courant, il n'y a rien à faire.

Inquiet, il tendait l'oreille. On pouvait presque sentir l'animation grandissante qui faisait vibrer Changi. Le camp savait que le contact avec le monde extérieur était rétabli.

Yoshima, au garde-à-vous devant le général écumant de fureur, suait la peur.

« Vous n'êtes qu'un abruti, un idiot, un incapable », tonnait le général.

Yoshima se raidit dans l'attente du coup qui devait arriver. Et il arriva. Le général le gifla en pleine face.

« Si vous ne trouvez pas cette radio, je vous casse de votre grade. Votre demande de mutation est refusée. Rompez. »

Yoshima salua vivement son supérieur, s'inclina avec toutes les marques de la plus totale humilité et s'en fut, heureux de s'en tirer à si bon compte. Ah ! Ces maudits prisonniers !

Il convoqua ses subordonnés, les injuria de la belle manière, les frappa au point d'en avoir mal à la main. Les sergents, à leur tour, giflèrent leurs caporaux, qui giflèrent les simples soldats, qui giflèrent les Coréens. Les ordres étaient clairs : « Trouvez cette radio ou gare... »

Pendant cinq jours, rien ne se produisit. Puis les geôliers s'abattirent sur le camp qu'ils passèrent au peigne fin. Mais ce fut en vain. Le traître ignorait encore la cachette de la radio.

Il ne se passa donc rien sauf que la promesse du retour à la ration normale fut résiliée et le camp se prépara à attendre que s'égrènent les jours rendus encore plus longs par le manque de nourriture. Mais, au moins, il y avait les nouvelles. Pas des rumeurs : Des nouvelles. Et elles étaient excellentes. En Europe, la guerre touchait à son terme.

Néanmoins une menace sinistre planait sur Changi. Rares étaient les prisonniers à avoir des réserves de vivres. En outre, les nouvelles, quelque bonnes qu'elles fussent, étaient un miroir aux alouettes : Si la guerre s'achevait en Europe, des forces nombreuses seraient disponibles pour le front du Pacifique. Cela finirait par l'invasion du territoire japonais. Et l'ennemi à ce moment perdrait la tête. Il y aurait des représailles. Tout le monde savait ce qui attendrait alors Changi.

Peter Marlowe se dirigeait vers la basse-cour. Son bidon se balançait à sa hanche. Larkin, Mac et lui-même avaient estimé d'un commun accord qu'il était plus prudent de garder les récipients avec soi dans toute la mesure du possible. Une perquisition impromptu étant toujours à redouter.

Le jeune officier était d'excellente humeur. Ses fonds s'étaient envolés depuis longtemps mais le Roi avait accepté de le ravitailler en tabac et en vivres à valoir sur ses gains futurs. Quel homme, songeait Peter ! Sans lui, nous serions aussi affamés que les autres...

Il faisait plus frais. La pluie de la veille avait fait retomber la poussière. Il était presque l'heure du déjeuner. Comme il approchait de l'enclos, Peter accéléra l'allure. Peut-être y aurait-il quelques œufs aujourd'hui. Soudain, il s'immobilisa tandis que la perplexité se peignait sur ses traits.

Une petite foule tumultueuse était rassemblée à peu de distance de l'enclos de son groupe et c'est avec surprise que Marlowe y reconnut Grey. En face du prévôt, le colonel Foster, vêtu en tout et pour tout d'un pagne dégoûtant, sautillait comme un dément en abreuvant d'injures incohérentes

Johnny Hawkins qui, dans un geste de protection, serrait son chien sur son cœur.

« Qu'est-ce qu'il se passe, Max », s'enquit Peter en s'arrêtant devant le poulailler du Roi.

« Salut, Pete », fit Max d'un ton insouciant en balançant le râteau qu'il avait à la main. Il attendait la réaction instinctive de Marlowe en s'entendant appeler Pete. Ah ! Ces officiers ! Quand on veut les traiter comme des braves types et leur donner leur diminutif, ils voient rouge ! Qu'ils aillent au diable ! « Ouais, Pete, ajouta-t-il pour faire bonne mesure. Ce raffut dure depuis une heure. Apparemment, le chien de Hawkins est entré dans l'enclos de l'autre Jean-foutre et a égorgé une de ses poules.

– Pas possible !

– Parole. Ils vont l'écharper. »

Foster s'égosillait : « J'exige une autre poule et des dommages et intérêts. Cette bête a tué un de mes enfants. Je porte plainte pour meurtre.

– Mais, mon colonel, il s'agit d'une poule et non d'un enfant, s'exclama Grey à bout de patience. Vous ne pouvez pas intenter...

– Mes poules sont mes enfants, imbécile. Une poule, un enfant... Où est la différence ? Hawkins n'est qu'un affreux assassin. Un assassin, vous m'entendez ? »

Grey sentait la moutarde lui monter au nez. « Voyons, mon colonel... Hawkins ne peut pas vous donner une autre poule. Il vous a présenté ses excuses. Le chien s'est détaché...

– Je veux que ce meurtrier et cette bête passent devant une cour martiale. Foster écumait. L'animal a tué ma poule et l'a mangée. Mangée ! Des plumes : Voilà tout ce qui reste de l'un de mes enfants. »

Brusquement, les lèvres retroussées sur ses dents, il se rua avec un hurlement sur Hawkins, les mains en avant, les doigts recourbés comme des griffes pour déchirer le chien. « Je vous tuerai, vous et cette maudite bête ! »

Hawkins évita son agresseur et le repoussa. Le colonel tomba tandis que Rover jappait plaintivement.

« Je vous ai fait mes excuses, dit Hawkins d'une voix hachée. Si j'avais de l'argent, je vous donnerais avec joie deux poules, dix... Mais ça ne m'est pas possible. Pour l'amour de Dieu, faites quelque chose, Grey », ajouta-t-il avec un accent désespéré en se tournant vers le prévôt.

« Que voulez-vous que je fasse ? » Grey était fatigué et furieux. Et sa dysenterie le tracassait. « Vous savez bien que je ne peux rien faire. Je suis obligé de signaler l'incident. Si j'ai un conseil à vous donner, c'est de vous débarrasser de ce chien.

– Que voulez-vous dire ?

– Je veux dire : Débarrassez-vous-en, bon Dieu ! tempêta Grey. Tuez-le. Si vous ne voulez pas que quelqu'un d'autre s'en charge. En tout cas, débrouillez-vous pour qu'à la fin du jour il ne soit plus dans le camp.

– C'est mon chien. Vous ne pouvez pas m'ordonner...

– Foutre si, que je peux ! » Grey luttait pour maîtriser les spasmes qui lui contractaient le ventre. Il aimait bien Hawkins, il l'avait toujours bien aimé mais les sentiments ne signifiaient plus rien à présent. « Vous connaissez les règles. On vous a prévenu qu'il fallait tenir Rover en laisse et l'empêcher de venir dans ce secteur. Il a tué une poule. Des témoins l'ont vu. »

Le colonel Foster se relevait. Ses yeux noirs étincelaient. « Je vais le tuer, dit-il d'une voix sifflante. Ce chien est à moi et je le tuerai. Œil pour œil. »

Grey avança d'un pas pour s'interposer car Foster se préparait à repartir à l'assaut. « Colonel Foster, je ferai mon rapport sur cette affaire. Le capitaine Hawkins a reçu l'ordre de détruire son chien... »

Mais Foster semblait ne rien entendre : « Je veux cette bête. Je vais la tuer comme elle a tué ma poule. Le chien est à moi. Pour que je le tue. » Il s'ébranla. La salive coulait de sa bouche. « Comme il a tué mon enfant. »

Grey leva la main. « Non. C'est Hawkins qui le détruira.

– Colonel Foster, je vous en supplie... je vous implore... acceptez mes excuses, fit Hawkins avec humilité. Laissez-moi mon chien. Cela ne se reproduira plus. »

Foster éclata d'un rire dément. « Non, cela ne se reproduira plus. Elle est morte et, maintenant, cette bête est mienne. » Il fonça mais Hawkins fit un écart.

« Si vous continuez, je vous mets en état d'arrestation, hurla Grey en empoignant le colonel Foster par le bras. Ce n'est pas une façon de se conduire digne d'un officier supérieur. Laissez Hawkins tranquille. Allez-vous-en. »

Foster libéra son bras. Il regarda Hawkins dans les yeux et ce fut à peine plus qu'un souffle qui s'échappa de ses lèvres : « Vous ne perdez rien pour attendre, assassin. Je vous revaudrai ça. » Puis, il retourna vers son enclos à l'intérieur duquel il se glissa. C'était sa demeure, c'était là où il vivait, où il dormait, où il mangeait en compagnie de ses enfants, les poules.

« Je suis navré, Hawkins, murmura Grey, mais il faut que vous vous en débarrassiez. »

Hawkins tenta de fléchir le prévôt : « De grâce, revenez sur votre décision, Grey. Je vous en supplie... Je ferai n'importe quoi. N'importe quoi... »

Mais Grey n'avait pas le choix. « C'est impossible. Vous le savez bien, Hawkins, mon vieux. Impossible. Débarrassez-vous de lui. Et sans perdre de temps. »

Et, sur ces mots, Grey s'en fut.

Le visage baigné de larmes, son chien toujours niché contre sa poitrine, Hawkins avisa Marlowe : « Peter, pour l'amour de Dieu, venez à mon secours.

– Je regrette, Johnny, mais je ne peux rien. Personne ne peut rien pour vous. »

Hawkins, assommé de chagrin, considéra le groupe silencieux qui l'entourait. A présent, il pleurait sans se gêner. Les spectateurs détournaient les yeux. C'était la vérité : Ils ne pouvaient rien faire. Si un homme tuait une poule, les conséquences seraient presque les mêmes. Voire exactement les mêmes. Ce fut un instant déchirant. Enfin, Hawkins fit demi-tour et s'enfuit à toutes jambes en sanglotant, Rover dans ses bras.

« Pauvre type, dit Peter Marlowe en se tournant vers Max.

– Ouais, mais Dieu soit béni que ça n'ait pas été une des poules du Roi ! Crénom ! Qu'est-ce que j'aurais dérouillé ! »

Max referma le poulailler et salua d'un signe de tête Marlowe qui s'éloignait. Il aimait soigner les poules, Max. Rien de tel qu'un œuf en rab de temps en temps. Et c'était sans aucun risque pourvu qu'on le gobe en vitesse et qu'on mêle la coquille, aussitôt réduite en poudre, à la nourriture de la volaille. Comme ça, pas la moindre trace. D'autant que les coquilles, c'est excellent pour les poules, en plus. Et puis quoi ? Un œuf par-ci par-là, est-ce que ça comptait pour le Roi ? Du moment qu'il en avait au moins un par jour, il n'y avait pas de pet. Oui ! Max était un homme heureux. Cela faisait une semaine entière qu'il s'occupait des poules.

Après le déjeuner, ce même jour, Peter était allé s'étendre sur son lit.

« Excusez-moi, mon capitaine. »

Levant les yeux, Marlowe vit Dino debout près de lui. « Oui ? », fit-il en balayant la baraque d'un coup d'œil circulaire. Il se sentait vaguement gêné.

« Pourrais-je vous parler, mon capitaine ? »

Le « mon capitaine » était comme à l'accoutumée empreint d'une certaine impertinence. Pourquoi les Américains ne peuvent-ils pas dire « mon capitaine » sans que cela sonne de façon bizarre, se demandait Peter tandis qu'il se levait et suivait Dino.

« Le Roi veut te voir, Pete, annonça ce dernier d'un ton pressant quand les deux hommes eurent atteint l'espace vide entre les baraques. Et il veut aussi que tu amènes Larkin et Mac avec toi.

– Qu'est-ce qu'il se passe ?

– Il a seulement dit que tu les amènes. Vous le retrouverez dans la prison dans une demi-heure. Cellule cinquante-quatre. Quatrième étage. »

Il était interdit aux officiers de pénétrer à l'intérieur des bâtiments pénitentiaires. L'ordre émanait des Japonais et la police du camp veillait à ce qu'il fût respecté. Fichtre ! C'était risqué !

« Il n'a rien dit d'autre ?

– Non. C'est tout. Cellule cinquante-quatre, quatrième étage. Dans une demi-heure. A bientôt, Pete. »

Qu'est-ce que cela signifiait ? Marlowe se hâta de rejoindre Larkin et Mac pour leur faire part du message du Roi.

« Qu'en penses-tu, Mac ?

– Eh bien, petit, si tu veux mon avis, je ne

crois pas que le Roi nous convoquerait à la légère tous les trois sans explication s'il ne s'agissait pas d'une chose importante.

– Dans la prison... Cela pose un problème.

– Il faut que nous ayons une histoire à raconter pour le cas où nous nous ferions prendre, dit Larkin. Grey ne manquera pas d'avoir vent de l'affaire et ça lui mettra la puce à l'oreille. Le mieux est d'y aller séparément. Je pourrai toujours raconter que je vais voir des Australiens qui habitent là-bas. Et toi, Mac ?

– Il y a aussi des types du régiment de Malaisie à qui je pourrais rendre visite. Peter ?

– Je prétendrai que je vais dire bonjour aux gars de la R.A.F. » Il eut une hésitation avant d'ajouter : « A moins que je n'aille en éclaireur pour prendre le vent et que je revienne vous dire de quoi il retourne ?

– Non. Si tu arrives à entrer sans encombre, tu risques de te faire intercepter à la sortie. Et là, il ne sera plus question de passer une seconde fois. Il n'est pas possible de désobéir à un ordre direct. Non. A mon sens, il vaut mieux aller au rendez-vous mais pas ensemble. C'est très mystérieux, hein ? conclut Larkin en souriant. Je me demande ce qu'il prépare.

– Plaise à Dieu que ce ne soit pas des ennuis.

– Ah, mon petit, fit Mac, à l'heure présente la vie n'est qu'un tissu d'ennuis. Si je n'y allais pas, je ne me sentirais pas tranquille. C'est que le Roi a des amis bien placés. Il se peut qu'il ait appris quelque chose.

– Qu'est-ce qu'on fait des bidons ? »

Ils réfléchirent un moment en silence. « Emportons-les, dit enfin Larkin.

– Tu ne crois pas que c'est dangereux ? S'ils décident à l'improviste de faire une fouille pendant qu'on sera à l'intérieur de la prison, nous ne pourrons jamais les cacher.

– Si nous devons nous faire prendre, nous nous ferons prendre, répliqua gravement Larkin, dont les traits s'étaient durcis. Ce qui est écrit est écrit. »

« Hé ! Peter, s'exclama Ewart en voyant Marlowe quitter la baraque. Tu as oublié ton brassard.

– Oh ! Merci. » Peter revint sur ses pas en jurant tout bas. « Je ne pense jamais à mettre ce machin.

– Moi, je porte toujours le mien. On n'est jamais trop prudent.

– C'est bien vrai. Merci encore. »

Peter se mêla aux prisonniers qui arpentaient le sentier longeant le mur. Quand il eut tourné le coin et que la poterne se dressa devant lui, il enleva son brassard et eut immédiatement l'impression d'être nu. Il lui semblait que les hommes qui le croisaient ou qui s'approchaient de lui le regardaient tous en se demandant pourquoi cet officier n'avait pas de brassard. Deux cents mètres plus loin, la route s'achevait. Mais les chicanes qui la coupaient étaient ouvertes car une corvée était justement en train de rentrer. La plupart des travailleurs étaient exténués ; ils halaient d'énormes chariots où s'amoncelaient les troncs péniblement arrachés aux marécages. C'était le bois destiné aux cuisines. Peter se rappela qu'il était de corvée le surlendemain. Travailler à l'aérodrome, ce qui avait lieu presque tous les jours, lui était égal. C'était une tâche facile. Mais il en allait autrement de la corvée de bois. Transporter les rondins était un travail dangereux. Faute d'appareils de levage, beaucoup de bûcherons attrapaient des hernies ; on ne comptait ni les membres brisés ni les chevilles foulées. Tous les hommes valides, simples soldats et gradés, allaient au bois une ou deux fois par semaine car on consommait beaucoup de combustible aux cuisines. Et il était normal que ceux qui étaient bien portants fissent la corvée à la place de ceux qui ne l'étaient pas.

Un M.P. se tenait d'un côté de la poterne et, de l'autre, un garde coréen, adossé au mur, la cigarette aux lèvres, contemplait d'un œil bovin les prisonniers qui défilaient en traînant la jambe. Un homme était couché sur une civière. Il y avait régulièrement un ou deux détenus qui regagnaient Changi de cette façon. Mais il fallait pour cela être vraiment à bout de force ou particulièrement mal en point.

Profitant de ce que l'attention des gardes était distraite, Peter passa inaperçu et se perdit parmi la foule qui piétinait sur la vaste esplanade de béton. Il pénétra dans l'un des bâtiments pénitentiaires et entreprit de gravir les escaliers de fer. Il lui fallait se faufiler parmi les lits et les paillasses roulées. Il y avait des hommes partout : Sur les marches, dans les couloirs, dans les cellules ouvertes – il en logeait quatre ou cinq par cellule, et c'étaient des cellules individuelles ! A mesure qu'il avançait, Peter sentait grandir en lui une accablante impression d'écrasement. L'odeur était pestilentielle – odeur de chair pourrissante, de corps malpropres. Odeur laissée par une génération de reclus. Odeur de murs, de murs de prison.

La porte de la cellule cinquante-quatre était close. Peter la poussa. Mac et Larkin étaient déjà arrivés.

« Ça empeste. Je ne peux pas supporter cette puanteur.

– Moi non plus, mon camarade », dit Larkin. Il était en sueur. L'air était épais et les murs, constellés de moisissures anciennes, suintaient d'humidité, cette sueur de la pierre.

La cellule, haute de trois mètres, mesurait deux mètres quarante de long et deux mètres dix de large. Un lit était scellé à l'une des parois – un cube de béton d'un mètre quatre-vingts sur quatre-vingt-dix centimètres avec un appuie-tête, de béton également. Dans un coin, les waters : Un trou percé à même le sol qui communiquait avec l'égout collecteur. Les canalisations ne fonctionnaient plus depuis longtemps. Une minuscule fenêtre que coupaient deux barreaux s'ouvrait dans l'un des murs (à deux mètres soixante-dix de hauteur) mais l'épaisseur de celui-ci était de soixante centimètres : on n'apercevait même pas le ciel.

« S'il n'est pas là dans dix minutes, on fiche le camp de ce cloaque », déclara Larkin.

Mac acquiesça :

« D'accord, mon camarade.

– Ouvrons au moins la porte, dit Peter qui était en nage.

– Mieux vaut la laisser fermée, répliqua Larkin a contre-cœur. C'est plus sûr.

– Plutôt que de vivre dans ce trou, je préférerais être mort.

– Et comment ! Vive Dieu qui a créé le grand air ! »

Mac tendit le bras vers les couvertures posées sur le bat-flanc de béton. « Je me demande où sont passés les occupants de ce caveau. Ils ne sont pourtant pas tous en corvée.

– Je n'en sais pas plus que toi, répliqua Larkin que l'inquiétude commençait à gagner. Partons d'ici... »

C'est alors que la porte s'ouvrit, livrant passage au Roi. « Salut, les hommes. » Il avait des paquets plein les bras. Sur ses talons avançait Tex, tout aussi chargé. « Pose tout ça sur le lit », ordonna le Roi, jovial.

Tex se débarrassa du réchaud électrique et de la vaste marmite qu'il portait puis referma la porte d'un coup de pied. Les trois amis étaient abasourdis.

« Va chercher de l'eau, dit le Roi.

– Tout de suite.

– Qu'est-ce qu'il se passe ? demanda Larkin. Pour quelle raison voulez-vous nous voir ?

– On va faire une petite cuisine, répondit l'Américain avec un large sourire.

– Comment ? C'est pour cela que vous nous avez convoqués ? Comme si on ne pouvait pas faire ça dans nos propres quartiers ? » Larkin était furieux. Le Roi se contenta de le regarder ; puis il se mit en devoir d'ouvrir ses paquets. Tex revint avec de l'eau et il installa la marmite sur le réchaud.

« Rajah, commença Peter, voyons... Qu'est-ce que... »

Mais il n'alla pas plus loin. Le Roi versait près d'un kilo de germes de katchang idju dans l'eau, ajoutait du sel et deux grosses cuillerées de sucre. Cela fait, il développa un des paquets entouré de feuilles de bananier et en brandit bien haut le contenu.

« Sainte Mère de Dieu ! »

A présent, un silence de mort, un silence stupéfait emplissait la cellule.

Le Roi était ravi de l'effet de sa surprise. « Je te l'avais bien dit, Tex. Tu me dois un dollar », fit-il avec une joyeuse grimace.

Mac toucha la viande. « Mahlu ! Elle est réelle. »

Larkin tendit le bras à son tour et imita l'Ecossais. « J'avais oublié à quoi ça ressemblait, murmura-t-il avec respect. Ma parole, vous êtes un génie. Un génie !

– C'est mon anniversaire. Alors je me suis dit qu'il fallait fêter ça. » Il agita une bouteille. « Et il y a encore une autre.

– Qu'est-ce que c'est ?

– Du saké.

– Je n'arrive pas à y croire. Quoi ! C'est tout un arrière-train de cochon ! » Larkin se pencha pour renifler. « Bon Dieu de bon Dieu, c'est réel, réel, réel. Et frais comme le printemps. Hurrah ! »

Tout le monde éclata de rire.

« Vaut mieux boucler la porte, Tex », fit le Roi. Et, se tournant vers Marlowe, il demanda : « Alors, collègue ? Ça te va ? »

Peter contemplait toujours fixement les victuailles. « Où diable as-tu trouvé cela ?

– C'est une longue histoire. » S'armant d'un couteau, le Roi entailla la viande, détacha adroitement les deux cuisseaux qu'il plongea dans la marmite. Sous le regard fasciné des autres, il secoua la salière, repoussa le récipient pour qu'il fût exactement au centre de la plaque chauffante et s'assit, jambes croisées, sur le lit. « Pas mal, hein ? »

Personne n'ouvrit la bouche pendant un bon moment.

Soudain, le charme fut rompu : Quelqu'un secoua le bouton de la porte. Obéissant au coup de menton du Roi, Tex tira le verrou et entrebâilla le panneau, puis l'ouvrit complètement. Brough entra et regarda autour de lui d'un air étonné. Remarquant le fourneau, il s'en approcha et inspecta la marmite. « Que je sois damné ! », murmura-t-il.

Le Roi lui sourit. « C'est mon anniversaire. J'ai pensé que ce serait une bonne idée de vous inviter.

– Je ferai honneur au repas. » Brough serra la main de Larkin et se présenta : « Don Brough, mon colonel.

– Mon petit nom est Grant. Vous connaissez Mac et Peter ?

– Bien sûr. » L'officier américain se tourna vers Tex. « Salut, Tex.

– Je suis content de vous voir, Don.

– Asseyez-vous, Don, dit le Roi. Et puis il va falloir se mettre au travail. »

Etonnant, la facilité avec laquelle les soldats américains s'adressent à leurs supérieurs en les interpellant par leur prénom, songeait Marlowe. Ce n'était ni vulgaire ni obséquieux : C'était presque correct. Et Peter avait noté que, bien qu'ils l'appelassent Don, les hommes de Brough obéissaient au doigt et à l'œil à celui qu'ils considéraient comme leur chef incontesté. Extraordinaire !

« Qu'est-ce que vous entendez par travail ? », s'enquit Brough.

Le Roi agita quelques lanières découpées dans des couvertures. « Nous allons colmater la porte. »

Larkin lui jeta un coup d'œil incrédule. « Quoi ? »

– Dame ! Quand ça va commencer à mijoter, on risque une émeute. Vous vous rendez compte de ce qui se passerait si les gars sentaient l'odeur ? Oh là là ! Ils seraient capables de nous réduire en charpie. C'est le seul endroit que j'ai trouvé pour organiser un petit gueuleton intime. Une bonne partie de l'odeur s'échappera par la fenêtre et si la porte est bien bouchée, ça ira. Il n'était évidemment pas possible de faire la cuisine dehors.

– Larkin avait raison, déclara Mac avec solennité. Vous êtes génial. Je n'aurais jamais pensé à ça. Croyez-moi, ajouta-t-il en s'esclaffant, à partir d'aujourd'hui, les Américains sont de mes amis.

– Merci, Mac. A présent, allons-y. »

Les invités se mirent en devoir d'obturer les interstices et le trou de la serrure à l'aide de morceaux de couvertures. Quand l'opération fut terminée, le Roi vérifia le travail.

« Bien. Maintenant, qu'est-ce qu'on va faire pour la fenêtre ? »

Tout le monde leva la tête en direction du petit carré de jour qu'on apercevait derrière les barreaux. « Laissons-la ouverte jusqu'à ce que ça se mette vraiment à bouillir, suggéra Brough. Alors, on la fermera et on tiendra le coup tant qu'on pourra avant d'aérer un peu. » Son regard fit le tour de l'assistance. « Je pense qu'en laissant la vapeur s'échapper par intermittence, il n'y aura pas de problème. Ce sera comme les signaux de fumée des Indiens.

– Est-ce qu'il y a du vent ?

– Bon Dieu, je n'y ai pas fait attention. Quelqu'un l'a-t-il remarqué ?

– Eh, Peter, fais-moi la courte échelle », dit Mac.

Mac était le plus petit des six. Il se hissa sur les épaules de Peter et tendit le bras entre les barreaux après s'être mouillé le doigt.

« Bon Dieu, Mac, dépêche-toi un peu ! Tu n'es pas un petit oiseau, tu sais.

– Il faut bien que je sente s'il y a du vent, jeune abruti. » Et, derechef, Mac se lécha l'index et sortit sa main à l'extérieur. Son air concentré était si ridicule que Marlowe se mit à rire ; son hilarité gagna Larkin, tant et si bien que Peter, n'y tenant plus, se plia en deux ; Mac dégringola, s'érafla la jambe contre le lit de béton et se répandit en jurons.

« Regarde mon mollet, espèce d'animal ! », s'exclama-t-il d'une voix étranglée. Ce n'était qu'une petite égratignure mais il y avait un mince filet de sang. « Un peu plus et c'était toute la peau qui était arrachée !

– Tu te rends compte, Peter, hoqueta Larkin qui se tenait le ventre à deux mains, tu te rends compte ? Mac a du sang ! J'avais toujours cru que c'était du latex qui coulait dans ses veines !

– Vous pouvez aller vous faire foutre, andouilles ! 'Mahlu ! » Mais le rire eut raison de la colère de Mac qui, se relevant, prit ses deux compagnons par le coude et commença à chanter : « Faisons la ronde parmi les roses, les poches pleines de bouquets... »

Peter saisit le bras de Brough, Brough empoigna celui de Tex, et la sarabande se déchaîna autour de la marmite et du Roi qui, assis, les jambes croisées, considérait ses amis pris d'hystérie beuglant leur chanson à tous les échos.

Mac brisa enfin la chaîne : « Ave, César. Ceux qui vont manger te saluent. » Comme un seul homme, ses amis reprirent en chœur la formule avant de s'écrouler les uns sur les autres.

« Crénom de crénom ! Enlève-toi ! Tu m'écrases le bras !

– Salaud ! Tu me marches sur les couilles, s'écria Larkin à l'intention de Brough.

– Excusez-moi, Grant. Seigneur ! Il y a des années que je n'ai ri d'aussi bon cœur.

– Dis-donc, Rajah, lança Marlowe. Je propose que tout le monde touille le ragoût une fois pour nous porter chance.

– Faites donc », répondit le Roi, ravi de les voir si joyeux.

On s'aligna avec solennité et Peter tourna la cuiller dans la sauce qui commençait à être chaude. Mac, qui lui succéda, proféra une obscénité en guise de bénédiction et Larkin, quand vint son tour, récita pour ne pas être en reste : « *Boil, boil, boil and bubble...*

– Vous perdez la tête ! s'écria Brough. Seigneur ! Citer Macbeth !

– Et alors ?

– Cela porte malheur. Macbeth ! C'est comme si vous siffliez dans la loge d'un acteur.

– Vraiment ?

– N'importe quel imbécile le sait. »

Larkin plissa le front. « Eh bien, moi, je l'ignorais.

– D'ailleurs, vous avez cité de travers. Le texte dit : « *Double, double toil and trouble : Fire burn, and cauldron bubble.* »

– Pas du tout ! Je connais mon Shakespeare.

– Je vous parie la ration de riz de demain.

– Attention, colonel, fit avec inquiétude Mac qui se méfiait du goût de Larkin pour les jeux de hasard. On n'engage pas un pari de cette importance à la légère.

– J'ai raison, Mac. » Mais l'air fanfaron de l'Américain ne lui disait rien qui vaille. « Qu'est-ce qui vous rend tellement sûr de vous ?

– On parie ou on ne parie pas ? »

Larkin réfléchit un instant. Il aimait parier. Mais la ration de riz du lendemain... L'enjeu était trop gros. « Non. Je jouerais bien mon riz au poker mais pas sur Shakespeare.

– Dommage. Une double part ne m'aurait pas déplu. Acte IV, scène I, dixième vers.

– Comment diable pouvez-vous être aussi précis ?

– Cela n'a rien de sorcier. Je suis diplômé ès lettres. Option journalisme et littérature. Quand je serai sorti d'ici, j'écrirai.

– Je vous envie, mon cher, dit Mac en se penchant au-dessus de la marmite. Ecrire est peut-être ce qu'il y a de plus important au monde. A condition que ce soit bon. »

Peter Marlowe protesta. « C'est idiot ce que tu dis. Il existe des millions de choses plus importantes.

– Voilà qui montre bien à quel point tu es ignorant.

– Les affaires, c'est autrement plus important, s'exclama le Roi. S'il n'y a pas d'affaires, le monde s'arrête de tourner. Et sans argent, sans une économie stable, personne n'achète de livres.

– L'argent ! L'économie ! Allons donc, dit Brough. Ce ne sont jamais là que des choses matérielles. Mac a raison.

– Pourquoi est-ce tellement important, Mac ? interrogea Peter.

– Eh bien tout d'abord parce que j'ai toujours eu envie d'écrire et que je n'y suis pas arrivé. J'ai essayé bien des fois mais je n'ai jamais réussi à terminer quoi que ce soit. C'est ça qui est le plus difficile : Finir. Mais ce qui compte, c'est que les écrivains sont les seuls à pouvoir faire quelque chose pour cette planète. Un homme d'affaires ne le peut pas...

– Quelle connerie ! » dit le Roi. Et Rockefeller ? Et Morgan ? Et Ford ? Et Dupont de Nemours ? Et tous les autres ? Leur philanthropie, à tous ces gens-là, assure le financement d'un tas de recherches, de bibliothèques, d'hôpitaux, d'académies. Mince alors ! Sans leur pognon... »

Brough le coupa sèchement. « Mais cet argent, ils l'ont gagné aux dépens d'autrui. Ils pourraient bien restituer quelques-uns de leurs milliards à ceux à qui ils les doivent. Ces vampires...

– J'imagine que vous êtes démocrate ? demanda le Roi qui s'échauffait.

– Et comment ! Regardez un peu ce que Roosevelt a fait pour le pays. Il l'a tiré d'affaire alors que ces nom de Dieu de républicains...

– Vous déconnez et vous le savez. Les républicains n'ont rien à voir dans cette histoire. Il s'agissait d'un cycle économique...

– Cycle économique ! Ne me faites pas rigoler ! Les républicains...

– Allons, allons, messieurs, intervint Larkin d'une voix douce. Pas de politique avant la fin du repas. Vous êtes d'accord ?

– Moi, je veux bien, murmura Brough d'un air hargneux, mais ce type croit au Père Noël.

– Mac, pourquoi trouves-tu que le métier d'écrivain est tellement important ? Je n'ai toujours pas compris.

– C'est qu'un écrivain a la possibilité de mettre noir sur blanc une idée ou un point de vue. S'il est à la hauteur, il peut influencer les gens – même s'il écrit sur du papier à cabinet. L'écrivain est le seul personnage de la société moderne qui possède le moyen de transformer le monde. L'industriel en est incapable à moins d'avoir beaucoup d'argent. Le politicien aussi – à moins d'avoir une position dominante ou de jouir d'une grande autorité. Un planteur ne peut certainement pas le faire. Un comptable non plus, n'est-ce pas, Larkin ?

– C'est évident.

– Mais vous pensez à la propagande, s'écria Brough. Moi, je ne veux pas écrire des livres de propagande.

– Avez-vous déja travaillé pour le cinéma, Don ? s'enquit le Roi.

– Je n'ai jamais rien vendu à personne et on n'est pas un écrivain tant que l'on n'a rien vendu. Savez-vous que Lénine soutenait que le film est l'instrument de propagande le plus efficace qu'on ait jamais inventé ? Pourtant, ajouta-t-il en voyant que le Roi s'apprêtait à l'attaquer, pourtant, je ne suis pas communiste, espèce de sombre abruti. Ce n'est pas parce que je suis démocrate que je suis communiste ! » Il se tourna vers Mac : « Je vous jure ! Il suffit que vous lisiez Lénine, Staline ou Trotski pour qu'on vous considère comme un rouge...

– En tout cas, vous êtes bien forcé d'admettre que les démocrates sont roses, s'entêta le Roi.

– Et je le regrette – d'un point de vue historique, fit Mac.

– Comment cela ? – Nous allons avoir une foule d'ennuis plus tard. Surtout en Orient. Déjà, avant la guerre, ces types nous causaient pas mal de soucis.

– L'avenir est à la télévision, laissa tomber Peter sans quitter des yeux le panache de vapeur qui dansait au-dessus de la marmite. J'ai assisté à une démonstration à Londres, à l'Alexandra Palace. Baird émet une fois par semaine.

– J'ai entendu parler de la télévision, fit Brough, mais je n'ai jamais vu de programme.

– Moi non plus, dit le Roi, mais ça pourrait devenir une entreprise du tonnerre.

– Sûrement pas aux Etats-Unis, grogna Brough. Avec les distances qu'il y a, vous vous rendez compte ? Pour un petit pays, l'Angleterre, par exemple, je ne dis pas. Mais ça ne marchera jamais dans un vrai pays comme les States. »

Peter se raidit. « Que voulez-vous dire par là ?

– Que si nous n'étions pas dans le coup, la guerre durerait éternellement. Quoi ! Sans notre argent, notre armement, notre puissance...

– Dites-donc, mon vieux, on a fait du bon boulot tout seul et on vous a laissé ainsi le temps de vous réveiller alors que vous restiez tranquillement assis sur votre cul. C'est autant votre guerre que la nôtre. »

Brough et Marlowe se défiaient du regard.

« Quelle blague ! Vous ne pourriez pas continuer à vous massacrer les uns les autres, comme vous le faites depuis des siècles, vous autres Européens, et nous ficher la paix ? Il a déjà fallu qu'on vienne une fois à votre rescousse... »

En moins de temps qu'il n'en faut pour le dire, tout le monde se mit à se chamailler et à s'injurier sans écouter les arguments du voisin, chacun ayant son opinion bien arrêtée, chacun convaincu d'avoir raison. Le Roi et Brough se menaçaient du poing, Peter Marlowe s'en prenait véhémentement à Mac quand, soudain, on frappa bruyamment à la porte.

Le silence se fit immédiatement.

Une voix s'éleva : « Qu'est-ce que c'est que ce chambard ?

– C'est toi, Griffiths ?

– Qui qu'tu crois qu'je suis ? Adolf Hitler peut-être ? Tu veux qu'on nous foute au mitard ou quoi ?

– Excuse-nous.

– Qui était-ce ? demanda Mac.

– Griffiths. C'est lui qui occupe cette cellule.

– Hein ?

– Pardi ! Je la lui ai louée pour cinq heures au tarif de trois dollars de l'heure. On n'a rien sans rien. »

Larkin regarda le Roi d'un air incrédule. « Vous avez loué cette cellule ?

– Exactement. Griffiths s'y entend en affaires. On est des milliers à Changi, n'est-ce pas ? Impossible de trouver un coin pour être au calme. Eh bien, le Griffiths en question loue sa cellule à ceux qui ont envie de solitude. Ce n'est pas exactement l'idée que je me fais d'un havre de paix, n'empêche que ça lui rapporte gros.

– Je parie que l'idée ne vient pas de lui », dit Brough.

Le Roi sourit. « Je suis incapable de mentir, mon capitaine. J'avoue qu'elle est de moi. Mais Griffiths gagne assez pour que lui et son groupe ne manquent de rien.

– Et ça vous rapporte combien, à vous ?

– Juste dix pour cent.

– Si ce n'est pas plus, c'est honnête.

– Pas un sou de plus. » Le Roi n'aurait jamais raconté de mensonges à Brough, qui n'avait d'ailleurs pas à fourrer son nez dans ses affaires.

L'officier américain remua le ragoût. « Eh, les enfants ! Ça bout. »

Tout le monde s'agglutina autour de la marmite. Oui, cela bouillait vraiment.

« Il y a intérêt à s'occuper de la fenêtre. D'ici une minute, ça va commencer à se sentir. »

Une couverture fit l'affaire.

L'eau frémissait doucement ; les fèves en forme de croissant s'élevaient à la surface du liquide pour retomber aussitôt au fond. Une bouffée de vapeur tourbillonnante répandait à la ronde l'arôme puissant et riche du fricot. Le Roi jeta dans le bouillon une poignée d'herbes indigènes – safran, kajang, huan, taka – quelques clous de girofles et un peu d'ail qui vinrent corser le fumet. Au bout de dix minutes il ajouta le papaya.

« C'est invraisemblable. Le type qui trouverait le moyen de déshydrater le papaya ferait une fortune, après la guerre. Avec ça, le buffle serait tendre comme de la laitue.

– Les Malais l'emploient depuis toujours », dit Mac. Mais personne ne l'écoutait et lui-même n'avait pas conscience de ses paroles. La vapeur odorante qui les baignait captait toute leur attention. Chacun des six n'avait plus d'intérêt que pour cette merveilleuse marmite.

La sueur dégoulinait sur leur torse, dégouttait de leur menton, de leurs jambes, de leurs bras mais c'est à peine s'ils le remarquaient. La seule chose qui comptait, c'était qu'ils ne rêvaient pas, qu'il y avait de la viande en train de cuire là, sous leurs yeux – de la viande que, bientôt, très bientôt, ils mangeraient.

« Où te l'es-tu procurée », demanda Peter. En réalité, cela lui était égal. Il fallait simplement qu'il dise quelque chose pour rompre le charme.

« C'est le chien de Hawkins », répondit le Roi sans trop mesurer la portée de ses paroles, incapable qu'il était de réfléchir, tant son esprit était captivé par l'odeur savoureuse.

« Le chien de Hawkins ?

– Tu parles de Rover ?

– Son chien ?

– Oh ! Mon Dieu !

– Tu veux dire que ce sont les cuisses de Rover ? balbutia Peter abasourdi.

– Eh oui. » Maintenant que la vérité était dévoilée, le Roi n'y attachait plus d'importance. « Je pensais vous mettre au courant après mais tant pis. Maintenant, vous le savez. »

Les invités se dévisageaient avec affolement.

« Le chien de Hawkins, murmura Peter. Ce n'est pas Dieu possible !

– Réfléchis un peu, fit le Roi avec le plus grand calme. Quelle différence y a-t-il avec une autre viande ? Je n'ai jamais vu un chien avoir une nourriture aussi hygiénique. Il était autrement plus propre qu'un cochon. Ou même qu'une poule. La viande, c'est de la viande. Un point, c'est tout.

– Parfaitement, jeta hargneusement Mac. Il n'y a rien à reprocher à la viande de chien. Les Chinois ne mangent que ça. C'est une gourmandise pour eux. Absolument !

— Ouais, grogna Brough qui avait envie de vomir. Mais nous ne sommes pas des Chinois. Et c'est le chien de Hawkins.

— Ça me donne l'impression d'être un cannibale, murmura Peter.

— Mac a tout à fait raison, reprit le Roi. Il n'y a rien à reprocher à la viande de chien. Renifle un peu pour voir.

— Renifler, grommela Larkin, exprimant ce que chacun pensait. Tout ce que je sens, c'est l'odeur du ragoût. Et c'est une odeur merveilleuse qui dépasse tout ce que j'ai connu. Rover ou pas Rover, je m'en moque : Tout ce que je sais, c'est que j'ai envie de manger. » Il se frotta le ventre, grimaçant presque de douleur. « Je ne sais pas ce qu'il en est pour vous autres, mais moi j'ai tellement faim que ça me donne des crampes. Cette odeur a sur mon métabolisme un effet qui n'est pas ordinaire.

— Moi non plus, je ne suis pas dans mon assiette, soupira Peter. Et cela n'a rien à voir avec le fait qu'il s'agit de viande de chien. Simplement, ça ne me dit rien de manger Rover », ajouta-t-il dans une sorte de plainte. Il dévisagea Mac. « Comment pourrons-nous regarder Hawkins en face... après ?

— Je ne sais pas. Je tournerai la tête de l'autre côté. Oui. Je ne crois pas être capable de le regarder en face : » Les narines de Mac frémirent et ses yeux se posèrent sur la marmite. « Ce que ça sent bon !

— Evidemment, ceux qui n'en veulent pas peuvent partir », fit le Roi d'une voix narquoise.

Personne ne broncha. S'adossant au mur, chacun se plongea dans ses propres pensées, attentif au bouillonnement qui s'échappait du récipient, s'imprégnant de l'arôme qui s'en dégageait. C'était ineffable.

« Cela n'a rien de choquant si l'on y réfléchit, reprit Mac, plus pour se convaincre lui-même que pour convaincre les autres. Songez à la tendresse que nous portons à nos poules. Pourtant, nous les dévorons sans remords – elles et leurs œufs.

– C'est juste. Et rappelez-vous le chat que nous avons attrapé et mangé. Cela n'a pas posé de problème, n'est-ce pas, Peter ?

– Bien sûr, mais c'était un chat errant. Or, c'est de Rover qu'il s'agit aujourd'hui.

– Il n'est plus question de Rover. C'est simplement de la viande, à présent.

– C'est donc vous qui avez capturé ce chat ? demanda Brough, furieux en dépit de lui-même. Il y a six mois ?

– Non. Cela s'est passé à Java.

– Ah, bon ! » Le regard de Brough rencontra par hasard celui du Roi. L'officier explosa : « Ah ! J'aurais dû m'en douter ! C'est vous, vous, espèce de salaud ! Quand je pense que nous avons fouillé les ordures pendant quatre heures !

– Inutile de vous mettre en rogne, Don. Oui, c'est nous qui l'avons eu. Mais c'était quand même une victoire américaine.

– Mes Australiens perdent la main », dit Larkin.

Le Roi goûta le bouillon. La cuiller tremblait entre ses doigts. « Fameux ! » Il piqua la viande. « Elle était encore coriace. Encore une heure de cuisson. »

Dix minutes plus tard, il fit un nouvel essai. « Il faudrait peut-être un peu plus de sel. Qu'en penses-tu, Peter ? »

Peter goûta à son tour. C'était bon, mais bon... « Un soupçon, juste un soupçon. »

Les uns après les autres, les six hommes tâtèrent du plat. Un rien de sel, un tantinet de huan, une pincée de sucre, un doigt de safran en plus...

Puis tout le monde se rassit, étouffant à moitié dans la cellule exiguë, pour continuer de subir le supplice raffiné de l'attente.

De temps à autre, on retirait la couverture qui masquait la fenêtre afin de renouveler un peu l'air.

Et la brise emportait l'odeur d'un bout à l'autre du camp. Et des bouffées de parfum, traversant la porte, se répandaient de couloirs en couloirs, imbibant toute la prison.

« Nom de Dieu ! Tu sens ça, Smithy ?

– Bien sûr que je sens ! Tu crois que j'ai pas de nez ? D'où c'est que ça vient ?

– Attends une seconde ! De par là. Quelque part du côté de la prison.

– Je parie que les autres ordures de macaques gueuletonnent juste derrière ces putains de barbelés.

– T'as raison. Les fumiers !

– Non, je ne crois pas que ce soient eux. On dirait que ça vient de la prison elle-même.

– Sacré Smithy ! Ecoutez-le ! Et regardez-le : On dirait un clebs à l'arrêt.

– Je te jure que c'est de la prison que ça vient. Je le sens.

– C'est rien que le vent. Il souffle de cette direction.

– Le vent n'a jamais eu cette odeur-là. C'est de la viande qui cuit, croyez-moi. Du bœuf. Ma tête à couper que c'en est. Du bœuf à la casserole.

– Une nouvelle torture japonaise. Les salopards... Quelle vacherie !

– Peut-être que c'est que notre imagination. On dit qu'on peut imaginer une odeur.

– Comment diable pourrions-nous l'imaginer tous ? Regarde les autres : Ils se sont tous arrêtés.

– Qui a dit ça ?

– Quoi ?
– Ce que tu racontes : qu'on peut imaginer une odeur. Qui c'est, on ?
– Bon Dieu, Smithy, c'est un dicton !
– Mais qui c'est, on ?
– Qu'est-ce que tu veux que j'en sache ?
– Alors, arrête de dire « on a dit ceci », « on a dit cela ». Il y a de quoi rendre un type dingo. »

Les privilégiés élus par le Roi contemplaient celui-ci remplir une gamelle et la tendre à Larkin. Quittant la gamelle, leurs yeux revinrent à la louche pour se poser tour à tour sur Mac, puis sur la louche, puis sur Brough, puis sur la louche, puis sur Tex, puis sur la louche, puis sur Marlowe, puis sur la louche et, enfin, sur la portion du Roi. Quand tout le monde fut servi, chacun se mit a manger. Il restait encore au moins deux assiettes par homme.

Un repas si savoureux confinait au supplice.

Le katchang idju avait éclaté et s'était presque entièrement incorporé à l'épais bouillon. Le papaya avait attendri la viande qui s'était détachée des os et formait des masses compactes que les herbes, les assaisonnements et autres ingrédients avaient colorées en brun sombre. Le ragoût avait la consistance du véritable Irish stew et la graisse constellait la surface des assiettes de mouchetures dorées.

Le Roi examina son bol vide, étincelant de propreté et fit signe à Larkin qui se borna à lui tendre sa gamelle. En silence, chacun servit son voisin. La même cérémonie devait se renouveler une seconde fois.

« Putain ! grommela le Roi en repoussant son assiette.
– Sublime, dit Larkin.
– Grandiose, renchérit Peter Marlowe. J'avais

perdu l'habitude de mordre. Mes mâchoires me font mal. »

Mac récupéra une ultime fève et rota. Un rot prodigieux. « Croyez-moi, mes camarades, j'ai dégusté pas mal de mets autrefois, depuis le roast beef du Simpson's à Piccadilly jusqu'au rijsttafel de l'Hôtel des Indes à Java. Mais rien, absolument rien n'a jamais approché ça. Jamais.

– Je suis de ton avis, fit Larkin en s'installant plus confortablement. Même dans le meilleur restaurant de Sydney. Leurs steaks sont admirables. Pourtant, je n'ai jamais rien goûté de plus succulent. »

Le Roi éructa et fit circuler son paquet de Kooas, puis déboucha la bouteille de saké et but à la régalade. L'alcool était fort et âpre mais cela lui décapa la bouche, chassa l'arrière-goût puissant de la nourriture.

On but. On fuma. Le Roi bâilla. « Eh, Tex ! Si on faisait un petit jus ?

– Il serait préférable d'attendre encore quelques minutes avant d'ouvrir la porte, dit Brough qui se moquait qu'elle fût fermée ou non du moment qu'il pouvait avoir le temps de se détendre. Je nage dans l'euphorie.

– Je suis prêt à éclater, fit Marlowe. Ce repas a vraiment été le plus...

– Je t'en supplie, Peter ! Nous avons tous répété la même chose. On le sait.

– Peut-être mais il fallait que je le dise. »

Brough étouffa un bâillement et se tourna vers le Roi.

« Comment vous êtes-vous débrouillé ?

– Max m'a parlé de cette histoire de poule dévorée par Rover. J'ai envoyé Dino voir Hawkins. Et Hawkins lui a donné son chien. C'est Kurt qui a abattu la bête. L'arrière-train constituait ma part.

– Mais pourquoi fallait-il que ce soit à Dino que Hawkins confiât Rover ? demanda Peter.
– Parce qu'il est vétérinaire.
– Ah ! Je vois.
– Vétérinaire, lui ? s'exclama Brough. C'est un marin. »
Le Roi haussa les épaules. « Eh bien, aujourd'hui il était vétérinaire. Et arrêtez de rouspéter.
– Je vous tire mon chapeau, mon vieux. Franchement, vous le méritez.
– Merci, Don.
– Et... comment Kurt l'a-t-il tué ?
– Je ne lui ai pas posé la question.
– Et tu as eu raison, mon camarade, déclara Mac. Est-ce que vous ne pensez pas qu'on devrait parler d'autre chose à présent ?
– Bonne idée !
Peter se leva et s'étira. « Comment allons-nous nous débarrasser des os ?
– On les sortira en douce tout à l'heure.
– Je ferai bien un petit poker, suggéra Larkin.
– Je suis pour, dit le Roi. Tex, tu vas préparer le café. Peter, remets donc un peu d'ordre. Pendant ce temps, Grant s'occupera de la porte. Si vous rangiez la vaisselle, Don ? »
Brough se redressa pesamment. « Et vous, qu'est-ce que vous allez faire ? »
Le Roi haussa les sourcils. « Moi ? Mais je vais vous regarder. »
Brough le dévisagea. Les quatre autres le dévisagèrent. « J'ai bonne envie de vous nommer officier. Rien que pour avoir le plaisir de vous casser.
– Je crois que vous vous briseriez les dents. »
Brough étudia le Roi. « Vous avez probablement raison. Et en définitive, je me retrouverai devant une cour martiale. » Il éclata de rire. « Mais aucune règle ne m'interdit de vous prendre votre fric. »

Il sortit un billet de cinq dollars et désigna d'un coup de menton le jeu de cartes qui avait surgi dans la main du Roi. « La plus forte gagne. »

Le Roi déploya les cartes en éventail. « A vous de choisir. »

Avec un gloussement de joie, Brough montra celle qu'il avait tirée. C'était une reine. Le Roi baissa les yeux sur le paquet et tira à son tour. Un valet.

Brough ricana. « Quitte ou double.

– Ne forcez pas la chance, Don », fit doucement le Roi. Il retourna une autre carte. C'était un as. « Je pourrais en tirer un second aussi facilement... Ce sont mes cartes.

– Pourquoi diable vous êtes-vous laissé battre, dans ce cas ? »

Le Roi était aux anges. « Voyons, mon capitaine ! Vous prendre votre argent aurait été discourtois. Après tout, vous êtes notre chef sans peur et sans reproche.

– Blagueur ! » Brough commença à entasser les assiettes et les gamelles. « Si vous ne pouvez pas battre un type, soyez son allié. »

Cette nuit-là, alors que presque tout Changi dormait, Peter Marlowe était étendu, les yeux grands ouverts, sous sa moustiquaire. Il n'avait pas sommeil. Quittant sa couchette, il se fraya un chemin à travers le dédale des autres moustiquaires et sortit. Brough était éveillé, lui aussi.

« Hé, Peter, appela-t-il doucement. Venez vous asseoir près de moi. Vous non plus, vous n'arrivez pas à dormir ?

– Je ne veux pas dormir. Je me sens trop bien. »

La nuit était un velours tendu au-dessus de leur tête.

« Quelle nuit merveilleuse.
– Oui.
– Vous êtes marié, Peter ?
– Non.
– Vous avez de la chance. Ce ne doit pas être tellement terrible quand on est célibataire. » Brough conserva le silence pendant quelques instants, puis il reprit : « Je deviens fou à force de me demander si elle est encore là-bas. Si elle y est toujours. Qu'envisage-t-elle de faire ?
– Rien, répondit automatiquement Peter que brûlait le lancinant souvenir de N'aï. Ne vous faites pas de bile. » Il aurait aussi bien pu dire : Arrêtez de respirer.

« Notez que je ne la blâme pas. Ni elle ni aucune autre femme. Il y a si longtemps que dure cette séparation. Si longtemps. Ce n'est pas de sa faute. »

Les mains tremblantes, Brough se roula une cigarette à l'aide d'un peu de thé sec et d'un mégot de Kooa. Quand elle fut allumée, il aspira profondément et la tendit à Marlowe. Les deux hommes achevèrent silencieusement la cigarette qu'ils fumaient à tour de rôle, chacun torturé par la brûlure de son propre désir.

Enfin Brough se leva. « Je vais rentrer, maintenant. A bientôt, Peter.
– Bonne nuit, Don. »

Marlowe laissa son regard errer sur le paysage nocturne tandis que ses pensées se tournaient avidement vers N'aï. Et il savait que, tout comme Brough, il ne lui restait plus qu'une chose à faire s'il voulait trouver le sommeil cette nuit.

16

ARRIVA le jour de la victoire en Europe et les hommes de Changi furent transportés d'allégresse. Mais ce fut pour eux un jour semblable aux autres, qui n'apporta aucun changement à leur vie. Même nourriture, même ciel, même chaleur, mêmes maladies, mêmes mouches, même délabrement physique. Grey, toujours à l'affût, continuait d'attendre. Son espion l'avait averti que le diamant allait bientôt changer de mains. C'était pour très bientôt, maintenant. Peter Marlowe et le Roi attendaient, eux aussi, cette échéance avec une égale anxiété. Encore quatre jours à patienter.

Arriva le Jour A. Eve mit bas douze nouveaux petits. Le nom de code adopté pour désigner le jour de l'accouchement amusait énormément le Roi et ses associés. Grey avait entendu parler du Jour A par son informateur et, à la date prévue, il avait fait cerner la baraque américaine et fouillé tout le monde dans l'espoir de trouver les montres ou Dieu sait quoi d'autre qui devait selon lui être vendu le « Jour des Achats ». Imbécile de flicard ! Ce rappel de la présence d'un espion dans le baraquement ne troublait d'ailleurs pas le Roi.

La troisième portée fut mise en route.

Il y avait à présent soixante-dix cages sous le plancher. Quatorze étaient occupées et douze autres ne tarderaient pas à l'être.

Le problème des noms avait été résolu de la façon la plus simple qui soit : On avait donné aux animaux un numéro d'ordre – pair pour les mâles, impair pour les femelles.

« Il ne reste plus qu'à préparer de nouvelles cages », dit le Roi.

On tenait conseil dans la baraque. La nuit était agréablement fraîche. Des nuages caressaient la lune à son déclin.

Tex prit la parole : « On est presque au bout du rouleau. Il n'y a plus de treillage nulle part. Il ne reste qu'une chose à faire : demander un coup de main aux Australiens.

– Surtout pas, répliqua Max d'une voix lente. Avec ces crapules, l'affaire nous passerait sous le nez aussi sec. »

Tout l'effort de guerre des Américains était orienté sur le vivant trésor qui se multipliait rapidement sous leurs pieds. Déjà, une équipe de quatre hommes avait accru l'espace utile des tranchées en creusant tout un réseau de boyaux et il y avait maintenant suffisamment de place pour installer d'autres cages. Seul manquait le fil de fer pour les construire et ce matériel faisait cruellement défaut : Un nouveau Jour A se profilait à l'horizon, qui serait à brève échéance suivi d'un autre, puis d'un autre encore.

« Si tu trouvais une douzaine de types de confiance, on pourrait leur donner un couple et les laisser monter leur propre ferme, dit Peter Marlowe, songeur. Nous, on se bornerait à fournir les reproducteurs.

– Ça ne marcherait pas, Peter. Il serait impossible de garder le secret. »

Le Roi roula une cigarette. Les affaires battaient de l'aile depuis quelque temps ; il y avait une semaine entière qu'il n'avait fumé une toute faite. « Le seul moyen, c'est de mettre Timsen dans le coup », laissa tomber le Roi après avoir médité un instant.

Mais Max se récria : « Cette crapule d'Australien ? Il nous fait déjà assez concurrence comme ça !

– Nous n'avons pas le choix. » Le Roi avait parlé d'un ton catégorique. « On a besoin de cages. Or, Timsen est le seul gars suffisamment à la coule pour en trouver et le seul à qui je fais confiance pour la boucler. Si l'élevage fonctionne selon nos plans, il y aura du fric pour tout le monde. Tex, va chercher Timsen. »

Tex haussa les épaules et sortit.

« Viens, Peter, fit le Roi. On va faire un tour en bas. »

L'un suivant l'autre, les deux hommes disparurent par la trappe.

L'Américain poussa un juron à la vue des derniers travaux de terrassement. « Si on continue à creuser, toute la baraque va s'effondrer, nom de Dieu ! On sera dans de beaux draps !

– Ne te fais pas de bile, dit fièrement Miller, qui dirigeait les travaux. Je me suis arrangé pour qu'il n'y ait qu'à contourner les piliers de béton. A présent, il y a de la place pour quinze cents cages – si on a du treillis. Ouais... Et si on trouve assez de poteaux de mine pour boiser les galeries, on en casera deux fois autant, facile. »

Le Roi s'avança le long de la tranchée principale pour inspecter les rats. A sa vue, Adam se rua rageusement contre le grillage.

« Il est charmant, hein ? »

Miller grimaça un sourire. « Probable qu'il a dû te rencontrer quelque part, la petite vache.

– Peut-être vaudrait-il mieux interrompre la reproduction jusqu'à ce que les cages soient prêtes, suggéra Peter.

– Timsen est la clé du problème. Si quelqu'un est capable de nous approvisionner en matériel, c'est bien lui et sa bande de pirates. »

Les deux amis remontèrent. Ils étaient couverts de boue. Après s'être douchés, ils se sentirent ragaillardis.

« Salut, mon pote », lança une voix. C'était Timsen qui entrait. « Qu'est-ce qui vous arrive, les Yankees ? demanda-t-il en s'asseyant. Vous avez peur de vous faire arracher les couilles ou quoi ? » L'Australien était un homme grand et rude, aux yeux profondément enfoncés dans les orbites.

« De quoi parles-tu ?

– Des tranchées que vous êtes en train de creuser. A croire que vous pensez que la Air Force au grand complet est sur le point de bombarder Changi.

– Prendre des précautions ne fait de mal à personne. » Le Roi s'interrogeait encore. Fallait-il courir le risque de mettre Timsen au courant ? « Singapour ne va pas tarder à être canardé. A ce moment, on se réfugiera dans les abris.

– Ils n'attaqueront jamais Changi. Ils savent qu'on est là. Je parle des Tommies, pour sûr. Parce que quand c'est vous, les Ricains, qui êtes dans le ciel, on ne peut jamais prévoir où les pruneaux vont dégringoler. »

Lorsque le Roi fit faire à Timsen le tour du propriétaire, l'ampleur de l'organisation sauta aux yeux de l'Australien qui comprit instantanément toute l'importance du projet.

« Eh bien, collègue... chapeau ! murmura-t-il, suffoqué après la visite. Bon Dieu ! Et nous qui pensions que c'était seulement parce que vous aviez la trouille ! Foutre ! Mais vous avez de quoi en loger cinq ou six cents...

– Quinze cents, rectifia nonchalamment le Roi. Le Jour A, il y en aura...

– Le Jour A ?

– Le Jour de l'Accouchement. »

Timsen éclata de rire. « C'est donc ça ? Depuis des semaines, on essaie de deviner ce que ça veut dire. Ah, nom de nom ! » Il hurlait de joie. « C'est génial.

– Je reconnais que l'idée était de moi », dit le Roi sans parvenir à dissimuler sa fierté. C'était bien son idée à lui, après tout ! « Quatre-vingt-dix jeunes au moins sont prévus pour le premier Jour A. Et dans les trois cents pour le suivant. »

Les sourcils de Timsen rejoignirent presque la racine de ses cheveux.

« Je vais t'expliquer ce que nous envisageons. » Le Roi se tut un instant ; il récapitulait les propositions qu'il s'apprêtait à faire. « Vous nous fournissez le matériel nécessaire pour fabriquer un millier de cages. Nous maintiendrons le stock à mille pièces – rien que du meilleur choix – et c'est vous qui vous chargerez de la vente. On partagera moitié-moitié. Avec une affaire de cette importance, tout le monde y trouvera son bénéfice.

– Quand commencerons-nous à lancer la barbaque sur le marché ? » demanda aussitôt Timsen. En dépit des perspectives extraordinaires qu'il discernait, il se sentait vaguement mal à l'aise.

« Nous vous donnerons dix cuisses dans une semaine. Nous sacrifierons uniquement les mâles. Les cuisses de derrière seulement. On augmentera le chiffre à mesure que les choses prendront tournure :

– Pourquoi se contenter d'une dizaine ?

– Il faut y aller doucement pour commencer sinon les types auront des soupçons. »

Timsen réfléchit. « Tu es sûr que... euh... que la chair sera... O.K. ? »

Maintenant qu'il s'était engagé à fournir la marchandise, le Roi se sentait, lui aussi, un peu écœuré. Mais quoi ! La viande est toujours de la viande et les affaires sont les affaires. « On offre tout simplement de la viande. De *Rusa tikus.* »

Timsen secoua la tête. « L'idée de vendre ça à mes copains australiens ne me dit rien, fit-il en pinçant les lèvres. Franchement rien. Je ne trouve pas ça correct. Parole. Ce n'est pas que je sois... non... je ne trouve pas ça correct du tout. Je ne vendrai pas ça à mes *Diggers.* »

Peter Marlowe acquiesça, le cœur soulevé. « Non. Pas aux camarades. »

Les trois hommes se regardèrent. C'est vrai, admettait le Roi dans son for intérieur. Il y a là quelque chose de choquant. Mais il faut survivre... Nous. Et...

Soudain, il eut une illumination. « Appelez les autres », dit-il d'un ton haché. Il avait brusquement pâli. « Je viens d'avoir une idée. »

Rapidement, les Américains s'étaient rassemblés. Rigides, ils dardaient leurs regards sur le Roi. Celui-ci avait recouvré son calme. Muet, il fumait sans paraître prêter attention aux hommes suspendus à ses lèvres. Timsen et Peter Marlowe, troublés par ce silence, échangèrent un coup d'œil.

Enfin, le Roi se leva, écrasa son mégot et l'atmosphère se chargea d'électricité. « Messieurs, commença-t-il, la voix étrangement voilée et marquée d'une curieuse lassitude, messieurs, dans quatre jours, ce sera le Jour A. Nous prévoyons que (il vérifia le diagramme fixé au mur) oui... que notre stock dépassera alors légèrement cent unités. J'ai passé contrat avec notre ami et associé Timsen qui nous fournira de quoi confectionner un millier de cages. De la sorte, le problème du logement sera réglé au moment où les jeunes atteindront l'âge du sevrage. Timsen et son groupe se chargent de la vente. Quant à nous, nous nous bornerons à assurer la reproduction des souches les meilleures. » Il s'interrompit. Son regard tranquille balaya le cercle des visages. « Messieurs, dans une semaine, jour pour jour, nous lançons notre production sur le marché. »

Maintenant que le terme fatidique était fixé, les mines se firent sombres.

« Tu crois vraiment qu'on a le droit ? demanda Max avec appréhension.

– Tu permets une minute, Max ?

– La question de la vente, je n'y connais rien, murmura Byron Jones III en tripotant son bandeau. Cette idée me... »

– Attends, nom de Dieu, s'écria le Roi avec impatience. Messieurs... » Tout le monde se pencha ; le Roi, qu'on eût dit à bout de force, parlait si bas que c'était presque un soupir qui s'échappait de sa bouche. « Nous ne vendrons nos produits qu'aux officiers. A ceux qui ont de grosses ficelles. A partir du grade de commandant.

– Bon dieu de bois ! haleta Timsen.

– Seigneur, murmura respectueusement Max.

– Quoi ? » Peter Marlowe était abasourdi.

Le Roi avait l'impression d'être un dieu. « Ouais ! Aux officiers. Il n'y a qu'eux qui peuvent se permettre d'acheter. Au lieu de viser la série, on va faire du commerce de luxe.

– Et les bougres qui auront de quoi acheter sont précisément ceux auxquels on a envie de donner ça à manger, dit Peter.

– Pour un crack, t'es un crack, fit Timsen. C'est un coup de génie. Tiens, y a trois rombiers de ma connaissance... je donnerais bien mon bras droit pour leur filer du rat à bouffer et pour leur dire ensuite ce que c'était...

– Moi j'en vois deux à qui j'en donnerais de grand cœur, s'exclama Marlowe. Et en plus, ils payeront ! Mais ces enfants de salauds sont tellement chiens qu'ils flaireront tout de suite que c'est du rat. »

La voix de Max s'éleva au-dessus de la tempête de rire qui salua ces paroles. « Ecoutez-moi, les copains. Une minute. Ecoutez... » Max se tourna vers le Roi. « Tu sais que je n'ai pas toujours été, enfin... » Il était si ému qu'il avait du mal à parler. « Je... je n'ai pas toujours été de ton côté. Il n'y a pas de mal à ça. On est un pays libre. Mais ce... c'est tellement colossal... c'est un truc si... que... euh... » Solennellement, il allongea le bras. « J'aimerais serrer la main de l'homme qui a eu cette idée. Je crois que tout le monde doit serrer la main de cet authentique génie. Au nom de tous les deuxième classe du monde... Je suis fier de toi. Vive le Roi. »

Les deux hommes échangèrent une poignée de mains.

Tex ne tenait plus en place. « Sellars. Et Prouty. Et Grey... je le mets sur la liste, celui-là.

– Il n'a pas d'argent, rétorqua le Roi.

– Eh bien, on lui en filera un peu.

– Ce n'est pas possible, Max, dit Peter. Il n'est pas idiot. Cela éveillera ses soupçons.

– Et qu'est-ce que vous pensez de ce salaud de Thorsen ?

– Les officiers américains sont exclus, répliqua le Roi. Mais il ajouta, doucereux : Sauf un ou deux, peut-être. »

Les applaudissements qui accueillirent cette déclaration furent promptement étouffés.

« Et les Australiens ?

– Laisse-moi faire, mon pote, dit Timsen. J'ai déjà trois douzaines de clients en tête.

– Et les Tommies ?

– Chacun en connaît quelques-uns. » Le Roi était au septième ciel ; il se sentait dans la peau d'un géant tout-puissant. « On a de la chance que les mecs qui ont de l'oseille ou les moyens de s'en procurer soient justement ceux qu'on a envie de voir manger du rat et de mettre au parfum après. »

Juste avant le couvre-feu, Max, surgissant par l'ouverture béante qui faisait office de porte, se précipita vers le Roi et lui glissa à l'oreille : « Il y a un garde qui approche.

– Lequel ?

– Shagata.

– Bien. » Le Roi s'efforçait de contrôler sa voix. « Vérifie si tous les guetteurs sont bien à leur poste.

– D'accord ». Max s'éclipsa précipitamment.

Le Roi se pencha vers Peter Marlowe. « Il y a peut-être un os, murmura-t-il avec inquiétude. Viens. Il est préférable d'être prêt. »

Il sortit par la fenêtre et, après s'être assuré que l'écran de toile était en place, s'assit sous l'auvent et attendit en compagnie de Peter.

Shagata passa la tête par le rideau entrebâillé. Ayant reconnu le Roi, il s'approcha tranquillement, s'installa, appuya son fusil contre le mur et sortit un paquet de Kooas.

« Tabé.

– Tabé, répondit Peter.

Le Roi prit une cigarette d'une main qui tremblait.

« As-tu quelque chose à me vendre ce soir ? s'enquit Shagata de sa voix sifflante.

– Il te demande si tu as quelque chose à lui vendre.

– Réponds-lui que non !

– Mon ami est accablé de n'avoir rien ce soir pour tenter un homme de goût.

– Mon ami aura-t-il un tel article dans un délai de... disons trois jours ? »

Le Roi soupira de soulagement lorsque Marlowe eut traduit. « La réponse est oui. Et ajoute que je trouve qu'il a agi sagement en venant vérifier.

– Mon ami dit qu'il aura probablement quelque chose pour tenter un homme de goût à cette date. Il dit également que travailler avec un homme aussi prudent que toi permet de bien augurer de la transaction en question.

– Il faut toujours être prudent quand on doit agir dans l'ombre. Shagata aspira l'air entre ses dents. Si je n'arrive pas d'ici trois nuits, attendez-moi les nuits suivantes. Un ami commun m'a averti qu'il ne pourrait peut-être pas être d'une exactitude absolue dans l'exécution de ses obligations. Je suis néanmoins certain que ce sera chose faite sous trois jours. »

Le Coréen se leva et donna son paquet de Kooas au Roi. Une inclinaison du buste, et les ténèbres, à nouveau, l'engloutirent.

Le Roi sourit lorsque Peter Marlowe lui transmit le dernier message de Shagata. « Impeccable ! Si tu passais me voir demain matin ? Nous pourrions mettre nos plans sur pied.

– Je suis de corvée à l'aérodrome.

– Veux-tu que je te trouve un remplaçant ? »

Marlowe fit non de la tête en riant.

« D'ailleurs, il est préférable que tu y ailles au cas où Cheng San voudrait te contacter.

– Crois-tu que quelque chose ne tourne pas rond ?

– Non. Shagata a eu raison de tâter le terrain. J'en aurais fait autant à sa place. Tout se déroule comme prévu. Dans une semaine, l'affaire sera dans le sac.

– Espérons-le. » C'est en pensant au village que Peter faisait des vœux pour qu'il n'y ait pas d'anicroches. Il désirait follement y retourner. Et s'il y retournait, il posséderait Sulina ou en perdrait la raison.

Le Roi devina le haussement d'épaules de son compagnon plus qu'il ne le vit. « Qu'est-ce que tu as ?

– J'étais en train de me dire que j'aimerais être dans les bras de Sulina, répondit Peter, mal à l'aise.

– Ouais... » Est-ce qu'il y a un moyen de mettre cette souris sur la touche ?

Peter Marlowe surprit son regard et sourit légèrement. « Tu n'as aucun souci à avoir, ma vieille. Je ne ferai pas de bêtises, si c'est cela qui t'inquiète.

– Je n'en doute pas. » Le Roi sourit à son tour. « Il y a beaucoup de choses à prévoir. Et demain, nous avons la représentation. Tu sais ce que c'est, la pièce ?

– Je sais seulement qu'elle s'appelle *Triangle* et que Sean fait partie de la distribution. » La voix de Peter avait brusquement pris un accent métallique.

« Tu m'a dis une fois que tu avais failli le tuer. Comment est-ce arrivé ? » Jamais le Roi n'avait encore posé à Peter une question d'ordre personnel de façon directe, sachant que c'eût été dangereux. Mais son instinct l'avertissait que, ce soir, il le pouvait.

« Il n'y a pas grand-chose à raconter, répondit aussitôt Peter, heureux que le Roi l'eût interrogé. Nous appartenions à la même escadrille à Java, Sean et moi. La veille de la capitulation, il est parti en mission et n'est pas rentré à la base. J'ai pensé qu'il s'était fait descendre. Et puis, il y a environ un an – nous venions juste d'être transférés ici – j'ai assisté à une représentation au théâtre. Tu imagines le choc que j'ai éprouvé en le reconnaissant sur scène. Il tenait un rôle féminin mais je n'ai pas attaché une signification particulière à ce détail. Il y a toujours des femmes dans une pièce et il faut bien que quelqu'un tienne le rôle. Je me suis rassis et j'ai suivi le spectacle avec joie. Je n'en revenais pas d'avoir retrouvé Sean vivant et en bonne santé. Et je n'en revenais pas non plus de le voir si bien incarner son personnage. On aurait vraiment dit une femme. Tout y était : La manière de marcher, de parler, de s'asseoir. Son costume, sa perruque... C'était parfait et j'étais fort impressionné par sa composition. D'autant que je savais qu'il ne s'était jamais occupé de théâtre auparavant.

« Après le spectacle, je me suis rendu dans les coulisses pour le voir. Plusieurs personnes attendaient également. J'ai eu alors une impression très étrange : Les autres ressemblaient aux gens que l'on rencontre toujours devant l'entrée des artistes – tu sais, les types qui guettent leur petite amie en tirant une langue comme ça...

« Enfin, la porte s'est ouverte et tout le monde s'est rué à l'intérieur de la loge. Moi, je suis resté planté devant le seuil. Et c'est alors que j'ai brutalement compris : Ces garçons étaient des homosexuels ! Ils semblaient le submerger de partout. Ils le caressaient, l'appelaient « chéri », l'étreignaient, lui répétaient qu'il avait été « merveilleux ». Bref, ils le traitaient comme on traite une star. Et Sean... Sean buvait du petit lait. Il était heureux de se faire peloter. Comme une chatte en chaleur.

« Tout à coup, il m'a vu et, bien sûr, ça lui a fait un choc, à lui aussi. Il m'a lancé un « Bonjour,

Peter » mais j'étais incapable de prononcer un mot. Je restais figé, les yeux fixés sur une de ces tapettes qui avait la main posée sur son genou.

« Sean était vêtu d'une sorte de déshabillé flottant. Il portait des bas de soie et une culotte de femme. Et on aurait juré qu'il avait de la poitrine. J'ai subitement compris que ses cheveux longs et ondulés n'étaient pas une perruque : C'étaient ses cheveux à lui.

« Il a demandé aux autres de se retirer : « Peter est un vieil ami que je croyais mort, a-t-il dit. J'ai à lui parler. Laissez-nous, je vous prie. »

— Au nom du ciel, que t'est-il arrivé ? me suis-je écrié quand nous fûmes seuls. Tu te délectais à voir ces types gluants te peloter.

— Que nous est-il arrivé à tous ? » m'a-t-il répondu. Et il a ajouté avec un sourire radieux : « Je suis infiniment heureux de te retrouver, Peter. Je te croyais mort. Assieds-toi un instant pendant que je me démaquille. Nous avons tant de choses à nous dire. Es-tu avec le détachement javanais ? »

« J'ai acquiescé, encore mal remis de mon émotion. Sean s'est tourné vers le miroir et il a commencé à s'enduire le visage de crème. « Que t'est-il arrivé, Peter ? Ton appareil a été descendu ? »

« Je commençais à récupérer. Il se débarbouillait. Tout me semblait plus normal. Je me traitai d'idiot : Cela faisait partie du spectacle — la légende à entretenir, n'est-ce pas ? — et j'étais sûr qu'il faisait seulement semblant de prendre goût à la farce. Aussi, je me suis excusé : « Pardon, Sean... Tu dois penser que je suis un sacré imbécile ! Quel bonheur de te savoir vivant. Moi aussi, j'ai cru qu'ils t'avaient descendu. » Je lui racontai ce qui m'était advenu, puis lui demandai de me parler de lui. Attaqué par quatre chasseurs japonais, il avait dû sauter en parachute. Quand il avait finalement rejoint la base, il avait retrouvé mon zinc en morceaux. Je lui expliquai alors que j'y avais mis le feu moi-même pour qu'il ne tombât pas aux mains des Japs. « Ah bon ! J'ai supposé que tu t'étais écrasé à l'atterrissage. Qu'ils t'avaient eu. Je suis resté avec les autres à l'état-major de Bandoeng et on nous a tous jetés dans un camp. Peu de temps après, ils nous ont expédiés à Batavia d'où nous sommes partis pour venir ici. »

« Tandis qu'il parlait, Sean n'avait pas cessé de se regarder dans la glace. Son visage avait la douceur satinée d'un visage de jeune fille. Une impression extraordinaire m'a alors envahi : Il avait oublié ma présence. Je ne savais que faire. Et puis, il s'est retourné en fronçant curieusement les sourcils. Du coup, j'ai deviné à quel point il était malheureux et je lui ai demandé s'il voulait que je m'en aille.

« Non, Peter. Non. Je désire que tu restes. »

« Il a pris un sac de femme posé sur la coiffeuse, en a sorti un tube de rouge et s'est mis à se faire les lèvres. J'étais éberlué. « Qu'est-ce que tu fabriques ? me suis-je exclamé.

– Je me mets du rouge, Peter.

– La plaisanterie a assez duré, ai-je répondu. Il y a une demi-heure que la représentation est terminée. »

« Mais il a continué. Quand il en a eu fini avec son rouge, il s'est poudré le nez, brossé les cheveux et, à nouveau, il était la ravissante jeune fille de tout à l'heure. Je ne parvenais pas à y croire, je pensais toujours à une blague d'un goût douteux. Il s'est tapoté une boucle par-ci par-là, s'est rassis devant le miroir pour s'étudier. Apparemment, il était parfaitement satisfait de ce qu'il y voyait. Quand il a aperçu mon reflet et ma mine ahurie, il a éclaté de rire. « Qu'est-ce qu'il se passe, Peter ? Tu n'es donc jamais entré dans une loge ?

« J'ai dit : « Si. Dans des loges de femmes. »

« Il m'a longuement regardé. Puis, il a arrangé son déshabillé, croisé les jambes. Et il a fait : « Tu es dans une loge de femme. »

« L'irritation me gagnait. Ça suffit, Sean. C'est moi, Peter Marlowe. Et nous sommes à Changi, tu te rappelles ? La représentation est terminée. A présent, tout a repris son cours normal. »

« Il était d'un calme absolu. « Oui, Peter. Tout est normal. »

« Il m'a fallu un bon moment pour dire quelque chose mais j'ai finalement réussi à balbutier : « Tu ne vas pas ôter ces vêtements et enlever cette cochonnerie de ta figure ? »

« Il m'a répondu : « J'aime ces vêtements et je me farde toujours, maintenant. » Il est allé ouvrir un placard qui était bourré de sarongs, de robes, de collants, de soutiens-gorge, etc., et, me regardant avec le même calme, il a laissé tomber : « Ce sont les seuls vêtements que je porte désormais. Je suis une femme. »

« Je lui demandai s'il n'avait pas perdu la raison. Il marchait de long en large sans me quitter des yeux et je ne pouvais pas m'empêcher de penser que c'était plus ou moins à une fille que j'avais affaire : Il avait l'air d'une femme, il avait les attitudes, le ton, l'odeur d'une femme. « Je sais que tu as du mal à comprendre », a-t-il poursuivi, mais je suis transformé. Je ne suis plus un homme, Peter. Je suis une femme.

– Tu n'es pas plus femme que moi, nom de Dieu », me suis-je écrié mais cela n'a pas eu l'air de le toucher. Il se contentait de me dévisager avec son sourire de madone en répétant : « Je suis une femme. » Il m'a effleuré le coude, exactement comme une fille aurait pu le faire. « S'il te plaît, traite-moi comme une femme. »

« Il m'a semblé que quelque chose craquait dans ma tête. Je l'ai empoigné par le bras, je lui ai arraché son déshabillé, son soutien-gorge rembourré et je l'ai poussé devant le miroir en hurlant : « Tu prétends que tu es une femme ? Regarde-toi donc ! Où sont tes seins, dis-moi ? »

« Mais Sean, debout devant la glace, la tête inclinée, les cheveux épandus sur son visage, ne levait pas les yeux. Maintenant, il était nu jusqu'à la taille. Je l'empoignai par la chevelure et lui relevai la tête de force. « Regarde-toi, espèce d'ignoble dépravé ! Tu es un homme. Tu seras toujours un homme. »

« Il restait là, muet. Finalement je m'aperçus qu'il pleurait. Et puis Rodrick et Frank Parrish ont fait irruption dans la loge en me bousculant. Parrish a rajusté le déshabillé et a pris Sean, qui ne cessait pas de sangloter, dans ses bras. Frank, de son côté, l'étreignait en murmurant : « Tout va bien, Sean, tout va bien. » Quand il s'est tourné vers moi, il y avait une lueur meurtrière dans son regard. « Fous-le camp, salaud », m'a-t-il jeté. »

« Je ne sais même pas comment je suis parti. Quand je suis revenu à la réalité, j'étais en train de déambuler à travers le camp. J'ai alors commencé à comprendre que je n'avais pas le droit d'agir comme je l'avais fait. Aucun droit. C'était démentiel. »

L'angoisse était peinte sur les traits de Peter. « Je suis retourné au théâtre. Il fallait essayer de faire la paix avec Sean. La loge était fermée à clé mais j'eus l'impression de l'entendre. Je frappai, je frappai. Mais il ne répondait pas. Alors, la colère m'a repris et j'ai enfoncé la porte. Je voulais m'excuser d'homme à homme, pas à travers un panneau de bois.

« Il était allongé sur le lit, une profonde entaille à son poignet gauche. Il y avait du sang partout. Je lui ai mis un garrot et j'ai réussi à trouver le docteur Kennedy ainsi que Rodrick et Frank. On aurait dit un cadavre. Tout le temps que le toubib a recousu la blessure qu'il s'était faite à l'aide de ciseaux, il n'a pas proféré un son. « Tu es content à présent, mon salaud ? », m'a lancé Frank lorsque Kennedy eut terminé. Je ne pouvais rien répondre et je restai là, furieux contre moi-même.

« Fiche le camp et ne remets plus les pieds ici », m'a ordonné Rodrick.

« Comme je m'exécutais, Sean m'a appelé d'une voix mourante. Je me suis retourné. Aucune colère dans son regard, mais quelque chose comme de la pitié. « Je suis navré, Peter, a-t-il dit. Ce n'était pas de ta faute. »

« Je suis parvenu à bafouiller : « Je ne voulais pas te faire de mal, Sean. » Il m'a répondu : « Je le sais, Peter, je t'en prie : Sois mon ami. »

« Alors, il a regardé Frank et Parrish et a ajouté en souriant de son merveilleux sourire retrouvé : « Je voulais m'en aller mais je suis follement heureux, maintenant, d'être de retour. »

Marlowe avait l'air épuisé. La sueur ruisselait le long de son cou et sur sa poitrine.

Le Roi alluma une Kooa. Peter ébaucha un haussement d'épaules désolé. Puis il se leva et s'éloigna, écrasé sous le fardeau de son remords.

17

« ALLEZ ! Un peu plus vite que ça ! Dépêchez-vous ! », criait Peter Marlowe à l'adresse des hommes qui, l'air morne, s'assemblaient en baillant devant la baraque. C'était à peine l'aube ; le breakfast n'était déjà plus qu'un souvenir et son indigence n'avait fait qu'exacerber la mauvaise humeur des prisonniers. De surcroît, ceux-ci avaient devant eux la perspective d'une longue journée à passer en plein soleil sur le chantier de l'aérodrome. A moins d'un coup de chance.

Le bruit courait qu'un détachement devrait travailler à l'ouest pour abattre trois cocotiers. Or, le cœur du cocotier n'est pas seulement comestible : il est extrêmement nourrissant et savoureux. On l'avait baptisé « chou de millionnaire » parce que, pour en bénéficier, il faut sacrifier l'arbre tout entier. En plus du chou de millionnaire, il y aurait des noix de coco. Plus qu'il n'en fallait pour une section de trente hommes. Aussi, chacun, les officiers comme les hommes de troupe, avait-il les nerfs à fleur de peau.

Le sergent responsable de la baraque se porta au-devant de Peter Marlowe et salua. « Détachement au complet, mon capitaine. Vingt hommes, moi y compris.

– Il devrait y en avoir trente.

– On est quand même vingt. Les autres sont malades ou au bois. Je n'y peux rien.

– Bon. Direction, la poterne. »

Le sergent donna l'ordre de marche et la section se mit à avancer en ordre dispersé le long du mur de la prison pour rejoindre le reste du contingent affecté à l'aérodrome, et qui était rassemblé près de la barricade ouest. Obéissant à l'ordre muet de Marlowe, le sous-officier fit placer son groupe vers la fin de la file ; c'était l'endroit le plus favorable : De la sorte, on avait le maximum de chances d'être désigné pour l'abattage des arbres. Lorsqu'ils virent que leur capitaine avait manœuvré comme il le fallait, les hommes sortirent de leur apathie et se mirent rapidement en rangs.

Tous avaient transformé les haillons qui leur servaient de chemise en fourre-tout. Le fourre-tout était une institution à Changi et ses avatars étaient multiples. Ce pouvait aussi bien être un sac à dos réglementaire qu'une valise, un couffin de joncs tressés, une besace, un ballot de toile accroché à un bâton, voire un simple morceau d'étoffe. Mais chacun avait ce qu'il fallait pour y entasser ce qu'il pourrait grappiller. A défaut d'un chou de millionnaire et de noix de coco, ce serait du petit bois, des écorces pour le feu, des bananes, des graines oléagineuses, des racines comestibles, des feuilles de toute sorte, peut-être même du papaya.

La plupart des prisonniers étaient chaussés de socques de bois ou d'une semelle taillée dans des pneus. Certains avaient des chaussures dont ils avaient coupé le bout, quelques-uns des brodequins. Peter Marlowe avait emprunté ceux du Roi. Ils étaient un peu justes mais pour une marche de cinq kilomètres et une journée de travail, cela valait mieux que des socques.

La masse humaine s'ébranla en direction de la poterne, chaque officier en tête de sa compagnie. Un groupe de Coréens ouvrait la marche et il y avait un garde en serre-file.

Peter songeait à l'étape et aux cocotiers à abattre. Il arrangea sa chemise qui faisait des plis sous les sangles du sac à dos, rajusta son bidon – le vrai, car il eût été dangereux de partir pour une corvée avec le bidon truqué. Comment savoir si un garde ou Dieu sait qui d'autre n'aurait pas envie de boire une lampée ?

En passant devant le poste, les prisonniers saluèrent et le petit sergent japonais court sur pattes qui se tenait sur la véranda leur rendit leur salut avec raideur. Peter donna le chiffre de ses effectifs à un second factionnaire, qui le reporta sur ses listes.

Ils laissèrent Changi derrière eux, suivant la route sinueuse ; après avoir ondulé quelque temps, celle-ci traversait une plantation d'hévéas abandonnée ; il y avait belle lurette que les arbres n'avaient pas été saignés. Etonnant, se surprit à penser Peter : Le caoutchouc était en effet une denrée précieuse, d'une importance vitale pour une nation en guerre.

Marlowe, apercevant le capitaine Duncan avec sa section, modifia son allure pour marcher à la hauteur de son camarade sans cesser de surveiller ses hommes. « Salut, Duncan.

– C'est formidable d'avoir à nouveau des informations, hein ? »

La réponse de Peter fut automatique : « Oui, à condition que ce ne soient pas des canards.

– Je reconnais que ça a l'air trop beau pour être vrai. »

Peter Marlowe aimait bien le petit Ecossais au

poil roux. Duncan était un homme entre deux âges que rien ne semblait capable de troubler. Toujours souriant, toujours une parole aimable a la bouche. Mais Peter avait l'impression qu'aujourd'hui Duncan n'était pas comme d'habitude. Qu'est-ce qui se passait encore ?

Remarquant sa curiosité, Duncan sourit pour lui montrer son dentier neuf.

« Ah ! C'est ça ! Je me demandais ce que tu avais de changé.

– Qu'est-ce que ça donne ?

– C'est mieux que si tu n'avais pas de dents du tout.

– Merci pour le compliment ! Je pensais que ce n'était pas mal.

– Je n'arrive pas à me faire aux dents en aluminium. Ça a l'air faux.

– Si tu savais ce que j'ai dérouillé pour les extractions ! Epouvantable !

– Grâce à Dieu, je n'ai pas à me plaindre de ce côté-là. Il a fallu les plomber l'année dernière. Un sale moment à passer. Tu as sans doute agi sagement. Combien t'en a-t-on arraché ?

– Dix-huit, répondit Duncan sur un ton rogue. Un truc à vous faire pisser le sang. Mais elles étaient entièrement pourries. Le toubib incriminait l'eau, le manque d'aliments masticables, le riz, la carence en calcium. Mais, nom d'une pipe, ces fausses dents sont épatantes. » Pensivement, Duncan remua deux ou trois fois les mâchoires et poursuivit : « Les dentistes se sont débrouillés comme des dieux. Très astucieux, ces garçons. Bien sûr, je reconnais que, des dents métalliques, ça surprend. Seulement, mon vieux, comme confort, c'est merveilleux. Il y a des années que je ne me suis pas senti aussi à l'aise. Dents blanches ou dents en alu, aucune différence. J'ai toujours eu des ennuis de ce côté. Au diable les dents ! »

Les hommes qui marchaient en tête de la colonne se rangèrent sur le bas-côté pour laisser le passage à un antique autocar asthmatique. Il y avait place pour vingt-cinq passagers à l'intérieur mais quelque soixante personnes – hommes, femmes et enfants – s'y entassaient et une dizaine d'autres voyageurs s'accrochaient tant bien que mal à l'extérieur. Des cages à poules, des colis, des matelas roulés en boudin étaient fixés sur le toit du véhicule poussif. Les indigènes jetèrent au passage un regard curieux sur les prisonniers qui, de leur côté, contemplaient avec convoitise les cageots de volailles à moitié mortes, espérant que l'autocar tomberait en panne ou verserait dans le fossé. Si cela se produisait, ils aideraient à le dégager, ce qui leur permettrait de « libérer » une bonne douzaine de poules. Mais, cette fois, l'autocar poursuivit son chemin, salué par une salve de jurons.

Duncan continuait à entretenir Marlowe de sa dentition en souriant largement pour que l'on voie bien sa prothèse. Mais son sourire était factice et il avait l'air grotesque. Derrière les deux hommes, un garde léthargique rappela à l'ordre un prisonnier qui quittait les rangs. Ce dernier défit simplement son pantalon et se soulagea rapidement en criant : « Sakit marah » – dysenterie –. Aussi, le Coréen, haussant les épaules, attendit en grillant une cigarette que le captif reprît sa place dans la file.

« Planque-moi, Peter », jeta Duncan d'une voix tranquille.

Marlowe leva les yeux : La femme et la fille de son camarade se tenaient sur le sentier qui, a quelques mètres de la route, suivait le fossé d'écoulement. Ming Duncan était une Chinoise de Singapour. En tant qu'Orientale, elle vivait librement dans les faubourgs de la ville et n'avait pas été jetée dans un camp de concentration, ce qui avait été le sort réservé aux épouses des autres prisonniers. La fillette était aussi belle que sa mère. Une fois par semaine, Ming et la petite se promenaient « par hasard » par là pour que Duncan pût les apercevoir.

Peter s'interposa entre le garde et son compagnon afin de faire écran et Duncan changea d'allure pour se trouver sur le flanc de son détachement.

Ni la mère ni l'enfant ne firent le moindre signe quand Duncan passa devant elles et que leurs regards se croisèrent brièvement, mais elles virent qu'il laissait tomber un petit morceau de papier. Elles continuèrent néanmoins d'avancer et Duncan se perdit dans la masse des prisonniers. Pourtant, il savait qu'elles avaient remarqué son geste. Elles poursuivraient leur chemin jusqu'à ce que les prisonniers et leurs geôliers eussent disparu. Alors, elles reviendraient sur leurs pas, elles découvriraient le message, elles le liraient. Cette pensée rendait Duncan heureux. *Je vous aime. Vous me manquez. Toutes les deux, vous êtes ma vie,* avait-il écrit. C'étaient invariablement les mêmes mots mais, chaque fois, ils étaient nouveaux. Pour lui, comme pour sa femme et pour la petite. Car c'étaient des mots toujours neufs qui méritaient d'être redits et redits. A jamais.

« Comment les as-tu trouvées ? demanda Duncan quand il eut rejoint Peter Marlowe.

– Merveilleuses. Tu es un veinard. Et Mordeen est en train de devenir une beauté.

– Oui, une vraie beauté. Elle aura six ans en septembre. » Duncan se rembrunit. « Ce que je voudrais que la guerre finisse ! fit-il après un silence.

– Ça ne va plus durer longtemps, maintenant.

– Peter, quand tu voudras te marier, prends une Chinoise. Les Chinoises sont les meilleures épouses du monde. » Il répétait bien souvent le même conseil. « Je sais que l'ostracisme est dur à supporter, surtout pour les enfants, mais si je meurs entre leurs bras, je mourrai content. Il soupira. Seulement, tu ne m'écouteras pas. Tu épouseras une Anglaise et tu te figureras que tu vis ! Quel gâchis ! Et je parle en connaissance de cause : J'ai tâté des deux. »

Peter éclata de rire. « Qui vivra verra ! » Il accéléra pour se porter en tête de son détachement. « A plus tard, Duncan.

– Merci, Peter. »

On était presque arrivé au terrain. Devant, un groupe de gardes attendaient pour distribuer le travail aux diverses équipes avec, à côté d'eux, un tas de pioches, de bêches et de pelles. Déjà, plusieurs pelotons se dirigeaient sous escorte vers le poste qui leur avait été assigné.

Marlowe tourna la tête vers l'ouest. Zut ! Une corvée était en route vers le bouquet d'arbres.

Il fit arrêter ses hommes et s'approcha des gardes qu'il salua. Torusumi se trouvait parmi ces derniers. Le Coréen reconnut Peter et sourit. « Tabé.

– Tabé, répondit l'Anglais embarrassé par la franche cordialité de l'autre.

– Je vais accompagner ton groupe », dit Torusumi en tendant le menton vers les outils.

« Je te remercie, répliqua Peter en faisant signe à son sergent. Nous te suivons.

– Saloperie de saloperie, pesta le sous-officier. C'est bien notre veine ! Va falloir aller de l'autre côté.

– Je le sais bien », jeta Peter avec autant de hargne. Comme les prisonniers avançaient vers les instruments, il dit à Torusumi : « J'espère qu'aujourd'hui, tu vas nous conduire à l'ouest du chantier. Il y fait plus frais.

– Non, nous allons à l'est. Je sais qu'il fait plus frais à l'ouest mais c'est toujours l'est que je récolte. »

Peter décida de risquer le tout pour le tout. « Peut-être pourrais-tu demander un traitement plus favorable. » Faire une suggestion à un Coréen ou à un Japonais n'allait pas sans danger. Torusumi considéra Marlowe d'un œil froid, puis, se détournant brusquement, il s'approcha d'Azumi, le caporal japonais, qui, lugubre, se tenait à l'écart. Le mauvais caractère d'Azumi était célèbre à Changi.

Peter regarda avec appréhension Torusumi s'incliner et dire rapidement quelques mots en japonais d'une voix hachée. Et il sentit peser sur lui le regard du Nippon.

Le sergent était tout aussi anxieux. « Qu'est-ce que vous lui avez dit, mon capitaine ?

– Que ce serait une bonne idée d'aller à l'ouest pour changer. »

Le sergent tressaillit. Si l'officier recevait une gifle, le sous-off aurait automatiquement droit à une autre. « Vous prenez un risque... » Il se tut. Azumi s'avançait, suivi à distance respectueuse par Torusumi.

Le Japonais aux jambes torses fit halte à cinq pas de Marlowe qu'il dévisagea une dizaine de secondes. Peter se raidit pour parer à la taloche attendue. Mais le coup ne vint pas. Au contraire : Azumi sourit dans un étincellement de dents aurifiées et sortit un paquet de cigarettes qu'il présenta à Marlowe en jetant quelque chose dans sa langue maternelle. L'Anglais saisit seulement « Shoko-san » ce qui ne fit qu'accroître son étonnement. Jamais on ne lui avait encore donné du Shoko-san. « Shoko » signifie « officier » et « san »

« monsieur ». Etre appelé « Monsieur l'Officier » par un affreux petit démon comme Azumi, ce n'était pas rien !

« Arignato », fit Peter tandis que le Japonais lui donnait du feu. « Merci » était un des rares vocables nippons qu'il connaissait en dehors d'un petit nombre de commandements : « Repos », « Garde-à-vous », « Pas de gymnastique », « Saluez » et « Approche, fumier de blanc ». Il ordonna à son sergent, manifestement éberlué, de faire aligner les hommes.

« Tout de suite, mon capitaine. » Le sous-officier était heureux d'avoir un prétexte pour s'éloigner.

Azumi se tourna vers Torusumi, aboya quelques mots et le Coréen se mit à son tour en mouvement. « Hotcharé », lança-t-il, ce qui signifiait : « Pas accéléré. » Lorsqu'ils furent au milieu du terrain et qu'Azumi ne put l'entendre, le garde sourit et annonça : « Aujourd'hui, nous allons aller à l'ouest. Pour abattre les arbres.

– A l'ouest ? Je ne comprends pas.

– C'est pourtant simple. J'ai dit à Azumi qu'il fallait qu'il sache que tu es l'interprète du Roi. En effet, il touche dix pour cent sur nos bénéfices. Torusumi haussa les épaules. Bien sûr, il est indispensable de s'entraider. Et peut-être aurons-nous l'occasion de parler affaires d'ici ce soir. »

Peter lança l'ordre de halte d'une voix faible.

« Qu'y a-t-il, mon capitaine ?

– Rien, sergent. Ecoutez-moi tous. Silence. Direction, les arbres. »

Les acclamations fusèrent, rapidement étouffées.

Spence et son équipe étaient déjà à pied d'œuvre, sous la surveillance d'un garde, quand le détachement de Marlowe atteignit les cocotiers. Torusumi s'approcha de son collègue et tous deux échangèrent quelques propos assez vifs. « Nous étions ici avant vous, bande de salauds », s'exclama Spence quand la sentinelle furieuse fit rebrousser chemin à son groupe.

« Eh oui », murmura Peter d'un ton empreint de compassion. Il savait ce qu'éprouvait son camarade.

Torusumi s'assit à l'ombre après avoir posé son fusil contre un arbre. « Poste un guetteur, dit-il à Peter en bâillant. Si j'étais surpris en train de dormir par une de ces ordures de Japonais ou par un Coréen, je t'en tiendrais pour responsable.

– Tu peux dormir en toute tranquillité.

– Tu me réveilleras à l'heure du déjeuner.

– Compte sur moi. »

Après avoir placé des sentinelles aux points stratégiques, l'officier lança ses hommes à l'assaut des arbres ; il voulait que ceux-ci fussent abattus et débités avant que quelqu'un ne s'avisât de changer d'idée.

A midi, les trois cocotiers étaient à terre, vidés de leur moelle – le chou de millionnaire. Les prisonniers, dévorés de fourmis, étaient fourbus mais cela leur était bien égal : Le butin de la journée était somptueux. Chacun avait deux noix de coco à ramener au camp et il en restait encore quinze. On en mettrait cinq de côté pour Torusumi, ordonna Peter Marlowe, et on se répartirait les autres au repas. Il présida également au partage de deux choux de millionnaire. Le troisième demeurerait provisoirement à la disposition de Torusumi et d'Azumi pour le cas où ces derniers réclameraient leur dû.

Peter, haletant, se reposait, adossé à un tronc, quand un coup de sifflet retentit. C'était le signal d'alerte. Sautant sur ses pieds, il se précipita vers Torusumi qu'il secoua. « Un garde, Torusumi-san... Vite ! »

Le Coréen se leva et épousseta son uniforme. Bien. Retourne vers les arbres et ayez l'air de travailler ferme », fit-il à mi-voix. Puis, nonchalamment, il s'avança en direction de la zone essartée. Il se détendit quand il reconnut le nouvel arrivant. « C'est seulement un ami à moi, Shoko-san », s'exclama-t-il en faisant signe à son collègue de le rejoindre sous les ombrages. « Repos ! » Les deux Coréens abandonnèrent leurs fusils et s'allongèrent sur le sol, une cigarette aux lèvres.

Peter sourit. « Sergent, vous allez cueillir deux belles noix de coco et les donner aux gardes. » Il ne pouvait s'en charger lui-même sans perdre la face.

Le sergent choisit soigneusement les fruits qu'il décapita. L'enveloppe vert sombre était épaisse de deux pouces. La pulpe blanche dans laquelle la noix proprement dite était enrobée était moelleuse à souhait – on aurait pu la déguster à la cuiller si l'on en avait eu envie ; le suc était frais et sucré.

« Smith !

– Sergent ?

– Apporte ça à ces deux putains de macaques.

– Pourquoi moi ? C'est toujours mézigue qui...

– Allez... Dégage ! »

Smith, un titi londonien efflanqué, se mit debout et fit ce qui lui était ordonné.

Torusumi et le second garde burent le lait de coco. « Nous te remercions », fit le premier à l'adresse de Peter qui répondit : « La paix soit avec toi. » Torusumi fit apparaître un paquet de Kooas tout chiffonné qu'il tendit à Marlowe.

« Je te remercie, dit l'officier.

– La paix soit avec toi », répliqua courtoisement le Coréen.

Il y avait sept cigarettes et les hommes exigèrent que Marlowe en prît deux. Ils se partagèrent les autres – une pour quatre – et l'on convint à l'unanimité de ne les fumer qu'après le déjeuner.

Le repas se composait de riz et d'eau de poisson arrosés de thé faible. Peter ne prit que le riz qu'il assaisonna d'un soupçon de blachang. Le morceau de noix de coco qui lui revenait constitua un savoureux dessert. Quand il ne resta plus rien dans son assiette, il s'installa, rompu de fatigue, le dos appuyé contre la souche d'un des arbres abattus pour attendre la fin de la pause.

Au sud se dressait une colline autour de laquelle fourmillait une cohorte de coolies chinois, chacun muni de deux paniers reliés par une tige de bambou posée en travers de l'épaule. Ils montaient jusqu'au sommet du monticule, remplissaient leurs paniers de terre et redescendaient les vider. Une ronde sans fin et l'on avait presque l'impression de voir fondre la colline. Tout cela sous un soleil torride.

Il y avait maintenant près de deux années que Peter Marlowe se rendait régulièrement à l'aérodrome quatre ou cinq fois par semaine. Au début, quand ils avaient contemplé toutes ces collines, tous ces marécages, tout ce sable, Larkin et lui s'étaient esclaffés. Jamais on ne transformerait pareil terrain en aérodrome ! Les coolies ne disposaient ni de tracteurs ni de bulldozers. Mais deux ans avaient passé. Il y avait déjà une piste utilisable et la plus grande, celle réservée aux bombardiers, serait bientôt achevée.

Peter s'émerveillait de la patience de fourmis de ces terrassiers. Que ne réaliseraient-ils pas avec du matériel moderne.

Ses yeux se fermèrent. Il s'endormit.

« Ewart ! Où est Marlowe ? demanda sèchement Grey.

– Au chantier de l'aérodrome. Pourquoi ?

– Dès qu'il rentrera, dites-lui de venir me trouver.

– Où serez-vous ?

– Comment voulez-vous que je le sache ? Il n'aura qu'à me chercher. »

Un spasme tordit le ventre du prévôt au moment où il quittait la baraque et il se précipita vers les latrines. Mais avant qu'il n'eût accompli la moitié du trajet, la douleur se fit lancinante et une sécrétion sanguinolente humecta le tampon d'herbes qu'il portait sous son pantalon. Affaibli par la souffrance qui lui fouaillait les entrailles, Grey s'appuya à la paroi d'une baraque pour reprendre ses forces.

Il savait qu'il était temps de renouveler le tampon – ce serait la quatrième fois de la journée – mais cela lui était égal. Au moins, c'était hygiénique et cela protégeait son pantalon, le seul et unique pantalon qu'il possédât. D'ailleurs sans cet appareil, il aurait été incapable de marcher. C'est dégoûtant, se disait-il. Exactement comme une serviette périodique. Saloperie ! Enfin, c'était efficace...

Il aurait dû se faire porter malade aujourd'hui mais, maintenant qu'il avait coincé Marlowe, il ne pouvait en être question. Ah, non alors ! Il n'allait pas laisser échapper une si belle occasion. Il tenait à voir la tête de Marlowe quand il le lui annoncerait. Cela valait la peine de souffrir un peu. Ce voyou, ce rien du tout ! En outre, le Roi trinquerait par personne interposée. Dans deux jours, Grey les posséderait tous les deux : il était au courant de l'histoire du diamant et il savait que la prise de contact était prévue pour la semaine suivante. Certes, il ignorait quel jour exactement elle aurait lieu mais il en serait averti. Le prévôt se félicitait d'avoir eu l'habileté d'élaborer un système de renseignement d'une pareille efficacité.

Regagnant la baraque de la Military Police, il enjoignit au planton d'attendre dehors. Il changea son tampon, puis se frotta énergiquement les mains pour faire disparaître l'invisible souillure qui les maculait.

Ragaillardi, il se força à descendre les marches de la véranda et prit la direction du magasin pour effectuer son inspection hebdomadaire des réserves. La comptabilité était toujours juste : Le lieutenant-colonel Jones était en effet un homme compétent et dévoué ; il pesait personnellement chaque jour la ration de riz en public, ce qui rendait la fraude impossible.

Grey admirait le lieutenant-colonel Jones et l'approuvait de tout faire par lui-même. Cela éliminait d'office les risques de coulage. Il l'enviait également car Jones était très jeune pour son grade. Trente-trois ans. Il y a de quoi vous rendre malade, se disait-il. Lui, il est lieutenant-colonel et toi simple lieutenant. Et pourquoi ça ? Parce qu'il est arrivé au bon moment. N'empêche que tu te débrouilles bien et que tu te fais des relations qui te seront utiles après la guerre. Certes, Jones n'était qu'un militaire d'occasion et il ne resterait pas dans l'armée. Mais c'était un copain de Samson et du propre chef de Grey, Smedly-Taylor. Et il jouait au bridge avec le commandant du camp. Quelle veine il a, cet animal ! Je joue aussi bien au bridge que lui mais moi, on ne m'invite pas et je trime plus dur que n'importe qui !

Lorsque Grey pénétra dans le baraquement qui servait de magasin, on était en train de peser le riz.

« Bonjour, Grey, lança Jones. Je suis à vous tout de suite. » Le lieutenant-colonel était grand, calme et distingué. Ses traits enfantins l'avaient fait surnommer Boy Colonel.

« Je suis à votre disposition, mon colonel. »

Grey suivit des yeux les représentants des cuisines qui approchaient de la balance. Il y avait deux délégués par cuisine (un homme et un caporal) chargés de percevoir les rations. L'un pour surveiller l'autre. La liste d'effectifs qu'ils fournissaient était vérifiée et émargée après la pesée.

La distribution terminée, le sergent-fourrier Blakely emporta le reste du riz à l'intérieur de la réserve. Grey suivit le lieutenant-colonel qui emboîtait le pas au sous-officier et prêta une oreille distraite aux chiffres que lui communiquait Jones : « Neuf mille quatre cent quatre-vingt-trois rationnaires, officiers et hommes de troupe. Deux mille trois cent soixante livres trois quarts de riz distribués, à raison de quatre onces par tête. Environ douze sacs. » D'un signe du menton il désigna les sacs de jute vides. Grey le regarda les dénombrer, certain que le compte y était. « Il y avait dix livres de moins dans un des sacs, poursuivit Jones (ce n'était pas un phénomène inhabituel). Il reste vingt livres et quart. »

L'officier ramassa le sac flasque et le plaça sur la balance que Blakely avait rentrée, disposa avec soin les poids sur le plateau. Vingt livres et quart. « C'est juste. » Il sourit à Grey.

Les comptes étaient tout aussi exacts en ce qui concernait les autres victuailles : Un quartier de bœuf, seize caisses de poisson séché, quarante livres de mélasse, cinq douzaines d'œufs, vingt-cinq kilos de sel, du poivre en grains et des piments rouges.

Grey signa le registre. Une grimace lui tordit les traits tandis qu'un nouveau spasme lui labourait le ventre.

« Dysenterie ? demanda Jones avec sollicitude.

– Rien qu'un soupçon, mon colonel. » Après un dernier coup d'œil dans la resserre obscure, il salua. « Merci, mon colonel. A la semaine prochaine.

– A la semaine prochaine, lieutenant. »

Au moment où il allait sortir, Grey, surpris par un nouvel élancement, heurta la balance et la renversa. Les poids s'éparpillèrent sur le sol de terre battue.

– Excusez ma maladresse », dit-il. Il redressa la balance et se baissa pour récupérer les poids. Mais Jones et Blakely étaient déjà à genoux. « Ne vous donnez pas cette peine, Grey », s'écria l'officier qui ajouta d'une voix tonnante à l'adresse du fourrier : « Combien de fois vous ai-je dit de ranger la balance dans le coin ? »

Mais Grey s'était déjà emparé d'un poids de deux livres qu'il considérait d'un air incrédule. Il alla jusqu'à la porte examiner l'objet à la lumière pour s'assurer que ses yeux ne l'avaient pas trompé.

Ils ne l'avaient pas trompé. La base du poids était percée d'un petit trou rempli d'argile. De l'ongle, le prévôt fit sauter ce bouchon. Il était pâle comme un mort.

« Qu'est-ce qu'il se passe, Grey ?

– Ce poids est falsifié. » Cela sonnait comme une accusation.

« Quoi ? C'est impossible ! » Jones rejoignit le lieutenant « Montrez. » Il étudia la masse de fer pendant une éternité. Enfin, il sourit.

« Non, il n'est pas falsifié. Il s'agit simplement d'un trou de correction. Ce poids était probablement légèrement plus lourd qu'il n'aurait dû. » Il rit faiblement. « Bon Dieu, vous m'avez fait peur ! »

Grey prit un autre poids. Celui-ci aussi était perforé.

« Vingt dieux ! Ils sont tous truqués !

– C'est absurde ! Il s'agit seulement des trous de correc...

– J'en sais suffisamment long sur les poids et mesures pour être certain que des trous de correction, cela n'existe pas. Un poids qui n'est pas conforme n'est jamais mis en circulation. »

Grey se retourna brusquement vers Blakely qui s'aplatissait contre la porte. « Que savez-vous de cette histoire ?

– Rien, mon lieutenant, répondit le sergent terrifié.

– Vous avez tout intérêt à parler.

– Mais je ne sais rien, mon lieutenant ! Parole...

– Parfait. Je vais vous dire ce que je vais faire, Blakely. Dès que j'aurai mis les pieds hors du magasin, je raconterai tout à chaque homme que je rencontrerai sur mon chemin. Je leur montrerai ce poids. Et vous serez réduit en charpie avant même que je n'aie transmis mon rapport au colonel Smedly-Taylor. »

Et Grey fit mine de sortir.

« Attendez, mon lieutenant, balbutia Blakely. Attendez... Je vais vous dire... Ce n'est pas moi, mon lieutenant. C'est le colonel. Il m'a forcé. Il m'a surpris un jour en train de barboter un peu de riz et il a promis qu'il me dénoncerait si je ne l'aidais pas...

– Taisez-vous donc, imbécile, s'écria Jones. Ce fou essaie de m'impliquer dans cette affaire, Grey, ajouta-t-il d'un ton plus calme. Je ne suis au courant de rien.

– Ne le croyez pas, mon lieutenant ! Il pèse toujours le riz lui-même, continua-t-il d'une voix chevrotante. Toujours. Et c'est lui qui a les clés du coffre où il serre les poids. Vous savez bien qu'il s'occupe personnellement de tout. Quelqu'un d'autre qui manipulerait les poids serait bien obligé de regarder leur fond de temps en temps. Si bien camouflés que soient les trous, on finirait bien par les remarquer. Ça se passe comme ça depuis un an et plus.

– Taisez-vous, Blakely, hurla le colonel. Taisez-vous. »

Silence.

« Depuis combien de temps ces poids sont-ils en service, mon colonel ? s'informa Grey.

– Je l'ignore.

– Un an ? Deux ans ?

– Mais que voulez-vous que j'en sache ? S'ils sont truqués, ce n'est pas mon affaire.

– Vous les gardez sous clé ?

– Oui. Mais cela ne signifie pas...

– Les avez-vous déjà examinés à l'envers ?

– Non mais...

– Un peu curieux, non ?

– Pas du tout. Et je me refuse à être interrogé par...

– Vous feriez mieux de dire la vérité. Dans votre propre intérêt.

– C'est une menace, lieutenant ? Je vous ferai passer en cour martiale...

– Ne nous égarons pas, mon colonel. Je suis ici dans l'exercice de mes fonctions. Ces poids ont-ils été falsifiés, oui ou non ?

– Ecoutez-moi, Grey...

– Oui ou non ? » Le prévôt brandit le poids devant le visage livide de Jones – un visage qui n'avait plus rien d'enfantin.

« Eh bien, je... je suppose que oui mais cela ne veut pas dire que...

– Cela veut dire que le responsable est Blakely ou vous-même. L'un et l'autre, peut-être. Vous êtes les deux seules personnes autorisées à pénétrer dans le magasin. Les poids ne sont pas justes. C'est l'un de vous deux qui a bénéficié du surplus de rations. Ou tous les deux.

– Ce n'est pas moi, mon lieutenant, pleurnicha Blakely. Je n'avais droit qu'à une livre sur dix...

– Menteur ! rugit Jones.

– Oh non, je ne mens pas ! Je vous l'ai répété mille fois, que ça finirait mal. » Blakely se tourna vers Grey. Il se tordait les mains : « Ne dites rien, mon lieutenant, je vous en supplie. On se ferait écharper.

– Je l'espère bien, salaud ! »

Grey était heureux d'avoir découvert la combine. Parfaitement heureux !

Jones sortit sa tabatière et entreprit de rouler une cigarette. « En voulez-vous une ? » Il souriait d'un sourire forcé, mais son visage d'adolescent restait crispé en une étrange expression de dégoût.

« Non merci. »

Grey n'avait pas fumé depuis quatre jours. Il avait terriblement envie de tabac.

« Tout cela doit pouvoir s'arranger. » Jones avait retrouvé sa physionomie d'éphèbe et ses manières distinguées. « Peut-être que quelqu'un a effectivement trafiqué ces poids. Mais la différence est insignifiante. Je pourrai facilement en obtenir d'autres qui seront sans défaut...

– Vous reconnaissez donc qu'ils sont trafiqués ?

– Je voulais seulement dire... Blakely, allez m'attendre dehors.

– Ne bougez pas », ordonna Grey au sergent qui, déjà, se précipitait vers la porte. Le prévôt, conservant une attitude déférente, se retourna vers Jones. « Blakely n'a pas besoin de s'éloigner, n'est-ce pas votre avis, mon colonel ? »

Jones le scruta à travers la fumée. « Non. Les

murs n'ont pas d'oreilles. Bien. Vous aurez une livre de riz par semaine.

– C'est tout ?

– Disons deux. Plus une demi-livre de poisson séché.

– Pas de sucre ? Pas d'œufs ?

– Vous savez bien que le sucre et les œufs sont réservés à l'hôpital. »

Jones attendait. Grey attendait. Derrière eux, Blakely sanglotait. Enfin, le prévôt empocha le poids et se prépara à s'en aller.

« Une minute, Grey. Jones lui tendit deux œufs. Tenez ! Je vous en donnerai un par semaine avec le reste. Et du sucre.

– Ecoutez bien, mon colonel. Je vais aller de ce pas chez le colonel Smedly-Taylor. Je lui rapporterai vos propos. Je lui montrerai les poids. Et si on vous fait votre affaire dans les chiottes, ce que je souhaite de tout cœur, j'y serai. Je vous enfoncerai moi-même la tête dans le trou. Mais pas trop vite parce que je veux vous voir mourir et vous entendre gueuler. Oui. Je veux vous voir mourir longtemps. Tous les deux. »

Sur ces mots, il sortit. La chaleur le fit suffoquer et une douleur fulgurante lui vrilla le ventre. Mais, bandant sa volonté, il descendit la butte à pas lents.

Terrorisés, Jones et Blakely le regardèrent s'éloigner.

« Mon Dieu, qu'est-ce qui va arriver ? gémit le fourrier. Ils vont nous lyncher... »

Jones le repoussa brutalement dans la baraque, dont il rabattit la porte sans ménagement et le gifla rageusement du revers de la main. « Silence ! »

Blakely tomba. Ses joues étaient baignées de larmes ; il hoquetait. Jones le remit sur ses pieds et frappa à nouveau.

« Ne me touchez pas ! Vous n'avez pas le droit...
– Taisez-vous et ouvrez vos oreilles. » L'officier secoua le malheureux sergent. « Vous allez m'écouter, sacré nom de Dieu ? Je vous ai répété cent fois d'employer les bons poids le jour où il fait son inspection, espèce d'abruti ! Bon à rien ! Arrêtez de renifler et faites attention à ce que je vais vous dire. D'abord, vous nierez en bloc toutes les paroles qui ont été prononcées ici. Compris ? Je n'ai rien proposé à Grey. C'est vu ?
– Mais, mon colonel...
– Vous niez. Un point, c'est tout.
– Bien, mon colonel.
– Bon. Nous démentirons tous les deux et si vous n'en démordez pas, nous sortirons de ce pétrin.
– Vous croyez que vous pourrez, mon colonel ? Vous croyez ?
– Oui, si vous niez. Deuxième point : Vous ignoriez tout de la falsification. Et moi aussi. Compris ?
– Mais il n'y a que nous qui...
– Compris ?
– Oui, mon colonel.
– Troisième point : Il ne s'est rien passé dans le magasin sauf que Grey a découvert les poids trafiqués. Nous avons été, vous et moi, aussi stupéfaits que lui. Vous avez compris ?
– Mais...
– Maintenant, racontez-moi la scène. Allez ! Racontez !
– Nous... nous terminions le contrôle. Et puis... Grey a renversé la balance. Les poids ont dégringolé. Et... et nous avons alors découvert qu'ils avaient été truqués. Ça va comme ça, mon colonel ?
– Ensuite ? »
Blakely réfléchit quelques instants et sa physio-

nomie s'éclaira. « Grey nous a interrogés. Je ne m'étais jamais aperçu que les poids n'étaient pas bons et vous avez été aussi étonné que moi. Et puis Grey est parti. »

Jones offrit un peu de tabac au fourrier. « Vous oubliez ce que Grey a dit. Vous ne vous en souvenez plus ? Il a dit : « Si vous me donnez une livre de riz et un ou deux œufs par semaine, je garderai le silence. » Je lui ai répondu d'aller se faire voir, que je ferais mon rapport moi-même et que je signalerais son attitude. J'étais tellement tourmenté par cette histoire de faux poids que j'étais hors de moi. Qui les avait introduits ? Quel était le salopard qui avait fait ça ? »

Les yeux de Blakely étaient remplis d'admiration. « Oui, mon colonel. Je me rappelle parfaitement. Il vous a demandé une livre de riz et un ou deux œufs par semaine. Comme vous avez dit.

– Alors, tâchez de vous le rappeler, sombre crétin. Si vous vous étiez servi des autres poids et si vous aviez tenu votre langue, nous ne serions pas dans ces beaux draps. Au prochain faux pas, je vous colle toute la responsabilité sur le dos. Ce sera votre parole contre la mienne.

– Je vous promets qu'il n'y aura pas de faux pas, mon colonel...

– N'importe comment, ce sera notre parole à nous contre celle de Grey : Alors, ne vous en faites pas. A condition que vous ne perdiez pas la tête et que vous n'oubliiez pas.

– Oh non, je n'oublierai pas ! Soyez tranquille, mon colonel !

– Bien. » Jones boucla le coffre, ferma le magasin et s'en fut.

Il est malin, le colon, se dit Blakely, qui voulait s'en persuader. Il nous sortira de ce pétrin. Maintenant que le choc s'estompait, le fourrier se sentait plus rassuré. Oui, Jones devrait le sauver pour se sauver lui-même. Toi aussi, tu es malin, mon vieux Blakely. Assez malin pour avoir l'avantage dans le cas où il tenterait de te trahir...

Le colonel Smedly-Taylor étudiait le poids avec une attention soutenue.

« Surprenant, murmura-t-il. Je ne peux le croire. » Il leva vivement les yeux. « Vous prétendez sérieusement que le lieutenant-colonel Jones a essayé de vous corrompre ? Qu'il a proposé de vous donner des vivres sur les provisions du camp ?

– Oui, mon colonel. Cela s'est passé exactement comme je vous l'ai rapporté. »

Smedly-Taylor s'assit sur le lit et essuya son front en sueur. Il régnait une chaleur moite et suffocante dans le petit bungalow. « Je ne peux le croire, répéta-t-il en secouant la tête.

– Ils sont les seuls à avoir accès aux poids...

– Je sais. Ce n'est pas que je doute de votre parole, Grey, mais la chose me paraît tellement invraisemblable. »

Le silence se prolongea. Grey attendait patiemment que le colonel poursuivît.

« Grey... » Smedly-Taylor examina encore le petit trou creusé à la base du poids. « Je pense qu'il convient de réfléchir. Cette... cette affaire est terriblement dangereuse. Il faut que vous n'en parliez à personne. A personne, vous m'avez compris ?

– Oui, mon colonel.

– Si vous ne vous trompez pas, les hommes les massacreront. Derechef, Smedly-Taylor hocha la tête. Que ces deux... que le lieutenant-colonel Jones ait pu... Les vivres du camp ! Et tous les poids sont faux ?

– Oui, mon colonel.

– Combien croyez-vous qu'il manque en tout ?

– Je ne sais pas. Cela fait peut-être une différence d'une livre toutes les quatre cents. J'imagine qu'ils étouffaient trois ou quatre livres de riz par jour, sans compter le poisson sec et les œufs. Il se peut qu'ils aient eu des complices – c'est plus que vraisemblable car ils n'auraient pas pu cuire ce riz sans se faire remarquer. Il y a probablement une équipe de cuistots dans la combine.

– Seigneur ! » Smedly-Taylor se leva et se mit à arpenter la pièce de long en large. « Merci, Grey. Vous avez fait du bon travail. Je veillerai à ce que ce soit officiellement porté à votre dossier. Du bon travail, répéta-t-il en tendant au prévôt une main que celui-ci serra énergiquement.

– Je vous remercie, mon colonel. Je regrette seulement de ne pas avoir découvert plus tôt le pot aux roses.

– Pas un mot à qui que ce soit, hein ? C'est un ordre.

– Je comprends, mon colonel. » Grey salua et quitta le bungalow. Ses pieds frôlaient à peine la terre.

« Je veillerai à ce que ce soit officiellement porté à votre dossier ». Une bouffée d'espoir envahit soudain le prévôt. Peut-être serait-il nommé au grade supérieur ? Il y avait déja eu quelques promotions décrétées par les autorités du camp. Et une ficelle de plus ne serait pas pour lui déplaire ! Capitaine Grey... Cela sonnait bien. Capitaine Grey !

L'après-midi touchait à sa fin. Comme il était difficile de tenir en main des hommes oisifs, Peter Marlowe avait organisé des équipes de maraude. En outre, il veillait à la relève des guetteurs car Torusumi s'était rendormi. La chaleur était épouvantable ; on rôtissait sur place. Chacun maudissait le soleil et avait hâte que la nuit arrivât.

Enfin, Torusumi se réveilla. Il fit ses besoins dans les fourrés, ramassa son fusil et commença de marcher de long en large pour chasser les brumes du sommeil. À la vue des prisonniers assoupis, la colère s'empara de lui et il adressa à Peter un discours véhément : « Je te prie d'ordonner à ces fils de porcs de se lever et de travailler. Ou de donner au moins l'impression qu'ils travaillent. »

Marlowe s'approcha du Coréen. « Je suis navré du désagrément que tu éprouves », dit-il. Puis il se tourna vers le sergent. « Nom d'un chien, vous savez bien que nous devons faire attention à lui ! Réveillez-moi ces imbéciles. Qu'ils creusent un trou, qu'ils débitent cet arbre ou qu'ils cueillent des rameaux, espèce d'abruti ! »

Le sergent affecta l'attitude contrite qui convenait et en un clin d'œil les captifs furent sur pied, feignant de se lancer dans une débauche d'activité. C'était là un art dans lequel ils étaient passés maîtres. Ils déplacèrent quelques coquilles de noix de coco, empilèrent quelques feuilles, donnèrent quelques coups de scie. Si l'on travaillait tous les jours à ce rythme, le secteur serait bientôt entièrement nettoyé et nivelé !

Le sergent, traînant la jambe d'un air las, vint rendre compte. « Ils sont tous occupés, mon capitaine.

– Bien. Ça ne va plus être très long, maintenant.

– Dites, mon capitaine... est-ce que je peux vous demander un service ?

– Quoi donc ?

– Eh bien, voilà... Comme vous êtes... euh... » Embarrassé, il s'essuya la bouche avec un chiffon. Il fallait absolument qu'il profitât de l'occasion. Il sortit un stylo de sa poche. « Regardez, mon capitaine. Vous ne voulez pas voir si l'autre macaque l'achèterait ? »

Peter écarquilla les yeux. « Vous me demandez de faire l'entremetteur ?

– Oui, mon capitaine. C'est-à-dire que... J'ai pensé que comme vous êtes un ami du Roi, n'est-ce pas... vous sauriez comment vous y prendre.

– Il est interdit de faire du commerce avec les gardes. Interdit par nous et par les Japs.

– Oh, vous pouvez avoir confiance en moi, mon capitaine. Quoi ! Vous et le Roi...

– Eh bien, quoi, moi et le Roi ?

– Rien, mon capitaine », répondit prudemment le sergent. Qu'est-ce qui lui prend, à ce mec ? Qui cherche-t-il à tromper ? « Je me suis simplement dit que vous pourriez peut-être me donner un coup de main. A moi et à mon groupe, bien sûr. »

Peter considéra tour à tour l'homme et le stylo. Pourquoi cette soudaine flambée de colère ? Après tout, il avait effectivement réalisé – ou essayé de réaliser – des transactions pour le compte du Roi. Et il n'y avait aucun mal à cela. Sans l'Américain, son détachement n'aurait jamais été affecté à l'abattage des cocotiers et lui, Peter Marlowe, aurait certainement la mâchoire fracassée à l'heure qu'il est. En tout cas, il aurait été giflé par le Japonais. Indiscutablement, il fallait maintenir intacte la réputation du Roi. C'est grâce à lui que tu as eu droit aux cocotiers !

« Combien en voulez-vous ? »

Le sergent sourit. « Bien sûr, ce n'est pas un Parker. Mais la plume est en or. » Il dévissa le capuchon. « Ça représente donc une certaine valeur. Le mieux serait peut-être de le laisser faire une proposition.

– Il voudra savoir quel est votre prix.

– Si vous arrivez à m'obtenir... soixante-cinq dollars, je serai content.

– Ça les vaut ?

– Je crois. »

La plume était effectivement en or – quatorze carats – et pour autant que Marlowe fût capable d'en juger, c'était de l'or véritable. Pas comme l'autre stylo !

« Où l'avez-vous trouvé ?

– Il est à moi, mon capitaine. Je l'ai conservé en prévision des vaches maigres. Et depuis quelque temps, elles ont drôlement maigri ! »

Peter acquiesça du chef. Il avait l'impression que l'homme était sincère. « D'accord. Je vais voir ce que je peux faire. Surveillez les types et assurez-vous que les guetteurs montent la garde.

– Soyez tranquille, mon capitaine. Il n'y en a pas un qui remuera le petit doigt. »

Torusumi se reposait, adossé à un arbre rabougri qui ployait sous le poids des lianes.

« Tabé, dit Peter Marlowe.

– Tabé. » Torusumi jeta un coup d'œil sur sa montre et bâilla. « Nous partirons dans une heure. Il est encore trop tôt. » Il ôta sa casquette, s'épongea le visage et le cou. « Cette chaleur pue et cette île pue.

– C'est vrai. » Peter s'efforça de donner de l'importance aux mots qu'il prononça ensuite, comme si ce n'était pas lui, mais le Roi, qui parlait : « Un de mes hommes a un stylo qu'il désirerait vendre. J'ai pensé, parce que tu es mon ami, que tu souhaiterais l'acquérir.

– Astaghfaru' llah ! Est-ce un Parka ?

– Non. » Marlowe sortit le stylo, le dévissa et le tint de façon que le soleil fît miroiter la plume. « Mais la plume est en or. »

Torusumi examina l'objet. Il était déçu que ce ne fût pas un Parker. Mais cela aurait été trop beau. S'il s'était agi d'un Parker, le Roi s'en serait occupé en personne.

« Ça ne vaut pas grand-chose.

– Il est vrai. Si tu n'es pas intéressé... » Peter remit le stylo dans sa poche.

« Il se peut que je le sois. Débattre de cet article banal nous aidera peut-être à passer l'heure. » Il haussa les épaules. « Cela ne vaut pas plus de soixante-quinze dollars. »

L'importance de cette offre initiale stupéfia Peter. Le sergent n'avait aucune idée de la valeur de son stylo. Bon Dieu, j'aimerais savoir quel est son prix exact !

Les deux hommes s'assirent et le marchandage commença. Torusumi se fâcha mais l'Anglais fit preuve de fermeté et l'on finit par s'entendre sur cent vingt dollars et un paquet de Kooas.

Le marché conclu, le Coréen se leva et déclara dans un bâillement qu'il était temps de partir. « Le Roi est un bon professeur, ajouta-t-il en souriant. La prochaine fois que je le verrai, je lui dirai que tu as pris avantage de mon amitié pour mener rondement l'affaire. » Il hocha la tête comme s'il s'apitoyait sur son propre sort. « Quelle somme pour un misérable stylo ! Le Roi va sûrement se moquer de moi. Dis-lui, je te prie, que je serai de garde dans sept jours. Peut-être aura-t-il une montre pour moi. Une bonne, cette fois ! »

Peter se réjouissait d'avoir mené à bien sa première véritable transaction en réalisant un bénéfice honnête mais il était perplexe. S'il remettait la totalité de la somme au sergent, le Roi serait furieux. Cela jetterait à bas toute l'échelle des prix qu'il avait établie avec tant de soins. Torusumi lui parlerait certainement de son acquisition et ne lui cacherait pas ce qu'il avait déboursé. D'un autre côté, donner seulement au sergent ce que celui-ci avait demandé et conserver la différence, eh bien... ce serait de l'escroquerie ! De l'escroquerie ou une « bonne affaire » ? Le sergent voulait soixante-cinq dollars, n'est-ce pas ? Marlowe lui devait en tout et pour tout soixante-cinq dollars. Il avait de lourdes dettes envers le Roi.

Peter regrettait de s'être mêlé de cette histoire stupide. Maintenant, il était pris à son propre piège ! L'ennui avec toi, mon vieux, c'est que tu as une trop haute idée de ton importance, se morigénait-il. Si tu avais dit non au sergent, tu serais tranquille. Qu'est-ce que tu vas faire à présent ? De quelque façon que tu t'y prennes, tu t'en mordras les doigts.

Songeur, il rebroussa chemin à pas comptés. Le sergent, qui avait déjà aligné les hommes, l'entraîna à l'écart. « Tout le monde est prêt, mon capitaine. J'ai vérifié les outils. Baissant la voix, il ajouta : Il a marché ?

– Oui. » Peter Marlowe prit sa décision. Sortant une liasse de billets de sa poche, il les tendit au sous-officier. « Tenez. Soixante-cinq dollars.

– Vous vous défendez salement bien, mon capitaine ! » Le sous-officier détacha une coupure de cinq dollars et la tendit à Peter. « Je vous en devrai un cinquante.

– Vous ne me devez rien du tout.

– Si. Dix pour cent. C'est légal et je ne suis que trop heureux de vous les donner. Je vous donnerai un dollar cinquante sitôt que j'aurai fait de la monnaie. »

Peter repoussa le billet. Il se sentait soudain coupable. « Non. Gardez ça.

– J'y tiens, mon capitaine, insista l'homme en lui glissant de force les cinq dollars dans la main.

– Ecoutez, sergent...

– Prenez au moins les cinq dollars. Je serais furieux si vous les refusiez, mon capitaine.

Furieux. Je ne pourrai jamais assez vous remercier. »

Pendant tout le trajet du retour, Peter ne desserra pas les lèvres. Les billets lui gonflaient monstrueusement la poche ; cet argent lui paraissait impur mais, en même temps, il était heureux de l'avoir. Pour rembourser le Roi et pour se procurer du ravitaillement dont profiterait le groupe. Si le sergent avait eu recours à lui, ce n'était pas par amitié mais uniquement parce que lui, Peter, était l'intime du Roi.

Telles étaient les réflexions que le capitaine Marlowe roulait dans sa tête en regagnant ses quartiers.

« Grey veut te voir, Peter, lui annonça Ewart.

– Pourquoi ?

– Aucune idée, mon petit vieux. Tout ce que je sais, c'est que quelque chose avait l'air de le turlupiner. »

Peter se prépara aussitôt à faire face à ce nouveau danger. Il s'agissait certainement d'une affaire touchant au Roi. Avec Grey, c'était forcément des ennuis en perspective. Voyons... Réfléchissons. Le village ? La montre ? Le diamant ? Bon Dieu ! Le stylo, peut-être ? Non, tu es idiot, Peter. Il ne peut pas être déjà au courant. Faut-il prévenir le Roi ? Il saura peut-être de quoi il retourne. Hum... Risqué, ça ! Grey est bien capable d'avoir chargé Ewart de la commission pour m'obliger à commettre une erreur. Il savait sûrement que j'étais sur le chantier.

Et puis à quoi bon me précipiter comme un mouton à l'abattoir ? Je suis sale et je crève de chaud. Avant tout, une douche. Ensuite, j'irai au mitard par le chemin des écoliers. J'ai tout mon temps.

Et Peter Marlowe s'en fut prendre sa douche.

Johnny Hawkins prenait également la sienne.

« Bonjour, Peter. »

Les joues de Marlowe, qui n'avait pas la conscience tranquille, s'empourprèrent, « Ça va Johnny ? » Hawkins n'avait pas l'air dans son assiette. « Tu sais, Johnny, je... j'ai été navré...

– Ne parle pas de ça. J'aimerais que tu n'y fasses jamais allusion. »

La consternation s'empara de Peter. Sait-il que j'ai participé au... au repas ? Le souvenir du festin – était-il possible qu'il datât seulement de la veille ? – le révolta brusquement. Ç'avait été du cannibalisme. Non, Hawkins ne peut pas savoir. Sinon, il aurait essayé de me tuer. A sa place, je l'aurais fait.

L'aurais-je fait ?

Mon Dieu, où en sommes-nous arrivés ! Tout ce qui semble mal est bien, et vice versa. C'est trop... On ne comprend plus. Beaucoup trop. Tout est démentiel dans cet univers détraqué. Les soixante dollars et le paquet de Kooas que j'ai gagnés – gagnés ou escroqués ? – qu'en faire ? Les restituer ? Cela ne tiendrait pas debout.

« Marlowe ! »

L'air mauvais, Grey était debout à côté de la cabine de douches. « On vous a dit que je voulais vous voir dès votre retour.

– On m'a effectivement averti que vous m'aviez convoqué. J'allais me rendre à votre invitation après m'être douché...

– La consigne était que vous vous présentiez à moi sans délai. Un rictus retroussa les lèvres du prévôt. Mais cela ne fait rien. Vous êtes aux arrêts. »

Le silence était total dans les douches ; tous les officiers présents tendaient l'oreille.

« Pour quel motif ? »

La lueur d'inquiétude que Grey lut dans les

yeux de Peter lui réchauffa le cœur. « Pour avoir enfreint les ordres.

– Lesquels ?

– Vous le savez aussi bien que moi. » Parfait ! Mets-toi le martel en tête, mon ami ! Ta mauvaise conscience te taquine un brin, hein ? A condition que tu aies une conscience, ce dont je doute. « Vous vous présenterez au rapport du colonel Smedly-Taylor après le dîner. Et tâchez d'avoir l'air d'un officier et pas d'une grue. »

Peter sortit de la douche et enfila son sarong qu'il noua avec dextérité autour de ses reins. Il se sentait l'objet de la curiosité générale. Le désordre régnait dans son esprit – quel péril allait-il avoir à affronter ? – mais il s'efforçait de faire bonne contenance. A quoi bon donner une satisfaction supplémentaire à Grey ?

« Vous n'avez vraiment aucune éducation, Grey. C'est vraiment regrettable.

– J'en ai appris un rayon, aujourd'hui, question éducation, espèce de canaille, et je suis bien content de ne pas être du même monde que vous, pourris que vous êtes. Rien que des forbans, des escrocs, des voleurs...

– Pour la dernière fois, Grey... Fermez-la ou je vous la boucle de force. »

Grey se maîtrisa. Il avait envie de se mesurer sur-le-champ avec cet homme. Il pouvait l'écraser, il en était sûr à présent. N'importe quand. Dysenterie ou pas. « Si jamais nous sortons vivants de cet enfer, je vous retrouverai, Marlowe. Je vous retrouverai. C'est la première chose que je ferai.

– A votre disposition. Mais d'ici là, si jamais vous m'insultez encore, je vous assomme. Il se retourna vers les autres officiers. Vous avez tous entendu. Il est prévenu. Je n'ai pas l'intention de supporter les injures de ce gorille de bas étage. »

Son regard croisa à nouveau celui de Grey. Désormais, tenez-vous à distance.

– Je ne me tiendrai pas à distance d'un individu qui viole la loi.

– Quelle loi ?

– Soyez chez le colonel après le dîner. Et n'oubliez pas que vous êtes aux arrêts. »

Grey s'éloigna. Son euphorie l'avait en grande partie déserté. Il avait été stupide de faire cette scène. Stupide ! D'autant plus qu'elle était absolument inutile.

18

LORSQUE Marlowe arriva à la hauteur du bungalow du colonel Smedly-Taylor, Grey était déjà là.

« Je vais vous annoncer au colonel.

– Vous êtes trop bon. » Marlowe était mal à l'aise. La casquette d'aviateur qu'il avait empruntée le gênait, comme le gênait la chemise, loqueteuse mais propre, qu'il avait endossée. Le sarong est tellement plus confortable, tellement plus rationnel, se disait-il. Et, du sarong, sa pensée dériva vers la journée du lendemain. Demain... C'était le jour où l'argent changerait de mains. L'argent du diamant. Demain, Shagata apporterait les fonds et, soixante-douze heures plus tard, en route pour le village ! Peut-être que Sulina...

Ce n'est pas le moment de penser à Sulina, triple buse ! Garde ton sang-froid. Tu vas en avoir besoin.

« Allons-y, Marlowe. Fixe ! »

Peter rectifia la position et, marquant le pas, il pénétra dans le bungalow conformément au décorum militaire. Les yeux fixés à six pas, il salua martialement le colonel.

Assis devant un grossier bureau sur lequel trônait son stick, coiffé de sa casquette, l'officier dévisagea l'arrivant et lui rendit scrupuleusement son salut.

Smedly-Taylor était très fier de la façon dont il maintenait la discipline dans le camp. Il ne faisait rien qui ne fût conforme à l'orthodoxie militaire telle que la définit le manuel.

Il étudia le jeune homme qui se tenait, rigide, devant lui. Bien, se dit-il. C'est quand même un point en sa faveur. Selon son habitude, il conserva le silence un moment. Il faut toujours désorienter l'accusé. Enfin, il parla :

« Alors, capitaine Marlowe ? Qu'avez-vous à dire pour votre défense ?

– Rien, mon colonel. Je ne sais pas quelles charges ont été retenues contre moi. »

Smedly-Taylor jeta un regard surpris à Grey. Ses sourcils se froncèrent. « Vous avez probablement enfreint tellement de règles qu'il vous est malaisé de vous rappeler tous vos errements. Hier, vous vous êtes rendu dans les bâtiments pénitentiaires, ce qui est contraire aux consignes. Vous ne portiez pas votre brassard. Ce qui constitue une autre violation de la discipline. »

Peter était soulagé. Il ne s'agissait donc que de cela ? Mais... le repas ?

« Eh bien ? Reconnaissez-vous les faits, oui ou non ? demanda le colonel d'une voix sèche.

– Oui, mon colonel.

– Vous saviez que vous enfreigniez deux interdictions ?

– Oui, mon colonel.

– Pourquoi êtes-vous allé à la prison ?

– Je voulais rendre visite à quelques hommes.

– Vraiment ? » Smedly-Taylor attendit quelques secondes avant de poursuivre, avec une pointe de sarcasme : « Simplement pour rendre visite à quelques hommes ? »

Peter Marlowe s'abstint de répondre. Enfin,

arriva la question attendue : « L'Américain y est allé lui aussi. Etiez-vous avec lui ?

– Oui, pendant une partie de ma visite. Cela n'est pas contraire au règlement, mon colonel. Mais il est vrai que j'ai bravé les deux interdictions.

– Quel mauvais coup aviez-vous mijoté tous les deux ?

– Aucun, mon colonel.

– Vous admettez donc que de temps en temps, vous vous livrez à de mauvais coups, vous et lui ? »

Marlowe était furieux contre lui-même. Il s'en voulait d'avoir parlé sans réfléchir car le colonel était un type intelligent et, en face de lui, il se sentait en état d'infériorité. « Non, mon colonel. » Il regarda fixement Smedly-Taylor mais garda la bouche close. Règle numéro un : Quand on a à s'expliquer devant un supérieur, se contenter de répondre « Oui, mon colonel », « Non, mon colonel », et on vous croit. C'est une règle fondamentale : Les officiers disent toujours la vérité. Et voilà que, contre toutes les traditions qu'il avait héritées, contre tout ce qu'il savait être conforme au code de l'honneur, Peter Marlowe proférait des mensonges ou des vérités partielles. C'était indigne.

Mais l'était-ce vraiment ?

Le colonel Smedly-Taylor se mit à jouer la comédie qu'il avait déjà jouée tant de fois auparavant. Il connaissait à fond l'art de manœuvrer un homme, puis de le massacrer si le cœur lui en disait. « Ecoutez, Marlowe, fit-il, soudain paternel, il m'est revenu que vous fréquentiez des éléments indésirables. Vous agiriez sagement en songeant à vos responsabilités, à la fois en tant qu'officier et en tant que gentleman. Venons-en à votre association avec... cet Américain. C'est un trafiquant du marché noir. Il ne s'est pas encore fait prendre mais nous le savons. Et vous aussi, vous le savez sûrement. Je vous conseille de rompre avec lui. Evidemment, il m'est impossible de vous en donner l'ordre. Mais je vous le répète : Je vous le conseille. »

Peter Marlowe ne répliqua pas ; il était intérieurement déchiré. Le colonel avait raison. Pourtant, le Roi était son ami. Un ami qui lui donnait de quoi manger et qui l'aidait, lui et son groupe.

Il aurait voulu s'écrier : « Vous faites erreur et cela m'est égal. Je l'aime. C'est un type épatant. On s'amuse bien ensemble. On rit. » En même temps, Peter souhaitait pouvoir tout confesser : Les transactions, le village, le diamant. Avouer l'affaire du stylo du sergent. Mais Peter eut la vision du Roi enfermé derrière les barreaux, dépouillé de sa grandeur. Aussi, il se cuirassa et s'interdit tout aveu.

Smedly-Taylor n'avait aucune peine à percevoir le désarroi qui agitait le jeune homme au garde-à-vous devant lui. Il aurait été tellement simple de prier Grey d'attendre dehors et de dire à Marlowe : « Je comprends votre problème, mon garçon. D'aussi loin que je m'en souvienne, j'ai toujours été le père de mes hommes. Oui... Je sais bien quel est votre problème : Vous vous refusez à laisser tomber un ami. C'est tout à fait louable. Mais vous êtes un officier de carrière. Un officier à titre héréditaire. Pensez à votre famille, pensez aux générations d'officiers qui vous ont précédé au service de la patrie. Oui, songez à eux. C'est votre honneur qui est en jeu. Il faut que vous disiez la vérité. La règle l'exige. » Puis un soupir, rôdé par quelque vingt-cinq ans de pratique : « Ne parlons plus de cette ridicule infraction au règlement dont vous vous êtes rendu coupable en pénétrant dans la prison. Moi-même, j'en ai fait autant bien des fois. Mais si vous acceptez de vous confier à moi... » Il suffirait de prononcer ces mots avec juste ce qu'il fallait de gravité et il connaîtrait aussitôt les secrets du Roi. Et le Roi se retrouverait au cachot.

Mais à quoi bon ?

Pour l'instant, le colonel avait des soucis plus pressants : Les faux poids. Cette affaire pourrait avoir des répercussions catastrophiques. D'une portée incalculable. Smedly-Taylor savait que, quand il le voudrait, cet enfant lui fournirait toutes les informations désirables. Je connais si bien les hommes ! Et il était conscient de ses qualités de chef. Depuis le temps, ce serait dommage ! Avant toute chose, conquérir le respect de ses officiers, les traiter avec indulgence jusqu'à ce qu'ils dépassent vraiment les limites. Alors, les écraser impitoyablement pour que cela serve de leçon aux autres. Mais en n'agissant qu'au bon moment. Avec un motif valable. Et en choisissant soigneusement sa victime.

« Bien ! dit le colonel d'une voix ferme. Je vous mets à l'amende d'un mois de solde. Cela ne sera pas porté à votre dossier et nous ne parlerons plus de cette affaire. Mais, à l'avenir, respectez le règlement.

– Merci, mon colonel. »

Marlowe salua et quitta le bungalow, tout heureux que l'entrevue fût terminée. Il s'en était fallu d'un cheveu qu'il ne racontât tout. Le colonel était un homme bon, réputé pour sa loyauté.

« Votre conscience vous chatouille ? », lui demanda Grey lorsqu'ils furent dehors. La sueur qui perlait au front de Marlowe ne lui avait pas échappé.

Peter ne releva pas la remarque. Encore bouleversé, il était tout à sa joie de s'en être tiré à si bon compte.

« Grey ! appela Smedly-Taylor. Pouvez-vous venir un instant ?

– J'arrive, mon colonel. » Le policier jeta un dernier regard à Marlowe. Un mois de solde. Ce n'était pas cher payé. Pourtant, le colonel avait eu beau jeu ! Le prévôt était surpris, et furieux, de la modicité de la sanction. Mais il avait déjà eu l'occasion de voir Smedly-Taylor à l'œuvre. Tenace comme un bouledogue, le vieux. Capable de ferrer un bonhomme comme un pêcheur manipule une ablette. Pour avoir laissé Marlowe s'en tirer aussi facilement, il avait sûrement une idée derrière la tête.

Le lieutenant Grey rentra dans le bungalow.

« Euh... fermez la porte, Grey.

– Bien, mon colonel.

– J'ai vu le colonel Jones et le sergent Blakely.

– Et alors, mon colonel ? » Nous y voilà !

« Je les ai relevés tous deux de leurs fonctions à partir d'aujourd'hui », fit le colonel en jouant avec le poids.

Grey arbora un large sourire. « Oui, mon colonel. » Bien ! Et maintenant ? Quand passeront-ils en cour martiale ? Comment l'affaire sera-t-elle instruite ? Le jugement sera-t-il prononcé à huis clos ? Seront-ils cassés de leur grade ? Bientôt tout Changi saura que c'était lui, Grey, qui avait découvert leur trafic criminel. Grey, l'ange tutélaire... Bon Dieu ! Ce sera merveilleux !

« Il faut oublier cette affaire. »

Le sourire du prévôt s'effaça. « Pardon ?

– Oui. C'est la décision que j'ai prise. Nous oublierons la chose, vous et moi. Je vous réitère mes ordres : Pas un mot à personne. »

La stupéfaction de Grey était telle qu'il se laissa tomber lourdement sur le lit. « Mais ce n'est pas possible, mon colonel ! s'exclama-t-il. Nous les avons pris la main dans le sac à voler les provisions du camp. Votre nourriture et la mienne. Et il y a eu tentative de corruption. Ils ont essayé de m'acheter. Moi ! » Il se mit à crier d'une voix hystérique : « Par tous les saints du paradis, je les ai pris sur le fait, ce sont des voleurs, ils méritent d'être pendus, écartelés... »

Le colonel Smedly-Taylor hocha la tête avec componction. « C'est vrai. Cependant, je crois que, compte tenu des circonstances, la décision que j'ai arrêtée est la plus sage. »

Grey sauta sur ses pieds. « Vous ne pouvez pas faire une chose pareille ! Vous ne pouvez pas fermer les yeux ! Vous ne...

— Ce n'est pas à vous de me dicter ma conduite. »

Grey s'efforça de recouvrer son calme. « Pardonnez-moi, mon colonel. Mais ces hommes sont des voleurs. Je les ai percés à jour. Et vous avez le faux poids.

— J'ai décidé de tirer un trait sur cette histoire, répliqua tranquillement Smedly-Taylor. L'incident est clos.

— Clos ? Foutre pas ! rugit Grey. Je ne laisserai pas étouffer l'affaire. Ces salauds ont mangé pendant qu'on crevait de faim. Ils méritent d'être étripés. J'insiste...

— Taisez-vous, Grey. » La voix du colonel dominait celle, frénétique, du lieutenant. « Vous n'avez pas à insister. L'incident est clos. »

Smedly-Taylor poussa un profond soupir et brandit une feuille de papier. « Ceci est votre état signalétique. Je vais vous lire la note que j'y ai ajoutée tout à l'heure : « Je suis vivement satisfait du travail accompli par le lieutenant Grey comme chef de la prévôté de Changi. Il a rempli sa mission d'une façon qui est au-dessus de tout éloge. Je recommande que le lieutenant Grey soit promu au grade supérieur. » Smedly-Taylor leva les yeux au-dessus de la feuille. « Je me propose de transmettre immédiatement ce rapport au commandant du camp en demandant que votre nomination soit rendue effective à la date d'aujourd'hui. Vous n'ignorez pas, bien entendu, ajouta-t-il en souriant, que le commandant du camp est habilité à vous porter au tableau d'avancement. Mes félicitations, capitaine Grey. Vous l'avez bien mérité. » Il tendit la main au prévôt.

Mais celui-ci, au lieu de la serrer, considéra tour à tour la paume offerte et le papier. Il avait compris. « Salopard ! Pourri ! C'est pour acheter mon silence, hein ? Vous ne valez pas plus cher qu'eux. Peut-être que vous en avez eu votre part, du riz, vous aussi ? Fumier que vous êtes...

– Tenez votre langue, minable blanc-bec ! Et mettez-vous au garde-à-vous. Je vous ai dit de vous mettre au garde-à-vous !

– Vous êtes de mèche avec eux mais vous ne vous en tirerez pas comme ça », dit Grey d'une voix tonnante. Il s'empara du poids posé sur la table et recula. « En ce qui vous concerne, je ne peux rien prouver encore mais j'ai tout ce qu'il faut pour les deux autres. Ce poids...

– Eh bien, qu'est-ce qu'il a ce poids, Grey ? »

Grey retourna la masse de métal et il eut l'impression que ce geste lui demandait un siècle. Le poids était intact.

« Alors, Grey ? Qu'est-ce qu'il a ce poids, vous ai-je demandé ? » Pitoyable imbécile, songeait dédaigneusement Smedly-Taylor, tandis que le prévôt cherchait vainement le trou. Quel idiot ! Je pourrais le manger au petit déjeuner et il ne s'en apercevrait même pas !

« Ce n'est pas celui que je vous ai remis, balbutia Grey. Ce n'est pas le même. Ce n'est pas le même.

– Vous faites erreur. C'est le même. Le colonel

était très calme. Ecoutez-moi, Grey, continua-t-il, paternel et plein de sollicitude. Vous êtes jeune. J'ai cru comprendre que vous désiriez rester dans l'armée après la guerre. J'en suis heureux. Nous avons besoin d'officiers intelligents et durs à la tâche. La vie militaire est une chose magnifique, n'en doutez pas. Tenez ! Le colonel Samson me disait l'autre jour tout le bien qu'il pense de vous. Vous savez qu'il est de mes amis. Je suis sûr qu'il consentira à appuyer ma proposition visant à rendre définitive votre nomination. Pour le moment, vous êtes tout bonnement épuisé, et c'est bien compréhensible. Nous vivons une période terrible. Je crois prudent de faire le silence sur cette affaire. Ce serait une erreur que de laisser éclater le scandale. Une grave erreur. Je suis sûr que vous comprenez que la voie que j'adopte est celle de la sagesse. »

Il attendit, dissimulant son mépris. Et il reprit après un laps de temps exactement calculé – car il était expert en la matière : « Voulez-vous que je transmette ma proposition d'avancement au commandant du camp ? »

Les yeux remplis d'horreur, Grey regarda à nouveau le papier. Le colonel pouvait le transmettre ou le garder par devers lui. Et il pouvait aussi écraser Grey. Celui-ci était battu, il le savait. Battu ! Il essaya de dire quelque chose mais sa détresse était telle qu'il ne parvint pas à prononcer un seul mot. Il hocha la tête de haut en bas et entendit Smedly-Taylor déclarer : « Bien. Considérez votre troisième galon comme acquis. J'ai la certitude que ma recommandation et celle du colonel Samson seront un argument massue et que votre nouveau grade vous sera confirmé après la guerre. »

Marchant comme dans un rêve, Grey sortit du bungalow, et regagna la bâtisse de la Military

Police. Il congédia l'homme de garde qui, éberlué, le contempla comme s'il avait affaire à un fou. Grey s'en moquait. Une fois seul, il ferma la porte, s'assit sur le bord de son lit. Toute son amertume éclata. Il se prit à pleurer.

Un homme brisé. Une loque humaine.

Ses joues, ses mains étaient ruisselantes de larmes. Les pensées dansaient une ronde affolée dans son crâne ; il chancelait au bord de l'abîme de l'inconnu. Il sombra dans l'inconscience...

Quand Grey revint à lui, il était étendu sur un brancard que deux M.P. véhiculaient. En tête, clopinait le Dr Kennedy.

Grey savait qu'il allait mourir mais cela lui était égal.

C'est alors qu'il aperçut le Roi. Debout à côté du chemin, l'Américain le contemplait de son haut.

Grey vit les chaussures étincelantes, le pli irréprochable du pantalon, la Kooa toute roulée, l'aspect d'homme bien nourri qui était celui du Roi. Alors, il se rappela qu'il avait une tâche à accomplir : Non, il ne pouvait pas mourir. Pas encore. Pas tant que le Roi portait des pantalons repassés, des chaussures cirées et qu'il avait le ventre plein. Pas avec l'affaire du diamant en perspective. Oh non ! Pas encore !

« Ce sera la dernière, dit le colonel Smedly-Taylor. Il ne faut pas rater le spectacle.

– Je tiens absolument à ne pas manquer Sean, fit Jones en battant les cartes. Deux carreaux, annonça-t-il d'un air suffisant.

– Vous avez une chance de tous les diables, grommela sèchement Sellars. Deux piques.

– Passe.

– Vous n'avez pas toujours autant de veine, partenaire, murmura Smedly-Taylor avec un mince sourire, son regard de granit posé sur Jones. Vous vous êtes comporté comme le dernier des imbéciles, aujourd'hui.

– Un coup de malchance, c'est tout. »

Smedly-Taylor étudia son jeu. « La malchance n'est pas une excuse. Vous auriez dû vérifier. Ne pas avoir pris vos précautions est une preuve d'incompétence.

– Je vous ai déjà dit que j'étais navré. Vous imaginez-vous que je ne me rende pas compte de ma stupidité ? Cela ne m'arrivera plus. Jamais. C'est la première fois de mon existence que je cède à la panique.

– Deux sans-atout. » Smedly-Taylor considéra Sellars en souriant. « Avec ça, on a la sortie, partenaire. » Puis il revint à Jones. « J'ai recommandé que vous soyez remplacé par Samson. Vous avez besoin de « repos ». Cela désorientera Grey. Oh oui... Le sergent Donovan sera l'adjoint de Samson. » Il eut un rire bref. « Dommage qu'il faille changer de système mais cela n'a pas d'importance. Le tout, c'est que nous nous débrouillions pour que Grey soit occupé ailleurs les jours où l'on se servira des faux poids. Ce sera votre travail Sellars.

– Parfait.

– A propos, j'ai collé une amende à Marlowe. Un mois de solde. Il loge dans une de vos baraques, n'est-ce pas ?

– Oui.

– Je n'ai pas été méchant avec lui. C'est un garçon bien. Excellente famille. Pas comme ce croquant de Grey. Quand je pense que je l'ai appuyé pour que sa promotion soit confirmée ! Exactement le genre de branlotin dont nous n'avons rien à faire dans l'armée. Pour que sa troisième ficelle lui soit définitivement attribuée, il faudra qu'il me passe sur le corps, ma parole !

– Je suis entièrement de votre avis, fit Sellars avec une moue dégoûtée. Mais vous auriez dû porter l'amende de Marlowe à trois mois de solde. Il aurait pu le supporter. Ce maudit Américain tient le camp sous sa botte.

– Pour l'instant », grogna Smedly-Taylor qui, conscient d'en avoir trop dit, feignit d'étudier son jeu.

« Vous avez quelque chose de sérieux contre lui ? se risqua à demander Jones qui annonça du même souffle trois carreaux.

– Animal ! Quatre piques.

– Passe.

– Six piques », jeta Smedly-Taylor.

Jones répéta sa question : « Avez-vous réellement quelque chose contre l'Américain ? »

Le colonel Smedly-Taylor conservait un visage de bois. Il était au courant de l'existence du diamant et le bruit lui était parvenu qu'un accord était intervenu entre les parties, que la bague allait bientôt changer de propriétaire. Alors, quand l'argent serait dans le camp... eh bien, un plan avait été mis sur pied – un bon plan, un plan sûr, un plan qui ne regardait personne – pour s'en emparer. Aussi se contenta-t-il de lâcher avec désinvolture : « Si je savais quelque chose, je me garderais bien de vous le dire. Vous n'êtes pas un homme à qui il est prudent de faire confiance. »

Puis Smedly-Taylor sourit et tout le monde imita son exemple, soulagé.

Peter Marlowe et Larkin se mêlèrent à la foule qui se dirigeait vers le théâtre en plein air. Les feux de la rampe, déjà allumés, faisaient paraître la lune plus pâle. Les sièges, rayonnant en éventail depuis la scène, étaient de simples planches posées sur des billes de cocotier. Chaque pièce était jouée cinq fois de suite afin que tout le monde pût y assister. Les places étaient tirées au sort. Elles faisaient toujours prime.

La salle était déjà comble. Les premiers rangs étaient vides. Ils étaient réservés aux officiers qui faisaient leur entrée après les hommes de troupe. Les Américains étaient les seuls à ne pas observer cette coutume.

« Salut, vous deux, s'exclama le Roi. Venez donc avec nous. » Il était installé en bordure de l'allée centrale. La meilleure place.

« Ce serait avec plaisir, répondit Peter, mal à l'aise, mais tu sais ce que c'est...

– Ouais. Bon. Eh bien, à tout à l'heure. »

Marlowe loucha du côté de Larkin. Son camarade, lui aussi, pensait qu'il était anormal de ne pas s'asseoir avec ses amis si l'on en avait envie – et il pensait en même temps que s'asseoir près du Roi eût été une erreur.

« Tu veux te mettre là, mon colonel ? », demanda Peter qui s'en voulait quand même de lui passer ainsi la responsabilité de la décision.

« Pourquoi pas ? »

Et les deux hommes s'assirent, affreusement gênés, conscients de la défection dont ils se rendaient ainsi coupables comme de l'attention dont ils étaient l'objet.

« Bonsoir, mon colonel. » Brough se penchait vers Larkin, le visage plissé par son sourire. « Vous allez vous faire incendier. C'est très mauvais pour la discipline et toute la lyre !

– Je ne vois pas ce qui m'empêcherait de m'asseoir ici si ça me chante. » Mais Larkin regrettait d'avoir accepté aussi rapidement.

« Comment va, Peter ? demanda le Roi.

– Bien, merci. » Peter luttait pour surmonter son embarras.

Il sentait tous les regards converger vers lui. Il

n'avait encore parlé au Roi ni du stylo qu'il avait vendu, ni de son entrevue avec Smedly-Taylor, ni de la bagarre qu'il avait failli avoir avec Grey...

« Bonsoir, Marlowe. »

Peter tourna la tête et tressaillit en apercevant le colonel Smedly-Taylor qui le toisait au passage, le regard dur.

« Bonsoir, mon colonel », répondit Marlowe d'une voix faible tout en maugréant en son for intérieur : Ça, c'est le bouquet !

La salle s'anima brusquement quand le commandant du camp fit son apparition et s'en vint prendre place au tout premier rang. La lumière baissa, le rideau s'écarta, dévoilant la scène au milieu de laquelle se tenait Phil, le chef d'orchestre. Les applaudissements éclatèrent.

Phil prit la parole :

« Bonsoir à tous. Nous vous présentons ce soir une nouvelle pièce de Frank Parrish, *Triangle*, dont l'action se situe à Londres avant la guerre. Elle sera interprétée par Frank Parrish, Brod Rodrick et Sean Jennison, le seul et unique Sean Jennison... »

Tonnerre d'applaudissements. Trépignements. Coups de sifflet. Des cris variés fusent de toutes parts : « Où il est, Sean ? » « Quelle guerre ? », « Sacré vieux pays ! », « Commencez ! », « Nous voulons Sean... »

Phil plaqua un accord et l'orchestre attaqua l'ouverture.

Maintenant que la représentation était commencée, Peter se détendait.

Et puis...

Et puis Dino surgit brusquement et murmura précipitamment quelque chose à l'oreille du Roi. « Où ça ? » questionna ce dernier. Marlowe l'entendit dire : « Bien. Maintenant, rapplique à la baraque. En vitesse. »

« Il faut nous en aller, Peter. » L'expression de l'Américain était tendue et il parlait d'une voix à peine audible. « Il y a un certain type qui veut nous voir. »

Bon Dieu ! Shagata ! « On ne peut pas s'éclipser comme ça, sans crier gare, répliqua Marlowe avec embarras.

– Tiens donc ! La dysenterie nous joue des tours à tous les deux, voilà tout. Viens. » Déja, le Roi gagnait la sortie. Peter se précipita sur ses talons. Il avait l'impression d'être nu sous le poids des regards étonnés qui se posaient sur lui.

Shagata, blotti dans l'ombre derrière le théâtre, était nerveux, lui aussi. « Il est impoli de ma part de t'envoyer ainsi chercher à l'improviste et je te prie de m'en excuser. Mais il y a des ennuis. Une des jonques de notre ami commun a été arraisonnée et la police maudite est en train d'interroger cette personne qu'elle accuse de contrebande. » Shagata semblait perdu sans son fusil ; il savait que s'il était surpris dans le camp alors qu'il n'était pas de service, il serait bon pour trois semaines de cachot. « Je me suis dit que si notre ami était soumis à un interrogatoire brutal, il pourrait nous dénoncer.

– Jésus ! », jura le Roi. D'une main tremblante, il prit la Kooa que Shagata lui offrait et les trois hommes s'enfoncèrent plus profondément dans l'ombre.

« Te sachant homme d'expérience, poursuivit le Coréen d'un débit hâtif, j'ai songé que tu avais peut-être un plan qui nous permettrait de nous sortir de ce mauvais pas.

– Eh bien, pour un optimiste, c'est un optimiste ! »

Le Roi réfléchissait fébrilement mais il arrivait toujours à la même réponse : Attendre et prendre son mal en patience.

« Peter, demande-lui si Cheng San se trouvait à bord de la jonque qu'ils ont interceptée.

– Il affirme que non. »

Le Roi poussa un soupir. « Alors, il s'en est peut-être sorti. » Il médita encore quelques instants avant d'ajouter : « Il n'y a rien d'autre à faire pour le moment qu'à attendre. Dis-lui de ne pas se paniquer. Qu'il se débrouille pour avoir Cheng San à l'œil et savoir s'il a parlé. Qu'il nous prévienne si l'affaire doit foirer. »

Peter Marlowe traduisit.

Le garde suçota l'air entre ses dents. « Je suis impressionné par votre calme à tous les deux. Moi, je tremble de peur car, si je suis pris, mon plus grand bonheur sera d'être fusillé tout de suite. Je ferai comme tu dis. Si vous êtes pris, essayez de ne pas me mettre en cause, je vous prie. Je ferai mon possible pour agir de même. » Un léger sifflement retentit et Shagata tourna vivement la tête du côté d'où venait ce signal. « Il faut que je parte. Si tout va bien, rien de changé à nos plans. » Il fourra le paquet de Kooas dans la main de Peter. « J'ignore ce que tu penses et je ne connais pas tes dieux mais sois assuré que j'intercéderai auprès des miens, longuement et avec zèle, en ton nom comme au mien. »

Sur ces mots, Shagata disparut.

« Et si Cheng San mange le morceau ? murmura Peter, la gorge sèche.

– On mettra les voiles. » D'une main mal assurée, le Roi alluma une nouvelle cigarette et se laissa aller contre la paroi plongée dans l'obscurité. « Ça vaudra mieux que d'atterrir à Utram Road. »

L'ouverture s'acheva. Mais ni le Roi ni Marlowe n'entendaient les applaudissements, les acclamations, les rires qui éclatèrent dans le théâtre.

Dans la coulisse, Rodrick, l'œil farouche, houspillait les machinistes qui préparaient la scène.

Soudain, Mike surgit en trombe et se précipita vers lui. « Commandant ! Sean est en train de piquer une crise ! Il n'arrête pas de chialer.

– Allons bon ! Qu'est-ce qui s'est passé ? Il y a une minute, il était en pleine forme. »

Mike prit un air renfrogné. « Je ne peux pas vous dire exactement. »

Poussant un juron, Rodrick s'élança vers la loge à la porte de laquelle il frappa anxieusement. « C'est moi, Sean. Puis-je entrer ? »

Des sanglots étouffés lui parvinrent. « Non. Je ne veux pas jouer. Je ne peux pas.

– Voyons, Sean, il n'y a rien de tragique. Tu t'es trop fatigué, c'est tout. Ecoute...

– Va-t-en. Laisse-moi. Je ne jouerai pas ce soir », hurla Sean d'une voix hystérique.

Rodrick secoua la porte mais celle-ci était fermée à clé. Il se rua en direction de la scène. « Frank !

– Qu'est-ce que tu veux ? », demanda Frank avec irritation. Ruisselant de sueur, sur une échelle, il était perché, en train de fixer une ampoule qui se refusait à fonctionner.

« Descends. J'ai à te parler...

– Tu ne vois donc pas que je suis occupé ? Débrouille-toi tout seul si tu as un pépin. Il faut encore que je m'habille et que je me maquille. Il leva la tête vers la passerelle. Duncan, essaie l'autre série de commutateurs. Vite, mon vieux ! »

De l'autre côté du rideau, les coups de sifflet impatients gagnaient en intensité. Que faire ? se demandait Rodrick avec affolement ? Il repartit en direction de la loge. Mais apercevant, chemin faisant, Peter et le Roi près d'une petite porte, il dégringola les marches au pas de course.

« Marlowe ! Venez à mon secours ?

– Qu'y a-t-il ?

– C'est Sean qui a une crise de nerfs, expliqua Rodrick en haletant. Il refuse de continuer. Vous ne voulez pas lui parler ? Je ne peux rien en tirer, moi. Je vous en supplie, Marlowe...

– Mais...

– Cela ne vous prendra qu'une seconde. Vous êtes notre dernière chance. Je vous supplie d'accepter. Il y a des semaines que Sean m'inquiète. Déjà, pour une femme, son rôle serait écrasant. Alors... » Il s'interrompit un instant et reprit d'une voix qui chevrotait : « S'il vous plaît, Marlowe... J'ai peur pour lui. Vous nous rendriez un immense service à tous. »

Peter hésita, puis se décida. « D'accord.

– Je ne pourrai jamais assez vous remercier, mon vieux. » Rodrick s'essuya le front et, plongeant au milieu du tumulte, il guida Marlowe qui le suivait à contre-cœur jusqu'au fond du théâtre. Le Roi, l'air absent, emboîta le pas aux deux hommes. Un seul problème occupait son esprit : Comment gagner le large ? Et où aller ?

On arriva au petit couloir. Peter toqua à la porte. Il était mal à l'aise. « C'est moi... Peter. Puis-je entrer, Sean ? »

Marlowe devina au bruit que Sean, à bout de nerfs, s'effondrait devant la coiffeuse.

Il répéta : « C'est moi, Peter. Puis-je entrer ? »

Sean ouvrit le verrou. Ses larmes faisaient de longues traînées sur son maquillage. Peter entra d'un pas mal assuré et l'acteur referma derrière lui.

« Je n'en peux plus, Peter. C'est fini. Fini. Il était au fond du désespoir. Je ne peux plus jouer le jeu. C'est fini. Je suis perdu. Perdu. Que Dieu me vienne en aide. Il se cacha la figure dans les mains. Qu'est-ce que je vais devenir ? Je suis incapable de tenir le coup plus longtemps. Je ne suis rien, Peter. Rien ! »

Marlowe était profondément remué. « Allons, mon vieux Sean, ressaisis-toi. Tu n'as aucune raison de te tracasser. Tu es important. Très important. Tu es la personne la plus importante de Changi si tu veux savoir la vérité.

– Je voudrais mourir.

– C'est une solution trop facile. »

Sean se retourna et plongea ses yeux dans ceux de Peter. « Mais regarde-moi donc, nom d'un chien ! Qu'est-ce que je suis ? Veux-tu me dire ce que je suis ?

Et en dépit de lui-même, tout ce que voyait Peter, c'était une femme déchirée de douleur, pathétique de souffrance. Une femme en jupe blanche et talons hauts, aux longues jambes gainées de soie et dont les seins gonflaient le chemisier.

« Tu es une femme, Sean, murmura-t-il avec abattement, Dieu sait comment – Dieu sait pourquoi... mais le fait est là : Tu es une femme. »

A ces mots, la terreur de Sean se dissipa. Et son chagrin, et cette haine dont il se poursuivait lui-même.

« Merci, Peter. De tout cœur, merci. »

Il y eut un léger coup à la porte et la voix anxieuse de Frank s'éleva : « Ça commence dans deux minutes. Je peux entrer ?

– Une seconde. » Sean avança jusqu'à la coiffeuse, effaça les traces de larmes sur son visage, rectifia son maquillage. Puis il étudia son image dans la glace.

« Entre, Frank. »

La vue de Sean suffoqua Frank. Comme toujours. « Tu es merveilleux ! Ça va ?

– Oui. Je me suis conduit de façon un peu ridicule. Pardon.

– Bah, répondit l'autre en dissimulant son inquiétude, c'est seulement le surmenage. » Il avisa Marlowe. « Bonsoir. Je suis heureux de vous voir.

– Merci.

– Tu devrais te dépêcher, Frank. Maintenant, tout va bien. »

La féminité du sourire de Sean embrasa Frank qui, automatiquement, reprit la comédie qu'ils avaient inauguré trois ans plus tôt, Rodrick et lui, et qu'ils regrettaient amèrement. « Tu vas être merveilleuse, Betty, fit-il en serrant Sean entre ses bras. Je suis fier de toi. »

Mais cette fois, ce qui ne s'était jamais produit auparavant, c'était brusquement un homme et une femme qui se trouvaient face à face. Sean s'abandonna contre lui, chaque molécule de son être dévorée de désir. Et Frank le savait.

« Nous... euh... c'est à nous dans une minute, balbutia-t-il, bouleversé par la violence de son propre désir. Il faut... il faut que je m'apprête. » Et il sortit.

« Je crois que je ferais mieux de regagner ma place », fit Peter, stupéfait.

« Tu as raison. » Mais Sean avait à peine conscience de la présence de Marlowe.

Une dernière touche de fard et le comédien gagna les coulisses pour attendre l'instant de lancer sa première réplique.

L'habituelle épouvante mêlée d'extase...

Et quand Sean entra en scène, la métamorphose fut totale. Les ovations, l'admiration, la convoitise l'enveloppèrent ; les yeux *la* suivirent tandis qu'*elle* s'asseyait, qu'*elle* croisait les jambes, qu'*elle* marchait, qu'*elle* parlait, *la* touchant, se nourrissant d'*elle*. *Elle* et tous ces regards ne faisaient plus qu'un.

« Pourquoi l'appelez-vous Betty ? demanda Peter.

– Cela fait partie de ce terrible imbroglio, répondit Rodrick d'une voix lamentable. Betty est le personnage qu'il incarne dans la pièce. Frank et moi lui donnons toujours le nom de l'héroïne qu'il interprète.

– Pourquoi ? s'enquit le Roi.

– Pour l'aider à entrer dans le rôle. » Rodrick jeta un coup d'œil sur la scène afin de ne pas manquer sa réplique. « Au début, c'était un jeu, poursuivit-il avec amertume. Mais c'est devenu une bien sinistre plaisanterie. C'est nous, Dieu nous pardonne, qui avons créé ce... cette femme. Nous sommes responsables.

– Pourquoi ? répéta lentement Peter Marlowe.

– Vous vous rappelez combien c'était dur, à Java ? » Rodrick tourna un instant son regard vers le Roi. « Comme j'étais comédien avant la guerre, on m'a chargé d'organiser la troupe du camp. » Il contempla la scène. Frank et Sean avaient l'air bizarre, ce soir. Il étudia attentivement leur jeu. Oui... Tous deux étaient... inspirés. « En dehors de moi, Frank était le seul acteur professionnel. Nous nous mîmes à travailler ensemble. Le problème de la distribution s'est posé ; il fallait bien quelqu'un pour jouer les rôles féminins mais personne ne les acceptait. Aussi, les autorités désignèrent d'office deux ou trois types pour tenir ce genre d'emplois. Parmi eux, il y eut Sean. Il n'était pas du tout d'accord mais vous savez comme les officiers supérieurs sont butés ! « On a besoin de gens pour les personnages de femmes, lui ont-ils dit. Vous êtes suffisamment jeune pour passer pour une fille. Vous ne vous rasez pas plus d'une fois par semaine. Et puis, il s'agira seulement de vous déguiser pendant une heure ou deux. Songez à l'effet que cela aura sur le moral de tout le monde ! » Et Sean eut beau jouer des pieds et des mains, se mettre en colère, tempêter, supplier, rien n'y fit.

« Il m'a demandé de ne pas l'accepter. Comme on court à l'échec lorsqu'il n'y a pas de volonté de coopération, j'ai essayé de l'éliminer de la troupe en expliquant aux autorités que le métier d'acteur provoque une grave tension psychologique. « Foutaises ! me fut-il répondu. Quel mal voulez-vous que cela lui fasse ? » « Tenir des emplois féminins risque de lui fausser l'esprit. S'il a si peu que ce soit des tendances... » Ils m'ont interrompu : « Ridicule ! Vous autres acteurs, vous avez une fêlure quelque part ! Le sergent Jennison ? Mais c'est impossible ! Il est tout ce qu'il y a d'équilibré. Un pilote formidable... Non, commandant, inutile d'insister. Vous avez ordre de le prendre et il a l'ordre de faire ce qu'on lui dit. »

« Nous avons alors essayé, Frank et moi, de raisonner Sean mais il a juré qu'il serait la plus mauvaise actrice du monde, que sa première apparition sur scène serait si désastreuse que l'on serait obligé de le saquer. Nous lui avons répondu que nous nous en moquions royalement. Effectivement, il a été exécrable mais après son baptême des planches, il a semblé ne plus détester sa tâche avec autant de vigueur. Il a même paru y prendre goût, à sa grande surprise. C'est alors que nous nous sommes sérieusement attaqués à la besogne. C'était excellent d'avoir une occupation : Pendant ce temps, on pensait à autre chose qu'à cette cochonnerie de bouffe et à cette cochonnerie de camp. Nous lui avons appris comment une femme parle, marche, s'assied, fume, boit, s'habille. Et même comment elle pense. Et, pour qu'il soit bien dans la peau du personnage, nous avons mis notre petite comédie sur pied. Chaque fois que nous nous retrouvions au théâtre, nous nous levions à son entrée, nous l'aidions à s'asseoir, bref, nous le traitions comme s'il avait été vraiment une femme. Au début, c'était passionnant d'essayer de préserver l'illusion, de veiller à ce qu'on ne le surprît jamais en train de s'habiller ou de se déshabiller, de faire attention à ce que ses vêtements dissimulent son anatomie tout en étant en même temps assez suggestifs. Nous avons même réussi à obtenir qu'il disposât par faveur spéciale d'une chambre personnelle avec douche.

« Subitement, Sean a cessé d'avoir besoin qu'on lui serine la leçon. Il était devenu sur scène aussi complètement femme qu'il était possible.

« Mais, petit à petit, la femme en est arrivée à dominer sa personnalité dans la vie sans que nous nous en apercevions. Il s'était laissé pousser les cheveux – les perruques qu'on avait ne valaient rien – il s'est mis à porter tout le temps des vêtements de femme. Et, une nuit, quelqu'un a tenté de le violer.

« Il a failli en perdre la raison. Il a cherché à tuer la femme qui était en lui mais en vain. Alors, il a voulu se suicider. Bien sûr, on a étouffé l'affaire mais cela n'a rien arrangé, au contraire. Il nous en voulait de lui avoir sauvé la vie.

« Quelques mois plus tard, seconde tentative de viol. Alors, il a définitivement mis une croix sur la part virile de son moi. « Je renonce à lutter, nous a-t-il dit. Vous vouliez que je sois une femme ? Je crois maintenant que j'en suis une. Soit : Je serai femme. Je sens au fond de moi-même que je suis femme : Aussi, il n'est plus besoin de faire semblant. Je suis une femme et j'entends être traitée comme telle. »

« Nous nous sommes efforcés, Frank et moi, de discuter avec lui mais il était rebelle à toute argumentation et nous nous sommes consolés en nous racontant que ce n'était qu'une crise passagère, qu'il retrouverait son état normal par la suite. Sean était d'une importance capitale pour le moral du camp ; personne n'arrivait à sa cheville pour interpréter les rôles féminins. Nous nous sommes résignés et avons continué notre comédie.

« Pauvre Sean ! C'est vraiment quelqu'un de merveilleux. Sans lui, il y a longtemps que Frank et moi ne serions plus de ce monde. »

Une salve d'applaudissements salua l'apparition de Sean qui faisait son entrée du côté opposé à celui où se tenaient les trois hommes. « Vous n'avez pas idée de l'effet que cela vous fait, les applaudissements, l'adulation du public, murmura Rodrick comme s'il se parlait à lui-même. Il faut en avoir eu l'expérience. Là, sur la scène... On ne peut pas s'en rendre compte quand on ne l'a pas éprouvé. C'est une drogue fantastique. Stimulante, effrayante, terrible, délicieuse. Sean en est imprégné jusqu'à la moelle. De ça et du désir – le vôtre, le mien, celui de nous tous. »

Rodrick s'essuya le front ; ses mains étaient moites de sueur. « Dieu nous pardonne. C'est uniquement de notre faute. » Et, comme ç'allait être à lui d'entrer en scène, il s'éloigna.

« Veux-tu qu'on retourne dans la salle ? demanda Peter.

– Non, répondit le Roi. Restons ici. C'est la première fois que j'assiste à une pièce de la coulisse. J'en ai toujours eu envie. » Est-ce que Cheng San est en train de se mettre à table, se demandait-il dans son for intérieur ?

Mais le Roi savait qu'il ne servait à rien de se faire du mauvais sang. Les jeux étaient faits et il était prêt. Quelle que fût la carte qui sortirait. Son attention se tourna vers les acteurs – Rodrick, Frank, Sean. Inexorablement, son regard s'attacha à ce dernier et il dévorait avidement chaque mouvement, chaque geste du comédien.

Tout le monde contemplait Sean. Avec ivresse.

Sean, Frank et tous ces regards ne faisaient qu'un. La sombre passion qui animait la pièce passait dans les comédiens, passait dans les spectateurs et les laissait nus.

Quand le rideau retomba sur le dernier acte, il y eut un silence de mort. Le public était hypnotisé.

« Nom de Dieu ! fit Rodrick, saisi. C'est le plus beau compliment qu'ils puissent nous faire. Et vous le méritez tous les deux. Vous étiez inspirés, véritablement inspirés. »

Le rideau commença de se relever. Quand il eut entièrement découvert la scène, l'impressionnant silence se fracassa dans un tonnerre d'ovations. Il y eut dix rappels suivis de nouvelles rafales d'applaudissements. Tout seul devant la foule, Sean buvait à longs traits le philtre grisant de l'adoration. Dans le tumulte qui ne diminuait pas, Rodrick et Frank se montrèrent une dernière fois pour recevoir leur part du triomphe — les deux créateurs et leur créature, la fille resplendissante, leur fierté et leur Némésis.

Puis les spectateurs, le calme revenu, évacuèrent la salle, chacun seul à seul avec sa propre détresse, le cœur saignant au souvenir d'une compagne. Qu'est-elle en train de faire, elle, à l'heure qu'il est ?

Larkin était le plus bouleversé. Quelle idée, bon sang, d'avoir appelé l'héroïne Betty ? Qu'est-ce qui leur avait pris ? Ma Betty à moi... elle... est-ce que... est-elle dans les bras d'un autre ?

Mem, songeait Mac, éperdu... Mem... Le bateau a-t-il été coulé ? Est-elle vivante ? Le petit est-il vivant ? Mem... est-ce que... Est-ce que maintenant... elle est... ? Il y a si longtemps. Seigneur, si longtemps...

Qu'es-tu devenue ? pensait Peter Marlowe. Qu'es-tu devenue, N'aï, ma sans pareille ? Mon amour, mon amour...

Tous étaient hantés par un visage de femme.

Même le Roi. Avec qui était-elle cette fille – vision radieuse qui lui était apparue du temps qu'il était encore un adolescent puritain –, avec qui était-elle cette fille qui lui avait dit en portant un mouchoir parfumé devant ses narines qu'un pauvre blanc sent encore plus mauvais qu'un nègre ?

Un sourire sardonique retroussa les lèvres du Roi. Ce n'était jamais qu'une connasse de putain, conclut-il, et ses réflexions se tournèrent vers des choses plus importantes.

Les lumières, à présent, étaient éteintes et le théâtre était vide à l'exception de deux êtres qui s'y étaient réfugiés, retranchés dans la coquille close de la loge.

Livre quatrième

19

LE ROI et Peter Marlowe s'impatientaient et leur inquiétude allait croissant. Shagata aurait dû être là depuis longtemps.

« Saleté de nuit, grommela l'Américain avec irritation. Je sue comme un porc. »

Les deux hommes attendaient dans le coin du Roi qui faisait une réussite sous le regard de Peter. Il n'y avait pas de lune et la chape étouffante qui pesait sur le camp était chargée d'électricité. Le grattement constant qui montait de la tranchée sous le plancher, était lui-même amorti.

« S'il doit venir, j'aimerais qu'il soit déjà là, murmura Peter.

– Moi, j'aimerais savoir ce qui s'est passé avec Cheng San, répondit le Roi. La vache ! Il aurait pu nous avertir. C'était la moindre des choses. »

Pour la centième fois, le Roi tourna la tête vers la fenêtre au-delà de laquelle on distinguait les barbelés, à l'affût de quelque indice révélant la présence des partisans qui étaient probablement – qui étaient sûrement – à proximité. Mais il ne perçut aucun signe, aucun mouvement. La même torpeur et le même silence écrasaient et la jungle et Changi.

Avec une grimace, Marlowe remua les doigts de

sa main gauche et bougea son bras douloureux pour trouver une position plus confortable.

« Comment ça va ? s'enquit le Roi.

– C'est à hurler.

– Tu ne devrais pas rester dans cet état.

– Je me suis inscrit pour la visite de demain.

– Quelle poisse !

– Que veux-tu y faire ? On est toujours à la merci d'un accident. »

L'accident en question s'était produit l'avant-veille au cours de la corvée de bois. En compagnie de vingt hommes dont les mains moites s'agrippaient au traîneau de halage, Peter, pataugeant dans la boue du marais, ahanait sous le poids d'une souche hérissée d'épines. Soudain, sa main avait glissé et son bras s'était trouvé coincé entre l'arbre et le traîneau. Les dards de l'écorce, durs comme du fer, s'étaient enfoncés dans sa chair ; il avait cru que ses os se brisaient et avait poussé un hurlement de douleur.

Il avait fallu de longues minutes pour le dégager et l'étendre par terre. Le sol gorgé d'eau était inondé de sang dont l'odeur attirait les insectes par essaims. La déchirure mesurait quinze centimètres de long et était large de cinq. On avait enlevé presque toutes les épines qui s'y étaient fichées, on l'avait lavée et nettoyée aussi bien que possible. Après avoir mis un garrot autour du bras de Peter, les hommes avaient repris leur tâche et traîné la souche jusqu'à Changi. Marlowe avait péniblement marché à côté d'eux, secoué de nausées.

Le docteur Kennedy avait examiné la plaie, l'avait badigeonnée de teinture d'iode, tandis que Steven tenait la main valide du blessé engourdi de douleur. Puis le médecin avait enduit les chairs à vif de pommade au zinc et d'un produit destiné a empêcher que le sang ne collât au pansement.

« Vous avez une sacrée chance, Marlowe, avait-il dit. Les os et les muscles sont intacts. Dans l'ensemble, c'est superficiel. Revenez dans deux jours pour qu'on y jette un coup d'œil. »

Max entra d'un pas rapide dans la baraque et le Roi, délaissant ses cartes, leva vivement la tête.

« Il y a un pépin. » La voix de Max était basse et tendue. « Grey vient de sortir de l'hôpital. Il s'amène par ici.

– Il faut lui filer le train. Que Dino s'en occupe.

– Vu. » Max repartit comme il était venu.

« A quoi penses-tu, Peter ?

– Si Grey a quitté l'hôpital, c'est qu'il doit être au courant de quelque chose.

– C'est vrai. Il est au courant.

– Quoi !

– Bien sûr. Il a un homme à lui dans la baraque.

– Non ? En es-tu certain ?

– Parfaitement. Et je sais qui c'est. »

Le Roi plaça un quatre noir sur un cinq rouge, le cinq rouge sur un six noir et libéra un as.

« Qui est-ce ? »

Le Roi eut un sourire dur. « Je ne te le dirai pas. Il vaut mieux que tu l'ignores. Mais il y a un mouton parmi nous.

– Que vas-tu faire ?

– Pour le moment, rien. Plus tard, peut-être que je le donnerai aux rats. » Il sourit encore et changea de sujet. « Dis-donc, la ferme, ce n'était pas une idée du tonnerre ? »

Que ferais-je si je connaissais l'indicateur de Grey, se demandait Peter ? Il savait que Yoshima avait, lui aussi, un mouchard dans le camp – celui qui avait donné Daven ; l'espion n'avait pas encore été repéré. Le Roi agissait sans doute sagement en gardant le silence. De cette façon, le risque d'une gaffe était éliminé. Non, Peter n'en voulait pas au Roi de ne pas le mettre dans la confidence. Ce qui ne l'empêchait cependant pas d'examiner les différentes possibilités.

« Crois-tu vraiment que... que ce sera mangeable ?

– Je n'en sais foutre rien ! Quand on y réfléchit, ça vous soulève le cœur. Mais – et c'est un mais qui compte ! – les affaires sont les affaires ! L'astuce qu'on a trouvée est une idée de génie. »

Peter sourit et oublia sa souffrance. « N'oublie pas : La première cuisse est pour moi.

– Le type à qui tu veux la refiler, je le connais ?

– Non. »

Le Roi s'esclaffa. « La tête sur le billot, tu ne voudrais pas me dire de qui il s'agit ?

– Je te le dirai après la livraison.

– Au fond, tu sais, de la viande, c'est toujours de la viande ; et de la nourriture, c'est jamais que de la nourriture. Pense au chien, par exemple.

– A propos, j'ai rencontré Hawkins il y a un jour ou deux.

– Alors ?

– Alors, rien. Tu penses bien que je n'avais pas envie de lui dire quoi que ce soit et lui non plus ne voulait pas parler de ça.

– Pas folle la guêpe ! Bah ! Ce qui est fait est fait. » Le Roi balaya ses cartes d'un geste impatient. « Je voudrais bien que Shagata arrive. »

La tête de Tex s'encadra dans la fenêtre. « Hé !

– Qu'est-ce qu'il y a ?

– Timsen te fait dire que le propriétaire de l'article commence à s'affoler. Combien de temps tu vas encore attendre ?

– Je vais voir Timsen. Le Roi se glissa par

l'ouverture. Surveille la boutique, souffla-t-il à Peter quand il fut dehors. Je ne vais pas loin.

– D'accord. » Marlowe ramassa les cartes, les battit. Il s'ébroua sous l'effet de la douleur qui se réveillait.

Le Roi prit soin de rester sous le couvert des ombres. Il se sentait le point de mire d'une multitude d'yeux, surveillé qu'il était par ses propres gardes du corps et d'autres aussi, des étrangers au regard lourd d'hostilité.

Timsen était dans tous ses états. « Salut, mon pote. Je ne peux pas le faire droguer indéfiniment, mon type.

– Où est-il ?

– Tu le verras quand ton contact aura rappliqué. Ça fait partie du contrat. Il n'est pas loin, en tout cas.

– Tu as intérêt à ne pas le lâcher de l'œil si tu ne veux pas qu'il se fasse assommer.

– Occupe-toi de tes oignons et je m'occuperai des miens. Il est protégé comme il faut. » L'Australien tira sur sa Kooa et la passa au Roi qui aspira une bouffée. « Merci. » Et le Roi ajouta en désignant la prison d'un coup de menton : « Tu es au courant, pour eux ? »

Timsen se mit à rire. « Dame ! Et je vais te dire un autre truc. A l'heure qu'il est, Grey est en train de rabattre sur le secteur. Il a lâché tous ses poulets dans le coin. Il y a également un gang d'Australiens dans la course et j'ai appris qu'une autre équipe est aussi au parfum. Mais les copains couvrent le terrain. Dès qu'on aura l'argent, tu auras le diamant.

– On va accorder dix minutes de sursis au garde. S'il n'est pas arrivé d'ici là, on remettra ça à plus tard. On utilisera le même plan mais en changeant les détails.

– Parfait, collègue. Je passerai te voir demain après la graille.

– Espérons que ça s'arrangera ce soir. »

Mais Shagata n'apparut pas cette nuit-là et le Roi décida d'annuler l'opération pour cette fois.

Le lendemain, Peter Marlowe se mêla à la foule qui s'agglomérait devant l'hôpital. C'était juste l'heure du déjeuner ; le soleil régnait en maître sur la terre et les créatures auxquelles elle donnait asile. L'air était si brûlant que les mouches elles-mêmes jouaient les somnambules. Peter découvrit un coin d'ombre et s'accroupit lourdement dans la poussière pour attendre. Son bras lui faisait plus mal que jamais.

Lorsque son tour arriva, le crépuscule tombait. Le docteur Kennedy lui adressa un petit signe de tête et lui indiqua un siège. « Comment vous sentez-vous aujourd'hui, demanda-t-il distraitement.

– Pas trop mal, merci. »

Le médecin se pencha et sa main effleura le pansement. Peter poussa un cri.

Kennedy le regarda avec irritation. « Qu'est-ce qui vous prend ? Je vous ai à peine touché.

– Je ne sais pas. Le moindre contact me fait un mal de chien. »

Le docteur mit le métronome en marche, glissa un thermomètre dans la bouche de Peter et chercha son pouls. Quatre-vingt-dix battements à la minute. Pas normal, ça... Pas de température. Cela aussi était mauvais signe. Soulevant le bras du patient, Kennedy renifla le bandage : Il en émanait une odeur de moisissure révélatrice. Mauvais, mauvais...

« Bien. Je vais ôter le pansement. Tenez », fit le médecin en saisissant à l'aide des pinces chirurgicales un petit morceau de pneu plongé dans un liquide antiseptique. « Mordez cela. Je vais être obligé de vous faire mal. »

Il attendit que Peter eut placé le bout de caoutchouc entre ses dents et entreprit de développer le pansement aussi doucement qu'il le pouvait. Seulement le tissu, collé par le sang, était à présent incorporé aux chairs à vif. Il n'y avait pas d'autre solution que de l'arracher mais Kennedy n'était pas aussi habile qu'il aurait dû l'être, qu'il l'avait été autrefois.

Peter Marlowe avait déjà connu la souffrance. Et quand on a, de la chose, une connaissance intime, on en sait les limites, les degrés, toutes les manifestations. Avec de l'habitude – et du courage –, on peut rentrer au fond de sa propre souffrance. Alors, ce n'est pas tellement terrible. C'est un geyser que l'on maîtrise. Parfois même, la douleur est bonne.

Mais celle qu'éprouvait Peter était au-delà de la torture.

« Mon Dieu ! », gémit-il tout en mordant le caoutchouc. Les larmes lui coulaient des yeux et sa respiration était spasmodique.

« C'est fini », mentit le docteur. Il ne pouvait pas mieux faire. Pas ici. Le patient aurait évidemment dû avoir une piqûre de morphine, n'importe qui le savait. Mais je ne peux pas me permettre de lui en donner. « Voyons un peu cela. »

Kennedy examina attentivement la plaie. Elle était gonflée et l'on y distinguait des traînées jaunâtres ponctuées de taches violacées. Purulentes.

Le médecin poussa un grognement. Songeur, il se redressa et joignit le bout des doigts. « Eh bien, fit-il enfin, trois possibilités s'offrent à nous. » Il se leva et commença d'arpenter la pièce, les épaules voûtées. Sa voix était monotone. On aurait dit qu'il faisait une conférence. « La blessure a acquis des caractéristiques nouvelles. Inflammation musculaire due à Clostridium. Ou, pour employer un terme plus simple, elle est gangrenée. Gangrène gazeuse. Je peux laisser la plaie ouverte et exciser les tissus infectés mais je ne crois pas que ce serait efficace car l'infection est profonde. Aussi devrai-je procéder à l'ablation d'une partie des muscles de l'avant-bras et, en toute hypothèse, vous perdrez l'usage de votre main. La meilleure solution serait d'amputer...

– Quoi ?

– Assurément. » Kennedy ne s'adressait pas à un consultant : Il faisait simplement un cours dans l'amphithéâtre stérile de son cerveau.

« Je suis d'avis d'amputer immédiatement. Comme cela, nous arriverons peut-être à sauver l'articulation.

– Ce n'est qu'une blessure en séton, s'écria Peter avec l'accent du désespoir. Elle n'a rien de grave. Rien qu'une blessure en séton. »

L'effroi qui rendait sa voix chevrotante ramena Kennedy sur terre. Le praticien considéra un moment le visage exsangue de son patient. « Oui, elle est en séton mais très profonde. Vous risquez la toxémie. Ecoutez-moi, mon petit. Ce n'est pas difficile. Si j'avais du sérum, je vous en donnerais. Seulement, je n'en ai pas. Si j'avais des sulfamides, je vous en donnerais. Seulement, je n'en ai pas. La seule chose en mon pouvoir consiste à vous couper le bras...

– Vous perdez la raison, hurla Peter. Me couper le bras pour une vulgaire estafilade ! »

Brusquement, la main de Kennedy emprisonna le bras de Marlowe très au-dessus de la plaie ; le jeune homme se contracta.

« Vous voyez ? Ce n'est pas une simple entaille. Vous faites une toxémie. Cela va gagner le bras et vous envahir tout le corps. Il faut couper : C'est une question de vie ou de mort.

– Vous ne couperez rien !

– A votre guise. C'est cela ou... » Kennedy

s'interrompit et s'assit lourdement. « Sans doute avez-vous le droit de mourir si vous le désirez. Je ne saurais vous le reprocher. Mais, bon Dieu, est-ce que vous comprenez ce que je vous dis ? Si nous n'amputons pas, c'est la mort !

– Vous ne me toucherez pas. » Le rictus de Peter lui découvrait les dents. Si Kennedy le frôlait encore, il savait qu'il le tuerait. « Vous êtes fou, s'exclama-t-il. Ce n'est qu'une plaie en séton.

– Soit. Je ne vous force pas à me croire. Nous allons demander à un autre docteur. »

Kennedy s'en fut chercher un second médecin qui confirma le diagnostic de son confrère. Le cauchemar, à présent, n'était plus un rêve. La gangrène ! Brisé par la peur, Peter était sans forces. Terrifié, il écoutait les deux toubibs lui expliquer que la gangrène était causée par des bacilles porteurs de mort qui se multipliaient à l'intérieur de son bras. Son bras était une chose cancéreuse. Il fallait le lui couper. Au-dessous du coude. Si l'on n'intervenait pas rapidement, ce serait tout le bras qu'il faudrait enlever. Mais il n'avait pas d'inquiétude à se faire. Il ne souffrirait pas. On avait de l'éther autant qu'on en voulait à présent – ce n'était plus comme avant.

Et puis Peter se retrouva dehors. Avec son bras – ce bras où proliféraient les bacilles. On lui avait mis un pansement propre. Il redescendait la colline. Il avait dit aux médecins qu'il réfléchirait... Réfléchir ? Réfléchir à quoi ?

Dans la baraque américaine, le Roi était seul. Tout était prêt pour la venue de Shagata – s'il devait arriver cette nuit.

« Eh bien... Qu'est-ce qui t'arrive, Peter ? »

Le Roi écouta avec une consternation grandissante le récit de Marlowe.

« Nom de nom ! murmura-t-il en considérant le bras de Peter appuyé sur la table.

– J'aime mieux mourir qu'être infirme, je te le jure devant Dieu. » Peter leva la tête et adressa au Roi un regard pitoyable, un de ces regards où l'homme se livre tout entier, et qui était comme un cri : *Au secours ! Au secours ! Pour l'amour du ciel, au secours !*

Une sarabande de pensées tourbillonnaient dans la tête du Roi. Qu'est-ce que je ferais si j'étais lui et s'il s'agissait de mon bras ? Et le diamant ? J'ai besoin de l'aide de Peter, il faut...

Max passa soudain la tête dans l'embrasure de la porte. « Eh, souffla-t-il d'une voix tendue. Y a Shagata qui s'amène.

– Parfait. Et Grey ? Qu'est-ce qu'il fabrique ?

– Il est planqué près du mur, en bas. Timsen s'en occupe. Le dispositif de protection des Australiens est en place.

– Bien. Calte et tiens-toi prêt. Avertis tout le monde.

– O.K., murmura Max en disparaissant.

– Allez, Peter, fit le Roi. A nous de jouer. »

Mais Peter, encore sous le choc de la révélation de Kennedy, était inutilisable.

Le Roi le secoua brutalement. « Tu vas te lever, dis ? fit-il avec âpreté. J'ai besoin de toi, tu entends. Lève-toi, nom d'une merde ! » Et, de force, il mit Peter sur ses pieds.

« Mais, qu'est-ce que...

– Shagata est en chemin. Faut régler cette affaire. ».

Peter, au bord du délire, hurla : « Je m'en fous de ton affaire ! Je m'en fous de ton diamant ! Ils vont me couper le bras.

– Non. Ils ne te le couperont pas.

– Tu as raison ! Ils ne me le couperont pas. Je serai mort avant... »

La main du Roi s'abattit sèchement sur le visage de Marlowe, ce qui eut pour effet de mettre fin immédiatement aux divagations de Peter. Il secoua la tête.

« Mais qu'est-ce qui te...

– Shagata arrive. Il faut se préparer.

– Il arrive ? » répéta l'Anglais, déconcerté. La gifle avait laissé une marque rouge sur sa joue.

« Oui. » Le regard de Marlowe était à nouveau circonspect. Bon, se dit le Roi. Il a récupéré. Fallait bien que je fasse quelque chose. « Peter, dit-il, les jambes molles mais soulagé. Tu gueulais comme un âne.

– Moi ? Oh ! Je suis désolé. Quel imbécile je fais !

– Ça va mieux maintenant ? Et va falloir jouer serré.

– Oui, ça va. »

Les deux hommes sortirent par la fenêtre. L'élancement qui lui fouailla le bras lorsqu'il toucha terre fit plaisir à Marlowe. Espèce de crétin, qu'est-ce qui te prend de céder à la panique ? Toi, Marlowe ! Exactement comme un gamin. Abruti ! Tu vas perdre ton bras ? Et après ? Encore une chance que ce ne soit pas la jambe parce que, là, tu serais vraiment infirme. Un bras, qu'est-ce que c'est ? Rien du tout. On te mettra une prothèse, et puis voilà. Avec un crochet. On s'en tire bien avec un bras artificiel.

« Tabé, murmura Shagata lorsque le Roi et son compagnon se furent glissés derrière la toile qui masquait la boutique.

– Tabé. »

Shagata était nerveux. Plus il réfléchissait à cette affaire, moins elle lui plaisait. Trop d'argent, trop de risques. Il huma l'air comme un chien à l'arrêt : « Je sens le danger.

– Dis-lui de ne pas s'inquiéter, fit le Roi après que Marlowe eut traduit. Je sais qu'il y a du danger et j'ai pris mes dispositions en conséquence. Demande-lui ce qui se passe pour Cheng San.

– Sache que les dieux te sourient, débita le Coréen à toute vitesse, et qu'ils me sourient à moi et qu'ils sourient à ton ami. C'est un malin renard, ce Chinois : la police maudite l'a relâché. » Shagata transpirait d'abondance. « J'ai l'argent. »

Le Roi eut un haut-le-cœur. « Dis-lui que ça suffit comme ça, le bla-bla-bla. Je reviens tout de suite avec l'objet. »

L'Américain rejoignit Timsen aux aguets dans l'ombre.

« Prêt ?

– Prêt. » Timsen imita un cri d'oiseau auquel un autre répondit presque aussitôt. « Fais vite, collègue. Je ne peux pas garantir ta sécurité longtemps.

– O.K. »

Bientôt, un caporal australien, à la silhouette efflanquée, émergea des ténèbres.

« Salut. Je m'appelle Towsend. Bill Towsend.

– Approche. »

Le Roi se hâta vers la « boutique » tandis que Timsen surveillait les environs et que ses hommes se déployaient en éventail, prêts à couvrir sa retraite en cas d'imprévu.

Posté à l'angle de la prison, Grey rongeait son frein. Dino venait de lui glisser à l'oreille la nouvelle de l'arrivée de Shagata. Mais le prévôt savait que les préliminaires allaient durer un moment. Il ne passerait à l'action que lorsque ceux-ci seraient arrivés à leur terme.

La clique de Smedly-Taylor était à pied d'œuvre, elle aussi, attendant que l'échange ait lieu. Dès que Grey lancerait son offensive, elle entrerait dans la danse.

« Montre-lui le diamant », ordonna le Roi à

Towsend qui se tenait debout à côté de lui, l'air embarrassé.

L'Australien entrouvrit sa chemise loqueteuse. La bague était suspendue à une ficelle qu'il s'était passée autour du cou. Il tremblait comme une feuille. Shagata braqua sa lampe électrique sur le diamant, éclatante larme de glace se balançant au bout d'un fil, et l'examina avec attention. Le prenant entre les doigts, il en frotta le verre de sa torche. Cela fit un crissement et laissa une rayure.

« Parfait », murmura le Coréen en hochant la tête. Il se tourna vers Peter. « C'est bien un diamant. » Puis, s'armant d'un compas, il mesura soigneusement la pierre et, à nouveau, secoua approbativement le menton. « Il fait effectivement quatre carats.

– Peter, attends dehors avec Towsend. »

Marlowe se leva, fit signe à l'Australien et tous deux sortirent. Dans l'obscurité, ils sentaient les yeux dardés sur eux. Des centaines d'yeux.

« Bordel de merde, je voudrais ne l'avoir jamais eu, ce caillou, soupira le caporal. Cette tension est tuante. » Il s'assura pour la millionième fois que la ficelle était toujours autour de son cou. « Enfin, c'est la dernière nuit ! »

Le Roi considérait avec une frébrilité croissante Shagata qui extrayait de sa cartouchière une liasse épaisse (sept centimètres), puis en sortait une autre (cinq centimètres) de sous sa chemise. Enfin, le garde vida ses poches gonflées. L'Américain entreprit de compter rapidement l'argent tandis que l'émissaire de Cheng San s'éclipsait après une révérence écourtée. Quand il se retrouva sur le chemin, Shagata se sentit revivre. Redressant son fusil, il se mit en marche et s'en vint presque donner contre Grey qui arrivait à grandes enjambées. Le prévôt poussa un juron et pressa encore le pas sans prêter attention au torrent d'injures que vomissait Shagata. Cette fois, le Coréen ne s'élança pas comme il aurait dû le faire derrière ce sale cochon de prisonnier afin de lui apprendre la politesse à coups de crosse. Son seul désir était de s'éloigner et de rejoindre son poste au plus vite.

Max souleva la toile de la boutique et jeta d'une voix tendue : « Vingt-deux ! Les flics... »

Le Roi empocha les billets et se rua au dehors. « Tire-toi, lança-t-il à Towsend tout en courant. Dis à Timsen que j'ai les fonds et que nous réglerons les comptes demain soir quand les choses seront tassées. »

Towsend disparut.

« Suis-moi, Peter. »

Grey surgit au coin de la baraque à l'instant même où les deux hommes se baissaient pour se glisser entre les pilotis.

« Halte ! hurla-t-il.

– A vos ordres, mon capitaine », lança d'une voix de stentor Max qui, Tex à son côté, jaillit de l'obscurité.

« Pas vous !... » Grey essaya de foncer.

« Mais vous vouliez qu'on s'arrête... »

Prestement, Max et Tex lui barrèrent la route. Bousculant les deux Américains, Grey plongea sous la baraque. Mais ceux qu'il poursuivait se trouvaient déjà du côté opposé. Et voilà qu'un nouveau groupe accourait afin de parfaire la manœuvre de retardement. Voyant Marlowe et le Roi longer ventre à terre le mur de la prison, Grey donna un coup de sifflet pour alerter les M.P. qui, n'attendant que ce signal, se déployèrent, couvrant toute la surface comprise entre l'enceinte du bloc pénitentiaire et les barbelés.

Dans la baraque de Timsen, personne ne s'émut lorsque le Roi et Marlowe surgirent par la fenêtre, mais nombreux furent ceux qui remarquèrent la bosse que faisait la chemise de l'Américain.

Les deux hommes traversèrent la chambrée au pas de course. Dès qu'ils eurent atteint la porte, un groupe d'Australiens prit position pour assurer leur retraite. Au même instant, Grey arrivait à la fenêtre. Il haletait. Apercevant les fugitifs dans l'encadrement de la porte, il contourna le baraquement à toute vitesse. Mais les Australiens l'interceptèrent.

« Par où sont-ils passés ? demanda Grey d'un ton brusque. Allez ! Vite ! Répondez !

– Qui ça ? répondirent les hommes en chœur. Qui ça, mon capitaine ? »

Le prévôt fit demi-tour et se replia sur l'esplanade. Un M.P. s'avança vers lui.

« Tout le monde est en place, mon capitaine.

– Bien. Ils ne peuvent pas aller très loin, ils n'oseront pas se débarrasser de l'argent. Nous allons commencer à converger pour les encercler. Faites passer la consigne. »

Le Roi et Marlowe atteignirent l'extrémité nord de la prison. L'Américain poussa un juron. Il aurait dû y avoir là un nouveau groupe d'Australiens prêts à neutraliser Grey : Or, à leur place, on ne voyait que des M.P. Cinq, au moins.

« Qu'est-ce qu'on fait ? interrogea Peter.

– On décroche. Suis-moi. »

Qu'est-ce qu'il s'est passé ? se demandait le Roi tout en battant en retraite. Brusquement, il comprit. Quatre hommes surgirent devant lui, le visage masqué par un mouchoir, un lourd gourdin à la main.

« Vaut mieux nous donner le fric si tu tiens à tes abattis, mon gars. »

Le Roi feinta et chargea, Peter sur ses talons. D'un coup de tête, il culbuta le premier des agresseurs, lança son pied dans la figure du second.

Peter étouffa un cri quand le bâton du troisième s'abattit sur son bras et, dans sa fureur empoigna l'arme. Sidéré, le type lâcha tout. Ce que voyant, le quatrième fit volte-face, se perdit dans les ténèbres.

« Merde ! Barrons-nous ! », balbutia le Roi.

Ils reprirent leur course, conscients des regards qui ne perdaient aucun de leurs mouvements, s'attendant à essuyer à tout moment une nouvelle attaque.

Le Roi s'arrêta net. « Grey ! Attention ! »

Les deux hommes obliquèrent pour se glisser sous la baraque la plus proche. Ils s'embusquèrent derrière un pilotis. Des bruits de pas précipités et des échanges de propos rageurs retentissaient, tout proches :

« Ils ont filé de ce côté. Faut les alpaguer avant ces enfoirés de flicards.

– On dirait que le camp entier est à nos trousses », murmura le Roi.

Peter était démoralisé. « Laissons l'argent ici. Il n'y a qu'à l'enterrer.

– C'est trop risqué. Il ne leur faudrait pas cinq minutes pour mettre la main dessus. Bon Dieu ! Tout marchait si bien ! Si seulement cette vache de Timsen ne nous avait pas laissé choir ! » Il essuya son visage souillé de poussière et de sueur. « Tu es prêt ?

– Par où passe-t-on ? »

Pour toute réponse, le Roi se contenta de se couler silencieusement hors de sa cachette. Peter et lui se ruèrent vers l'ombre protectrice. Ensemble, ils atteignirent le fossé qui longeait les barbelés. Ils y sautèrent. Ils étaient presque en face de la baraque des Américains. S'adossant à la paroi de terre, ils reprirent leur souffle. Autour d'eux, au-dessus d'eux bruissait un tumulte de voix contenues.

« Qu'est-ce qu'il se passe ?
– C'est le Roi qui s'est tiré avec Marlowe. Ils ont des milliers de dollars sur eux.
– Tu m'étonnes ! Vite ! On pourra peut-être les rattraper.
– En avant...
– On récupérera le fric. »

Des rapports ne cessaient de parvenir à Grey, à Smedly-Taylor, à Timsen. Contradictoires. L'injure à la bouche, l'Australien exhortait ses troupes : Il fallait retrouver les fugitifs avant les flics de Grey. Et aussi avant les hommes de main du colonel.

« Ramenez l'argent ! »

Les mercenaires de Smedly-Taylor et les Australiens attendaient en se surveillant mutuellement. Ils étaient aussi décontenancés les uns que les autres. Où s'étaient envolées leurs proies ? De quel côté chercher ?

Grey, lui aussi, attendait. Toutes les issues étaient gardées, au nord comme au sud. C'était seulement une question de temps. La quête touchait à son terme. Le policier était certain que les deux hommes seraient pris. Et les poches pleines. Non, maintenant, ils n'auraient pas l'audace de se débarrasser de l'argent. Il y en avait trop. Mais Grey ignorait tout des dispositifs de Smedly-Taylor et de Timsen.

Peter haussa précautionneusement la tête pour inspecter la nuit. « Regarde ! »

Plissant les yeux, le Roi scruta les environs. Un groupe de M.P. était posté à cinquante mètres de là. Vivement, il se retourna. Une multitude à l'affût glissait dans l'obscurité. « C'est cuit », murmura-t-il, affolé. Son regard effleura l'enceinte de barbelés au-delà de laquelle se dessinait la masse sombre de la jungle. Une sentinelle se dandinait pesamment de l'autre côté de la clôture. Allons-y, se dit le Roi. L'ultime solution. Le plan de la dernière chance...

« Prends ça, fit-il d'une voix précipitée en enfournant les billets dans les poches de Marlowe. Je te couvrirai. Tu vas traverser les barbelés. C'est le seul moyen.

— Mais je n'y arriverai jamais ! Le garde va me voir.

— Fonce ! C'est notre dernière chance.

— Je n'y arriverai pas. Ce n'est pas possible.

— Une fois hors du camp, tu enterres l'argent et tu reviens par le même chemin. Je te dis que je te couvrirai. Il faut que tu y ailles, nom de Dieu !

— Mais il va m'abattre. Il n'est pas à cinquante mètres. Non... Mieux vaut laisser tomber. »

Peter se retourna en quête d'une autre issue et, ce faisant, son bras heurta la paroi du fossé. La douleur lui arracha un gémissement.

« Sauve l'argent, dit le Roi avec désespoir. Sauve l'argent et je sauverai ton bras.

— Tu... quoi ?

— Tu m'as entendu. Grouille.

— Mais comment pourras-tu... »

Le Roi l'interrompit, répétant d'une voix rauque : « Grouille. Il faut d'abord que tu planques le fric. »

L'espace d'une seconde, Peter Marlowe plongea son regard dans celui du Roi. Puis, il se hissa hors du fossé et courut droit vers les barbelés sous lesquels il se glissa, s'attendant à recevoir une balle en pleine tête d'un instant à l'autre.

Au moment précis où l'Anglais s'était rué en avant, le Roi avait quitté sa cachette d'un bond et s'était précipité vers le sentier. Délibérément il trébucha et chut de tout son long dans la poussière en proférant un cri de rage. La sentinelle se retourna brusquement et s'esclaffa. Puis elle reprit sa faction. C'est alors qu'elle entrevit une ombre qui pouvait être n'importe quoi, mais évidemment pas un homme.

Retenant son souffle, Peter, qui rampait comme une créature de la jungle, collé contre le sol recouvert d'une végétation humide, s'immobilisa. Le garde s'approchait. S'approchait... Son pied se posa à quelques centimètres de la main du jeune homme. Quand le factionnaire se fut un peu éloigné, Marlowe se laissa rouler, sur lui-même, au plus profond des broussailles, au plus profond des ténèbres. Cinq pas. Dix pas. Vingt. Trente. Quand il se sentit en sécurité, il lui sembla que son cœur se remettait en marche et il dut se détendre, se détendre pour respirer, se détendre pour que les battements de son cœur s'apaisent, se détendre à cause de la douleur qui lui tenaillait le bras – ce bras qu'on ne couperait plus désormais : Le Roi l'avait promis.

Et, aplati contre l'humus, Peter Marlowe pria. Pria pour retrouver sa respiration, pria pour sa vie, pria pour que lui soient rendues ses forces, pria pour le Roi.

L'Américain aussi était soulagé, maintenant que son compagnon avait atteint la jungle. Il se releva et s'épousseta. Soudain, Grey et ses M.P. l'entourèrent.

« Ne bougez pas !

– Qui ? Moi ! » L'Américain fit mine de reconnaître le prévôt. « Oh ! C'est vous ! Bonsoir, capitaine Grey. » Il repoussa le bras du M.P. « Vous, lâchez-moi. »

Après cette poursuite, Grey était en sueur et maculé de boue. « Vous êtes en état d'arrestation.

– Pour quelle raison, mon capitaine ?

– Fouillez-le, sergent. »

Très calme, l'Américain se soumit à la fouille. Du moment qu'il n'avait pas l'argent sur lui, Grey ne pouvait rien faire. Rien.

« Il n'y a rien, mon capitaine, fit le M.P.

– Cherchez dans le fossé. » Grey se retourna vers le Roi : « Où est Marlowe ?

– Qui ? demanda ironiquement le Roi.

– Marlowe ! », répéta le prevôt dans un hurlement. Pas d'argent dans les poches de ce porc ! Et pas de Marlowe...

« Sûrement qu'il est en train de prendre le frais. Mon capitaine », répondit le Roi fort civilement. Mais son esprit se concentrait de nouveau, car il sentait que tout danger n'était pas entièrement écarté ; que, de l'autre côté du mur, rôdaient des fantômes hostiles, qui l'épiaient.

« Où est l'argent ? dit Grey.

– Quel argent ?

– L'argent du diamant.

– Quel diamant, mon capitaine ? »

Grey comprit que la partie était perdue. A moins qu'il pût retrouver Marlowe en possession de la somme... Bien, mon salaud, bien... je vais te lâcher, songeait-il, fou de colère. Mais je ne te quitterai pas de l'œil et tu me conduiras jusqu'à lui.

« Soit. Vous avez provisoirement gagné. Mais j'aurai ma revanche. »

Le Roi rentra dans sa baraque en riant silencieusement. Tu te figures que je vais te mener à Marlowe, mon joli ? Gros malin, va !

Max et Tex ruisselaient de sueur, eux aussi.

« Que s'est-il passé ? s'enquit le premier.

– Rien. Va trouver Timsen et dis-lui d'attendre devant la fenêtre. J'ai à lui parler. Qu'il n'entre pas : Grey nous surveille.

– Vu. »

Le Roi mit du café à chauffer. Son esprit s'activait. Comment effectuer l'échange ? Et où ? Que faire en ce qui concerne Timsen ? Comment arracher Peter des pattes de Grey ?

« Tu veux me voir, collègue ? »

Le Roi, sans tourner la tête, se borna à balayer la pièce du regard. Les Américains comprirent le message muet et déguerpirent. Dino lui adressa en partant un sourire grimaçant auquel il répondit.

« Timsen ? murmura-t-il en s'affairant après la cafetière.

– Oui, collègue ?

– Tu mériterais que je te coupe la gorge.

– C'est pas ma faute, mon pote. Il y a eu un coup fourré...

– Ouais ! Tu voulais l'argent et le diamant. »

Timsen pouffa. « Ben, il y a pas de mal à essayer, quoi ! Ça ne se reproduira pas.

– Je l'espère pour toi ! » Sympa, ce Timsen ! Un type à la coule. Il a raison : Avec un enjeu de cette taille, il n'y avait pas de mal à tenter le coup. Et puis, le Roi avait besoin de l'Australien. « On procédera à l'échange au plein jour. Comme ça, il n'y aura pas de... d'accident. Je te ferai prévenir le moment voulu.

– D'accord, collègue. Où est le Pommy ?

– Quel Pommy ? »

Timsen se mit à rire. « Bien ! A demain. »

Quand le Roi eut fini son café, il chargea Max de monter la garde et sortit par la fenêtre. Dès qu'il fut dehors, il se hâta vers le mur de la prison en restant sous le couvert de l'ombre. Il prenait soin de se dissimuler. Mais pas trop. Une bouffée de gaieté l'envahit quand il remarqua que Grey l'avait pris en filature. Consciencieusement, l'Américain louvoyait entre les baraques, faisait des tours et des détours. Le prévôt, opiniâtre, ne le lâchait pas d'une semelle. L'un suivant l'autre, les deux hommes arrivèrent ainsi à la porte de la prison, qu'ils franchirent. Lorsque le Roi parvint enfin à la cellule du quatrième étage, feignant d'être plus inquiet que jamais, il s'y engouffra, prenant garde à laisser la porte entrebâillée. Tous les quarts d'heure, ou à peu près, il inspectait anxieusement le couloir. Ce petit jeu se poursuivit ainsi jusqu'à l'arrivée de Tex.

« Tout va bien, annonça ce dernier.

– Bon. »

Peter était rentré sans incident ; le Roi pouvait donc arrêter les frais. Il réintégra sa baraque où Peter l'attendait.

« Où étais-tu ? demanda l'Américain avec un clin d'œil.

– L'idée m'a pris de venir voir comment tu te portais.

– Tu veux un jus ?

– Avec plaisir. »

Grey surgit dans l'encadrement de la porte. Sans mot dire, il se contenta de regarder. Peter avait son sarong pour tout vêtement. Et un sarong n'a pas de poches. Il portait son brassard réglementaire.

Marlowe porta la tasse à ses lèvres, les yeux braqués sur Grey qui disparut dans la nuit.

Alors, le jeune homme se leva. Il était à bout de force. « Je crois que je vais rentrer, fit-il.

– Je suis fier de toi, Peter.

– Ce que tu m'as dit tout à l'heure, tu le pensais vraiment ?

– Bien sûr.

– Merci. »

Un nouveau problème, cette nuit-là, se posa au Roi. Comment diable pourrait-il tenir la promesse qu'il avait faite à Peter ?

20

LARKIN suivait le chemin en direction du baraquement australien. Il était extrêmement soucieux. Marlowe l'inquiétait ; le bras du jeune homme le faisait trop souffrir pour qu'il s'agît seulement d'une entaille superficielle et Peter paraissait plus que préoccupé par son état. Larkin se faisait également du mauvais sang à propos de Mac qui, cette nuit, avait pleuré et crié dans son sommeil. Et au sujet de Betty. Depuis quelque temps, il avait des cauchemars sans queue ni tête. Betty au lit avec un autre et se moquant de lui...

Towsend était étendu sur sa couchette ; ses yeux gonflés étaient clos, il avait le visage égratigné, les bras et la poitrine couverts d'ecchymoses. Lorsque le caporal ouvrit la bouche, Larkin ne vit qu'un trou sanguinolent à la place des dents.

« Qui vous a arrangé comme cela, Towsend ?

– J'sais pas, gémit l'homme. C'était un guet-apens.

– Un guet-apens ? Que vous voulait-on ? »

Les larmes jaillirent des yeux de Towsend, souillant ses plaies. « Je... j'avais un... rien... rien. Je ne... je ne sais pas.

– Nous sommes entre nous. Qui vous a mis dans cet état ?

– Je ne sais pas. » Un sanglot plaintif s'échappa de ses lèvres. « Ils m'ont fait mal... Oh ! Ce qu'ils m'ont fait mal !

– Pourquoi vous a-t-on attaqué ?

– Je... je... » Towsend avait envie de hurler : « Le diamant, j'avais le diamant. » Il aurait voulu que le colonel l'aidât à retrouver les salauds qui le lui avaient volé. Mais il ne pouvait parler du diamant à l'officier car celui-ci voudrait savoir d'où il le tenait et Towsend aurait été obligé de parler de Gurble, ce qui aurait entraîné des tas de questions. Comment le diamant de Gurble se trouvait-il en sa possession ? Et son suicide ? Peut-être dirait-on que ce n'avait pas été un suicide mais un meurtre ? Non, ce n'était pas un meurtre. Towsend, du moins, le pensait. Mais qui sait si quelqu'un n'avait pas réglé son compte à Gurble à cause du diamant ?

Ce soir-là, Gurble avait quitté sa couche. J'ai senti la forme du diamant caché dans son matelas, je l'ai pris. Il faisait noir : Personne ne pourra prouver quoi que ce soit. Et il s'est trouvé que Gurble s'est suicidé au cours de cette même nuit. Je n'ai donc rien fait de mal. Sauf que, peut-être, c'est moi qui ai assassiné Gurble en lui volant son diamant. Si cette bague avait été sa dernière bouée de sauvetage ? Chassé de son groupe pour avoir volé des vivres... et puis se faire voler son diamant... Ça l'a peut-être déboussolé, le pauvre mec, et il s'est foutu dans le trou des chiottes. Mais quand même ! Voler des rations alors que l'on possède un diamant ? C'est absurde. Entièrement absurde. N'empêche que je suis peut-être responsable de sa mort. Pourquoi, mais pourquoi ai-je pris ce diamant ? Depuis que je suis devenu un voleur, je n'ai pas connu une seconde de paix, de paix, de paix... Ah ! Ce que je suis content qu'on me l'ait volé à mon tour !

« Je ne sais pas », fit-il entre deux sanglots.

Comprenant qu'il était inutile d'insister, Larkin fit demi-tour, laissant Towsend seul avec sa détresse.

Comme il descendait les marches de la baraque, il faillit heurter le père Donovan. « Oh ! Pardon, mon révérend.

– Tiens ! Ce vieil ami ! Bonjour. » Le père Donovan ressemblait à un spectre avec son visage incroyablement émacié et ses yeux profondément enfoncés dans les orbites, d'où émanait une étonnante sérénité. « Comment allez-vous ? Et Mac ? Et le jeune Peter ?

– Bien, merci. » Larkin désigna Towsend du menton. « Vous êtes au courant ? »

Donovan jeta un regard au caporal et répondit d'une voix douce : « Je vois un homme dans l'affliction.

– Excusez-moi. J'aurais dû me taire. » Larkin réfléchit un instant et un sourire joua sur ses lèvres. « Que diriez-vous d'une partie de bridge ? Après le souper ?

– Avec le plus grand plaisir.

– Parfait. A ce soir. »

Le père Donovan suivit Larkin des yeux et, quand celui-ci eut disparu, il s'approcha de Towsend. Towsend n'était pas catholique mais l'aumônier ne faisait aucune distinction car il savait que tous les hommes sont les enfants de Dieu. Les enfants de Dieu ? Est-ce bien vrai ? Les enfants de Dieu sont-ils donc capables de faire de telles choses ?

A midi, le vent se leva en même temps qu'éclatait l'averse. Bientôt, tout, hommes et choses, fut à tordre. Le vent continua de souffler après que la pluie eut cessé de tomber, chassant d'un bout à l'autre du camp la paille arrachée aux toitures, des palmes, des chiffons, des chapeaux de coolies. Les rafales, enfin, s'apaisèrent et Changi retrouva son soleil, sa chaleur, ses mouches. Une demi-heure encore, l'eau gargouilla dans les rigoles, puis la terre commença de la pomper et, bientôt, il n'y eut plus que des flaques stagnantes. Les mouches se firent de plus en plus nombreuses.

Apathique, Peter Marlowe flânait sur la butte, crotté jusqu'aux cuisses. Il s'était offert à l'orage dans l'espoir que le vent et la pluie le délivreraient de la souffrance qui le rongeait. Mais la souffrance demeurait.

Arrivé à la hauteur de la fenêtre du Roi, il jeta un coup d'œil à l'intérieur de la baraque. Son ami, couché sur son lit, se leva à sa vue et sortit un paquet de Kooas. « Comment te sens-tu, mon petit vieux ?

— Affreusement mal. » Peter s'assit sur le banc. La douleur était telle qu'il en avait des nausées. « Je vais en crever. » Il laissa échapper un rire qui vacillait. « Je plaisante. »

Le Roi le rejoignit en sautant par la fenêtre. « Pense à autre chose, dit-il en se forçant à sourire.

— Comment veux-tu que je pense à autre chose, bon Dieu ? » Immédiatement, Peter regretta son mouvement de colère. « Pardon. Je suis à bout de nerfs. La plupart du temps, je ne sais plus ce que je dis.

— Prends donc une cigarette. » Le Roi la lui alluma tout en songeant : Oui, tu es dans de sales draps. Tu apprends vite, mon petit Anglais. Très vite. Enfin, c'est l'impression que j'ai. Voyons voir. « On réglera l'affaire demain, fit-il à haute voix. Tu pourras aller chercher l'argent ce soir. Je te couvrirai. »

Mais Marlowe ne l'entendait pas. Chaque pulsation de douleur qui irradiait de son bras faisait éclater un mot dans sa tête : Amputé ! Il entendait le crissement de la scie, il sentait la lame pénétrer dans ses chairs, grignoter l'os. Son os à lui. Il frissonna. « Est-ce que tu peux vraiment faire quelque chose... pour ça ? », murmura-t-il en levant la tête.

Le Roi fit signe que oui. C'est bien ce que je disais. Lui seul sait où l'argent est caché mais il n'ira le récupérer que lorsque tu auras commencé à t'occuper de lui. Pas de soins, pas d'oseille. Pas d'oseille, pas de vente. Pas de vente, pas de bénef. Oui, se complimenta-t-il en soupirant, tu connais bien les hommes ; tu es un petit malin, mon vieux. Mais, la nuit dernière, quand le plan a germé dans sa tête, ce n'était pas mal calculé. Si Peter n'avait pas risqué le coup, on serait tous les deux en taule, sans fric et sans rien du tout. Et Peter avait porté chance à leur association. L'affaire s'annonçait plus belle encore qu'au début. L'un dans l'autre, il est réglo, Peter. C'est un bon gars. D'ailleurs, personne n'a envie de perdre son bras, nom de Dieu ! Il a raison de me la faire au chantage. Il a appris. Et j'en suis content.

« Fais confiance à l'oncle Sam.

– A qui ?

– Tu ne sais pas qui est l'oncle Sam ? » Le Roi écarquilla les yeux. « C'est le symbole de l'Amérique. Comme John Bull, tu sais, expliqua-t-il avec exaspération.

– Oh ! Excuse-moi. C'est qu'aujourd'hui, je... suis un peu... » Peter s'interrompit, submergé par la nausée.

« Rentre te coucher. Repose-toi. Et fais-moi confiance. »

Marlowe se releva. Ses jambes avaient de la peine à le porter. Il voulait sourire, remercier le Roi, lui serrer la main, le bénir. Mais le mot fulgurait dans sa tête, il n'entendait que le grincement de la scie. Se bornant à un vague signe du menton, il repartit.

Bon Dieu de bois, se dit le Roi avec amertume, il croit que je l'aurais laissé tomber, sans rien faire pour l'aider s'il ne m'avait pas mis le marché en main. Mais bien sûr, que je t'aiderai, Peter ! Bien sûr ! Même si tu ne me tenais pas la dragée haute, je t'aiderais. Tu es mon ami, oui ou non ?

« Eh, Max !

– Ouais ?

– Va me chercher Timsen. Et au trot.

– Tout de suite. »

Le Roi sortit trois œufs de son coffre. « Tu veux te faire un œuf, Tex ? Avec ces deux-là ?

– Moi ? Jamais ! rétorqua Tex, hilare, en prenant les œufs. Dis-donc, j'ai été rendre visite a Eve. Je te jure qu'elle a grossi depuis hier.

– C'est impossible. Il n'y a que vingt-quatre heures qu'on l'a accouplée. »

Tex amorça un pas de danse. « Dans vingt jours, on sera tous papa encore un coup ! » Sur ces mots, il se rendit du côté de la cuisine.

Le Roi se réinstalla sur son lit. L'air songeur, il se gratta – un moustique l'avait piqué – perdu dans la contemplation des lézards qui chassaient et forniquaient entre les poutres. Ses yeux se fermèrent. L'assoupissement le gagna. Il était content de lui. Il n'était que midi et il avait déjà accompli de la bonne besogne. C'était le matin à six heures que tout s'était goupillé. Un rire silencieux le secoua. Eh, eh ! Ça paye, une bonne réputation ! Vive la publicité !

C'était juste avant l'aube. Il dormait tranquillement quand une voix étouffée et circonspecte avait interrompu ses rêves. Brusquement réveillé, il s'était tourné vers la fenêtre. Un petit bonhomme chafouin au museau de belette le contemplait fixement. Il n'avait jamais vu ce type-là.

« Qu'est-ce qu'il y a ?

– J'ai un truc à te fourguer. » Une voix rauque et monocorde.

« Qui es-tu ? »

En guise de réponse, l'homme avait ouvert un poing crasseux. Ses ongles étaient noirs et cassés. Au milieu de la paume brillait la bague avec son diamant. « J'en veux dix mille. Et faut pas que ça traîne. » Les doigts du gars s'étaient refermés sur le bijou quand le Roi avait fait mine de le prendre et l'homme avait souri d'un sourire édenté. « Ce soir. C'est le bon, aie pas peur.

– C'est toi le propriétaire ?

– C'est moi que je l'ai en pogne, pas ?

– Quelle heure ?

– T'auras qu'à attendre ici. Je rappliquerai quand il y aura pas de pet dans le secteur. »

Et l'individu avait disparu aussi soudainement qu'il avait surgi.

Le Roi s'installa plus commodément et pouffa. Pauvre Timsen ! Tu parles d'une vacherie ! J'ai le diamant pour moitié moins cher.

« Salut, collègue. Tu veux me voir ? »

Le Roi ouvrit les yeux et réprima un bâillement. « Salut. » Il s'assit et s'étira voluptueusement. « Je suis fatigué, aujourd'hui. Un peu trop d'excitation. Tu veux un œuf ? Il y en a deux en train de cuire.

– Tu parles que je veux !

– Fais comme chez toi. » Le Roi pouvait se permettre de se montrer généreux. « Bien. Parlons affaire. On conclut la transaction cet après-midi. »

Timsen secoua la tête. « Non. Pas aujourd'hui. Demain. »

L'Américain eut du mal à cacher son amusement.

« Ce sera plus tranquille, poursuivit Timsen. Paraît que Grey a quitté l'hostau. Il va surveiller le coin. L'Australien paraissait fort préoccupé. Faut faire drôlement gaffe, nous deux. Je ne tiens pas à ce que quelque chose foire. Et faut aussi que je veille sur toi. Oublie pas qu'on est copains, toi et moi. »

Le Roi feignit d'être déçu. « Demain ? Je ne marche pas. Finissons-en dès cet après-midi. »

Et, riant intérieurement, il écouta Timsen lui expliquer à quel point il était nécessaire d'être prudent. Le propriétaire du diamant avait peur. Même qu'il s'était fait assommer la nuit dernière et si qu'on avait pas été là, moi et mes types, il restait sur le carreau, le pauvre mec. Il n'y avait pas à s'y tromper : Timsen était le dindon de la farce. Le diamant lui avait glissé des mains et il cherchait à gagner du temps. Eh bien, se dit le Roi avec extase, ça va être une drôle de course à l'échalote pour retrouver le gusse qui a fait le coup. Ils doivent être fous furieux, les Australiens ! Je n'aimerais pas être dans la peau du gars – s'ils le récupèrent. Rassuré, l'Américain consentit à se laisser convaincre. Pour le cas où Timsen réussirait à coincer le bonhomme en question et où le marché primitif redeviendrait valable.

« Bon, d'accord, fit-il avec une moue. Tu as gagné. Disons que ça se passera demain. » Il alluma une cigarette, la tendit à l'Australien après en avoir aspiré une bouffée et, jouant le jeu à fond, ajouta avec aménité : « Avec ces nuits brûlantes, mes copains dorment mal. Il y en a toujours au moins quatre qui sont debout. En permanence. »

Timsen comprit la menace déguisée mais il

avait bien d'autres soucis en tête. Qui étaient les agresseurs de Towsend ? Pourvu que ses hommes les identifient rapidement, ces vaches-là ! Il fallait leur mettre la main dessus avant qu'ils ne viennent trouver le Roi avec le caillou. À ce moment, ce serait loupé. « Je sais ce que c'est. Chez nous aussi, c'est pareil. Heureusement pour mon vieux pote Towsend qu'ils ne le quittent pas de l'œil, mes potes. » Quel enfoiré, celui-là ! Comment un type peut-il être assez con pour ne gueuler que lorsqu'il est trop tard ? « Par les temps qui courent, on n'est jamais assez prudent. »

Tex apporta les œufs et les trois hommes les mangèrent mélangés au riz du déjeuner et arrosés de café fort. Lorsque Tex s'éloigna pour faire la vaisselle, le Roi amena la conversation sur le sujet qui lui tenait à cœur.

« Je connais quelqu'un qui voudrait acheter des médicaments. »

Timsen hocha la tête. « Faut pas qu'il y compte. C'est impossible. » Ah, ah ! Des médicaments ! Pour qui ? Sûrement pas pour lui : Le Roi avait l'air en parfaite santé. Pour les revendre ? Non. Il ne touche pas aux drogues, ce qui me convient admirablement : Ça me donne le monopole du marché. C'est certainement pour quelqu'un qui le touche de près. Sinon, il ne se mouillerait pas. Ce genre de trafic, c'est pas du mouron pour son serin. Mais c'est pour McCoy, pardi ! Paraît qu'il est patraque depuis quelque temps. Ou pour le colonel, peut-être bien ? Lui non plus, il n'est pas tellement brillant. « D'après ce que j'ai entendu dire, il y a un Anglais qui aurait de la quinine. Seulement, il en demande une fortune.

– Ce sont des antitoxines que je veux. Un flacon. Et des sulfamides en poudre. »

Timsen laissa échapper un sifflement. « T'as aucune chance. » Des antitoxines et des sulfas...

Gangrène... Le Pommy ! Foutre ! La gangrène ! Ça collait. Ça ne pouvait être que le Pommy !

Si Timsen avait mis la main sur le marché des médicaments, il ne le devait pas seulement à son industrie. Il connaissait la question car, dans la vie civile, il avait été aide-pharmacien. Potard, quoi. Mais cela, il s'était bien gardé d'en parler à qui que ce soit. Autrement, les autres cons l'auraient foutu d'office dans le service de santé : Alors, il aurait été un non-combattant, il n'aurait tué personne et un Australien qui se respecte ne peut pas se résoudre à laisser choir le pays et cette vieille Albion en devenant un merdaillon d'infirmier.

« Aucune chance, répéta-t-il en hochant la tête.

— Ecoute, dit le Roi, je vais être franc. » Timsen était le seul homme qui pût lui fournir les médicaments. « C'est pour Peter.

— Tu parles d'une vacherie ! » Timsen était apitoyé. Pauvre bougre, se disait-il. La gangrène ! Un type comme ça ! Qu'est-ce qu'il a comme couilles au cul... Il se ressentait encore du coup que Marlowe lui avait asséné la nuit précédente quand ils étaient tombés à quatre sur lui et sur le Roi.

Depuis que l'Australien était en cheville avec le Roi, il n'ignorait rien du curriculum vitae du Pommy. On n'est jamais trop prudent et il est toujours important d'être informé. Il connaissait le tableau de chasse de Peter — quatre avions fritz et trois japs ; il connaissait l'histoire du village et savait que Marlowe avait essayé de quitter Java. Pas comme tellement d'autres qui s'étaient résignés à leur sort. Pourtant, quand on réfléchissait, ç'avait été stupide, de tenter l'évasion. Tu parles d'une randonnée à se taper ! Pas d'erreur : C'était un crack, le Pommy...

Valait-il la peine de prendre le risque d'envoyer un bonhomme chercher les remèdes dans le quartier des toubibs japonais ? C'était dangereux, quoique Timsen y eût ses entrées. Pauvre gars ! Il doit se faire une bile de tous les diables ! Bien sûr que je lui trouverai des médicaments, et à l'œil, encore. Enfin, juste les frais.

Vendre des drogues déplaisait à Timsen mais il fallait bien que quelqu'un s'en chargeât et autant lui qu'un autre car ses prix étaient raisonnables ; aussi raisonnables que possible. S'il avait vendu ses remèdes aux Japonais, il aurait gagné des mille et des cent mais il s'en abstenait. Il ne les recédait qu'aux prisonniers et, compte tenu des risques qu'il courait, son bénéfice était minime.

« Quand on pense à tout le matériel de la Croix-Rouge qui dort dans les entrepôts de Kedah Street, ça vous fait mal au cœur.

– Allons ! Ce ne sont que des bruits qui courent.

– Pas du tout ! Je les ai vus, collègue. Un jour que j'étais de corvée. Il y a de tout – du plasma, de la quinine, des sulfas –, de tout, et ça s'empile jusqu'au plafond. Même que c'est pas déballé des caisses. Et l'entrepôt fait cent mètres de long sur trente de large, facile. A qui ça va ? A ces salauds de Japs. Paraît que la camelote passe par Tchoun-King. La Croix-Rouge la refile aux Siamois qui la refilent aux Japs. Sur les étiquettes, il y a écrit : « Destinataire : Camp P.G. de Changi. » Je les ai vues. Mais c'est à ces singes jaunes que ça sert.

– Qui est au courant ?

– J'en ai parlé au colon qui en a parlé au commandant du camp qui en a parlé à ce con de Jap – comment qu'il s'appelle, encore ? Ah oui ! Yoshima. Et le commandant a réclamé le matériel. Mais le Jap, il s'est contenté de lui rire au nez. C'était des blagues, qu'il a dit. Et voilà ! Depuis, il n'y a plus jamais eu de corvées là-bas. Bande de tantes ! C'est pas juste. On en a salement besoin, de pharmacie ! Ils pourraient quand même nous en refiler un peu. J'ai un pote qui est mort, il y a six mois, faute d'insuline. Et de l'insuline, il y en a par caisses entières ! » Timsen se roula une cigarette, toussa, cracha par terre et lança un coup de pied dans le mur sous l'effet de la fureur.

Il savait bien que se mettre dans un état pareil ne servait à rien. Et il n'était pas question de visiter l'entrepôt en question. Mais il pouvait se procurer des antitoxines et des sulfamides pour le Pommy. Pas de problème. Et il les lui donnerait pour rien...

Toutefois, Timsen était trop malin pour laisser le Roi lire le fond de sa pensée. Ce serait se conduire comme un enfant car, s'il devinait qu'il jouait sur du velours, l'Américain saurait un jour ou l'autre tirer profit de la situation, aussi vrai que deux et deux font quatre. Oui, et puis le Roi est dans la course pour le diam. Mince ! Voilà que j'oubliais l'autre vache qui l'a piqué !

En conclusion, Timsen énonça un chiffre exorbitant et laissa le Roi le persuader de rabattre ses exigences. Néanmoins, il ne descendit pas au-dessous d'une somme coquette, sachant que son interlocuteur pouvait payer et que, de plus, s'il cédait la marchandise à trop bon compte, cela ne manquerait pas d'éveiller les soupçons de l'Américain.

« Eh bien, d'accord, finit par dire le Roi d'un ton maussade. Tu fais une bonne affaire. » Mais son mécontentement n'était qu'apparent. Il s'était attendu à ce que Timsen l'écorchât mais le prix que l'Australien demandait, bien qu'il fût supérieur aux prévisions du Roi, était honnête.

« Il me faudra trois jours, dit Timsen qui n'ignorait pas que, dans trois jours, il serait trop tard.

– C'est ce soir que je veux la livraison.
– Alors, ce sera cinq cents tickets de mieux.
– Mais on est des amis ! » Le Roi était vraiment ulcéré. « On est des potes et tu me fous à l'amende !
– D'accord, collègue, répond Timsen, hargneux comme un bouledogue. Mais tu sais comment c'est. Trois jours c'est le mieux que je puisse faire.
– Dans ce cas, n'en parlons plus.
– Il y aura cinq cents dollars de plus pour l'infirmier.
– Un infirmier ? Qu'est-ce que tu veux que j'en fasse ? »
Timsen s'en donnait à cœur joie de voir ainsi le Roi au supplice. « Comment crois-tu que tu te démerderas lorsque tu auras la marchandise ? dit-il avec affabilité. Hein ? Comment tu le soigneras, le malade ?
– Mais je n'en sais rien, tonnerre de Dieu !
– C'est pour ça, la rallonge de cinq cents dollars. Probable que tu pensais filer la came au Pommy pour qu'il aille directo à l'hostau et qu'il dise au premier carabin venu : « J'ai des antitoxines et des sulfas. Voyez donc à voir à m'arranger mon putain de bras. » Qu'est-ce qu'ils feraient les toubibs ? Ils lui diraient aussi sec : « Des antitoxines, nous, on n'en a pas. Où c'est-y donc que vous en avez trouvé, vous ? » Et comme il la bouclerait, l'Engliche, les autres cornards, ils lui piqueraient la camelote et ils la donneraient à un branlotin de colonel anglais pour y guérir ses hémorroïdes. »
D'un geste preste, Timsen prit le paquet de cigarettes dans la poche du Roi et se servit. « Encore une chose, ajouta-t-il, redevenant sérieux. Il faut que tu dégottes un coin pour le soigner sans témoins. Un coin où il pourra s'étendre. Des fois, les antitoxines provoquent une

méchante réaction. Et je ne suis pas responsable si le traitement entraîne des pépins. C'est une des conditions du marché.

– Si tu trouves des antitoxines et des sulfamides, qu'est-ce qu'il y a comme pépins à craindre ?

– Il existe des types qui ne les supportent pas. Ça leur flanque des nausées. Des nausées terribles. Et puis, il se peut que ça ne gaze pas. Tout dépend de la quantité de toxines qu'il a déjà dans l'organisme. »

Timsen se leva. « Je passerai te voir cette nuit. Oh oui... Pour le matériel, il faut cinq cents dollars de mieux. »

Le Roi éclata. « Quel matériel, bordel de Dieu ?

– Seringues, pansements, savon. Crénom ! (il toisa le Roi d'un air dégoûté). Qu'est-ce que tu t'imagines que c'est des antitoxines ? Des pilules qu'on se fourre dans le cul ? »

Le Roi suivit Timsen du regard tandis que l'Australien s'en allait. Il était furieux contre lui-même. Tu te figurais que tu étais drôlement intelligent, hein, parce que tu avais trouvé le moyen de guérir la gangrène pour une bouchée de pain ? La seule chose que tu avais oublié, c'était de demander ce que tu ferais de la came une fois que tu l'aurais, tête de nœud !

Enfin ! Pas la peine d'épiloguer ! C'est pour le magot. Et Peter sauvera son bras. Au fond, c'est pas cher payé.

Le visage de belette du petit truand revint à la mémoire de l'Américain dont la physionomie s'épanouit. Oui... Ç'avait été une journée bien remplie !

21

CE SOIR-LÀ, Peter ne dîna pas. Il laissa sa part à Ewart au lieu de la donner à Mac ou à Larkin comme il eût été normal, sachant que ses amis l'auraient alors obligé à leur révéler la vérité. Et il était inutile de la leur dire.

Il avait tellement mal et était si inquiet qu'il était allé voir le docteur Kennedy dans le courant de l'après-midi. Cette fois encore, il avait cru devenir fou quand le médecin avait défait le pansement. « A présent, le bras est pris au-dessus du coude, avait simplement déclaré Kennedy. Je pourrais couper bas mais ce ne serait qu'une perte de temps. Autant opérer en une seule fois. Il vous restera un joli moignon. Au moins douze bons centimètres. Cela suffira amplement pour fixer une prothèse. » Très calme, le médecin avait joint les doigts. « Ne perdez pas de temps, Marlowe. » Il avait eu un rire sec avant de murmurer d'un ton sarcastique : « *Domani e troppo tardi.* » Devant le regard incompréhensif de Peter, il avait traduit d'une voix sans inflexion : « Demain, il sera trop tard. »

Le jeune homme, flageolant sur ses jambes, avait regagné son lit et avait sombré au fond d'un goufre de peur. Puis, ç'avait été l'heure de la soupe.

« Tu as de la fièvre ? lui avait demandé Ewart, tout heureux de bénéficier d'une double ration.

– Non.

– As-tu besoin de quelque chose ? »

Peter lui avait tourné le dos. « Pour l'amour de Dieu, laisse-moi tranquille ! »

Au bout d'un certain temps, Marlowe se leva et sortit de la baraque, regrettant d'avoir accepter de bridger avec Mac, Larkin et le père Donovan. Triple idiot ! Tu ferais mieux de te reposer jusqu'à ce qu'il soit temps d'aller de l'autre côté des barbelés récupérer l'argent ! Mais il savait qu'il aurait été incapable de rester sur son lit pendant des heures en attendant le moment propice. Mieux valait avoir quelque chose à faire.

Quand Larkin le vit apparaître, un sourire lui plissa le visage. « Salut, mon camarade. »

Mais Peter ne lui rendit pas son sourire. Sinistre, il s'assit devant la porte. Mac jeta un coup d'œil à Larkin qui haussa imperceptiblement les épaules.

« Les nouvelles sont meilleures tous les jours, dit l'Ecossais avec une jovialité forcée. On ne va plus moisir bien longtemps ici.

– Tu parles ! renchérit le colonel.

– Vous vous bercez de chimères. Jamais nous ne quitterons Changi. » Peter ne voulait pas être brutal mais il n'avait pu se maîtriser. Bien sûr, sa réponse faisait mal à ses amis mais il n'avait nulle envie de verser du baume sur leur plaie. L'idée du moignon de douze centimètres l'obsédait. Un frisson lui parcourut l'échine, lui vrilla les entrailles. Comment le Roi pourrait-il lui porter assistance ? Comment ? Soyons réaliste. Si ce n'était pas mon bras mais le sien, en quoi pourrais-je l'aider ? En dépit de mon amitié, je serais impuissant. Et je ne pense pas qu'il soit en mesure de faire quoi que ce soit. D'intervenir suffisamment tôt, en tout cas. Regarde la situation en face, Peter. C'est l'amputation ou la mort. Le choix est simple. Et mourir, il n'en est pas question. Pas encore. Une fois qu'on est venu au monde, on est obligé de survivre. A tout prix.

Oui, songeait Peter, oui. Tu dois faire preuve de réalisme. Le Roi ne peut rien pour toi et tu as eu tort d'avoir fait appel à ses services. C'est ton problème, pas le sien. Lorsque tu auras récupéré son argent et que tu le lui auras rendu, tu iras à l'hôpital et tu les laisseras te couper le bras.

Les trois hommes attendaient, silencieux, au cœur de la nuit nauséabonde. Le père Donovan survint et on le força à accepter un peu de riz parfumé au blachang. Il fallut que le trio se gendarmât pour contraindre le prêtre à manger ce supplément de nourriture sur place. Autrement, il en aurait fait don aux autres de la même façon qu'il distribuait la plus grande partie de ses rations.

« Vous êtes très bons avec moi », fit-il. Ses yeux étincelèrent tandis qu'il ajoutait : « A présent, si vous vouliez bien reconnaître que vos façons d'agir sont entachées d'erreur et passer de l'autre côté de la barrière, mon bonheur, ce soir, serait à son comble. »

Tout le monde éclata de rire, à l'exception de Marlowe.

« Qu'est-ce que tu as, Peter ? demanda Larkin avec une pointe de sécheresse. On dirait un chien qui s'est assis dans les orties.

– Que voulez-vous ? Il arrive qu'on ne soit pas dans son assiette, se hâta de lancer Donovan pour briser le silence tendu qui avait suivi ce propos. Dites donc, les nouvelles sont excellentes... »

Seul Peter demeurait à l'écart de la chaleur

amicale qui s'épanouissait dans la petite pièce. Il se rendait compte qu'il n'était pas dans la note. Mais il n'y pouvait rien. Rien.

La partie commença ; l'aumônier ouvrit avec deux piques.

« Parole, grommela Mac.

– Trois carreaux », annonça Peter qui se mordit aussitôt les lèvres. Il s'était bêtement trompé sur la valeur de sa main. Il aurait dû annoncer trois cœurs.

« Passe », fit Larkin avec irritation. A présent, il regrettait d'avoir eu l'idée de proposer ce bridge. Il n'y trouvait aucun plaisir.

« Trois piques, lança le père Donovan.

– Je passe.

– Passe. » Tout le monde regarda Peter avec surprise.

L'aumônier sourit. « Vous manquez de foi...

– J'en ai marre de la foi ! » Il y avait, dans ces mots, une âpreté soudaine et de la rage.

« Excusez-moi, Peter. Je voulais seulement... »

Larkin coupa brutalement la parole à Donovan. « Peter, ce n'est pas une raison parce que tu es de mauvaise humeur...

– J'ai le droit d'avoir une opinion et je trouve la plaisanterie de mauvais goût, éclata Marlowe qui se tourna vers Donovan. Le fait de jouer les martyrs en distribuant votre part de vivres et en couchant dans les baraquements des hommes vous donne le droit d'être l'autorité suprême, n'est-ce pas ? La foi ? C'est rien et moins que rien. Où vous mène-t-elle ? Nulle part. C'est bon pour les enfants. Même chose pour le bon Dieu. Qu'est-ce qu'il est capable d'accomplir, Dieu ? D'accomplir effectivement ? Hein ? Dites-moi un peu ? »

Ni Mac ni Larkin ne reconnaissaient leur compagnon qu'ils contemplaient, les yeux écarquillés.

« Des guérisons », répondit l'ecclésiastique qui connaissait le mal dont Peter était atteint. Il savait beaucoup de choses qu'il eût préféré ignorer.

Peter jeta ses cartes sur la table. « De la merde, s'exclama-t-il en hurlant comme un dément. De la merde et vous le savez bien. Et tenez, puisqu'on en parle... Dieu... en ce qui me concerne, je le tiens pour un fou, un fou furieux, un sadique, un vampire...

– Est-ce que tu perds la tête ? s'exclama Larkin qui ne tenait plus.

– Pas le moins du monde. » Peter, en proie à son délire, avait les traits révulsés. « Dieu, c'est le mal – s'il existe. » Il tendit brusquement son visage à toucher celui de Donovan. « L'Inquisition. Vous vous rappelez ? Et les milliers d'êtres brûlés, torturés à mort en son nom ? Par les sadiques catholiques. Je ne compte pas les milliers d'Aztèques, d'Incas et de malheureux Nègres qu'ils ont massacrés. Les protestants brûlent et tuent les catholiques. Les catholiques anéantissent les juifs et les mahométans. Et les juifs tuent encore d'autres juifs. Sans compter les mormons, les quakers et tout le reste. C'est du propre ! Assassinats, tortures et bûchers ! Tant que c'est au nom de Dieu, tout le monde est dans son droit. Quelle hypocrisie ! Vous pouvez la garder, votre foi ! C'est zéro !

– Et pourtant, vous avez foi dans le Roi, dit calmement le père Donovan.

– Vous allez sans doute prétendre qu'il est l'instrument de Dieu ?

– Peut-être l'est-il. Je ne sais pas. »

Peter éclata d'un rire hystérique. « Il faudra que je lui raconte ça. Cela lui dilatera la rate comme jamais. »

Tremblant de fureur, Larkin se mit debout.

« Marlowe, tu vas t'excuser ou tu vas vider les lieux.

– Ne t'inquiète pas, mon colonel », s'exclama Peter en se levant à son tour. Il dévisagea les trois hommes d'un regard enflammé. Il les haïssait. Et il se haïssait lui-même. « Ecoute-moi, prêtre. Tu es un imposteur. Ta robe est une imposture. Ton Dieu et toi, vous n'êtes qu'une sinistre plaisanterie. Tu n'es pas le serviteur de Dieu parce que Dieu, c'est le diable. Tu es le serviteur du diable. » Et, ramassant les cartes, Peter les jeta au visage du père Donovan avant de se précipiter dans la nuit.

Ce fut Mac qui rompit le silence atterré qui suivit cette sortie. « Au nom du ciel, qu'est-il arrivé à Peter ?

– Au nom du ciel, répéta l'aumônier avec compassion. Il a la gangrène. Si on ne lui coupe pas le bras, il mourra. Vous n'avez pas vu ces stries rouges au-dessus de son coude ?

– Comment ? » Larkin, pétrifié, regarda Mac, puis, simultanément, tous deux bondirent sur leurs pieds et voulurent se ruer vers la porte. Mais Donovan s'interposa. « Arrêtez ! Vous ne pouvez rien pour lui.

– Bon Dieu, il y a sûrement quelque chose à faire, s'écria Mac, debout devant le seuil. Le pauvre gosse... Et moi qui pensais... le pauvre gosse...

– Il n'y a rien à faire. Sinon attendre. Sinon avoir la foi et prier. Le Roi l'aidera peut-être. Pourra peut-être l'aider. Le Roi, ajouta Donovan avec lassitude, est le seul homme qui en soit capable. »

Peter Marlowe pénétra en vacillant dans la baraque américaine. « Je vais chercher l'argent, murmura-t-il à l'adresse du Roi.

– Tu es fou ! Il y a beaucoup trop de monde.

– Je m'en balance, répliqua Peter sur un ton rageur. Tu veux cet argent, oui ou non ?

– Assieds-toi. Je te dis de t'asseoir, tu m'entends ? » Le Roi obligea son ami à obéir, lui donna une cigarette et le força à prendre du café. Seigneur, songeait-il, qu'est-ce qu'il ne faut pas faire pour gagner sa vie ! Patiemment, il raisonna Marlowe, l'exhortant à garder son sang-froid. Tout irait bien, lui assura-t-il. Les choses étaient déjà arrangées pour les soins. Au bout d'une heure, l'Anglais était plus calme. En tout cas, il avait une attitude moins incohérente. Mais le Roi savait que ses explications n'emportaient pas l'adhésion de son interlocuteur. De temps en temps, Peter faisait oui de la tête mais l'Américain avait la conviction intime que les mots ne l'atteignaient pas. Et si Peter était rebelle à l'ascendant du Roi, personne n'aurait pouvoir sur lui.

« Est-ce que je peux y aller maintenant ? » Marlowe souffrait tellement qu'il ne voyait plus clair. S'il n'y allait pas tout de suite, il ne le pourrait jamais.

Il était encore trop tôt mais le Roi comprit qu'il n'y aurait pas moyen de contraindre Peter à patienter plus longtemps ; aussi posta-t-il des guetteurs partout. Tout le secteur était protégé. Max surveillait Grey qui était sur son lit et Byron Jones III surveillait Timsen qui se trouvait près de la poterne nord pour réceptionner les médicaments. Quant aux Australiens, qui constituaient une autre source de danger, ils étaient toujours occupés à passer désespérément le camp au peigne fin pour mettre la main sur l'agresseur de Towsend.

Sous le regard de Tex et du Roi, Peter sortit de la baraque, traversa le chemin, marchant comme un somnambule, et prit la direction du fossé d'écoulement qu'il franchit en titubant. Puis, il continua sa route vers la clôture.

« Crénom, je ne peux pas voir ça, soupira Tex.

– Moi non plus. »

A travers la douleur et le délire, Peter essayait de distinguer l'enceinte, priant le ciel qu'une balle vînt mettre fin à sa torture. Il ne pouvait pas la supporter plus longtemps. Mais la balle tant souhaitée ne venant pas, il continua de progresser, acharné, dressé de toute sa taille. Enfin, il atteignit l'enceinte contre laquelle il s'écroula. Se retenant après un fil de fer, il reprit son équilibre, se plia en deux, pour traverser les barbelés. Alors, poussant une faible plainte, Marlowe sombra dans les abîmes de l'enfer.

Le Roi et Tex se ruèrent vers les barbelés et le ramenèrent.

« Qu'est-ce qui lui arrive ? demanda quelqu'un dans l'ombre.

– Je crois qu'il a simplement perdu le nord, répondit le Roi. Installons-le dans la baraque, Tex. »

Quand ils eurent allongé Peter sur le lit du Roi, Tex se dépêcha de rappeler les guetteurs et tout reprit son aspect normal chez les Américains. Seul, un homme faisait le guet à l'extérieur.

Marlowe, inconscient, gémissait et divaguait. Au bout d'un moment, il revint à lui, gonfla ses poumons et tenta de se lever mais son corps le trahit.

« Tiens, prends ça, dit anxieusement le Roi en lui tendant quatre comprimés d'aspirine. Détends-toi. Ça va aller. » Sa main tremblait tandis qu'il aidait Peter à avaler un peu d'eau. Merde de merde ! Si Timsen n'apporte pas la came cette nuit, il est cuit. Et alors, comment ferai-je pour récupérer l'argent, bordel de Dieu ?

Lorsque l'Australien surgit, le Roi n'était plus qu'une loque humaine. « Salut, collègue. »

Timsen, lui aussi, était nerveux. Il lui avait fallu assurer la protection de son meilleur copain tandis que celui-ci se glissait à travers les chevaux de frise à côté de l'entrée principale et gagnait le pavillon des médecins japonais à quelque cinquante mètres de là. Pas bien loin des quartiers de Yoshima et beaucoup trop près du poste de garde pour que ce ne soit pas éprouvant pour les nerfs de n'importe qui. L'homme avait accompli sa mission avec succès. Mais, tout en sachant que pas un voleur au monde n'arrive à la cheville d'un Australien quand celui-ci se trouve sur un coup, Timsen avait sérieusement transpiré jusqu'au retour de son camarade.

« Où s'installe-t-on ?

– Ici.

– Bien. Faudrait installer des guetteurs.

– Où est l'infirmier ?

– Pour le moment, c'est moi, fit Timsen du bout des lèvres. Steven n'est pas disponible tout de suite. Il me relèvera.

– Tu es sûr de savoir ce qu'il faut faire, dis ?

– Passe-moi donc du feu. Evidemment, que je sais. Tu as de l'eau bouillie ?

– Non.

– Eh bien, trouves-en ! Qu'est-ce qu'ils ont dans la tête, ces Amerloques !

– Arrête de râler. »

Obéissant à l'ordre muet du Roi, Tex mit de l'eau à chauffer tandis que Timsen sortait d'une trousse médicale une petite serviette qu'il se mit en devoir d'étaler. A cette vue, Tex poussa un juron. « Je n'ai jamais rien vu de si propre. Elle est presque bleue tellement qu'elle est blanche ! »

L'Australien cracha par terre, se lava soigneusement les mains avec un savon neuf et entreprit de faire bouillir l'aiguille et les pinces. Ces préparatifs achevés, il se pencha sur Peter et lui tapota doucement la joue. « Dis-donc, mon pote...

– Oui ? murmura faiblement Marlowe.

– Je m'en vais te nettoyer ta plaie, tu veux ? »

Peter lutta pour concentrer son attention. « Comment ?

– Je vais te donner des antitoxines...

– Il faut que j'aille à l'hôpital, balbutia Peter d'une voix épaisse. Il est temps maintenant... de le couper... Je te le dis... » Et à nouveau, il s'évanouit.

« C'est aussi bien comme ça », conclut Timsen.

Lorsque l'aiguille fut stérilisée, l'Australien injecta de la morphine au blessé. « Assiste-moi, ordonna-t-il avec brusquerie au Roi. Eponge cette putain de sueur qui me coule dans les yeux. » Docilement, le Roi s'arma d'un linge.

Quand l'injection eut fait son effet, Timsen déroula le pansement. Tout autour de la plaie, le bras enflé était marbré de taches violacées et verdâtres. « Jésus ! J'ai peur qu'il ne soit trop tard !

– Crénom ! souffla le Roi. Pas étonnant qu'il ait perdu les pédales, le pauvre mec ! »

Serrant les dents, Timsen détacha les lambeaux de peau les plus purulents, sonda la plaie en profondeur et la nettoya du mieux qu'il put. Puis il la saupoudra de sulfamides avant de refaire le pansement. « Putain de dos ! » soupira-t-il en se redressant. Il considéra le bandage immaculé et se tourna vers le Roi. « T'as un bout de chemise ? »

L'autre s'empara d'une chemise accrochée au mur et la lui tendit. Timsen déchira une manche et la lacéra pour la transformer en une sorte de bande de fortune dont il recouvrit le pansement.

« Qu'est-ce que tu fabriques ?

– Camouflage. Tu te figures qu'il pourra se

promener avec un chouette pansement tout neuf sans que les toubibs et les M.P. lui demandent avec curiosité où diable il l'a dégotté ?

– Oh... Je vois.

– Ah... Quand même ! »

Le Roi ne releva pas l'ironie. Le souvenir de la blessure, son odeur, le sang, le bandage sanieux par terre, tout cela lui mettait le cœur au bord des lèvres. « Eh, Tex ! Fous-moi cette saloperie en l'air.

– Qui, moi ? Pourquoi...

– Tu as entendu ? »

Tex ramassa sans enthousiasme le linge souillé et s'en fut l'enterrer dehors. Il avait envie de vomir. « Heureusement qu'il n'y a pas ça à faire tous les jours », grommela-t-il en rentrant.

Timsen remplit la seringue d'une main qui tremblait et se pencha derechef au-dessus du bras de Marlowe. « Regarde, lança-t-il d'une voix grondante au Roi qui se détournait. Regarde, nom de Dieu. Si Steven ne vient pas, il faudra peut-être que ce soit toi qui t'en charges. C'est une intraveineuse qu'on doit faire, tu comprends ? Tu commences par chercher la veine. Puis tu enfonces l'aiguille et tu tires légèrement le piston jusqu'à ce qu'il y ait un peu de sang d'aspiré. Tu vois ? Comme ça, tu es sûr d'être dans la veine. Reste plus qu'à injecter le liquide. Mais pas trop vite. Faut compter environ trois minutes par centicube. »

Le Roi, soulevé d'horreur, suivit l'opération. « Bougre ! Je ne pourrai jamais en faire autant », déclara-t-il quand Timsen eut retiré l'aiguille et pressé un tampon de coton à l'endroit de la piqûre.

« Si tu veux le laisser clamser, ça te regarde. » L'Australien était en sueur. Lui aussi avait mal au cœur. Dire que mon vieux voulait que je fasse docteur ! Repoussant le Roi, il se pencha par la fenêtre et vomit. « Je t'en prie, donne-moi un peu de café. »

Peter, à ce moment, bougea et émergea vaguement à la conscience. « Ça va s'arranger, mon pote. Tu comprends ce que je te dis ? », fit Timsen d'une voix douce.

Marlowe hocha la tête. Comme affligé de myopie, il leva son bras devant ses yeux. Après l'avoir contemplé un instant avec incrédulité, on l'entendit murmurer : « Qu'est-ce qu'il s'est passé ? Il est là... Il est toujours là !

– Bien sûr ! dit fièrement le Roi. On vient de s'en occuper. Antitoxines et tout le tremblement. Timsen et moi. »

Mais Peter ne semblait pas les voir. Pendant quelques secondes, ses lèvres s'agitèrent mais aucun son n'en sortait. Enfin, il répéta dans un souffle : « Il est toujours là. » De la main droite il toucha ce bras qui, c'était invraisemblable, pendait encore à son épaule. Certain, à présent, qu'il ne rêvait pas, il se laissa retomber sur le lit trempé de sueur, ferma les paupières et se mit à pleurer. Bientôt, il s'était rendormi.

« Le pauvre, murmura Timsen. Il a dû se croire sur le billard.

– Combien de temps va-t-il rester dans le cirage ?

– Deux heures, à peu près. Ecoute-moi bien : Il lui faut une injection toutes les six heures jusqu'à ce que tout le poison soit éliminé. Donc, pendant quarante-huit heures, disons. Refaire le pansement tous les jours et renouveler les sulfas. Seulement, attention : Il est indispensable de continuer les piqûres sans interruption. T'étonne pas s'il dégueule partout. Il aura fatalement une réaction. Et duraille. Pour la première dose, j'ai eu la main lourde.

– Tu crois qu'il guérira ?

– Je te répondrai d'ici dix jours. »

Timsen rangea sa trousse et fit un paquet de la serviette, du savon, de la seringue et des médicaments. « Si on réglait nos comptes maintenant, hein ? »

Le Roi sortit l'étui de Kooas que lui avait donné Shagata.

« Tu en veux une ?

– Ta.

– On les réglera après l'affaire du diamant », fit le Roi d'un ton catégorique quand ils eurent allumé leur cigarette.

« Pas question, collègue, rétorqua sèchement Timsen. J'ai fait la livraison, je veux être payé. Ça n'a rien à voir avec le caillou.

– Tu ne mourras pas d'attendre un jour ou deux.

– Tu as suffisamment d'argent pour et puis... » Timsen s'interrompit soudainement. D'un seul coup il voyait clair dans le jeu du Roi. « Oh ! Oh ! s'exclama-t-il, le visage fendu d'un large sourire. Tu ne veux pas me donner le fric avant que ton copain aille mieux, c'est ça ? ».

L'Américain détacha son bracelet-montre. « Tu veux que je te laisse ça en gage ?

– Non, mon pote. J'ai confiance. » Il jeta un coup d'œil à Marlowe. « On dirait que beaucoup de choses dépendent de toi, mon petit père ! » Quand son regard se posa à nouveau sur le Roi, une flamme joyeuse dansait dans ses prunelles. « Ça me donne du temps, pas vrai ?

– Pardon ? dit innocemment l'Américain.

– Allez, collègue, arrête ton char. Tu sais parfaitement qu'on m'a fauché la bague. Et tu es le seul de tout Changi qui soit capable de la vendre. Tu te figures que je serais passé par toi si j'avais pu m'en dispenser ? » Le sourire de Timsen était angélique. « Ça me donne donc le temps de retrouver le gars qui l'a piquée. S'il vient te trouver, tu n'auras pas d'argent pour le payer, hein ? Et sans argent, il ne marchera pas, hein ? Pas d'argent, pas de vente. » Il ménagea une pause et reprit d'un ton suave : « Bien sûr, tu pourrais m'avertir lorsque l'autre vache te fera des ouvertures, hein ? Après tout, ce diamant, il est à moi, hein ?

– Il est à toi, répondit le Roi, tout aussi amène.

– Seulement, tu t'en garderas bien, ajouta Timsen avec un soupir. Quelle sacrée bande de crapules on fait, nous autres ! »

Il tâta le pouls de Peter. « Hum, maugréa-t-il, songeur. Il bat fort.

– Merci de ton aide, Timsen.

– T'as pas à remercier, collègue. Ce coco-là est dépositaire de mes intérêts. Et je m'en vais te le couver comme la prunelle de mes yeux. »

Sur ces mots, il sortit avec un gros rire.

Le Roi, à bout de forces, se confectionna un autre café qui le remit d'aplomb. Alors, il se laissa tomber dans son fauteuil et sombra dans le sommeil.

Il se réveilla en sursaut et tourna la tête vers Peter qui l'observait. « Salut ! », lança faiblement le malade.

L'Américain s'étira et se leva.

« Comment te sens-tu ?

– Affreusement mal. Je vais vomir d'une seconde à l'autre. Tu sais, je ne peux rien... je ne trouve rien a dire... »

Le Roi alluma sa dernière Kooas et la glissa entre les lèvres de son ami. « Tu l'as bien gagnée, mon petit vieux. »

Et tandis que Marlowe essayait de récupérer,

son compagnon lui expliqua tout ce qui concernait le traitement.

« Le seul endroit valable, c'est chez le colonel, dit Peter. Mac pourra s'occuper de moi et m'aidera à descendre les escaliers de la baraque. Je pourrai rester sur mon lit la plupart du temps. »

D'un geste vif, le Roi lui tendit une gamelle et Peter rendit.

« Mieux vaut que je la garde à portée de la main. Excuse-moi. » Mais un souvenir lui revint brutalement à l'esprit et il leva vers le Roi un visage consterné : « Oh ! Mon Dieu ! Et l'argent ? Est-ce que je l'ai rapporté ?

– Non. Tu t'es trouvé mal de ce côté-ci de la clôture.

– Aie ! Aïe ! Aïe ! Je ne crois pas que je pourrai m'en tirer cette nuit.

– Ne te casse pas la nénette. Tu ne vas pas tarder à être suffisamment en forme. Ce serait idiot de tenter le sort.

– Mai cela ne risque-t-il pas de faire rater l'affaire ?

– Non. Ne t'inquiète pas. »

Peter fut pris d'une nouvelle nausée. Quand il se fut calmé, il était décomposé. « C'est drôle, dit-il en réprimamt un renvoi. J'ai fait un rêve bizarre. J'ai rêvé que je me disputais d'une façon terrible avec Mac, le colonel et le brave père Donovan. Diable ! Je suis content que ça n'ait été qu'un rêve ! » Il se souleva en prenant appui sur son bras valide, vacilla et retomba en arrière. « Aide-moi, veux-tu ?

– Tu as tout ton temps. C'est à peine l'heure de l'extinction des feux.

– Hep ! Mon pote... »

Le Roi bondit jusqu'à la fenêtre et scruta les ténèbres. Vaguement, il discerna la silhouette du petit bonhomme à la tête de belette qui se collait contre le mur.

« Vite, souffla l'inconnu. J'ai la pierre.

– Il faudra que tu attendes un peu. Je ne pourrai pas te régler avant deux jours.

– Comment ? Espèce d'ordure dégueulasse...

– Ecoute-moi, mon con. Si tu veux patienter deux jours, c'est parfait. Si tu ne veux pas, eh bien tu n'as qu'à aller chez Plumeau.

– Deux jours ? Bon... D'accord ! » Et, proférant un juron obscène, l'homme disparut. Le Roi entendit le battement de ses pas qui s'éloignait. Puis, au bout d'un moment, la course précipitée de ses poursuivants. Et le silence retomba, que rompait seulement le bourdonnement des insectes.

« De quoi s'agissait-il ? s'enquit Marlowe.

– De rien. » L'inconnu avait-il réussi à semer ceux qui s'étaient lancés sur sa piste ? Mais, quoi qu'il arrivât, le Roi était tranquille : Il aurait le diamant. Du moment qu'il avait l'argent...

22

DEUX jours durant, Peter Marlowe livra bataille contre la mort. Mais la volonté de vivre l'animait. Et il vécut.

« Peter ! » C'était Mac qui le secouait doucement pour le réveiller.

« Oui ?

– C'est l'heure. »

Mac l'aida à se lever et les deux hommes, le plus âgé soutenant le plus jeune, descendirent les marches du baraquement, puis s'avancèrent à travers l'obscurité en direction du bungalow où Steven les attendait déja. Peter s'étendit sur la couchette de Mac pour recevoir une nouvelle piqûre. Il lui fallut se mordre énergiquement les lèvres pour ne pas crier : L'infirmier avait la main légère mais l'aiguille était émoussée.

« Et voilà, mumura Steven. A présent, voyons cette température. » Après avoir glissé le thermomètre dans la bouche de Peter, il défit le bandage et examina la blessure. Le bras avait dégonflé, les marbrures rouges et vertes avaient disparu et une croûte saine recouvrait la plaie. « Parfait. » Steven était content de l'heureux résultat de ses soins ; pourtant, il était de mauvaise humeur mais pour une tout autre raison. C'était une triste journée pour lui. Quel cochon, ce sergent Flaherty, songeait-il. Quel dégoûtant ! Il sait que j'ai horreur de ça maïs il ne me rate jamais. « Saleté ! », bougonna-t-il à voix haute.

Mac, Larkin et Peter le dévisagèrent avec inquiétude. « Quelque chose qui cloche ? demanda le dernier.

– Non, cher, ça va très bien. Je pensais à autre chose. Alors cette température ? » Steven considéra le thermomètre et sourit à Marlowe. « Normale à une décimale près ce qui n'a aucune espèce d'importance. Vous avez de la chance. Beaucoup de chance. » Il leva le flacon d'antitoxines à la hauteur de l'œil. Il est vide. « Cela a été votre dernière injection. »

Enfin, Steven prit le pouls du malade. Normal également. « Auriez-vous une serviette ? » demanda-t-il à Mac. Il mouilla le linge et en fit une compresse qu'il appliqua sur le front de Peter. « J'ai trouvé ceci, ajouta-t-il en lui tendant deux comprimés d'aspirine. Cela vous aidera un peu, cher. Maintenant, reposez-vous un moment. »

Poussant un soupir, l'infirmier se leva et lissa son sarong sur ses hanches. « Mon rôle est terminé, dit-il en se tournant vers Mac. Il est très affaibli. Donnez-lui du bouillon et tous les œufs que vous pourrez trouver. Et soignez-le bien. » Il jeta un coup d'œil sur l'homme décharné étendu sur le lit. « Il a dû perdre plus de sept kilos en deux jours. Et c'est dangereux au degré de maigreur auquel il était arrivé. Il ne doit pas peser plus de cinquante kilos. Compte tenu de sa taille, ce n'est pas lourd.

– Euh... Steven... Nous aimerions vous remercier, fit Mac de sa grosse voix. Nous... euh... nous vous sommes reconnaissants de votre dévouement, vous savez.

– Je suis toujours heureux de rendre service »,

répondit gaiement l'infirmier en remettant en place une boucle sur son front.

Mac loucha du côté de Larkin. « Euh... Steven... s'il y a quelque chose que nous pourrions faire pour vous... Vous n'avez qu'à le dire.

– Vous êtes très gentils. Tous les deux... très », répondit Steven d'un ton maniéré. L'admiration non feinte avec laquelle il contemplait Larkin ne faisait qu'accroître l'embarras des deux hommes. « Ecoutez, ajouta-t-il tout en jouant avec la médaille de Saint-Christophe qu'il portait au cou, si vous pouviez me remplacer demain pour récolter les blattes dans les latrines, je n'aurais rien à vous refuser. Rien. Je suis incapable de supporter ces bestioles puantes. C'est ignoble. Il eut un haut-le-cœur. Vous voulez bien ?

– C'est entendu, murmura Larkin, acide.

– Bon. Alors, à demain », bougonna Mac en reculant légèrement pour éviter la caresse que Steven ébauchait. Mais Larkin ne s'y prit pas assez vite et la main de l'infirmier effleura la poitrine du colonel. « Bonsoir, cher, dit-il en tapotant affectueusement le torse de Larkin. Que vous êtes chou, tous les deux ! »

Dès que Steven eut tourné les talons, Larkin foudroya Mac du regard. « Si tu fais la moindre remarque, je t'arrache les oreilles ! »

L'Ecossais gloussa de joie : « Allons, mon camarade, ne te mets pas dans des états comme ça ! Toujours est-il que tu donnais l'impression que ça te faisait plaisir. Pas vrai, Peter ? »

Peter eut un pâle sourire. « M'est avis que vous êtes tous les deux bons comme la romaine. Mais aussi, cette manière que vous avez eue de lui offrir vos services... Ça l'a tenté, ce petit ! Quant à savoir ce qui peut bien l'exciter dans de vieilles croûtes de votre espèce... »

Mac adressa un sourire à Larkin. « Tiens ! On

dirait que le gamin se rétablit. Il va falloir qu'il en mette un coup maintenant pour se retaper la cerise.

– Quand m'a-t-on fait la première injection ? Il y a deux jours ou trois jours ?

– Deux jours. »

Deux jours ! J'aurais plutôt pensé que c'était deux ans, songea Peter. Mais demain j'aurai repris suffisamment de forces pour aller chercher l'argent du Roi.

Ce soir-là, après le dernier appel, le père Donovan rejoignit les trois hommes pour un bridge. Tout le monde s'esclaffa au récit de la querelle dont Marlowe avait rêvé.

« Eh bien, mon garçon, dit Mac, la fièvre te joue de drôles de tours !

– C'est bien vrai, renchérit Donovan qui ajouta avec un sourire : Je suis heureux de votre guérison, Peter. »

Le jeune homme lui rendit son sourire. « Il ne se passe guère de choses dont vous ne soyez au courant, n'est-ce pas ?

– Il ne se passe guère de choses dont Il ne soit au courant. » Une paix totale habitait l'aumônier. « Nous sommes en bonnes mains. Et il ajouta en pouffant : Même vous trois !

– Eh bien tant mieux, fit Mac, quoique, à mon avis, le colonel sent drôlement le fagot ! »

Après que, la partie terminée, le père se fut retiré, l'Ecossais fit signe à Larkin. « Montez la garde. On va prendre les informations et puis on ira se coucher. »

Larkin se mit en position de façon à surveiller la route tandis que Peter s'installait sur la véranda en s'efforçant de garder les yeux ouverts. Deux jours ! Deux jours de piqûres. Et maintenant, le voilà guéri. Il garderait son bras. Des jours étranges, des jours de rêve... et c'était fini : Tout allait bien.

Les nouvelles, ce soir-là, étaient sensationnelles. Les trois amis regagnèrent leurs lits. Ils dormirent d'un sommeil sans rêve. D'un sommeil heureux.

Mac se rendit à l'aube au poulailler et y trouva trois œufs dont il confectionna une omelette qu'il garnit d'un reste de riz de la veille et releva d'une pointe d'ail. Quand elle fut prête, il alla la porter à Marlowe qui la dévora de bon cœur. Soudain, Spence se rua à l'intérieur de la baraque.

« Eh, les copains ! hurla-t-il, il y a du courrier ! »

Mac sentit son estomac se nouer. Mon Dieu, faites qu'il y ait une lettre pour moi !

Mais il n'y avait pas de lettre pour Mac.

Quarante-trois missives étaient arrivées en tout. Quarante-trois pour dix mille hommes. Les Japonais avaient transmis le courrier deux fois en l'espace de trois ans. Une poignée de lettres. En outre, les prisonniers avaient été autorisés à trois reprises à expédier une carte postale de vingt-cinq mots. Etaient-elles jamais arrivées à destination ? Personne n'en savait rien.

Larkin, lui, eut une lettre. La première. Datée du 21 avril 1945, elle était donc vieille de quatre mois. L'ancienneté des autres lettres variait de trois semaines à deux ans et plus.

Après l'avoir lue et relue, le colonel la lut une nouvelle fois à Mac, à Peter et au Roi sur la véranda du bungalow :

Mon chéri, cette lettre porte le numéro 205. Je vais bien. Jeannie aussi. Mère habite avec nous. Nous vivons là où nous avons toujours vécu. Pas de nouvelles de toi depuis la lettre du 1er février mise à la poste de Singapour. Mais cela ne fait rien : Nous savons que tu vas bien, que tu es heureux et nous prions pour ton retour.

J'ai commencé toutes mes lettres de la même façon ; aussi, pardonne-moi si tu as déjà lu ce préambule. Mais c'est difficile de ne pas savoir si celle-là te parviendra, de ne pas savoir si aucune des précédentes t'est jamais parvenue. Je t'aime. J'ai besoin de toi. Parfois, tu me manques tellement que c'est intolérable.

Aujourd'hui, je me sens triste, j'ignore pour quelle raison, mais c'est ainsi. Je n'ai pas envie d'être cafardeuse et je souhaiterais pouvoir te dire des tas de choses merveilleuses.

C'est peut-être à cause de Mrs. Gurble que je suis triste. Hier, elle a reçu une carte. Pas moi. Je suis sans doute égoïste. C'est bien de moi, ça ! En tout cas, n'oublie pas de dire à Vic Gurble que sa femme, Sarah, a reçu une carte datée du 6 janvier 1943. Elle va bien et son petit garçon est beau comme tout. Sarah est contente que le contact soit renoué. Oh oui... et puis toutes les femmes de tes camarades du camp sont en bonne santé. La mère de Timsen est tout simplement formidable. Pense à me rappeler au bon souvenir de Tom Masters. J'ai vu sa femme hier soir. Elle va bien, elle aussi, et elle gagne plein d'argent pour lui. Elle s'occupe d'une nouvelle affaire. J'ai également vu Elizabeth Ford, Mary Vickers... »

Larkin leva les yeux. « Elle cite une douzaine de noms. Mais les maris de toutes ces femmes sont morts. Tous. Timsen est le seul qui soit encore vivant.

– Continue », murmura Mac, péniblement impressionné par l'angoisse qu'il discernait dans le regard de Larkin.

Ce dernier poursuivit sa lecture :

« Aujourd'hui, il fait chaud. Je suis sur la véranda. Jeannie joue dans le jardin. Je crois que nous irons passer le week-end au cottage des Blue Mountains.

J'aimerais te parler des nouvelles mais ce n'est pas permis.

Mon Dieu, comment faire quand on écrit dans le vide ? Je ne sais pas. Où es-tu, mon amour, au nom du ciel, où es-tu ? Je n'écrirai plus. J'arrête celle lettre ici et je ne l'expédierai pas... Oh, mon amour, je prie pour toi – prie pour moi. Je t'en supplie, prie pour moi, prie pour moi...

« Il n'y a pas de signature, dit Larkin après un silence, et... et l'adresse est de la main de ma mère. Alors ? Qu'en pensez-vous ?

– Bah, tu sais comment sont les jeunes femmes, répondit Mac. Elle l'a probablement laissée au fond d'un tiroir. Ta mère l'a retrouvée, elle l'a mise à la poste sans la lire et sans même le dire à ta femme. Les mères aussi, tu sais comment elles sont. Vraisemblablement, Betty a complètement oublié ce qu'elle t'avait écrit et elle a recommencé une autre lettre le lendemain quand son moral allait mieux.

– Pourquoi dit-elle : « Prie pour moi » ? Elle sait bien que je le fais tous les jours. Qu'est-ce qu'il se passe ? Bon Dieu, est-ce qu'elle est malade ou quoi ?

– Inutile de te faire du mauvais sang, colonel, dit Peter.

– Qu'est-ce que tu sais de ces choses, toi ? s'exclama Larkin avec une véhémence soudaine. Comment veux-tu que je ne me fasse pas de mauvais sang ?

– En tout cas, tu sais que ta femme et que ta fille sont vivantes, lâcha violemment Mac qui n'en pouvait plus de nostalgie. Tu devrais t'estimer heureux. Aucun d'entre nous n'a eu du courrier. Aucun. Tu as de la chance, toi ! » Et il se précipita hors de la baraque.

Larkin se lança à sa poursuite et le ramena. « Excuse-moi, Mac. Je te demande pardon. Mais il y a si longtemps que...

– Non, mon vieux, tu n'as pas à t'excuser. Ce serait plutôt à moi. J'étais malade de jalousie. Ah ! Ces lettres, je crois que je les déteste.

– T'as raison, dit le Roi. Il y a de quoi vous rendre fous. Les gars qui en reçoivent deviennent dingues et les gars qui n'en reçoivent pas aussi. Ça n'amène que des ennuis. »

Le crépuscule était tombé. Le repas du soir était juste achevé. Le détachement américain était réuni au grand complet dans sa baraque.

Kurt cracha et posa le plateau par terre.

« Voilà neuf pièces. J'en ai gardé une. Ma commission. »

Il cracha encore une fois et s'éloigna.

Tous les regards convergeaient vers le plateau.

« Je crois que je vais encore avoir mal au cœur, murmura Peter Marlowe.

– Ce n'est pas moi qui te le reprocherai », rétorqua le Roi.

Max s'éclaircit la gorge. « Je ne vois vraiment pas pourquoi. Ça ressemble à des cuisses de lapin. Un peu petites, bien sûr, mais quand même : On dirait que c'est ça.

– Tu veux goûter ? proposa le Roi.

– Ah non, alors ! J'ai dit seulement que ça ressemble à du lapin. J'ai quand même le droit d'avoir une opinion, non ?

– Ma foi, grommela Timsen, j'ai jamais cru qu'on en vendrait pour de vrai.

– Si je ne savais pas..., commença Tex, mais il s'interrompit. J'ai tellement faim... Et j'ai jamais vu autant de bidoche à la fois depuis le coup du chien... »

Max lui jeta un regard soupçonneux. « Quel chien ?

– Oh, c'était... c'était il y a des années. En... euh... en 43.

– Ah ! Bon.

– Crénom, fit le Roi que la vue du plateau fascinait. Ça a l'air de pouvoir coller. » Il se pencha pour humer la viande mais en prenant bien garde de ne pas approcher son nez trop près. « L'odeur est correcte... »

Byron Jones III le coupa avec aigreur : « Seulement, c'est quand même du rat ! »

Il y eut un éclat de rire général. Le Roi se redressa. « Pourquoi tu dis ça, espèce de con ?

– Ben oui, quoi ? C'est du rat. La manière que tu avais de flairer ça, y avait de quoi vous flanquer l'eau à la bouche ! »

Peter Marlowe saisit avec précaution une cuisse qu'il posa sur une feuille de bananier. « Celle-là, il me la faut », dit-il en s'éloignant pour rejoindre son baraquement.

Il alla directement à sa couchette et murmura à l'oreille d'Ewart : « Peut-être qu'on va manger quelque chose de rudement bon, ce soir.

– Quoi ?

– Ne t'occupe pas. Quelque chose d'extra. »

Peter, qui savait que Drinkwater tendait l'oreille pour surprendre leur conversation, disposa à la dérobée la feuille de bananier sur son étagère. « Je reviens dans un moment », dit-il ensuite à Ewart.

Quand il réapparut, une demi-heure plus tard, le petit paquet n'était plus là. Et Drinkwater non plus.

« T'es-tu absenté, Ewart ?

– Rien qu'un instant. Drinkwater m'a demandé

d'aller lui chercher de l'eau. Il ne se sentait pas dans son assiette. »

Le fou rire qui secoua Peter fut tel que tous les occupants de la baraque crurent qu'il avait perdu la raison. Il ne parvint à réprimer son hilarité qu'en sentant que Mike le secouait. « Pardon. C'est une plaisanterie confidentielle. »

Lorsque Drinkwater regagna sa place, Peter feignit d'être mortellement affecté de la perte de certaines victuailles et quand l'autre, affichant un air de circonstance, déclara en se léchant les lèvres : « Quelle sale blague ! », le rire de Peter repartit de plus belle.

Enfin, Marlowe, n'en pouvant plus, se jeta sur son lit. Très vite, l'excitation s'ajoutant à la fatigue des deux derniers jours, il s'endormit. Il rêva : Sous ses yeux, Drinkwater dévorait une montagne de petits cuissots sans cesser de répéter : « Qu'est-ce qu'il se passe ? C'est délicieux, délicieux... »

Ewart le réveilla. « Peter, il y a un Américain qui veut te voir. Il t'attend dehors. »

Peter se sentait encore faible et quelque peu barbouillé ; néanmoins, il se leva. « Où est Drinkwater ?

– Je ne sais pas. Il est parti après... ta crise.

– Oh ! » Marlowe éclata à nouveau de rire. « J'avais peur que ce ne soit qu'un rêve. »

Ewart le dévisagea. « Quoi ?

– Rien.

– Je me demande ce qui t'arrive, Peter. Tu te conduis bizarrement depuis quelque temps. »

Peter retrouva Tex sous l'auvent de la baraque. « C'est le Roi qui m'envoie. Tu es en retard.

– Oh ! Nom d'un chien ! Je suis désolé. Je m'étais assoupi.

– C'est bien ce qu'on a pensé. Il m'a chargé de

te dire qu'il fallait régler la question. Tu te sens en forme ? ajouta-t-il en plissant le front.

– Oui. Encore un peu faible mais ça ira. »

Tex le salua d'un coup de menton et s'éloigna rapidement. Marlowe, après s'être frictionné le visage, descendit les marches menant à la route bitumée et s'en fut prendre une douche. Sous l'eau froide, son corps s'imbibait d'une énergie nouvelle. Il remplit sa bouteille puis se dirigea d'un pas lourd vers les feuillées ; il jeta son dévolu sur une place située au bas de la pente, aussi près que possible de la clôture barbelée.

La lune était réduite à une étroite corne de lumière. Quand il n'y eut plus personne en vue, Marlowe rampa sur le sol nu jusqu'à l'enceinte et, glissant sous les fils, il pénétra dans la jungle sans se faire remarquer par la sentinelle qui déambulait dans le no man's land séparant la clôture de la forêt.

Il lui fallut une heure pour retrouver l'endroit où il avait enterré l'argent. Il s'assit et ficela les liasses de billets autour de ses cuisses puis rentra le bas de son sarong dans sa ceinture. A présent, au lieu de balayer le sol, le vêtement s'arrêtait à hauteur du genou et son ampleur dissimulait la grosseur anormale du haut de ses jambes.

Il lui fallut patienter une heure encore avant de pouvoir revenir à son point de départ. Dès qu'il eut regagné les feuillées, il s'accroupit au-dessus d'un trou pour reprendre son souffle. Quand, enfin, les battements de son cœur eurent retrouvé une cadence régulière, il ramassa sa bouteille et quitta les lieux.

Timsen sortit de l'ombre. « Salut, mon pote, dit-il en grimaçant de sourire. Fait beau, pas vrai ?

– Oui.

— Jolie nuit pour la promenade, hein ? Tu vois pas d'inconvénient si je t'accompagne ?

— Bien sûr que non, Tim. Au contraire. Cela me fait plaisir. Comme ça, je ne risquerai pas de me faire assommer.

— Très juste, mon gars. T'es un mec à la hauteur, tu sais.

— Toi aussi, tu es quelqu'un, ma vieille branche, répliqua Peter en tapant sur l'épaule de l'Australien. Je ne t'ai pas encore remercié.

— T'as pas à me remercier, mon gars, parole, fit Timsen avec un rire étouffé. Un peu plus, et tu me possédais. Je croyais que t'étais seulement allé poser culotte. »

A la vue de Timsen, le Roi se rembrunit mais son mécontentement n'était que relatif : Il était à nouveau en possession de son argent. Après l'avoir compté, il l'enferma dans sa boîte noire.

« Maintenant, il ne manque plus que le diam. »

Timsen se racla la gorge. « Exact. Si on alpague le gars qui l'a barboté avant ou après qu'il se ramène ici, tu me donnes toujours la somme convenue, pas ? Et si on ne l'attrape pas et que tu lui rachètes l'objet — t'es le gagnant. Ça te paraît honnête ?

— Tout à fait. Je marche comme ça.

— Bien. Que le Seigneur lui vienne en aide si on le pique ! » Et Timsen disparut sur un dernier signe de tête.

« Prends le lit, Peter, dit le Roi en s'asseyant sur son coffre. Tu as l'air vanné.

— Il fallait en finir.

— Ne bouge pas d'ici. Peut-être que j'aurai besoin de quelqu'un de confiance. » Le Roi était en nage. Il avait l'impression de sentir la chaleur de son trésor s'irradier à travers les parois de la boîte noire.

Peter s'allongea. Son cœur se ressentait encore

de la tension par laquelle le jeune homme était passé. Il s'endormit mais son esprit demeurait vigilant.

« Eh ! Mon pote... »

D'un bond, le Roi fut à la fenêtre. « Maintenant ?

– Grouille. » Le petit homme avait terriblement peur. Un reflet de lumière accrochait le blanc de ses yeux. Ses prunelles ne cessaient d'aller et venir. « Allez, grouille ! », répéta-t-il.

Le Roi glissa la clé dans la serrure du coffre dont le couvercle s'ouvrit ; il prit la liasse de dix mille dollars qu'il avait eu soin de préparer et revint à la fenêtre. « Tiens. Dix grands formats. Je les ai comptés. Où est le diamant ?

– D'abord l'argent.

– D'abord le diamant. » Le Roi serrait fermement l'argent dans sa main.

Son interlocuteur lui lança un regard torve et ouvrit le poing. L'Américain regarda attentivement l'anneau sans faire un geste pour s'en saisir. Il faut que je sois sûr que c'est bien lui, se disait-il fébrilement. Il faut que je sois sûr. Oui. C'est celui-là. Je pense que oui.

« Vas-y, mon pote, fit l'inconnu d'une voix grinçante. Prends-le. »

Le Roi ne lâcha les billets que lorsque ses doigts se furent solidement refermés sur la bague. Alors, le truand s'enfuit précipitamment.

Retenant son souffle, l'Américain s'approcha de la lumière et, inclinant la tête, il se livra à un examen minutieux du bijou.

« C'est gagné, mon vieux Peter », souffla-t-il à ce dernier. Il exultait. « C'est gagné. On a le diamant et on a l'argent. »

Le Roi, sur les épaules de qui pesait soudain toute la fatigue des derniers jours, ouvrit un sachet de café et feignit de glisser le diamant au milieu des grains. Mais, en réalité, il avait empalmé la pierre avec dextérité. Même Marlowe, son plus proche voisin, s'y laissa prendre. A peine eut-il rabattu le couvercle du coffre que le Roi fut pris d'une quinte de toux. Personne ne le vit introduire l'anneau dans sa bouche. Il tendit la main vers une tasse de café refroidi qu'il but pour avaler le diamant. La pierre était à présent en lieu sûr.

Alors, le Roi s'écroula dans un fauteuil pour se remettre de ses émotions. Et voilà, se répétait-il avec euphorie. Tu as gagné !

Un coup de sifflet déchira le silence. Le signal d'alerte.

Max surgit dans le cadre de la porte. « Les flics », annonça-t-il et il se hâta de prendre place à la table de poker.

« Nom de Dieu ! » Le Roi se mit debout avec effort, lança une liasse de billets à Peter, en enfourna une autre dans ses propres poches avant de se ruer vers les joueurs de cartes pour leur distribuer le reste. Il jeta une dernière poignée de dollars sur la table et prit un siège.

« Allez, nom de Dieu, jouez !

— On y va, on y va ! maugréa Max. Cinq cartes. J'ouvre de cent dollars.

— Deux cents, dit Tex avec un air béat.

— J'arrête.

— Plus quatre cents, annonça Max en tirant un as.

— Quatre cents de mieux ! Je veux voir », dit le Roi. Il leva les yeux. Grey se tenait devant la porte, flanqué de Brough et de Yoshima. Derrière les trois hommes, il aperçut Shagata et un autre garde.

23

« CHACUN au pied de son lit ! » ordonna Brough. Il avait les traits tirés. Le visage de bois.

Le Roi dédia un regard meurtrier à Max qui avait saboté son travail. Il avait dit les « flics » mais n'avait pas mentionné les Japonais. S'il avait annoncé « Japs », on aurait appliqué un autre plan.

Tant bien que mal, Peter essaya de se mettre sur ses pieds. Mais dès qu'il fut debout, il fut pris de nausée et, titubant, dut se retenir à la table du Roi.

Yoshima contemplait l'argent du poker dont la vue avait déjà fait sursauter le capitaine Brough et accélérer le pouls de Grey.

« D'où vient cet argent ? » demanda Yoshima.

Un silence pesant suivit la question.

« D'où vient cet argent ? » répéta l'officier japonais en hurlant.

Le Roi était dans les affres de l'agonie. L'inquiétude de Shagata ne lui échappait pas et il savait qu'il n'était plus séparé d'Utram Road que par l'épaisseur d'un cheveu. « C'est de l'argent du jeu, mon capitaine. »

Yoshima marcha jusqu'à lui. « Pas du marché noir ? »

Le Roi parvint à sourire. « Non, mon capitaine. »

Peter sentait qu'il allait vomir. Pesamment, il fit un pas en vacillant et manqua de s'écrouler. Malgré ses efforts, ses yeux se brouillaient. « Est-ce que... est-ce que je peux... m'asseoir... s'il vous plaît ? », balbutia-t-il.

Yoshima se retourna et son regard tomba sur le brassard de Marlowe. « Un officier anglais ici ? Comment cela se fait-il ? » Il était surpris. Ses informateurs l'avaient avisé que les Britanniques et les Américains fraternisaient très peu.

« Je... j'étais juste... en visite... » Mais Peter était incapable de continuer. « Excusez-moi... » Il tituba jusqu'à la fenêtre à laquelle il se pencha et rendit.

« Qu'est-ce qu'il a ?

– Je pense que c'est la fièvre, mon capitaine. »

Yoshima se tourna vers Tex. « Vous ! Faites-le asseoir sur ce siège.

– A vos ordres. »

Le Nippon revint au Roi. « Comment se fait-il qu'il y ait tant d'argent s'il ne provient pas du marché noir ? » fit-il d'une voix de velours.

Le Roi était conscient des regards braqués sur lui, du silence effrayant qui s'était fait. Conscient du diamant dans son corps. Conscient de la présence de Shagata. Il s'éclaircit la gorge. « On a... on a économisé notre argent pour jouer. »

Le Roi oscilla en arrière quand la main du Japonais s'abattit sur son visage. « Menteur ! »

En vérité, le coup ne lui avait pas fait mal. Pourtant, l'Américain avait l'impression d'avoir été touché à mort. Seigneur, je suis fait. Ma chance m'abandonne.

« Capitaine Yoshima ! » Brough savait qu'il ne servirait à rien de s'interposer – cela risquerait même d'aggraver les choses. Mais il fallait qu'il fît une tentative.

« Taisez-vous ! Cet homme ment. Tout le monde le sait. Cochon de Yankee ! »

Tournant le dos à Brough, Yoshima leva à nouveau la tête vers le Roi. « Donnez-moi votre bidon. »

Comme dans un rêve, le Roi prit l'objet sur l'étagère et le tendit au Japonais, qui le vida, le secoua et le regarda à l'intérieur. Jetant le récipient à terre, Yoshima s'approcha de Tex. « Montrez-moi votre bidon. »

Peter Marlowe sentit un étau lui broyer le ventre. Dans son cerveau fusait une question angoissée : Pourquoi en a-t-il après les bidons ? Est-ce qu'on fouille aussi Mac et Larkin ? Si Yoshima me demande le mien, que va-t-il se passer ? Pris d'un nouveau haut le cœur, Peter repartit d'un pas mal assuré vers la fenêtre.

Yoshima fit le tour de la baraque, examinant les bidons les uns après les autres. Enfin, il arriva devant Marlowe.

« Votre bidon. »

« Je... » Mais Peter ne put aller plus loin. La nausée avait raison de lui, lui amollissait les jambes, lui interdisait de prononcer un mot de plus.

Avisant Shagata, l'officier japonais lui jeta quelques paroles furieuses dans sa langue maternelle.

« Hai, répondit le Coréen.

– Vous ! s'exclama Yoshima en tendant le doigt vers Grey. Allez avec cet homme et le garde chercher son bidon.

– A votre disposition. »

Mais le Roi intervint : « Excusez-moi, mon capitaine, dit-il en hâte. Mais son bidon est ici. » Se baissant, il fit sortir le bidon de réserve qu'il dissimulait sous son lit en prévision des mauvais jours.

Yoshima s'empara du récipient, le soupesa : Il était très lourd. Assez lourd pour receler un poste ou un élément de radio. L'ayant débouché, il le retourna sens dessus dessous, déclenchant une pluie de grains de riz. Il n'y avait pas de radio dans ce bidon.

Le Japonais lança l'objet au loin et aboya : « Où est la radio ?

– Il n'y en a pas... », commença Brough qui faisait des vœux afin que ne vînt pas à Yoshima l'idée de lui demander pour quelle raison un Anglais en visite cachait son bidon sous un lit.

« Vous, silence... »

Les gardes perquisitionnèrent pour s'assurer qu'il ne restait plus d'autres bidons.

« Où est le bidon renfermant la radio ? glapit à nouveau Yoshima. Je sais qu'il est ici. Je sais qu'il est entre les mains de l'un d'entre vous. Où est-il ?

– Il n'y a pas de radio ici, répéta Brough. Si vous y tenez, nous pouvons démonter le baraquement pièce par pièce. »

Quelque chose péchait dans les informations de Yoshima. Cette fois, on ne lui avait pas précisé l'emplacement de la cachette. Il avait simplement été prévenu que le poste était camouflé dans un ou plusieurs bidons et que l'un des opérateurs se trouvait actuellement dans la baraque américaine. Il passa les prisonniers en revue. Lequel était-ce ? Oh, bien sûr ! Il pouvait ordonner à tout le détachement de se rendre au poste de garde. Mais, sans la radio, à quoi cela servirait-il ? Le général n'aimait pas les échecs. Et, sans radio...

Soit : C'était un coup d'épée dans l'eau. « Vous informerez le commandant du camp que je confisque tous les bidons, dit-il à Grey. Ils devront être déposés dès ce soir au poste de garde.

– Bien, mon capitaine. » Les yeux du prévôt saillaient hors de leurs orbites.

Yoshima ne nourrissait aucune illusion ; il savait qu'avant que les récipients ne fussent remis aux autorités, celui ou ceux qui renfermaient la radio seraient enterrés quelque part. Mais cela ne faisait rien. Cela simplifierait les recherches car il faudrait changer de cachette et certains yeux aux aguets pourraient surprendre l'opération. Qui aurait jamais imaginé qu'on pût dissimuler une radio dans une bouteille d'eau ?

« Cochons de Yankees ! cracha-t-il. Vous vous croyez très intelligents. Vous êtes tellement forts ! Tellement grands ! Mais nous vous battrons, même si la guerre doit durer cent ans. Même si vous battez les Allemands. Jamais vous ne nous vaincrez. Jamais. Vous tuerez peut-être beaucoup d'entre nous mais nous tuerons encore un plus grand nombre d'entre vous. Jamais vous ne nous vaincrez. Parce que nous sommes patients et que la mort ne nous fait pas peur. Même si cela doit durer deux siècles, nous finirons par vous anéantir. »

Et Yoshima quitta le baraquement, ivre de fureur.

Brough tourna les yeux vers le Roi : « Vous êtes censé être sur le qui-vive et vous laissez ces foutus Japonais et leur escorte entrer tranquillement chez vous... avec tout ce butin étalé au grand jour. Vous devriez vous faire examiner !

– Pour ça oui, mon capitaine ! Vous avez raison !

– Autre chose. Où est le diamant ?

– Quel diamant, mon capitaine ? »

Brough prit un siège. « Le colonel Smedly-Taylor m'a convoqué pour me signaler que, d'après les informations qu'il tient du capitaine Grey, vous êtes en possession d'un diamant qui ne devrait pas se trouver entre vos mains. Vous et le capitaine Marlowe. Bien entendu, j'assisterai en personne à toute fouille éventuelle. Et je ne m'opposerai jamais aux initiatives que pourrait prendre le capitaine Grey dans la mesure où je serai présent. Nous étions précisément en train de jeter les bases de l'action à mener quand Yoshima a fait irruption avec ses gardes et s'est mis à nous raconter qu'il voulait perquisitionner la baraque. L'un d'entre vous, à ce qu'il prétendait, cachait une radio dans un bidon – il faudrait vraiment être complètement fou ! Nous avons dû l'accompagner, Grey et moi. »

Maintenant que l'alerte était passée, Brough rendait grâce à Dieu qu'on n'eût pas retrouvé le corps du délit. Il n'ignorait pas que Peter Marlowe et le Roi étaient dans le secret de cette histoire de radio. Il fallait être le Roi pour soutenir mordicus qu'un bidon américain appartenait à un Anglais !

« Bien. Déshabillez-vous. Nous allons vous fouiller. Et visiter votre lit ainsi que votre coffre. Vous autres, continua-t-il en tournant la tête, restez tranquilles. Poursuivez votre partie. » Le regard de Brough se posa à nouveau sur le Roi. « A moins que vous ne préfériez nous remettre ce diamant ?

– Quel diamant, mon capitaine ? »

Tandis que le Roi commençait à enlever ses vêtements, l'officier s'approcha de Marlowe. « Avez-vous besoin de quelque chose, Pete ?

– Rien qu'un peu d'eau.

– Tex ! Allez chercher de l'eau. Vous avez une tête de déterré, Pete. Qu'est-ce qu'il y a ?

– Seulement... un accès de fièvre... terrible. » Peter s'allongea sur le lit de Tex et réussit à ébaucher un pâle sourire. « Ce sacré Jap m'a fichu une peur bleue.

— A moi aussi. »

Grey examina les effets du Roi, la boîte noire, les rayonnages, le sac de café. Pas de diamant. Le détachement était stupéfait.

Le prévôt s'avança vers Peter.

« Marlowe ! »

Celui-ci, les yeux injectés de sang, était à peine capable de distinguer quoi que ce soit. « Oui ?

— Je veux vous fouiller.

— Attention, Grey, dit Brough. Vous avez parfaitement le droit de perquisitionner le baraquement en ma présence. En revanche, vous n'avez aucune autorité... »

Marlowe l'interrompit :

« Aucune importance. Cela m'est égal. Si je... si je ne... il croira... croira simplement que... Voulez-vous m'aider, s'il vous plaît ? »

Peter délia son sarong et le jeta sur un lit avec les billets qui y étaient cachés. Grey examina avec soin les ourlets du vêtement, puis le rejeta avec un geste de rage. « D'où vient cet argent ?

— Du jeu, répondit Peter Marlowe en se rhabillant.

— Eh, vous, lança le prévôt d'une voix grinçante en brandissant une autre liasse sous le nez du Roi. Qu'est-ce que c'est que ça ?

— De l'argent gagné au jeu, mon capitaine », répliqua innocemment l'Américain en achevant d'enfiler ses vêtements. Brough dissimula un sourire.

« Où est le diamant ? »

— Quel diamant, mon capitaine ? »

Brough se leva et s'approcha de la table de poker. « Eh bien, on dirait qu'il n'y a pas de diamant.

— Alors, d'où provient tout cet argent ?

— Cet homme affirme qu'il vient du jeu. Et aucune loi n'interdit de jouer. Bien sûr, je n'approuve pas cette activité, ajouta-t-il avec un mince sourire en plongeant son regard dans celui du Roi.

– Vous savez que ce n'est pas possible, protesta Grey.

– Ce n'est pas probable, voulez-vous dire. » Brough avait de la peine pour le prévôt – les yeux de Grey luisaient d'un éclat tragique, ses lèvres se retroussaient sur ses dents, ses mains étaient paralysées. Oui, l'homme lui faisait de la peine... « Vous vouliez perquisitionner. Vous avez perquisitionné. Et il n'y a pas de diamant. »

Il s'arrêta. Peter Marlowe s'avançait en titubant vers la porte. Le Roi le rattrapa juste avant qu'il ne s'effondrât.

« Attends ! Je vais t'aider. Il vaudrait mieux que je l'accompagne chez lui.

– Non, dit Brough. Restez ici. Grey, si vous lui donniez un coup de main ?

– Il peut bien crever ! » Le prévôt toisa le Roi. « Et vous aussi. Mais pas avant que je ne vous aie pris. Et je vous aurai !

– A ce moment, faites-moi confiance : je le salerai au maximum, dit Brough en divisageant le Roi. D'accord ?

– Oui. Mon capitaine.

– Mais tant que vous n'aurez pas de preuves – et tant qu'il n'enfeindra pas mes ordres à moi – il n'y a rien à faire, Grey.

– Donnez-lui donc l'ordre de ne plus s'occuper de marché noir. »

Brough réprima un mouvement de colère. « Que ne ferais-je pas pour avoir la paix ? » Sentant le mépris des hommes assemblés, il sourit dans son for intérieur. Les andouilles ! Il se tourna vers le Roi : « Je vous ordonne de ne plus faire de marché noir. Par marché noir, j'entends le fait de vendre à vos compatriotes du ravitaillement, des biens de consommation, n'importe quoi en vue d'en tirer profit. Vous ne vendrez rien avec bénéfice.

– Trafiquer en contrebande, c'est également faire du marché noir.

– Vendre avec bénéfice à l'ennemi, ou même le voler, ce n'est pas du marché noir, capitaine Grey. Il n'y a pas de mal à faire un peu de commerce.

– Mais c'est contraire au règlement.

– Au règlement imposé par les Japs ! Pour ma part, je ne me sens pas tenu par les ordonnances de l'ennemi. Et les Japs sont nos ennemis. » Cette conversation était ridicule et Brough voulait y mettre un terme. « Pas de marché noir. J'ai donné l'ordre que vous désiriez.

– Vous vous tenez entre vous, les Américains. C'est à vous que je pense en disant cela...

– Ne commencez pas, Grey. Yoshima me suffit pour cette nuit. Personne, ici, ne fait à ma connaissance de marché noir, ni ne désobéit à aucune loi digne de ce nom. C'est là un point que je considère comme réglé. Si je surprends quelqu'un en train de dérober quoi que ce soit, de vendre des vivres ou des médicaments afin d'en retirer un bénéfice, je lui arracherai le bras de mes propres mains et je le lui ferai bouffer. Je suis l'officier américain le plus élevé en grade et ces hommes dépendent de mon autorité. Je n'ai rien d'autre à ajouter. C'est compris ? »

Grey se promit de tenir également Brough à l'œil. Tous pourris, ces gens-là, gradés en tête ! Après un dernier regard, il pivota sur ses talons et s'éloigna à grands pas.

« Tex, aide Peter à regagner son lit, dit Brough.

– Tout de suite, Don. »

Tex prit Marlowe dans ses bras et adressa un sourire à l'officier. « Comme un bébé, mon capitaine. » L'un portant l'autre, les deux hommes quittèrent la baraque.

Brough se prit à considérer les billets éparpillés sur la table de poker. « Ouais, murmura-t-il en secouant la tête comme s'il se parlait à lui-même, ouais, ce n'est pas beau de jouer. Pas beau du tout. » Il leva les yeux vers le Roi et dit d'une voix douce. « Je suis contre le jeu. Et vous ? »

Attention, songea le Roi. Il a son air sournois d'officier. Pourquoi ces enfants de putain de galonnés sont-ils les seuls à l'avoir cet air-là ? Et pourquoi est-ce que je le repère illico ? Et que je flaire toujours le danger à vingt pas ?

Le Roi offrit une cigarette à Brough, la lui alluma. « Ça dépend de l'angle sous lequel on voit les choses, sans doute.

– Merci. Rien de tel qu'une toute cousue ! » Son regard, à nouveau, sonda celui du Roi. « Et sous quel angle les voyez-vous, vous, caporal ?

– Si je gagne, je trouve que c'est bien. Si je perds, c'est moins bien. » (Qu'est-ce que tu as dans le crâne, bougre de vache ?)

Brough grommela quelque chose sans cesser de contempler l'argent qui s'amoncelait devant la place qu'avait occupée son interlocuteur. La mine songeuse, il feuilleta la liasse du pouce et referma son poing sur elle. D'autres tas de dollars, non moins volumineux, étaient disposés en face des joueurs. « On dirait que tout le monde gagne ici », murmura-t-il, pensif, sans s'adresser à personne en particulier.

Le Roi ne fit aucun commentaire.

« Vous pouvez apparemment vous permettre de participer.

– Hein ?

– Quoi, hein ? » Brough agita la liasse qu'il avait empoignée. « Ça doit pouvoir aller comme contribution pour cette bon Dieu de caisse commune. Tout le monde y va de sa quote-part, les officiers comme les hommes de troupe. »

Le Roi laissa échapper un gémissement. Il y avait là pas loin de quatre cents dollars ! « Crénom, Don...

– Jouer est une mauvaise habitude. Comme de jurer, nom de Dieu. Tu joues. Donc, tu risques de perdre. Et après, hein ? En versant une contribution, tu sauves au moins ton âme. »

Qu'est-ce que tu attends pour marchander ? se gourmanda le Roi. Il acceptera la moitié.

« Ben, je serai heureux de...

– Parfait. Toi aussi, Max.

– Mais, mon capitaine..., commença le Roi avec emportement.

– Tu as dit tout ce que tu avais à dire. »

Max s'efforçait de ne pas regarder le Roi. « C'est d'accord, Max, fit Brough. Regarde-le donc. C'est un brave garçon. Il a payé. Vous pouvez bien en faire autant, que diable ! »

L'officier préleva les trois quarts de chaque paquet et compta rapidement la somme. Devant tout le monde. Le Roi ne pouvait rien faire d'autre que de contempler le spectacle sans bouger.

« Cela représente dix dollars hebdomadaires par homme pendant six semaines, annonça finalement l'officier. La paye aura lieu jeudi. Ah ! Au fait... Max, tu vas rassembler tous les bidons et tu iras les porter au poste de garde. Tout de suite. » Il empocha l'argent et se prépara à partir mais, comme il atteignait la porte, une pensée soudaine le fit s'arrêter. Sortant les billets, il prit une coupure de cinq dollars qu'il jeta au milieu de la table. « Tu mettras ça sur le favori, dit-il avec un sourire angélique en regardant le Roi dans le blanc des yeux. Allez... Bonne nuit, les gars. »

D'un bout à l'autre du camp, le ramassage des bidons allait bon train.

Dans le bungalow, Mac, Larkin et Marlowe considéraient les leurs posés sur le lit.

« On pourrait retirer les éléments de la radio et jeter les carcasses dans les chiottes, suggéra l'Ecossais. Maintenant, ces foutus bidons vont devenir difficiles à cacher.

– Pourquoi ne pas les y flanquer tels quels ? » proposa Larkin.

Peter bondit : « Tu ne parles pas sérieusement, colonel ?

– Bien sûr que non, mon vieux. Mais il fallait que ce soit dit avant que nous ne prenions tous ensemble une décision. »

Mac saisit un bidon. « Peut-être qu'ils rendront les autres d'ici un jour ou deux. On ne pourra jamais trouver une meilleure planque. Il leva la tête et jeta d'un ton âpre. Je voudrais bien connaître le nom du salopard qui est au courant. »

Le trio se perdit dans la contemplation des récipients.

« Ce n'est pas bientôt l'heure des informations ? finit par demander Peter.

– C'est vrai. Mac se tourna vers Larkin.

– Je suis d'accord », fit le colonel.

Le Roi était encore éveillé quand la tête de Timsen apparut dans l'encadrement de la fenêtre.

« Hep ! Mon pote...

– Quoi ?

– Les dix grands formats que t'as banqués, on les a récupérés. » L'Australien agita une poignée de billets.

Soupirant, le Roi ouvrit la boîte noire et régla à l'autre la somme qu'il lui devait.

« Merci, collègue. Timsen eut un rire étouffé.

J'ai entendu dire que tu avais eu des mots avec Grey et Yoshima.

– Et alors ?

– Rien. Heureusement que le Grey, il a pas dégotté le caillou, c'est tout. J'aimerais pas être dans tes bottes – ni dans celles de Pete, d'ailleurs. Ah non, alors ! Drôlement dangereux !

– Va te faire voir, Timsen ! »

L'interpellé éclata de rire. « Simple mise en garde amicale, pas ? Bon... Il y a déja une livraison de grillage sous la baraque. De quoi fabriquer dans les cent cages. » Timsen tendit cent vingt dollars au Roi. « Tiens. J'ai écoulé le premier lot de barbaque à trente dollars l'unité. Voila ce qui te revient. Fifty-fifty.

– A qui les as-tu vendues ? »

Timsen cligna de l'œil. « A quelques-uns de mes amis. Bonne nuit, collègue. »

Le Roi s'allongea confortablement, non sans avoir vérifié une fois de plus que sa moustiquaire, coincée sous le matelas, ne faisait pas de plis. Il ne se départissait pas de sa vigilance. Impossible de se rendre au village avant quarante-huit heures et, d'ici là, il savait que bien des yeux aux aguets ne perdraient aucun de ses mouvements. Il dormit d'un sommeil capricieux, cette nuit-là, et, le lendemain, il ne bougea pas de la baraque autour de laquelle des hommes à lui montaient la garde.

Après le déjeuner, il y eut une perquisition dans le bungalow. Les Coréens visitèrent à trois reprises chacune des petites chambres avant que l'ordre ne fût donné d'arrêter la fouille.

A la nuit tombée, Mac s'en fut rechercher dans un trou des latrines les trois fameux bidons qui y étaient dissimulés, attachés à une ficelle. Après les avoir nettoyés, il les rapporta au bungalow et brancha la radio. Larkin, Peter et lui écoutèrent les informations pour se les graver dans la mémoire. Lorsque l'émission eut pris fin, l'Ecossais ne se donna pas la peine de remettre les bidons dans leur cachette : en dépit de ses précautions, il savait qu'il avait été observé.

Les trois hommes avaient pris la décision de ne plus essayer de dissimuler ces objets compromettants. Lucides, ils ne se cachaient pas qu'ils seraient pris avant longtemps.

24

LE Roi se frayait rapidement son chemin à travers la jungle. A l'approche du camp il adopta une allure plus prudente. Lorsqu'il se trouva en face de la baraque américaine, il s'allongea à même le sol et, satisfait, bâilla. Il lui fallait maintenant attendre le moment propice pour traverser le sentier et se faufiler entre les barbelés. Là, il serait en sécurité. L'argent qu'il ramenait lui gonflait les poches.

Il s'était rendu seul au village, Peter n'étant pas encore suffisamment remis pour l'accompagner. Il avait vu Cheng San et lui avait donné le diamant. Puis, l'on avait festoyé et, le repas terminé, l'Américain avait retrouvé Kasseh qui lui avait réservé le meilleur accueil.

L'aurore commençait à faire pâlir le ciel quand le Roi franchit l'enceinte. Il gagna directement son baraquement. Ce ne fut qu'au moment de se coucher qu'il constata que la boîte noire s'était évanouie.

« Enfants de putains ! tempêta-t-il. On ne peut donc rien vous confier, bordel de merde ?

– Elle était encore là il y a quelques heures, dit Max. Je me suis levé pour aller chier.

– Et où elle est, maintenant, sacré nom de Dieu ? »

Mais nul n'avait vu ni entendu quoi que ce fût.

« Max, va me chercher Samson et Brant !

– Mais... c'est qu'il est un peu tôt...

– Je t'ai dit d'aller les chercher. »

Le colonel Samson arriva un demi-heure plus tard. Il était vert de peur. « Qu'est-ce qu'il se passe ? Vous savez bien qu'il ne faut pas qu'on me voie ici.

– Il se passe qu'un enfoiré m'a volé ma boîte. Et vous pouvez m'aider à trouver celui qui a fait le coup.

– Comment voulez-vous... »

Mais le Roi ne le laissa pas continuer : « Je m'en moque. Vous n'avez qu'à faire traîner vos oreilles chez les officiers. Vous n'aurez plus un fifrelin tant que je ne saurai pas le nom du type.

– Mais, caporal, je ne suis pour rien dans cette histoire !

– Dès que j'aurai le renseignement, vous recommencerez à toucher votre salaire. Maintenant, du vent ! »

Quelques minutes après, le commandant Brant se présenta à son tour et eut droit au même traitement. Puis, tandis que les Américains s'égaillaient à travers le camp pour retrouver le voleur, le Roi se prépara son breakfast. Il l'achevait quand Peter Marlowe survint. L'Américain lui raconta sa mésaventure.

« Ça alors, ce n'est pas de chance !

Le Roi secoua la tête et eut un clignement d'œil. « Aucune importance. Cheng San m'a donné le reste de l'oseille – alors, on n'est pas à court ! Mais je me suis dit que c'était le moment de faire un peu de foin. Les gars commenceront à devenir insouciants. Et j'en fais une question de principe. Tiens, ajouta-t-il en tendant un petit tas de billets à Peter. Voilà la part qui te revient pour le diamant. »

Cet argent, Marlowe en avait terriblement envie. Néanmoins, il fit non de la tête. « Garde-le. Je ne pourrai jamais te rembourser tout ce que je te dois. Sans compter ce que tu as déboursé pour mes médicaments.

– Comme tu voudras. Mais nous sommes toujours associés. »

Peter sourit. « D'accord »

La trappe, à cet instant, s'ouvrit et Kurt émergea des profondeurs.

« On en est à soixante-dix, annonça-t-il.

– Hein ?

– C'est le Jour A.

– Merde ! J'avais complètement oublié.

– Heureusement que j'ai pas oublié, moi, pas vrai ? Je vais en tuer dix autres d'ici quelques jours. Pas besoin de nourrir les mâles : Il y en a cinq ou six qui sont assez gros ! »

Le Roi avait envie de vomir mais il se contenta de dire : « Parfait. Je préviendrai Timsen.

– Je crois que je m'abstiendrai de venir pendant un jour ou deux, fit Peter après le départ de Kurt.

– Pourquoi ?

– Je pense que c'est préférable. Il n'est plus possible de cacher la radio et nous avons décidé de rester tous les trois dans la chambre.

– Qu'est-ce que vous cherchez ? A vous suicider ? Si vous avez l'impression d'être repérés, flanquez-moi cette saloperie en l'air. Et si on vous interroge, niez. Vous n'êtes au courant de rien.

– C'est une solution à laquelle nous avons pensé. Mais c'est la seule radio qui reste, à présent. Aussi, nous voulons la conserver tant que nous le pourrons. Avec un peu de chance on passera au travers.

– Il faut penser à sa pomme, mon petit père. »

Marlowe sourit. « Oui. Je sais. Et c'est justement pourquoi je préfère ne pas revenir ici pendant quelques jours. Je ne voudrais pas t'entraîner dans une sale histoire.

– Suppose que Yoshima s'amène. Qu'est-ce que vous ferez ?

– On s'enfuira.

– Vous enfuir ? Mais où ça, grands dieux ?

– Autant essayer que de rester assis sur son derrière. »

Dino, qui était de faction, passa la tête par la porte. « Excuse-moi mais il y a Timsen qui rappli-que.

– O.K. Je vais le recevoir. » Le Roi se tourna vers Peter. « Tu joues ta peau. Je te répète : Foutez-la en l'air.

– On voudrait bien mais ce n'est pas possible. »

Le Roi ne pouvait rien faire de plus.

« Dis-donc, collègue, lança Timsen en entrant, paraît que t'as pas eu de chance. » La colère rendait grimaçants les traits de l'Australien.

« Oui. Comme qui dirait qu'il me faudrait d'autres chiens de garde, parole !

– Il n'y a pas que toi, s'écria Timsen avec fureur. Les mecs qui on fait le coup ont foutu ton coffre sous ma baraque. Ma baraque à moi !

– Hein ?

– Comme je te le dis. Sous la baraque, qu'elle est. Tranquille comme Baptiste. Tu parles de beaux fumiers. Ça, c'est pas le travail d'un Australien. Sûrement que c'est un Pommy ou un Amerloque.

– Qui ça ? Tu as une idée ?

– Non. Tout ce que je sais, c'est que c'est pas un de mes bonshommes. Ma parole !

– Je te crois. Mais tu vas faire dire autour de

toi que si je sais, preuves en main, qui m'a piqué ma boîte, il y a mille dollars à la clé. »

Fouillant sous son traversin, le Roi sortit délibérément l'argent que lui avait remis Cheng San pour solde de tout compte. Il compta trois cents dollars et les tendit à Timsen qui, les yeux écarquillés, considérait l'énorme tas de billets. « J'ai besoin d'un peu de sucre, de café et d'huile. Peut-être aussi d'une ou deux noix de coco. Tu peux arranger ça ? »

Timsen prit l'argent. Il était incapable de s'arracher à la contemplation du paquet de billets. « T'as conclu l'affaire, pas ? Ma foi, j'aurais pas cru. Mais t'as réussi, hein ?

– Evidemment, répondit nonchalamment le Roi. Avec ça, j'ai de quoi tenir un mois ou deux.

– Une année, tu veux dire, mon pote », rétorqua Timsen avec accablement. Lentement, il s'éloigna en direction de la porte. Soudain, il se retourna. « Mille dollars, hein ? Sûr que ça va donner des résultats. » Il éclata de rire.

« Eh oui. Simple question de temps. »

En l'espace d'une heure, tout le camp était au courant de la récompense promise par le Roi. Partout, les yeux étaient à l'affût, les oreilles se tendaient pour surprendre les murmures que le vent emportait. Avec un regain d'intérêt, on fouillait et on refouillait ses souvenirs. C'était une simple question de temps : Quelqu'un finirait par réclamer la prime.

Ce soir-là, quand il déambula dans Changi, le Roi sentit comme il ne l'avait encore jamais senti toute la haine, toute l'envie, toute la violence qui émanaient des regards. Et cela lui faisait du bien. Plus que du bien, car il savait que tous ces gens démunis avaient connaissance du fabuleux paquet de dollars qu'il possédait. Lui, le Roi, avait été, de tous ces hommes, le seul qui s'était révélé capable d'amasser une telle fortune.

Samson lui léchait les fesses, et Brant – et combien d'autres ? – et, bien qu'il trouvât leur complaisance écœurante, il était follement heureux de les voir pour la première fois le flagorner en public. Quand il passa devant la baraque de la Military Police, Grey lui-même, debout sur le seuil, se borna à lui rendre l'irréprochable salut qu'il lui adressait, sans l'appeler pour le fouiller. Le Roi sourit intérieurement : Grey aussi songeait au magot et à la récompense annoncée.

Rien, désormais, ne pouvait atteindre le Roi. Son matelas de billets était la sécurité, la vie, le pouvoir. Et tout cet argent était à lui. A lui seul.

25

YOSHIMA, cette fois, agit discrètement mais sans perdre de temps. Au lieu de prendre selon son habitude la route qui traversait le camp, il coupa par les barbelés, accompagné d'une puissante escorte. Lorsque Peter Marlowe aperçut le premier garde, le bungalow était déjà cerné et toute retraite était coupée. Quand l'officier japonais fit irruption dans la bâtisse, Mac, allongé sous la moustiquaire, avait encore l'écouteur à l'oreille.

Peter, Larkin et leur camarade furent repoussés dans un coin de la pièce. Yoshima saisit l'écouteur. Le poste était toujours branché et il capta la fin des informations.

« Très ingénieux, dit-il en reposant l'appareil. Vos noms, je vous prie.

– Je suis le colonel Larkin. Et voilà le commandant McCoy et le capitaine aviateur Marlowe. »

Yoshima sourit aux trois hommes. « Puis-je vous offrir une cigarette ? »

Chacun en prit une que le Japonais alluma lui-même après s'être servi à son tour. Ils fumèrent en silence. Enfin, Yoshima reprit la parole : « Débranchez cette radio et suivez-moi. »

Mac, les mains tremblantes, se pencha sur le

poste. L'apparition d'un second officier nippon, émergeant soudain hors de la nuit, lui fit lever la tête avec inquiétude. Le nouveau venu murmura quelque chose d'une voix tendue à l'oreille de Yoshima. Celui-ci dévisagea un instant son compatriote, comme frappé de mutisme ; puis, il jeta un ordre rauque à l'un des gardes qui prit aussitôt position devant la porte, et s'éloigna en hâte avec le reste de l'escorte.

« Qu'est-ce qui leur arrive ? », fit Larkin sans quitter des yeux le factionnaire qui les tenait sous la menace de sa baïonnette.

Mac était encore courbé au-dessus du récepteur. Ses jambes vacillaient sous lui et c'est à peine s'il parvenait à respirer. Enfin, il retrouva l'usage de la parole. « Je crois que je sais, dit-il d'un ton haché. C'est à cause des nouvelles. Je n'ai pas eu le temps de vous les répéter. Nous... nous avons une bombe d'un type nouveau. Une bombe atomique. On en a lâché une – rien qu'une – sur Hiroshima à neuf heures quinze, hier matin. Toute la ville est effacée. Ils disent qu'il y a des centaines de milliers de victimes – hommes, femmes et enfants !

– Oh ! Mon Dieu ! »

Larkin s'assit avec un mouvement si violent que le garde le coucha en joue tandis que son index se crispait sur la détente de l'arme. « Attends ! hurla Peter en malais. Il ne fait que s'asseoir !

– Tout le monde assis », hurla la sentinelle dans la même langue. Quand les trois hommes eurent obéi sous une pluie d'insultes, il ajouta : « Vous êtes des fous ! Prenez plus de précautions quand vous remuerez, désormais – parce que je suis responsable si vous vous évadez. Restez assis où vous êtes. Et ne bougez pas. Je tirerai sans sommation. »

Les trois camarades restèrent donc assis. Ils ne parlaient pas. A la longue, ils s'assoupirent sous la lumière brutale de l'ampoule. L'aube se leva et, avec elle, disparurent les moustiques contre lesquels ils avaient lutté sans trêve toute la nuit.

Au matin, le garde fut remplacé. Le trio demeura à la même place, dans la même position. Dehors, sur le chemin, les hommes rôdaient, inquiets, en se détournant jusqu'à ce qu'ils fussent à bonne distance de la pièce interdite.

Le jour était lugubre sous le ciel chauffé à blanc. Jamais une journée ne s'était encore écoulée aussi lentement.

Au milieu de l'après-midi, Grey entra et s'approcha du garde qu'il salua. Il avait une gamelle dans chaque main.

« Est-ce que je peux leur apporter ça ? Makan ? » Il souleva les couvercles pour que l'homme pût voir la nourriture.

Haussant les épaules, le garde acquiesça d'un signe du menton.

Grey traversa la véranda et déposa les gamelles à l'entrée de la chambre. Ses yeux étaient bordés de rouge. Et son regard était aigu.

« C'est froid, je suis désolé.

– Alors Grey ? On vient se rincer l'œil, mon vieux, jeta Peter avec un sourire dépourvu de gaieté.

– Je n'éprouve aucune satisfaction à l'idée qu'ils vont vous expédier ailleurs. Je voulais vous prendre la main dans le sac en train de violer la loi mais je regrette que vous vous soyez fait pincer alors que vous risquiez votre vie pour la cause commune. Encore une fois, votre sacrée chance est avec vous. Vous nous quitterez tout auréolé de gloire.

– Peter, souffla Mac. Essaie de distraire l'attention du garde. »

Sautant sur ses pieds, Marlowe se hâta vers la porte. Saluant la sentinelle, il demanda l'autorisation d'aller aux latrines. D'un geste, le Coréen désigna un point situé immédiatement devant le bungalow. Peter s'accroupit à même le sol poussiéreux et se résigna à faire ses besoins en public. Il fallait encore se féliciter qu'on ne les obligeât pas à se soulager dans un coin de la petite pièce ! Tandis que le garde surveillait Marlowe, Mac communiqua à voix basse les dernières nouvelles à Grey qui blêmit. Le prévôt, enfin, se leva, adressa un signe de tête à Marlowe, lequel le lui rendit, et, une seconde fois, salua le factionnaire qui, tendant le doigt vers les excréments déjà couverts de mouches, lui ordonna de revenir avec un seau pour les nettoyer.

Grey transmit les informations à Smedly-Taylor qui les répéta à d'autres et, bientôt, tout Changi était au courant. Bien avant que Grey n'eût lavé devant le bungalow et ne fût revenu avec un autre seau qu'il posa par terre à l'intention des trois hommes.

Et la première grande peur envahit le camp. La peur des représailles.

Au coucher du soleil, l'homme de garde fut à nouveau changé. Ce fut Shagata qui vint le relever. Peter Marlowe essaya d'engager la conversation mais Shagata se borna à pointer sa baïonnette sur lui pour l'empêcher de bouger. « Je ne peux pas parler avec toi. Tu as été pris en possession d'une radio, ce qui est interdit. Je n'hésiterai pas à tirer si l'un de vous tente de s'enfuir. Mais je ne voudrais pas avoir à faire feu sur toi. » Cela dit, il alla se poster devant la porte.

« Ma foi, murmura Larkin, je préférerais qu'ils nous liquident tout de suite. »

Mac se tourna vers Shagata. « Honorable, je

désire te demander une grâce, dit-il en désignant le lit. Permets-moi de me reposer. J'ai peu dormi cette nuit.

– Assurément. Repose-toi tant qu'il en est temps encore, vieil homme.

– Sois remercié. La paix soit sur toi.

– Sur toi également. »

Et Mac s'en fut s'allonger sur son lit, la tête posée sur l'oreiller. « Elle est toujours branchée, » annonça-t-il. Il avait toutes les peines du monde à contrôler sa voix. « Ils donnent un récital de musique. J'entends parfaitement. »

Quand Larkin avisa le récepteur à portée de l'oreille de l'Ecossais, il se mit à rire et ses deux amis ne tardèrent pas à l'imiter. Shagata braqua vivement son fusil sur le trio. « Taisez-vous ! s'exclama-t-il, effrayé par cet accès d'hilarité.

– Pardonne-nous, fit Peter. Nous sommes si près de l'éternité, vois-tu, que même de petites choses nous amusent.

– Tu es près de l'éternité, cela est vrai. Et il faut être fou pour se faire prendre en train d'enfreindre la loi. Pourtant, j'espère que j'aurai le courage de rire, moi aussi, lorsque mon heure arrivera. » Et le garde leur lança un paquet de cigarettes. « Tenez. Je suis désolé que vous vous soyez fait prendre.

– Pas tant que moi, rétorqua Marlowe qui partagea le tabac en trois. Eh, Mac, qu'est-ce que c'est que ce récital ?

– Du Bach, petit », répondit l'Ecossais en luttant pour ne pas céder au fou rire. Il rapprocha l'écouteur de son oreille. « Maintenant, taisez-vous, voulez-vous ? J'aimerais profiter de ce concert.

– On pourrait écouter à tour de rôle, suggéra Larkin. Quoique, pour savourer Bach, il faut être un peu fêlé. »

Peter fumait. « Merci pour tes cigarettes », dit-il avec amabilité à Shagata.

Des nuées de mouches bourdonnaient autour du couvercle rudimentaire qui recouvrait le seau. L'averse quotidienne, qui tomba tôt, effaça l'odeur nauséabonde ; puis, le soleil réapparut et l'humidité commença de s'évaporer.

Le Roi, qui suivait l'alignement des bungalows, se savait observé par une foule d'yeux. Précautionneusement, il fit halte devant le bâtiment interdit. « Tabé, Shagata. Journée ichi-bon, non ? Est-ce que je peux parler à mon ami ichi-bon ? »

Le Coréen le dévisagea d'un air perplexe.

« Il te demande la permission de me parler », expliqua Marlowe.

Après quelques instants de réflexion, le garde hocha affirmativement la tête. « Je l'autorise à parler avec toi en souvenir de l'argent que m'a rapporté la vente. Son regard plongea dans celui de Peter. A condition que tu me donnes ta parole de ne pas tenter de fuir.

– Tu as notre parole.

– Dépêchez-vous. Je fais le guet. » Et Shagata se déplaça afin de pouvoir observer la route.

« Le bruit court que les soldats se regroupent dans le poste, commença le Roi qui paraissait agité. Tu peux être sûr que je ne vais pas beaucoup dormir ce soir, bon Dieu ! C'est exactement le genre de mecs à faire leur coup pendant la nuit. » Il avait les lèvres sèches. Toute la journée, il avait été à l'affût d'un signe de vie venant des partisans, signe qui aurait été le feu vert pour risquer une sortie. Mais les maquisards ne s'étaient pas manifestés. « Ecoute-moi. » Baissant la voix, le Roi exposa son plan. « Dès que le massacre commencera, vous vous jetterez sur le garde pour le neutraliser et vous filerez en passant à proximité de notre baraque. J'essaierai de vous couvrir tous les trois. Mais ne vous faites pas trop d'illusions. »

Enfin, le Roi se leva, adressa un signe de tête à Shagata et s'en fut.

Un conseil de guerre se tint chez les Américains. Le Roi fit part à tout le monde de son plan mais s'abstint d'avertir ses camarades que dix hommes seulement pourraient échapper à la tuerie. Après discussion, on décida d'attendre. Brough exprima les craintes de tous en déclarant : « Il n'y a rien d'autre à faire. Si l'on tentait l'évasion maintenant, on se ferait abattre. »

Ceux qui étaient vraiment très mal en point furent les seuls à dormir, cette nuit-là. Les grands malades, et l'infime minorité de ceux qui étaient capables de s'abandonner paisiblement entre les mains de Dieu – ou du destin.

Dave Daven dormait.

« Ils ont fait revenir Daven d'Utram Road, avait glissé Grey à l'oreille de Larkin et de ses compagnons en leur apportant à dîner.

– Dans quel état est-il ? avait demandé Peter.

– Il ne pèse plus que trente-cinq kilos. »

Dave dormit toute la nuit et toute la journée du lendemain – une journée d'effroi. Il mourut sans avoir repris connaissance. Au même moment, Mac entendit le speaker annoncer : « La seconde bombe atomique a détruit Nagasaki. Le Président Truman a adressé un dernier ultimatum au Japon : Reddition sans condition ou destruction totale. »

Le jour suivant, les corvées quittèrent le camp et, chose incroyable, elles le réintégrèrent. Le ravitaillement de Changi était toujours assuré ; Samson pesait les rations en public et avait cessé de gratifier d'un supplément de nourriture les officiers qui lui avaient confié la responsabilité des approvisionnements. Il y avait encore deux jours de vivres dans le magasin et aux cuisines. On fit le fricot. Les mouches pullulaient. Rien n'avait changé. Morsures de punaises. Morsures de moustiques. Les rates allaitaient leurs petits. Plusieurs hommes moururent. A l'hôpital, trois nouveaux patients furent admis à la salle six.

Une journée s'écoula. Puis une nuit. Puis une autre journée. Enfin, Mac entendit à la radio ces mots tant espérés : « Ici Calcutta. La radio de Tokyo annonce à l'instant que le gouvernement japonais a capitulé sans condition. Trois ans et deux cent cinquante jours après l'attaque japonaise contre Pearl Harbor, la guerre est finie. *God save the King !* »

Bien vite, tout Changi fut au courant. Ces mots faisaient corps avec la terre de Changi, son ciel, ses murs, ses cachots.

Deux jours, encore, se passèrent et deux nuits qui n'apportèrent aucun changement. Le troisième jour, on vit apparaître le commandant du camp qui s'avançait vers les bungalows en compagnie d'un Japonais, le sergent Awata.

Peter Marlowe, Mac et Larkin virent les deux hommes approcher. A chacun de leur pas, le trio souffrait mille morts. Les séquestrés avaient compris que leur heure avait sonné.

26

« C'EST dommage, soupira Mac.
– Oui », l'approuva Larkin.
Quant à Peter Marlowe, paralysé, il regardait simplement Awata.
La fatigue creusait de profonds sillons les traits du commandant du camp ; néanmoins, carrant les épaules, il marchait d'un pas ferme. Comme toujours, sa tenue était soignée, la manche gauche de la chemise, soigneusement passée dans la ceinture. Chaussé de socques de bois, il portait une casquette à laquelle des années d'humidité tropicale avaient donné une teinte vert-de-gris. Le commandant du camp escalada les marches menant à la véranda. Devant la porte, il marqua un temps d'arrêt.
Le trio se leva. « Bonjour », fit le commandant du camp d'une voix rauque.
Awata jeta un ordre guttural au garde qui, après une inclinaison du torse, se plaça au garde-à-vous à côté de lui. Un nouvel ordre : la sentinelle et le caporal mirent le fusil à l'épaule et quittèrent les lieux.
« C'est fini, dit sourdement le commandant du camp. Prenez la radio et venez avec moi. »
Les trois amis, hébétés, obéirent. C'était bon de

retrouver le soleil et l'air du dehors. Changi contemplait avec stupéfaction le petit groupe qui se dirigeait vers le pavillon du commandant du camp.

Les six colonels, auxquels Brough s'était joint, attendaient leur patron chez lui.

« Repos, messieurs », dit le commandant en rendant leur salut à ses subordonnés. Puis, il se tourna vers Larkin et ses deux compagnons. « Nous avons une dette de reconnaissance envers vous. »

Larkin, enfin, parla. « Est-ce réellement fini ?

– Oui. Je viens d'avoir une entrevue avec le général. » Le commandant du camp considéra chacun des visages muets qui l'entouraient tout en rassemblant ses pensées. « Tout au moins, je crois que c'est fini. Yoshima était là. Je... j'ai dit : « La guerre est terminée. » Pendant tout le temps que Yoshima traduisait, le général ne m'a pas quitté des yeux. Comme il gardait le silence, j'ai répété : « La guerre est terminée. Je viens recevoir votre reddition. »

Le commandant du camp frotta son crâne chauve. « Je ne savais que dire d'autre, poursuivit-il. Longtemps, le général est resté à me regarder. Yoshima était silencieux. Rien. Enfin, mon interlocuteur m'a répondu et Yoshima a servi d'interprète. « Oui, a-t-il fait. La guerre est terminée. Vous resterez à votre poste. Les gardes ont reçu l'ordre de tourner le dos au camp et de vous protéger contre tous ceux qui tenteraient d'y pénétrer avec de mauvaises intentions à votre égard. Les gardes sont désormais vos défenseurs et il en ira ainsi jusqu'à ce que je reçoive d'autres instructions. Vous êtes toujours responsable de la discipline à l'intérieur du camp. »

« Comme je ne savais pas trop quoi répliquer, je lui ai demandé de doubler les rations et de nous donner des médicaments. Il a acquiescé : « Demain, les rations seront doublées et vous recevrez quelques fournitures médicales. Malheureusement, nous n'en avons pas de grosses quantités. Mais vous êtes responsable de la discipline. La garde vous protégera si quelqu'un tente de vous tuer. » J'ai posé la question : « Qui voudrait nous tuer ? » Il a haussé les épaules et a laissé tomber : « Vos ennemis. L'entretien est terminé. »

Brough poussa un juron. « Peut-être qu'ils veulent qu'on sorte. Cela leur donnerait une excuse pour nous tirer dessus.

– Impossible de laisser sortir les hommes, dit Smedly-Taylor sur le ton de l'effroi. Ce serait l'émeute. Mais il faut faire quelque chose. Demander aux Japonais de nous remettre leurs armes, par exemple... »

Le commandant du camp l'interrompit en levant la main. « Je crois que la seule chose à faire est d'attendre. Je suis sûr que... que quelqu'un viendra. D'ici là, le mieux est de ne rien changer à la routine. Ah ! J'oubliais ! Nous sommes autorisés à envoyer une équipe sur la plage pour prendre un bain. Cinq hommes par baraque. Pourvu que personne ne perde la tête, ajouta-t-il sur un ton angoissé. Rien ne nous garantit pour le moment que les Japs obéiront à l'ordre de mettre bas les armes. Il est possible qu'ils continuent le combat. Nous ne pouvons rien faire, sinon espérer que tout se passera bien – et nous préparer au pire. »

Le commandant du camp se tut. Ses yeux se posèrent sur Larkin. « A mon avis, il serait bon de laisser la radio ici. » Et, s'adressant à Smedly-Taylor : « Vous organiserez un service écoute permanente.

– A vos ordres.

– Bien entendu, reprit le commandant du

camp en se tournant vers Larkin, Mac et Marlowe, ce sera toujours vous qui vous en occuperez.

– Si vous n'y voyez pas d'inconvénient, je préférerais que quelqu'un d'autre s'en charge, dit Mac. Bien sûr, si elle se détraque, je la réparerai mais je suppose que vous voulez qu'elle soit en service vingt-quatre heures sur vingt-quatre. Or, à nous trois, ce n'est pas possible. Et puis... enfin, c'est mon opinion personnelle... maintenant que ce n'est plus un secret, autant laisser tout le monde en profiter.

– Colonel Smedly-Taylor, vous verrez cela.

– A vos ordres.

– A présent, messieurs, si nous parlions organisation ? »

Un petit groupe de curieux commençait à se rassembler devant le bungalow du commandant du camp, avides de savoir de quoi parlaient les officiers, d'apprendre ce qui était advenu, pourquoi la garde japonaise avait été levée. Max se trouvait parmi les badauds. Quand il fut incapable de maîtriser plus longtemps sa fièvre, il repartit en courant vers la baraque américaine.

« Eh, les gars ! parvint-il à s'écrier.

– Les Japs arrivent ? » Le Roi était prêt à sauter par la fenêtre pour se ruer en direction de la clôture.

« Diable non ! » Hors d'haleine, Max ne pouvait continuer.

« Alors ? Qu'est-ce qu'il se passe, nom de Dieu ?

– Les gardes qui surveillaient Pete et la radio ont été retirés, haleta Max. Et puis le commandant est venu chercher Pete, Mac, Larkin et la radio. Pour le moment, ça palabre tant que ça peut chez lui. Tous les colons y sont. Et Brough aussi.

– Tu es sûr ?

– Je l'ai vu de mes yeux mais, moi non plus, je n'arrive pas à y croire. »

Dans le silence oppressant qui suivit ces paroles, le Roi sortit une cigarette.

« Alors c'est que c'est fini, dit Tex qui avait compris tout ce qu'impliquait le récit de Max. Vraiment fini. S'ils ont renoncé à confisquer la radio... ça ne peut pas vouloir dire autre chose. Pas vrai ? »

Max s'affala sur sa couchette et s'épongea le visage. « C'est ce que j'ai pensé. S'ils retirent leurs gardes, c'est qu'ils vont tout lâcher ici. Qu'ils vont mettre la crosse en l'air. » Il adressa à Tex un regard désespéré. « N'est-ce pas ? »

Mais Tex, interdit, était perdu dans ses propres pensées. Enfin, il murmura d'une voix impassible : « C'est fini.

– Je le croirai quand je le verrai », fit le Roi en tirant à petits coups sur sa cigarette. Soudain, dans le silence angoissant qui régnait, Il sentit la morsure de la peur.

Dino estropiait les mouches d'un geste machinal. Distraitement, Byron Jones III avança un fou ; Miller le prit, découvrant ainsi sa reine. L'air absent, Max était plongé dans la contemplation de ses propres pieds. Tex se grattait.

« Eh bien, je ne me sens pas différent, déclara Dino en se levant. Je m'en vais pisser un coup. » Et il sortit.

« Je ne sais pas si j'ai envie de rire ou de chialer, fit Max. J'ai l'impression que je vais dégobiller.

– C'est absurde », dit Tex à haute voix mais c'était à lui-même qu'il s'adressait et il ne savait pas trop ce qu'il disait. « Complètement absurde.

– Eh, Max, appela le Roi. Tu ne veux pas faire un peu de café ? »

Automatiquement, l'interpellé sortit pour remplir d'eau la casserole. Quand il revint, il brancha le réchaud sur lequel il posa le récipient. Mais, comme il regagnait son lit, il fit soudainement halte et se retourna, les yeux fixés sur le Roi.

« Qu'est-ce qu'il y a, Max ? », demanda ce dernier, mal à l'aise.

L'autre se contenta de le dévisager. Ses lèvres frémissaient spasmodiquement mais pas un son ne sortait de sa bouche.

« Alors ? Qu'est-ce que tu as à me regarder comme ça ? »

Brusquement, Max empoigna la casserole et la jeta par la fenêtre.

« Non, mais tu es dingue ? s'exclama le Roi. Je suis entièrement trempé !

– Comme c'est triste. » Les yeux de Max sortaient de leurs orbites.

« Faut te faire soigner !

– La guerre est finie », hurla Max. Un peu d'écume perlait aux coins de ses lèvres. « T'as qu'à te le faire toi-même, ton putain de café. »

Le Roi bondit. Il dominait Max de toute sa taille. Sa fureur était telle que des taches cramoisies marbraient ses joues. « Tire-toi d'ici avant que je t'écrase la gueule à coups de talon !

– Vas-y ! Ne te gêne surtout pas ! Mais n'oublie pas que je suis sergent-chef ! Je te ferai passer au falot ! »

Et un rire hystérique s'empara de Max, rire qui se transforma soudain en crise de larmes. Le corps secoué de sanglots, il s'élança hors de la baraque. Un silence horrifié suivit son départ.

« Complètement dessoudé, ce con-là, murmura le Roi en regagnant son coin. Eh, Tex, va donc me chercher de l'eau. »

Tex, planté devant la porte, suivait Max des yeux. Lentement, il se retourna. « Je suis occupé », finit-il par dire après un temps d'hésitation durant lequel la tension monta, atteignant un paroxysme difficilement supportable.

Le Roi eut l'impression qu'un étau se resserrait autour de son estomac. Serrant les dents pour surmonter une brusque envie de vomir, il s'efforça de composer son visage et un rictus sinistre lui retroussa les lèvres.

« Vraiment ? C'est bien ce que j'avais remarqué. » Il éprouvait physiquement la densité du silence. « Tiens, fit-il en ouvrant son portefeuille. Voilà dix dollars. Tâche à te désoccuper et apporte-moi de l'eau, veux-tu ? » Dissimulant l'angoisse qui lui fouillait le ventre, il observait attentivement Tex. Mais celui-ci, sans mot dire, haussa nerveusement les épaules et son regard se détourna.

« Il faudra encore que tu manges avant que ce ne soit réellement fini, reprit le Roi avec mépris. Eh ! Qui est-ce qui veut un café ?

– Moi », fit paisiblement Dino qui ramassa la casserole, alla la remplir et la disposa sur le réchaud.

Le Roi lança les dix dollars sur la table. Dino considéra le billet en secouant la tête et dit d'une voix éraillée : « Non merci, je ne veux que le café. » Puis il s'éloigna vers le fond de la baraque d'un pas mal assuré.

Les hommes, gênés, se détournèrent du Roi qui bouillonnait sous l'affront. « Eh bien, mes cocos, j'espère pour vous que la guerre est finie pour de bon ! », murmura-t-il.

Dès que la conférence chez le commandant du camp eut pris fin, Marlowe se hâta de gagner la baraque américaine, répondant mécaniquement aux félicitations que lui adressaient les hommes de sa connaissance. Il sentait le poids de tous ces yeux qui se posaient sur lui, incrédules. Moi non plus, songeait-il, moi non plus, je ne peux pas y croire. Bientôt, ce sera le retour ; bientôt, je volerai à nouveau ; bientôt, je reverrai mon père. On boira ensemble, on rira ensemble. Et toute la famille. Seigneur, ce sera formidable ! Je suis vivant ! Vivant ! J'en ai réchappé !

« Bonjour, les enfants ! », lança-t-il, le visage épanoui, en pénétrant dans le baraquement.

Sautant sur ses pieds, Tex vint à sa rencontre et lui secoua chaleureusement la main. « Salut, Pete ! Crénom, on a été un peu contents quand on a su, pour la garde, ma vieille ! »

Peter éclata de rire. « Quel chef-d'œuvre d'euphémisme ! » Tous les Américains se pressaient autour de lui et Marlowe savourait la cordialité de leur accueil.

« Qu'est-ce qu'il s'est passé chez les grands chefs ? », demanda Dino.

Peter résuma le briefing et chacun se sentit redoubler d'inquiétude. Sauf Tex qui s'exclama avec confiance : « Et puis merde ! Il n'y a pas besoin de prévoir le pire ! C'est fini !

– Comme tu dis, c'est fini », lança d'une voix hargneuse Max qui rentrait au même instant.

« Bonjour, Max. Je... » Mais Peter se tut, frappé par la peur que trahissait l'expression de l'homme.

« Tu vas bien ? s'enquit-il, troublé par ce regard.

– Evidemment, tonitrua Max qui, passant devant lui, se jeta sur son lit. Qu'est-ce que vous avez tous à me reluquer comme ça ? On peut pas se mettre en colère une fois sans que vous fassiez le cercle, espèces de tordus ?

– Calme-toi, dit Tex.

– Heureusement que je serai bientôt loin de ce merdier pourri ! » Le teint de Max était devenu terreux et ses traits étaient grimaçants. « Et loin de tous ces mecs puants.

– Ferme ça !

– Va te faire foutre ! » Max essuya l'écume qui lui coulait sur le menton, plongea la main dans sa poche et en sortit un paquet de dollars qu'il déchira sauvagement et dont il lança les débris en l'air comme s'il se fût agi de confetti.

« Qu'est-ce qui te prend ?

– Rien, mon con. Sauf que ça ne vaut plus tripette.

– Hein ?

– J'arrive du magasin comme tu vois. J'avais envie de me payer une noix de coco. Mais l'autre ordure de Chinois n'a pas voulu de mon pognon. Paraît qu'il a fourgué toute sa camelote au commandant du camp. Cet enfoiré lui a signé une reconnaissance de dette : « Le gouvernement anglais s'engage à payer tant de dollars britanniques. » Les dollars japs, tu peux tout juste te torcher le cul avec. Ils ne sont plus bons à autre chose, maintenant.

– Diable ! Ça, c'est la preuve par neuf ! Si les Chinois refusent l'oseille, c'est qu'on a vraiment gagné. Tu n'es pas de cet avis, Peter ?

– Et comment ! » L'amitié qui l'entourait réchauffait le cœur de Marlowe. Le regard venimeux de Max ne pouvait rien contre sa joie. « Je ne peux pas vous dire à quel point vous m'avez aidé, les gars, vous savez, avec vos blagues et tout le reste.

– Ben quoi, t'es un frère, fit Dino en lui décochant une cordiale bourrade. T'es pas trop mal pour un Engliche.

– Faudra que tu viennes traîner tes fesses chez nous, déclara Byron Jones III. Peut-être même qu'on te donnera le droit de devenir Américain.

– Loupe pas le Texas, vieux. Si jamais tu viens aux Etats-Unis, tu dois passer au Texas.

– Il est peu probable que j'y aille, sourit Peter. Mais si ça se fait, compte sur moi », ajouta-t-il dans un concert de huées. Il tourna la tête vers le coin du Roi. « Mais où est notre vaillant chef ?

– Il est mort, s'exclama Max, secoué par un rire atroce.

– Comment ? » En dépit de lui-même, Peter sentit la peur le tenailler.

« Il est toujours vivant, le rassura Tex. Mais il est mort quand même. »

Marlowe, intrigué, regarda Tex. Soudain, il remarqua l'expression peinte sur les visages qui se pressaient autour de lui et une grande tristesse l'envahit. « Vous ne trouvez pas que c'est un peu brutal ?

– Je t'en ficherai, du brutal, cracha Max. Il est mort. On s'est cassé les miches pour cet enfant de putain. Maintenant, il est mort. »

Révolté, Peter fondit sur Max. « Quand cela allait mal, il t'a donné à manger. Il t'a donné de l'argent, il t'a...

– Ce qu'il nous a donné, on a travaillé pour ! » hurla l'autre. Les tendons saillaient sur son cou. « Il m'a assez fait avaler de couleuvres, l'ordure. » Soudain, le regard de Max se posa sur les galons cousus au brassard de Peter. « Et toi aussi, espèce de salaud d'Anglais, tu m'en as assez fait bouffer. Tu veux pas embrasser mon cul comme tu embrassais le sien ?

– Ferme ça, Max, dit Tex en manière d'avertissement.

– Toi, le barbeau du Texas, tu me fais chier. » Max cracha en direction de Tex. Sa salive s'écrasa sur le plancher rugueux.

Tex était devenu écarlate. Il se rua en avant et, d'un seul revers qui atteignit Max en pleine face, il envoya celui-ci rouler contre le mur. Max dégringola de la couchette mais, se remettant aussitôt sur ses pieds, il empoigna le couteau posé sur son étagère et fonça sur Marlowe. Tex réussit à lui saisir le bras et la lame ne fit qu'érafler le ventre de l'Anglais. Dino prit Max à la gorge et le repoussa vers son lit. « Non, mais t'es givré ? », demanda-t-il d'une voix haletante.

Le visage convulsé, Max leva les yeux sur Peter. Avec un hurlement, il bondit comme un fou en agitant les bras. Ses lèvres se retroussaient sur ses dents, ses doigts étaient comme des griffes. Marlowe le saisit par le poignet tandis que tout le monde s'élançait. Il fallut trois hommes pour immobiliser le dément qui ne cessait de crier, de lancer des coups de pied, de se débattre, de mordre.

« Il est fou furieux, s'écria Tex. Faut le neutraliser.

– Vite ! Une corde ! », fit Peter d'une voix frénétique. Il avait passé son coude sous le menton de Max et s'efforçait de maintenir son bras à distance des dents grinçantes de son adversaire.

Changeant de prise, Dino libéra son bras et son poing s'abattit sur la mâchoire de Max qui perdit aussitôt conscience.

« Nom de Dieu, murmura-t-il en se redressant. Un peu plus et il te butait, Peter.

– Vite ! Mets-lui quelque chose dans la bouche. Il va se trancher la langue. »

Dino trouva un morceau de bois que l'on glissa entre les dents de Max, dont on lia ensuite les mains. Alors seulement, Peter se détendit. Il se sentait très faible. « Merci, Tex. Si tu n'étais pas intervenu, il ne me ratait pas.

– Bah ! Ça a été un simple réflexe. Qu'est-ce qu'on va faire de lui ?

– Il faut appeler un docteur. Il a eu une crise.

Un point, c'est tout. Pas un mot du couteau. » Peter passa son doigt sur l'estafilade que lui avait faite la lame. Max était agité de mouvements spasmodiques. « Pauvre bougre !

— C'est une veine que tu l'aies arrêté, Tex, fit Dino. Rien que d'y penser, ça me fait froid dans le dos. »

Peter jeta un coup d'œil du côté du Roi. Celui-ci paraissait abandonné. Machinalement, l'Anglais fléchit les doigts, tout fier de la force de sa main.

« Comment te sens-tu, Peter ? », demanda Tex.

Marlowe mit longtemps à trouver les mots qui convenaient.

« Vivant, Tex. Vivant. Pas mort. » Il tourna les talons et sortit de la baraque. Vers le soleil.

Il faisait déjà nuit quand il rencontra le Roi dans le potager, assis sur une souche de cocotier fendue derrière un rideau de lianes qui le dissimulaient à moitié. L'Américain, la mine chagrine, regardait fixement par-delà l'enceinte du camp. Rien dans son attitude n'indiquait qu'il eût entendu que Peter approchait.

« Salut, vieux », lança allégrement celui-ci. Mais le coup d'œil du Roi lui fit l'effet d'une douche froide. « Qu'est-ce que vous voulez, mon capitaine ? » Le ton était chargé d'insolence.

« Te voir. Tout simplement. » Comprenant ce qui se passait dans l'âme de son ami, Peter était bouleversé de compassion.

« Bon. Vous m'avez vu. Et puis ? » Le Roi lui tourna le dos. « Caltez !

— Je suis ton ami, rappelle-toi.

— Je n'ai pas d'amis. Caltez ! »

Peter s'assit en tailleur à côté de la souche. Il trouva deux cigarettes toutes faites dans sa poche. « Tiens. C'est un cadeau de Shagata.

— Fumez-les vous-même, mon capitaine. »

L'espace d'une seconde, Peter regretta d'avoir

mis la main sur le Roi. Mais il ne s'en alla pas. Il alluma avec soin les deux cigarettes et en tendit une au Roi qui ne fit pas un geste pour la prendre. « Allez ! Je t'en prie ! »

Le Roi, d'un mouvement brutal, balaya la cigarette offerte. « Je t'emmerde, toi et tes putains de pipes. T'as envie de rester ici ? Eh bien, reste ! » Il se leva et s'apprêta à s'éloigner.

« Attends ! dit Peter en le tirant par le bras. C'est le plus beau jour de notre vie. Ne le gâche pas sous prétexte que les autres ont un peu manqué d'égards.

– Enlève ta main ou je te l'arrache, siffla le Roi entre ses dents.

– Oublie tout cela, continua Peter avec une éloquence grandissante. La guerre est finie : C'est ça l'important. Elle est finie et nous sommes vivants. Tu te souviens de ce que tu me ressassais tout le temps ? Que c'est de soi-même qu'il faut s'occuper. Tout va bien pour toi. Tu as réussi à t'en sortir. Alors, ce que disent les autres, qu'est-ce que ça peut faire ?

– Les autres, je m'en tape. Et j'en ai autant à ton service. » Le Roi libéra son bras.

Peter fixa sur lui un regard désespéré. « Mais je suis ton ami, bon Dieu ! Laisse-moi t'aider !

– Je n'ai pas besoin de ton aide.

– Je sais. Pourtant, j'aimerais que nous restions amis. Ecoute... » Les mots lui venaient malaisément. « Tu seras chez toi bientôt...

– Tu parles ! J'ai pas de chez moi. » Le sang hurlait dans les oreilles du Roi.

Le vent froissait les feuilles, les criquets faisaient entendre leur crissement monotone, les mouches bourdonnaient alentour. Dans les baraques, les lumières dessinaient des ombres sèches. Et la lune voguait dans un ciel velouté.

« Ne te ronge pas comme ça, mon vieux, dit

Peter, apitoyé. Tout s'arrangera. » La peur qu'il lisait dans les yeux du Roi ne le fit pas reculer.

« Tu crois ? demanda l'Américain, l'angoisse dans la voix.

– Oui. » Marlowe hésita. « Tu regrettes que ce soit fini, n'est-ce pas ? finit-il par demander.

– Fous-moi la paix, nom de Dieu ! Fous-moi la paix, hurla l'Américain qui se rassit sur la souche.

– Tout s'arrangera. Et je suis ton ami. Ne l'oublie jamais. » Quand sa main effleura l'épaule du Roi, Marlowe la sentit se rétracter.

« Bonsoir, vieux, murmura-t-il doucement. A demain. » Et, tout chaviré, il s'éloigna. Demain, se promit-il à lui-même, demain je serai capable de l'aider.

Toujours assis sur son cocotier, le Roi changea de position. Il était heureux d'être seul et, en même temps, sa solitude le terrifiait.

Les colonels Smedly-Taylor, Jones et Sellars essuyaient leur assiette.

« Succulent ! », proféra Sellars en léchant ses doigts luisants de sauce.

Smedly-Taylor suçait un os déjà passablement nettoyé. « Félicitations, mon petit Jones. » Il eut un renvoi. « Quelle merveilleuse façon de clore cette journée – celle-là entre toutes ! Quel régal ! On dirait exactement du lapin. C'était peut-être un peu nerveux et légèrement coriace. Mais quand même... quel délice ! »

Sellars laissa échapper une sorte de gloussement joyeux. « Il y a des années que je n'ai eu autant de plaisir à manger. *By Jove !* Cette viande était quelque chose de divin ! Quoiqu'un peu grasse. Il se tourna vers Jones. Vous est-il possible d'en avoir encore ? Une cuisse par personne, ce n'est vraiment pas beaucoup !

– Peut-être », répondit Jones en ramassant

délicatement un dernier grain de riz. Son assiette vide étincelait de propreté. Il était plus que rassasié. « Un joli coup de chance, ne trouvez-vous pas ?

– Où vous êtes-vous procuré ce mets ? »

Jones éructa à son tour. « C'est Blakely qui m'a parlé d'un Australien qui vendait cela. Je lui ai racheté tout son stock. » Il lança un coup d'œil à Smedly-Taylor. « Heureusement que vous étiez en fonds.

– Oui, grogna Smedly-Taylor qui, ouvrant son portefeuille, posa cent soixante dollars sur la table. Voilà de quoi en acheter encore six. Aucune raison de nous priver. Ce n'est pas votre avis, messieurs ? »

Sellars considéra l'argent. « Si vous avez autant de réserve, pourquoi n'avez-vous pas tapé un peu dedans ces derniers mois ?

– Pourquoi ? » Smedly-Taylor se leva et s'étira. « Parce que je tenais à garder du liquide pour le grand jour. Et c'est le bout du rouleau. » Son regard d'acier croisa celui de Sellars.

« Ne vous fâchez pas, mon cher. Je ne veux pas vous entendre prononcer un mot de plus. Je ne comprends pas comment vous vous êtes débrouillé, voilà tout. »

Jones sourit. « Il s'agit sûrement d'un abus de confiance. J'ai entendu dire que le Roi a failli avoir une crise cardiaque.

– Qu'est-ce que le Roi a à voir avec mon argent ? demanda Smedly-Taylor.

– Rien. » Jones se mit en devoir de compter les billets. Il y avait bien trois cent soixante dollars. De quoi acheter douze cuisses de *Rusa tikus* à trente dollars pièce – ce qui était leur prix réel, et non soixante comme le croyait Smedly-Taylor. Puisque celui-ci était si riche, songea Jones, il pouvait bien se permettre de payer le double.

Quelle pouvait être sa combine ? Enfin, il avait raison de ne rien dire de ses secrets. C'était comme pour les trois *Rusa tikus* que Blakely et lui-même avaient préparés en douce au cours de l'après-midi. Le sergent en avait mangé un et Jones avait fait un sort aux deux autres. Avec, en plus, celui qu'il venait de déguster, il n'était pas étonnant que le colonel fût plein à éclater. « Bon Dieu, fit-il en se frottant le ventre, je ne crois pas que je pourrai avaler autant tous les jours.

– Vous vous y ferez, répliqua Sellars. Moi, j'ai encore faim. Si vous étiez chic, vous essaieriez d'en trouver encore un peu.

– Que diriez-vous d'un petit bridge ? proposa Smedly-Taylor.

– Excellente idée. Qui fera le quatrième ?

– Samson ?

– Je parie qu'il serait sérieusement troublé s'il savait ce que nous venons de manger, dit Jones en riant.

– Combien de temps pensez-vous qu'il faudra aux nôtres pour arriver à Singapour ?, s'enquit Sellars en s'efforçant de dissimuler son anxiété.

– Quelques jours, murmura Smedly-Taylor en regardant Jones. Une semaine au maximum. Si les Japs acceptent vraiment de se rendre.

– S'ils nous ont laissé la radio, cela prouve qu'ils y sont décidés.

– Je l'espère. Je l'espère du fond du cœur. »

Les trois hommes se dévisagèrent. Leur festin déjà oublié, ils ne songeaient plus qu'à l'avenir inquiétant qui les attendait.

« Il n'y a aucune raison de se morfondre. Le... tout va s'arranger. » Mais, derrière le masque de la confiance, Smedly-Taylor était en proie à une véritable panique intérieure. Maisie était-elle vivante ? Et ses fils ? Et sa fille ?

Juste avant le lever du jour, un quadrimoteur survola le camp. Allié ? Japonais ? Personne ne le savait mais dès qu'ils l'entendirent, ceux de Changi se préparèrent avec effroi à subir le déluge des bombes. Mais il n'y eut pas de bombes et le ronronnement de l'appareil s'estompa au loin. Alors, le ressac de la peur balaya Changi : Ils nous ont peut-être oubliés... Ils ne viendront jamais...

Ewart rentra dans la baraque et secoua Marlowe qui dormait. « Eh, Peter... Il paraît qu'un avion a fait le tour du terrain et qu'un parachutiste a sauté.

– L'as-tu vu ?

– Non.

– As-tu parlé avec quelqu'un qui l'a vu ?

– Non. Ce n'est qu'un bruit qui court. » Ewart essayait de ne pas montrer ses craintes. « J'ai affreusement peur qu'à l'instant où l'escadre pénétrera dans la rade, les Japs deviennent fous furieux.

– Mais non !

– J'ai été chez le commandant du camp. Il y a tout un groupe de types qui diffusent les bulletins d'informations. Le dernier disait... » Ewart dut s'interrompre un moment avant de poursuivre : « ...que le chiffre des victimes à Hiroshima et à Nagasaki est supérieur à trois cent mille. Il paraît que les gens tombent encore comme des mouches, que cette bombe diabolique a pourri l'air, qu'elle continue de tuer. Crénom, si c'était arrivé à Londres et si je commandais un camp comme celui-ci, je... je massacrerais tout le monde. Je te jure ! »

Peter fit ce qu'il put pour calmer Ewart, puis sortit dans le jour naissant. Il se dirigea vers la poterne. Au fond de lui, il avait peur, lui aussi. Car Ewart avait raison. Cette bombe d'épouvante, c'était trop. Mais, dans un éclair, une grande vérité lui apparut soudain et il bénit les hommes qui avaient inventé cette arme. Seules ces bombes avaient sauvé Changi de l'anéantissement. Oui... oh oui ! Quoi qu'il arrivât à cause d'elles, que soient bénies ces deux premières bombes ! Et ceux qui les ont enfantées. Eux, et eux seuls, m'ont rendu à la vie alors qu'il n'y avait plus d'espoir. Des multitudes d'êtres en sont morts mais les bombes ont sauvé d'innombrables créatures. Chez nous et chez l'adversaire. Seigneur mon Dieu, c'est la vérité !

Devant la poterne, les sentinelles montaient la garde comme d'habitude, le dos tourné au camp mais le fusil au poing. Peter regarda le spectacle avec curiosité. Ces hommes, il en était convaincu, défendraient aveuglément ceux qui, la veille encore, étaient des ennemis méprisés.

Oh, Dieu ! Il y a des gens dont le comportement défie la raison !

Tout à coup, Peter fut témoin d'une apparition : Dans la clarté grandissante de l'aube, il eut la vision d'un homme. Un homme étrange. Réel, massif, doté d'épaisseur. Un homme qui avait l'air... qui avait l'air d'un homme ! C'était un Blanc. Il portait un curieux uniforme verdâtre ; ses bottes de saut étincelaient, l'insigne qui ornait son béret brillait comme une flamme, un revolver pendait après sa ceinture et, sur son dos, était fixé un sac au carré.

L'homme avançait au milieu de la route en martelant l'asphalte de ses talons. Il fit halte devant le poste de garde et toisa les factionnaires. Peter, à présent, distinguait ses galons. C'était un capitaine.

« Saluez, bande de salopards, saluez ! », lança le personnage.

Comme les gardes le contemplaient stupidement, le capitaine s'empara du fusil de celui qui se trouvait le plus près de lui, jeta violemment l'arme par terre et répéta : « Saluez, bande de salopards ! »

Les gardes le considérèrent avec inquiétude. Alors, dégainant son revolver dont il dirigea le canon vers le sol, le capitaine tira. « Saluez, bande de salopards », dit-il pour la troisième fois.

Awata, le sergent japonais, le redoutable et redouté Awata, suant de peur, fit un pas en avant et inclina le buste. Ses camarades l'imitèrent.

« C'est mieux comme ça, bande de salopards, fit le capitaine qui entreprit de désarmer tout le monde. Rentrez dans votre gourbi. »

Awata comprit le geste. Il fit aligner sa section et lança un ordre. Tous les gardes s'inclinèrent à nouveau.

Immobile, le capitaine les regarda. « Saluez, bande de salopards ! »

Les gardes réitérèrent leur courbette.

« Parfait. Et la prochaine fois que je vous dirai de saluer, saluez ! »

Awata et ses hommes saluèrent. L'officier fit demi-tour et avança vers les chevaux de frise.

Sentant les yeux du capitaine se poser sur lui et sur les prisonniers qui se trouvaient aux alentours, Peter Marlowe recula. La peur l'habitait. Dans les yeux du nouveau venu, il lut le dégoût. Puis la pitié.

« Ouvrez-moi cette foutue porte, bande de salopards ! »

Le geste qui accompagnait l'ordre éructé d'une voix tonnante était suffisamment éloquent : Awata et trois gardes se précipitèrent et dégagèrent la route.

Le capitaine avança. Quand les Japonais voulurent remettre l'obstacle en place derrière lui, il hurla : « Ne touchez pas à cette cochonnerie ! » Et les gardes s'immobilisèrent en saluant.

Ce n'est pas possible, se disait Peter Marlowe. Absolument pas. Une chose pareille ne pouvait pas se produire. Le capitaine fut soudain devant lui. « Bonjour. Je me présente : Capitaine Forsyth. Qui est responsable ici ? » Il parlait à présent d'une voix douce, caressante. Mais Marlowe était seulement sensible au fait que Forsyth l'examinait de la tête aux pieds.

Qu'est-ce qu'il se passe ? Qu'est-ce qu'il y a qui ne va pas ? Affolé, Peter recula encore d'un pas.

« N'ayez pas peur. » Le capitaine avait des inflexions chaudes ; il débordait de cordialité. « La guerre est finie. On m'a envoyé pour veiller à ce qu'on s'occupe de vous. »

Le capitaine s'approcha mais, voyant que Marlowe battait en retraite, il s'immobilisa. Avec lenteur, il sortit de sa poche un paquet de Players. De bonnes Players anglaises.

« Une cigarette ? »

Saisi de panique, Peter Marlowe prit ses jambes à son cou.

« Eh ! Attendez ! », s'écria le capitaine. L'homme vers lequel il avança ensuite s'enfuit également. Tout le monde se débandait devant lui.

Et ce fut la deuxième grande peur de Changi.

J'ai peur de moi-même. Suis-je normal ? Après toutes ces années ? Je veux dire... mentalement ? Y a-t-il vraiment trois ans et demi ? Seigneur... Tu te rappelles ce que Van der Zelt disait à propos de l'impuissance ? Est-ce que ça marchera ? Est-ce que je serai encore capable de faire l'amour ? Est-ce que je suis normal ? Quand ce capitaine m'a regardé, il y avait de l'horreur dans ses yeux. Pourquoi ? Qu'est-ce qui ne colle pas ? Est-ce que je... est-ce que j'oserai... est-ce que j'oserai lui demander si... si je suis normal ?

Quand le Roi entendit parler de l'officier, il était étendu sur son lit en train de ruminer des idées noires. Il occupait encore, c'est vrai, la place de choix, sous la fenêtre. Mais, à présent, il disposait seulement de l'espace réglementaire : Un mètre quatre-vingts sur un mètre vingt. Quand il était rentré, il avait constaté qu'on avait repoussé son lit et ses sièges. D'autres lits empiétaient sur le territoire qui lui appartenait sans conteste. Il n'avait rien dit. Personne n'avait rien dit. Simplement, il avait regardé ses camarades de chambrée, qui s'étaient détournés.

Personne ne lui avait apporté son dîner. On ne le lui avait même pas mis de côté. Les autres se l'étaient réparti. « Mince, avait distraitement laissé tomber Tex. J'ai l'impression qu'on t'a oublié. Vaut mieux que tu sois là, la prochaine fois. Chacun est responsable de sa propre jaffe. »

Alors, le Roi avait tué une de ses poules. Il l'avait vidée, il l'avait fait cuire et il l'avait mangée. Plus exactement, il en avait mangé la moitié ; le reste, ce serait pour le breakfast. Il ne lui restait que deux volailles. Les autres avaient été consommées au cours des jours précédents. Le Roi les avait partagées avec les hommes qui s'étaient chargés du travail.

La veille, il avait essayé de se ravitailler à la cantine mais l'argent que lui avait rapporté le diamant n'avait plus aucune valeur. Il y avait encore onze dollars américains dans son portefeuille. Ça, c'était du solide. Mais le Roi songeait en frissonnant que onze dollars et deux poules ne le mèneraient pas loin.

Il avait mal dormi la nuit précédente. Mais, dans le petit matin blême, il avait médité. Il se conduisait en faible. Son attitude, s'était-il dit, était idiote, indigne d'un Roi. Quelle importance si, lorsqu'il avait traversé le camp, un peu plus tôt, personne ne l'avait regardé – Brant, Prouty, Samson, tous les autres l'avaient croisé sans lui rendre son salut. Tinker, Bell, Timsen, les M.P., ses informateurs, ses agents – les hommes qu'il avait aidés, qu'il connaissait, pour qui il s'était entremis, à qui il avait donné de la nourriture, des cigarettes, de l'argent... tous l'avaient traversé de leurs regards comme s'il n'existait pas. Naguère, il y avait toujours des prunelles à l'affût, un flot de haine qui l'environnait quand il déambulait. A présent, rien ! Ni curiosité, ni haine, ni même un signe de reconnaissance.

Glacé, il avait erré à travers Changi comme un spectre ; comme un spectre, il avait regagné sa baraque. Spectre, il s'était étendu sur son lit.

Le néant.

Tex, pour le moment, relatait cet événement inouï, l'arrivée du capitaine, et les craintes qui assaillaient ses auditeurs n'échappaient pas au Roi.

« Qu'est-ce qui vous prend ? Pourquoi que vous ne mouftez pas, tout d'un coup ? Un rombier qui a rappliqué de l'extérieur, il n'y a pas de quoi en faire tout un plat. »

Nul ne releva le propos.

Exaspéré par cet irritant silence, le Roi se leva, endossa sa meilleure chemise, enfila une paire de pantalons propres et épousseta ses chaussures. La casquette gaillardement inclinée sur l'œil, il s'immobilisa un instant devant la porte.

« Je crois que je vais me faire une petite cuisine », annonça-t-il sans s'adresser à personne en particulier.

Des yeux, il fit le tour du baraquement. La faim qui rongeait les hommes qui l'entouraient se lisait sur leurs traits et c'est à peine s'ils parvenaient à dissimuler l'espoir qui animait leurs regards. A cette vue, le Roi se sentit réchauffé. Tout rentrait dans l'ordre. Il passa chacun en revue, faisant son choix.

« Tu es occupé, aujourd'hui, Dino ? demanda-t-il enfin.

– Euh... non. Non.

– Mon lit a besoin d'être fait. Et j'ai un peu de lessive.

– Tu... tu veux que je m'en charge ? murmura Dino avec gêne.

– Tu le veux, toi ? »

Dino jura entre ses dents, mais le souvenir de l'odeur du poulet que le Roi avait mangé la veille émoussait sa volonté. « Bien sûr.

– Merci, mon pote », fit le Roi d'un ton gouailleur, manifestement réjoui par la lutte que Dino livrait avec sa conscience. Se détournant, il commença de descendre les marches. Mais Dino le rappela : « Eh ! De quelle poule c'est, que tu as envie ? »

Le Roi ne s'arrêta pas. « J'y réfléchirai. Occupe-toi simplement du lit et de la lessive. »

Appuyé au chambranle, Dino regardait le Roi longer le mur de la prison. « Enfant de pute ! », maugréa-t-il quand l'autre eut disparu à l'angle de l'enceinte.

« Allez ! A la lessive ! dit Tex.

– Cause toujours ! J'ai faim.

– Tu t'es fait baiser. Tu vas gratter pour lui et, question poulet, tu pourras toujours te brosser.

– Il s'en tapera un tout à l'heure, fit Dino, l'air buté. Et je lui donnerai un coup de main pour lui faire son affaire. Il n'a jamais rien mangé sans donner sa part à celui qui l'a aidé.

– Et hier soir ?

– Ben, il râlait parce qu'on lui avait fauché son espace vital. »

Dino pensait à des tas de choses : Au capitaine anglais, au pays, à sa promise. L'avait-elle attendu ? En avait-elle épousé un autre ? Sûr et certain qu'elle est marida et qu'il n'y aura plus personne, songeait-il tristement. Comment que je ferai pour trouver du boulot, nom de Dieu ?

« Ça, c'était avant, disait Byron Jones III. Je parie qu'il cuira son poulet et qu'il le boulottera en face de nous, la vache ! » Mais Byron Jones III pensait, lui aussi, au pays. Il ferait beau voir que je reste là-bas plus longtemps ! Faudra que j'aie mon appartement à moi. Ouais. Mais comment que je me procurerai le pèze ?

« Et puis après ? s'exclama Tex. D'ici peut-être deux ou trois jours, on décampe. Et alors... direction le Texas ! » Est-ce que je retrouverai ma place ? Où est-ce que je m'installerai, sacré bordel ? Comment que je me débrouillerai pour avoir de l'oseille ? Et au plumard, est-ce que ça marchera ?

« Dis-donc, Tex... Qu'est-ce que tu en penses, toi, de cet officier anglais ? A ton avis, il faut discuter avec lui ?

– Pardi ! Mais pas tout de suite. Plus tard. Demain. Faut d'abord s'habituer à l'idée. » Tex réprima un haussement d'épaules. « Quand il m'a regardé... c'était exactement comme s'il reluquait un monstre ! Bon Dieu, mais qu'est-ce que j'ai d'extraordinaire ? J'ai l'air normal, non ? »

Tous étudièrent Tex pour essayer de deviner ce qu'avait bien pu voir l'officier anglais. Mais ils ne voyaient rien de plus que le Tex qui leur était familier depuis trois ans et demi.

« Tu me parais tout à fait normal, finit par déclarer Dino. S'il y a un monstre, eh bien, c'est lui. Tu parles que je ne me serais jamais fait parachuter tout seul au-dessus de Singapour avec ces putains de Japs qui grouillent de partout ! A la sienne ! Un vrai phénomène, ce type. Parole ! »

Tu n'es qu'un con, se disait le Roi tout en longeant le mur de la prison. Pourquoi tu te casses la tête comme ça ? Tout marche comme sur des roulettes. Tu es toujours le Roi. Le seul gars qui sache comment se dépatouiller.

Il donna un angle désinvolte à sa coiffure et laissa échapper un petit gloussement joyeux. Sacré Dino ! Il devait l'avoir à la caille à se demander s'il en boufferait, du poulet ! Il savait bien qu'il s'était fait posséder, l'andouille ! Qu'il aille au diable, songea le Roi avec béatitude ! Qu'il se fasse un peu de mouron !

Il traversait le chemin qui se faufilait entre deux baraques autour desquelles un groupe d'hommes étaient rassemblés. Tous les visages se tournaient dans la même direction. Vers le nord. Silencieux. Immobiles. Il contourna une des paillottes et aperçut, lui tournant le dos, l'officier, debout au milieu d'un cercle vide, qui considérait avec stupéfaction les prisonniers.

Forsyth fit un pas vers eux : ils reculèrent. Le Roi eut un rire sardonique. Ils sont fous, se dit-il, cyniquement. Complètement fous. De quoi ont-ils peur ? Ce n'est jamais qu'un capitaine. Ouais... Sûr qu'il va avoir besoin d'un coup de main. Mais pourquoi a-t-il l'air aussi effrayé ? Ça me dépasse.

Le Roi hâta le pas mais il avançait sans faire de bruit.

« Bonjour, mon capitaine », lança-t-il d'une voix énergique.

Le capitaine Forsyth se retourna, étonné. « Oh ! Bonjour ! » Il poussa un soupir de soulagement en rendant son salut au Roi. « Enfin quelqu'un de normal ! Oh ! Excusez-moi, fit-il en se rendant compte de ce qu'il venait de dire. Je n'avais pas l'intention de...

– Je vous en prie, fit aimablement le Roi. C'est tellement infect, le coin, qu'il y a de quoi sonner n'importe qui. On est fichtrement contents de vous voir, vous savez ! Soyez le bienvenu à Changi ! »

Forsyth sourit. Le Roi était bâti comme un tank et, à côté de lui, l'officier paraissait tout petit. « Merci. Je suis le capitaine Forsyth. On m'a envoyé en éclaireur avant l'arrivée de l'escadre.

– Quand doit-elle être là ?

– Dans six jours.

– Il n'y a pas moyen de la faire venir plus tôt ?

– J'imagine que c'est une opération qui exige un certain temps. » Du menton, il designa les paillotes. « Mais qu'est-ce qu'ils ont tous ? J'ai l'impression d'être un lépreux. »

Le Roi eut un haussement d'épaules. « Ils sont probablement en état de choc. Ils ne peuvent pas encore en croire leurs yeux. Vous savez comme sont certains types. Et ça fait si longtemps !

– Oui, répéta lentement Forsyth, oui, cela fait si longtemps. »

A nouveau, le Roi haussa les épaules. « Ils sont idiots d'avoir peur de vous. Mais que voulez-vous ? C'est la vie. Et puis c'est leur affaire.

– Vous êtes Américain ?

– Bien sûr. On est vingt-cinq en tout, officiers et hommes de troupe. Notre chef est le capitaine Brough. Un aviateur. Il s'est fait descendre en 43 au cours d'une mission un peu coton. Vous voulez peut-être faire sa connaissance ?

– Certainement. »

Forsyth était exténué. Il avait reçu son ordre de route quatre jours plus tôt. L'attente, le vol, le saut en parachute, la marche jusqu'au camp, toutes les questions angoissées qu'il s'était posées (que trouverait-il sur place ? que feraient les Japonais ? comment mènerait-il sa mission à bien ?) tout cela lui avait gâché son sommeil et flanqué des cauchemars. Enfin, se disait-il, tu t'es porté volontaire, tu as eu le boulot que tu voulais et te voilà à Changi. Tu auras au moins surmonté le premier obstacle puisque tu as franchi la porte. Fichu crétin ! Tu étais tellement paralysé que tu n'as rien trouvé de mieux à dire que : « Saluez, bande de salopards ! »

De l'endroit où il se tenait, Forsyth apercevait des grappes d'hommes qui l'observaient, massés devant les baraques, derrière les fenêtres, derrière les portes, tapis dans l'ombre. Muets. Face à lui s'allongeait la route qui passait au milieu du camp. Plus loin, les latrines. Les baraquements étaient semblables à des pustules et une odeur composite de sueur, de moisissure et d'urine montait à ses narines. Partout, des zombies : des zombies vêtus de loques, des zombies ceints d'un pagne, des zombies en sarong... Des squelettes ambulants.

« Ça va ? s'enquit le Roi avec sollicitude. Vous ne semblez pas enthousiasmé.

– Ça va très bien. Qui sont ces pauvres bougres ?

– Oh ! Quelques types d'ici. Des officiers.

– Comment ?

– Dame ! Qu'est-ce qui vous chiffonne ?

– Vous prétendez que ces gens-là sont des officiers ?

– Evidemment. Toutes ces baraques sont réservées aux gradés. Les grossiums, les commandants et les colonels, logent dans les bungalows que vous voyez là-bas. Il y a environ un millier d'Australiens et d'Anglais dans les bâtiments qui se trouvent au sud de la prison. Et dans la prison elle-même quelque chose comme sept ou huit mille Anglais et Australiens. Rien que des deuxième classe.

– Et ils sont tous comme ça ?

– Excusez-moi, mon capitaine... ?

– Ont-ils tous cet aspect ? Sont-ils tous vêtus de cette façon ?

Le Roi se mit à rire. « Pardi ! Sans doute que ça ressemble à un drôle de ramassis de clochards. Mais je vous avouerai que je ne m'en étais pas rendu compte jusqu'à maintenant. » Le Roi s'aperçut soudain que Forsyth le détaillait d'un œil critique. Son sourire s'effaça. « Qu'est-ce qu'il y a ? »

Peter Marlowe était parmi les curieux qui observaient Forsyth. A bonne distance. Et chacun se demandait si ses yeux ne le trompaient pas, si c'était bien un homme qu'ils voyaient en train de parler avec le Roi ; un homme qui avait l'air d'un homme. Avec un revolver au côté.

« Pourquoi êtes-vous différent d'eux ? demanda le capitaine.

– Pardon ?

– Oui... Pourquoi êtes-vous correctement habillé alors qu'ils sont en haillons ? »

Le Roi sourit. « J'ai entretenu mes affaires. Probable qu'ils n'ont pas fait comme moi.

– Vous semblez être dans une forme excellente.

– Pas autant qu'avant mais c'est vrai : J'ai bon pied bon œil. Voulez-vous que je vous fasse visiter ? Vous aurez certainement besoin d'un coup de main. Je pourrai vous trouver une équipe de travail. Ce qu'il y a comme provision dans le camp, ça ne vaut même pas la peine d'en parler. Mais il y a un camion dans le garage. Peut-être qu'on pourrait aller à Singapour et... »

Forsyth interrompit le Roi :

« Comment se fait-il que vous soyez apparemment unique dans votre genre ? » Les mots claquaient comme des balles.

« Hein ? »

Du doigt, le capitaine désigna le camp. « Je vois là deux ou trois cents hommes. Or, vous êtes le seul à être habillé. Ils sont tous maigres comme des bambous mais vous (Forsyth se retourna et son regard plongea dans celui du Roi), vous avez *bon pied bon œil.* » Les prunelles du capitaine étaient comme deux silex.

« Je suis exactement comme eux. Simplement, je me suis défendu. Et j'ai eu de la chance.

– Dans un trou d'enfer comme celui-là, la chance, cela n'existe pas.

– Bien sûr que si ! Et je ne vois pas où est le mal à soigner ses vêtements et à se maintenir en forme dans la mesure du possible. Faut s'occuper de soi. Et je vous le répète : Il n'y a aucun mal à ça.

– C'est vrai à condition que ce ne soit pas aux dépens d'autrui. » Forsyth éleva brusquement la voix : « Où est le commandant du camp ? »

Le Roi tendit la main. « Par là. La première rangée de bungalows. Je ne sais pas ce qui vous prend. Je m'étais dit que je pourrais vous aider, que vous auriez besoin de quelqu'un pour vous mettre au courant...

– Je n'ai pas besoin de votre aide. Comment vous appelez-vous ? »

Le Roi regrettait d'avoir perdu son temps. Voilà ce qui arrive, espèce de con, quand on veut se rendre utile, se dit-il avec fureur. « Caporal Roy. Mon capitaine.

– Vous pouvez disposer. Je me souviendrai de vous. Et j'aurai un entretien avec le capitaine Brough à la première occasion, comptez sur moi !

– Qu'est-ce que ça veut dire ?

– Que je vous trouve extrêmement suspect,

répondit Forsyth d'une voix grinçante. Je tiens à savoir pourquoi vous êtes le seul ici à être en bonne santé. Pour arriver à ce résultat dans un endroit pareil, il faut de l'argent et les moyens de s'en procurer doivent être très peu nombreux. Très peu ! D'une part, il y a le mouchardage. D'autre part, il y a le trafic sur la nourriture et les médicaments...

– Nom de Dieu ! Je vais vous faire rentrer ces paroles dans la gorge...

– Vous pouvez disposer, caporal. Mais soyez tranquille : Je vais ouvrir une enquête sur vous. J'en fais mon affaire personnelle. »

Il fallut au Roi un effort terrible pour ne pas lancer son poing dans la figure du capitaine.

« Vous pouvez disposer, répéta pour la troisième fois ce dernier. Disparaissez de ma vue », ajouta-t-il, venimeux.

Le Roi salua et rompit. Il voyait rouge.

Peter s'avança à sa rencontre. « Bonjour. Nom d'un chien, j'envie ton cran ! »

La vision brouillée du Roi se fit plus claire. « Mes respects, mon capitaine », jeta-t-il d'un ton rauque. Il porta la main réglementairement à son front et poursuivit son chemin.

« Allons, Rajah, qu'est-ce que tu as ?

– Rien. Je n'ai pas envie de parler... c'est tout.

– Pourquoi ? Si j'ai fait quelque chose qui t'a blessé, si tu es en colère contre moi, dis-le moi. Je t'en prie !

– Ça n'a rien à voir avec toi. » Le Roi parvint à sourire mais au fond de lui-même, il hurlait : Mais qu'est-ce que j'ai fait de mal, bon Dieu ? Ces salauds que j'ai nourris, que j'ai aidés, quand ils me regardent, maintenant, c'est comme si je n'existais pas !

Quand il se retourna, il vit Forsyth disparaître

entre deux baraques. Et celui-là qui me prend pour un mouton à présent !

« Qu'est-ce qu'il t'a raconté ? demanda Marlowe.

– Rien. Il... je dois... je dois faire quelque chose pour lui.

– Je suis ton ami, Rajah. Laisse-moi t'aider. Ça ne suffit pas que je sois là ? »

Mais le Roi n'avait qu'un seul désir : Se cacher. Forsyth et les autres lui avaient dérobé son propre visage. Il était perdu. Et terrifié de n'avoir plus de visage. Il murmura : « A plus tard » et s'éloigna en hâte. Seigneur mon Dieu, rendez-moi mon visage. Je vous en prie ! Rendez-le moi !

Le lendemain, on entendit bourdonner un avion. L'appareil largua des vivres dont une partie tomba dans le périmètre du camp. Mais nul ne partit récupérer le ravitaillement qui avait chu au dehors car il n'était pas question de quitter la sécurité de Changi : Ce pouvait encore être une ruse.

Les mouches volaient en essaims. Quelques hommes moururent.

Un autre jour se leva. Des avions commencèrent à survoler la piste. Un colonel pénétra dans le camp accompagné de médecins et d'infirmiers. Avec du matériel sanitaire. D'autres avions tournaient en rond. Ils atterrirent.

Soudain, le hurlement des jeeps éclata dans Changi. Elles transportaient des hommes énormes qui fumaient le cigare et quatre docteurs. Tous Américains. Les nouveaux venus envahirent le camp, administrèrent des piqûres à tous leurs compatriotes, leur distribuèrent des litres et des litres de jus d'orange frais, du ravitaillement, les embrassèrent : C'étaient leurs garçons, leurs héros. Puis, ils les firent monter à bord des voitures pour les conduire devant la poterne où un camion était à l'arrêt.

Peter Marlowe suivait la scène d'un œil effaré. Mais ce ne sont pas des héros, se disait-il, stupéfait. Et nous non plus. Nous avons perdu. Perdu la guerre, notre guerre. Non ! Nous ne sommes pas des héros. Pas des héros...

A travers la brume qui obscurcissait son esprit, il reconnut le Roi. Son ami. Pendant des jours, il avait cherché à engager la conversation avec lui mais, chaque fois qu'il réussissait à l'accoster, le Roi l'envoyait promener avec un : « Plus tard. Pour le moment, je suis occupé. » Quand les Américains étaient arrivés, il n'avait pas encore eu le temps de lui parler.

Debout près de la porte au milieu de la multitude des prisonniers, Peter assistait donc au départ des Yankees, attendant patiemment l'occasion de dire un dernier adieu à son ami, de le remercier d'avoir sauvé son bras et des joyeux moments qu'ils avaient passés ensemble.

Grey était aussi dans la foule.

Forsyth, l'air las, se tenait près du camion. « Conservez l'original, dit-il au commandant U.S. en lui tendant des papiers. Le grade, l'arme et le matricule de chacun des hommes y sont indiqués.

– Merci. » Le commandant, un homme trapu avec de lourdes bajoues, portait l'uniforme des parachutistes. Il parapha les documents et rendit les cinq copies à Forsyth. « Quand doivent arriver les vôtres ?

– Dans deux jours. »

Le commandant jeta un coup d'œil autour de lui et haussa les épaules. « Apparemment, vous auriez besoin d'un coup de main.

– Auriez-vous par hasard des médicaments en trop ?

– Bien sûr. Nous avons un zinc bourré de

matériel. Ecoutez : Dès que vos gars seront en route, je vous fais charger tout le stock dans les jeeps. Je vous laisserai un toubib et deux infirmiers jusqu'à ce que votre personnel soit là.

– Merci. » Forsyth se massa le visage pour essayer de chasser sa fatigue. « Cela nous rendra service. Je vous signerai une décharge. L'état-major avalisera ma signature.

– Oh ! Pas besoin de paperasses ! Vous voulez les drogues, prenez-les ! Elles sont faites pour ça. »

Le commandant se tourna vers son sergent. « Bien ! Faites embarquer votre monde. » Il se dirigea vers sa jeep et surveilla la mise en place du brancard. « Quelle est votre opinion, docteur ? »

Le médecin quitta des yeux l'homme inconscient, étroitement garrotté dans la camisole de force. « Il arrivera vivant en Amérique. Mais il n'a plus sa raison.

– Saloperie, maugréa l'officier en cochant le nom de Max sur sa liste. Je trouve ça injuste. Et les autres ? ajouta-t-il en baissant la voix.

– Pas fameux. Ils présentent presque tous des symptômes de retranchement. L'avenir les angoisse. Je n'en ai trouvé qu'un seul qui soit dans une forme physique à peu près convenable.

– Du diable si je sais comment ils ont réussi à s'en tirer, tous autant qu'ils sont ! Vous avez visité la prison ?

– Bien sûr. Je n'y ai jeté qu'un coup d'œil rapide mais ça m'a suffi. »

Peter observait les préparatifs d'un air morne. Il savait que le départ de son ami n'était pas la seule raison de son abattement : Il avait le cafard parce que les Américains s'en allaient. Il avait le sentiment d'être un des leurs, ce qui était faux puisque c'étaient des étrangers. Pourtant, en leur compagnie, il ne se sentait pas un intrus. Est-ce de l'envie, se demanda-t-il ? De la jalousie ? Non, je ne pense pas. Je ne sais pas pourquoi mais j'ai la sensation d'une sorte de défection.

Des ordres commençaient à retentir et Peter se rapprocha du véhicule dans lequel montaient les hommes. Resplendissants dans leurs tenues toutes neuves et encore raides, Brough, Tex, Dino, Byron Jones III et leurs camarades paraissaient irréels. Ils parlaient fort, riaient bruyamment. Tous sauf le Roi qui se tenait à l'écart. Seul.

Marlowe était content que son ami fût à nouveau parmi ses compatriotes et il forma des vœux pour que, une fois parti, les choses s'arrangent pour lui.

« Allez, les gars ! Embarquez !

— Grouillez-vous de grimper dans ce foutu camion.

— Prochain arrêt : Les Etats-Unis ! »

Grey considérait le camion sans se rendre compte qu'il se trouvait à côté de Marlowe. « D'après eux, il y a un avion qui les attend pour les rapatrier, dit-il. Un avion spécial. Comment est-ce possible ? Pour une poignée d'hommes et quelques officiers subalternes ! »

Marlowe, lui non plus, n'avait pas remarqué la présence du prévôt. Il le toisa, incapable de dominer son mépris. « Quel snob vous êtes, au fond, Grey ! »

Grey tourna vivement la tête. « Ah ! C'est vous !

— Eh oui. » Peter désigna le camion du menton. « Ils estiment qu'un homme en vaut un autre. Alors, ils frètent un avion pour tout le monde. Au fond, c'est une idée formidable.

— Ne me dites pas que la classe exploiteuse a enfin compris.

— Fermez-la ! » Peter s'éloigna, bouillant de rage.

« Allez ! Montez ! », répétait patiemment le sergent américain qui surveillait l'embarquement – un type immense dont la manche s'ornait de chevrons à n'en plus finir et qui mâchonnait un cigare éteint.

Il ne restait plus que le Roi à terre.

« Qu'est-ce que vous attendez ? », grogna le sergent.

Le Roi ne fit pas un mouvement. Le sous-officier, jetant alors son cigare d'un geste exaspéré, cria en agitant le bras : « Eh ! Vous ! Caporal ! Magnez-vous un peu le cul. Montez ! »

Le Roi sortit de son état d'hypnose. « Oui, sergent. Excusez-moi, sergent. »

Humblement, il se hissa à bord du véhicule et resta debout à l'arrière. Tous les autres étaient assis. On s'interpellait avec animation. Mais personne n'adressait la parole au Roi, personne ne faisait mine de s'apercevoir de sa présence. Le moteur se mit à rugir, faisant voler dans l'air la poussière de Changi.

Frénétiquement, Peter s'élança derrière le camion qui s'éloignait, agitant la main pour dire adieu à son ami. Mais le Roi ne se retourna pas une seule fois.

Marlowe se sentit brusquement très seul.

Il entendit rire. « Cela méritait d'être vu, fit la voix de Grey.

– Disparaissez avant que je ne vous casse la figure.

– C'était merveilleux de le voir comme ça. « Vous ! Caporal ! Maniez-vous un peu le cul ! »

Une lueur méchante brillait dans les prunelles de Grey. « Comme la canaille qu'il est. »

Mais Peter ne se rappelait que l'homme que le Roi était véritablement. Ce n'était pas celui qui disait « Oui, sergent » d'un ton soumis. Non... le Roi, ce n'était pas ça. C'était un autre homme, un homme nouveau soudain venu au jour, celui qui avait lentement mûri dans la matrice de Changi.

« Comme le voleur qu'il est », renchérit Grey, provocant.

Peter ferma son poing gauche – le bon. « Je vous avais prévenu une dernière fois... »

Son poing s'écrasa sur le visage de Grey qui recula sous le choc. Mais le prévôt conserva l'équilibre et se rua sur Peter.

Forsyth s'interposa soudain entre les deux adversaires accrochés l'un à l'autre.

« Finissez ! ordonna-t-il. Pour quoi vous battez-vous ? »

– Pour rien, répondit Marlowe.

– Ne me touchez pas ! » Grey se dégagea de l'emprise de Forsyth qui l'avait saisi par le bras. « Ne restez pas là.

– A la moindre incartade, je vous colle tous les deux aux arrêts. » Forsyth s'aperçut alors avec stupéfaction que les combattants étaient l'un et l'autre des gradés. « Vous devriez avoir honte de vous bagarrer comme de simples soldats. Allez, disparaissez ! La guerre est finie, nom d'un chien !

– Vous croyez ? » Grey regarda une dernière fois Peter et partit.

« Qu'y a-t-il entre vous ? », demanda Forsyth a Marlowe.

Peter leva les yeux. Le camion était hors de vue à présent. « Vous ne comprendriez pas », murmura-t-il. Et il tourna les talons.

Forsyth le suivit du regard jusqu'à ce qu'il eût disparu. Tu pourrais répéter cela un million de fois, songea-t-il avec lassitude. Je ne comprends rien, je ne comprends aucun d'entre vous.

Comme toujours, des groupes l'observaient en silence ; comme toujours, la poterne était gardée. Mais les sentinelles n'étaient plus ni japonaises ni coréennes : C'étaient maintenant des officiers qui étaient de faction. Le jour de son arrivée, Forsyth avait chargé les gradés d'assurer la sécurité de Changi et de veiller à ce que les hommes ne quittent pas le périmètre du camp. Mais ç'avait été une précaution inutile : Personne n'avait essayé de jouer la belle. Je ne comprends pas, répétait le capitaine Forsyth dans son for intérieur. Il était à bout de force. Je ne comprends pas. Cela n'a pas de sens. Rien, ici, n'a de sens.

Soudain, il se rappela qu'il n'avait pas fait son rapport sur cet Américain suspect – le caporal. Il avait eu tant de travail que cela lui était complètement sorti de l'esprit. Imbécile, il est trop tard, à présent ! Mais le commandant doit revenir. Parfait ! Je lui en toucherai un mot. Et il s'occupera de cet individu.

Deux jours plus tard, un nouveau contingent d'Américains débarqua à Changi. Dont un authentique général, semblable à une reine abeille avec l'essaim de photographes, de reporters et d'aides de camp qui l'environnait. On le conduisit chez le commandant du camp où furent convoqués Peter Marlowe, Mac et Larkin. Le général prit en main l'écouteur du poste de radio et fit mine d'écouter.

« Ne bougez plus, mon général !

– Encore une, mon général ! »

On empoigna Peter et on lui dit de se pencher au-dessus de l'engin comme s'il donnait des explications au général.

« Pas comme ça. Il faut qu'on voit votre figure. Ouais, montrez-vous un peu, là, dans la lumière. C'est mieux. »

Changi connut cette nuit-là sa troisième grande peur. La dernière. Et la plus terrible.

La peur du lendemain.

Chacun savait désormais que la guerre était finie, vraiment finie. A présent, il fallait affronter l'avenir. L'avenir hors de Changi. L'avenir qui était déjà là.

Et les hôtes de Changi cherchèrent asile au fond d'eux-mêmes. Ils n'en avaient pas d'autre. Ils ne pouvaient se cacher nulle part, sinon au fond d'eux-mêmes. Et là, ils rencontraient la terreur.

La flotte alliée jeta l'ancre en rade de Singapour et les étrangers affluèrent à Changi.

Commencèrent les questions.

« Votre nom ? Grade ? Numéro matricule ? Unité ?

– Où avez-vous été engagé ?

– Qui est mort ?

– Qui a été tué ?

– De quelles atrocités avez-vous été témoin ? Combien de fois avez-vous été battu ? Qui avez-vous vu passer à la baïonnette ?

– Personne ? C'est impossible ! Réfléchissez, mon vieux, servez-vous de votre tête ! Rassemblez vos souvenirs. Combien y a-t-il eu de morts ? Sur le bateau ? Trois, quatre, cinq ? Qui y avait-il ?

– Combien de survivants dans votre unité ? Dix ? Sur les effectifs d'un régiment ? Ah ! Voilà qui est mieux ! Alors, les autres, comment sont-ils morts ? Oui, donnez les détails.

– Ah ! Vous les avez vus abattre à coups de baïonnette ?

– Trois au Col de la Pagode ? Ah, le chemin de fer... Oui. Nous sommes au courant de cette affaire. Que pouvez-vous ajouter ? Quelle quantité de nourriture receviez-vous ? Y avait-il des anesthésiques ? Oh, pardon... j'oubliais. Avez-vous eu le choléra ?

– Oui, le Camp Trois, je connais. Et le Quatorze ? Celui de la frontière birmano-siamoise ? Il y a eu des milliers de morts, là-bas, n'est-ce pas ? »

Les étrangers ne se contentaient pas d'arriver avec des questions : Ils amenaient aussi leurs opinions. Ceux de Changi les entendaient échanger des remarques furtives :

« Avez-vous vu ce garçon ? Seigneur, ce n'est pas possible. Il se promène tout nu. En public !

– Et là, regardez... En voilà un qui fait ses besoins devant tout le monde ! Oh ! Il ne se sert pas de papier ! Mon Dieu ! Il s'essuie avec ses doigts en se servant d'eau ! Ma parole ils en font tous autant...

– Quelle ignoble paillasse ! C'est pourri de punaises, là-dedans !

– Dans quel état d'avilissement ces malheureux sont-ils tombés ! Ils sont pires que des animaux.

– On devrait tous les fourrer dans un asile de fous. Bien sûr, c'est de la faute des Japs mais tout de même, il serait plus prudent de les enfermer. Ils ne font apparemment pas la distinction entre le bien et le mal.

– Voyez-les donc laper cette cochonnerie ! On leur donne du pain et des pommes de terre : Ils demandent du riz !

– Dites-donc, elles n'ont pas froid aux yeux, les infirmières, à se balader au milieu d'eux !

– Pensez-vous ! Elles n'ont rien à craindre. J'en ai vu des masses qui venaient ici pour jeter un coup d'œil. Fichtre, celle-là est un joli morceau !

– La façon que les P.G. ont de la reluquer me fait mal au cœur. »

Les étrangers ne venaient pas seulement avec des questions et des opinions : Ils apportaient également des réponses.

« Capitaine Marlowe ? Oui, l'Amirauté nous a câblé. Le capitaine de vaisseau Marlowe est... euh... je crains que votre père ne soit mort. Tué au combat devant Mourmansk. Le 10 septembre 43. Désolé. Au suivant.

– Capitaine Spence ? Oui. Nous avons toute une pile de courrier pour vous. Vous pourrez le retirer au poste de garde. Ah oui. Votre... votre femme et votre fillette ont été tuées à Londres lors d'un bombardement. En janvier dernier. Désolé. Un V 2. Terrible. Suivant !

– Lieutenant-colonel Jones ? Oui, mon colonel. Vous êtes du premier groupe, celui qui part demain. Tous les officiers supérieurs s'en vont. *Bon voyage !*[1] Suivant !

– Commandant McCoy ? Ah oui, vous vous inquiétez du sort de votre femme et de votre fils. Voyons... Ils étaient à bord du *Empress of Shropshire*, n'est-ce pas ? Qui a quitté Singapour le 9 février 1942 ? Je regrette mais nous savons seulement que le navire a été coulé quelque part au large de Bornéo. Selon certaines rumeurs, il y aurait eu des survivants. Mais est-ce vrai ? Et, dans ce cas, où pourraient se trouver les rescapés ? Nul n'en sait rien. Il faut être patient. Il y a des camps de prisonniers partout : dans les Célèbes... à Bornéo. Il faut vous armer de patience. Suivant !

– Ah ! Le colonel Smedly-Taylor ? Je suis navré, mon colonel, mais nous avons de mauvaises nouvelles pour vous. Votre plus jeune fils, le commandant aviateur P. R. Smedly-Taylor, Victoria Cross, a disparu au-dessus du territoire allemand en 44. Quant à votre fils John, il se trouve actuellement en occupation à Berlin. Voici son

1. En français dans le texte.

adresse. Son grade ? Lieutenant-colonel. Au suivant !

– Le colonel Larkin. Ah ! Ce n'est pas moi qui m'occupe des Australiens. Suivant !

– Capitaine Grey ? Ah ah ! C'est là un cas épineux. Voyez-vous, vous avez été porté disparu en 42 et j'ai bien peur que votre femme ne se soit remariée. Elle est... euh... enfin, voici son adresse actuelle... Je ne sais pas, mon capitaine. Il faudra vous adresser au Solicitor General. Les questions de droit ne sont pas de mon ressort. Au suivant !

– Capitaine Ewart ? Ah oui, le régiment de Malaisie ! Oui. Je suis heureux de pouvoir vous annoncer que votre femme et vos trois enfants sont en bonne santé. Ils se trouvent au camp de Cha Son, à Singapour. Oui, nous vous y conduirons cet après-midi... Pardon ? Ah ça, je ne sais pas ! La fiche que j'ai sous les yeux parle de trois enfants – pas de deux. Il s'agit peut-être d'une erreur. Suivant ! »

Il y avait un plus grand nombre d'amateurs pour la baignade, à présent. Mais quitter le camp était toujours quelque chose de terrorisant et les baigneurs étaient soulagés lorsqu'ils se retrouvaient à nouveau à l'intérieur de l'enceinte.

Sean marchait vers la grève. Un ballot à la main, il descendit vers la plage avec son groupe, puis s'éloigna. Les hommes éclatèrent presque tous de rire, brocardant l'inverti qui ne voulait pas se déshabiller comme les autres.

« Lopette !

– Grande sale !

– Va donc, eh, pédé !

– Salope ! »

Lorsqu'il eut trouvé un coin tranquille, loin des quolibets, Sean ôta son short et sa chemise. Il revêtit un sarong de cérémonie, fixa sur sa poitrine son soutien-gorge rembourré, mit un porte-jarretelles et des bas. Il se coiffa et se farda avec grand soin. Puis, *elle* se leva, sûre d'*elle*, parfaitement heureuse. *Elle* chaussa ses souliers à hauts talons et entra dans la mer.

La mer l'accueillit avec douceur pour que son sommeil fût aisé. La mer qui, lentement, allait dévorer ses vêtements, son corps, la faire naître à l'éternité.

Un commandant se tenait devant la porte de la baraque de Peter. Sa tunique était constellée de rubans et il avait l'air très jeune. Son regard balaya la chambre, se posant tour à tour sur les êtres répugnants qui gisaient affalés sur les couchettes, se changeaient, fumaient ou s'apprêtaient à aller prendre une douche. Ses yeux tombèrent sur Marlowe qui l'invectiva :

« Qu'est-ce que vous avez à regarder, bordel de merde ?

– Veuillez employer un autre ton ! Je suis commandant...

– Vous pourriez être Jésus-Christ, je n'en ai rien à foutre. Barrez-vous ! Barrez-vous, nom de Dieu !

– Mettez-vous au garde-à-vous ! » hurla le commandant. Les yeux exorbités, il transpirait à grosses gouttes. « Je vous ferai passer en conseil de guerre ! Vous n'avez pas honte de vous promener avec ce jupon...

– C'est un sarong...

– C'est un jupon ! Et à moitié nu ! Vous croyez que tout vous est dû parce que vous êtes prisonniers de guerre ? Grâce à Dieu, vous vous trompez. Et à présent, mes gaillards, on va vous apprendre à respecter... »

Saisissant une baïonnette, Marlowe bondit jusqu'à la porte et agita la lame sous le nez du commandant. « Foutez le camp d'ici ou je vous coupe la gorge... »

Le commandant s'enfuit sans demander son reste.

« Calme-toi, Peter, murmura Phil. Tu vas attirer des ennuis à tout le monde.

– Mais pourquoi est-ce qu'ils nous regardent comme ça ? Hein ? Pourquoi, nom de Dieu ? »

Personne ne répondit.

Un médecin entra au même moment. Il portait un brassard frappé de l'emblème de la Croix-Rouge et marchait d'un pas vif. Il sourit à Peter et, désignant d'un geste le commandant qui rôdait au-dehors, il dit : « Ne faites pas attention à lui.

– Qu'est-ce que vous avez tous à nous regarder comme ça ?

– Prenez une cigarette et détendez-vous. »

Ce docteur avait l'air d'un brave type. Pas d'un excité. Mais c'était un étranger : On ne pouvait pas avoir confiance en lui.

« Prenez une cigarette et calmez-vous ! Voilà tout ce que vous êtes capables de dire ! » Marlowe écumait de fureur. « Répondez-moi : Qu'est-ce que vous avez tous à nous regarder comme ça ? »

Le médecin alluma sa cigarette et s'assit sur un lit, ce qu'il regretta aussitôt car ils étaient tous contaminés. Mais il voulait aider ces hommes. « Je vais essayer de vous expliquer, fit-il paisiblement. Tous autant que vous êtes, vous avez souffert au-delà de la souffrance, vous avez subi l'intolérable. Vous êtes des squelettes vivants. Vos visages ne sont plus que des yeux et, dans vos yeux, il y a un regard... » Il s'interrompit, cherchant ses mots. Ces misérables avaient besoin de douceur, de soins, d'attention. « Je ne sais comment le décrire mais vous avez tous le même. Un regard furtif... Non, ce n'est pas exactement le terme.

Apeuré ? Non plus. Enfin, dans tous les yeux, il y a le même. Et puis, vous êtes en vie alors que, selon toutes les règles admises, vous devriez être morts. Pourquoi n'êtes-vous pas morts ? Pourquoi avez-vous survécu, vous ? Je veux dire chacun de ceux qui sont présents ici – pourquoi avez-vous survécu, vous précisément ? Nous n'en savons rien. Si nous vous regardons, c'est parce que vous êtes fascinants...

– Comme des phénomènes de foire, n'est-ce pas ?

– Oui. » Le docteur était très calme. « Oui, ce serait une façon de considérer les choses mais...

– Je jure devant Dieu que le prochain qui me dévisagera comme si j'étais un singe, je le tue !

– Allons ! Allons ! Tenez... Prenez ces cachets. Cela vous apaisera. »

Peter Marlowe fit voler les calmants en l'air. « Je ne veux pas de vos saletés de pilules, hurla-t-il. Je veux seulement qu'on me foute la paix ! »

Et il se rua hors de la pièce.

La baraque américaine était vide.

Peter Marlowe se jeta sur le lit du Roi et pleura.

« Au revoir, Peter, dit Larkin.

– Au revoir, colonel.

– Au revoir, Mac.

– Bonne chance, vieux.

– Fais-moi signe un de ces jours. »

Les trois hommes se serrèrent la main, puis Larkin franchit la poterne de Changi devant laquelle attendaient les camions où allaient embarquer les derniers Australiens.

« Quand pars-tu, Peter ? demanda Mac après que Larkin eut disparu.

– Demain. Et toi ?

– Maintenant. Mais je compte rester à Singapour. A quoi bon prendre le bateau avant de savoir où aller ?

– Toujours pas de nouvelles ?

– Non. Ils peuvent se trouver n'importe où. C'est grand, les Indes. Mais s'ils étaient morts, elle et Angus, je crois que je le saurais. Au fond de moi. » Mac souleva son sac et vérifia machinalement si la boîte de sardines était toujours dans sa cachette. « J'ai entendu dire qu'un certain nombre de femmes qui étaient à bord du *Shropshire* sont dans un des camps de l'île. Peut-être y en aura-t-il une qui saura quelque chose ou qui pourra me fournir un indice. » Mac tendit la main à son compagnon. Il paraissait vieux mais plein de force. « Salamat.

– Salamat.

– Puki 'mahlu.

– Senderis. »

Ni Peter ni Mac n'avaient honte des larmes qui ruisselaient sur leurs joues.

« Tu peux toujours m'écrire aux bons soins de la Banque de Singapour, petit.

– Compte sur moi. Bonne chance, Mac.

– Salamat ! »

Planté au milieu de la route qui coupait le camp, Peter regarda Mac s'éloigner. Quand il eut atteint le sommet de la butte, l'Ecossais se retourna et agita le bras. Marlowe lui rendit son salut. Puis Mac se perdit dans la foule.

Peter, à présent, était seul. Tout seul.

La dernière aube se leva sur Changi. Le dernier homme mourut. Quelques-uns des officiers de la seize étaient déjà partis. Les plus malades.

Peter était étendu sous sa moustiquaire, à moitié endormi. La baraque commençait à s'animer ; on se levait, on allait aux feuillées. Barstairs, planté sur la tête, s'adonnait à ses exercices de yoga, Phil Mint fourrageait dans son nez en tuant les mouches de sa main libre, les joueurs de bridge étaient déjà en place, Mynes montait et descendait ses gammes sur son xylophone de bois et Thomas ronchonnait parce que le breakfast n'était pas encore prêt.

« Qu'est-ce que tu en penses, Peter ? »

Ouvrant un œil, Marlowe examina Mike. « Eh bien, tu n'es plus le même. Parole ! »

Mike se caressa la lèvre supérieure du dos de la main. Il avait rasé sa moustache. « J'ai l'impression d'être nu. » Il se regarda dans le miroir et haussa les épaules. « Elle est partie, n'en parlons plus. »

La voix de Spence retentit : « Eh ! Voilà la jaffe !

– Qu'est-ce qu'il y a ?

– Porridge, marmelade, toasts, œufs brouillés, bacon et thé. »

Les uns se plaignirent que leur part fût trop petite, d'autres qu'elle fût trop abondante.

Peter Marlowe ne prit que le thé et les œufs qu'il compléta avec un reste de riz de la veille. Il se régala.

Il leva la tête quand Drinkwater, l'air affairé, entra dans la baraque. « Oh ! Drinkwater ! Vous avez une minute ?

– Mais bien sûr. »

Drinkwater était surpris de l'amabilité soudaine de Peter. Mais il baissait les yeux, craignant que la haine dévorante qu'il vouait au jeune homme ne jaillit de son regard d'un bleu déteint. Tiens bon, Theo, s'encourageait-il. Tu n'as rien laissé échapper pendant des mois. Tiens bon. Encore quelques heures, et tu pourras l'oublier, lui et ces hommes terribles. Lyles et Blodger n'avaient pas le droit de t'induire en tentation. Non, ils n'en avaient absolument pas le droit. Ils ont eu ce qu'ils méritaient, voilà tout !

« Vous vous souvenez de cette cuisse de lapin que vous m'avez volée ? »

Un éclair s'alluma dans les prunelles de Drinkwater.

« Que... qu'est-ce que vous racontez ? »

A l'autre bout de la baraque, Phil cessa de se gratter et dressa l'oreille.

« Allons, Drinkwater ! A présent, ça m'est égal. Que voulez-vous que ça me fasse, maintenant ? La guerre est terminée. C'est de l'histoire ancienne. Vous vous souvenez de ce morceau de lapin, n'est-ce pas ? »

Drinkwater était trop malin pour tomber dans le piège. « Non, grommela-t-il. Non. » Mais il avait de la peine à ne pas s'exclamer : « Il était délicieux. Délicieux...

– Eh bien, ce n'était pas du lapin.

– Vraiment ? Je suis désolé, Marlowe – ce n'était pas moi. Aujourd'hui encore, je serais bien incapable de vous dire qui est le voleur. »

Peter savourait cet instant. « Je vais vous dire ce que c'était. C'était du rat. De la viande de rat. »

Drinkwater éclata de rire. « Très drôle, fit-il, sarcastique.

– Oh mais si, c'était du rat. Oh mais si ! J'en avais attrapé un. Un gros, hirsute, plein de croûtes. Je crois bien qu'il avait la peste. »

Le menton de Drinkwater se mit à trembler ; ses joues étaient parcourues de frissons. Phil lança un clin d'œil à Peter et secoua joyeusement la tête. « C'est la vérité, révérend. Il était tout galeux. J'étais là quand Peter l'a dépouillé... »

Alors, Drinkwater se mit à vomir, gâtant son bel uniforme propre. Il se précipita vers la porte, incapable de réprimer sa nausée.

Peter s'esclaffa et bientôt toute la baraque se tordait de rire.

« Bon Dieu ! dit Phil d'une voix faible, je te tire

mon chapeau, Peter ! C'était une idée admirable. Prétendre qu'il s'agissait d'un rat ! Bon Dieu de bon Dieu, ça lui rend la monnaie de sa pièce, à ce salaud !

– C'était vraiment un rat. Je l'avais placé exprès pour qu'il le vole.

– Bien sûr », murmura narquoisement Phil en jouant avec son tue-mouches d'un geste machinal. « L'histoire est trop belle pour que tu en rajoutes. Sensationnel ! »

Comprenant que personne ne le croirait, Peter n'insista pas. Non... pour qu'ils le croient, il faudrait que je leur montre la Ferme... Mon Dieu ! La Ferme ! Et il eut un haut-le-cœur.

Marlowe revêtit son nouvel uniforme. Sur les pattes d'épaules, ses galons de capitaine. Sur la poitrine, à gauche, les ailes déployées de la R.A.F. Il examina ses biens – le lit, la moustiquaire, le matelas, le sarong, une chemise en lambeaux, un short en loques, deux paires de socques de bois, un couteau, une cuiller et trois assiettes d'aluminium. Tout cela, il le balaya d'un geste, sortit son lit et entreprit de le brûler.

« Eh vous, là-bas... oh ! excusez-moi, mon capitaine, fit un sergent. C'est dangereux de faire du feu. »

Le sergent était un étranger mais Peter Marlowe n'avait plus peur des étrangers. Plus maintenant.

« Dégagez, lança-t-il d'une voix coupante.

– Mais, mon capitaine....

– Je vous ai dit de dégager, nom de Dieu !

– Oui, mon capitaine. » L'homme salua. Peter était très content de ne plus avoir peur des autres. Il rendit son salut au sergent mais s'en voulut aussitôt : Il était tête nue. Essayant de donner le change en proférant un « Mais où diable ai-je fourré ma casquette ? », il regagna la baraque, sentant la peur des étrangers revenir à la charge. Mais il lutta pour la surmonter et se jura qu'il n'aurait plus jamais peur. Plus jamais, Seigneur mon Dieu, plus jamais !

Il prit sa casquette ainsi que la boîte de sardines mise de côté en secret et qu'il enfouit au fond de sa poche, puis il ressortit. Il prit la direction de la clôture barbelée.

Le camp était presque désert, à présent. Les derniers Anglais partaient le jour même avec son propre convoi. Le départ... Il y avait longtemps que les Australiens étaient rapatriés. Quant aux Américains, cela faisait des siècles qu'ils avaient quitté Changi ! Enfin, il fallait s'y attendre... Nous sommes lents mais, avec nous, on peut avoir confiance !

Marlowe s'arrêta devant le baraquement américain. L'auvent de toile palpitait, lugubre, au souffle du vent du passé. Pour la dernière fois, Peter escalada les marches.

La baraque n'était pas vide : Grey était là. En grand uniforme, astiqué des pieds à la tête. « Une ultime visite sur les lieux de vos exploits ? demanda-t-il d'un ton fielleux.

– Si l'on veut. » Marlowe roula une cigarette, prenant soin de remettre l'excédent de tabac dans la boîte. « La guerre est finie. Maintenant, nous nous trouvons sur un plan d'égalité, vous et moi.

– Juste. » Grey avait les traits tendus. Ses yeux ressemblaient à ceux d'un serpent. « Vous m'écœurez.

– Vous vous souvenez de Dino ?

– Oui. Et alors ?

– C'était votre informateur, n'est-ce pas ?

– Il n'y a plus d'inconvénient à l'admettre.

– Le Roi le savait.

– Je ne vous crois pas.

– Il vous donnait des renseignements sur ordre. Sur ordre du Roi. » Peter éclata de rire. « Vous n'êtes qu'un sale menteur ! »

Le rire de Peter se tarit brusquement. « Pourquoi mentirais-je ? Le temps du mensonge est fini. Fini ! Mais Dino agissait sur ordre. Rappelez-vous : Vous arriviez toujours trop tard. Toujours. »

Seigneur ! songeait Grey. Seigneur ! C'est vrai... oui... maintenant qu'il le dit... c'est vrai.

Peter tira sur sa cigarette. « Le Roi a pensé que si vous n'aviez pas de renseignements réels, vous vous chercheriez sérieusement un informateur. Alors, nous vous en avons donné un. »

Grey se sentit soudain fatigué. Très fatigué. Il y avait des tas de choses malaisées à comprendre. Des tas. Des choses étranges. Et puis, il remarqua le sourire méprisant de Marlowe et toute sa détresse réprimée éclata. S'élançant comme un fou à travers la baraque, il se mit à donner des coups de pied dans le lit du Roi, éparpillant ce qui restait des possessions de celui-ci. Enfin, il fit volte-face et toisa Marlowe. « Très astucieux. Seulement, j'ai assisté à l'éclipse du Roi et je serai témoin de la vôtre. Et de celle de la classe puante à laquelle vous appartenez !

– Tiens ?

– Oui, je vous en fous mon billet ! Je ne sais pas encore comment mais je vous réglerai votre compte, même si je dois y consacrer toute ma vie. A la fin, je vous aurai. Votre chance tournera bien un jour.

– La chance n'a rien à voir là-dedans. »

Grey brandit son doigt sous le nez de Marlowe. « Vous êtes né avec la chance. Vous quittez Changi avec la chance. Vous avez même réussi à sauver votre précieuse petite âme. »

Marlowe repoussa la main de Grey. « Que voulez-vous dire par là ?

– La corruption ! La corruption morale ! Vous y échappez juste à temps. Quelques mois de plus à tourner autour du Roi, et la contagion faisait son effet : Vous étiez définitivement transformé. Vous étiez sur la voie. Vous étiez en train de devenir un maître menteur, un maître escroc – comme lui.

– Il n'était pas mauvais et il n'a escroqué personne. Tout ce qu'il a fait, c'est de s'adapter aux circonstances.

– Le monde ne serait pas beau si chacun usait de cette justification. Figurez-vous qu'il existe une chose qui s'appelle la morale. »

Peter jeta sa cigarette à terre et l'écrasa sous son talon. « Ne me racontez pas que vous préféreriez être mort vertueux plutôt que d'être vivant en sachant que vous avez accepté quelques petites compromissions.

– Quelques petites compromissions ? parodia Grey avec un rire grinçant. Vous avez tout jeté par-dessus bord. Honneur, intégrité, orgueil. Pour une bouchée de pain dont vous gratifiait le pire des salauds qui se soient trouvés dans ce cloaque !

– Si l'on réfléchit, le Roi avait un sens de l'honneur joliment élevé. Mais vous avez raison sur un point : Il m'a changé. Il m'a montré qu'un homme est un homme, quel que soit son milieu, ce qui était contraire à tout ce qu'on m'avait enseigné. J'ai eu tort de vous mépriser pour quelque chose dont vous n'êtes pas responsable et je le regrette. Mais le mépris que j'éprouve envers l'homme que vous êtes n'a pas, lui, à être excusé.

– Moi, en tout cas, je n'ai pas vendu mon âme ! »

Des traînées de sueur tachaient l'uniforme de

Grey qui considérait Peter avec haine. Mais, dans son for intérieur, le prévôt de Changi se faisait horreur. Et Smedly-Taylor ? C'est vrai : Moi aussi, je me suis vendu. Vendu ! Seulement, je sais, moi, que c'était mal. Je le sais. Et je sais pourquoi j'ai agi ainsi. J'avais honte d'être un plébéien, je voulais appartenir à l'élite. A ta saloperie de caste, Marlowe ! Mais maintenant, je m'en fous éperdument. « Ceux de votre espèce tiennent le monde, dit-il tout haut, mais ça ne durera plus longtemps. Nous serons vos égaux, nous, les types comme moi. Nous n'avons pas fait la guerre pour qu'on nous crache dessus ensuite. Nous serons vos égaux.

– Eh bien, je vous souhaite bonne chance ! »

Grey s'efforça de retrouver son souffle. Péniblement, il dénoua ses poings crispés et essuya la sueur qui lui coulait dans les yeux. « Mais vous, vous ne valez pas la peine qu'on se batte. Vous êtes morts.

– Le problème, c'est que nous sommes l'un et l'autre tout ce qu'il y a de vivant ! »

Grey se détourna et se dirigea vers la porte. Devant le seuil, il fit demi-tour. « Je vous dois quand même des remerciements, à vous et au Roi, jeta-t-il d'une voix venimeuse. C'est grâce à la haine que je vous portais à tous les deux que j'ai pu survivre. »

Et Grey s'éloigna à grands pas, sans un regard en arrière.

Peter Marlowe contempla l'étendue du camp puis ses yeux firent le tour de la pièce et se posèrent sur les objets qui avaient appartenu au Roi. Il ramassa le plat où l'Américain préparait ses œufs. Il était tout incrusté de poussière. Perdu dans ses pensées, le jeune homme remit distraitement la table sur ses pieds et y déposa le plat. Il songeait à Grey, au Roi, à Samson, à Sean. Et à

Max et à Tex. Il se demandait où pouvait se trouver la femme de Mac, si N'aï n'était rien de plus qu'un rêve... Le général, les étrangers, le pays natal... Changi.

Que croire ? Est-ce mal, de s'adapter ? Mal, de survivre ? Qu'aurais-je fait à la place de Grey ? Et lui, qu'aurait-il fait à la mienne ? Où est le bien ? Où est le mal ?

Le seul homme qui aurait peut-être été capable d'apaiser son angoisse, de lui répondre avait péri dans les eaux glacées au large de Mourmansk.

Le regard de Peter Marlowe effleura les choses qui appartenaient au passé – la table qui avait servi d'appui à son bras, le lit qui avait abrité sa convalescence, le banc où le Roi et lui s'étaient assis côte à côte, les fauteuils, témoins de leurs rires – toutes choses déjà décrépites et qui commençaient à moisir.

Dans un coin de la chambrée, gisait un tas de dollars japonais. Peter les prit et les examina puis, une par une, il laissa tomber les coupures. Les mouches fondirent dessus en essaims pressés.

Peter Marlowe s'immobilisa dans l'embrasure de la porte. « Adieu, dit-il aux biens du Roi – et il y avait quelque chose de définitif dans sa voix. Adieu et merci. »

Il sortit de la baraque et longea le mur de la prison en direction de la file de camions qui attendait patiemment devant la poterne.

Forsyth se tenait près du dernier véhicule, indiciblement heureux que sa tâche fût achevée. Il était exténué et son regard portait les stigmates de Changi.

Forsyth donna le signal du départ.

Le camion de tête s'ébranla. Puis le second. Puis le troisième. Toute la colonne s'éloigna de Changi.

Peter Marlowe ne se retourna qu'une seule fois. Quand le convoi fut déjà très loin.

Quand Changi ne fut plus qu'une perle enchâssée dans une coquille couleur d'émeraude, chatoyant sous la voûte nacrée des cieux tropicaux – ne fut plus qu'une ondulation de verdure. Là-bas, les verts de la jungle cédaient la place au bleu-vert des mers, et la mer se fondait dans l'infini de l'horizon.

Alors, Peter Marlowe, à son tour, cessa de regarder derrière lui.

Conclusion

ET cette nuit-là, Changi fut déserté. Par les hommes. Mais les insectes demeuraient.

Et les rats.

Les rats étaient toujours là. Sous la baraque. Beaucoup étaient morts car ceux qui les avaient capturés les avaient oubliés. Mais les plus robustes étaient toujours vivants.

Adam déchiquetait le grillage de sa cage pour atteindre la nourriture, de l'autre côté. Il rongeait le métal comme il n'avait cessé de le faire depuis le premier jour de sa captivité. Et sa patience fut récompensée. L'obstacle céda. Il fondit sur la nourriture et la dévora. Puis il se reposa et, ses forces décuplées, il attaqua une autre cage. Au bout d'un certain temps, il put encore se repaître de chair.

Eve le rejoignit. Il usa d'elle à satiété et, à satiété, Eve usa de lui. Puis, ils se mirent de concert en quête de nourriture. Par la suite, tout le côté d'une tranchée s'effondra et de nombreuses cages se trouvèrent défoncées. Les vivants se nourrirent des morts, les faibles devinrent la provende des forts et quand tous les survivants furent également robustes, ils se battirent entre eux. Puis ils cherchèrent de quoi calmer leur faim.

Adam était à leur tête car il était le Roi. Cela dura jusqu'au jour où sa volonté d'être le Roi l'abandonna. Ce jour-là, il périt, proie d'un plus fort que lui. Et le plus fort était toujours le Roi. Roi non pas en raison de sa force seule : Roi grâce tout à la fois à sa ruse, à sa chance et à sa force.

Roi parmi les rats.

DU MÊME AUTEUR

Aux Éditions Stock :

SHŌGUN.
TAÏ-PAN (tome I).
TAÏ-PAN (tome II).

Composition réalisée par KAPPA

IMPRIMÉ EN FRANCE PAR BRODARD ET TAUPIN
58, rue Jean Bleuzen - Vanves - Usine de La Flèche.
LIBRAIRIE GÉNÉRALE FRANÇAISE - 14, rue de l'Ancienne-Comédie - Paris.

ISBN : 2 - 253 - 03431 - 2

30/5916/9